Jeff Torrington

Schlag auf Schlag

Roman

Aus dem Englischen
von Joachim Kalka

S. Fischer

Die englische Originalausgabe erschien 1992
unter dem Titel *Swing Hammer Swing!*
bei Martin Secker & Warburg Ltd., London

Satz: Libro, Kriftel
Druck und Verarbeitung: Clausen & Bosse, Leck
Printed in Germany 1995
ISBN 3-10-079003-0

Meiner Mutter,
Meiner Frau Margaret
Und der Familie

Now, the buildings they go up
Just as high as the sky
But me, I'm feelin low enough
Like I could die.
They say they're building this city
Fresh from the start
But there's a demolition party
Working down in my heart.

I'm a man to pity
Got the blues, south city:
Nothin to gain
Nothin to lose
That's how it is with them
South City Blues.

1

Es lief etwas echt Bizarres in den Gorbals – aus dem ehrwürdigen Wrack des Planet-Kinos in der Scobie Street trat ein Tiefseetaucher heraus. Er zögerte, verwirrt vielleicht von den schimmernden Lichtwogen, den ragenden Klippen der schneeüberkrusteten Mietskasernenriffe. Nach einigen Augenblicken ließ er die Foyertür hinter sich zuschwingen und kam mit kleinen Schrittchen auf das Gehsteigpflaster raus, wo im Schutz der schlapp baumelnden Markise nur ein zarter Filz aus Schnee lag. Durch die Mitte dieser stillen kleinen Ruhestätte privilegierter Schneekristalle hatten blasphemische Schuhe einen Pfad geschlurrt, der seehundglatt glänzte. Ein Passant aber – ein junges Mädchen den Spuren nach – hatte die übliche Route ignoriert und war durch den unberührten Schnee gehopst, wo es die glitzernden Schritte eines unbekannten Tanzes eingezeichnet hatte.

Die Ausstattung des Tauchers war ein schlechter Witz: sie bestand aus einem schweren grauen Plastikanzug, der über und über mit sinnlosen Nieten besät war. Auf der Brust prangte ein konfuses Geschlinge von Röhren und Pseudoventilen, eine phantasievoll montierte Apparatur, die im Fall eines realen Abtauchens den Anzuginsassen, blau im Gesicht, hätte japsen lassen, ehe auch nur die Stiefelspitzen ins Wasser gestippt hätten. Außerdem machte er ganz den Eindruck, dieser Anzug, als wäre er erst kürzlich quer durch das aktive Ende eines Hais oder irgendeiner anderen zähnefletschenden Bestie gezerrt worden, so durchlöchert war das arme Ding, ein Netzhemd wäre im Vergleich dazu wasserdicht gewesen. Der Helm, der einen zwar engen, aber streng intimen Ort zum Ertrinken abgab, bot keinerlei

Schutz – das Ding hatte eine aufgeschlitzte Stirn und war von einer Art virulentem Lackkarzinom fast durchgefressen. Die Füße des Tauchers waren in vielfach geflickte Gummistiefel gezwängt, und um dieses Unterwasserensemble zu vervollständigen, trug er an seinen kleinen Händchen ein Paar leuchtend buntgestreifte Damenfäustlinge.

Die Identität des Tauchers war leicht zu ermitteln. Wie ein Lösungswort in Klammern plauderten seine krummen Beine das Geheimnis aus. Als er mich eher spürte denn sah – das Sichtglas war total beschlagen –, hielt der Taucher an, drehte sich rasch um und trapste hektisch in Richtung des höhlendunklen Kinofoyers. Ehe er dort verschwinden konnte, hatte ich ihn aber am Ellbogen. Aus dem Helm tönte ein dumpfes Seufzen, dann hob sich seine Hand und riegelte das Sichtglas auf. Als es mit dünnem Quietschen aufklappte, bestätigte mir ein intensives Pfefferminzaroma, daß in dem Anzug tatsächlich Matt Lucas steckte, Oberfilmvorführer des Planet-Kinos. Lucas war der Pfefferminzjunkie der Nation – vollkommen der Marke *Ommas Magentrost* hörig. Nur bei den Mahlzeiten und im Schlaf durfte seine schwergeprüfte Zunge ausruhen von der Zwangsarbeit, einen von diesen starkriechenden Bonbonkieseln quer durch sein Gebiß zu bolzen. Keine Unterhaltung mit Lucas war möglich, die nicht vom Klick-Klack des langweiligsten Süßkrams der Welt begleitet wurde.

»Na Matt.«

»Ja hallo, na Tommy.«

»Bißchen spät für Halloween, hm?«

Der Helm wackelte. »Och, das ist ein Werbegag, hat Mr. Burnett sich ausgedacht.«

Aus dem Packen von Handzetteln, den er unter den Arm geklemmt hatte, zerrte er ein Blatt hervor und gab's mir. Ich studierte den Text:

BEETLES! BEETLES! BEETLES! BEETLES!

THE YELLOW SUBMARINE

TAUCHEN SIE AB! TAUCHEN SIE AB!
UND ZWAR INS
PLANET-KINO

DA GIBTS DEN UNTERWASSERSPASS – REIN INS
KÜHLE KINONASS

Vergeß das Fernsehen, vergeß das Bingo,
weil wir haben

JOHN PAUL GEORGE & RINGO
DIE SUPER VIER

»Ich muß rumgehen und die hier austeilen«, erklärte Lucas.

»Kannst du doch genausogut gleich in den Lokus schießen.«

»Der Boß kommt mit mir mit.«

»Ist Paddy heut morgen schon gekommen?« fragte ich ihn.

Er nickte. »So isses, aber ich weiß gar nicht, wozu, das Einzige, was der angefaßt hat, war ne Aspirintablette.«

»Pocht ihm die Rübe?«

»Geht die Sonne im Osten auf?«

Beim Jüngsten Gericht wird der himmlische Staatsanwalt das fatale Beweismaterial vorlegen: Paddy Cullens Leber, dieses vom Alkohol verstümmelte Organ, das auch Paddys gute Züge, sein Sinn für Humor und seine Großzügigkeit, nicht aufwiegen können. Und Paddy wird die ganze Ewigkeit einer fliehenden Bartheke über einen endlosen Sturzacker aus Whiskyflaschenscherben hinterherrennen müssen. Mein eigener Schädel dröhnte auch, die Folge davon, daß ich mir mit Cullen im »Dog« den Schnaps so resolut reingeschüttet und dann nach Ladenschluß noch in der Moderation Bar weitergemacht hatte. Anschließend war mir die Donnerstagnacht nur noch verschwommen, äußerst verschwommen in Erinnerung – Gläser blinkten und glänzten auf, Gesichter wußte ich noch halb, und die langen Idiotentiraden aus den Löchern in den Gesichtern. Später hatten Paddy und ich dampfende Schatten auf eine Backsteinmauer gepißt. Der Himmel hing voller kaputtgeschmissener Gläser. Cullen hatte eine mustergültige Karte von Afrika hingekotzt, mit Madagaskar dabei und allem. Selbst im Suff zeigt der Junge schöne Talente.

Aus dem Planet trat jetzt der Besitzer heraus, Oswald J. Burnett. Den letzten Zombie nannte Cullen ihn, und mit gutem Grund. Seit dem Tod seines Geschäftsführers, Rinty O'Dowd, hing Burnett mit allen vier Reifen in der Luft. Aber im Gegensatz zu all den anderen Kinobesitzern in den Sechzigern, die gar nicht schnell genug auf den großen lustigen Bingoexpreß aufspringen konnten, war Burnett loyal auf dem Posten geblieben und umsorgte die müden Filme, die seine halbverstopften Hollywoodquellen noch hergaben.

Doch selbst er mußte eingestehen, daß im Leben des Planet-Kinos die letzte Spule zu rattern angefangen hatte, daß der letzte und unüberbietbare Hammer-Horrorfilm anlief. Heute trug Burnett seine Gestapokluft: Sonnenbrille, Kosakenpelzmütze (Nerz), Ledermantel und Galoschen. Als er gigantisch näher kam, überlegte ich mir nicht zum ersten Mal, wie viele Tiere wohl gestorben waren, auf daß sein Mantel leben konnte. Das hatte wohl was mit all den Nazifilmen zu tun, in denen ich gewesen war, aber irgendwie schien der Mantel seinem Träger einen sinistren Glanz zu leihen, das elegant bedrohliche Flair eines Verhörs. Burnett war ein echter Fettsack, hundert Kilo, vielleicht hundertzwanzig. Wie üblich saß seine Miene voller gemütlicher kleiner Fältchen und Grübchen. Ein Mann, der nur schwer in Zorn geriet, aber wenn Burnett mal ausrastete, kam Mussolini mit Migräne unter ferner liefen.

Als er auf Lucas und mich zugehinkt kam, stank ihm ein Zigarrenstummel im Mundwinkel. Er klatschte mir sein Bündel gelber Werbezettel in die Hand. »Halten Sie das mal einen Moment, Tom. So ist es recht, schön' Dank auch.« Jetzt hatte er die Hände frei, um sich den kastanienbraunen Schal zurechtzurücken, den er um den Hals gewickelt trug. Darauf trennte er sich von seinem Zigarrenrest, der in hohem Bogen in den Matsch der Straße segelte. »Gott hat wieder mal vergessen, den Eisschrank zuzumachen, was Thomas?« Ich nickte und gab ihm seine Zettel wieder. Burnett klopfte Lucas auf die Schulter. »Was halten Sie davon? Hab ich neulich im Gleichrichterraum gefunden. Stammt noch aus irgendeiner Saga vom tiefen Ozean. Weiß nicht mehr welche. Tut nichts zur Sache.«

Ich überlegte mir, daß er wohl vom Taucheranzug sprach und nicht von dem unseligen Lucas. Burnett warf das Sichtglas zu und klatschte mit der Hand oben auf den Helm. »Auf geht's, auf geht's, Matthew. Ich komm dann nach. Passen Sie schön auf die Haie auf.«

Wir sahen zu, wie Lucas sich aus dem Schutz der Markise hinauswagte, wie die Gummistiefel durch die Stukkaturen des zusammengeschaufelten Schnees vor Nelly Kemps Tabak- und Zeitungslädchen knirschten. Eine Muräne mit Zahnweh wäre vor Lachen abgesoffen, wenn diese Figur an ihrem Heimatriff vorbeigestolpert wäre. Burnett seufzte. »Ist es nicht furchtbar, was man heutzutage anstellen muß, um ein paar Mäuse zu machen?« Ich war mir sicher, daß der alte Bock von sich sprach und nicht von Lucas. Auf die Idee, daß sein Angestellter sich in diesem Selbstmordoutfit möglicherweise völlig bescheuert fühlte, kam er nicht. Das lag ein paar Faden zu tief.

Es ist einfach unwahrscheinlich, wie rasch wir uns sogar

an das bizarrste Spektakel gewöhnen, uns mühelos visuell darauf einrichten. Schau mal – ein Taucher! ... Wo denn? ... Na da drüben, da latscht er durch diese Schneewehe, mitten in der Stadt, siehste ... Ja, ich seh ihn, Tatsache, ein Taucher. Irre ... ja ja ... gähn. Senilität allerdings läßt vielleicht unsere Abwehrpanzerung löcherig werden, so, wie verlassene Villen ihre Ziegel vom Dach schütteln, um die Elemente reinzulassen. Die Alte mit den knarzenden Knien unter der Tür von Nellys Lädchen jedenfalls war bei dem neuen Erlebnis, statt Hunden, Katzen und verwirrten Phantomen, wie sie selber eins war, auf der Straße einem Taucher zu begegnen, regungslos erstarrt.

Burnett reckte sich, um einem eisgrauen Opa, der auf meiner anderen Seite vorübertatterte, einen Zettel in die zitternde Pfote zu drücken. Der Alte starrte verblüfft auf das Stück Papier, das ihm auf einmal aus der Hand gewachsen war. Aber als er weiterging, löste sich das gelbe Blatt plötzlich aus seinen gichtigen Fingern und wehte in eine Ecke des Rechtecks aus Schnee, wo es wie eine Briefmarke kleben blieb. Inzwischen versuchte Lucas, bei einem Laternenpfahl einen Handzettel loszuwerden.

»Was zum Teufel treibt er da?« brummte Burnett.

»Sein Sichtglas ist beschlagen«, erklärte ich und schlug eine Methode vor, das Problem zu beseitigen.

»Reinseichen?« Kein Wunder, daß Burnett entgeistert dreinschaute.

»Nee – *einspeicheln!*« sagte ich. »Kurz reinspucken. Müssen Sie doch schon gesehen haben, wie die das mit den Taucherbrillen machen.«

Burnett schien der Vorschlag anzuwidern. »Soviel ich weiß, ist ein Spritzer Flüssigseife genauso wirksam«, informierte er mich.

Zwei Typen stehen im Schnee vor einem absaufenden Kino und diskutieren die beste Methode, wie man verhindert, daß ein Tiefseetaucher seine Handzettel einem Laternenpfahl andrehen will. Wer könnte angesichts einer solchen Tatsache andere sogenannte Unwahrscheinlichkeiten noch hochmütig ins Reich der Fabel verweisen? Eddie Carlyle beispielsweise, mein frommer Schwager, könnte eines Tages seinen naiven Glauben bestätigt sehen, daß der Himmel eine Art gemütliches Schnellrestaurant ist. Na warum denn nicht? Jesus persönlich ist vielleicht am Ende ein schlaksiger, sympathischer Sportsfreund, den Strohhut keß schräg auf dem Kopf, ist doch viel netter als dieses leuchtende Doughnut, das ihm sentimentale Maler immer aufsetzen wollen.

Burnett bewunderte seinen Handzettel. »Saubere Sache, was? Hab ich Madge auf dem Hektographierer abnudeln lassen. Hätte ich da mal bloß eher drangedacht.«

Ich nickte. »Bloß ein, zwei kleine Sächelchen drin, soweit ich sehe.«

Er schaute vergrätzt drein. »Sächelchen?«

»Sie haben zweimal ›vergeß‹ geschrieben.«

»Na und?«

»Das sollte ›vergiß‹ heißen.«

»Unsinn. Vergeß das nie ... ich vergeß mich ... Ständig hab ich's in meinem Kino, wir zeigen den unvergessenen Soundso. Oder den unvergeßlichen Dingsda. Ein Strauß Vergeßmeinnicht. Und das zweite?«

»Ach nix – ein kleiner Schreibfehler. Sie haben die Beatles mit zwei ›e‹s geschrieben statt mit ›e-a‹.«

Er schüttelte mit Nachdruck den Kopf. »Nein, nein, Thomas, da irren Sie sich. Das war immer mit zwei ›e‹s, immer schon, und so wird's immer sein. Schlagen Sie ruhig nach, tun Sie mir den Gefallen.«

Wieder rückte er seinen Schal zurecht, schwenkte grüßend die Hand und marschierte im Kielwasser des unterseeischen Lucas davon, der nach seinen Schwierigkeiten mit der Laterne bei einem Transformatorenkasten auf noch hartnäckigeren Widerstand stieß, weil der von allen Verlokkungen der Tiefsee nichts wissen wollte.

2

Unser Auto, ein VW-Käfer (ein Beetle mit zwei »e«s, alles klar), raste förmlich dahin, tatsächlich fuhren wir ein solches Tempo, daß wir innerhalb einer Minute denselben daherwankenden Opa zweimal überholten. »Du magst den ersten Gang, was, Eddie?« sagte ich zum Fahrer, und die alte Standuhr, die wie ein musikalischer Sarg auf dem Rücksitz flackte, klimperte ein kurzes Glockenspiel, das dem menschlichen Lachen so nahe kam, wie Maschinerie das kann. Eddie, mein Schwager, gab einen seiner Räusperlaute von sich, ahrrrm. Wär's nicht jammerschade, wenn ihm nach einem langen Leben voller Bußfertigkeit, Choralgeröhre und Hallelujahs schließlich Petrus das Himmelstor vor der Nase zuknallt, weil er sich gelegentlich das eine oder andere *Ahrrrm* erlaubt hat?

Es hatte aufgehört zu schneien, aber hie und da fielen kleine weiße Driften von klobigen Fenstersimsen, wo sich vielleicht ein Vogel niedergelassen hatte. Tauben, vom Hunger zu dünnen Blechsilhouetten gehämmert, schwirrten durch die rostigen Streben der Eisenbahnbrücke. Drüben stand – stand eben gerade noch – Brandons Billardsaal. Die Feuchtigkeit hatte ihren grünen Flanell über die zugemauerten Fenster gezogen. Wo waren sie jetzt, diese genialen Geometer, deren wortlosen Seminaren über Eigenschaften und Eigenheiten der behenden Kugeln wir damals ehrfurchtsvoll gefolgt waren, an die Qualmwolken gelehnt? Cuts Colquhoun, Sampson der Aal, Abstauber Murphy – alle weg, von der Zeit aufs Kreuz gelegt, Sense schlägt Queue.

Feuer aus hölzernen Balken brannten auf leergefegten Grundstücken. Lastwagen schafften den Schutt der Hausfassaden fort, und der Hammerschlag der Abrißbirnen donnerte in einem Schleier aus Staub und Rauch. Man hätte meinen sollen, der Iwan hätte endlich doch so ein Megatonnenteil rübergeschossen: ausgelöschte Straßen, pulverisierte Stadtviertel. Auf einem leeren Platz saß neben einem Feuer, das Funken auf ihn herabnieseln ließ, ein Graubart in einem windschiefen Lehnstuhl und rauchte ruhig seine Pfeife. Ich stieß Eddie an und deutete auf den alten Mann. Er erübrigte einen kalten Blick für den Alten und konzentrierte sich wieder auf die Windschutzscheibe, durch die man Straßen heranrücken sah, deren Bürgersteige im Schnee verschwunden waren und deren Häuser die Abrißfirma weggehämmert hatte. Es war unangebracht, noch von Straßen zu reden, sie sahen aus wie trostlose Landebahnen.

Der größte Teil der alten Gorbals war schon dem Erdboden gleichgemacht. Planungsausschüsse hatten ihre Slumbeseitigungsprogramme rausgezogen und die Leute, die hier gewohnt hatten, beseitigt. Ein paar Radierstäubchen hingen noch an den neuen Blaupausen, aber die würden in Kürze auch davongeweht werden. In der Scobie Street zum Beispiel arbeiteten noch ein paar Unternehmen – Nelly Kemps Tabak- und Zeitungslädchen, Joe Fiduccis Friseurgeschäft, der Salty Dog Saloon, meine Haustränke, und Shug Wylies Herrenklo, das mitten auf der Straße fast direkt gegenüber vom Planet-Kino stand. Das Kino wurde eingerahmt von O'Learys verlassenem Wettbüro und der eingegangenen Blue Pacific Bar, welche da erwähnet wird in der »Ode auf eine Flohfarm« des Lokalpoeten John Scobie, wo übrigens auch das Kino vorkommt, »Planet auf schrägem Kurs / zwischen der leeren Rennbahn unnem Ozean«.

Als das Auto weiterrollte, preßte die massive Schreibmaschine auf meinem Schoß immer tiefere Kerben in meine Schenkel. Eddie Carlyle saß einfach da, die sauber behandschuhten Hände am sauber bezogenen Steuerrad. Flocken von halbgeschmolzenem Schnee krochen über seinen dunkelernsten Mantel, und sein enger knochensteifer Hemdkragen knarrte bei jeder Halsbewegung. Eddie erinnerte mich stark an diesen stets ängstlich auf Abgrenzung bedachten Typ bei Tschechow, den »Mann im Futteral«. Sogar sein Rasierwasser miefte irgendwie nach Kampfer, angemessen bei einem Mann, der sein ganzes Leben eingemottet verbracht hat, der sich hier jedes Vergnügen abgehen läßt, um das Ganze im Jenseits um so doller genießen zu können.

Der Käfer kroch in die Ritze einer Nebenstraße. Links kamen jetzt aufgegebene Lagerhäuser und verlassene Fabriken vorbei, rechts war ein abgesperrter Abenteuerspielplatz zu sehen. Ein gescheckter Autoreifen hing dort in vollkommener Reglosigkeit am Galgen.

Wir gelangten jetzt zu einer Straße, die mit plötzlichem Gelärme auf die Sinne einprügelte. Hier gab es viele Unternehmen, die noch im Geschäft waren: Bäcker, Obsthändler, Fischhändler, Banken, Milchläden, Metzger. Über den engen Ladenlokalen lagen Zahnarztpraxen, die sich das Treppenhaus mit Wohnungen teilten, an deren Fenstern man zwischen den Vorhängen dann und wann ein Gesicht sah. Auf den Gehsteigen schleuderten die Füße der Einkaufspassanten den Schneematsch zu dünnem schwarzem Dreck.

Es war, als wäre die Cumberland Street in all ihrer geschäftigen Pracht wiederauferstanden! Ach nein, es war in Wirklichkeit nur die Crown Street – das, was von der noch übrig war, eine Barrikade, die schon unter den Schlägen des großen Abrißhammers bröckelte. Es half nix – bald würde ein Hagel von Dachziegeln vom Himmel prasseln.

»Da ist es!«

Ich zeigte auf einen stark mitgenommen wirkenden Laden an einer ebenso mitgenommenen Straßenecke, wo alte Wahlplakate wie ein Ekzem wucherten, eine trostlose Versammlung unerfüllter Versprechungen. (Komm zurück,

Alice Cullen – jetzt brauchen wir dich!) Eddie ließ den Wagen knirschend im Rinnstein halten. Er stellte den Motor ab. Leuchtende Schneefunken schwebten vorüber. In einem Schaufenster stand ein Weihnachtsbaum im Schein seiner sentimentalen Gluten. Mit einem zellophanverpackten Riesenteddy in den Armen schwankte ein Mann vorbei, er legte eine Säufersamba hin, drei Schritte auf Zehenspitzen vorwärts, zwei zurück auf schwerfälligen Fersen. Weihnachten, die harte Dröhnung. Eddie, dieser wohlanständige Nußknacker, schürzte die Lippen und machte mißbilligende Schnalzgeräusche. Da vergeht einem das Paradies, man stelle sich vor, man kommt tatsächlich da an mit seinen neuen Flügelchen und der kleinen Broschüre: »Harfe perfekt in nur vierzehn Tagen«, und der ganze Laden ist voller Eddies!

Ich hob mir die Schreibmaschine ein wenig vom Schoß, und Meister MacDougall (das Stehaufmännchen), der sicherlich massive Kastrationsängste ausgestanden hatte, pulsierte dankbar, als mein männlich' Blut wieder bei ihm vorbeischaute. »Er lebt! Gott sei gelobt, er lebt!« Jetzt Moment mal, ein bißchen Respekt, wenn ich bitten darf. Ein sehr trauriger, bedeutsamer Augenblick in meinem Leben war gekommen. Ich streichelte meine alte Romanmaschine, mein Spitzengerät. Es tut mir leid, meine Süße, ich tu's nicht gern, aber ich brauch die Kohle. Und das war nicht gelogen. Weihnachten hatte mich mit seiner glöckchenklingelnden Faust an der Gurgel. »Auf, du geizgelber Bastard, kauf deiner Frau *einmal* was Anständiges. Was glaubst du denn, wie viele kleine Fläschchen Eau-de-Cologne eine im Leben haben will?«

»Wir haben immer noch den Kinderwagen, denk dran«, sagte Eddie.

Wir haben immer noch den Kinderwagen. Denk dran ... Ja wo kommt das nun her? Was kann es bedeuten? Bloß beiläufiges Geschwätz, was? O nein, nein, durchaus nicht.

Hier haben wir eine abgewandelte Form dieser Eierkopfrätsel, wo man aufgefordert ist, eine verborgene geometrische Form aus eigenartigen Einzelteilen zu rekonstruieren. Und die Lösung steht nicht auf dem Schachteldeckel, alles hängt von deiner geometrischen Phantasie ab. Und um die Hohlräume in Eddies Bemerkung zusammenzufügen, da braucht es ein Familienspezialwissen. Wenn man die Infos hat, liegt alles gleich am richtigen Ort. Und *Wir haben immer noch*... verwandelt sich in: »Wir beeilen uns jetzt aber besser, weil wir noch den Kinderwagen abholen müssen!« Welchen? Natürlich den, den Rhona und ich von Rhonas Schwester Phyllis und ihrem Gatten Jack kriegen. Den sollte ich an eben diesem Nachmittag in ihrer Wohnung mitnehmen. Im Moment ist Rhona in der Frauenklinik, vorzeitig, wegen erhöhten Blutdrucks... Codebotschaft vollständig dechiffriert.

»Auf jetzt«, drängte Eddie, »mach mal vorwärts.«

Es ist erstaunlich, wie der Kontakt mit seinem Nazisteuerrad – Handschuhe oder nicht – Eddie in einen unerträglichen kleinen Volkswagenführer verwandelt. Als ob er ein Startkabel in eine Egobatterie reinhaut. Außerhalb des Autos führt er natürlich ein schlaffes Leben und trabt ergeben seiner Mutter Letitia Dalrymple Carlyle hinterher. Wenn er das nicht tut, front er in einem Textillager im Versandraum, wo er Bestellungen zusammenpackt, Batist und Tarlatan, Leinen und Organdy.

»Alles klar«, antwortete ich, »schaff mal deinen Arsch hier rüber und halt mir die Tür auf. Das Ding wiegt 'ne Tonne.«

Mein Ton kratzt ihn, von meinem Vokabular gar nicht zu reden, und er bellt: »Das hätt auch warten können! Ich bin ja kein Taxi! Ist dir eigentlich klar, daß ich mir extra –«

»– hab freinehmen müssen? Aber ja, das hast du bloß hundertfünfzigmal erwähnt.« Ich zuckte die Achseln. »Ich versteh so oder so nicht, was die ganze Hektik soll, Rhona ist erst im Februar soweit.«

Er schmetterte mir eine schwer moralische Rückhand übers Netz: »Du kämst natürlich nie auf den Gedanken, daß es Phyllis seit ihrer Gebä- – seit ihrer Operation deprimieren könnte, den Kinderwagen auch nur rumstehen zu sehen.«

»Heavy, Mann.«

Sein Kragen knackte, ich nehm's jedenfalls an, vielleicht war's auch seine empörte Seele, die ihre Astralmuskeln reckte. Wie mächtig, wie kräftig er auf einmal aussah – wie eine Amsel, die einen Wurm einholt.

»Heavy, Mann«, machte er mich nach. »Was soll das denn heißen? Warum kannst du nicht normal reden, anstatt immer... immer...« Ihm fehlten die normalen Wörter. Ein Zen-Schauer funkte mir durchs Hirn: »Mann mit Käfer muß es vermeiden, mit dem Fuß aufzustampfen...«

»Eddie«, sagte ich, »die Tür! Eh mir meine Scheißbeine abfallen.«

3

Der Laden war von oben bis unten mit Trödel vollgekeilt. Jede Ecke, jeder Winkel hatte herhalten müssen, um den Aschenregen von der katastrophalsten aller Explosionen, der Zerstörung einer kleinen Welt, aufzufangen – den Fallout vom donnernden Untergang der Gorbals. Ganze Völkerstämme waren in die Reservate von Castlemilk oder Torgylen abgezogen oder – wie die meisten zurückgebliebenen – in Basil Spences Großes Steinernes Himmelswigwam umgesiedelt, und das Hab und Gut ihrer veralteten Lebensart hatten sie zurückgelassen. Hier in diesem Laden mit seinem alles durchdringenden Geruch nach Zeit und Fäulnis standen und lagen ihre alten Zinkbadewannen, ihre Waschkessel, ihre Mangeln und Rubbelbretter, ihre altfränkischen Radioapparate, Kurbelgrammophone, staubige Stapel von 78er-Schallplatten, Fernseher mit winzigen Bildschirmen, alles mögliche fürchterliche Kunstgewerbe, Kaminböcke aus Messing, Schürhaken, laubgesägte Pfeifenständer, Einlegearbeiten, Photoapparate und fleckige Photographien, so kreuz und quer verstreut wie sicherlich die darauf Abgebildeten, alte Noten und Bücher, Hunderte und Aberhunderte von Büchern, jedes häusliche Requisit, das man sich vorstellen kann, nichts fehlte, nicht einmal, jawohl, das berühmte Küchenbüffet.

In diesen Laden waren auch wie ein Schwarm abgestandener Pizzas die Wandteller geprasselt, die jede nur erdenkliche sentimentale Landschaft zeigten. Auf unserem hatte man »Die Wassermühle« gesehen, obwohl deren Bach umgeleitet worden war, als Papa Clay ausrastete und einen Stiefel dagegenpfefferte, mein alter Herr, stets ein großer Ausraster. Der Leitvogel des Wildentenschwarms im Fluge war lange Jahre mit gebrochenem Hals weitergeflattert, verursacht (natürlich) von Vic Rudge, der ihn mit seiner Luftpistole anvisiert hatte. Genau jene Wandwildenten mochten jetzt hier sein, und mein altes Fahrrad auch, ein königsblau-weißes Argyle mit einem klitzekleinen Kilt am Lenker. Mit etwas Geduld könnte ich vielleicht sogar die bescheuerten Nippes rauswühlen, die Mama Clay so gern gehabt hatte, den Knaben mit den Kirschen beispielsweise. Armer Hund, immer kriegte er eins auf den Kopf, ehe er das Obst probieren konnte. »Tantalus« hatte ich ihn genannt, damals war ich ein abgerissenes Bürschchen, dem der Arsch aus der Hose hing und das sich mit Druckbuchstaben zudröhnte.

»Nicht dahin – das kratzt!«

Die Schreibmaschine, die sich gerade mit ihrem trüben Spiegelbild auf einer staubstreifigen Tischplatte paaren wollte, wurde hastig auf den Deckel eines reisemüden Koffers umgesetzt. Der Ladenbesitzer, ein giftiges kleines Männchen, kam jetzt her und rieb mit empörter Miene den Finger über die speckige Tischoberfläche. Wenn ich einen Kratzer gemacht hatte, mußte ich dafür bezahlen, warnte er mich, was schon großartig war, insofern der Tisch bereits mehr Kratzer und Macken hatte als meine Jimmie-Rodgers-Plattensammlung. Er murmelte düster vor sich hin und faßte mich dann ins zornige Auge. »Du schon wieder? Und was für Schrott willste mir heute andrehen?«

Der alte Pisser beugte sich vor und musterte die Maschine. Er stach hie und da mit dem Finger dagegen, vor allem in der Farbbandgegend, drückte aber keine einzige Taste, was ebenso blödsinnig ist wie ein Autokauf, bei dem man nur das Aschenbecherdesign kontrolliert. Er richtete sich auf. Als er sprach, klebte Katarrh an seiner Stimme, und jedes Wort hatte einen rauhen Riß.

»Was ist denn das?«

Als ich's ihm sagte, fauchte er: »Ja, das denk ich mir schon selber, dassas kein Staubsauger is! Aber was soll *ich* damit?« Wieder erklärte ich's ihm. »Kaufen?« krähte er. »Ich hab gedacht, du willst vielleicht ne Reparatur.«

»Ne prächtige alte Maschine«, versicherte ich ihm und schaltete rasch meinen Werbespot an, der über den entscheidenden Mangel der Schreibmaschine elegant hinwegging: Der Buchstabe i fehlte. »Ich führ sie Ihnen gern mal vor.« Ich rückte das zerknitterte Blatt Papier zurecht, kniete mich neben den Koffer und ratterte fix ein paar speziell ausgesuchte Probesätze in die Tasten: »Hänschen groß geht jetzt los, stolz auf Hut und rote Hos. Wer hat denn den Käse zum Bahnhof gerollt? My home was my castle.«

»Na, wie sieht das aus?«

Er zuckte die mageren Achseln. »Weiß ich doch nich. Hab meine Lesebrille nich da.« Er zerrte aus der Hose ein Taschentuch, das derart verklebt war, daß es das Tagesgespräch der ganzen Wäscherei sein würde. Er rotzte ausgiebig in diesen Pestlappen, als wollte er sein Hirn rausblasen. Als die schmierige Operation vorüber war und er wieder sehen konnte, schaute er ärgerlich drein, weil ich noch da war. »Da krieg ich nen angeschlagenen Nachthafen eher los. Wer will denn hier in der Gegend schon ne Schreibmaschine?«

Was für eine Frage! Ein Hurrikan von Schriftstellern fegte doch durch Glasgow. Um in eine Kneipe reinzukommen, mußte man sich den Weg durch Massen von Hemingways und Mailers bahnen. Dutzende von Kerouacs pfiffen sich im Glesca Green eins ein. Myriaden von Ginsbergs heulten Mantras durch leere nächtliche Tunnel.

»Ich hab so an zehn Möpse gedacht«, sagte ich und nahm die klassische Haltung des Feilschers mit schwarzem Gurt an.

»Zehn für das Stück Müll! Du hast nen Sprung in der Schüssel, Sohnemann.«

Mein Feilschmeister ließ sich auf nix ein. Tollkühn hatte

ich mich mit dem ärgsten Feind aller Feilscher eingelassen – dem Nicht-Feilscher. Ohne Rücksicht auf die Tradition, ohne Kenntnis der subtilen Regeln, der Rituale, mit denen man einen Kompromiß ausbalanciert, war der alte Arsch einfach losmarschiert und hatte mich in den Sack getreten. Jetzt drehte er sich weg, schielte angestrengt in das Dämmerlicht hinten im Laden und schrie: »Alice, komm rasch mal vor.«

Nach einigen Augenblicken kam ein kleines Mädelchen von etwa vierzehn, in der einen Hand ein Comic-Heft, in der anderen einen halb abgenagten Apfel, zu uns hereingelatscht. Sie trug ein knappes purpurrotes Kleidchen und dazu massive Akne. Blaue Schläue lag in ihrem Blick, der von mir zu meinem »schönen Beispiel britischer Präzisionsarbeit« glitt...

»Was willste, Opa?« fragte sie durch einen Mundvoll zerkauten Apfel.

»Du hast doch Schreibmaschine auf der Schule, was? Also, hau hier mal in die Tasten.«

Sie hielt nicht viel davon (ich noch weniger), aber Opa bestand darauf. Das Mädchen seufzte, legte den halbverzehrten Apfel auf *Biffo der Bär* und kniete sich vor die Maschine. Nervös plazierte sie ihre mageren Finger auf die Schlüsseltasten. Ich beugte mich über sie. »Wenn's dir hilft, dann schreib einfach ab, was ich getippt hab.« Aber mit einem nervösen Schlucken fing sie an, etwas völlig anderes runterzurattern:

»Am me sten re zt es mich beim F schen, e n kle nes N xchen zu erw schen.«

Sie versuchte es noch einmal, mit demselben Ergebnis. Dann schlug sie mit einem Blick zu mir rüber einen raschen Wirbel auf der i-Taste: das amputierte Beinchen stieß impotent ins Leere.

»Na?« wollte Opapa wissen.

Das Mädchen stand auf. »Haut schon hin, ist okay, wenn

man das Alter bedenkt.« Den Mund wieder feucht voll zerquetschtem Fruchtfleisch, sah sie mich mit spöttischen Blauaugen an.

»Ein Pfund«, bot der Trödler an.

»Gewiß doch fünfe.«

»Dreißig Shilling.«

»Also dann vier Pfund?«

»Zwei und nicht mehr.«

Ich seufzte. »Na gut, ist aber Straßenraub.«

Der Alte, der immer noch vor sich hin knurrte, schlurfte knarrend nach hinten, wo er wohl sein Moos gestapelt hatte. Seine Enkelin grinste mich an und sagte dann – nur kurz innehaltend, um einen Apfelkern auszuspucken –: »Jetzt gib mir lieber mal fünf Shilling, oder ich sag's ihm . . .«

4

Wieder unterwegs – wenn man das Dahinkäfern im Schritttempo so bezeichnen kann –, grinste ich beim Gedanken an Little Nell und ihren Großvater vor mich hin. Schlaue Gören hier heutzutage, sehr ausgeschlafen. Das Hintergrundpanorama unserer Fahrt, welches das Landgericht zeigte, schien steckengeblieben, aber mit äußerster Anstrengung zerrten die Kulissenschieber es beiseite und ersetzten es durch den feierlichen Anblick des Städtischen Schauhauses. Wir blieben, angemessen genug, vor diesem Gebäude plötzlich stehen.

»Was tickt da so?« fragte Eddie.

Ich sah über die Schulter. Die Standuhr lag wie zuvor auf dem Rücksitz, ihr weißes Zifferngesicht glänzte, in den innig verschränkten Zeigern – wie vom Leichenbestatter dezent arrangiert – hielt sie eine längst vergangene Mitternacht, einen entschwundenen Mittag fest. Die war perdu, da hatten sich endgültig die Walzen verhakt. Die Familientradition wollte es so, daß sie in derselben Nacht irreparabel stehengeblieben war, als ihr Erbauer, Großpapa Gibson, sich im Victoria-Krankenhaus endgültig erholt hatte, um rasch zu munterer Gesundheit zurückzufinden.

Eddie schüttelte den Kopf. »Du glaubst doch nicht im Ernst, daß das von dem Ding da kommt?«

Ich zuckte die Achseln. »Warum nicht?«

»Sei mal vernünftig. Das ist doch nur noch eine Kiste Schrott. Mutter läßt das Ding niemals ins Haus. Sag nicht, ich hab dich nicht gewarnt.«

»Warum denn nicht?«

Eddie betrachtete – tapfer, ohne Narkose – sein eigenes

Bild im Rückspiegel. Er zupfte an seiner platten Oberlippe, zog sie hoch, um einen seiner gelben Schneidezähne zu mustern. Dem seine Zähne sahen aus wie alte Klaviertasten. Gnädigerweise schlug er jetzt den Deckel wieder zu. »Ich sag's dir, warum nicht – weil dieser klimpernde Mülleimer sicher voller Holzwürmer sitzt. Wenn da was tickt, dann sind es die.«

»Scheiße.«

»Ganz meine Ansicht. Und das gilt auch für einiges von dem anderen Kram, den du bei uns abgeladen hast. Nimm bloß mal den Kleiderschrank...«

»Die Löcher sind vom Dartsturnier. Wie oft hab ich jetzt schon...«

»Wer hängt denn das Dartboard an den Kleiderschrank!«

»Haben wir doch gar nicht. Bei meinen Spezis gibt's eben Leute mit fürchterlichem Ziel. Angefangen bloß mal mit Potsie Green, neben dem hat Mr. McGoo den Adlerblick. Und ich will dir noch was erzählen... Gesundheit!«

»Ich hab nicht geniest, ich hab Psssst gesagt...«

»Pssst?«

»Maul halten jetzt. Ich kann's immer noch hören.«

»Was?«

»Das Ticken.«

Sein Blick drehte sich mißtrauisch in meine Richtung und konzentrierte sich auf die Beule in meiner Marines-Kampfjacke. »Was hast du da drunter?«

»Ne Bombe.«

Unter der Jacke zog ich einen Wecker hervor. Es war ein blaues, bösartig wirkendes Teil, der Zerstörer von tausend Schlummern: das Ding war mir ungebeten in die Hand gehüpft, als ich den Laden verlassen hatte.

»Sieht gemein aus, der Bursche, was? Zwei-Stufen-System. Wenn du nicht nach dem ersten Alarmsignal auf dem Bettvorleger stehst, brunzt er dich voll.«

»Menschenskind!« Ein leidender Ausdruck grub sich in

sein Leichenbittergesicht. Was war denn eigentlich los mit diesem Penner? War hier nicht der Beweis, daß ich mein Leben ändern wollte? Hatte ich nicht die Maschine weggebracht, die gedroht hatte, das Leben seiner Schwester in Fiktion zu verwandeln? Nicht nur das, ich hatte sie durch eine Uhr ersetzt, ein Symbol der Regelmäßigkeit und Verantwortlichkeit. Für nächsten Montag hatte ich sogar die Absicht, nicht länger Dr. Munns Komplizen bei seinem Versuch zu machen, das Gesundheitssystem des Landes durch eine unkontrollierbare, erstickende Papierflut zu sabotieren, durch Formulare über Formulare. Krankschreibungen eimerweise, zuerst provisorisch und dann nach manchem Zögern definitiv, verworrene Briefe über verwirrte Patienten an die Spezialisten im Krankenhaus, Röntgenbilder, die häufig nicht nur das erkrankte Organ nicht zeigten, sondern nicht einmal das erkrankte Individuum, und schließlich ein so ungeheuerlich übertriebener Rezeptausstoß, daß sich davon einige Tablettenbarone wöchentlich neue Cadillacs kaufen konnten.

Meine Krankheit – nomadisch wandernde Rückenschmerzen (treues Geleit des Krankfeiernden) – widerstand Dr. Munns beiläufigen Versuchen, zu einer genauen Diagnose zu kommen, aber das Gesundheitsamt, ernsthaft um mein Wohlbefinden besorgt, ließ mich in die Höhle seines zuständigen Schamanen zitieren, eines Dr. Sword, der mit dem Skalpell vielleicht nicht sehr geschickt focht, aber ein Zauberer mit dem Füllfederhalter war, der in etwa der Zeit, in der man »ARBEITSFÄHIG« schreiben kann, selbst die hartnäckigste Erkrankung auf der Stelle zu kurieren wußte. Sein stählerner Blick hatte bald den Ursprung meines Leidens lokalisiert. »So ziemlich der klassischste Fall selbstverursachter Narkolepsie, den ich je gesehen habe«, sagte er zu seinem Assistenten, einem Dr. Fisch (dieses Duo wurde als der infame »Swordfish« bekannt, dessen Namen man nur zu erwähnen brauchte, um der ganzen Unterwelt von Arbeitslosen und Arbeitsgerichtsprozessanten einen Schauer über den Rücken zu jagen).

Die ersten Würzelchen meines Leidens pflanzte ich an jenem Tage, da ich ein bißchen in meinem Wörterbuch botanisierte und auf das Wort »Ruhejahr; s. a. Sabbatjahr« stieß. Anscheinend gibt es diese Masche für Professoren und Pastoren, die dürfen gelegentlich mal ein Jahr von Bord der Staatsdienstgaleere gehen und ihre geistigen und körperlichen Batterien aufladen, während sie irgendwo exotisch rumvögeln, surfen oder drachenfliegen. Durchaus in Ordnung. Nichts dagegen zu sagen. Aber »wassis mit die Arbeiter?« Spielt sich nix ab; die schauen am Sabbat in die Röhre. So geht das aber nicht, verdammt noch mal! Sollte ich, Sohn eines toten Clydesideproleten, mir das gefallen lassen? Das läuft nicht, Genosse! Also zog ich mit Hilfe dieses anarchistischen alten Schlitzohrs Dr. Munn, der bereitwillig meine Spuren mit Krankmeldungen verwischte, von meinem Arbeitsplatz in den Sabbat (Lokomotivheizer war ich damals), um mein Hirn mal gründlich durchzulüften.

Anstatt mich auf irgend etwas liebenswert Exzentrisches zu konzentrieren, sagen wir den Bau einer nuklearen Mausefalle oder den Entwurf eines sterilen vollautomatischen Nabelfusselentferners für Blinde, beschloß ich, einen langgehegten ehrgeizigen Plan zu verfolgen – einen Roman zu schreiben. Warum denn nicht? Ich hatte Talent, jede Menge. Hatte das nicht mein Englischlehrer Mr. Ironsides selber gesagt? Nein, tatsächlich hatte er das nicht. Ironsides sah sich in der Rolle des literarischen Schäfers. Er stand auf dem Hügel seines stolzen Selbstbewußtseins, immer auf der Hut, uns vor grammatischen Schnitzern zu bewahren. Mit hochspezialisierten Signalen schickte er seine Hunde ins Herz eines Textabschnitts, wo sie knurrend unscharfe Adjektive wegbissen und logische Auslassungen oder doppelte Verneinungen aufspürten, ehe sie dann den Befehl erhielten, die Wörterherden in enge, pedantisch ausgerichtete Hürden zu treiben, wo die Erstickungsrate oft sehr hoch war. Ironsides lehnte das verächtlich ab, was er als meine »Pose des einsamen Wolfes« bezeichnete, und bürstete mich immer wegen meines vulgären Stils ab: »Ich wollte einen Aufsatz von dir, Junge, und kein Plakat.«

Endlich zwinkerte uns die Ampel am Schauhaus zu, und der schneegescheckte Autoverkehr ruckte mit knirschenden Gängen Richtung Glasgow Cross an. Aus dem grünpatinierten Rand des Weckers war ein winziges Insekt herausgekrochen, ein Molekül mit Beinen. Ich studierte seinen epischen Treck von der Zwölf zum Gegenpol der Sechs hinunter. Ein Temporaltierchen? Nee. Ein Zeitkäfer? Nein. Ein Uhrtier? Hmmm. Ein Uhrwurm. Das war's. Jawohl, ein Uhrwurm, ein kleines Zeitgeschöpf, das in einem Zwölfstundenuniversum haust. Ich fühlte mich vorzüglich. Stand wohl doch noch auf der Adressenliste der Muse! Ich schaute aus dem Fenster, als der VW die High Street entlang rummelte, das Geisterrückgrat des alten Glasgow entlang. In einem Schaufenster starrte eine nackte männliche Kleiderpuppe zu einem silbernen Baum empor, von dessen Zweigen Handtaschen und Handschuhe wie mutierte Früchte baumelten. Das muß ich mir auch zu künftigem Gebrauch merken. Jawohl, trotz des Verlusts meiner i-losen Gefährtin (ich konnte immer noch ihr taktiles Phantom auf meinen Schenkeln fühlen) würde ich eisern mit der Schreiberei weiterackern. Hatten diese Blödköppe, die auf mich einredeten, doch bloß meine Arbeiterhirnzellen nicht über ihre ererbte Kapazität hinaus anzustrengen, hatten die noch nie von Notizbuch und Bleistift gehört, dem einzigen Werkzeug, das ein Autor braucht? Ein Werbenotizbuch von einer Gerberei, hinten alle möglichen Berechnungstabellen, nicht zu vergessen das Weltklassewort »Postentgelt«! »Notizbücher raus, wir fangen – bitte mit breitem linkem Rand – folgendermaßen an: Es war einmal so ein Tiefseetaucher, der entdeckte eine Mietskaserne auf dem Meeresgrund. Er ging durch ein Tor und kam in einen Innenhof, wo die ruhigen Leichen von Hausfrauen mit Teppichklopfern umherschwebten. Auch sah man Neptun persönlich, der in einem windschiefen Lehnstuhl ein Nickerchen machte.«

Vor der Windschutzscheibe bammelte ein kleines Plastikskelett hin und her, so ein Schlüsselringsouvenirchen. Hatte sich Eddie wohl als Memento mori aufgehängt, obwohl dem ein Blick in den Spiegel auf die eigene Leichnamsvisage dieselben guten Dienste tun würde. Im Geiste salutierte ich vor dem grinsenden Figürlein. »Hallo, Skelly – diese Jenseitsnummer ist schon zum Wiehern, was?«

Der Wagen bremste, weil wieder eine Ampel reifte.

»Große Sache am Samstag in der Tent Hall, wie?«

Eddie ignorierte meine Bemerkung, wohl immer noch sauer deswegen, daß ich in dem Trödelschuppen so lange gebraucht hatte. Oder vielleicht wartete er hochkonzentriert auf eine Botschaft Jesu, der draußen auf dem matschigen Gehsteig auftauchen könnte. Vielleicht empfing er göttliche Morsezeichen direkt durch die zitternde Gangschaltung. Muß doch beruhigend sein; wenn man's DRÜBEN alles schon geregelt hat, kann man hier in seinem schäbigen Käfer hocken und völlig gelassen der ungeheuerlichen Perspektive des ewigen Lebens entgegensehen. In meines Vaters Garage stehen viele Jaguars. Aber auch ein, zwei Austin Minis für die Agnostiker.

Jetzt zog links der Sighthill-Friedhof vorüber, für die Bewohner der Blocks in der Fountainwell Road ein sehr viel deutlicheres Memento. Scharfe Wohngegend, wenn man sich's recht überlegte, der ständige Anblick der bemoosten Grabsteine gibt einem immer neuen Lebenseifer. »Du liegst da drunten. Ich kann noch schnaufen. *Du* kannst nicht rauchen, *du* kannst nicht saufen!«

Schließlich hatten wir Springburn abgeschüttelt, und nach einer Weile stockerten wir durch die engen Straßen von Crabton. Die Art Ort, die man nur aufsucht, wenn das Flugzeug notlanden muß. Das architektonische Generalthema hieß Anonymität und wurde so getreulich durchgehalten, daß man selbst den Friedhof direkt an der Hauptstraße kaum finden konnte.

Crabton waren wir schließlich auch los, und eine arktische Landschaft drängte nun heran, langsam blätterten sich Felder auf wie ein schimmernder Fächer, der mich langsam in den Schlaf wedelte. Als ich erwachte, waren wir schon am Rand der kürzlich erbauten Nat-Smollet-Siedlung angelangt. Was'n *reizendes* Winterwunderland. Sogar der Schnee hatte hier in der Gegend einen üppigen Glanz, einen luxuriösen goldenen Schein, was von einer großzügigen Ausstattung mit gelblich strahlenden Straßenlampen kam. An beiden Seiten sah ich gedrungene, schneebemützte Hypotheken vorüberziehen, und manch einen stattlichen Pfändungsfall, in allen Fenstern waren Christbäume angekettet. Hier im Neureich, wie ich's gern nannte, residierten unter einem glücklichen Stern Mr. und Mrs. Jack Sherman.

5

Wenn Jean-Paul recht hat (»Die Hölle, das sind die anderen«), dann ist offenbar das Purgatorium der Ort, wo diese anderen ihren Hunden Auslauf geben. Phyllis Sherman mußte mich mehr oder weniger freischaufeln, als mich eine sabbernde Lawine aus Fleisch und Maulgeruch namens Faraday unter sich begrub, ein Bernhardiner, der eine Ketchup-Flasche statt des traditionellen Cognacfäßchens umgeschnallt hatte. Phyllis versetzte dem Vieh Hiebe, die bei einem menschlichen Wesen auf schwere Körperverletzung hinausgelaufen wären. »*Fa-ra-day!* (Zack! Zack!) HÖRST DU AUF! (Zackzack!) Aua, böser Hund. Und wer hat dir diese alberne Flasche umgehängt? Jason... Jason, komm sofort hierher!« Aber der kleine Jason, der auf seine Hochgebirgsrettung unter einem Stapel »Schnee« im Wäscheschrank gewartet hatte, entschloß sich klug zur Mäuschenstille, sollte der Hund sich durchwalken lassen. Der Bernhardiner wurde endlich dazu verurteilt, eine Weile im Keller zu schmachten, obwohl selbst von dort her sein Gebell kräftig genug klang, daß man hätte meinen können, der halbe Hundeclub der Gegend sei auf seiner Seite. Seine massiven Kopfstöße gegen die Tür ließen jeden Moment ein Krachen berstender Angeln und abplatzender Schrauben und die explosive Verwandlung der Türfüllung in Sägemehl befürchten. Phyllis stürmte zu der vibrierenden Tür und rief mit hoher, aber stetiger Stimme: »Mach nur so weiter, mein Junge, und du wirst den Rest deines *kurzen* Lebens auf Futter aus dem *Sonderangebot* gesetzt!« Faraday verstummte. Unverzüglich stellte er das Gebell ab, das Gewummere gegen die Tür, alles. Ich weiß nicht, was die in ihre Sonderangebote reintun, aber eins steht fest – die Geschmacksnerven von Hunden müssen panisch darauf reagieren.

»Tut mir sehr leid«, entschuldigte sich Phyllis, »aber gestern hat ihn ein alter Penner vor dem Supermarkt angeschrien. Und wie er dich jetzt gesehen hat, ist er vielleicht... also jetzt ist er jedenfalls schön brav.«

Mein Gott! In diesem Haus werden keine Gefangenen gemacht. Erst hetzen sie den Hund auf dich, dann machen sie dir indirekt, aber unmißverständlich klar, daß du der Doppelgänger irgendeines stinkenden alten Vagabunden bist! Phyllis setzte das unterbrochene Ritual jetzt fort, den Gästen die Mäntel abzunehmen, eine tütelige Spießergewohnheit. In der Scobie Street hielten die Leute davon nichts, die konnten sich selber aus ihren Klamotten pellen, na ja, bei einer Party vielleicht, da würde schon mal ein zu diesem Zweck abgestelltes Haushaltsgör sich drum kümmern, und die Mäntel würden dann in einem wilden inzestuösen Knäuel auf dem Bett des Hausherrn enden. Als ich Phyllis' Einladung, meine Kampfjacke abzulegen, abschmetterte, hoben sich ihre gnadenlos gezupften Augenbrauen einen Millimeter oder so, gerade genug, um ihre unauslöschliche Verachtung für meine krawattenlose Herkunft und meine perspektivenlose Zukunft anzudeuten. Obwohl Phyllis wie ihre Schwester Rhona in den Gorbals geboren war, war die Familie Carlyle in einem nie genauer erläuterten Zusammenhang plötzlich zu Geld gekommen und hatte bald darauf den Staub des Slums von den Füßen geschüttelt und sich in die gesündere Luft von Kings Park verfügt, wo Mr. Carlyle sich als Schlosser selbständig machte. Ihr neues Heim war ein erstklassiges Sandsteinmietshaus gewesen, von der Haustür bis zum Scheitel gefliest, und auf allen Treppenabsätzen, muß man sich mal vorstellen, Linoleum, und blühende Topfpflanzen auf den Fenstersimsen.

Zum Zeitpunkt des Carlyleschen Exodus war Rhona

zehn oder elf gewesen, und ich galt als der, der »mit ihr ging«, wie das damals hieß. Als ich in der neuen Behausung auftauchte, war Mrs. Carlyle weit davon entfernt, sich über meinen Besuch zu freuen. Tatsächlich hielt sie mir eine zeigefingerwackelnde Standpauke, inwiefern ich ihre Töchter in Ruhe zu lassen hatte, wobei sie plötzlich jede Kontrolle über sich verlor, mich beim Kragen packte und die Treppen hinunterschleifte, den Gang entlang, und mich dann aufs Pflaster schmiß. Als ich halb betäubt aufstand und sie sich den Staub von den Händen klatschte, kreischte sie: »Geh wieder in deinen Dreck, wo du herkommst, du und deine Gossenfamilie! Und wenn du dich nur auf eine Meile an meine Tochter ranmachst, hol ich die Polizei, ist das klar?«

Natürlich hatten Rhona und ich uns trotzdem weiterhin gesehen – es gab genügend Parkanlagen für unsere Zwecke. Manchmal frage ich mich, ob die Carlyles da nicht zu rasch durchgedreht hatten – ob Rhona und ich wohl weiter miteinander »gegangen« wären oder ob unsere kindliche Verknalltheit nicht trotz des Reizes der verbotenen Küsse auf die übliche Art und Weise verflogen wäre. Eines Tags sah ich sie mit so einer Schafsnase zusammen, der Typ hatte ein Gesicht wie ein frischgeschrubbtes Knie und eine Stan-Laurel-Frisur. Er hatte ne schnieke Schuluniform an und, Gott steh uns bei, er trug Rhona die Schultasche. Das nächste Mal, als ich Rhona sah, war ich schon halb breit und zusammen mit so Gangstern wie Vic Rudge, Hatchet Hannah, Chibber Freeland und Kinch O'Kane. Auf dem Glasgow Green war das gewesen, als in den Ferien der Jahrmarkt gekommen war. Und das ist dann, wie man sagt, eine andere Geschichte.

Phyllis grinste mich an, amüsiert, daß ich mich nicht von meiner Jacke trennen wollte.

»Was ist denn, Patton?« fragte sie. »Hast du Angst, daß der Dritte Weltkrieg ohne dich losgeht?« Das war eine beiläufig abgefeuerte Kugel in einem alten Gefecht zwischen uns beiden. Phyllis machte sich lustig über mich, wo sie nur konnte. »Einen wandelnden Widerspruch« hatte sie mich ins Gesicht hinein genannt. Da ich ein Pazifist bin, der seinen Antiatombutton an einer Yankee-Kampfjacke trägt, hat sie vielleicht nicht ganz unrecht. Wenn mir nur rechtzeitig Walt Whitmans genial sanfter Konter eingefallen wäre: »Widerspreche ich mir da selbst? Also gut, ich widerspreche mir selbst.« Statt dessen hatte ich mit irgend so einem pubertären Scheiß ausgeholt, ich sei »im Krieg mit der Gesellschaft«. Kein Wunder, daß sie da bloß spöttisch gekreischt hatte, diese Zimtzicke mit ihrem gußeisernen Namen.

Sie hielt immer noch die weißen Gastgeberinnenhände ausgestreckt, mit einer Art Gib's-mir-doch-Geste, die irgendwie spielerisch wirkte, wie von einer großen Schwester. »Spielerisch«? »Große Schwester«? Du bist nicht ganz dicht! Wenn Phyllis hier je spielerisch wird oder sich als große Schwester fühlt, dann ist die Kobra ein Kuscheltier, alles zurück auf Feld eins. Niemals, ich zieh meine Jacke für die nicht aus. Sie kommt noch auf den Gedanken, ich könnte länger bleiben, als es braucht, das Kindimobil aufs Dach vom VW zu schnallen, daß wir uns wieder auf den Weg zu Schwiegermuttis Drachenhöhle in Kings Park machen können. In ihrer gegenwärtigen Einsamkeit war meine Bude in der Scobie Street zu einbruchsgefährdet, also würde der Kinderwagen sich zu dem ganzen anderen Kram gesellen, der sich schon in Rhonas Kindheitsnest stapelte. Bei diesem Arrangement ließ sich auch irgendwie die abergläubische Vorsicht berücksichtigen, daß man nicht allzugut auf die Ankunft eines Babys vorbereitet sein soll, weil sonst der Herrgott dem allzu arroganten Mutterschoß eins überbrät oder so ein Stuß. Ein weiterer Grund für die fixe Position der Jacke war der Zustand des Pullovers drunter, der schon manche Motte genährt hatte.

Auch Eddie wollte sich nicht so recht aus dem Mantel schälen. »Sollten wir nicht erst die Angelegenheit erledigen?« schlug er in genau dem Tonfall vor, den man von dem Mann mit dem Metermaß und der Grundausrüstung fürs Ewige Leben erwarten würde, wenn der mal kommt und sich diskret um die Überreste kümmert. Phyllis war das Gezögere langsam leid. »Wo bist du denn überhaupt so lang geblieben?« fragte sie ihren Bruder, als sie ihm den Mantel von den Schultern riß und das gute Stück mehr oder weniger auf den Haken spießte. »Mammi war ganz außer sich. Alle fünf Minuten hat das verdammte Telephon geklingelt.«

Eddie ruckte mit dem Daumen in meine Richtung. »Seine Schuld. Hat endlos in einem Trödelladen verhandelt. Wahrscheinlich mußte er den Inhaber überzeugen, daß er nicht zum Angebot gehört.«

Donnerwetter, ein seltenes Scherzchen aus der Düsterfresse meines Schwagers. Jetzt du, Schwesterchen. Laß mich nicht im Stich. Phyllis grinste mich an. »Ein Trödelladen? Endlich mit den Weihnachtseinkäufen angefangen, Patton?«

Schöne Zähne hatte dieses Klassekroko – und so viele! Ihr Lächeln schnappte zu. Sie schloß fest den Schraubverschluß der Ketchup-Flasche, die sie Faraday bei unserer historischen Schlacht im Vestibül abgenommen hatte, und fing dann an, nach ihrem Sohn zu rufen. »Ich wärm dir dein Hinterteil, wenn du nicht augenblicklich hier antanzt.« Kein attraktives Angebot, der Junge blieb in seiner Alpenfestung. Ich sah nun, daß Phyllis seit ihrer Operation ziemlich abgenommen hatte. Stand ihr aber gut. Sie trug einen pflaumenblauen Pullover mit einem – so heißt das, glaub' ich – Kapuzenausschnitt und enge Sporthosen. Ihr Haar war zu einer Frisur aufgetürmt, die ich bei Rhona gern hatte, wenn die sie auch selten trug, weil sie ihr angeblich Kopfweh machte. Beide Schwestern hatten das gleiche Haar, tiefschwarz und üppig, mit einem blauen Krähenschimmer. Sie hatten auch gemeinsam, daß beide irgendwie stolz, vielleicht sogar arrogant wirkten, was eng mit ihren Wangenknochen zusammenhing und mit der Art, wie sie einen von oben herab anschauten. Rhona sieht wohl insgesamt besser aus, aber Phyllis liegt definitiv in der Popokonkurrenz vorne. Schade, daß sie jetzt in ein Mieder gestiegen war, dessen sichtbare Säume die glatte Linie ihrer Hinterbacken störten.

»Donald ist aufgekreuzt«, sagte Phyllis zu ihrem Bruder, als wir ihr wie zwei staubige Gasmänner den Korridor entlang folgten. Bei jedem elastischen Schritt erinnerte uns der Teppich daran, daß wir auf einem bombastisch teuren *tapis* marschierten, in den die langen schweren Tage und kurzen schlaflosen Nächte des Käufers Jack Sherman eingewoben waren. Eddie nickte zu der Bemerkung seiner Schwester. »Jetzt steht er also auf den Zephyr, wie ich sehe. Hat doch immer von einem Caddie geschwärmt? Hrrrrmff.«

Hrrrrmff in der Tat! Was sollte der schwindelfreie König der Berge in seinem behaglichen Versteck von diesem verbalen Schneetreiben halten? Wenn er sich später im Leben mal mit einem Wörterbuch auskannte und versuchte, dieses mitgehörte Gespräch zwischen seiner Mutter und seinem Onkel Eddie zu rekonstruieren, dann würde dabei herauskommen, daß einmal kurz vor Weihnachten ein gewisser Donald irgendwo (wo?) aufgekreuzt war, sich dann auf einen milden Wind gestellt hatte, während er andererseits vorher viel von einem Golfbegleiter hielt. Als wäre der Planet der Kindheit nicht ohnehin sehr weit entfernt, auch ohne daß Erwachsene die Funkverbindung mit solchen Störgeräuschen sabotieren.

In meinem Plebejerschädel hatte ich mir gedacht, daß unser Status (Textilienlagerist und arbeitsloser Taugenichts) für Eddie und mich bestenfalls den Anspruch auf eine Tasse Kaffee und ein, zwei Plätzchen à la cuisine in der schwatzhaften Gesellschaft von Florrie Monks begründen würde, einem fleißigen und fleißig ausgebeuteten Haushaltsspielzeug, das sich Phyllis bei irgendeinem Domestikenverleih geholt hatte. Aber Herrjesses, führte uns die Dame des Hauses nicht geradewegs ins Shermansche Allerheiligste? In den Pfauenthronsaal? Tatsache! Wahnsinn!

Wenn man ins Wohnzimmer kam, konnte man sofort sehen, was gutes Geld und schlechter Geschmack zusammen vermögen, wenn sie sich nur anstrengen. Die Strategie der Möblierung und Innenausstattung in diesem Raum zielte auf ästhetische Diskretion, im Ergebnis aber war das ganze ein einziger brutaler Überfall aufs Auge. In der schüchtern zusammengekrümmten Haltung eines ehrfürchtigen Pilgers, rasch blinzelnd, als überwältige mich die Pracht dieser Kleinodienkammer des Kitsches, betrachtete ich das Porzellan, die Elfenbeinnippes, das Aquarium in der einen Ecke, den Fernseher in der anderen, das Pferdemobile, diese klingelnde Herde, die da unter der Decke kreiste, die gläserne Galeone mit der kleinen hölzernen Flasche in ihrem zierlichen Arschloch, die sternförmig an die eine Wand gepinnten Weihnachtskarten mit ihrem halbfertigen Astralzwilling an der Wand gegenüber. Und der Weihnachtsbaum! Wir dürfen den Weihnachtsbaum nicht vergessen – ein grünes pelziges Vieh, im nördlichen Bergwald von seinem kolossalen Wurzelballen weggerupft und hierher geschleift, um sich in der Ebene unter solch philiströsem Schnickschnack demütigen zu lassen ...

Dicht neben diesem abkastrierten Gewächs, auf dem Thron des großen Meisters persönlich, hockte ein munterer kleiner Laffe mit einem Gesicht, so rot und fröhlich wie ein bullernder Ofen, und mit einem so seligen Lächeln – von der prächtigen weißen Mähne ganz zu schweigen –, daß er ohne weiteres als Nikolaus in Zivil durchgegangen wäre. Ich weiß nur allzugut, daß die tägliche Geldverdienerei einen manchmal um Jahre altern läßt, aber nicht einen Augenblick ließ ich mich dazu verleiten, diesen festiven Zwerg für Jack Sherman zu halten, heimgekehrt vom harten Tagwerk an der Geldpresse. Nein, Sherman war in der Regel um diese Zeit nie zu Haus. Es war eher üblich, daß er sich von seiner leidenschaftlichen Affäre mit dem Geld erst sehr spät trennte und nach Hause schlich, wenn wir Faulpelze schon stundenlang beschickert waren. Wie könnte der Kapitalismus (und die Herzchirurgie) ohne solche Heroen blühen? Sherman war eine Art Finanzklempner. Vierundzwanzig Stunden am Tag war es sein Job, dafür zu sorgen, daß das Kapital auch frei und ungehindert in den vorgesehenen Bahnen zirkulieren konnte – eine verstopfte Fusion, ein Anlagenbruch, ein über die Ufer tretendes Schweizer Nummernkonto: Jack war der Junge, der alles reparierte. Geld heckt Geld, ein subtiles Handwerk.

Es stellte sich heraus, daß der Sportsfreund im großen Sessel ein einstiger Pfandleiher war, der sich von den Geschäften zurückgezogen hatte. Seine ganze freie Zeit war nun dem Dienst im großen Versatzamt des Himmels gewidmet, von dem verkündet ward, daß dort alle verlorenen Seelen wieder eingelöst werden können, auch wenn man den Pfandschein für das (an den Ellbogen durchgescheuerte) Engelskostüm nicht mehr hat.

»Tom«, sagte Phyllis mit der Sanftheit einer Venusfliegenfalle, »das ist ein guter Freund von uns – Donald Strang.« Sie schwenkte einen Tentakel, um ihrem Besucher anzudeuten, daß ich (hörbarer Seufzer) ihr Schwager Tom Clay war. Zufällig kannte ich diesen Mann vom Hörensagen: Rhona hatte damals kräftig sein Loblied gesungen, als sie naiv genug – und mutig genug – gewesen war, kraft eines einzigen Traumes fest daran zu glauben, ihre Hauptaufgabe im Leben sei es, meine Seele zu »retten«. Zu der Zeit damals fuhr ich auf das ganze Ragout östlicher Weisheit ab, ich fiel auf jeden Schwindel rein, der schön nach Curry roch. Mein Enthusiasmus begann allerdings von jenem Tag an dahinzuschwinden, als ich im Fernsehen einen berühmten Mystiker, Swami Nawalashi hieß er wohl, auf einem Flughafen durchdrehen sah, weil beim nächsten Heimatflug kein Platz mehr für ihn in der Maschine war. Das war genau der Clown, der in einem seiner Bücher behauptet hatte, er könne seinen Körper durch okkulte Kräfte an jeden beliebigen Punkt des Planeten versetzen. Aber ehrlicherweise muß ich auch sagen, daß ich wahrscheinlich nie drüber weggekommen bin, daß T. Lobsang Rampa, dessen Bücher über tibetanische Geheimlehren ich verschlungen hatte, in Wirklichkeit ein Installateur aus London war. Ich hab überhaupt nichts gegen Handwerker und ganz gewiß nichts gegen Installateure, aber ich muß gestehen, daß mir nach dieser Offenbarung mein mystischer Schwimmer nie mehr so richtig obenauf im Spülkasten schwebte.

Aber wo war ich stehengeblieben? Ja, Rhona und ihre Versuche, mich zu überreden, die Frohbotschaft doch anzuschalten, die angeblich jede Seite des Neuen Testaments unablässig sendete. Sie untermauerte diese Behauptung dadurch, daß sie mir heimlich Traktätchen und Bibelschriften in die Bücher schob, die ich gerade las, so daß ich als Lesezeichen für Kierkegaards *Entweder-Oder* ein fröhliches kleines Faltblatt mit dem Titel *Stell dich auf Gottes Habenseite* verwenden konnte. Nein danke, sagte ich meiner häuslichen Apostelin, ich zog das interessante Soll der Hölle vor. Viele dieser Traktate stammten aus der Feder des Mannes, der mir jetzt die Hand schüttelte. Damals war Strang ein aktiver Bibelschreihals in den Hinterhöfen gewesen. Kinder, die keine ganze Hose am Arsch hatten, wurden von Strang dazu ermuntert, sich »ihrer reichen Segnungen zu freuen« und diese am besten einzeln herzuzählen, worauf dann gemeinsam gesungen werden sollte: »Hinan, hinan, den Berg hinauf ins Licht, wie strahlet das Gesicht...« Strang behauptete, er habe schon so manche Seele gerettet und würde, so Gott wollte, noch viele retten. Um ihn zu prüfen, hatte der Herr seinem getreuen Leihhausdiener hohen Blutdruck, Arthritis und zunehmende Schwerhörigkeit gesandt.

Strang sagte – und sah dabei drein, als sei es ihm ernst –, er freue sich sehr, meine Bekanntschaft zu machen. Diese Versicherung wurde mit dem ohrenbetäubenden Fortissimo vorgebracht, das manchmal die Schwerhörigen kennzeichnet – entweder das, oder sie flüstern wie Agenten im Café. Aber als wir jeweils ein Stück Fleisch aneinanderpreßten, spürte ich, daß dieser einstige Pfandleihkobold bei unserer Begegnung eher neugierig als entzückt war. Es war ganz offensichtlich, daß er zwei Clays miteinander verglich: das Gespenst, das mir hierher vorausgeeilt war, dem untiefen Grab des Familienklatsches entstiegen, mit dem sogenannten »wirklichen« Ich, diesem Illusionistenkabinett aus verschiebbaren Spiegeln, geheimen Zugschnüren und Trickschubladen. »Da also«, sagte seine innere Stimme wohl gerade, »haben wir den Schuft, der Letitia Carlyle fast das Herz gebrochen hat!« Da stand in persona der Teufel, der die Gefühle ihrer jüngeren Tochter gefangengenommen und diese in den argen Sumpf des Slums zurückgeschleift hatte, aus dem sie vorher durch Glück und Geld befreit worden war. Tja, ist schon Tatsache, bei einem Händedruck spielt sich mehr ab als bloße Schweißvermengung.

Nachdem wir einander vorgestellt worden waren, setzte sich alles und trank Tee. Er wurde leider, leider nicht von unserer kleinen Perle Florrie Monks serviert, die sich bei zusammengebrochenen Busverbindungen und schneeverwehten Gehsteigen trotz heldenmütiger Anstrengung nicht hierher hatte durchschlagen können. Jedenfalls, Florrie putzte gewöhnlich morgens bei den Shermans, wenn sie auch gelegentlich – sofern ihre Gefängnisbesuche sie nicht in Anspruch nahmen (meine Söhne heißen Monk, sind aber nicht klösterlich veranlagt: ein kleines Scherzchen der kleinen Muttiperle, dududu!) – noch ein paar Stunden extra runterriß und vielleicht sogar zum Babysitting kam. Jetzt aber durfte Phyllis reihum den Tee eingießen, und der floß so blaß aus der Kanne, daß mein alter Herr ihn in den

Ausguß geschüttet hätte, mit dem angewiderten Gemurmel: »Ameisenpisse! Das isses und nix anderes. Ameisenpisse.«

Strang, dessen rosige Bäckchen sogar dann lächelten, wenn er sich ein Teeküchlein in das Loch im Bart schob, fing an, von irgendeiner gewaltigen Jesus-Jam-Session zu schwatzen, die morgen abend in der Tent Hall stattfinden sollte, einem evangelischen Hauptquartier nicht weit vom Glasgow Cross. Ich hatte davon schon dies und das im Carlylschen Lager flüstern hören, Klatschgeschichten, welche wichtigen Figuren alle teilnehmen würden, nervenzerfetzende Spannung.

Ich hatte mich in die älteste Ecke des Wohnzimmers gedrückt, direkt neben den Goldfischtank, und ich schaute den schläfrigträgen Kreaturen zu, wie sie durch ihre kühle grüne Welt schwebten. Unsterblichkeit für die Goldfische? Warum denn nicht! Viel unwürdigere und weniger prächtig ausgestattete Lebewesen sind zu göttlichen Ehren gekommen. Der heilige Pillendreher mal beispielsweise – die Dynasten aus dem Delta, die schlauen Jungs mit den hohen spitzen Grabmalen, die waren sich nicht zu schade, das Knie vor dem guten SCARABAEUS SACER zu beugen. Warum sollten also nicht – wie bitte? Sie möchten etwas über Wesen, Dimensionalität und Ort der Goldfischseele erfahren? Je nun, das ist schon eine höchst knifflige Frage. Sagen wir einfach: Sie ist ein winziger Furz Unendlichkeit, gleicht der Blase in einer Wasserwaage und ist im Thorax des Fisches zu finden.

In einer Ecke hustete eine alte Großvaterstanduhr diskret, ehe sie die Stunde verkündete. Ach Quatsch, Großvater! Das Ding war doch keine fünf Jahre alt. Simulierte Ehrwürdigkeit, genau wie die Mähne des unsterblichen Pfandleihers, der in Shermans Lehnstuhl seine metaphysischen Blähungen abläßt. Im Regal zwischen Jade- und Elfenbeinnippes stand noch eine Uhr: Sir Gulliver Newton, bis zu den Knien in chinesischem Bauernvolk, zeigte mit einer Abfolge metallgreller Rülpser die Stunde an, als bekäme er Sodbrennen von der Zeit, dann verfiel er abrupt wieder in strenges, stures presbyterianisches Ticken.

Das erwählte Trio im Wohnzimmer quasselte im Bewußtsein, daß es niemals sterben, sondern weiter und *weiter* leben würde, so nonchalant daher, wie eine solche Selbsttäuschung das mit sich bringt. Aber der große Meister hier in der Ecke, der spürte sie sehr wohl, die innere scharfe Spitze seiner Sterblichkeit, die Gewißheit, daß ihm das endgültige, ewige Ende bevorstand. Es spielte keine Rolle, ob er dabei Dylan Thomas den Gefallen tat und »tobte wider das Sterben des Lichts« oder von der Szene schlenderte und dabei »La Paloma« pfiff – seine persönliche Auslöschung war gesichert.

»Und dürfen wir Sie erwarten, Mr. Grey?«

Die Frage hatte mir Strang, der kleine Pfänderspieler, hingeworfen.

»Clay«, verbesserte ich ihn, »Clay ist mein Name.« Was sich, nach Phyllis' wütendem Stirnrunzeln zu schließen, für sie wohl am liebsten auf »aus und vorbei« reimte.

»Entschuldigen Sie, Mr. Clay. Ich wollte nur wissen, ob Sie am Samstagabend in die Tent Hall kommen werden.«

Ehe ich hier eine diplomatische Antwort geben konnte, schaltete Eddie sich ein. »Der ist Atheist«, sagte er und verzog säuerlich das Gesicht, als hätte er einen Hauch seiner eigenen Persönlichkeit eingeatmet. »Der glaubt an gar nichts.«

»Na, wenn er Atheist ist, dann glaubt er doch dadran«, sagte Strang raffiniert. »Aber lassen Sie ihn doch selber reden. Er hat doch eine eigene Zunge, was?«

Eine Strategie für mich zeichnete sich verschwommen ab: hier mußt du massiv verlieren, eine echte Diskussionsniederlage einstecken. Eine solche Demütigung könnte Phyllis ein wenig erweichen, sie gnädiger stimmen, wenn ich ihr dann was vorheulte, wie abgebrannt ich augenblicklich war. Würde sie es mir für diesmal erlassen, das Kinderwagengeld (sieben Pfund) zu erlegen, und warten, bis ich wieder was von der Stütze kriegte? Aber natürlich würde sie das, solange ich nur bereit war, das erforderliche Quantum Stolz zu verkaufen, bereit, ein wenig (bildlich gesprochen:) Stiefelleckerei zu betreiben. Jetzt aber kontrollierte Strang gerade meine Ausweispapiere fürs Himmelstor. Nein, sagte ich, ich sei nie in der Tent Hall gewesen. Ja, richtig, ich ging nicht mehr in die Kirche. Nein, ich glaubte nicht an die Existenz Gottes.

»Und was ist mit dem Beten?« fragte er.

»Ja, was ist damit?«

»Tun Sie's?«

»Tu ich was?«

»Beten. Beten Sie jemals?«

»Niemals.«

»Nicht einmal in einer Krise?«

»Ich hab gesagt: Niemals.«

Als kleiner Junge hatte ich einiges weggebetet: »Müde bin ich, geh zur Ruh, schließe beide Augen zu, Vater, sei doch du so nett und mach morgen früh das Bett«: Das war Papa Clays unorthodoxe Version, und es gab Familienkrach, als Mama mich das hersagen hörte. Obwohl wir ständig blank waren in jenen Tagen, schaute Mama doch immer danach, daß ich einen Penny hatte, den ich in Gottes Sparbüchse hinabklirren lassen konnte (bloß war das eigentlich, soweit ich mich erinnere, ein Samtbeutel). Natürlich nicht mehr zurückzufordern jetzt, diese Schenkungen, ein aufgelöstes Konto, wo sich keine Zinsen mehr sammelten. Die George-Bleaker-Gedächtniskirche – wer war denn dieser George Bleaker, daß zu seinem Gedächtnis so viele graue Steine aufeinandergetürmt worden waren? Die fromme Düsternis dieses Gebäudes hat meine halbflügge Seele fertiggemacht, das steht mal fest. Der Reverend Humphrey Weaver hat sie nur noch einbalsamiert mit seinen ständigen Sticheleien, wie sündenbefleckt sie doch sei. Engel, als Hausspinnen verkleidet – so erzählte er uns mit offenem Mund dahokkenden Knirpsen –, beobachteten uns aus den Winkeln unseres Schlafzimmers und kontrollierten, was wir so trieben. Jedesmal, wenn man eine Sünde beging, gab das (nach Reverend Weaver) einen Fleck ins Sündentuch. Wenn man sich dann schließlich am Himmelstor vorstellte, wollte Petrus das Sündentuch sehen; wenn die Zahl der Flecken ein bestimmtes Maß überstieg, dann schrie Petrus: »Verschwinde hier – du bist nicht sauber!« Vielleicht war das der Grund für die hohe Sterblichkeitsrate der langbeinigen Tierchen in unserem Viertel! Der Gestank der Bleaker-Gedächtniskirche hängt beharrlich bis auf den heutigen Tag noch an der Ruine ohne Dach, wenn auch selbstverständlich nicht mit derselben Intensität. Das war schon ein einzigartiger Mief, ein würgender Gestank nach frisch ausgeharkten Knochen und Leichenasche, verrotteten Bibeln und Reuegefühlen. Ja, und was bereuten wir, wenn nicht unsere Armut? »Weitaus mehr!« schrie Weaver. »Es sollte euch reuen, auch nur einen Atemzug zu tun, für den ihr dem Herrn nicht gedankt habt!« Wir sollten auch bereuen, uns über die Notwendigkeit beklagt zu haben, uns abzurackern, zu schwitzen, zu trauern. Hatte nicht die Vorsehung jeden einzelnen von uns zum geistigen Millionär gemacht? Der alte John Scobie, der Pazifistenbarde, hatte den Sargnagel auf den Kopf getroffen, als er seine »Geschichte des Webers / Es spricht Mr. Weaver« schrieb:

Die Kirch hier stinkt, daß Gott erbarm,
Sie stinkt wie Satan unterm Arm,
Gebratene Kacke (seltne Kost),
Wie Calvin auffem Höllenrost.

Die Bleaker-Gedächtniskirche erinnert mich an diese Jahrmarktsautomaten, wo der Einwurf einer Münze irgendein verstaubtes Drama zum Leben erwachen läßt, gewöhnlich ein Spukhaus oder eine Hinrichtung. Man schmiß seinen Penny in »Gottes Börse«, diesen bestickten Zimperliesenbeutel, den einem am Ende einer langen Stange irgendein sauertöpfischer Kirchenältester hinstreckte, dann sprang – ziemlich so wie das Pfarrerfigürchen im Automaten, das mit fahrigen Bewegungen dem Verurteilten etwas aus der Bibel vorzulesen versuchte – der Reverend Weaver in seiner Kanzel hoch und schwankte ein paar Augenblicke hin und her, ehe sein Mund zu klappen begann und das Wort Gottes wie ein toter Aschenregen auf die Gemeinde fiel. Noch einer von Papa Clays theologischen Merksprüchen: »Es steht schon bei den Patriarchen, du sollst nicht in der Kirche schnarchen.«

Mein Geschwätz war meinen Gedanken davongelaufen, immer eine heikle Sache. Was war bis jetzt gewesen? Ah ja, »Lasset die Kindlein«, diese Nummer. Man sollte doch meinen, daß sie irgendwann mal aufhören, an dieser trocknen Zitze rumzumelken. Was für ein Repertoire grimmiger Mienen wußte ihre Hochmütigkeit doch aufzubieten! Eddie schaute ebenso pikiert drein, sein rundes Barometergesicht zeigte stürmisches Wetter an. Beide Carlyles erinnerten sich natürlich daran, daß in dem Wortgerüst, das ich mir zimmerte, eine Falltür für die Unvorsichtigen verborgen war. Ich konnte sehen, wie die beiden zusammenzuckten, als der rotgesichtige Gnom auf den Brettern meiner Argumentation herumstampfte und prüfte, ob auch alles hielt. Und er fand – wie beabsichtigt – auch bald einen schweren strukturellen Defekt. Das war mir klar, und ich dröhnte weiter wie die Orgel der Bleaker-Gedächtniskirche.

Lange, nachdem die gelben Finger des alten Warnock die ebenso gelben Tasten verlassen hatten – er hielt die Hände hoch, um uns zu beweisen, daß er mit der Sache nichts mehr zu tun hatte –, knurrte die Orgel noch weiter und komponierte einen Choral von diabolischer Komplexität, sehr zum Ärger des Reverend Weaver, der sich schon erhoben hatte und dessen ungeschleuderte Donnerkeile um so mehr abkühlten, je länger er warten mußte. Wenn wir über diesen großen Pfeifenschrank sprachen, dachten wir Kinder immer, daß es da drinnen spuken müßte, und – aber ich muß jetzt aufhören, der Nikolaus will das Wort ergreifen.

»Liebe Zeit, junger Mann, ist das alles, was Sie draufhaben? Ich hab schon nach dem Kindergottesdienst schärfere Argumente gehört.« Er stach mit dem Zeigefinger in die gepolsterte Sessellehne, und es war, als hätte er auf einen Knopf gedrückt und als schieße nun ein Schub Energie durch seinen theologischen Argumentationsapparat. »Zunächst einmal war Calvin ein Franzose, kein Schweizer. Sie sind wahrscheinlich diesem Mißverständnis erlegen, weil er lange Zeit in Genf gewesen ist, wohin er sich geflüchtet hatte, als ihn der Zorn der Regierung wegen seines Eintretens für die protestantische Sache verfolgte. Ihm eine falsche Nationalität anzuhängen ist peinlich genug, aber dann noch Calvins Prädestinationslehre im Lichte der konfusen Darlegungen eines Sonntagsschullehrers ihrer Kindheit zu interpretieren, das, also das ist blanker Blödsinn. Sie sagen, dieser junge Mann – ich nehme an, er war jung? – ja, Sie sagen, er habe erzählt, daß Calvin gelehrt hätte, dieses Wort Jesu würde bedeuten, daß es um so gottgefälliger sei, je früher ein Kind stirbt! Daß das die vorherbestimmende Gnade Gottes sei! Und Sie scheinen zu glauben, Calvin sei tatsächlich einem solch entsetzlichen Irrtum erlegen und habe darüber hinaus in seinem bekannten (wie Sie sagen) inquisitorischen Haß auf alle Ketzer insbesondere die Vernichtung der Kinder befohlen, damit sie rasch zum Herrn eingehen könnten – das ist schlicht verrückt.« Er schob sich ruckartig in seinem Lehnsessel vor. »Tatsächlich, Mr. Clay, würde ich so weit gehen, zu sagen, daß Ihre Vorstellungen vom Calvinismus noch verrückter sind.« Er lachte und rieb kurz die Handflächen aneinander. »Ich glaube, daß Sie die calvinistische Prädestinationslehre nicht erkennen würden, wenn sie sich auf Ihrer Nase niederließe und dort die *Unterweisungen* von vorn bis hinten laut vorlesen würde. Erlauben Sie«, fuhr der Kobold fort, »daß ich dieses Knäuel aus Wolle und Nesseln entwirre, das Sie hier als Argumentation vorgebracht haben. Weit davon entfernt, ein ›Säuglingsverbrenner‹ zu sein – Ihr eigener grober und durchaus niederträchtiger Ausdruck –, hat Calvin seinen Glauben auf die folgenden Prinzipien gegründet: erstens: als Folge von Adams Fall ist der Mensch vollkommen sündig; zweitens: die Macht des göttlichen Willens ist absolut ...«

Während Strang fortfuhr, mich fertigzumachen, stand Phyllis auf und fing an, das Teegeschirr unauffällig auf einen Servierwagen zu räumen. Im Gegensatz zu ihrem Bruder, der offen triumphierte, blieb ihr Gesicht ausdruckslos. Aber zweifellos genoß sie das Schauspiel, wie ich verbal auseinandergenommen wurde. Eddie streckte tatsächlich den Kopf über den Rand des Grabens, in dem er sein Leben verbrachte, versteckt vor den Drohungen der Welt. Sein Grinsen wurde immer breiter, als Strangs dialektische Artillerie meine Stellungen in Trümmer legte. »Meine Herren – Uhrenvergleich!« Eddie kontrollierte seine Armbanduhr an dem Großvatersimulanten im Eck.

»... Und insofern der Mensch keinen eigenen Willen hat, ist es klar, wie sehr der Glaube die guten Werke überragt; drittens: es gibt keine Erlösung durch einen menschlichen Willensakt, sondern nur durch die Gnade Gottes ...«

Phyllis lenkte den leise klirrenden Wagen aus dem Zimmer. Ich tat so, als würde ich mich für meine Ansichten in die Bresche schlagen, und brachte es fertig, den Calvinistenexpreß ein wenig zu verlangsamen und etwas Existentialismus aufs Gleis zu bringen. Schauen wir doch mal, wie er bei einem Sonderzug à la Sartre mitkommt, unterwegs zwischen dem Nichts und der Ortlosigkeit. Er hörte sich mein Liedchen höflich genug an, aber offensichtlich ohne großes Interesse. Schließlich ging mir der Dampf aus, und ich hielt an.

Strang seufzte. »Es ist merkwürdig«, bemerkte er, »aber so viele junge Leute scheinen heutzutage als Antwort auf alle Fragen Nichts zu sagen.«

Ich schaute meinen Gegner über das Trümmerfeld meines Eröffnungsgambits hinweg an und stand nun vor dem Paradoxon, daß ich mich besiegen lassen wollte, aber ohne allzu krassen Gesichtsverlust. Eddies Gegrinse, das ich aus dem Augenwinkel immer mitbekam, ging mir auf die Nerven. Meine ersten Diskussionshiebe, die sich so zuversichtlich gegen die weichen Stellen gerichtet hatten, wo die Theologie verwundbar war, waren an einem unerwartet harten Schild abgeprallt.

»Und der Teufel, von dem Sie sprechen?« erkundigte ich mich. »Wo fügen Sie den in Ihre Ordnung der Dinge ein?«

Strang zuckte die Achseln. »Als Christ ist es meine Pflicht, Sorge zu tragen, daß er nirgendwo in unsere Ordnung eingefügt wird. Im Gegenteil, ich muß allen solchen Versuchen schärfsten Widerstand leisten. ›In der Ordnung der Dinge‹, wie Sie sagen, ist der Teufel nichts anderes als Gottes Schatten, eine dunkle Nachäffung, die durch das Fehlen des Lichtes entsteht. Da er Gottes ermangelt, hat er keine wahre Form, und ohne uns Sünder hätte er gewiß keine Substanz. Der Teufel ist tatsächlich nichts anders als die Schläue, mit der wir unsere eigenen Absichten hintertreiben.«

»Na kommen Sie«, spöttelte ich, »das ist ja, wie wenn ein Mann sich die letzten Haare wegrasiert, um seine Glatze zu verstecken.«

Strang lachte. Das Gespräch schien ihm Spaß zu machen. »Muß ich Sie daran erinnern, Mr. Clay, daß das Denken des Menschen von Irrtümern wimmelt? Er ist voller Trug, in ihm ein Bienenschwarm der Falschheit, der ständig den bitteren Honig der Sünde erzeugt.« Er legte beide Arme auf die breiten Lehnen des Sessels. Du Schmierenkomödiant! »Ich erkenne in Ihnen so vieles, was mich an mich selbst in früheren Jahren erinnert...«

Der rhetorische Seufzer des alten Windbeutels folgte pünktlich.

»Ja, wie eifrig schoß ich von einem Buch zum nächsten, plünderte die Schätze im Garten des Wissens, sammelte den intellektuellen Blütenstaub, flog am Abend mit meiner konfusen Beute ›wissenschaftlicher Gewißheiten‹ nach Hause!« Er schien an eine unsichtbare Zuhörerschaft zu appellieren, die sich, der Richtung seines Blickes nach zu urteilen, hinter dem Weihnachtsbaum versteckt hatte. »Man raubt einem Philosophen seine Süße und dann dem nächsten.« (Gelassen-müdes Wedeln mit der Hand.) »Und so geht es fort... geschäftiges Nichtstun...« Er schüttelte die bleichen Locken. »In die Jugend fällt viel Sonnenschein, Mr. Clay. Aber es wird nur allzurasch dunkel, glauben Sie mir. Und was entdecken Sie dann? Was?« Hinter dem aufgedonnerten Tannenbaum hielten die Zuhörer den Atem an. »Sie entdecken, daß all diese bunten blühenden Philosophien, die so offen und reizvoll dalagen, in sich zusammengeschrumpft sind und sich nur noch von ihrer eigenen jeweiligen Finsternis nähren.« Das gestische Klischee des Sich-den-Bart-Streichens fand hier seinen Platz. »Und Sie können sicher sein, daß jede einzelne dieser verwelkten Blüten nun von den Parasiten des Zweifels starrt, Wirtin ist von Millionen Insekten der Angst.«

Plötzlich ins Wohnzimmer stürzend, als hätte ihr ein melodramatischer Regisseur einen gewaltigen Stoß versetzt, trat jetzt hastig eine Mutter auf, ein blutüberströmtes Kind in den Armen. »Nun seht euch an, was ich im Wäscheschrank gefunden hab«, erklärte sie und schwenkte dann in gespieltem Zorn eine Faust vor dem blutigen, aber breit lächelnden Jungengesicht. »Der Kerl ist voller Ketchup.« Sie schüttelte ihn leicht. »Dir schieß ich die Absätze von den Stiefeln, Cowboy.«

Der Junge, der mich sozusagen zwischen zwei sorgfältig geschnittenen Gesichtern erwischt hatte (abklingender

Schock – keimender Glaube), streckte mir die Arme entgegen. »Onkel Tommy, wann bist du gekommen?« Seine offensichtliche Begeisterung darüber, daß ich da war, freute mich, schien aber seine Mutter zu ärgern. Obwohl Jason sich zappelnd zu befreien suchte, wurde er in einem mütterlichen Halbnelson festgehalten. Wie beleidigend wachsam sie schaute! »Onkel Tommy«, fragte der Junge jetzt, »gehst du immer noch mit mir in die Garelei?«

Phyllis verbesserte ihn. »In die Kelvingrove-Galerie.«

»Ja? Gehst du mit mir?« Jason wandte sich direkt an mich, aber ehe ich noch Muh oder Mäh sagen konnte, fuhr Mammi dazwischen. »Das kommt alles aufs Wetter an.«

Ja, ob sie irgendeinen Vorwand finden konnte, den Ausflug zu sabotieren! Das Kind spielte in einem Pulvermagazin mit Streichhölzern und wußte nichts davon. »Komm, du Strolch«, sagte Mutter Sherman, »jetzt gibt's ein zeitiges Bad für dich.«

»Aber es ist noch nicht richtig Nacht!« erklärte der kesse Bengel. »Sleepy Sam kommt noch lange nicht!«

Phyllis runzelte die Stirn. »Sleepy wer?«

Der Junge lachte. »Sleepy Sam. Der kommt und haut einen mit einer Tüte Ruß. Nicht, Onkel Tom?«

Phyllis warf mir den Blick zu, der heißen sollte: »Hast ihm wieder allen möglichen Unsinn beigebracht!«

Jason reckte sich immer noch zu mir hin. »Onkel Tommy, sind da wirklich Ritter mit Rüstungen in der Ga-«

»Im Museum?« Ich nickte. »Ganz recht, mein Kleiner, Pferde auch.«

»Übrigens«, sagte Strang und rutschte vom hohen Prachtsessel des Finanzgiganten herunter, »ich laß mal besser die unter meiner Haube arbeiten.« Als er den perplexen Blick des Jungen sah, lachte er. »Ich rede von den Pferden unter meiner Kühlerhaube, Jungchen.« Er hob die Hand und fuhr sich durch die graue Mähne. »Hast du gedacht, die haben hier oben ihren Stall?« Er durfte dem Jungen unters Kinn fassen, ihm den Kopf tätscheln und sogar – mit nur schwächster elterlicher Mißbilligung, wie sie hier rituell vorgeschrieben ist – eine Silbermünze in die Hand drücken. Das letzte Mal, als ich etwas Onkelmäßiges in dieser Richtung gewagt hatte, bekam ich einiges von Phyllis zu hören. »Wie soll er denn den Unterschied zwischen dir und irgendeinem perversen alten Lüstling wissen, der ihm auf der Straße Geld anbietet?« hatte sie ihre erstaunliche und, ich muß es zugeben, verletzende Mißbilligung formuliert.

»Ich hole Ihren Mantel«, sagte Phyllis zu Strang und schleppte dann Jason so rasch außer Sicht- und Hörweite, daß die zufallende Tür den Schluß von seinem »Gute Nacht, Onkel Tommy« abschnitt. Onkel Eddie, den das Kind immer ignorierte, weil für Onkel Eddie solche kleinen Krabben immer ein zu großes Problem waren, kehrte uns den Rücken zu und schien äußerst interessiert die Weihnachtskarten zu studieren, deren süßliche Sentimentalitäten bröckelnde Freundschaften wieder ein Jahr lang kitten sollten. Was für ein einsamer Arsch war er doch, aber dabei boshaft wie die Sünde. Der Archetyp des gemeinen Menschen, das war Eddie – der, der laut Walt Whitman »zu seinem eigenen Begräbnis geht im Leichenhemd«. Plötzlich fiel mir wie ein Schmerz mein eigener Onkel Norman ein, der hatte, so schien es, immer ein Zweishillingstück aus der Tasche zu ziehen gewußt, das den ganzen Tag an seinem Schenkel heiß geworden war, eine Münze für seinen Lieblings- (und einzigen) Neffen. »Clay heißt Erde, und jetzt beweist es wieder einer«, hatte mein alter Herr gesagt, als wir von dem traurigen, dreckigen kleinen Friedhof in Dumfries zurückschlurften.

Strang drehte sich zu mir und drang in die relative Kühle der Goldfischecke vor, um mir die Hand hinzustrecken. Ich stand auf, um sie zu ergreifen. »War nett, Sie kennenzulernen, Mr. Clay. Sehr interessant. Sie sollten mal samstags in der Tent Hall vorbeischauen. So eine fröhliche Versammlung immer! Und Fröhlichkeit, eine fast kindliche Fröhlichkeit, das werden Sie mir zugeben, ist auf dieser Welt nicht gerade im Übermaß vorhanden, oder was meinen Sie?« Ich lächelte über die schlaue Volte, mit der er noch einmal die Kinder in seine Suada eingeschmuggelt hatte, aber ich merkte auch, wie ich aus irgendeinem Grund zustimmend nickte. Als unsere Hände sich voneinander lösten, warf er mir noch eine merkwürdige Frage hin. »Gehen Sie je bergsteigen, Mr. Clay?« Als ich den Kopf schüttelte, nickte er energisch. »Gut, gut! Ich rate Ihnen, das auch nie zu tun. Sie verstehen mich recht – nie!« Die Hand grüßend emporhebend, ging er zur Tür. »Wiedersehen, Edward, auch dir alles Gute. So Gott will, sehen wir uns morgen abend.«

Die Wohnzimmertür schloß sich hinter ihm. Ehe ich richtig begriffen hatte, was ich tat, brannte eine Zigarette zwischen meinen Fingern, das Ding schien sich im Zentrum meiner schweifenden Gedanken von selbst entzündet zu haben. Ich war erstaunt und fast ein wenig fasziniert von der Warnung des Ex-Pfandleihers vor allen Plänen, in die Berge zu gehen. Wahrscheinlich war ein solches Vorhaben kaum – mir kann's schon schwindlig werden, wenn ich am Rand des Bürgersteigs stehe, mich wird niemand dabei erwischen, wie ich mit meinen Nagelschuhen am Ben Nevis hochtigere – diese kalte Örtlichkeit, wo die Engländer in ganzen Busladungen hinfahren, um sich von den eisigen Klippen runterzustürzen. Ich rede hier von dem Berg und nicht von der Ben Nevis Bar auf der Calton. Ja, das mag schon ein kalter Laden sein, aber ich würde mich jederzeit an der Theke anseilen.

Im wächsernen Gesicht die ganze zornige Entrüstung eines Priesters, der ein Paar im Beichtstuhl beim Rumschmusen erwischt, kam Eddie zu mir hergeschritten und hätte mir das Stäbchen aus dem Mund gehauen, wenn ich nicht rascher gewesen wäre.

»Hier darf nicht geraucht werden!« zischte er.

Ich nickte, nahm aber doch noch ein paar tiefe Züge, ehe ich die Kippe ausknipste und sie im feuchten Kompost einer rumstehenden Zimmerpflanze beerdigte. Ich schwenkte eine Hand durch den Qualm.

»Da, war doch gar nicht arg laut, oder?«

6

Ich hatte mal diesen Traum, der fing damit an, daß sie mich auf einer Tragbahre in den Salty Dog Saloon brachten. Meine Träger waren zwei jüdische Jungs aus meiner Mittelschule, Bauxenbaum und Yaffie. Mit einer Achtlosigkeit, die man ihnen in der wachen Welt nicht nachgesehen hätte, bugsierten sie mich auf einen Tisch und überließen mich da meinen eigenen goijischen Angelegenheiten. Ich lag auf dem Rücken, zermalmt und blutig wie eine Ameise, die das grasige Gebiß eines rüttelnden Rasenmähers ausgespien hat. Ich fing an, nach etwas zum Trinken zu rufen, aber meine Worte kamen mir aus irgendeinem Grund deutsch aus dem Mund: *»Wasser... Wasser...«* Ich hab keine Ahnung, weshalb, vielleicht wollte die Traumregie das Zischende des Wortes betonen, wollte, daß es an einen pfeifenden undichten Reifen, eine punktierte Lunge erinnerte; gewiß hätte ein gutes, hart konsonantisches englisches »Water!« der Zusammenbruchsstimmung widersprochen, die bis jetzt in meinem Traum regierte.

Ich hätte bis zum Ladenschluß daliegen und *wassern* können, das Personal nahm keine Notiz von mir, was doch ziemlich deprimierend war, schließlich war's die Verwandtschaft. Daß sie tot waren und nicht nur im Sterben lagen, hatte vielleicht was damit zu tun, aber Mama Clay hätte ja zumindest ein aufmunterndes Wort oder einen tröstenden Blick für mich erübrigen können. Aber nein, mit Lappen und Putzmittel war sie vollkommen damit beschäftigt, einen Fleck von der polierten Theke zu wienern (»Fort, verdammter Fleck!«). Papa Clay, einen Bleistiftstummel hinterm Ohr, kämmte sorgsam eine Sportzeitung auf der Suche nach Renngewinnern durch, immer noch im Geschäft, während Opa Gibson am Ende der Theke stand und sich mit ganzer Konzentration in das Einsargen eines Modellsegelschiffchens versponnen hatte. Der einzige, der tat, was in einer Bar eigentlich selbstverständlich sein sollte: Alkohol ausschenken und dafür abkassieren, das war Onkel Norman. Als Kunden hatte er seinen Ex-Chef, Farmer Irwin, vor sich stehen. Zwei Kinder hüpften im Saloon hin und her. Eins war mein jüngerer Bruder Martin, den mit sieben die Hirnhautentzündung erwischt hatte, die damals epidemisch durch Glasgow gefegt war. Er warf wie mit flachen Kieseln mit Bierdeckeln nach einem Babymädelchen, das in seinem Gummiwindelpaket hin und her wackelte und gurrte. Wie ein winziger Atlas trug Mädi auf den schmalen Schultern einen grotesken Riesenkopf. Ein Graubart kam ins Lokal gestockert. Er sah aus, als käme er aus einem brennenden Haus: Rauchfäden lösten sich immer noch von den Nähten seiner versengten Strickjacke, und auf seinem angekokelten Gesicht formten sich Brandblasen.

Dieser eigenartige Traum stieg wieder hoch und wollte begutachtet sein, als ich die Theke im Salty Dog stürmte und mich mit beiden Ellbogen durch die Doppelreihe militanter Säufer zu meinem Stammplatz arbeitete. »He, Sammy«, schrie ich, und zerrte den Wecker aus meiner Tasche, »deine Kneipe geht schon wieder zehn Minuten vor.«

Ach, kein Zweifel – das Leben ist eine gute Sache, da müssen die Leute auf einen reagieren, sie können nicht einfach wie im unhöflichen Reich des Traumes so tun, als wärst du gar nicht da. Sammy war natürlich eine Ausnahme. Der nahm überhaupt keine Notiz von mir. Aber er paßte ja auch auf die Kasse auf, was? Und glauben Sie mir nur, bei so viel abgerissenen armen Schweinen drumherum lohnte sich das auch. Ich stellte die Uhr vor mich hin auf die Theke, dann schüttelte ich ein glitzerndes Schneekonfetti über den alten Andy Spowart, der aus einem Glas dünnem Rotwein eine Rheumakur zu lutschen versuchte. »Tut mir leid, Andy«, entschuldigte ich mich, als er wie ein Furz im Badewasser zu gurgeln anfing, »aber du stellst dich auch immer so saublöd in die Gegend.«

Ich brauchte eine Zeitlang, um eine Bestellung loszuwerden. Nichts von Paddy Cullen zu sehen in den wogenden Reihen. Paddy war der zweite Vorführer im Planet. Das beste kleine Kino am Platze. Beliebter Austragungsort für Flohkongresse. Wie hieß das immer? »Ins Planet gehste allein rein und kommst in guter Begleitung wieder raus.« Wie das Kino war auch das Lokal hier schon so gut wie abgerissen. Es war gemein, wenn man dran dachte, daß ein stinkiges Stück Ödland draus werden sollte. Der Salty Dog Saloon, die beste kleine Kneipe, ausnahmslos, da gibbsnix. Hände flatterten über schaumgekrönten Biergläsern, Nuggets von goldenem Whisky glänzten überall. Geklirr der Gläser, Geklacker der Dominosteine, das rasche Zack-Zock-Zack von Darts, die in die Scheibe stachen. Papiergirlanden spannten sich unter der Decke durchs Zimmer, und mit Wattewolkenbuchstaben wünschte der quere Spiegel allen ein Frohes Fest. Um Freddy Green, der manchmal nebenher ein bißchen an der Bar bediente, lauschte eine Gruppe von Trinkern weit vorgebeugt einem Witz aus seinem Schatzkästlein; die Lunte der Geschichte war schon fast abgebrannt, und bald entlud sich explosiv die Pointe. Die schmale Fläche hinter der Bar war Freddys Bühne, da machte er den Clown, zeigte seine kleinen Tricks und schwatzte den Säufern nimmermüde die Ohren voll. Trauerkloß Sam Murney, der Abkassierer, von dem es hieß, daß er eher in einen Katheter am Bein pißte, als seine Kasse zu verlassen, machte Freddy immer Vorwürfe, wenn er sich danebenbenahm, und der Komiker antwortete stets mit der traditionellen Replik : »Schaut euch diesen Otto an! Kann sich nicht entscheiden, ob er furzt oder in die Hosen scheißt wie ein Mann.«

»Kannst du dir nicht ne Uhr kaufen wie jeder andere?«

fragte Millie, das Wochenendmädel (Mädelchen! Ach ja!), als sie mir ein Pint Lager hinschob. Ich streichelte den Wekker. »Hab ich von den Anonymen Alkis, sobald er klingelt, hab ich zuviel.«

Millie war groß, blond und schrill. Sie hob die Uhr hoch und hielt sie sich ans Ohr. »Der Scheiß tut ja gar nicht!«

Ich nickte. »Na ja, Millie, wie man so schön sagt – nix is vollkommen.«

»Da haste aber auch recht, Tommy mein Jung, recht haste da«, sprach eine Stimme feucht in mein linkes Ohr. »Nichts ist vollkommen, aber es könnte trotzdem alles verdammt viel besser sein.«

Ich runzelte die Stirn und stemmte mein Glas. Ich muß natürlich neben Schwatzkopf Sloan landen. Schwatzkopf war ein alter sozialistischer Bafler, einer von den Graubärten, die in dem als »Rote Ecke« bekannten Winkel der Kneipe den Kapitalismus zur Minna machten. In seiner Jugend war Sloan der fetten Vokabelschnecke »Bourgeoisie« begegnet und hatte hungrig seine Fänge hineingeschlagen. Er wurde rasch süchtig nach ihren dekadenten Säften und war jetzt so chronisch abhängig, daß er kaum ein paar politische Sätze zusammenstricken konnte, ohne das archaische Klassenuntier mitreinzuziehen. Er streckte eine vibrierende Hand aus – einen frohen Augenblick dachte ich, er sagt: Also bis dann! – und knickte die Finger scharf nach unten. »Das isses, was mit dem Land nich stimmt, Junge – keine Balance. Zuviel Gold auf der englischen Seite. Frag dich doch mal, jawohl, frag dich, warum einer in London drei Lappen mehr nach Haus trägt als der Arbeitsmann in Glasgow? Für, jawohl, für dieselbe Arbeit? Ich werd's dir sagen, weshalb – weil so die Buhschwasie regiert. Durch Spaltung! Jawohl, die alte Taktik bekanntlich, teile und herrsche...«

Wie er weiterschnatterte, schob Schwatzkopf beiläufig eine Zehnshillingnote über die Bar, für das Pint, das man ihm grade hingestellt hatte. Überall um mich rum knallten unterbezahlte Glasgower Süffler ihre guten Mäuse auf die Theke und bekamen ihre Medizin, und vielleicht, jawohl, brauchten sie eben auch ein klitzekleines Schlückchen mehr als ihre englischen Kollegen. Schwatzkopf ließ was von seinem Wechselgeld fallen, und als er sich bückte, vollführte ich so listig und glatt einen Zaubertrick, daß ich eine Mitgliedskarte im Magischen Zirkel verdient hätte; statt dessen wollten sie ein Ticket von der Kneipenlotterie an mich loswerden. Ich ließ meine Chance auf den ersten Preis sausen – das Gerücht ging, der wäre »Einmal an Millies Strumpfband schaukeln« – und schaltete, als Schwatzkopf weiter Politik abließ und mit allen Kräften buhschwasierte, meinen Ohrenscrambler ein, um mich innerlich ganz auf einen total lächerlichen Anblick zu konzentrieren – einen VW-Käfer mit einem Silvercross-Kinderwagen auf dem Dach! Was für ein Bild, es war ein Wunder, daß niemand aus dem Haus gelaufen war und einen Eimer Wasser über diese Kopulation geklatscht hatte. Zunächst mal war der Käfer nie für einen Dachträger gebaut und bestimmt nicht dafür, einen Kinderwagen zu transportieren, der aussah wie Spezialanfertigung für Fam. Goliath. Ich schlug Eddie vor, es wär wohl besser, den VW auf den Kinderwagen zu packen, aber mein Scherzchen kam nicht besonders gut an. Ein Unfall schien unvermeidlich, aber überraschenderweise waren wir schon so weit, diesen Babybrummi Mama Carlyles Stiege hochzuasten, als er endlich passierte: Ich stieß zart gegen eine Topfpflanze auf dem Fensterbrett am Treppenabsatz, und die stürzte ab.

Drei Türen flogen synchron auf; drei Harpyien erschienen auf dem obersten Absatz; drei grimmige hauspantoffige Hausdrachen stiegen herab mit scheltenden Zungen – Letitia Carlyle vornedran.Wäre diese Hexentruppe mit ihren Besen bewehrt gewesen, hätten die mich zweifellos sofort zerschmettert. Die Pflanze selbst, ein schimmelpilzähnlicher kleiner Blattverstreuer, lag zwischen den Topfscherben und der rausgekleckerten Erde auf dem Linoleum und streckte ihre Wurzelbärtchen in die Höhe wie eine tote Katz die Pfötchen. Laut erschallte das Lamento der Macbeth-Sisters, lauter noch ihre Verwünschungen – »tolpatschig«, »blöd«, »ungeschickt«, das waren drei von den milderen Adjektiven, die mir Mutter Carlyle giftig ins Gesicht spuckte.

Gemeinsam schienen sie andeuten zu wollen, daß das ja wohl kein Zufall war, sondern ein kalter, geplanter Akt von Florizid. »Meine Damen und Herren Geschworenen, dies war keineswegs das erste Mal, daß der Angeklagte eine Topfpflanze gemeuchelt hat! Ich darf Ihre Aufmerksamkeit auf den Fall der bombardierten Begonie lenken! Als er nicht älter als zehn Jahre war, hat der Unhold, der hier auf der Anklagebank sitzt, hat dieser eiskalte Chlorophyllschlächter absichtlich und aus niedrigen Beweggründen mit einem Ziegelstein die geliebte Begonienpflanze von Mrs. Lizzy Ferguson zerschmettert. Mrs. Ferguson, eine friedliche alte Dame, hatte in aller Unschuld diese Pflanze, ihren Stolz und ihre einzige Freude, in den Hinterhof gestellt, damit sie sich dort einen Schluck Regenwasser oder auch zwei holen konnte. Und da schlug das Ungeheuer zu!«

Ja, stimmte schon. Ich hatte tatsächlich Omma Fergusons Begonie liquidiert. Ich hatte keine Wahl, das war die Aufgabe, die ich beim großen Traudich der Scobiebande gezogen hatte. Was gab das für nen Aufstand. Ich mach eine einzige kleine Pflanze alle, plötzlich bin ich Staatsfeind Nr. 1. Hannah mußte dem blinden Geordie den Stock wegziehen, und das war noch früher vergeben als bei mir. Noch Monate später hörte ich Mrs. Dawson zu einer neuen Nachbarin sagen: »Sehnse den dort? Ein ganz übler kleiner Scheißer. Haut einen Ziegelstein auf Omma Fergusons Topfpflanze, als die gute Seele sie mal rausgestellt hat, dasse bißchen Wasser abkriegt . . .«

Harry Moffat, von der Seite gelegentlich als Quasimodo angeredet, weil auf seinen Schultern ein unglücklicher Auswuchs saß, steckte den Kopf aus der aufgeklappten Falltür zum Keller. Dabei schaute er Millie ein klein wenig unter den Rock, aber wer wollte ihm das verdenken, die kleine Sünde bei offener Falltür. Hätte mein Stiefvater werden können, der Harry, wenn das Schicksal nicht blindlings dreingeschlagen hätte. Mama hat ihm damals gut gefallen, in den alten Tagen, als sie montags im Dog gespült hat und geputzt – ihr freier Tag bei Sammy Steins Schnappschußsalon, wo sie die Abzüge gemacht und die Bilder entwickelt hat. Kleine Scherzchen, kleine Vertraulichkeiten. Harry kam zu Mamas Beerdigung und war so nervös, daß er den Hut ins offene Grab fallen ließ, als der Sarg runterging. Die Totengräber hatten angenommen, daß das eine exzentrische Variante der traditionellen Schaufel Erde war, und hatten keine Anstalten gemacht, den Hut wieder rauszuholen. Harry war bloß dagestanden, rosarot vor Verlegenheit, wie der Regen auf seinen kahlen Kopf eingedroschen hatte. Der Hut war ja wohl immer noch dort, gegen den verrotteten Sargdeckel gequetscht, zerdrückter Grabkranz eines Traums. Harry war abserviert, sobald der Dog seine Pforten schloß. Er würde nicht mit Herrn Pubbesitzer Peacock in die neuen Räumlichkeiten ziehen dürfen, die bald an anderer Stelle der Stadt aufmachten. Anscheinend paßte ein Buckliger nicht zum flotten Design. Millie war kein Problem, ihre Ausbuchtung saß auf der gesellschaftlich anerkannten Seite.

»Scheiße, was zum Teufel?«

Schwatzkopf Sloan, der einen Zug Stout genommen hatte, setzte seinen Drink hastig wieder auf die Theke. Er fischte was aus seinem Glas und schmiß es in die Bierlache daneben. Der Spitzenbesatz des Schaums schmolz weg und zeigte ein winziges Plastikskelettchen, genau den Knochenmann, den ich aus Eddie Carlyles Käfer gemaust hatte, eigentlich, um ihn im Keller unserer Familie zu verscharren.

»He, Sanny, mal hier rüber!«

Sanny Stirrat, der Lieferant von Kopfschmerzen, verrenkten Mägen und ruinierten Familienleben, lehnte es ab, die Verantwortung für die Anwesenheit eines Skeletts in Schwatzkopfs Bierchen zu übernehmen. Als ob er immer ganz besonders Ausschau nach solchen Scherzartikeln hielte, behauptete er mit seinem Pokergesicht, daß das Stout am Ende des Zapfvorgangs skelettfrei gewesen wäre. Er schaute echt kiebig drein, als jetzt die ganzen Säufer ihre schlauen Bemerkungen zu dem Vorfall losließen. »He, Sanny, ist das der neue Drink, Friedhof Spezial?«

»Schwatzkopf, da liegt sicher Piratengold auf dem Grund.«

»Kann keiner mehr sagen, dein Stout hätts nich in sich.«

Ich schlug ihm auf die Schulter. »Wenn ich du wär, würd ich mal ne Weile die Pferde allein laufen lassen. Bringt Unglück sowas.«

Die Lokaltür ging auf, und rein kam Cullen. Manchmal konnte Paddy die Penner im Asyl noch elegant aussehen lassen, und heute abend hatte er sich selbst übertroffen. Wie üblich trug er den dicken, flusenübersäten Mantel, der unter senilen Motten als »die gute alte Zeit« bekannt war; einen Anzug, der schon aus der Mode war, als Burton ein kleiner Junge war; eine essensgesprenkelte Krawatte mit passendem Hemd – aber unglaublicherweise hatte er heute abend auch noch ein Paar nadelspitze Schuhe an, die gewiß einst zu Presleys Klängen gehounddogged hatten. Er tauchte in den Schwall der Trinker und hatte sich bald den Weg an meine Seite gebahnt.

»Was gibt das mit diesen Zahnstocherlatschen?« fragte ich.

Er bellte eine Bestellung rüber und sagte dann aus dem Mundwinkel: »Nora hat meine Schuhe kassiert, damit ich nicht zu den Buchmachern kann. Ich hab mir die hier anwürgen müssen. War noch nicht daheim.«

Seine Bestellung kam, und er schnappte sich den Whisky gierig. Er hatte schon kräftig geladen, mehr als genug, wenn man bedachte, daß er in kaum einer Stunde im Planet antreten mußte.

»Haste den kleinen Scheißer Killoch gesehen?« fragte er. »Fühl mich nicht grade danach, heut abend anzutreten.« Er streckte seine bebenden Hände aus. »Schau dir's an. Der Preßlufthammermann.«

»Haste den Tatterich?«

»Ja, natürlich hatter mich.«

Der Whisky ging mit einem Wurf runter. »Hab den Yankeestreifen angeschaut, den du letzte Nacht empfohlen hast. Wie hieß er noch?« Ich sagte es ihm. »Genau.« Er schüttelte den Kopf. »Sehr trostreiche Veranstaltung, kein Schwein bekommt mit, was eigentlich los ist. Und dann diese irische Pisse obendrauf. Die halbe Nacht aufgesessen und Torf und grüne Kleeblätter geschissen. Heut morgen ne Zunge wie ein Krötenarsch, und Nora macht auf Engel des Jüngsten Gerichts.« Nora war Paddys Schwester, bei der er, wie er sagte, »Kost und Perdu« bekam.

Er war ein kleiner Mann, der Cullen, einen Dubliner Spitzbauch umgeschnallt, wegen der Liebe zum Stout. Sein braunes Haar lichtete sich vorne auf dem Abhang des Schädels schon stark, und seine Finger gingen immer zu dieser Stelle, als hoffe er auf ein wundersames Nachwachsen.

»Wir haben letzte Nacht ganz nett was weggezischt, wie?« sagte er, als er sein Glas Stout zu sich herzog. »Das letzte, was ich noch weiß, ist der Rummel im Mod drüben, wie du den Sechserpasch ins Dominospiel gemogelt hast.«

Ich schüttelte den Kopf. »Das ist total daneben, Paddy – das war doch hier drin, letzte Woche. Weißt doch, daß Gus Hagen kein Domino nach der Sperrstunde brauchen kann.«

Der kontinuierliche Handlungsverlauf wurde in letzter

Zeit für Paddy immer mal wieder durch einen Filmriß unterbrochen, und dann tastete er hilflos herum und wollte die runtergefallenen Stunden wie verstreute Glasperlen aufklauben. Eines Morgens wachte er auf und lag auf einer miefigen Matratze in einem Hinterhof; auf seiner Brust stand eine Bratpfanne, in der Pfanne lag ein toter Wellensittich. Diese Nummer konnte Paddy nie auf die Reihe kriegen. Ich gab Millie ein Zeichen, aber Paddy ging dazwischen. »Nee, das geht auf mich.« Aus seiner Jackentasche zog er ein gesundes Bündel Banknoten. »Soll noch einer sagen, die irischen Rösser baun den Buchmachern Schlösser, was?«

»Hast du reingehauen?«

Er nickte glücklich und schälte ein paar Pfundnoten von seinem Päckchen.»Da, die sind noch feucht von McGarvies Tränen.« Ich tat, als sträubte ich mich, das anzunehmen, aber Cullen drängte mir das Geld auf. »Nimm doch, du guckst wie einer, der im Fahrstuhl festsitzt und Durchfall hat.«

»Schön' Dank, Paddy, wie stehen wir jetzt – zehn, zwölf?«

»Fünfzehn, aber hier wird nicht mitgezählt. Geh mir nur nicht aus dem Land.«

Er hob die Uhr hoch und schaute sie neugierig an. »Deine?«

Ich nickte.

»Wie kommt's?«

»Ich hab mich heut in einen Uhrwurm verwandelt«, hätte ich sagen können, aber Cullen brät einem schon mal eins über, wenn man ihm blöd kommt.

Währenddessen sprach Schwatzkopf Sloan: »Na, das gottverdammte Ding ist ja wohl nicht von ganz allein hier auf die Theke gestiegen...«

7

Als Nelly Kemp ein munteres Mädel von nicht mehr als sechzig Jahren war, da hatte sie einen Papagei im Käfig auf der Ladentheke ihres Tabak- und Zeitungslädchens in der Scobie Street stehen. Der Papagei hieß Jacob, ein echt hinterhältiges altes Mistvieh mit einem Schnabel, der eine Autoachse zerlegt hätte. Da sich ihm diese Gelegenheit nie bot, begnügte er sich damit, die Kundschaft zu beschimpfen – auf deutsch eigenartigerweise, obwohl er für sein Vogelfutter gelegentlich einen englischen Ausdruck einflocht: »Nix auf Kredit, Meister! ... Hallo Seemann ... Na, iss dein Arsch auf Draht? ... Vielen Dank, komm bald nochmal ...« Was genau Jacob auf deutsch sagte, blieb unbekannt, aber in Glasgow erzählt man sich, daß eines Tages Solly Singer, der letzte Jud der Scobie Street, das teutonische Geplapper des Vogels hörte, sich die Ohren zuhielt und aus dem Laden floh, um nie wieder dort gesehen zu werden.

Die miese Kreischdrossel flügelte etwa zu der Zeit in mein Bewußtsein, als Herr Hitler sich hinter den zusammensackenden Fronten in seinen Bunker zurückzog. Insofern ist der Jacob in meinem Gedächtnis eher ein von der Phantasie ausgestopftes Traumbild als eine exakte Erinnerung – eine Attrappe, zusammengeklaut aus anderen im Leben, in Büchern und Filmen gesehenen Papageien, eine Mixtur, aus der ein sehr merkwürdig gesprenkelter Vogel hervorging. Ich kann mich aber noch schwach an das Flüsternetz des Straßenklatsches erinnern, das sich Jacobs wegen auf Nellys Laden herabsenkte. Es war eine supermißtrauische Zeit damals, als es überall hieß: *Die Wände haben Ohren!* und als *Psst! Feind hört mit!* die nationale Parole war. Jacobs goebbelsartiger Smalltalk war anscheinend bei den Kunden nicht gut angekommen, von denen die Lieben im Einsatz standen, um Deutschland niederzuzwingen.

»Die Nelly Kemp, das ist irgendwie eine ganz Raffinierte«, sagte Mama Clay eines Tages zu Mrs. Muirhead (später von Gevatter Tod abgeräumt, als sie auf dem Etagenklo saß und – wie sie's gewohnt war – ein wenig strickte: »Was ne Masche!« wie Papa Clay sagte, als er's erfuhr). Mrs. M. hatte dazu genickt: »Ja, der muß man genau auf die Finger sehen, der da.«

Damals waren solche Dialoge für mich noch weniger verständlich, als Papa Clays Briefe »aus dem Krieg« es sein sollten. Sie sahen aus wie die Schriftsätze eines Wahnsinnigen, krumme und verformte Wörter wie die Bäume eines Gartens, durch den ein Hurrikan tobte, um die Früchte des Sinns nach allen Seiten zu schleudern. Hie und da aber fiel ein reifer Halbsatz zufällig in Mamas Hand, und da putzte sie ihre alte Brille, um besser sehen zu können, was sie da erbeutet hatte, und dann verkündete sie triumphierend: »Die Füße von Papa ham wieder genäßt!« Ich erinnere mich, daß sogar Fagan, der Buchmacher des Viertels, immer Ärger machte wegen Papas »Rezepten«. Tatsächlich weigerte er sich, sie anzunehmen, wenn sie nicht in Blockschrift waren. Er würde den Teufel tun und blind werden über dem endlosen Versuch, den Code von Papas Systemwette zu knacken. Aber wie gesagt, manchmal kam Mama Clay mit echt bizarren Mitteilungen an, die von diesen wissenden Blicken begleitet wurden, mit denen die Eltern und die anderen Erwachsenen sich verstohlene Informationen signalisierten, irgendwas, das »nix für die Blagen« war ... Wenn ich aus dem Zimmer geschickt wurde, weil gleich eine Erwachsenenunterhaltung stattfinden sollte, preßte ich natürlich mein Ohr an die rissige Tür. Da hörte ich dann solch chaotischen Nonsens, daß ich genausogut dem nazifizierten Jacob und seinen germanischen Ansprachen hätte lauschen können. Anscheinend war es an dem, daß »die Rothaarige da, die freche Rotzgöre, die wo im Empire-Milchladen war« einen Braten in der Röhre hatte und sich nicht sicher war, woher. Daß »sie's loswerden« wollte, war sehr gut möglich... Dann folgte was Kryptisches über ständige Bäder in brühheißem Gin und etwas Unvorstellbares, das mit einer Stricknadel geschehen sollte. Tja, schon merkwürdige Zeiten! Und Jacob soll's bei Kriegsende erwischt haben, hat den ganzen Rauch von den Freudenfeuern auf den Straßen nicht gepackt. Hört sich ja wie eine übertrieben glatte Lösung an, aber einen sauberen Schluß soll man nicht kritisieren.

Die Klingel von Nellys Lädchen stieß ein diesiges Krächzen aus, als ich die Tür aufdrückte. Nelly kam mit vielem Geseufze und rheumatischem Knarzen aus ihrer Wohnstube hinter dem Laden, wo sie zweifellos über Landkarten von Brasilien und Paraguay gehockt hatte, in Gesellschaft von Martin Bormann und noch ein paar anderen grauhaarigen Gestapofiguren. Ein schwarzes Umschlagtuch hing über den krummen und eingesunkenen Schultern der Alten, und frostgraue Stacheln Haar piekten unter ihrem Hut hervor, einer Art gequetschtem Filzkohlkopf. Ihr Gesicht zeigte die übliche »Bin-gleich-wieder-da«-Miene, leer, als wäre alles Leben aus den staubigen Zügen geflohen und hätte nur eine Auswahl Zuckungen und Stirnrunzeln zurückgelassen. Ihre Füße in den Hausschlappen schoben sich das abgewetzte Wachstuch entlang, und schließlich baute sie sich hinter der Ladentheke auf. Dort war sie seit ewigen Zeiten gestanden und hatte den Bedarf der Scobie Street gedeckt. Hierher waren wir Kinder mit unseren heißen Pennys gekommen, um die schäbigen Schätze der Kindheit zu kaufen: die Buttermilchtaler, die Sauerkirschen, die harten Toffeewürfel, Zitronenbonbons, Marzipankartoffeln und den ganzen anderen Zuckerscheiß, der Zahnmedizin und Reichtum zu Synonymen gemacht hat.

Hier gab es auch Knallkapseln für unsere Spielzeugpistolen, Drachen, Kaleidoskope und Jojos, Tonpfeifen fürs Seifenblasenmachen – und man konnte versuchen, einen Preis zu gewinnen, indem man eine Zahl am Fortunabrett mit einem »Schlüssel« in Gang setzte, der aussah wie ein Sardinenbüchsenöffner. In diesen Tagen war der Laden eine Hauptquelle des Stadtklatsches – Tausende von Rufmorden hatten auf dem schmalen Terrain zwischen der Theke und dem gebündelten Kleinholz und den Putzmittelflaschen stattgefunden. Opa Gibson sagte immer: »In dem Laden werden mehr Messer gewetzt als bei Metzger Touch.«

Nelly hatte Neuigkeiten für mich. Es hatte sich jemand nach meiner Wenigkeit erkundigt. »Jawoll, ein kleiner Bursch mit ner gestreiften Mütz unner Lederjacke«, sagte sie zu mir, als ihre arthritische Hand langsam wie ein Spielkran in einer Jahrmarktsvitrine ausschwenkte und ein Päckchen Zigaretten fallen ließ.

»War der vielleicht von den Bullen?« schlug ich vor.

Sie schnitt eine Grimasse. »Wohl eher 'n Schuldeneintreiber.«

»Was hat er denn wissen wollen?«

»Alles.«

»Beispielsweise?«

»Ein richtig aufdringlicher Mistkerl der.«

»Was hast du ihm denn gesagt?«

Sie seufzte. »Ach, das Übliche.« Nelly holte ihr zerfleddertes Kreditbuch raus und fing an, die schuldenzerfressenen Seiten durchzublättern. »Ich hab gesagt, du bist bei Nacht und Nebel durchgegangen und hast genug Schulden bei mir hinterlassen, daß ich mich schämen muß, daß ich so doof bin.«

»Sowas läuft nie, Nelly.«

»Ja, da hab ich noch hundert Namen hier drin, die haben mir das alle auch mal gesagt.« Nelly schniefte scharf, als ihre zusammengepreßten Finger sich um eine Seite klammerten. »Die schmeißen ihren ganzen Kram hinten auf nen Laster, und das war's dann. Weiches Herz, weiche Birne, ist schon richtig.«

»Du bist die Heilige von der Scobie Street, Nelly«, versicherte ich ihr. »Wenn ich am Laden vorbeikomm, schlag ich ein Kreuz.«

»Schlägst dich in die Büsche, so sieht's doch aus. Wird Zeit, daß deine Frau wieder nach Haus kommt. Die würde dir gleich mal was husten.« Ihr verstaubtes Gesicht zog sich mitfühlend zusammen. »Wie geht's denn jetzt der armen Haut?«

»Nicht schlecht, Nelly. Manchmal kriegt sie ein bißchen zuviel, das ist alles.«

Sie nickte. »Ja, komisches Zeug mit dem neumodischen Blutdruck da. Hat's damals alles nicht gegeben.«

Nelly starrte mit schärferem Blick ins Kreditbuch, ihre Lippen bewegten sich lautlos, als sie die Schulden zusammenzählte. Ich hustete verlegen, ein mir vertrautes Geräusch. »Übrigens, Nelly, können wir das von dieser Woche nochmal liegenlassen? Du weißt, wie's ist ... Weihnachten und so.«

Sie schüttelte den Kopf, und dann schaute sie sich seufzend in ihrem staubigen Ladenloch um, betrachtete die durchhängenden Regalfächer mit den Kartons, die aufgetürmten Süßkramgläser, die festlich wirkende Auslage von Comics und Illustrierten auf der Theke. »Ich könnt gradesogut gleich ne Volksküche draus machen und Schluß«, lamentierte sie.

»Ich krieg bald ne Police ausbezahlt, Nelly.«

Sie schniefte wieder. »Ja, ihr seid gut versichert, Tommy Clay, du und die Titanic.« Sie krümmte ihren einzigen beweglichen Finger. »Also die Hälfte, mach schon.«

»Nelly, sei doch so gut, hm?«

Sie war nicht rumzukriegen. »Ich hab's deiner Mutti, Gott habse selig, versprochen, daß ich ein Auge auf dich hab. Besonders gut stell ich mich nicht an dabei, was? Mach schon mein Junge, her damit.«

Die alte Schachtel zog mir tatsächlich das Geld aus der Nase. Der halbe Kredit war wegen Zigaretten. Ich hätte sie dran erinnern können, daß sie damals mein Gerauche gefördert hatte mit ihren Zwei-Zigaretten-ein-Streichholz-Sonderangeboten, damals, als mich der fürchterliche Vic Rudge von meinen Zimtstengeln zu was Härterem gebracht hatte, es war seine Regel, daß alle in der Scobiebande Raucher sein mußten. Der schlaue Bastard hatte zehn Woodbines als Eintrittsgebühr festgesetzt, der Tribut wurde natürlich von ihm aufbewahrt, in der sogenannten Hustenschachtel der Gang.

»Wann ziehst du denn nach Bearsden, Nelly?« fragte ich, als ich mein Wechselgeld und meine zwanzig Zigaretten einschob.

»Bearsden!« keifte sie. »Ich zieh gleich auf den Friedhof, Hanglage unverbaubar.« Sie knallte das dicke Buch mit all den Namen zu, deren Träger sicher bei ihren Versprechungen, die ausstehenden Schulden zu tilgen, beredt gewesen waren und sich aufrichtig angehört hatten. Ich nehm an, wenn die nicht alle durchgegangen wären, hätte sie ne Weltreise machen können. Muß einiges weggehamstert haben, aber der Hauptteil ging an diesen schlauen Neffen, der ihre ganzen Banksachen machte. Ihre natürliche Neugier kam jetzt durch. »Hast du noch nix gehört von nem neuen Haus, Tommy?«

Ich schüttelte den Kopf. »Ich nehm an, die warten, bis die Dame des Hauses wieder da ist, falls sie Vierlinge kriegt.«

»Gott verzeih dir, Tommy Clay.« Sie ließ das Kreditbuch in eine Schublade krachen. »Haste von den Wotherspoons gehört?«

»Was ist mit denen?«

»Denen fehlen nur noch zwei Punkte für ein Einfamilienhaus in ner guten Lage droben.«

Ich zuckte die Achseln. »Und ich hab gedacht, die machen ihr Heimspiel.«

»Was?«

»Nix, Nelly.« Ich ging zur Tür. Ein Mann konnte nicht ständig seine Zeit verschwenden und mit einer Nazisympathisantin quasseln. Es gab wichtigere Dinge zu tun. Ein Mann muß seinen Erwachsenengeschäften nachgehen, seine Verantwortlichkeiten wahrnehmen, schwere Verantwortung. Mir fiel plötzlich etwas ein, und ich drehte mich nochmal zur Theke. »Das nehm ich«, sagte ich und deutete auf ein Comic-Heft.

»Das *Beano* meinste?«

Ich nickte. »Und ein Päckchen Weingummi.«

8

Der Schnee schrammte unter meinen Schritten, als ich die Scobie Street hinunterging. Ich kam an Greasy Tams ausgebeintem Fish-and-Chips-Laden vorbei. Drinnen zischten gebrochene Wasserrohre, und obwohl es zu dunkel war, um was zu sehen, wußte ich, daß der große Lachs, der über den Bratpfannen dahingeschwommen war, in blauen Schuppenscherben auf dem Boden verstreut lag. Tam hatte den Löffel abgegeben, kurz nachdem sie ihm das Vorhängeschloß an die Tür geklemmt hatten. Ein Gerücht behauptete, er sei an einem »plötzlichen Bad« gestorben, aber das ist nicht sehr wahrscheinlich. Er sitzt jetzt wohl bereits in der Hölle und schält Kartoffeln für die endlose Runde himmlischer Bestellungen, die Schürze hat er sicher immer noch nicht gewechselt.

Ich trat in einen Häuserblockeingang, um mir ne Zigarette anzumachen. Zyklop, eine einäugige schwarze Katze, kam herbei und hockte sich mißmutig auf den Hintern. Die langen Schnurrhaare regten sich im kalten Wind. Sie starrte zu mir hoch, sie schien mich stumm anzuflehen, ihr doch zu erklären, weshalb es keine Fischköpfe und Fleischabfälle mehr auf den Abfallhaufen gab – in diesen Katzenrestaurants, wo sich die ganzen Maunzer treffen, hallo Mieze sagen und Flöhe tauschen. Zyklop hätte damals kapieren sollen, was los war, als der große Exodus aus den Gorbals stattfand – als das Pfeifsignal durch die Nagetierwelt schrillte und die Ratten aus ihren Löchern gerannt kamen, aus Kellern, Speichern, Waschhäusern in den Hinterhöfen, die Aborte nicht zu vergessen, als sie quiekend ins Freie liefen, die Straße und die Gehsteige bepelzten, als sie wie eine graue Pestschlange sich davonwanden, während Erwachsene und Jugendliche in einer Schlachtorgie auf sie einschlugen und sie steinigten. Hausratten verlassen verlorene Mietskasernen genauso gewiß wie ihre seefahrenden Genossen das sinkende Schiff – aber erzähl das einer hungrigen einäugigen Katze!

Als ich weiterging, kam ich an Bucky Lyons' totem Traum vorbei, der mit Schneegespinsten bedeckt im Rinnstein stand, ein schwarzer Singer Gazelle. Die Autogeier hatten alles abmontiert. Kabel baumelten aus den leeren Scheinwerferhöhlen, aber nichts von irgendwelchem Wert war übriggeblieben, alles vom Heck bis zum Kühler abgeschraubt. Ich dachte an den Tag, als Bucky damit nach Haus getuckert kam, so stolz auf sein Schnäppchen für fünfzig Pfund. »Alt isser, aber zuverlässig, Tam«, informierte er mich, was zweifellos ein Echo des Verkaufsgesprächs war. Wie er damals im Sonnenlicht glänzte, hatte der Wagen auch gar nicht so blöd ausgesehen. »Grade richtig für nen kleinen Ausflug, schnell mal zur Küste runter, was?«

Tatsächlich hatten sich die »Ausflüge« auf den Häuserblock beschränkt, und dabei kamen »schnell mal« ein paar Eckensteher zum Einsatz, die hinten schoben, während Bucky am Steuer aufgeregt schrie: »Gleich wird's abschüssig, Jungs! Wenn's abschüssig wird, springt er an!« Es war bald klar, daß es bloß im Hirn von Bucky abschüssig zuging. Immerhin war's ne nette Sonntagnachmittagsunterhaltung. Die Leute von der Scobie Street legten sich in ihre mit Sofakissen wattierten Fenster und riefen sich fröhlich was zu, während sie warteten, daß die Vorstellung anfing. Und sie fing an mit einem Ruf: »Da sinnse!«, und langsam kam Buckys Klapperatismus um die Ecke, von Muskelkraft vorangetrieben und von schierem Willen, während das Benzin nutzlos im Tank schwappte. Buckys Frau und die mürrischen Kinder schauten von ihrem Fenster aus zu, ihre salzluftdurchwehten Träume von Muscheln und Krebsen verblaßten Sonntag um Sonntag, bis das Theater schließlich aus und vorbei war und die Gazelle auf Backsteine aufgebockt wurde, und Buckie fing an, unter dem Auto zu leben, so daß seine Schuhsohlen einem vertrauter wurden als sein Gesicht.

Er blieb stehen (mein Körper), er stockte ohne eine Anweisung von mir. Er witterte eine Katastrophe; er identifizierte den Zustand, der für uns Menschen so furchtbar ist – die Lichtlosigkeit. Die Straßenlampe, die so lange gegenüber meiner Gasse geleuchtet hatte, der getreue Posten mit seinem Schattengefolge, war ausgelöscht worden. Ich sah das Bild, wie der dicke Zeigefinger des Technikers eine Reihe Namen herunterfuhr und bei *Scobie Street* innehielt, wo ein frischgefallenes Sternchen die Fußnote anzeigte: »Zum Abriß freigegeben.« Aber dieser Mr. Ausisses wird doch nicht eine drastische Sonnenfinsternis herbeiknipsen, er wird mitleidig ein sanftes Verlöschen bewirken, er läßt den Deckel auf dem Sarg des Abbruchviertels sich langsam schließen ... doch allzu schnelle Dunkelheit? O Freunde – rasch jetzt!

Greifbar beinahe, diese Dunkelheit, ein sich an den Leib klebendes Nichts, wie es täglich Old Salter ertrug, ein Stammgast im Salty Dog, der an der dreifachen Entbehrung von Gesicht, Gehör und Sprache litt. Ich tauche abrupt rein, wate zum Eingang, wo ein Kanarienvogel flott in seinem Glaskäfig herumturnt. Was für freundliches Lichtgezwitscher! Sing weiter, was auch kommt. Hör nicht auf. Sicher auf festem Grund angekommen, dreh ich mich um und helfe meinem Schatten an Land. Ich grinse über meinen Bammel. Fickerig wie Spucke auf dem heißen Herd.

Etwas Weißes schoß an meinem Kopf vorbei und schliff die Gassenmauer entlang, zerfiel dabei, eh es in einer kristallenen Explosion verging. Ein Schneeball, ein banaler, von menschlicher Hand gekneteter Schneeball. Ich drehte mich um, hängte mich rasch an mein Grinsen an, das so ängstlich bemüht war, unter Beweis zu stellen, wie amüsant es diesen kleinen Streich fand. Natürlich nichts zu sehen da draußen als der dunkle Innendeckel der toten Straße. Ein zweiter Schneeball kam geflogen. Er kam mit einer Präzision von der Straße her, die nichts Lustiges hatte, und klebte eine weiße Marke über mein Herz. Ich wischte die kalten Teilchen von meiner Brust und drehte mich um, ging in Richtung des beruhigenden Lichts weiter. Beruhigung weswegen? Zwei Schneebälle, mein Gott, zweifellos von einem vorbeigehenden Schuljungen geschmissen, der mir auf Kinderart *Frohes* – hoppla – *Fest* gewünscht hatte. Als ich die Stufen raufging, zwei auf einmal, um die Beine ein wenig zu strecken, hörte ich einen dritten Schneeball zwecklos gegen die Rückwand der Gasse prallen.

Schweigen und Staub auf der Treppe und der grüßende Schimmer eines Gaszylinders auf jedem Absatz, die brannten Tag und Nacht, damit der alte Wattie Mullens oder ich uns nicht gerade hier den Hals brachen – anderswo bitte gern, bitte gleich. Türen, die nach dem letzten Zuschlagen verschlossen worden waren, die meisten mit Wellblech vernagelt. Ein leeres Gewinde und ein Puppenkopf auf dem Treppenabsatz, wo der gute »Creepy« Crawley sein letztes Gefecht gegen die Wettkassierer geliefert hatte, indem er eine Tafel mit der Aufschrift anbrachte: »Stadtbauamt – GEFAHR! Weitergehen untersagt – Gebäude ab hier nicht mehr sicher. KEIN ZUTRITT.« Ich hatte Creepy mit der Orthographie geholfen, aber ansonsten war ich ihm aus dem Weg gegangen. War auch besser so, denn die hatten ihn dann gesucht und gefunden, diese Haifische, die nicht wissen, was Gefahr heißt. Ich hatte die Warntafel wieder angebracht, nachdem man Creepy ins Victoria-Krankenhaus geschafft hatte, um ihn zusammenzuflicken – sie würde vielleicht, vielleicht irgendwelche Raubfische nachdenklich stimmen, die auf meiner Spur schwammen, aus dem einen oder anderen Grund. Aber jemand hatte sie gestohlen. Der kleine Kollege in Nelly Kemps Laden zum Beispiel, der mit dem gestreiften Kopf. Was war das für ein Piranha? Der Gasmann würde doch sicher nicht im Zebramützchen und Lederjäckchen rumspringen?

Mein tapferes Pfeifen endete, als ich meinen eigenen Treppenabsatz betrat. Die Klotür gegenüber stand halb offen, das war nicht der Fall gewesen, als ich losgezogen war. Nicht, daß ich sie verrammelt hätte, da ich mich der Diebslogik »Schloß und Riegel – Gütesiegel« anschloß (wenn ich auch nicht glaube, daß Metallklauer so logisch denken). Ich zog mein Feuerzeug raus und stieß seine zittrige Flamme in das dunkle Kabuff. Ich entspannte mich. Die Sperre an dem Fensterchen hatte sich gelöst, und der Luftzug mußte stark genug gewesen sein, die Tür aufzudrücken. Die Feuerzeugflamme wurde ausgeweht, als ich das Fenster schloß. Aber ich klickte sie wieder an und schirmte sie mit meiner Hand ab. Auf dem Boden hatte eine Flasche Jiffy-Kloreiniger ein paar Schneeflocken auf ihren matten Schultern gesammelt und sah ganz festlich drein.

Vierzehn Hinterteile aus einem einzigen Stockwerk hatten sich diesen Thron geteilt: die Muirheads und die Finnegans, die Wilsons, die Sanquhars nicht zu vergessen, und natürlich auch die Clays. Der große breite Paddy Finnegan, ein Dockarbeiter, verpestete samstags immer den Abort mit seiner Bierwampe. Manchmal, wenn ich drin saß und mir vielleicht gerade einen schüttelte, mit einem Photo von Esther Williams im einteiligen Badeanzug, ließ Finnegan die Faust gegen die Tür hämmern und röhrte durch die Ritzen: »Auf geht's, heb mal deinen Protestantenarsch vom Schießstand – hier wird jetzt gleich mal ernsthaft rumgeschissen!« In der Scobie Street 37 waren nur noch drei Wohnungen bewohnt – im Gassenhof die alte Omma Ferguson und ihre Gespensterkompanie, Rhona und ich zwei Stiegen hoch rechts, und direkt über uns – Pech gehabt – Wattie Mullens, Kohlenschlepper auf Rente.

Vom ersten Moment an, als ich in den Abort geschaut hatte, hatte etwas versucht, meine Aufmerksamkeit zu erregen. Endlich wurde mir klar, was es war: zwischen die rostigen Klauen des Arschwischhalters geklemmt steckte ein Exemplar der Londoner *Times*. Also – die Tatsache, daß dieser Upperclass-Fetzen in den Gorbals etwa solche Umsätze hat wie Gummistiefel und Regenschirme in der Sahara, machte die Anwesenheit dieser Nummer in meinem Klo schon recht bizarr. Noch wahnwitziger war die Tatsache, daß sie das heutige Datum trug: 18. Dezember. Das Bild eines korrekt geschniegelten Gentleman mit Melone, der auf meiner Brille saß und das Kreuzworträtsel löste (es war fast fertig), drängte sich mir nachdrücklich auf, aber die Vernunft wies es ab. Es war eben gerade noch vorstellbar, daß ein Leser der *Times* irgendeinen Grund haben mochte, sich in die Gorbals zu wagen, aber daß er in mein Viertel, ins Herz der Mondlandschaft vordringen würde, war kaum zu glauben. Und doch hatte es jemand getan. Ich hatte den Beweis, schwarz auf weiß. Wer also? Ein ausgekochter Privatdetektiv, von Mama Carlyle oder Phyllis Sherman angeheuert, um was Belastendes zu finden, irgendeinen peinlichen Dreck, der mich und Rhona auseinanderbringen könnte? Quatsch, das war Unsinn. Und der Lederjackenmann? Könnte schon sein. Ein Abgesandter vom Möbelhaus Mulmig, der mir persönlich erklären wollte, daß seine Firma sehr besorgt war, weil sie so verdächtig lange nichts von mir gehört hatte? Weil die Flasche mit dem Lokusreiniger es ablehnte, meine Schlußfolgerungen zu bestätigen oder zu verneinen, da solche Einlassungen sie unter Umständen selbst belasten könnten, verließ ich das Klo und »stieg hoch zu meinem Nest im Felsenspalt«.

Das traute Heim bestand aus zwei Räumen, verbunden durch einen Flur, wo der Stromzähler Watt wegfraß und die Dielen knackten und knarrten wie ein Rentnergebetstreffen. Die Küche schaute auf den Hinterhof, das Schlafzimmer auf die Straße. Feuchtigkeit als Lebensstil: wenn man Schuhe unter dem Bett stehenließ, liefen sie blau an, und wenn man dem Viertel noch fünfzig Jahre oder so gegeben hätte, wäre hier die erste domestizierte Wasserratte herausgezüchtet worden.

Ich stellte den Kessel unter den Hahn; ein Wasserfaden spulte sich hinab. Unser Boiler war am Ende seiner Kräfte. Curdie Frame, der Typ, den ich geholt hatte, damit er sich das Ding anschaute, behauptete, da brauche man ein gewisses schwer zu besorgendes Teil, und dann hatte er sich in Sumatra oder Afghanistan auf die Suche danach gemacht. Ich erwarte eigentlich nicht, Curdie, dem Spezialteil oder meinen zwei angezahlten Scheinen irgendwann in diesem Leben noch zu begegnen. Wenn doch, setz ich die Kohle auf Distelfink, Sieg im League-Rennen. Als ich genug Loch Lomond gesammelt hatte, um mir einen Becher Kaffee zu machen, stellte ich den Kessel auf den Gaskocher und hielt ein Streichholz drunter. Der Druck war schwach. Ich ging zum Zähler vor die Tür und brachte die uralte Nummer: Rein mit dem Shilling. Das Geldfach des Zählers war aufgestemmt worden, der Inhalt wieder dem allgemeinen Währungsumlauf zugeführt. Theoretisch konnte man nun unbegrenzte Gasmengen durch das wiederholte Versenken ein und derselben Shillingmünze in den Bauch des Zählers abzapfen – »theoretisch«, sage ich, denn die Gaszufuhr konnte man fast ganz vergessen. Eines Tages – sehr bald jetzt – würde ich den Diebstahl der Geldbox aus dem Zähler melden müssen. Glücklicherweise hatte ich eine gute Beschreibung des Thermo-Räubers parat: ein Mann Mitte bis Ende Zwanzig, etwa eins achtundsiebzig, mager, so fünfundsechzig, siebzig Kilo, langes, schmutziges blondes Haar, sieht nicht besonders gut aus, ist nicht besonders gut drauf, blauäugige Post-Hippie-Gestalt mit abgestoßenen Wildlederstiefeln und ausgewaschenen Jeans, Marines-Kampfjacke und fadenscheiniger Pullover, kein Schmuck, das einzige ornamentale Zugeständnis ist ein Antiatomwaffen-Button.

Der Zählerdieb hatte keine moralischen Skrupel, das Shillinggrab zu knacken, durchaus nicht. Seiner Meinung nach hatten die Stadtwerke ihren Teil des Vertrages nicht eingelöst – nämlich ihn, den Kunden, mit stetiger und ausreichender Energie zu versorgen. Im Gegenteil, sie hatten ihn durch das weitverzweigte und skandalös teure Leitungssystem hindurch (sozusagen) ausgelacht. So schwächlich und schwankend war die Gaszufuhr gewesen, daß die alte Peggy Sampson gleich nebenan zwar ihr altes und sorgenreiches Haupt in den bewährten Herd gebettet hatte, aber dann wieder erwachte und unendlich angewidert feststellen mußte, daß sie durchaus untot war, wenn sie auch rasende Kopfschmerzen hatte. Da die Stadtwerke was gegen Zählerdiebstähle hatten, würde man den Umkreis des »Verbrechens« etwas erweitern müssen, ihn auf andere Gegenstände von diebischem Interesse ausdehnen. Selbst dem blödesten Polizisten konnte man kaum erzählen, daß als einziges der Zählerinhalt gestohlen worden war. Sogar seine schwerfälligen Neuronen würden schließlich den Gedanken formen: »Hier haben wir aber eine hausinterne Geschichte haben wir hier.« Glücklicherweise waren fast alle Gegenstände von irgendwelchem Wert bereits in die Wohnung von Mama Carlyle transportiert worden, um dort auf den Freudentag zu warten, da der soziale Wohnungsbau was Passendes für die ganze Bagage haben würde. Um einen echten Einbruch zu simulieren, war ich gezwungen gewesen, die eigene Tür einzutreten; das bedeutete, daß ich mal das kaputte Schloß ersetzen mußte. Kein Problem – jede Menge Schlösser standen in unmittelbarer Umgebung zur Verfügung. Schlüssel mochten schwieriger zu finden sein. Billy Sanquhar, ein einstiger Nachbar, hatte am Tag des Auszugs, als Weib und Kind schon geduldig unten im Planwagen saßen und er nun bald in den Sonnenuntergang

– Richtung Castlemilk – reiten würde, triumphierend seine Schlüssel in das ausgeräumte Wohnzimmer geschmissen und gerufen: »Schau mich an, Tam – endlich draußen aus dem Scheißgefängnis!« Unglücklicherweise hat es für Billy dann nicht recht geklappt, soweit ich höre, befindet er sich in einem Gebäude im Osten der Stadt, das berühmt für sein Porridge ist und für die große Rolle, die dort Schloß und Riegel spielen, das ist schon fast eine Manie.

Ich warf ein paar Stücke Holz in den Kamin. Das Feuer war bis auf ein paar blasse Funken heruntergebrannt. Mit etwas Paraffin, das ich in einer Gingerale-Flasche hatte, waren rasch lodernde Flammen da. Mit untergeschlagenen Beinen hockte ich mich davor und wärmte mir die Kastanien, bis es auch genug war und ich zurückweichen mußte. Es gab genügend Heizmaterial. Im Moment verfeuerte ich die alte Kommode von Finnegans, diejenige, die bei ihrer nächtlichen Flucht vor dem Gerichtsvollzieher zusammengebrochen und gestorben war, genau wie übrigens Omma Finnegan. Vielleicht stierte mich deren Gespenst empört aus irgendeiner Ecke an. »Jesus, hat einer schon sowas gesehen – hackt mir der gottlose Protestant die lieben schönen Möbel zusammen, und kein Blitz, der ihn erschlagen tut dabei!«

Am fröhlichen Feuer in meinem mietfreien Slum, während ich ein Marmeladebrot aß und einen Becher Kaffee schlürfte, schaute ich kurz mal in das *Beano* rein, nur um zu sehen, wie's meinen ganzen alten Bekannten ging in ihrer zeitlosen Welt des Kicherkicher, Hoho und Har-Har. Traurigerweise muß ich sagen, daß sie alle etwas angegriffen aussahen, das Lachen klang sehr gezwungen, die Tricks und kleinen Streiche waren sehr viel grausamer geworden. Alte Figuren in neuen Monturen. Irgendwie klappte die Modernisierung nicht, es war peinlich, wie wenn man zusehen muß, wenn die eigene Großmutti Rock 'n' Roll tanzen soll. Ich nahm einen Reißnagel und pinnte das Comic-Heft an die Wand, damit ich nicht vergaß, es dem kleinen Jason mitzubringen, wenn mir nächsten Sonntag das Privileg zuteil werden sollte, ihn zu sehen.

Jetzt noch ein kurzer Blick in die *Times*, dieses Comic-Heft für Erwachsene mit seinen gefährlichen, wenn nicht gar unmoralischen Hymnen auf die Genüsse der Finanzspekulation. Seite um Seite Makler und Kakler. Die Einschätzung der heutigen Favoriten durch beschlagene Rennexperten: »Das fallende Pfund scheint durchaus in der Lage, vor dem rapide sinkenden Dollar auf den Währungsmärkten die Nase vorn zu behalten.« Der geheimnisvolle Leser dieser Snobpostille hatte eine Spur hinterlassen: 14 waagerecht – verkehrtes Transportmittel, fünf Buchstaben: erster ein R, fehlt, fehlt, vierter ein U, fehlt ... ein winziger Augenblick nur, und mein messerscharfer Verstand (vom schottischen Erziehungssystem blank geschliffen, das einen ausrüstet, gleichzeitig eine Drehbank zu bedienen, »Only You« zu pfeifen und sich am Hintern zu kratzen) erkennt ganz klar, daß die Antwort nur »Rebus« lauten kann = ein Rätsel, bei dem sich eine Reihe von Buchstaben und Bildern verschwören, ein Wort zu verbergen. Das eigentliche Rätsel hier war es, wie jemand, der aus seiner lexikalischen Lagune so exotische Trophäen wie »Glossolalie«, »exophthalmisch« und »präluzid« herausfischen konnte, bei einer so banalen, schwerfälligen Flunder wie »Rebus« versagen sollte.

»Nicht nur das«, sprach Jeremia, der sich zum Vorsitzenden eines hastig aus Abgesandten aller meiner Besorgniszentren versammelten Ausschusses ernannt hatte, »was ist denn mit den Schneebällen?«

»Na was soll mit denen sein?«

»Ein geworfener Schneeball setzt einen Werfer voraus, oder?«

»Zugegeben. Aber setzen drei geworfene Schneebälle notwendigerweise ein Trio von Werfern voraus?«

»Darum geht es nicht – du bist von einem unbekannten Angreifer oder von deren mehreren gezielt beschossen worden.«

»Gut. Weiter.«

»Was ist, wenn es das nächste Mal ein Messer ist? Eine Pistole, ein Gewehr sogar?«

»Warum sollte jemand eine Pistole oder ein Gewehr nach mir werfen?«

»Die Frage, die du dir stellen solltest –«

Es klopfte an die Tür.

Ich wußte schon, ehe ich aufmachte, wer draußen stand. Wattie Mullens, der alte Abstauber. Es verging kaum ein Tag, ohne daß er irgendwann mal auf meiner Schwelle stand und bettelte wie ein listiger alter Mönch. Hauptsächlich suchte er Gesellschaft, aber weil er so ein langweiliger alter Furz war, hegte ich nur sehr begrenzt brüderliche Gefühle für ihn. Rhona war immer bereit, eine halbe Stunde oder so mit ihm zu verplempern; sie verbrachte noch längere Zeit mit Omma Ferguson, obwohl es doch deutlich zu sehen war, daß die halbblinde, rheumaknisternde Alte einen Sprung in der Schüssel hatte. Ich hab sie schon lebhafte Unterhaltungen mit einem leeren Stuhl führen hören; jeden Tag drängen sich unsichtbare Besucher in ihr Wohnzimmer, um ihr Gesellschaft zu leisten. Rhona sprang ständig runter mit einem Teller Suppe, einem Stück Kuchen, was weiß denn ich. Ich tat für die alte Schachtel, was ich konnte, aber sie weigerte sich störrisch, mein Image zu aktualisieren, so daß ich der rotznäsige Bengel meiner frühen Jahre blieb, der Begonienkiller, dessen bloßer Anblick sie aufwallen ließ wie kochende Milch.

»Bloß bißchen Zucker, Tommy, mein Jung.«

Zwischen seinen groben Pfoten streckte Wattie mir die Zuckerdose hin. Er trug den üblichen Dreck: schlaff hängende Hosen, fleckige graue Strickjacke und ein Hemd ohne Kragen, das am Hals mit einer Sicherheitsnadel geschlossen war. Sein Gesicht mit seiner asymmetrischen Knochigkeit hätte einen Holzschnitzer entzückt. Der alte Sack roch nachgerade wie etwas, das man in einer Schublade hat verschimmeln lassen. Er wirkte zusehends ausgemergelt – anscheinend ernährte er sich von einer Diät aus Baked Beans, Cremewaffeln und starkem Südwein. Rhona hatte ihn mit einer Sozialarbeiterin zusammengebracht, aber meistens war er nicht da, wenn die kam, war auf irgendeinem seiner Streifzüge, die er besonders gern durch das Glasgow Green oder den Richmond Park machte, wo ich ihn einmal mit einem böse zischenden Schwan am Ententsee streiten sah. Er hatte angeblich auch ein Faible für den Mädchenschulhof, besonders, wenn sie in ihren marineblauen Shorts und weißen Blusen Korbball spielten – geiler alter Hund! Dreist wie immer kam er mir nachgeschlichen, als ich ihm den Rücken kehrte und in die Küche zurückging. »Waren denn die Einbrecher bei dir?«

»Einbrecher?«

Er nickte, als er sich in der Wohnung umsah, die, ich geb's ja gerne zu, nicht sehr aufgeräumt wirkte. Er nickte. »Na, ham dir ja ordentlich alles durchgewühlt, wie?« Sein Blick streifte über den Küchentisch, den eine Halde von Typoskriptseiten, Tagebüchern, Notizbüchern, Karten, Zeitschriften und was nicht allem bedeckte. »Dein Tippmaschinchen ham sie auch kassiert, was?« Er nieste zweimal so gewaltig, daß man fast seine Knochen klingeln hören konnte. »Ist die Frau denn nicht zu Haus?«

»Klar, drüben liegt sie, strenge Bettruhe«, sagte ich und kniete mich vor den Speiseschrank.

Wattie klapperte hinter meinem Rücken herum. »Hab's ganz vergessen, dasse drin ist... Ist das Lachs, was du da hast? Ah, das ist lang her, daß ich bißchen Lachs gegessen hab, und Grieß in Dosen! Gibt's das!«

Ich gab ihm die gefüllte Zuckerdose, aber der durchtriebene Alte hatte nicht vor, gleich in die eigene Wohnung abzuziehen. Er brachte das bekannte Gelaber, was es für ein Segen war, wenn man einen so guten Nachbarn hatte, dann stolperte er zur Spüle rüber und spähte durchs Fenster. »Da machen sie 'n ganz schönes Loch, was?« sagte er; seine tränenden Augen starrten in die Dunkelheit, wo eine halbabgerissene Mietskaserne bestimmt nicht zu sehen war. Er nickte. »Sind zähe alte Dinger, die Gebäude hier. Nicht wie die Eierkartons heutzutage, die kann man ja umpusten.«

Er kam rüber und pflanzte sich in Rhonas Sessel. »Hast ja 'n schönes Feuer brennen.« Er streckte die Hände zu den knackenden Flammen hin. »Kann jetzt keinen leeren Kamin mehr sehen, meine Knochen sind wie Eis. Aber genügend Holz fährt ja rum hier.« Er kratzte sich die dürre Brust, was zweifellos in der ganzen Kolonie Panik auslöste. »Die Kohle, da zahlt man Preise jetzt! Gotteswillen, wir wern noch beim Juwelier danach anstehen.« Er schüttelte den Kopf. »Und wenn ich's bedenke, ich hab ja mindestens tausend Tonnen davon auf meinem Rücken getragen. Maggie, Gott hab sie selig, die hat sich nie bücken müssen, um nachzulegen – der Kohlenbunker war immer voll bis obenhin, so war das.«

Er starrte auf die gehäuft volle Zuckerdose, als wäre sie eine Kristallkugel, in der er Gestalten der Vergangenheit erblickte. »Ach, die Zeiten mit den alten PS sind vorüber, die sind vorbei. Neunzehnhundertsiebenundvierzig war's, ein höllischer Winter, kalt genug, daß ein Eisbär flennt, der Schnee wollte gar nie mehr wegschmelzen. Und Big Troy, so einen schönen Clydesdale hat's nie wieder gegeben, er ist ausgerutscht und hat sich das Bein abgeknickt...«

Wie die Erinnerungen des alten Mannes anfingen, die Schneewehe dieses legendären Winters hinabzugleiten, warf ich ihm eine Zigarette zu, die er eifrig anzündete, obwohl ihre unmittelbare Wirkung darin bestand, daß er in einen so massiven und langen Hustenanfall ausbrach, daß ich schon erwartete, seine Lunge auf den Teppich klatschen zu sehen. Langsam erholte er sich, er erstieg jeden Atemzug wie eine alte Schildkröte einen Stein. Kurz danach ging er, reicher um ein paar Zigaretten und eine von den Grießdosen, die's ihm so angetan hatten. Aber eh ich die Tür hinter ihm zumachen konnte, sagte er: »Ach ja, übrigens, Tommy, ich wollt's dir schon sagen, heut hat sich so einer nach dir erkundigt.«

»So'n Kleiner, gestreifte Mütze, Lederjacke?«

Er nickte. »Der isses.«

»Hat er gesagt, was er will von mir?«

»Nee, bloß viel blödes Gewäsch.«

»Worüber?«

»Ach, so Krampf halt. Weiß auch nicht mehr. War der von der Versicherung oder wie, wegen dem Papierkrieg mit dem Einbruch bei dir?«

»Na klar, Pat Roller persönlich. Bis dann, Wattie.«

Als Wattie weg war, kam der Besorgnisausschuß, angeführt von Jeremia, wieder hereinmarschiert, aber ich zündete mir eine Zigarette an und warf sie alle raus. Natürlich, es gab einiges, worüber nachzudenken wäre: der/die Schneeballwerfer, der (oder die? Bringt nix, wenn man vorgefaßte Meinungen hat) Geheimnisvolle mit der *Times*, der neugierige Lederjackentyp. Irgendwas schien über mir zu hängen, und ich hatte so das Gefühl, ich würde nicht wissen, was, bis es mir von der Rübe abprallte. Beinahe sofort fuhr ich zusammen – etwas *war* runtergefallen, nämlich die Nummer *Beano*, die ich an die Wand geheftet hatte. Omma Finnegans Geist schlägt wieder zu!

Als ich später an dem geschwätzig flackernden Feuer saß, während blasse Bilder aus meinem Vierzehn-Zoll-Fernsehschirm sickerten, schrieb ich die Ereignisse des Tages bis zu diesem Moment in mein laufendes Tagebuch. Opa Gibson hatte mir beigebracht, was dann eine lebenslängliche Gewohnheit geworden war. Damals war ich zwölf oder dreizehn. Ich erinnere mich, wie er sich beim Wühlen in einer

Schachtel mit Schnappschüssen immer mehr geärgert hat, auf der Suche nach einem bestimmten Photo, das er mir zeigen wollte. Als er eine kleine Kaskade aus bräunlichen Bildchen aus seiner Hand rieseln ließ, murmelte er: »Was diese Familie hier braucht, ist ein Historiker, einer, der ihre Tage in Ordnung bringt.« Gleich damals hab ich gedacht: Da meld ich mich freiwillig, und mehr noch: ich bin dabei geblieben. An die zwanzig Bände, mit bescheidenen Heften fing's an, aber wie meine Ausdrucksfähigkeit gewachsen ist, so auch die Tagebücher in Format und Umfang.

Im Fernsehen sah man einen Tiefseetaucher, der ein Federmesserchen gegen einen Hai schwenkte, der sah so lang aus wie eine amerikanische Lokomotive und doppelt so kräftig. Ich grinste. »Auf geht's, mein Junge, den nehm ich dann, mit Chips.« Der Hai, der nicht umsonst sein Hirn Millionen Jahre trainiert hat, schnippte säuberlich mit seinen legendären Beißerchen einen Meter oder so vom Luftschlauch des Tauchers weg und zog sich dann verblüfft ein Stück zurück, als sein Opfer plötzlich wie eine ausrastende Waschmaschine zu rotieren anfing.

»Das war's, Jacques Cousteau!«

9

Entbindungskliniken haben einen belebenden Geruch, ein aufmunterndes Ozon, ganz im Gegensatz zu der muffigen Atmosphäre im Schmerzensreich der Hospitäler. Die Besucher, die vor mir hierhergeströmt waren, hatten einen Schwarm Fußspuren auf den Gummikacheln des Fußbodens hinterlassen; mittlerweile hatten diese frühen Vögelchen alle ihren Zweig im großen Geburtenbaum gefunden und würden schon in eifrige Unterhaltungen über Nestbau und Wurmprogramme versunken sein. Ich betrat einen langen Korridor, der von den Rufen, Schreien und Quäklauten unflügger Nachkommenschaft hallte. Wohin ich sah, mein Blick wurde von Glanz und Geglitzer geblendet, dem Stroboskopschimmer festlicher Lichterchen, Girlanden, Märchen.

Ich hatte Rhona ein paar Tangerinen mitgebracht. Wie weihnachtlich sahen sie doch aus in ihren bunten Glanzpapierjäckchen, unten in dem roten Tragnetz aneinandergekuschelt. Ich hatte auch eine Illustrierte dabei, wo ganze Tanks von Druckerschwärze vergossen worden waren, um die verschiedenen Ehen einer nicht sehr bedeutenden Schauspielerin nachzuerzählen, die eine große Anhängerschaft hatte – und übrigens auch einen großen Hintern – und nach ihrer Rolle als königliche Schlangenküsserin in *Tony und Cleo* vergöttert wurde.

Eine Schwester eilte vorbei, im Abstand einiger Schritte von zwei mürrisch dreinschauenden Pflegern gefolgt. Denen nickte ich freundlich zu, bekam aber als Antwort einen strengen und bösen Blick. Ist auch ganz richtig so; von freundlichem Nicken ist noch nie einem Kind Milch ins Fläschchen geflossen, noch nie Kohle in den Kamin geprasselt. Verschon uns bloß mit deiner Klugscheißerei, Meister, versuch doch mal, mit dem Hungerlohn von einem Pfleger zu leben, da wirst du bald sehen, wieviel Butter aufs Brot kommt und was dir noch übrigbleibt für Hochglanzillustrierte und Tangescheißrinen.

Ein Facharzt, na ja, also ein Typ im weißen Kittel, ein Stethoskop wie eine Schlange in der Tasche geringelt und mit einer Wunderkindmiene, kam vorüber. Von seinen fachärztlichen Lippen zwitscherte Mr. Acker Bilks »Stranger on the Shore«, eine Melodie, die mich aus irgendeinem Grund immer verhext. Der Korridor zog sich und zog sich. Dampfheizungen schwitzten und murrten. Ein Riß in der Wand, der sich insgeheim von Dunkel und menschlicher Trägheit nährte, hatte sich einen weiteren Zoll seinem anarchischen Traum von Zusammensturz und Schuttgeröll genähert. Ich kam an einem Weihnachtsbaum vorüber und sah Myriaden winziger Clays in der glänzenden Rundung grüngläserner Planeten gespiegelt.

Haben Entbindungskliniken auch eine Leichenhalle? Die Frage stellte sich beim Anblick eines Pflegers, der auf mich zukam und eine Liege vor sich herschob, auf der eine von Tüchern verdeckte Gestalt ruhte. Der Pfleger war ein breitspuriger Flegel mit einem Schopf leuchtendroten Haars und einem Bart von derselben Farbe, der ihm die Wangen entlangbrannte, und sein Mund war gespitzt zu einem *Di-da-di-dum-di-dum*-Greuel aus einer Gilbert-und-Sullivan-Operette. Die Gestalt auf dem Wagen war nicht ganz eingehüllt – die Füße zeigten mir die nackten Sohlen und signalisierten unmißverständlich, daß sie keine Schuhe und Socken mehr brauchen würden. Eine arme Frau in den Wehen? Gewiß nicht! Ich hätte eins zu hundert gewettet, daß dieses Paar Füße einem Mann gehörte.

Rhonas Stationsschwester hatte für ihren Beruf einen angemessenen Namen, die alte Zibebe: Zidran. Als ich das zum ersten Mal gehört hatte, stieg sofort der Druck in der

Ersatzwindung meines Hirns, die als eine Art Neuronenschrotthalde dient, eine Mülltonne für den geistigen Ausschuß, für das, was psychisch den ausgebrühten Teebeuteln, Fischköppen und Gemüseabfällen entspricht: Unerbittlich klappte dic Abfalltonne den Deckel hoch, und heraus fuhren diese mürrischen Knittelverse:

> Drück, Mutter, los jetzt, feste drück
> das Kind heraus, und wie! Dann
> noch einmal, los jetzt, Augenblick:
> nur fest gedrückt, ich zieh dran!

Unverschämtheit von mir, so blöde Kalauer. Schmerzen sind nicht zum Lachen – besonders nicht Geburtswehen. Beim bloßen Gedanken ans Gebären schwitzen mir die Augäpfel. Man muß sich's vorstellen – dazuliegen als Fluchttunnel für nen Neunpfünder, der, ganz spitze Knie und scharfe Ellbogen, um jeden Preis ans Licht will, den ersten Atem holen. Ich weiß noch, wie ich mal ferngesehen hab, und da erscheint diese alte Dame. So distinguiert wie die aussah, dachte ich, jetzt lernen wir, wie man aus Knäckebrot Crêpes Suzette zubereitet oder einen Luxuslokuspapierhalter aus Platinbüroklammern und ein paar Smaragden bastelt, aber nein – fängt sie doch an und legt los, wie sich eine Geburt wirklich anfühlt. Und sie sprach: »Ergreifen Sie mit beiden Händen fest Ihre Oberlippe. Dann ziehen Sie sie vom Zahnfleisch zurück, ohne Unterbrechung in einem Zug über Nase und Stirn und die ganze Birne und knoten Sie sie hinter den Ohren fest...«

Nein, das Problem hab ich nicht. Aber wenn's um Schmerzen, Verletzungen, Wehwehchen, irgendein Stechen, Ziehen, Zucken geht – ich bin wie der Typ, den sie im Stoikerklub rausgeschmissen haben, weil er sich beklagt hat, daß die Stühle zu hart sind. Feige? Mein Name ist Hase! Zeigt mir eine Spritze, eine Zahnzange, eine Wundnähnadel, und ich zeig euch eine Ohnmacht, die noch die hysterischste viktorianische Romanfee höhnisch grinsen ließe.

Etwa so beruhigend wie der Anblick einer brennenden Tankstelle für den müden Fahrer mit hallend leerem Benzintank war meine Aussicht hier: Am Eingang zu Rhonas Saal stand Schwester Zidran, die Mutterschaftsmedusa, auf Wache und wartete darauf, zu spät anrückende Ehemänner mit einem scharfen Blick zu Stein zu verwandeln. Obwohl sie mit dem Rücken zu mir stand, war der Anblick auch nicht leichter zu ertragen – auf diesem Hinterteil, beispielsweise, hätte eine Kolonie Tölpel nisten können. Obwohl ich bestimmt noch zwanzig oder dreißig Fuß weit weg war, konnte ich die von ihr ausgestrahlte Mißgunst spüren wie die Hitze aus einem Fuchsbau, ich meine, aus einem Ofenloch. Der Riemen des Tragnetzes hatte sich eng um meinen Finger gewunden, und ich mußte einen Augenblick stehenbleiben und warten, bis er sich wieder abwickelte. Dies stellte sich als glücklicher Zufall heraus, denn während ich an meinem abgestorbenen Finger rieb und versuchte, ihn wieder in den allgemeinen Blutkreislauf zurückzulocken – kommt da nicht ein Typ mit einem schönen braunen Fedora auf der Rübe, einen schimmernden Kamelhaarmantel ums Kreuz gehängt (was auf jeder Seite eine enorm aufgebukkelte Schulter ergab, sah aus wie ein amerikanischer Footballer, den man an den Knien abgehackt hat), mit spiegelnden Tretern aus Rhonas Saal getänzelt und tritt, ohne sich der Ungeheuerlichkeit seines Vorgehens bewußt zu sein, elastischen Schritts zu Schwester Zidran hin, schaut ihr in die steinernen Augen und fängt an, sich über irgend etwas zu beklagen. Der Junge verdiente entweder eine Tapferkeitsmedaille oder ein Gummibesteck in einer geschlossenen Anstalt. Die Reaktion der Schwester war schmerzhaft unausweichlich: ehe Fedorafreddie wußte, was los war, wurde er mehr oder weniger sanft ins Büro der Schwester gezerrt, deren Tür mit einem gläsernen Krachen zufiel. Da war er nun, eingesperrt wie eine Laborratte im Labyrinth. Und so, wie dieses Nagetier jedesmal einen Stromstoß auf die Schnauze kriegt, wenn es den falschen Knopf berührt, so bekam jetzt der konfus wirkende Philister eins übergebraten, als er mit einer falschen, versöhnlich gemeinten Eröffnung ankam. »Mr. Hoxton, denken Sie bitte daran, daß wir hier eine Entbindungsklinik haben und kein Urlaubshotel!«

Er nickte. »Ja, das sehe ich auch ein, Schwester, aber wir haben doch sicherlich –«

Jetzt hatte er verspielt – er hatte die Nase gegen den allersensibelsten Schalter gestoßen, den, wo »Status« drüberstand.

Stationsschwester Zidran schien sich, als hätte man sie in Windstärke zehn gehängt, mit ungeheurer Geschwindigkeit aufzublähen. »Schwester? Haben Sie mich *Schwester* genannt? Sie meinen wohl ›Stationsschwester‹, hoffe ich!«

Der Tangerinenmann huschte rasch am Büro vorüber, vor dem an einem aktenübersäten Tisch zwei Nightingales angestrengt lauschten, was ihre Vorgesetzte da Gemeines sprach. Als ich Rhonas Saal betrat, sah ich sogleich, daß sich seit meinem letzten Besuch einiges verändert hatte: die dicke Agnes Coulter, die das Bett rechts von Rhona gehabt hatte, war weg. Ihr Bett war bis auf die Matratze abgezogen, und ihr sonst saustallmäßig dastehender Nachttisch war verblüffend kahl. Das Bett zur Linken von Rhona war neu belegt – eine Brünette mit verweinten Augen, die in ihrem graublauen Bettjäckchen aussah wie ein gestrandeter Wal. Ihr Mann, ein flachgequetscht dreinschauender Typ, der so eine Art Fabrikbrille trug, ein Ding mit Stahlgestell, das seine überhängende Stirn zu stützen schien, klammerte sich so fest an die Hand der Gattin, daß es mir vorkam, als habe er eine Heidenangst, sie könne mit peinlich entweichenden Geräuschen zur Decke auffahren und dort unter den Weihnachtsdekorationen wüten. Schade, daß die dicke Agnes nicht mehr da war. War eine fröhliche Seele gewesen, ihr Humor allerdings für Rhonas Geschmack etwas anzüglich.

Bei dem Roman, in den Rhona jetzt recht dekorativ versunken zu sein vorgab, als ob sie gar nicht gemerkt hätte, daß ich da war, handelte es sich erstaunlicherweise um einen James Bond. Ich hatte nie mitgekriegt, daß sie sowas las. Schockierend eigentlich, wie wenn man die Handtasche von Oma durchsucht und einen Pariser findet. Nicht einmal das Quietschen der Stuhlbeine auf dem gewachsten Gummiparkett konnte sie ablenken von den unwahrscheinlichen Abenteuern, die Flemings zynischer Automat erlebte. Ich setzte mich und warf das volle Netz mit Schwung auf ihr Bett. Schließlich – es kam mir vor, als dauerte es Minuten, aber wahrscheinlich waren's nur zehn Sekunden oder so – fragte Rhona, ohne das Buch vor ihrem Gesicht sinken zu lassen: »Na, hamwer der mal ordentlich die Meinung gegeigt?« Ihre Stimme klang hei-... nein, nicht heiserer. Fremdartig? Nein... hohler also? Nix. Künstlich? Ja, das isses – künstlich. Eine phonetische Fälschung, irgendwer versuchte in Rhonas Namen unechte Verlautbarungen in Umlauf zu bringen. Ohne daß es Mr. Fleming oder seinem fühllosen Spielzeug zu danken gewesen wäre, sorgte der Roman jetzt selbst für eine dramatische Wendung, indem er herabsank und das Gesicht der Leserin enthüllte. Eine Schockwelle traf mich, die auf der Richterskala glatt die Nadel von der Anzeige gefegt hätte – Jesus! Was hatten die mit meiner Rhona gemacht? Dieses Gesicht! Ihre Züge waren püriert – jede vertraute Eigenheit und Linie war ausgelöscht, es gab nichts Wiederzuerkennendes, nur eine rosige puddingartige Masse, ein geschminktes Einerlei, das um das rote O des Mundes wabberte. Wie sich dieser unheimlichen Öffnung nun weitere Worte zu entringen begannen, war ich schon wieder auf den Beinen und schnappte mir mein Netz. Patienten und Besucher drehten sich erstaunt um, als ich aus dem Raum rannte.

Die beiden Schwestern kontrollierten immer noch, was mit Fedorafreddy geschah, die Ohren wie Radarschüsseln aufs Büro gerichtet. So, wie es sich anhörte, war der Kampf vorbei – ich konnte mir vorstellen, wie er da drin auf dem Boden lag, Füße nach oben, während die Medusa dem zukkenden Körper eine letzte Salve Maulmunition reinhämmerte. Als ich mich näherte, beäugten mich die Schwestern, als gehöre ich auf die andere Seite der Fußbodenleiste. Wo, wollte ich wissen, hatten sie diesmal meine Frau einquartiert? Auf dem Dach vielleicht? Auf dem Speicher? Ja? Wärmer? Kam ich der Sache näher? Oder im Keller... Erfahren im Umgang mit den Sarkasmen der Besucher, antworteten beide lange Zeit nichts, dann ließ sich eine herbei und schlug in einem Registerbuch nach, und ich bekam eine Saalnummer, nur aus Gefälligkeit, ist das klar? Aus derselben Gnadenschatulle kamen ein paar knappe Anweisungen – Aufzug; nach links; Mrs. Clays neuer Raum befindet sich am Ende des Ganges.

Der Lift war gerade in Australien, als ich den Her-zu-mir-Knopf bediente. Als die Aborigines ihn endlich wieder ganz aufgezogen hatten, erhob er sich leicht und anmutig wie eine Kuh mit einer Ladung Gußstahl im Pansen. Die Tür krachte auf und schloß sich sofort krachend wieder. Ein rüttelndes Schaudern durchlief den Mechanismus, dann sank der Lift wieder gen Australien. Ich hätte lieber die Treppen hochkeuchen sollen, aber jetzt war ich stur. Bei der Technik darf man niemals nachgeben. Wenn das Zeug erst mal merkt, daß man ein Schlappmann ist, dann macht es, was es will, das Radio spielt immer Jimmy Shand, und die Besteckschublade schmeißt mit Steakmessern.

Ich fing an, den Klingelknopf zu massieren. Längere Zeit später kapitulierte der Aufzug und kam mit einem ominösen Kreischgeräusch zu mir, als würden zwei seiner Hauptbestandteile versuchen, sich gegenseitig aufzureiben. Die Tür stolperte auf wie der Vorhang im Planet (den Burnett schließlich ausgemustert hatte, so daß er jetzt hinter der Bühne vor sich hin faulte). Ein Pfleger, einer von dem Duo, das mich vorher im Korridor angefunkelt hatte, war der einzige Passagier der klappernden Kabine. Falls sich überhaupt etwas geändert hatte, irritierte ich ihn jetzt noch mehr als zuvor. Halb Mann, halb Walroß, sah er aus wie von Doktor Moreaus Insel entflohen.

»Was ham Sie denn immerzu geklingelt?« knurrte er. »Scheißding zerreißt eim die Ohren...«

Ich betrat den Lift und stellte mich neben ihn.

Die Maschine, die mehr Lärm machte als eine Urabstimmung auf der Arche Noah, hob langsam ab. Ich beschloß, den Walroßmann nach der barfüßigen Leiche zu fragen; wenn irgend jemand wußte, weshalb ein männlicher Kadaver während der Besuchszeit durch eine Gebärzentrale geschoben wurde, dann wahrscheinlich er. Die Sache machte mir zu schaffen. Es mußte eine vernünftige Erklärung geben. Wie zum Beispiel? Also, sagen wir, ein Penner – nennen wir ihn Charlie – hat so eine Ahnung, daß er jetzt »auf der letzten Runde« ist, wie Woody G. das ausdrückt. Da Charlie nicht al fresco auf einer dreckigen Straßenbank abkratzen will, schleicht er in die Muttiklinik und versteckt sich in der Wärme des Heizkellers. In gewisser Weise eine Rückkehr in den Mutterleib, wieder bei Mama. Ja, so was könnte doch passiert sein. Etwas weit hergeholt, aber jedenfalls hatte Charlie jetzt ein Stückchen Biographie bekommen, was doch besser ist, als bloß auf dem Schragen zu liegen mit einem Zettel am Zeh, wo »N. N.« draufsteht.

Die pflegerische Hälfte des Walroßtyps schien sich – weit davon entfernt, sich für meine Fragen zu interessieren – eher auf das metallene Geknurre unserer aufsteigenden Maschine zu konzentrieren, so sehr sogar, daß er zur Wand hinging und angespannt lauschte, als wäre er mit der klagenden Sprache der leblosen Materie vertraut. Und wenn er jetzt hörte, daß eine Krise, eine Katastrophe bevorstand, was würde er tun? Abspringen? Ich wiederholte meine Frage, aber wir waren schon in meinem Stockwerk angelangt und die Tür hatte mit ihrer Stop-and-go-Nummer angefangen, als er antwortete.

»Was für ne Leiche?«

Ich stieg aus dem Lift und drehte mich zu ihm um. »Die ich gesehen hab, wie sie einer von Ihren Kollegen irgendwo hingerollt hat – die Leichenhalle, nehm ich an. Der war so ein Großer, helles rotes Haar, mit Bart...«

Sein spinnwebfädiger Schnurrbart bewegte sich im schwachen Luftzug seiner Antwort. »Nee, hier hamwa keinen rothaarigen Pfleger, Meister, schon gar keinen toten...«

Mit einem stöhnenden, quiekenden Geräusch schob sich die Tür zu, und der Aufzug nahm seine ganze ehrwürdige Energie zusammen und trug seinen Halbmenschen himmelwärts.

Als ich Rhonas neues Krankenzimmer betrat, sagte mir eine Schwester, ich würde sie im Tagesraum finden. Ich ging hin, Rhona saß vor dem Fernseher und bearbeitete ihre Nägel mit einer schmalen Feile. Ein weiteres Paar teilte sich den Raum mit uns, ein kicheriges Pärchen, das der ernsten Angelegenheit der heranrückenden Elternschaft sehr leichtfertig gegenüberzustehen schien, das arme Wurm im Mutterleib mußte sich fühlen wie in einem permanenten Erdbeben. Als Demonstration properen Verhaltens verpaßte Rhona mir, ohne ein einziges Mal die Stimme zu heben und sogar unter gelegentlichem Tarnlächeln, eine massive Abreibung, eine durchgehend geflüsterte Standpauke. Mit dem Kopf so nahe an meinem, daß jeder Passant denken würde, wir tauschten Zärtlichkeiten, teilte sie mir zischend mit, daß ich wirklich der allerletzte Armleuchter war. Der Gebrauch des Wortes »Armleuchter« war das Äußerste, was sich Rhona an Kraftausdrücken gestattete – ein kindischer Euphemismus, der immerhin ehrlicher war als das Rrrräuspern ihres Bruders. Mit einem Lächeln, wie man es nur als Besitzerin makelloser Beißerchen riskiert, fauchte sie mir abgehackt ins linke Ohrloch, sie wolle, nein, sie *wolle* keine Entschuldigungen von mir hören, weil alle meine Lügen so phantasielos wie monoton seien. Sie hatte im übrigen, teilte sie mir mit, meine ganzen puerilen Schwindeleien gründlich satt, wo meistens alte Frauen vom Autobus fielen, Fahrstühle steckenblieben, längst tot geglaubte alte Bekannte auftauchten und der gesamte öffentliche Verkehr zusammenbrach, sobald ich mir nur ein Ticket löste. Nein, bitte, sie wollte kein einziges weiteres Wort mehr über mein Talent hören, immer zwanzig Minuten nach Beginn der Besuchszeit einzutrudeln. Ich hatte eigentlich Glück, daß sie mir mit ihrem Verbot zuvorkam, denn zur Abwechslung wollte ich ihr die reine Wahrheit erzählen. Es war keine Frau gewesen, die einen Unfall im Autobus hatte, sondern ein angetüterter Greis, der – launisch, wie Besoffene sind – beschlossen hatte, die Treppe im Bus genauso runterzukommen, wie er raufgegangen war: Kopf voran. Er war auf der Schnauze gelandet und – aber was bringt's? Sie wollte einfach nicht wissen, welche Gefahren meinen Weg hierher umlauert hatten. Lügner haben die Blessuren verdient, die sie abkriegen, wenn die Wirklichkeit sie einholt. Selbst wenn ich mit einem ehrlich erworbenen gebrochenen Nasenbein hier reinmarschiert käme, hätte sie bald meine Aussage, wie das denn gekommen war, gründlich demoliert.

Rhonas Aufmerksamkeit hatte sich nun einer höheren Existenzebene zugewandt, wo man sich darauf verlassen kann, daß das Leben frei ist von langhaarigen Zuspätkommern, wo die Langeweile des Wartens rauszensiert wird und Zonen des Mißtrauens im Handumdrehen heroisch durchquert werden. Jawohl, die wunderbare Welt der Walt Disney Productions, wo Träume wahrhaftig wahr werden.

Rhona sägte mit solchem Elan an ihren Nägeln, so energisch ließ sie ihre Feile blinken, daß man hätte meinen können, hier liefe ein Versuch der Selbstauslöschung. Ihre

Augen blieben starr auf den Fernsehschirm gerichtet. Unter der kaiserlichen Gewandung ihres purpurroten Morgenmantels trug sie das biedere Nachthemd, das ich scherzend als ihr »Nonnennegligé« zu bezeichnen pflege. Ich schaute sie an, während eine Schokoriegelwerbung den Bildschirm füllte. »Hol dir den Knusperknabberriegel aus dem großen Sahnetiegel!« befahl eine Stimme, und wenn wir das taten, würde offenbar alles schnagel-schniegel, darauf gab es Brief und Siegel.

Der Film war der übliche Augenschleim: die romantische Affäre zwischen der Heldin und dem Sohn des despotischen Millionärs stand kurz vor der Entdeckung. Das liebeskranke Paar saß soeben in seinem Wagen, mit Blick über eine kleine Industriestadt – die bis auf den letzten Nagel im Besitz des dollarbesessenen Daddy ist. Der Sohn fing jetzt an, philosophisch zu werden, was sich durch ein sinniges Hochziehen der linken Braue ankündigte. »Papa muß sich einfach daran gewöhnen, daß die Welt nicht bloß ein Auktionssaal ist, wo er nur den kleinen Finger heben muß, damit ihm die Zukunft gehört ...« Langsam, Junior, vielleicht hat Papa das Armaturenbrett verwanzt! Und was soll das Gefasel von der Zukunft? Sowas gibt's auf unserem konfusen Planeten nicht. Nimm doch mal diesen Fernsehapparat beispielsweise – da findest du jede Menge Knöpfe, die an gar nix angeschlossen sind. Sie warten darauf, verstehst du?, daß ein Fortschritt in der Elektrotechnik eintritt, der allerdings zu Lebzeiten der Kiste hier gar nicht stattfinden wird. Symbolische Knöpfe also – gut zu einem Scheißdreck. Ein bißchen Prahlerei, das ist alles. Die meisten von uns stehen genauso vor dem Leben, drehen verzweifelt an gewissen Knöpfen, versuchen nichtexistente Signale reinzuholen.

»Wie hast du das denn geschafft, daß du Mams Topfpflanze kaputtgemacht hast?« fragte Rhona.

Ich runzelte die Stirn. »Kam das schon in den Nachrichten, ja? ›Polizei jagt Gummibaumschlächter‹?«

»Ich habe sie angerufen, bevor du kamst – ich hab ja schließlich Zeit genug gehabt dazu.«

Ein Sikh kam mit seiner aufgeschwellten Frau in den Tagesraum. Er geleitete sie zu einem Stuhl und half ihr, ihren voluminösen Leib dort niederzulassen. Sein bernsteingelber Turban und seine grüne Nahverkehrsuniform gaben ihm einen »Startbereit!«-Look. Er sah etwas vergrätzt aus, verärgert, belämmert.

»Du sag denen, das geht sie garnix an«, sagte er zu ihr. »Wenn du's ihn' nicht sagst, dann sag ich's ihn', verdammt nochmal.«

Rhona schob ihre Nagelfeile in die Hülle und preßte den Druckknopf mit einem schwachen Knackgeräusch zu. »Du hast die alte Standuhr zu Mutter gebracht, höre ich?«

Ich nickte.

»Warum?« fragte sie.

Ich wurde etwas kratzbürstig. »Deswegen.«

»Soll das eine Antwort sein?«

»Muß wohl.«

Rhona seufzte. Das wurde langsam zur festen Gewohnheit, dieses Geseufze. Das waren keine Besuche mehr – wir machten ein Seufz in. Sie hatte mich gezwungen, fließend Seufzisch zu lernen. So gut, daß ich den leisesten Hauch von Irritation übersetzen kann. Dieser jüngste Seufzer beispielsweise knüpfte an meine Weigerung beim letzten Besuch an, einen schlichten kleinen Gottesdienst zum Andenken an Papa Carlyle zu beehren, dessen zweiter Todestag nächsten Sonntag war. »Es ist nicht einmal ein richtiger Gottesdienst«, hatte Rhona zu mir gesagt. »Nur ein paar Gebete, und einige von Dads Lieblingstexten werden vorgelesen. Das ist doch gewiß nicht zuviel verlangt?«

Wie selbstgefällig und selbstgerecht manche Geretteten den Standpunkt des Atheisten ablehnen! Weil ich keinen Hinweis darauf entdecken konnte, daß sich um unseren Klumpen Dreck und Stein irgendein himmlischer Großpapa kümmert, weil ich nicht einmal einen göttlichen Fingerabdruck oder einen Knopf von seinem Wolkenmantel gefunden hatte, galt ich als eine Art Robotkretin, der die Sensitivität des echten Christen einfach nicht in seinem Programm hat. Ich hatte mich damals glatt geweigert, und wenn sie noch einmal fragte, würde ich's wieder so machen. Ich hatte andererseits vorgeschlagen, daß ich mit dem kleinen Jason ins Kelvingrove-Museum gehen würde, so daß Phyllis und Jack Sherman die Gedenkfeier für den abgetretenen Schlosser besuchen könnten.

Rhona fing nun an, mich ins finanzielle Kreuzverhör zu nehmen: Hatte ich dies bezahlt, hatte ich jenes bezahlt? Nun, das ist der Sinn des Freitagabends in der Entbindungsklinik, deshalb heißt es »vorzugsweise Ehegatten« auf den Anschlagtafeln, damit die werdenden Elternpaare sich auf ihre Schulden konzentrieren können und Pläne machen für die nächste hausfrauenlose Woche. Ja, ich hatte mich mit den Stadtwerken in Verbindung gesetzt, daß der Zählerspeicher geleert würde. Ja, ich hatte dem Möbelhaus Mulmig eine Rate rübergeschoben. Bald hatte ich keine Schulden mehr auf der Welt. Diese Erleichterung! Puuh! wie Pansy Potter sagen würde. Toll, die Entlastung zu verspüren. Frei, schwebend. Es war das beste, nicht zu rasch nach oben zu tauchen, sonst konnte man sich eine Ehekrümmung holen, eine sehr schmerzliche Sache, wie ich höre. Das Opfer lacht sich buchstäblich zu Tode. Fröhlichkeit stellte keine Gefahr für Rhona dar. Doch jetzt, als sie fortfuhr, meinte ich einen heitereren Tonfall in ihrer Stimme zu hören.

»Tom, dürfte ich dich etwas fragen?«

»Schieß los.«

»Würdest du ... ich meine, wäre es dir sehr wichtig, was es ist?«

»Ich würde ein Weißes vorziehen, wenn sich das machen läßt?«

»Wie bitte?«

»Also, du weißt doch, *un enfant blanc* – ein weißes Kindelchen.«

Sie lächelte (Tatsache! Schlagzeile! RHONA LÄCHELT). »Ich rede von einer Arbeit, Blödmann. Wär's dir sehr wichtig, was das ist?«

»Ich versuch gern alles mal – Hirnchirurg, Keuschheitsgürtelschneider, Kim Novak in den BH helfen. Komme, was da wolle.«

Wieder ihr chronischer Seufzer. »Bleib doch mal ernst. Hör ein einziges Mal auf, den Affen zu machen.« Das Lächeln war entflohen, tatsächlich schien sie jetzt am Rand der Tränen. Mir lagen weitere Leichtfertigkeiten auf der Zunge, aber ich schluckte sie runter. Sie hatte recht, es war höchste Zeit, daß ich mein eselsohriges Rollenheft wegwarf, in dem die Scherzchen und pfiffigen Antworten für alle Gelegenheiten standen. Und auch Zeit, aufzuhören mit meinem Clownstanz um ihre Gefühle herum, meinem verbalen Gehüpfe von einer Ecke des Schwindels in die andere, wo ich sie nur ins Lügengebäude bat, um sie stolpern zu lassen, wo ich mit beinahe boshafter Freude ihre grauäugige Bitte um einen Waffenstillstand, eine Feuerpause zwischen meinen Kalauern unerfüllt ließ. Etwas sehr Wichtiges geschah mit uns – wir waren nun bald Eltern. Von jetzt an war ich im Obligo, mal ernst zu bleiben, mich ohne Rummelplatzlaune und Rhetorik mit ihr auseinanderzusetzen.

»Du würdest alles nehmen? Stimmt das wirklich?«

Ein unheimlicher Lichtpunkt war auf meinem inneren Radar erschienen. Besorgt drängte sich die Besatzung um den Schirm. »Was zum Teufel ist das? Etwas fliegt in unsere Richtung, Leute!« Aus einer Tasche ihres Morgenmantels fischte Rhona einen Briefumschlag, und diesem entnahm sie einen Brief. Ein Stöhnen ging durch die Zentrale: »Mein Gott! Da! Wir sind geliefert!«

»Ich hab heute morgen einen Brief von Onkel Billy bekommen«, sagte sie. »Du erinnerst dich doch noch an ihn?«

»Holzbein – marschiert mit seiner Sorgenlast ganz auf der einen Seite?«

»Hör auf, das nachzumachen. Dads Bruder – wohnt in Townhead.« Sie streckte mir den Brief hin. »Da, lies selber.«

Ich durchflog die pedantische Handschrift, die zwei Seiten bedeckte. »Hoffe, daß es dir gut geht ... blahblahblah ... Ich habe kürzlich deine Mutter besucht« (ich wette, danach bist du schnell durch sechs Kneipen gezogen, Billyboy!). »Die hat mir gesagt, Dein Tim hat immer noch keine Arbeit. Das wird Dir sicher Sorgen machen, vor allem, weil Du ja ein neues Haus suchst. Ich habe mir gedacht, ich kann Dir vielleicht behilflich sein.« (Alle Verbindungen brechen zusammen, Clayville ist direkt getroffen!) »In unserem Lagerhaus ist eine Stelle für einen Packer frei geworden. Der Lohn ist normal und die Arbeit relativ leicht. Vielleicht kannst Du das Tom sagen, und wenn er möchte, kann er vielleicht mal bei mir vorbeikommen und wir unterhalten uns ...«

Ich zeigte nun einen solchen Widerwillen gegen den Brief, daß man hätte denken können, die Seiten wären mit Typhus infiziert. »Also?« Rhonas Blick hatte die mitfühlende Wärme eines SS-Manns, der einem den Lauf seiner Mauser in die Nase drückt.

»Onkel Billy«, sagte ich tapfer, »der macht in Bananen – ja?«

Sie nickte. »Ist schon zehn Jahre im selben Lagerhaus.«

»Na, dann sollte er langsam reif sein.«

»Was?«

»Rhona, ich hab zu Bananen keine Beziehung. Ich kann das Scheißzeug nicht ausstehen.«

»Keine Ausdrücke jetzt.« Sie deutete auf den Brief. »Die Adresse steht obendran. Geh hin, besuch ihn.«

»Wann?«

»Morgen nachmittag; er geht nie weg.«

»Ich nehm die Jungpfadfinder mit auf den Ben Nevis am Samstag ...« (Strangs bizarre Bemerkung, ich solle mich vor hoch gelegenen Orten hüten, fiel mir ein. Was hatte das heißen sollen?) Rhonas Stirn hatte sich wieder verfinstert. Ich nickte. »Also gut, also gut. Ich geh bei ihm vorbei, aber weiter verspreche ich nichts. Alles klar?«

Sie nickte. Der Film lief weiter. Der betuchte Boyfriend zeigte seinem Aschenputtel jetzt ein eindrucksvolles Anwesen. Es war eines von diesen Herrenhäusern mit weißen Kolonnaden, die in der Regel (im Film, heißt das) von manisch aktiven Südstaatenschönheiten bevölkert werden; das Haus und die benachbarte Ranch standen in üppigem Weideland, nur wenig kleiner als ganz Texas. »Nicht doch, Liebes«, knurrte er und ließ den Stetson gegen den Reitstiefel klatschen, »an so ein Hühnerhaus hab ich nicht gedacht. Was ich mir vorstelle, wird so an die zweieinhalb Berge guten Stein brauchen ...«

Und jetzt kommen Sie, Mr. Clay.

»Tom.«

»Was denn?«

»Tom, es wäre schön, wenn ... wenn alles, also, normal sein könnte.«

Natürlich wußte ich, was sie meinte. Trotzdem spürte ich wider Willen, wie meine Krawattenschleife aufleuchtete und zu rotieren begann und wie die Plastiknelke in meinem Komikerknopfloch sich anschickte, Säure zu versprühen. »Der Empfang ist irgendwie schlecht«, sagte ich. »Ich hör immer ›normal‹ – was ist ›normal‹?«

»Du weißt schon – ordentlich.« Sie senkte die Stimme. »Siehst du das Mädel da drüben?«

»Die Tigerin von Eschnapur?«

»Pssst, sie hört dich noch.« Rhona kam näher, daß ihr Mund fast mein Ohr berührte. »Die kriegt gerade ihr eigenes Haus in Bishopbriggs gebaut.«

»Ist das der Kamin, den sie da unterm Kleid hat?«

Sie wurde wieder schnippisch. »Hat ja keinen Sinn, mit dir zu reden.«

Eine neue Taktik: Der Clown kippt seinen bunten Mund nach unten, Tränen quellen aus trockenen Augen, es galt, eine Saga von großem persönlichem Opfermut zu erzählen, an eben diesem Nachmittag hatte er seine Klickklackmaschine verscherbelt, eine Katastrophe, als ob Nurejedingsda seine zwei Beine einem Chirurgen überlassen hätte.

»Aber warum denn? Du warst doch sicher nicht derartig abgebrannt...«

»Es war ne alte Maschine, Rhona – am Ende.«

»Wozu hast du das Geld gebraucht?«

»Na ja, zunächst mal kommt da doch dieser Typ den Schornstein runter.«

»Ich bin in einem Sparklub für Jason, weißt du nicht mehr?«

»Na klar, im Klapperstorchklub – Mitgliederzahl steigend!«

Sie schien jetzt viel munterer. Ein alter gemeinsamer Witz kam an die Oberfläche.

»Tom, dreh jetzt nicht durch und kauf mir diese Bisamjacke, die du mir vor Jahrhunderten versprochen hast.«

»Ich hab mir was Besseres ausgedacht«, sagte ich. »Ich hab ne Anzahlung für ein neues Kabel an dein Bügeleisen hingelegt. Wie hört sich das an?«

Es war deutlich zu sehen, wie rapide ihre Laune stieg. Die Tatsache, daß ich meine Schreibmaschine abgeworfen hatte, gab ihrem Traumballon neuen Aufwind. Schon schwebte sie hoch droben. Als die Besuchszeit endete, war sie kaum mehr zu sehen, und ich war nur ein bescheidenes Mistkäferchen, das seine Kugel aus Speichelsekret und Planetenstaub den mythischen Abhang hinaufrollte, den man die Zukunft nennt...

10

Das Planet war im Grunde eine riesige Neonreklamenattrappe, an der ein zerbröckelndes altes Kino hing. Alte Leute, die einen kleinen Spaziergang machten, gingen vielleicht aus alter Gewohnheit, ehe sie's selber recht merkten, in dieses Kinematographenmuseum und schauten sich die Filmrisse und die Fetzen aus alten Streifen an. In den vierziger Jahren hatte jemand mal ein Messer durch die Leinwand geschleudert, und die grobe Reparatur hatte eine L-förmige Narbe hinterlassen, die in den Nahaufnahmen so moderner Stars wie Don Ameche oder Alice Faye störend wirkte. Das Planet hatte die letzte Filmrolle seiner Existenz eingelegt, eine Tatsache, die von den treuen Kunden sehr bedauert wurde, die zu Hause vor dem Fernseher festgeleimt saßen.

»Los geht's, Tam – die Flöhe sind hungrig!« schrie Big Snowy Callaghan, der Türsteher und Rausschmeißer, als ich ins Vestibül kam. Er war ein Hüne mit einer weißen Haarmähne und einem Gesicht, das er kulant den meisten Krankenhäusern der Stadt für Nähübungen zur Verfügung gestellt hatte. Snowy war stolz auf seine Narben, und im Suff veranstaltete er Führungen. »Die große da, das war Tam Padden – der konnte schon umgehen mit dem Messerchen, der Hund. Der lange Durkin vom Fluß hat mir die mit den zwölf Stichen hier verpaßt, aber dem sein Gerät hättste sehen sollen – Metzgermeisterwerkzeug! Die da, das war ein Klappmesser, Billy Higgins von Calton. Den hamse mit der Klaue von einem Anker im Arsch damals in den Fünfzigern im KGV gefunden.«

»Hallo, Snowy«, sagte ich und blieb bei ihm stehen, »wie läuft's?«

Er faltete den *Evening Citizen* zusammen, den er gelesen hatte, und deutete mit einem Ruck des Daumens auf den kleinen Münzenhaufen, den die alte Maude an der Kasse schon zusammenhatte. »Bald reicht's, um nen Brief zu frankieren. Stimmt's, Maude?« Die strickte etwas, was aussah wie Pulswärmer für unsere Jungs vor Verdun, und gab keine Antwort. Maudes Alter war legendär. Wann immer die Leute anfingen zu raten, wie alt sie wohl sein mochte, fiel der Satz: »Die war schon lang vor den Engeln da.« Das hieß, daß sie früher zu datieren war als die Engel, die ein gewisser Seamus O'Toole an die Decke des Kinosaals gemalt hatte. O'Tooles Versuch, mit Michelangelo in Konkurrenz zu treten, mußte als gescheitert gelten: Sonne, Mond und Sterne waren nicht schlecht, aber seine Engel waren diabolisch – eine Mannschaft mit kantigen Kinnen und Muskeln wie Schauerleute, die mit Harfen hantierten, welche aussahen wie aus den Gitterzäunen rausgesägt, die man im Krieg an den Hinterhöfen der Scobie Street abmontiert hatte. Die Engel schwebten noch da droben, aber jahrelanger Tabaksqualm hatte sie eingemacht, eine dicke Nikotinschicht verhüllte gnädig die danebengegangene Kunst. Und O'Toole, der sein Leben und seine gesunden Glieder für dieses pseudosixtinische Wunderwerk riskiert hatte, kam bei einem eigenartigen Unfall in einem Käseladen um, wo ein Rad prima Cheddar aus größerer Höhe auf ihn drauffiel. Hartkäse eben.

Ich schwatzte ein paar Minuten mit Snowy, vor allem über die Pferdchen, dann ging ich rauf zur Vorführkabine. Unterwegs stieß ich mit Nessie Maxwell zusammen, die die Last eines Lebens mit saufendem Ehemann zu tragen hatte sowie im Augenblick dazu noch ein Verkaufstablett mit Eispackungen, Kartoffelchips, Nüssen, Limo und Popcorn. (Es ging das Gerücht, daß Paddy Cullen seine Nüsse von ihr umsonst kriegte, aber der Dicke bestritt das lebhaft.)

»Verdammte Eskimostreifen«, grollte Nessie. »Wie soll ich denn da mein Eis loswerden!«

»Mach dir nix draus, Nessie«, sagte ich, »jetzt kriegen wir bald wieder Bogie in *Sahara*.«

»Na, der soll sich besser mal auf sein schnellstes Kamel schwingen, oder hier ist die Tür schon endgültig zu«, sagte Nessie und wankte Richtung Balkon, ob auf dessen eisigen Höhen wohl irgendwelche Kundschaft kauerte.

Dem Foyer ging's definitiv nicht gut, es hatte seine Glanzzeit lang hinter sich. Bei einer berühmten Gelegenheit war ein Brocken aus der Decke runtergefallen und hatte fast einen kleinen Gauner von der Devon Street erschlagen, der sich gerade mit einem Linoleummesser ein großzügiges Stück aus dem kostbaren Templetonteppich raussäbelte, »bloß so als kleines Souvenir«, wie er dem Sheriff erklärte. Dieser vielbewunderte *tapis* war jetzt nur noch ein Schatten seiner alten Pracht; in letzter Zeit hatte er angefangen, von selbst obsessive Schimmelmuster zu weben, ein Vorgang, den man förmlich an den Sohlen saugen fühlte, wenn man zu lang auf einem Fleck stand. Man mußte zugeben, daß eine massive Dosis Vorschlaghammer schon das war, was die Szene brauchte. Es war bedrückend, die alten, von so vielen Hinterteilen müden Bänke in dunklen Ecken modern zu sehen – ach, es gibt wenig traurigere Gerüche als den Gestank, wenn Plüsch langsam verrottet. Über einem Durchlaß stand, unordentlich hinschabloniert, das Wort »Geschäftsführer«. Eine grüngestrichene Tür im rechten Winkel dahinter wiederholte den Titel, doch diesmal erschien er mit allen Schleifen und Schwüngen des kunstreichen Schildermalers. Was ging hinter der grünen Tür vor sich? Anscheinend nicht viel, denn Burnett schnarchte. Zwei Funktionen gleichzeitig auszuüben war ermüdend, denn seit dem plötzlichen Tod von Rinty O'Dowd hatte er die Doppelrolle des Kinobesitzers und Geschäftsführers gespielt. Da der Abrißhammer schon über dem Dach des Planet schwebte, schien es nicht sehr sinnvoll, einen Nachfolger für O'Dowd einzustellen – nicht, daß man da leicht jemand gefunden hätte. O'Dowd war ein einmaliger Fall gewesen; als gescheiterter Entertainer, der selbst in seiner Jugend »auf den Brettern« gestanden hatte, konnte er immer eine ungeduldig werdende Kassenschlange mit Imitationen, Steptanz und komischen Reden unterhalten. Er war mit Stil abgetreten. »Jawoll«, sagt Freddy Greene, »holt sich seinen üblichen doppelten Islay Mist, legt nen kleinen Shuffle hin, weißt schon, das Gehoppel da mit den Beinen, hebt sein Glas, sagt: ›Zirrhose!‹, legt so den Kopf schief, wie üblich, und kippt seine Dosis. Das Zeug kann noch kaum an den Mandeln vorbeigewesen sein, als sein Kopf schon im Sägemehl lag...«

Abgesehen davon, daß er sich um die abendlichen Einnahmen kümmerte – das war schnell geschehen – und im Bedarfsfall an die drei, vier Platzanweiserinnen Batterien oder Birnchen ausgab, mußte Burnett gelegentlich den Rausschmiß schwieriger Kunden überwachen, gewöhnlich Betrunkene, die sich in die Horrorfilme verwickelten, die in ihren eigenen schnapsbombardierten Birnen abgingen. Big Snowy stand natürlich für die manuelle Seite dieser Operationen bereit, wie er auch später mit Matt Lucas nach der Vorstellung den Saal absuchen würde, um den schon mal hie oder da versteckten Penner rauszukämmen, der versuchte, sich mit seinem Ticket noch eine Nacht im Warmen zu holen. Es war auch Routine, die Toiletten zu kontrollieren, ob nicht einer steif und starr irgendwo auf der Brille saß, erstickt an den Dämpfen der Desinfektionswürfelchen, die in orangefarbenen Pissepfützen aggressiv vor sich hin zischten. Burnetts Schwester holte ihn jeden Abend in einem kleinen Morris Minor ab und fuhr ihn nach Hause, nach Burnside. Nicht einmal hatte ich sie den Fuß in das klägliche Kino ihres Bruders setzen sehen.

An die gelbe Tür in der Ecke hatte jemand – Cullen wahrscheinlich – mit schlingernden grünen Buchstaben »Zum Affenhaus!« gepinselt. Ich stieß sie auf und begann den zähen Treck die staubigen Treppen hoch. Die Vorführkabine des Planet war so primitiv, daß Edison sie abgeschrieben hätte: zwei Ross-Projektionsmaschinen und ein Diaprojektor nahmen den größten Teil des vorhandenen Raumes ein. Diese Kinoantiquitäten bezogen den Strom aus derart altmodischem Elektroschrott, daß dem Graubart die Augen feucht wurden, der sehr unregelmäßig vorbeischaute, um servicemäßig mal die Geräte anzuschauen. Neben der Kabine war ein klaustrophober Umspulraum, der so eng war, daß man da drin vom Filmkleber high werden konnte.

Matt Lucas lächelte mir zu, als ich in die Kabine kam. Er hockte neben der Aufnahmespule von Maschine Nummer zwei und schob ein Filmschwänzchen an seinen Ort. »Hallo, Tommy, da biste ja. Schneit's noch draußen?«

»Nicht so stark wie hier drin«, sagte ich und ging rüber zum Monitor, um den tobenden Blizzard leiser zu stellen. »Na, wie ging dein Tauchausflug?«

Er schnitt ein Gesicht. »Total hoffnungslos. Ne Bande Kinder hat mich in der Bedford Street mit Schneebällen eingedeckt, müssen mindestens zwanzig gewesen sein. Bin auf den Arsch gerasselt, so sieht's aus. Total durchnäßt.«

»Das war doch von Anfang an gesponnen, daß du da mitgemacht hast.«

»Ach, ist doch wieder ein Heiermann fürs Geburtstagsgeschenk von der Dame des Hauses.«

»Ist das alles, was der Sack dir gegeben hat – fünf Shilling?« Ich schüttelte den Kopf. »Ist wohl nicht den ganzen Weg mit, was?«

»Mr. Burnett meinste?« Er schüttelte den Kopf. »Ist in die Granit-Bar reingewitscht, die Schwester anrufen, hat er gemeint.«

»Ist er wieder voll auf seinem Stoff?«

»Sieht so aus.«

In der Ecke, neben dem Plattenspieler, fiel mir plötzlich was auf. Ich grinste: dort bot sich in prachtvollem Alcocolor der hervorragende Anblick des in den zerfledderten Sessel hingelümmelten Paddy Cullen, zweiten Vorführers und erstrangigen Saufkopfs. Er schaute gut abgefüllt aus, seine spitzen Schuhchen tanzten im Traum auf dem Rost der Hölle. Es war sehr unwahrscheinlich, daß er zu sich kam, ehe die Nationalhymne durchs Laufwerk klirrte. Ich legte die *Evening Times* wieder zurecht, die ihm halb vom schwitzenden Gesicht geglitten war. »Ist schon brutal, was man heute in den Zeitungen findet, was?«

Lucas schloß die untere Spulkastentür und ging dann zum Monitor rüber, um das Gegrunze, das in Hollywood als Eskimosprache durchging, noch weiter runterzudrehen. Er kam wieder her und öffnete an der abgestellten Maschine die Tür zur Lampenkammer. Während er sich daranmachte, die abgebrannten Kohlen der Bogenlampe zu ersetzen, schaute er durch ein Guckloch auf die Leinwand. »Hätt ich nur auch ne Harpune«, sagte er. »Ich wüßte schon, wem ich die reinpieke.«

»Wie wär's mit nem Schneeball hinten in den Hals?«

Lucas schüttelte angewidert den Kopf. Er war ein zerzauster kleiner Mann mit einem strengen Schielblick und einer leicht panischen Miene, die darauf hinzudeuten schien, daß er ein fruchtbares Terrain für Magengeschwüre abgab. »Den kriegste nicht mit Dynamit von der Stelle.« Lucas rannte zu dem laufenden Projektor, um die Kohlen richtig einzustellen. »Ich hab den ganzen Abend selber durchziehen müssen. Ist nicht fair. Weißt du, was er beim ersten Durchlauf gebracht hat?«

»Die Kohlen zerbrochen vielleicht? Den Anschluß verpaßt?«

»Mensch, Tommy, das wär doch wirklich nix Neues. Ich sag dir, wasser gebracht hat – haut Teil drei und vier vom falschen Film rein, das hat er getan. Eben noch reiten alle Mann hinter dem Desperado her, im nächsten Augenblick beißt ein Eisbär einen Eskimo in den Hintern. Geht noch weiter. Als Maisie Templar rauftelephoniert und's ihm sagt (ich hab grad unten den Ofen nachgeheizt), was macht der hirnlose Heini da? Erraten, er tauscht aus gegen Teil fünf und sechs von dem Eskimofilm. Alles im Eimer!«

Ich fand die ganze Sache hervorragend komisch. »Matt, denk doch nur mal an die Möglichkeiten, die sich da bieten. Ist doch'n ganz neues Genre: *Der Sheriff von Igluville*, in den Hauptrollen Husky Kajak und Aurora Borealis! Oder wie wär's mit *Custers letzte Schneeballschlacht*?«

»Mir wär lieber, der wär der Star in der Entzugsabteilung«, sagte Lucas und opferte sofort seiner eigenen Sucht, indem er sich ein Maximint in den Mund knallte, das sofort eifrig um seine Zähne zu kollern begann. Ein Kettenlutscher war der Mann. Ich ließ mich in dem knarrenden Korbstuhl an der Heizung nieder und langte nach meinem Päckchen Zigaretten. Lucas stellte den Spiegel an der laufenden Maschine ein, eine nicht sehr wirkungsvolle Angewohnheit, denn die Eskimos verloren den Kampf gegen Burnetts defekte Leinwand unweigerlich, die meisten waren schon in ihren staubigen Packeisspalten verschwunden; die Narbe von dem damals geschleuderten Dolch weihte einen der stolzesten Söhne des Nordens einem frühen Untergang, als sie in der Nahaufnahme wie ein schwarzer Blitz über seine Stirn lief. Cullen schnarchte immer noch: Harley-Davidson dreht auf dem Strandkies hohl.

»Der muß sich mal langsam zusammenreißen«, brummte Lucas verärgert. »Glaubt wohl, Nüchternheit ist ein gefährliches Leiden. Okay, wir kippen alle gern mal einen weg, aber der weiß nie, wann Schluß ist.«

Ich nickte. »Unser Paddy hat ein hohles Holzbein.« Ich schaute Lucas an. »Geh mal rüber und nimm selber einen zur Brust, ich paß auf den Laden auf.«

»Danke, Tommy, bist ein guter Kumpel, nach dem Wechsel dann also.« Er schaute durchs Fenster des oberen Spulkastens. »Nur noch paar Minuten.«

Als der Wechsel durch war, schlüpfte Lucas in den Mantel und setzte sich seine Mütze auf, ab in den Dog. Ich bog die Kohlen hin, quetschte soviel Licht wie möglich aus dem abgeleierten Spiegel hinten und ging dann mit der vollen Spule vom ruhenden Projektor in den Umspulraum. Als ich umspulte, nahm ich mein Schicksal hin: ein paar Gläser in Gesellschaft von Paddy Cullen, das war heute nicht mehr drin. War auch vielleicht ganz gut so, ich mußte noch etwas Moos für morgen aufheben. Am Samstag pleite – was gibt es Schlimmeres? Ich hatte mich schon beinahe selbst gelinkt, als ich bei Rhona angedeutet hatte, sie würde was Besonderes zu Weihnachten bekommen. Eine Bisamjacke, Herrgottnochmal! Verlorene Hoffnung! Für diese Eskimos war das keine Sache, da kamen die Pelzmäntel nachts ums Iglu geknurrt. Trotzdem natürlich ein hartes Leben, wenn man alt wird und die Zähne fallen aus – so mit fünfundzwanzig im Durchschnitt –, dann legt einen die Mitternachtssonnenbande als Bärenköder raus in die Tundra, keine Zicken. Ich schob die abgewickelte Rolle in den Filmschrank und holte die in der Reihenfolge nächste raus. Während ich das tat, fing ich an rumzurätseln, wer wohl der Zebramützenbursche war, der mir nachgeschnüffelt hatte. Schwer zu sagen. Und dazu noch die Londoner *Times* auf meinem Lokus. »Vergiß nicht die Schneebälle«, merkte Jeremia an. Ich mußte grinsen. *Das Geheimnis der drei Schneebälle.* Holmes, was hat das zu bedeuten?

Als ich mit einer weiteren Rolle Arktiskitsch in die Kabine zurückkam, fuhr ich überrascht zusammen; ein lebendiges Girl, nix Zelluloid, stand vor dem laufenden Projektor und starrte die Maschine so ehrfürchtig an, daß man hätte meinen können, das sei anspruchsvollste neue Technologie und nicht ein Schrotthaufen aus Licht und Laufrädern. Sie hatte das Gesicht eines Engels (von der gefallenen Sorte). Ich berechnete die Oberweite rasch als zirka 56 – 63, obwohl sie ohne Hilfskonstruktion auch über die 63 vordringen könnte. Ihr Make-up war so pfannkuchendick auf die Haut gekleistert, daß Dusty Springfield im Vergleich nonnenhaft wirkte. Man konnte fast den Luftzug von ihren kohlschwarzen Wimpern spüren, die einen verblüffenden Kontrast zu ihrem Kunstblondhaar ergaben, das steiflackiert und bienenkorbförmig auf ihrem Kopf saß, als wäre es dort mit dem Kran abgeladen und dann festgeschweißt worden. Ein blauer Nylonkittel war über ihrem roten Wollkleid halb zugeknöpft, und sie trug rote Sandalen dazu. Ihre Lippen, die ich mir bewußt bis zum Schluß aufgehoben habe (wie die Frauen, wenn sie die Kriegsbemalung aufpinseln), waren faszinierend widerlich, leichenweiß natürlich, in braver Anpassung an den unnatürlichen Look, den die Kosmetikgurus den ganzen schwachsinnigen Mädis in dieser Saison als absolut *de rigueur* aufgeschwatzt hatten. *De* wieviel? Alles klar, Hühnchen, laß gut sein, schmeiß dir's einfach ins Gesicht. Willste meine Spritzpistole?

Als die Tür hinter mir zuschlug, fuhr ihr Blick in meine Richtung. Wegen der ganzen Schminksedimente war es schwer auszumachen, wie ihr erster Eindruck von mir war, aber ich nahm die flatternden Wimpern als positives Zeichen. »Hallo«, sagte sie, und ihre Stimme hatte irgendwie eine schöne Wärme. »Ich wollte bloß mal gucken.«

»Aber bitte.« Ich stellte mich ins Profil. »Man sagt mir immer, das ist meine beste Seite.«

Sie lächelte. »Nein, ich meine ...« Sie zögerte. »Ich war noch nie in einem Vorführraum.«

»Vorführraum, hm?« Ich steckte die Spule in den Kasten und lief zu der arbeitenden Maschine hin, um den Abstand zwischen den Kohlen zu verringern – wie die Nacht plötzlich zum Tage wurde, mochte die wenigen Zuschauer, die vielleicht noch dort drunten saßen, verblüffen. Ich versuchte erfolglos, einen Eskimo schärfer ins Bild zu kriegen, der auf etwas herumkaute – einem Seehundsarschloch vielleicht.

»Der ist ja kleiner, als ich gedacht hab«, sagte sie, eine Beobachtung, zu der MacDougall schon was bemerken wollte, als ich eingriff mit: »Ja, eng wie ne Heringsnase«, eine von Papa Clays blöden Wendungen, die mich immer zum Gackern brachte, Gott weiß, warum. Sie schien dieselbe Wirkung auf die Puppe hier zu haben, denn ihr Lächeln blühte auf zu einem seidig glänzenden Lachen – ein kostbares Geräusch, während der Monitor immer noch frostige Klümpchen von Eskimolauten ausspuckte.

Ich ging zu der abgeschalteten Maschine zurück und fing an, den Film durch die Führungsräder zu stecken. Sie sah zu, wie er die notwendigen Schlaufen langlief. Jesses, dieses Kleid! »Ich hab gedacht, ich komm nur mal rauf und werf einen Blick hier herein«, erklärte sie. »Ich konnt's gar nicht glauben, als das alles von selber gegangen ist.«

Ich schielte durch die Tür und ließ ein Stück Film durch den Projektor laufen. Als ich die Linse in Position schwenkte, nickte ich zu dem schnarchenden Cullen hinüber. »Kennst du das Sandmännchen hier?«

Sie schüttelte den Kopf. »Gewarnt hat man mich vor dem, sonst kenn ich ihn nicht.«

»Gewarnt?«

»Daß er mehr Arme hat als ein Oktopus. Aufgepaßt.«

Cullen stöhnte auf und sank dann mit einem Gurgeln wieder zurück auf das verschwiemelte Lager seiner Träume. Oktopus? Eher ein dicker irischer Schellfisch, der hier am Haken des Scotch Whisky zappelte.

»Ganz schön zu.«

Ich nickte. »Er arbeitet hart dran.«

»Solltest du ihn nicht wecken?«

»Hast du ne Bombe dabei?«

Sie holte ein Schildpattetui aus der Manteltasche und ließ es aufklicken. »Darf man hier rauchen?«

Ich zog mein Feuerzeug und präsentierte ihr die Flamme mit souveräner Hollywoodgeste. Ihre langen blassen Hände und manikürten Nägel deuteten darauf hin, daß Hausarbeit nicht die Stärke der Dame war. »Wo hamse dich denn die ganze Zeit versteckt gehabt?« fragte ich und stellte damit sicher, daß die Unterhaltung sich nicht über das standardisierte Zelluloidgeplapper erhob. B-Movie-Dialoge für B-Movie-Situationen, das spart viel Umstände.

Ihre Antwort kam zwischen Luftschlangen von Zigarettenrauch hervor. »Peggy ist krank, da hat sie mich gebeten einzuspringen, nur heute abend. Wo's ja einen Bonus geben soll, wenn das Ding hier zumacht...«

»Peggy ist deine alte Dame, was?«

»Meine Schwester.« Sie lächelte. Sie hatte einen hübschen Mund voll Zähne, die sich mit ihrer eigenen Weiße gegen die blassen Lippen durchsetzten. Ich trimmte die Lampen wieder hin und fummelte mit der Schärfeneinstellung rum. »Was hat Peggy denn?«

»Die Brust ist wieder so komisch.«

Das forderte zu einer naheliegenden kessen Antwort auf, aber ich widerstand der Versuchung. Ich schaltete den Ton zwei, drei Takte runter, als ein Hollywoodblizzard um einen Igluweiler zu donnern begann, und fragte sie, wie sie hieß.

»Rebecca – Rebecca McQuade.«

Ich ging zur Lampenbox und holte ein paar Ersatzkohlen raus, dabei machte ich eine einladende Handbewegung zum Korbstuhl hin. »Park dich doch da mal rein, Rebecca.«

»Becky.«

»Okay, Becky. Ruh dich aus.«

Sie schüttelte den Kopf. »Ich geh besser wieder runter.«

»Rauch die doch erstmal zu Ende.«

Ein Gesichtsausdruck, den ich als Dankbarkeit identifizierte, kämpfte sich durch die Gesichtspackung. »Danke. Ich bin gewiß nicht für das Geschäft da gebaut. Die Füße tun mir irre weh.« Sie ließ sich in dem knisternden Stuhl zurücksinken, streifte eine ihrer Sandalen ab und begann den Fuß zu massieren. Dazu mußte sie ihr Bein ein gutes

Stück hochziehen, was angesichts des Kleidchens, das sie trug, mir einen großzügigen Ausblick auf den oberen Rand des Strumpfs plus Straps ermöglichte. Meine alte Pumpe verhedderte sich beinahe in Systole und Diastole, und MacDougall kam auf alle möglichen unangemessenen Ideen. Es ist die Hölle, was die Keimdrüsen mit einem Mann anstellen können, sie lassen ihn durch alle möglichen Reifen springen, lustvoll grunzend, mit den Flossen klatschend, im Scheinwerferlicht der Libido macht er seine Kunststückchen, um die glitzernde Trophäe zu gewinnen, das erotische Delikateßhäppchen, das einem die Frauen gelegentlich, wenn ihnen danach ist, rüberwerfen.

Sie senkte ihr Bein, nicht aber MacDougalls Temperatur. »Du mußt Matt Lucas sein«, sagte sie.

»Wenn ich muß, dann muß ich wohl.«

»Ich hätte gedacht, du bist ... na ja, älter.«

»Tatsache?«

Cullen stöhnte wieder, vielleicht fiel eine Flasche Scotch vom obersten Bord seines Bewußtseins.

»Solltest du ihn nicht mal schütteln?« fragte sie. »Was würde Mr. – wie heißt der?«

»Burnett. Oswald J. Burnett.«

»Genau. Was würde der sagen, wenn er ihn hier so findet?«

Ich zuckte die Achseln. »Nicht viel, der wär wahrscheinlich vorher abgeschnieft. Burnett hat ein schwaches Uhrwerk, der ist seit zehn Jahren nicht mehr die Stiegen hier raufgekeucht.«

Sie betrachtete Cullen in seinem Koma. »Betrunkene kann ich nicht ab.«

»Und er kann nicht auf.« Ich nickte. »Ist schon ein hartes Leben, was?«

Ein einsamer Eskimo fuhr seinem Ende auf einem Stück Eis entgegen, das etwa so groß wie Millport gewesen war, als man ihn draufgelockt hatte, jetzt aber etwa das Format eines Fußabstreifers hatte. Der tapfere Junge, der sich seiner schwierigen Lage bewußt war, murmelte was Nordpolisches wie »Scheißspiel!« Ich stellte den Spiegel wieder ein und drehte die Kohlen richtig hin. Durch den Beobachtungsschlitz im Bauch des Projektors konnte man eine winzige, aber machtvolle Sonne sehen, man konnte sie manipulieren.

»Wo bist du her, Becky?«

»Govanhill.«

»Was macht dein Mann?«

»Lastwagenfahrer.«

»Lange Strecken?«

Sie nickte und änderte dann mit einem Streich die Richtung des Spielchens. »Je länger, je besser.«

Der zum Untergang verurteilte Eskimo versank mit unwahrscheinlichem Stoizismus, die Tür der Welt schloß sich mit eisigem Krachen hinter ihm. Eine kleine Macke am Filmrand klickerte durch die Laufräder, schaffte es aber ohne Riß. »Kinder?« erkundigte ich mich.

»Wer weiß? Ich bin nie in Dagenham, um's rauszukriegen.«

»Ist er jetzt da, in Dagenham?«

Sie zupfte an dem Saum, der ihr Kleid abgab. »Muß schon – seine Magenpillen waren weg heute morgen.«

Mit der obszönen Geschwindigkeit, die Hollywood ethnischen Minderheiten auferlegt, hatten die Verwandten des untergegangenen Eskimos schon seinen Verlust vergessen: Viele Aufgaben galt es zu erledigen – Tundren pflügen, junge Seehunde schlachten, Stiefel benagen.

»Wie bist du entkommen?«

Ich schaute zu ihr hinüber. »Was?«

»Hast nie geheiratet, mein ich.«

»Wer sagt das?«

»Ich. Du wohnst mit deiner Schwester in der Crown Street.«

Amüsant, diese Verwirrungen. Ein dreigestaltiges Monstrum schlüpfte aus seiner ironischen Eierschale und krallte sich den Weg ins Reich der Möglichkeit: Clay-Cullen-Lucas – Clayculluca!

»Peggy hat dir alles beigebracht, was?«

Ein elegantes Achselzucken war die Antwort. Und was für Achseln! Welches Zucken! Ich stellte mir die Schultern pfirsichfarben vor, so wie den Rest ihres üppigen Körpers, dieser Farbton ist für die gierigsten Pinselstriche auf der Palette des Pornographen gut. Vor der machte ich schlapp, diesem Girl mit den langen unruhigen Beinen in den straffgestrapsten Nylons. Mit einem Zucken ihres superben Schlüsselbeins hatte sie mich stärker erhitzt als die ganze Osramproduktion. Nicht, daß ich dieser Tage besonders viel Verlockung brauchte, ich war schon zu lange auf eiserne Sexualration gesetzt. Als Folge dieses Vögelentzuges hatte ich mir ein Leiden geholt, ein Midassyndrom, nur verwandelte sich bei mir alles durch den Blick und nicht durch die Berührung: alles, was mein Auge sieht, nimmt einen erotischen Glanz an. Objekte wie Autoscheinwerfer, Bäume, Violinen formen sich unter meinem spermienwimmelnden Blick mühelos zu den Konturen der idealen Frau, jenes Weibes, das Schülerschlafsäle und Mönchszellen durchschwebt. Und wo wir von Mönchen reden, was soll das ganze Tralala wegen der Versuchung des Heiligen Antonius? Der Bursche hat nur ein lüsternes Jucken auszuhalten gehabt, einen Sturm im Hodensack, verglichen mit dem sexuellen Scirocco, der mich bei Tag und Nacht umherbläst, ja, insbesondere in der Nacht, wenn ich allein in meinem kühlen Bett liege und sehe, wie Flecke an der Dekke Sirenengestalt annehmen, wie sie feuchtlippige Succubae werden mit kaffeewarmen nackten Hüften, wie blasse bernsteinblonde Huris winken und locken und ihre prallen, doch entzückend zitternden rosigbekrönten – das reicht jetzt! Und das ist, beiläufig gesagt, bloß meine Zimmerdekke, wegen meiner Tapete erwarte ich täglich den Besuch der Sitte.

Mit sinnlichem Gähnen, daß ich hinter den opalisierenden Lippen den rubinroten Schlund ihres Mundes sehen konnte, streckte sie sich in den Korbstuhl zurück, in dem die sexuelle Ladung knisterte, die ihr Körper ausstrahlte. Der Saum ihres Kleids glitt am Schimmer ihrer leicht geöffneten Beine empor. Als wäre ich ein hirnloser Dorfheinz, der es irgendwie geschafft hatte, mit seiner simplen Rute einen legendären Fisch an den Haken zu kriegen, gab mir MacDougall fast panische Anweisungen, angsterfüllt, ich könnte die Beute jetzt durch meine Tapsigkeit wieder verlieren: »Vorsicht jetzt ... nicht ruckartig ziehen ... sooo ... sanft ranholen ... paß auf, du versiebst's noch ... Herrgottnochmal ... gib mir das Ding ...« Jeremia wollte auch was sagen, aber wenn man drauf und dran ist, den großen Fang zu landen, wer hört da noch auf einen biederen Feldschütz, der von Regeln und Verordnungen plappert oder einem ausmalt, was für Strafen auf diese krasse sexuelle Wilderei standen? Wahrscheinlich würde alles in einer glitschigen Enttäuschung enden, und ich fischte einen alten Schuh raus oder dergleichen. Die Frau, Archetyp aller Frauen, war wahrscheinlich gar nicht da. Ihr häßlicher Name, Becky, schien es anzudeuten. Was ich hier im Schlepptau hatte, war sicher bloß ein blondes Häschen, das billige Bezeichnungen wie »Puppe« verdient hatte oder Teenagerklischees wie »scharfe Biene« und so weiter. Und trotzdem stand ich da (MacDougall ebenso) und vibrierte vor Lust. Und was kam da für pubertärer Quark aus meinem Mund? Konnte es sein, daß ich wirklich etwas so Dämliches sagte wie: »Hat Peggy nicht erzählt, daß ich ne große Schwäche für Blondinen habe?« Ja, total ausgelutschtes Geseieres, aber wenn einem die Mysterien des Damenbeins enthüllt werden, Zoll um Zoll, dann ist eben alles möglich.

»Hast du das?« fragte sie mit rauher Stimme. (Gottverdammt, es gibt kein anderes Adjektiv – ihre Stimme war definitiv rauh!)

»Unheilbar.«

Mit einem hingebungsvollen Trauerweidenstöhnen ließ der Korbstuhl – nein, sagen wir lieber: mit einem Gefühl prickelnder Versteifung führte der Vorfummler, pardon, fummelte der Vorführer am Drehknopf des Spiegels. Sie ließ die Kippe fallen und machte mit der Sandalensohle einen bernsteinbraunen Schmierstrich auf dem Boden draus. »Jetzt geh ich mal besser«, sagte sie, und das verdammte rauhe Timbre war immer noch da.

Der Vorführer kam in merkwürdig seitwärts gewandter Haltung auf sie zugeschlurft und erinnerte irgendwie an den armen Quasimodo, dessen Buckel, dessen unglücklich hervorstehende, Pardon, hervortretende Körperlichkeit er jetzt gar nicht mehr komisch fand. »Warum so eilig?« fragte ich. »Big Snowy schnappt jeden, der durchgehen will.«

Ihre Hand lag schon auf der Klinke. »Nett, dich kennenzulernen, Matt.«

»Hör mal«, sagte ich, Automat meiner Triebe, »wie wär's mit nem kleinen Drink nachher, hm? Nur wir beide.«

Sie streifte mich mit ihrem offenen Blick, in dessen Innerstem ich zwei nackte und sehr agile Gestalten auf einer blauen Eisscholle davontreiben sehen konnte. Als ich sie so nah vor mir sah, wurde deutlich, daß sie mit einer etwas zierlicheren Make-up-Kelle und ohne die Monsterwimpern sogar noch Kim Novak Konkurrenz machen konnte, und ein größeres Lob kenne ich nicht.

»Nem kleinen Drink?« wiederholte sie – der Tonfall war leicht sarkastisch gewürzt. »Und an welchen Gehsteig hast du gedacht? Oder willst du die Eskimos so früh schon ins Bett schicken?«

»Rasch was aus dem Supermarkt, Fläschchen Whisky, paar Dosen. Okay?«

»Was würde deine Schwester sagen?«

»Vergiß die mal.« Ich griff fest nach ihrem Arm und lokkerte den Griff um meine moralischen Prinzipien. »Hör zu, ein Freund von mir, der hat in dieser Straße hier ne Bleibe. Der arbeitet jetzt gerade im Süden, ich hab versprochen, ich paß bißchen auf seinen Kram auf. Weißt ja, wie's hier zugeht, die schrauben die Griffe von Opas Sarg ab, wenn jemand Messing kauft. Na, was meinst du?«

Sie zögerte. »Nur kurz?«

Energisches Nicken meinerseits. »Klar, so lang oder kurz, wie du willst.«

Erstaunlicherweise nickte nun auch ihr lackiertes Haupt, nickte mir zu. Ja. Ja. »Unter einer Bedingung«, sagte sie.

»Ja, was denn?«

»Wodka statt Whisky.«

Sie ging rasch durch die Tür und die Treppe runter, mit ihren sexy roten Sandalen. »Becky«, rief ich ihr hinterher, »wart auf mich an Marcos Fischbude, in der Cally Road. Wart drinnen, da ist es wärmer...«

Immer der fürsorgliche Lover!

Sie setzte ihren Treppenabstieg fort, ohne etwas zu erwidern.

»Issoch alles Scheiße!« murmelte Paddy Cullen. Ich war mir nicht ganz sicher, ob dies ein aufrührerischer Gedanke war, der aus seinem Traumgefängnis ausbrach, oder ein Kommentar zu meinem unmoralischen Vormarsch. Mir war bereits klargeworden, daß Becky hochgekommen war, weil sie erwartete, Paddy hier zu finden. Manche Weiber können der Herausforderung nicht widerstehen, aus einem feuchten Streichholz vielleicht doch noch einen Funken zu reißen. Vielleicht hatte sie Lucas Richtung Dog abziehen sehen und hatte sich gedacht: »Aha, der alte Strumpfbandgrabscher ist jetzt alleine droben. Vielleicht sollt ich mal –« Nee, das konnte nicht sein, sie hatte mich ja für Lucas gehalten. Und wenn sie nun *mich* hatte vorbeigehen sehen, in meiner ganzen geschmeidig erotischen Art? Wer konnte es ihr da verdenken, wenn sie murmelte: »Herrgott, wer ist dieser Wahnsinnsmann, und wo gehört der hin?« Jaaa, eine Kinokurtisane, spontan scharf auf meine Wenigkeit. Ich grinste den reglosen Cullen selbstzufrieden an. Haste Pech, Junge, hättest eben dein Pulver trocken halten sollen.

Ich schaute durch das Guckloch auf die Leinwand und rannte zu dem laufenden Projektor. Die Kohlen standen so weit auseinander, daß es aussah, als hätte der Film gleich nen Herzstillstand. Ich drehte die Einstellknöpfe, ich pumpte Licht in die Zyanose der Leinwand. Im Film selber war die Handlung von einer gesunden Katastrophe zur nächsten vorangeschlittert, Peitschenknallen, Eisbergsplittern, aber dabei hieß es: immer sauber bleiben, denn nun war ein Missionar aufgetaucht und verbreitete Sitte und Anstand, wie man's brauchte. Der Eskimohäuptling war unter seinem Pelzkaftan rot vor Zorn, weil der Fremdling, dieser törichte Penner, sein Angebot abgelehnt hatte, eine lange Nacht mit seiner Frau im Blockhaus zu verbringen. Ich hätte ja die Reaktion des geistlichen Herrn auch verstanden, wenn man ihm die traditionelle Lebertransuse mit Fischschuppenpailletten angeboten hätte, die wie ein ganzer Trawler roch, aber der wies ein sonnengebräuntes kalifornisches Mädel mit blendenden Zähnen ab und mit einem Lächeln, das in fünfzehn Sekunden ein Iglu geschmolzen hätte, eine Solarschwester, die bis jetzt wahrscheinlich nichts Kälteres als die Eiswürfel in ihrem Daiquiri kennengelernt hatte. Aber da stand der fromme Flachkopf und sagte (sinngemäß): Sehr freundlich, aber ich bin Nichtficker.

Wenn Lucas wieder da war, würde ich mich mal um den Alkohol für nachher kümmern. Und Paddy würde einen Abschlepper brauchen. Das Problem war, daß ich nicht viel Geld dabei hatte. Ich hatte noch die sieben Lappen für den Shermanschen Kinderwagen – Phyllis hatte nicht danach gefragt, ich hatte sie nicht daran erinnert. Morgen war

Samstag, da mußte eine Menge Zeug eingekauft werden, Brot, Milch, Kaffee, Bisamjacken und so weiter. Cullen hatte die Angewohnheit, seine Barschaft in der Innentasche vom Jackett zu deponieren. Ich faßte rein und fischte eine stramme Rolle Faltgeld raus. Ich pellte zwei Pfund los und stopfte sie in seine Brusttasche – das war für die laufenden Ausgaben, bis er sich den Rest wieder bei mir holte. Es war eine alte Abmachung zwischen uns, eine Strategie, um seine Mäuse vor der Schwester zu sichern, die gerne Mitternachtssafaris durch seine Taschen veranstaltete. Dann tat ich etwas, was nicht zwischen uns vereinbart war – ein eigenartiger Impuls: Rasch öffnete ich den Verschluß der Kette mit dem kleinen Kruzifix, die Paddy immer um den Hals trug. Er schnaubte wild, als ich das Ding einsackte, aber bald war er wieder in seinem Suffschlaf versunken.

Drunten auf der Leinwand fetzte ein Eisbär mit einem Wisch seiner massiven Pfote das Herz aus der Brust des Missionars.

11

Cullen und ich wankten den Gehsteig entlang, wo sich der Schnee hell an den Fuß der kolossalen, graffitinarbigen Mauer eines geräumten Mietshauses schmiegte. Manchmal stolperte Cullen in einer Art zuckendem Trab vorwärts, und der Schnee zeichnete seinen stammelnden Schritt auf. Ein geübter Beobachter, der eine Stunde später oder so vorbeikam, würde ablesen können, welcher der beiden Männer am meisten in der Krone hatte, obwohl die Tatsache, daß dies ein Schwergewicht in spitzen Elvisschuhen war, ihn vielleicht erstaunt hätte. Große, feuchte, nichtsnutzige Schneeflocken klebten mir immer wieder den Star ins Auge und näßten mir die Ohren zu. Das tiefe Dröhnen von Cullens Stimme hallte zauberisch durch zugenagelte Häuserblockeingänge. Er trat auf eine vereiste Stelle und legte sich beinahe flach. Ich schnappte seinen Arm. »Langsam, Paddy.« Er lehnte sich gegen ein schneeziseliertes Gitter. »Hätt jedem passieren können, Tam. Jedem. Hab ich Purdon doch gesagt. Mach dir keine Sorgen. Hast gedacht, du bist an der Pißrinne, was? Neben der Waage, wie? Das hab ich Purdon auch gesagt.« Er schlug mir auf die Schulter und versuchte ein vertrauliches Augenzwinkern, das nicht ganz gelang. »Tam, Purdon will dir's Haus verbieten. ›Am Arsch‹, sag ich zu ihm, ›den Jungen rausschmeißen, bloß weil er über die Jukebox reihert!‹ Hör mal, das mit Sinatra hättste aber nicht sagen sollen. Purdon liebt Sinatra, *liebt* ihn.« Er taumelte vom Gitter weg und tapste, den Schneeabdruck der Stäbe auf dem Rücken, ein paar Schritte voran. Der Kopf muß sich ihm gedreht haben, weil er dranfaßte und seufzte: »Tut mir einen Gefallen und sagt dem Piloten, er soll die Scheißkiste landen.«

Wir glitschten und glitten eine schneeverwehte Seitengasse runter. Die Saga von der entehrten Jukebox spann sich weiter. Cullen hatte sie offensichtlich außer Gefecht gesetzt, indem er in die Mechanik gekübelt hatte, obwohl er jetzt diese Untat mir zuschrieb. Als ob ich Frankieboy vollkotzen würde, wenn's Gilfstimmchen wie Roy Orbison oder Val Doonican gab, die man aufs Korn nehmen könnte. Paddys Stimme weckte wattierte Echos an den glasierten Ziegelsteinen der Gassenmauer. Am klaffenden Eingangstor einer verlassenen Werkstatt umklammerte eine Eispfütze mit wildem Griff eine zusammengeschmissene Sammlung Abfall – Kinderwagenräder, eine kopflose Puppe, ein gesprungenes Spülbecken, eine Lokusschüssel und einen farbverspritzten Overall, der wie ein Erschlagener alle viere von sich streckte.

Aus der Gasse traten wir auf einen Platz, wo ein neuer Wohnblock gebaut wurde. In den Schneearabesken des Windes, der zwischen den planenbedeckten Baumaterialhaufen spielte und wie Rauch zwischen den nackten Betonsäulen des halbfertigen Gebäudes daherjagte, kam es einem vor, als wollte die Zukunft ebenso düster aussehen wie die Slums der Vergangenheit. Wir kamen seinem Hauseingang in der Crown Street näher, als Paddy plötzlich die Bremse reinhaute und sich an meinen Arm klammerte. »Wir haben noch Zeit für ein, zwei Schlückchen im Mod.« Ein Schneemützchen hatte sich auf seinem Kopf gesammelt, und ich bekam eine kleine Vorschau zu sehen, wie der senile Cullen ausschauen mochte, obwohl die Wetten schwer dagegen standen, daß der je was von seiner Rente sah. Er zerrte mich über die Straße zur Moderation Bar.

»Wir knacken die Tür auf. Das bringt's jetzt, Tam.«

Ein bizarres Tauziehen fing an, ich wollte ihn unbedingt weiterzerren, und er drängte mich zum Bordsteinrand. Der mythische Schneefährtenleser hätte an dieser Stelle eine verworrene Spurenschlacht gesehen und dann bemerkt, wie sich am Rand dieses Tangos zweier Willenskräfte zwei Spuren absonderten und ihre ursprüngliche Marschrichtung wieder einschlugen, obwohl die mit den spitzen Schuhen ein gewisses Zögern zeigte. Aus Cullens Hauseingang, der jetzt widerhallte von seinen lauten, freundlichen Schreien: »Du Pfeife, Tam – hättest mich halt früher aufwecken sollen ...«, führte eine einsame Spur davon und trollte sich mit kleinen Mäandern stracks zu Marcos Fisch-und-Chips-Laden in der Cally Road. Wie geschickt der Schneespurjäger aber auch gewesen wäre, nie hätte er erkannt, daß es sich hier um die sexuellen Sprünge einer Gorbalsmaus handelte, die in Abwesenheit der Katze aus der Fußbodenleiste rausgewitscht kam, um sich anderswo was abzubeißen.

12

Becky McQuade war nicht da, wo ich mich mit ihr verabredet hatte. Die Warteschlange hatte sich planmäßig aufgestellt (die hinteren waren angemessen schneegesprenkelt), und Marco selbst fischte mit energischen Bewegungen seiner haarigen Arme goldenen, brutzelnden Fang aus der qualmenden Pfanne und knallte ihn mit dumpfen, elastischen Hieben seines Drahtnetzes in das Servierfach. Zwischen den Saucenflaschen und Pickles-Gläsern spielte ein weißes Plastikradio Acker Bilks »Stranger on the Shore«. Draußen hatte der Bühnenbildner durch das Aneinanderrücken der Neonschrift vom Ladenschild und des Schneeflockenfalls ein hübsches Bild erzielt: Konfetti rieselte hinter dem beschlagenen Fenster herunter.

Abgang eines struppigen Alten, unter einen Arm die Imbißtüte geklemmt. Seine runtergezogenen Mundwinkel deuten an, daß er kürzlich einen Rückschlag, eine Enttäuschung erlitten hat. Er hält an, um sich mit den Fingern das schneeverklebte Haar zu kämmen, und wie er das tut, fallen die Jahre von ihm ab, und er wird rasch zu einem Mann Mitte-Ende Zwanzig. Er stellt den Kragen seiner Armeejacke hoch, und dann blüht plötzlich ein Regenschirm in den langsamen Schneewirbeln auf, und drunter hervor fragt ihn eine Stimme:

»Wie bist du denn so rasch hierhergekommen?«

Sie trug einen pflaumenfarbenen Maximantel, der vorne eine militärische Doppelreihe schwarzer Knöpfe hatte. Auf ihrem hochgetürmten Haar saß was Leichtes, Durchsichtiges aus irgendeinem lila Material, auf dem silberne Fäden glitzerten. Eine massive schwarze Handtasche baumelte von ihrer Schulter. Ich duckte mich und kam unter die

Schirmmarkise, wo die Schneeflocken mit leisem Ticken niederfielen, und dann nahm ich sie beim Ellbogen und steuerte sie außer Sichtweite der möglichen Beobachter im Chipssalon. Da ich größer war als sie, war es klar, daß ich – wenn wir uns ambulant ein wenig unterhalten wollten – den Schirm übernehmen müßte, was mir auch grade recht war: Er bot Deckung und schuf sogleich eine intime Atmosphäre.

Obwohl ich vorsichtig vorging, kam ich doch gleich ins Stolpern.

»Aber wenn du diesen besoffenen Vogel nach Haus gebracht hast«, fragte sie sofort nach Abschluß meiner Erklärungen, »wer war denn droben im Vorführraum?«

Da hatten wir's. Ich hatte vergessen, wer ich nicht war.

Es gelang mir, diesen Fauxpas auszubügeln, indem ich ihr erzählte, Archie Killoch, die inoffizielle Vertretung an freien Tagen im Planet, hätte sich bereit erklärt, die letzte Rolle laufen zu lassen, damit ich dem betrunkenen Paddy die Straße runterhelfen konnte. Das schien sie zufriedenzustellen.

»Den hab ich gesehen, glaub ich«, sagte sie nickend. »So'n Kleiner, wo schielt?«

»Dasisser.«

Wieder gelogen. Wenn es so was wie die menschliche Seele tatsächlich gab, dann würde meine bald ihr Astralgepäck schnüren und sich anschicken, die verrammelten Pforten meines Körpers einzuschlagen. Welches Phantom mit einem Rest Selbstrespekt könnte es aushalten, in diesem Ragout von Verlogenheit zu hausen?

Den zerrütteten Gehsteig entlang, durch den Dschungel der Gorbals, kamen wir daher, ein Paar Gespenster aus einem russischen Roman; ich beladen mit Bier, Wodka und Schuldgefühlen, und meine Gefährtin – die Lichtgestalt für einen finsteren Planeten – stapfte neben mir her und machte sich ihre Gedanken, die ich nie teilen konnte, nie laut gesprochen hören würde. Es erstaunte mich – wie wir beide so intim unter dem flüsternden Regenschirm dahin gingen, völlig Unbekannte, die sich erst vor hundert Wörtern oder so getroffen hatten, und doch marschierten wir so keß auf ein Séparée zu wie eine Nutte mit ihrem Kunden. Wer hatte das in mein sündiges Ohr geflüstert? Jeremia natürlich, der Zwerg auf Moralstelzen. Werden wir Schotten denn nie frei sein von solch knoxischer Ohrenbläserei? Der und sein Knurrkollege Calvin, dieses Paar theologischer Gerinnungsklümpchen, diese Doppelembolie, die bald das Herz von seinem Lebenspuls trennt. Was wir brauchen, ist ein moderner Walt Whitman, der diesen Saustall von einem Land mal ausmistet, einer mit Feuer im Bauch wie Willie Blake – dessen rauher Besen hätte diese frommen Kötel schon weggeschleudert.

Wir gingen unter der Scobie Bridge durch, wo Wasser trostlos tropfte und der melancholische Klang leisen Taubengurrens in der Dunkelheit der rostigen Streben tönte. Beckys modische Stiefel klapperten, plapperten kurz über den scheißhaufenbestirnten Gehweg, dann dämpfte wieder der Schnee ihren Schritt, als wir unter der Brücke herauskamen. Am Hauseingang bei mir schloß ich den Schirm und gab ihn ihr wieder. Sie schüttelte Schneewasser ab und sagte dann, den Kopf ein wenig gesenkt: »Ich bleib bloß kurz, wie gesagt...«

»Ja, klar...« Ich nickte, aber sie sah, daß meine Aufmerksamkeit abgelenkt war.

»Is was?«

Ich schüttelte den Kopf. Nein, alles in Ordnung. Tatsächlich hatte sich was zum Besseren verändert: Der Laternenpfahl vor dem Eingang warf wieder seinen matten Reif Licht auf den Boden. In diesen schwachen, aber dankenswerten Schein schlich ein hagerer Schäferhund. Er sah zu mir her, hielt dabei einen Augenblick inne, dann ging er wieder ins Dunkel.

13

Ich schlug die Augen auf. Der Morgen schielte durch den Spion und blinzelte mir zu: wieder einmal war die Hinrichtung aufgeschoben. Ein Trost, aber man durfte nicht zu selbstgefällig reagieren. Ich langte auf die Nachttischplatte nach meinem Krebspaketchen. Der Reisewecker, ein phosphoreszierender Lügner, behauptete, es sei zwanzig nach neun. Da ihm Reisen jeglicher Art verweigert geblieben waren – was schließlich sein Metier war –, hatte das Ding angefangen, die Zeit durcheinanderzubringen, und ging rasch oder langsam, wie es gerade aufgelegt war. Gelegentlich blieb es eine ganze Stunde stehen, um dann tückisch weiterzuticken. Ich hatte auch nicht gerade die Präzision des Instruments befördert, als ich damit nach Ramensky schmiß, einem gierigen kleinen Mausebengel, der jede Form von Verpackung aufkriegte, mochte sie noch so hermetisch versiegelt sein, wenn nur drinnen was Eßbares wartete, was die Anstrengung lohnte.

Im Dämmerlicht sah das Zimmer aus wie eine Höhle, in die sich der wogende Ozean ausgekotzt hat. Trübe ging mein Blick das Strandgut der Nacht ab: Kleider, zumeist meine eigenen, hingen über Rhonas Sessel, wo ich sie hingeworfen hatte; Geldmünzen waren aus einer Tasche gerutscht und übersäten den Teppich; auf dem Tisch lungerte eine konfuse Versammlung von Bierdosen, Gläsern und Plattenhüllen. Draußen polterte der Wind rum wie ein schlechtgelaunter Engel, und Hagelkörner schnalzten mißbilligend an die Fensterscheibe.

Ruhelos die Beine regend, murmelte Mrs. Rebecca McQuade, die gestrige Fremde, irgend etwas, während sie das Gesicht zur Wand drehte. McDougall, zeitig auf heute morgen, schlug vor, ich könnte die Bettdecke etwas zurückschlagen, damit er einen Blick auf ihr herrliches Hinterteil erhaschte. Ich drückte die Kippe aus und schob den Aschenbecher und den ganzen Kram wieder auf den Nachttisch ... Wie ich meinen Kopf wieder ins Kissenloch bohrte, ging Jeremia mit der Vorhersage auf Sendung, daß die Metze, mit der ich Unzucht getrieben hatte, noch mein ganzes Haus zum Einsturz bringen würde – keine sehr beeindrukkende Prophezeiung, wenn man bedachte, daß die Abrißfirma kaum mehr einen Block weit weg arbeitete. Boshaft zählte er mir die Strafen für den Ehebruch her. Vertieft in einstweilige Verfügungen, Vorladungen und Anklageschriften, las er von Zeit zu Zeit schattenhafte Absätze vor, die ihm für meinen bevorstehenden Sturz erheblich schienen. Letzte Nacht der Genuß, heute morgen die Buße – die übliche protestantische Abstrafung, die Schuldgebühr, die bis zum letzten Farthing zu entrichten war.

Nietzsche, der Weimarer Wunderknabe, hatte mit dem Gewissen gut Bescheid gewußt. Wie hieß dieser Kernspruch? Jawohl: »Wenn man sein Gewissen dressiert, so küßt es uns zugleich, wenn es beißt ...« Es war schwer zu begreifen, warum der oberste Bilderstürmer von allen dann diesen Quark mit der Ewigen Wiederkehr an Bord genommen hatte – die törichte Vorstellung, daß sich alles ohne Abweichung und Abwandlung immer, immer wiederholt. Vereinfacht gesagt, ist das Gestern nicht für immer verschwunden, sondern wie ein Karussellpferd nur momentan dem Blick entzogen und dazu verurteilt, genau in derselben Gestalt mit demselben Reiter, derselben Musik zurückzukommen, alles stets dasselbe. Diese höllische Idee wird oft als Erklärung für die allgemein bekannte Déjà-vu-Erfahrung herbeizitiert, für das »Hier bin ich schon gewesen«, wenn die Zeit einen winzigen Moment stottert.

Es gibt vergangene Tage, die ich ohne Zögern erschießen würde, wenn sie ihren Kopf noch einmal über den Grabenrand der Geschichte heben, den zum Beispiel, als mein Alter – auf genau diesem Fleck hatte er gelegen – aufstand und anfing, seine Kleider in einen wackligen Koffer zu stopfen. Weil die Schlösser kaputt waren, schnitt er sich ein Stück von Mamas Wäscheleine ab und wickelte es drumrum. Er hievte sich den Koffer auf die Schulter und verließ uns – sah aus wie ein alter Seebär, der wieder auf sein Schiff geht. Viel später sollte ich erfahren, daß er nicht weiter als ins Langside-Viertel gesegelt war, wo er bei einer Mrs. Clare Cavendish Anker warf, deren Name in Mama Clays denkwürdigem »Du hinterhältige dreimal ausgekochte schwarze Witwe« spurlos unterging – das vor allem hat mich gelehrt, daß die Wut ebensogut die Harfe der Sprache zum Klingen bringt wie die tugendhaftesten Gefühle. Als ich sie Jahre später mal verstohlen aushorchte, stellte sich raus, daß Ma Clay sich der Spinnensymbolik ihrer Beschreibung nicht bewußt war. Sie blieb dabei, daß sie sich auf den Horror ihrer Rivalin vor grauen Haaren bezogen hatte und darauf, daß sie sich deshalb ständig »mit ner Flasche« den Kopf behandelte. Sie hatte auch keine Ahnung von der Neigung der Schwarzen Witwe, nach dem Einmal-hin-einmal-her die Partner kaltzumachen. Tja, Kindermund – nicht zu vergessen der Mund schwergeprüfter Ehefrauen in den Gorbals – tut Wahrheit kund. Und macht die Feinde fertig. Mit einer Giftigkeit, die keine friedfertige kleine Spinne gebracht hätte, rief Mama Leid und Verdammnis auf die Häupter von Pa Clay und der Schwarzen Witwe herab, ein Plansoll, das die Götter in ihrer gewohnt schusseligen Art grotesk übererfüllten.

Ehebrecher! Wiederholte Jeremia zischend an meinem Ohr. Er hatte wieder ein Wort, mit dem er spielen konnte: Ehebrecher... Erbrecher... Erb-Rächer... Ich drehte den Kopf und schaute mir wieder das überfüllte Bühnenbild an, das wir gestern betreten hatten, den Schnee aus den Kleidern schüttelnd. Zuerst hatten wir unsere Rollen sehr hölzern gespielt, hatten den Text verhauen, unbeholfene

Gesten gemacht, doch als das Feuer zu flackern und der Alkohol zu strömen begann, kam eine Sicherheit auf, eine Flüssigkeit (na ja, immerhin auch eine gewisse Steifheit, spricht MacDougall).

Thomas, Thomas, versuch dich immer zu erinnern, wer du angeblich bist! Du bist Matt Lucas, ein Filmvorführer – klar? Okay? Du bist hier nicht zu Hause. Du bist hier auch fremd. Betone das. Marschier nicht gleich zum richtigen Schrank, wenn du die Gläser holst. Schau dich um, als ob du dich nicht auskennst. Mach Fehler. Stell deine Unvertrautheit unter Beweis. Also, jetzt das Ganze ab dem Stichwort »Möchtest du Limonade in den Wodka?«

»Lieber bißchen Zitrone, wenn du das hast.«

»Nee. Glaube nicht. Schauen wir mal, was er da hat. Wie wär's damit?« Aus dem Flaschenpark im Barfach – die meisten waren leer – zog ich ein Tomatensaftfläschchen raus. »Ne Bloody Mary? Hat auch Vitamine bei dem Wetter.«

Sie besah sich die Flasche, die ich hochhielt. »Sieht abgestanden aus.«

»In der Höhle hier ist alles abgestanden.«

Sie nickte. »Ich riskier's.«

Sie kniete sich neben den Plattenspieler, eine »Black Box« von Pye, und ihre Finger wanderten durch die glänzendglatten Plattenhüllen. »Der hat ja bei Musik nen entsetzlichen Geschmack, dein Freund. Wie heißt er noch?«

»Clay«, sagte ich und wünschte sofort, ich hätt's nicht gesagt.

»Und mit Vornamen – Cassius?«

»Tommy!« Ich entschied, daß ein weiteres Pseudonym zu kompliziert für mich wäre. Ein wenig ärgerlich fragte ich: »Was ist denn mit seinen Platten?«

»Ich kann Country and Western nicht ausstehen.« Ihre Finger spazierten in eine andere Abteilung. »Das ist schon eher mein Fall«, sagte sie, »Sinatra, Como, Buddy Holly, Englebert ...«

»Ich wette, du hast überhaupt noch nie von Woody Guthrie gehört, oder zum Beispiel von Jimmie Rodgers.«

»Von Roy Rodgers schon. Danke.« Sie nahm dem stirnrunzelnden Matt Lucas dic Bloody Mary ab. »Du stehst ja wohl auch auf das Zeug.« Sie schüttelte den Kopf. »Lauter Geflenne hoch zu Roß, hat mein Dad immer gesagt.«

Wer war dieses dumme Huhn, das da auf dem Boden kniete, den Rocksaum an den Ohren, Clays Schnaps trank und seine Platten schlechtmachte? Wer hatte die eigentlich eingeladen? Der kleine Lüstling Lucas natürlich. Kein Wunder, der schielt ja. Menschenskind, die legt noch die Singende Brille auf!

»Das sind ihre«, sagte sie und deutete auf den Schlagerschrott, den sie auf dem Teppich ausgebreitet hatte. Niemals kommt es so weit, daß ich Roy Arsch Orbison spiele!

»Ihre?«

»Ja, die von seiner Frau – Mrs. Clay.«

»Wer hat gesagt, daß er verheiratet ist?«

Sie zuckte die Achseln. »Dann ist er bißchen pervers, oder? Naja, vielleicht hat den Rock da drüben eine von deinen Besucherinnen rasch mal liegenlassen. Und der Puder da ist wohl kaum –«

»Sie sind auseinander«, sagte Lucas.

»Wo ist er denn jetzt? Die da«, sagte sie und reichte mir zwar nicht Roy Orbison, aber den Spezialisten für melodische Blähungen, Mantovani. Als ich das Ding auf den Teller legte, dachte ich an die große Szene, die auf den Kauf dieser Platte gefolgt war – ein Streit, der damit endete, daß Cowboy Clay drohte, die Ranch zu verlassen, wenn die Gattin in seiner Gegenwart auch nur einen Finger in Richtung dieser Scheibe ausstreckte.

»Ist drunten in London«, sagte Lucas und schloß sanft den Deckel von Clays geliebter Black Box. Ich starrte sie böse an. »Was soll das heißen – ›das aufziehen‹?«

»Altmodisch genug sieht's aus«, griente sie, als sie sich mit ihrer Bloody Mary in Mrs. Clays Sessel zurücklehnte. Als sie sich umgeschaut hatte, fügte sie hinzu: »Schon mal diese alte Küche im Stadtmuseum gesehen – das erinnert mich stark dran hier, nur ist die dort ordentlicher. Wo kommen denn die ganzen Bierdosen her? Bist du ein Alki oder wie? Die Wohnung hier müßte mal insgesamt abgefackelt werden. Was ne Grotte.«

Man sollte immer bedenken, Mr. Lucas, daß diese Bemerkungen sich nicht auf Sie beziehen, sondern auf einen Mr. Thomas Clay, dessen generelle häusliche Schlamperei wohl bekannt ist. Die süffisante Bemerkung der Wodkaschnepfe über seine Black Box ist allerdings nicht zu rechtfertigen, es handelt sich um ein sehr effizientes und überlegenes Exemplar akustischer Technologie aus der Mitte der fünfziger Jahre.

»Geht nix über den alten Mantovani«, sagte Lucas, den ihre ruckenden Gliedmaßen hypnotisierten. Er nahm sich sein Glas, einen strammen Drink, und ging dann um den Tisch herum, um sich auf Clays Kaminthron niederzulassen. Hatte schon ein Paar Klassebeine, die Frau. Sexistische Bemerkung! Ja, da kannste was von halten. Ob wohl die kleine Flasche Wodka langt? Muß einfach. Wo geht sie denn jetzt hin? Bleibt keine fünf Minuten auf ihrem Hintern sitzen. Füll sie besser noch mit ner Ladung Iwanowitsch ab. Jetzt sag bloß, sie macht auch noch schräge Bemerkungen über Clays Bücher.

»Was macht denn dieser Clay da so?« fragte sie, während sie einen wohlmanikürten Nagel an den Büchern auf einem dichtbesetzten Bord entlangstreifen ließ. Das Feuer, das mit grünen Zähnen an einem Happen von Omma Finnegans Kommode nagte, spie plötzlich einen Flammensplitter auf den Kaminteppich. Ich schnippte ihn rasch fort; aufpassen, sonst verbrennt man sich die Finger.

»Der ist Bananenpacker«, sagte ich.

Ich wußte, daß sie lachen würde – und sie tat's. »Ein Bananenpacker!« (Gacker, Kicher.) Sie hatte wahrscheinlich wie ich auch irgendwie angenommen, die Etiketten würden bei den verdammten Dingern gleich mitwachsen. »Dem seine Bücher sind noch schlimmer wie die Platten«, sagte Rebecca McQuade, Professorin der Literaturwissenschaft, und verwies mit diesem knappen Satz eine Reihe der feinsten Köpfe dies- und jenseits des Atlantik in ihre Grenzen. Zumindest lag ein gewisser Trost darin, daß sie bei Verkündigung ihres strengen Urteils – als eine Art gestisches Ausrufezeichen – einen guten Teil ihres Drinks wegkippte.

»Ist das toll.« Das bezog sich gewiß auf den Wodka, denn Mantovani konnte doch nicht gemeint sein. Jetzt stürzte sie sich auf ein dickes Taschenbuch, eins, das ich in Quarantäne von den anderen Büchern isoliert hatte. Es stammte aus der Harold-Robbins-Fabrik, Toff Thompson hatte es an mich weitergereicht. Der las den *Glasgow Herald* als Alibi für sein schmalziges Verhältnis zur Literatur und genoß den etwas zweifelhaften Ruf eines Kneipenintellektuellen. Becky blätterte die von Vergewaltigungen kreischenden Seiten durch. »Harold Robbins, der bringt's, hm?«

»Der hat neue Maßstäbe gesetzt«, sagte Matt Lucas, der sexbesessene Lappen. Er nahm ihr das leere Glas ab und murmelte dabei etwas Hollywoodisches wie: »Darf ich da vielleicht noch nen kleinen Schuß drauftun?«

»*Die Unersättlichen* fand ich einfach Spitze«, sagte sie, als sie ihr mittlerweile nachgefülltes Glas auf einen Rundgang durch die Küche mitnahm, eine kleine Inspektionstour. Clay war nicht sehr glücklich über ihre Art, alles zu untersuchen und zu bepfoten, aber Lucas, der in ihr ja nur ein Mittel sah, Blitze erotischer Energie über seinen nackten Körper zittern zu lassen, lächelte nachsichtig. »Gibt's Photos von denen?« fragte sie jetzt.

»Hä?«

»Von den Clays? Schnappschüsse?«

»Nee – glaub ich nicht.«

Ihr Rumgeschnüre machte Clay eindeutig unruhig. Sie

brauchte nur die zweitoberste Schublade der Kommode aufzuziehen, da würde sie ein Photo von Mr. und Mrs. Clay an ihrem Hochzeitstag finden, frisch vom Standesamt in der Martha Street, wie sie mit leicht betäubtem Gesichtsausdruck vor dem Kriegerdenkmal am George Square standen. Er hatte sich oft gefragt, weshalb Trauzeuge Cullen gerade diesen Hintergrund gewählt hatte. Vielleicht waren gefallene Junggesellen und gefallene Soldaten für ihn dasselbe. Becky fing mit einem Schwall bekloppter Fragen über die Clays an – wie sie denn aussahen, was die Frau denn so anhatte, warum sie denn auseinander waren – in dieser Art. Lucas, der Lager aus einer angepiekten Dose schluckte, parierte diese Neugier, so gut er konnte, aber er sah deutlich: er war in Gefahr, im Hintergrund zu landen; wenn er sich nicht bald wieder nach vorn schob, war der Wodka, der ihre Kehle hinabgurgelte, verlorene Liebesmüh.

»Eins sag ich dir«, sagte sie und ging zum Spülbecken, wo sie am Wasserhahn rumspielte, dessen altmodische Form sie zu amüsieren schien. »Das ist ein Unterschied zwischen denen wie Tag und Nacht.«

»Wie kommst du da drauf?«

»Ach, sieht man doch überall. Nicht bloß wegen dem seinen Platten und den komischen Büchern. Andere Sachen auch, also –«

Etwas sehr Befriedigendes hatte sich in der Welt der Zaubergeigen ereignet. »Hängt fest«, sagte Becky überflüssigerweise. Wenn ich ein Saphir wär und müßte Manni Vanto spielen, würd ich's auch so halten. Ich stand auf und ging zum Plattenspieler, wischte den Sirup vom Teller und legte einen rauhen Earl Bostic auf. Ferner wurden die Gläser wieder gefüllt. »Willste mich betrunken machen?« fragte sie und kicherte. Das ließ sich doch schon eher hören. Jawoll, das war der Weg nach Geilenkirchen!

»Seid ihr denn eng befreundet, Matt? Du und der Bananenpacker?«

»Wie Blutsbrüder. Magst du nen Shandy?«

»Gern. Aber mehr Limo als Bier.«

Ich ging zum Getränkefach rüber und veranlaßte das Nötige. Dieser Penner Clay kam mir immer wieder in die Quere, machte sich ständig bemerkbar.

»Gehst du arbeiten, Becky?«

Sie streckte die Hand nach dem Shandyglas aus. »Mmmm, tut gut«, sagte sie beim Probieren. Sie ließ das Glas sinken. »Ich mach Hosen, an der Textilmaschine. Arbeite für nen Juden oben in Pollokshaws. Die nehmen einen wirklich aus, mit dem Lohn kannste dir nicht mal die Armut leisten. Der Chef trägt am Zahltag ne schwarze Krawatte, Tatsache.«

Sie kam wieder her, um es sich in Rhonas Sessel bequem zu machen. Trotz der Kürze des Kleids hatte sie es irgendwie fertiggebracht, es noch höher zu ziehen, man hätte weniger zu sehen bekommen, wenn sie das Ding gar nicht angehabt hätte. Sie wußte, daß sie mich auf dem Rost liegen hatte, und deshalb streckte sie die Beine mal *da* und mal *dort* hin.

»Das Loch hier wird wohl auch bald abgerissen?« Sie schaute sich in der schrundigen Höhle um und nickte. »Ist an der Zeit, was?« Sie nahm einen Schluck Wodka. »Schau dir Govanhill an, geht auch vor die Hunde. Die Pakis ziehen in Scharen ein. Überall braune Gesichter, wo du hinguckst.«

Die Pakistanis, die Inder und der Koch aus Kanton, das sind die Eskimos unserer Gesellschaft. Eisig zurückgewiesen, abschätzig und kalt behandelt, leben sie in der Wildnis, in die unsere Vorurteile sie verbannt haben, in den zugigen Reservaten, die wir ihnen in widerwilliger Anerkenntnis unserer Kolonialschulden zugewiesen haben. Ist es ein Wunder, daß sie uns beunruhigen, diese würzig riechenden Schatten, die sich an unsere Fersen heften und um nichts betteln als um das Almosen gegenseitiger Achtung – etwas, das wir so ungern gewähren, weil wir fürchten, da vergeben wir uns was, und dieser Gedanke ist für eine Rasse kultureller Pygmäen unaussprechlich entsetzlich.

Widerwillig legte ich auf ihre Bitte hin statt der anderen Seite von Bostics Schwarzbrot Englebert Humperdincks *Pretty Ribbons* auf, was vielleicht nicht die Heuchelei des weißen Mannes zwingend beweist, aber andeutet, in welche Tiefen er hinuntersteigt, um einmal kräftig fleischlich zulangen zu dürfen.

Und dann ins Bett.

Natürlich nicht, ehe wir den Wodka geleert hatten. Dann tanzten wir betrunken miteinander in dem vollgestopften überheizten kleinen Raum, von dem offiziell festgestellt worden war, daß er als menschliche Behausung ungeeignet sei – wobei mich ihr Bedürfnis nicht störte, mir den gesamten larmoyanten Text von »Am I that easy to forget« ins Ohr zu schreien. Dann folgte ein wenig Simon & Garfummel in meinem Sessel, wo gegen Mitternacht die Sexualwachtposten an ihren Tabuzonen abrückten und es meinen Händen freistand, wie muntere Salamander in der kurzen Flamme ihres Kleids herumzuspielen. Mittlerweile spürte ich das, was der alte Walt Whitman »libidinöse Zinken« nennt, in mir hochstechen, diese aufheulende Beschleunigung aller Sinne, wenn die moralischen Bremsen gelockert werden.

Es war keine besonders elegante Vereinigung, das muß zugegeben werden. Es war vielleicht ein wenig anmutiger als der Seelöwenfick, den ich in diesem Eskimofilm gesehen hatte, aber trotzdem ziemlich kraß. Wenn man sich's überlegt, ist der Geschlechtsakt an sich wenig geschmackvoll, insbesondere wenn man mit dem Ticket, das man gelöst hat, nur bis zur düsteren Haltestelle »Lust« gelangt. Auch ist das Vögeln irgendwie bescheuert, all das Gekeuche und Gegrunze, damit ich eine zeitweilige Projektion meiner selbst in eine zeitweilige Eröffnung ihrerseits hineinkriege. Natürlich ist das bloß postkoitaler Zynismus. Während des Vorgangs, als ich bis über beide Ohren drinhing, verstrickt in all die schlüpfrige, sinnliche Verrücktheit – diese sich schlingenden Glieder, die sich verknüpfenden Zungen, das Strömen und Lassen und darüber eine unanständige Tonspur, der sexuelle Kommentar des geilen Maniaks, der im siedenden Dachstübchen des Schädels wohnt und an einem Punkt der höhnisch grinsenden Dunkelheit heiser versicherte, daß es sich bei einem Paar ganz normaler Brüste um »zwei heiße Honigtitten« handele (eine Behauptung, der sie mit Ausdrücken antwortete, daß ein Maurer errötet wäre, und mit Aufforderungen an mich, Handlungen zu begehen, deretwegen manch einer einsitzt) ... währenddessen also ist man nicht in der Stimmung zu philosophieren. Nein, da will man einfach die Chose durchziehen, die Furche pflügen, den Schwengel versenken, man gibt sich gerne hin und ist ein kosmischer Depp, ein albernes Opfer planetarer Selbstreproduktion.

Becky war glattrasiert, da, wo's zur Sache ging – die erste bartlose Frau, mit der ich im Bett gelegen hatte. »So ne Tür braucht keine Matte«, hatte sie mir lüstern ins Ohr geflüstert, und dann, als sich ihre verführerischen Finger um den ekstatischen MacDougall schlossen, kicherte sie: »Aber was ist ne Tür ohne Klinke.« Ich weiß nicht, ob ihr das spontan eingefallen ist. Ich hab meine Zweifel, aber ich hatte keine Gelegenheit, mich ihrer Heiterkeit anzuschließen, denn nachdem sie mir ihre Zunge tiefer in den Hals gesteckt hatte, als meine eigene drinsaß, rastete meine haarlose Hexe total aus und trieb es derart sengend mit mir, daß ich mich wundern muß, weil ich keine Brandblasen am Sack habe. Sie schien mir wie fünf Frauen, die gleichzeitig aus ebenso vielen Richtungen an mich andrängen, so daß es kaum einen Moment zu geben schien, wo irgendeine meiner Körperöffnungen frei war von ihren erotischen Invasionen. Doch da Abstinenz die Rotationsgeschwindigkeit erhöht, konnte ich als fleißiger kleiner Rammler mithalten. Mein hochgezüchteter Motor vibrierte hitzig, als wir durch sexuelle Haarnadelkurven ballerten, in Wohngebieten allen Verkehrsregeln spotteten und die ganze Welt mit ihren zahmen Geschwindigkeiten hinter uns ließen. Ja, kein schlechter Auftritt, einer, mit dem man später in der Asche der Erinnerung noch ein Fünkchen entzünden kann, wenn man schlappschwänzig und nutzlos im Wartezimmer der Zeit sitzt. »Hab ich euch mal von der Nacht erzählt, wo ich mit einem Mädchen namens Becky McQu-«

»Ja, schon tausendmal, Vati. Jetzt mach den Reißverschluß schön zu und sei anständig, das ist ja ekelhaft.«

Aber wenn ich bei diesem denkwürdigen Sackhüpfen auch eine persönliche Bestleistung lieferte, war Becky ihrerseits nicht müßig. Die Frau kannte mehr Tricks als Houdini. Eine unermüdliche Athletin – selbst wenn MacDougall sich schlaff geschlagen gab, leer, erledigt, brachte ihn das Kitzeln ihrer elektrischen Finger und ihrer Elektrozunge bald wieder zum Träumen, und gleich stand er wieder erwartungsvoll vor der blanken Tür, so gut wie neu, einsatzbereit.

Anschließend lagen wir schweigend da und betrachteten die rötlichen Dramen, die das Kaminfeuer an den Wänden aufführte. Vielleicht weil sie zuviel Harold Robbins gelesen hatte oder zu oft im Kino gewesen war, schien sie es für üblich zu halten, daß ein heimliches Paar sich gegenseitig die Lebensgeschichte erzählt. Es folgte eine alkoholisierte Kurzbiographie, bevölkert von den klassischen Rollen: einem besoffenen Vater, einer ausgenutzten Mutter und einem Mann, der, mit ihren Worten, »im Fenster vom Metzger am Haken hängen sollte«.

Ich schlief ein und träumte, ich sei ein Insekt, ein seltsames Insekt, das auf dem Rücken die Zeit anzeigte (Viertel neun übrigens). Donald Strang, Expfandleiher, später Seelenheilretter, kam herbei, hob mich mit einer kalten Sammlerpinzette hoch und ließ mich in ein Glas fallen, das gefüllt war mit geknickten Schmetterlingen und zerdrückten Käfern.

»Sagen Sie nicht, man hätte Sie nicht gewarnt, Thomas«, sagte er.

14

Da saßen wir, Rebecca McQuade und ich, ganz das traute häusliche Paar, und futterten Speckbrote, während draußen der Hagel langsam wieder in Schnee überging.

»Hast mir nicht gesagt, daß es hier umgeht«, sagte Becky.

»Umgeht?«

»Geister und so.«

»Blödsinn.«

»Meinste? Hat hier mal ein Polizist gewohnt?«

»Polizei? Hier in der Scobie Street, im Scabby? Na klar, Peter Manuel ist jeden Sonntag zum Schachspielen vorbeigekommen.« Ich lachte. »Da würde der Papst noch länger leben, wenn er nach Govan End in Ibrox käm.« Ich wollte etwas Milchpulver in meinen Tee streuen, überlegte es mir dann aber anders. »Hör mal, wenn ein Bulle im Dienst echt in die Scheiße gelangt hat, sagen wir, er hat sich im Puff oder mit den Fingern in der Ladenkasse erwischen lassen, so was, dann sagen sie zu ihm: Also gut, Wachtmeister, was soll's jetzt sein – die Marke auf den Tisch oder ab in den Scabby? Das glaubst du nicht, wie rasch der seinen Dienstausweis abgibt.«

»Na, letzte Nacht war hier einer da, mehr will ich nicht sagen. Ja, lach nur. Ich bin aufgewacht, und da war er.«

»Und hat seinen Knüppel poliert.«

»Wie am hellichten Tag hab ich den da sitzen sehn.«

»In der Nacht?«

»Weißt schon, was ich meine.«

»Hat er gesagt, was er will?«

»Dich, so wie's aussah.«

»Mich?«

»Ganz bestimmt.«

Mit der Daumenwurzel wischte sie sich das Speckfett aus dem Mundwinkel. »Da beim Bett ist er gesessen. Ne halbe Ewigkeit, so ist mir's vorgekommen. Dann war er weg.«

»Ist er in einer Tränengaswolke verschwunden?«

»Was?«

Jeremia setzt sich oft ne Schirmmütze auf und lauert an Traumkreuzungen, bis ich verantwortungslos wie eh und je mit defekten Bremsen und eiernden Reifen eine haarige Steigung runtergerast komme. Könnte er es – nein, das war Unsinn. Scheiß auf Jeremia. Jetzt wollte ich meine Rolle als Hausgast genießen, ein Sexualtourist sein wie Becky auch.

»Bringst du das oft?«

»Was?«

»Von den Bullen träumen.«

Sie stellte langsam die Tasse ab, setzte sie vorsichtig auf die Untertasse. »Also ich hab geträumt, ja?«

Bis auf ein Paar glänzende blaue Höschen war sie nackt unter Rhonas altem Hausmantel mit der ausgerissenen Tasche und dem fettigen Besatz. Mein Urteil war nicht mehr vom Schnaps umnebelt und ich sah, daß sie gewiß keine Kim Novak war, aber andererseits wirkte sie auch nicht wie Marlene Dietrich, im Morgengrauen über einer Zigarette zusammengekauert. Ihr Haar, diese Skulptur, bei der jede Strähne ihren festen Platz gehabt hatte, sah mittlerweile aus wie ein von Räubern durchwühlter Heuschober. Sie schwenkte die Hand. »Das hier sieht eher so aus – wie ein Traum, mein ich.« Sie nahm die Tasse wieder in die Hand. »Ich warte immer drauf, daß ich neben meinem Alten mit seinen miefigen Unterhosen aufwache.«

»Der ist in Dagenham, weißt du nicht mehr?«

Sie nickte. »Das will ich hoffen, wär sonst peinlich für beide von uns.«

»Tut mir leid, daß kein Kuhsaft da ist«, entschuldigte ich mich. »Bessie ist einfach nicht mehr, was sie war, seit sie sich das Horn geknickt hat –«

Sie zuckte die Achseln. »Ist schon okay. Das beweist's, oder? Daß es kein Traum ist, meine ich ... Milchpulver ...«

»Und fast keine Zigaretten mehr.«

»Ich hab welche in der Handtasche, sind aber mit Filter.«

Als ich mich zu ihrer Tasche rüberreckte, riß sie sie mit plötzlichem Griff selber an sich. Geheimnisse, was? Frauen sind schon komisch. Dieses Exemplar hier hatte mich eingeladen, nein, aufgefordert, ihre intimsten Fleckchen und Eckchen zu untersuchen, hatte mir ihre sexuelle Topographie in einem Ausmaß vorgeführt, wie das wahrscheinlich ihrem Mann, dem Landstraßenhirsch, nie passiert war. Aber jetzt kam sie mit einer koketten Nonne-beim-Umziehen-Nummer. Wir zündeten uns je eine an und musterten uns durch die Rauchkringel. Auf dem Kaminsims spielte das Radio mit halber Kraft Bobby Gentrys »Ode to Billy Joe«.

»Muß teuflisch still sein hier«, sagte sie. »Fast unheimlich.«

»Sind wir wieder bei den Gespenstern?«

Sie spürte das stumme Fehlen jeglichen Lautes – nicht wie ich den präzisen Unterschied vieler nicht mehr gehörter Geräusche: Kreischen von Kurbelrädern, wenn an Regentagen die Wäsche unter die Decke geleiert wurde, Wummern zugehauener Türen, Schritte, die auf der Treppe kamen oder gingen, Kinderwagen, die mit Gören oder Wäschereibündeln beladen Richtung Hof bollerten, der Klang von Stimmen, weinende Kinder, lachende Kinder, Husten, Pfiffe, und von weither die Tröte eines Lumpensammlers wie der Zapfenstreich für die alte Ordnung der Dinge. Nichts mehr von all dem leisen Getobe, das durch die lebendige Mietskaserne pocht und nach dessen Verstummen mir jetzt zumute war wie einer Spinne, die in einer gesprungenen Gitarre haust, in der ersterbende Klänge schwach nachhallen.

»Wo ist die hin, Mrs. Clay, mein ich?«

Sie war wieder bei ihrem Lieblingsthema. Wie verspielte junge Seehunde spähten ihre Brüste immer wieder hervor, das Bedürfnis, ihre Glätte zu streicheln, wurde langsam zwingend.

»Dundee«, sagte ich und nahm dabei als Stichwort das folkloristische Gefiepe, das die Alexander Brothers jetzt im Radio angefangen hatten, wie debile Dudelsäcke.

»Klingt komisch, einfach so abziehen und ihre ganzen Sachen dalassen.«

»Sie kommt bald wieder«, sagte ich. »Die beiden wollen's noch mal packen.«

»In dieses Loch hier zurück!« Sie schüttelte den Kopf und schaute zweifelnd drein. »Die muß man ja zum Arzt schikken. Wieso sind die nicht umgesiedelt worden? Alle anderen sind längst abgehauen.«

»Nicht alle. Von denen abgesehen, von den Clays, sind noch zwei Kalkbrösler da.«

»Was?«

»Kalkbrösler. Rentner eben.«

»Dann ham die Clays schon Angebote gekriegt?«

Ich nickte.

»Aber abgelehnt?«

»Hast du mal gesehen, was einem da angeboten wird?«

»'n Bergwerksstollen wär noch besser als dieses Loch hier.«

»Bist du in letzter Zeit mal in Castlemilk gewesen?«

»Muß doch noch was Anständiges geben dort. Noch nicht so lang her, da mußten sie die Häuser dort auslosen.«

»Ja, und dann haben die Planer sich den Jux gemacht, den Wassergraben gleich *ins* Schloß zu legen. Ich sag dir, dort ist es feuchter als an Neptuns Schniepel. Dort kommen die Babys mit Schwimmhäuten auf die Welt.«

»Wenn sie immer wieder ablehnen, fliegen sie einfach raus.«

Ich schnippte Asche von meiner Zigarette. Es war an der

Zeit, unserem Plausch unauffällig eine andere Richtung zu geben. »Die Hochhäuser, Moss Heights – doppelt so schlimm mit der Feuchtigkeit.« Ich drückte die Kippe aus. »Wird Zeit, daß sie anfangen, nach unten zu bauen, Erdkratzer.«

»Kann ich keinen Fortschritt drin sehen.«

»Nicht? Denk mal nach. Zunächst mal kein Fensterputzen, kein Sonnenschein, der einem die Möbel ausbleicht, kein Wind, kein Regen, keine Spatzen, die einem um fünf Uhr früh das Trommelfell löchern. Kein Verkehrslärm und –«

»Da drunten mit den Ratten und den Mäusen und dem ganzen Kriechzeug?« Sie erschauerte. »Nee danke.«

»Mäuse und Kakerlaken gibt's hier oben genug. Wo wär der Unterschied? Und grade fällt mir ein, die Überschallflüge wären wir auch los. Kein Schallknall in der Mietergruft!«

»Schrecklich.«

»Aber nein. Wir könnten riesige unterirdische Vorstädte bauen – Ratmilk ...« Mein Unernst hatte es geschafft, es war jetzt leicht, die Unterhaltung auf gefahrlose Themen zu bringen, das Wetter, die Kohlenpreise, die Beatles. Zufällig kam gerade, als wir über die Fabulous Four redeten, »Hey, Jude« im Radio.

»Ich muß bald loszittern«, sagte ich.

»Zittern ist richtig«, sagte sie und nickte zum Fenster rüber, wo die Schneeflocken erneut energische Tänze aufführten. »Hier ist's doch gemütlich. Wozu willste bei dem Matsch raus?«

»Ich muß wegen nem Job bei jemand vorbei.«

»Hast doch einen.«

»Die Flohfalle schließt bald, denk dran.« Geschickt glitt ich in die Identität von Matt Lucas, erstem Vorführer des Planet-Kinos, aber sie paßte mir nicht mehr gut, fühlte sich etwas runzlig und rauh an.

Sie schüttelte den Blondkopf. »Der Schuppen fällt noch von alleine um, eh sie den abreißen. Da treffen sich doch bloß 'n paar Penner, hocken sich rein und trinken ihren Fusel. Und der Gestank! Die pinkeln sich wohl im Sitzen voll.« Sie schob die Tasse zurück und stand auf. Der Hausmantel öffnete sich und zeigte ihre sexy blauen Höschen und natürlich ihre triumphalen Titten. »Bonus oder nicht, mich kriegt da niemand mehr hin ...«

Was eine sehr gute Nachricht für Mr. Thomas Clay war.

Es folgte nun ein peinlicher Moment, den der Gastgeber mit souveräner Nonchalance überspielte. Der Damenbesuch wünschte, »wohin« zu gehen, und nach dem gequälten Gesichtsausdruck der Dame zu schließen, je eher, desto besser. Ohne allzu lange Erklärungen, weshalb das Treppenklo zwar überraschenderweise noch funktionierte, aber besser nicht aufgesucht würde (falls man nicht ein schon gänzlich hilfloses Opfer von Montezumas Rache war), lenkte er die Aufmerksamkeit der Dame auf das Vorhandensein eines gewissen Gefäßes, von dem er annahm, daß Mrs. Clay sich seiner gelegentlich bediente, wenn das Wetter ungnädig war oder die Stunde allzu spät, als daß ein Besuch auf dem Außenabort noch vertretbar gewesen wäre. Er, Matthew Lucas, würde jetzt den kalten Abstieg dorthin unternehmen und solcherart die Privatsphäre seiner Besucherin diskret respektieren.

»Kein Wunder, verdammt noch mal, daß die Clay durchgegangen ist«, sagte eine perplexe Becky McQuade, als sie durchs Zimmer schlappte, um unter dem Bett nach dem Nachtgeschirr zu fahnden. Ich nahm die Luftschutztaschenlampe vom Nagel im Flur und folgte ihrem sparsamen Lichtkegel die Treppen runter zu dem gespenstischen Lokus. Wenn man so drüber nachdenkt – Hollywood hat sich eigentlich immer vorsichtig um die Tatsache gedrückt, daß wir Menschen von Zeit zu Zeit unsere Ausscheidungen loswerden müssen. Es ging anscheinend in Ordnung, recht detailliert zu zeigen, wie die Dame liebt, doch wie sie Wasser läßt – nix da! Ich hoffe, das bleibt auch so, der Gedanke, daß Millionen zusehen, wie Kim Novak – nein, nein, ich schreib's gar nicht erst hin.

Vorsichtig stupste ich die Aborttür auf. Sie schwang mit einem grellen Quietschen zurück. Was erwartete ich zu finden? Einen Phantompolizisten, der seinen Knüppel kreisen ließ? Mrs. Muirhead, die an ihrem Leichentuch strickte? Das halbdurchsichtige Bild eines pubertierenden Jungen, der mit fliegender Hand in Betrachtung eines halbnackten Starlets im *Picturegoer* dasitzt? Obwohl ich ein T-Shirt und einen Pullover übergestreift hatte, war mein ganzer Rücken mit Gänsehaut überzogen, wie Braille. Der schwache Lichtschein der Lampe sprang von der Kloschüssel zur Putzmittelflasche, dann zum Papierhalter. Etwas stieß an meinen Fuß, und ich beugte mich runter, um es aufzuheben. Es war eine leere Zigarettenschachtel. So, so: *Passing Clouds* – genau die Marke, die man bei einem schmauchenden Geist erwarten würde. Ich mag Geheimnisse, mag leicht Unheimliches: Ein Besucher läßt als Visitenkarte eine Kreuzworträtselfrage in einer Londoner Zeitung zurück; vor dieser Entdeckung werde ich von einem oder mehreren Unbekannten mit Schneebällen beworfen; ein Fremder in Lederjacke und gestreiftem Käppi hat nach mir rumgefragt. Sollte ich die unregelmäßige Tätigkeit der Straßenlampe auch mitzählen? Ich glaubte nicht. Die leere Zigarettenschachtel aber gehörte dazu. MacDougall lenkte einen aggressiven Strahl Pisse in die Schüssel. Als er fertig war, wackelte ein harmloser Gedanke durch mein Hirn, um plötzlich zu explodieren. Paddys Knete! Herrgottnochmal, ich hatte sie in meiner Jackentasche deponiert. Ich floh aus dem Klo und sprintete die Treppe hoch.

Becky klapperte mit den Flaschen im Barfach rum. »Gerettet!« rief sie und hielt eine Martiniflasche hoch, in der sich etwa ein Zoll dieses stark überschätzten Gesöffs befand.

Wenn das reichte, sie zu »retten«, dann hatte sie wirklich Probleme. »Glaub, ich krieg Diabetes«, erklärte sie, als sie sich dazu etwas Limonade ins Glas schüttete. Ihr Hausmantel schwebte immer wieder auseinander, aber im Augenblick spielte die Erotik die zweite Geige. Meine Hand sprang in die Jackentasche. Ende der Panik – die Rolle Geldscheine war noch da.

Becky, die's nicht eilig hatte, abzuziehen, war's ganz zufrieden, mit dem Martini in der einen und einer Zigarette in der anderen Hand rumzufläzen. Im Radio schlug Dylan mit dem »Subterranean Homesick Blues« zu.

»Wenn ich den Job kriege, geh ich nach London«, sagte ich zu ihr.

»Hast du Glück.«

Sie sah etwas mürrisch drein und ging rüber, um ihre Backen auf das Bett zu pflanzen; dann bückte sie sich, um den Strumpfgürtel vom Boden aufzuheben. Ich goß das restliche Wasser aus dem Kessel in die Spülschüssel und rieb mir Gesicht und Körper rasch feucht ab. Mit übertriebener Energie an mir rumfrottierend, drehte ich mich zu ihr. Sie saß bloß da und zog den Strumpfgürtel zwischen den beiden Zeigefingern auseinander. Ich fragte mich, wie's wohl wäre, in einem Iglu Samstag morgens aufzustehen. Die Frau holt schon mal den *Record* und die Brötchen, man selbst zündet sich die erste Huskykackzigarette des Tages an, lauscht dem Trommeln des Windes auf die Eishalbkugel und ist sich traurig dessen bewußt, daß die langen Beine, ich meine die Walroßjagden, wahrscheinlich wegen des widrigen Wetters abgesagt werden.

Becky sah mir zu. Sie posierte wie eine von diesen Juttas, die auf den Titelbildern der Hank-Jansen-Paperbacks rumlümmelten, die wir immer in Clatty Kates Lädchen in der Rutherglen Road geklaut hatten. »Matt«, murmelte sie, und ihre Stimme war in der Tat, wie es in diesen Pennypornos heißt, »verlockend rauh«: »Du mußt doch sicher nicht *sofort* weg?« Der Hausmantel glitt von ihren Schultern. »Ich meine, es kommt doch an so nem zugeschneiten Morgen nicht auf eine Stunde oder so an?«

Lucas schmiß das Handtuch weg und ging auf sie zu.

»Nun ja«, sagte er, als seine Hand sich zur Gürtelschnalle bewegte, »eine Stunde macht wirklich keinen großen Unterschied...«

15

Joe Fiduccis Laden war fast leer.

Ich hockte schlaff im Stuhl am Fenster, während Joe persönlich mich umsorgte. Sein Rasierpinsel gluckste fröhlich schaumschlagend im Porzellanbecher, dann zischten die Borsten warm über mein Stoppelkinn. In dem lädierten Radio plinkplonkte hoffnunglos eine Gitarre.

»Irisches Rennen heut«, sagte Joe.

Der Alte wartete auf meine Antwort. Joe riskierte niemals auch nur einen Zehner auf ein Pferd, aber er war der klassische Friseur: ging nix über die Pferdchen als Gesprächsstoff – ein Selbstläufer, Selbsttraber. Wetterersatz; kriegen heute anscheinend gute Pferde, so wie's aussieht. Später wird's vielleicht etwas stutig.

»Haste ne Wette laufen?«

»Hab mir die Chancen nicht angesehen, Joe.«

Das vertraute Knarren von Joes Sandalen, wie er um den Stuhl rumgeht. Das rasche Kitzeln des Pinsels an meiner Haut. Es gilt als unanständig, von Dingen zu reden, die wirklich zählen. Die Zeit beispielsweise, warum können wir nicht mal den Begriff der Dauer diskutieren oder uns Gedanken machen über das Wesen der Ewigkeit? Irgendwie geht's nicht. Zu irritierend. Wenn ich jetzt plötzlich zu Joe sagte: »He, übrigens, was hältst denn du so von der Säure der Existenz, in der wir alle zischend rumschwimmen . . .« Es war unmöglich. Zu peinlich. Joes Frau stirbt angeblich grade an Krebs, es soll sich um einen an äußerst ungewöhnlicher Stelle eingenisteten Tumor handeln. *Ich* sterbe vor Neugier, ihn danach zu fragen, aber ich tu's nicht. Deprimierend. Schon was Komisches, die Zeit. Sie geht dir unter die Haut, sie hockt sich dir ins Haar, sie läßt dich nicht los.

Wenn man's überlegt, Sweeney Todd (»Der Teufelsbarbier in der Fleet Street«), der seine Kunden, mit dem Rasiermesser winkend, in ihren letzten Stuhl nötigt, ist eigentlich ein besseres Emblem des Todes in der großen Stadt als so ein unterernährter Bruder mit Sense. Schnitter Tod. Landwirtschaftlicher Kram. Hier in der Stadt lief das Geschäft schlecht, ich schielte die leere Stuhlreihe zu meiner Rechten entlang. Der alte Pat Mooney, dem der übliche wässrige Tropfen an der Nase hing, fegte die Schnipsel des Morgens zusammen. Schnitter Fiduccis einsame Strähnen.

»Wenig los bei dir heut morgen, Joe.«

Er strich den Schaum vom Messer an dem feuchten Päckchen Zeitungspapier ab, das er mir auf die handtuchumhüllte Schulter gelegt hatte. Klingenreflexe leuchteten in seinem mürrischen Gesicht. Ein italienisches Schulterzukken, als er resigniert sagte: »Die Leute gehn weg – die Haare nehmen sie mit.« Schneeweißes Haar, Aschengrinsen.

»Nicht mehr lang, dann sag ich selber Arrivederci Gorbals.«

»Wann machst du Schluß?«

»Bald jetzt.« Er seufzte, die Klinge fuhr sahnig meine Wange hoch. »Die hauen doch alles weg hier.«

Tja, hau weg den Scheiß. Feg alles weg, Mooney. Und du selber, mit deiner Kehrichtschaufel?

STELLUNG GESUCHT

Ohne eigenes Verschulden gezwungen, sich zu verändern, sucht seniler Haarschnippler verantwortungsvolle Stellung. Zitternde Hände, Alkoholiker, allzu großer Freund von Pferdewetten, kann aber wunderbar mit Kindern.

EIGENE SCHERE VORHANDEN

Joe ging in den Nobelladen von seinem Sohn in der Innenstadt. Fiel schwer, sich ihn in einer Haarboutique vorzustellen. Da würde er dann das Geld kassieren und übers Wetter reden, den Staub von den Haarwasserflaschen blasen und versuchen, dem hilflosen Blick des unnützen Zwillings im Spiegel auszuweichen.

Als wir uns verabschiedeten – drunten am Hofausgang, wie sich's traf –, hatte sich Becky auf die Zehenspitzen ihrer modischen Stiefel gestellt und mir ein Küßchen auf die Lippen gedrückt. »Viel Glück mit dem Job«, sagte sie. »Wir sehn uns dann.« Und sie ging ab, trat hinter einen Vorhang aus Schnee. Weg. So praktisch, so bewundernswert erwachsen waren unsere Gefühle.

»Warum hörst du nicht auf, Joe?«

»Wer? Sprichst du mit mir?« Ein halb verlegenes Lachen trennte noch ein paar Stiche an seinem ausgefransten Mund auf. »Was soll ich denn anstellen, wenn ich aufhör.«

»Das isses ja – mach mal gar nichts. Einfach die Ellbogen auf den Zaun legen und zugucken.«

Schaum flatterte gegen den Spiegel. »Nicht arbeiten und manchmal auch nicht essen, was? Vielleicht auch bald nicht mehr wohnen. Ich drück mir bloß die Ellbogen platt auf deinem Zaun.«

»Ach was, Neapel sehen, eh du ...«

»Was zu essen auf dem Tisch, was anders will ich gar nicht sehen.« Er knallte die Faust aufs Radio, damit das Morsesignal der Musik klarer reinkam. »Ellbogen auf den Zaun. Gibt's das. Ellbogen.«

Mooney schlich immer noch rum und fahndete nach Haar (vielleicht wurde er per Zentner bezahlt). Ein kahler Friseur gibt ne lausige Reklame für den eigenen Berufsstand ab. Ich sah in den Spiegel, als Joe die Rasierseifenreste wegfrottierte. Ein robuster, rosiger Glanz. Das war einer der letzten Läden in den Gorbals, wo man sich noch auf die Altmodische rasieren lassen konnte. Ein blankes Rasiermesser war diesen elektrischen Bartmähern einfach über; der, den mir Rhona geschenkt hatte, staubte jetzt in der Pfandleihe ein. Mein Anzug ist da ebenfalls eingelagert. Manchmal, wenn ich draußen vorbeigehe, könnte ich schwören, ich hör ihn drinnen klagend singen: »Ich weiß, daß mein Erlöser lebt...« Grade noch so, mein Lieber. Ich beugte mich vor, zog aus einer Bürste im Regal den Kamm heraus und zerrte ihn durch mein Haar. Die guten Locken waren schon recht lang, Rhona schimpfte mit mir bei jedem Besuch. Ihre Mutter war schon soweit gegangen, von einer »Verdampptten Schande« zu reden. Was für einen Vater würde ich denn wohl abgeben, rennt hier rum wie ein durchgedrehter Hippie?

»Aber euer Jesus hat doch lange Haare gehabt, oder wie?«

»Laß uns bitte mit deinen blasphemischen Bemerkungen zufrieden!«

Ich steckte den Kamm wieder in die Bürste. Dem Spiegel, in den ich schaute, gingen die Gesichter aus. Mooney saß am Ende der Bank an der Wand, neben dem Gasofen. Er hockte da, vorgebeugt über den Sportteil der Zeitung, und studierte die Rennwetten. Zigarettenrauch sickerte an seinem erledigten Gesicht empor. Die Hände schlaff, besiegt, der Daumen mit der tiefen Scherenkerbe zitterte. Er suchte sich nun seine Drei-mal-zwei-Kombination plus Dreier raus und wärmte sich an der Hoffnung, daß es klappen könnte – kein sehr wahrscheinliches Ereignis. Ich ging rüber und setzte mich auf die Bank. Als ich meine Zigarette anmachte, ging Joe in die Ecke, wo sein Streichriemen hing. Bald klack-klackte das Rasiermesser beim Abziehen gegen das vernutzte Leder. Im Radio riß plötzlich ein feingedehnter Faden Saxophonmusik ab.

»Wann nimmste dir ein Haus?« fragte mich Joe. »Bald schmeißen die dich doch raus, wie?« Er hielt den Riemen zwischen Daumen und Zeigefinger, bald war nichts mehr da von dem alten Leder. Ein schiefes Glasbord an der Wand neben dem Reklameschild für Durex Loveskins bewegte sich, vielleicht einen Millimeter pro Tag, dem Augenblick entgegen, da es seine ältlichen Haarwasserbouteillen auf den Boden prasseln lassen würde. Die Gasflammen flackerten und sprühten, als die Tür behutsam ein Stück aufgeschoben wurde und ein Windstoß in den Laden fegte. Der Kopf von Caesar, einem dünnen schneegesprenkelten Schäferhund erschien. Sein melancholischer Blick ging die leeren Stühle entlang, dann zog er sich wieder zurück. Eine traurige Geschichte. Einst der treue Begleiter von Tammy Cook, einer Scobie-Street-Type, lief der Hund seit Tammys Abgang trübselig rum und sah in allen alten Stammecken seines Herrchens nach, wo es wohl steckte. Joe sagte, mit dem Hund müsse man was machen. Mooney war der Ansicht, man sollte ihn erschießen. Komisch, wie fühllos die Leute sein können; ein Tier holt sich irgend nen kleinen Defekt, abgebrochener Zahn oder angeknackste Pfote, und schon ertönt das Geschrei: »Gebt ihm die Kugel!« »Weg mit ihm!« Ich fragte Mooney, ob ihm das denn gefiele, wenn man *ihn* erledigen würde, bloß weil er nen Splitter in der Tatze hätte. Ohne erkennbare Überwindung sagte er: »Na, das würd mir grade reinlaufen. Mir können sie jederzeit das Gewehr an den Kopf halten – solang ich nicht grade Schädelbrummen hab.«

Joe klappte den Rasierklingenglanz ins Heft des Messers weg und stellte sich mit dem Rücken zum Stuhl direkt vor mich hin. Er schaute mich eine ganze Weile an, ehe er sagte: »Wie lang kenn ich dich schon, hm?« Die Handfläche nach unten gekehrt, dicht an seinem vorgewölbten Bauch, beantwortete er die eigene Frage. »Von so groß an, so lange schon.« Er trat einen Schritt beiseite und deutete auf den Stuhl, auf den er sich gelehnt hatte. Es war ein zurückhaltendes Möbelstück, solid gebaut, aber ohne alles stilistische Tralala. Seit Olims Zeiten hatte der Stuhl als Kindersitz gedient. »Weißt noch«, fragte Joe, »wie du hier auf dem Holzbrett gesessen bist, ja?«

Ich nickte. »Du hast was gegen meinen Kopf gehabt, Joe, der schien dir nie richtig am Hals dranzusitzen. Weißt du, wie wir Kinder dich genannt haben? ›Der alte Kopfabreißerscheißer‹.«

Er grinste, aber seine Hand blieb auf dem Stuhl liegen, die Finger strichen über den polierten Rücken. »Immerhin«, räumte ich ein, »warst du nie so grob wie dein Sprößling Luigi – so wie der ne Reihe Kunden ruckzuck abskalpieren konnte, hätte man meinen können, er hat nen nahen Verwandten am Wounded Knee verloren.«

Er lachte laut, ein kurzer Ausbruch Heiterkeit, dann setzte er wieder eine ernste Miene auf. Seine Hand klatschte auf den Stuhlrücken. »Weißt du, wer den für mich gemacht hat?«

»Jesus von Nazareth?«

Er ignorierte mein Scherzchen. »Ich sag dir, wer – dein Großpapa.«

Ich glaube, er erwartete, daß ich jetzt aufstand und rüberkam, um die Reliquie zu berühren, vielleicht sogar was sagte wie: »Opa Gibson – Menschenskind, wer hätte das gedacht.« Statt dessen blies ich einen dünnen Rauchstrahl in die Luft. Ich war überrascht, erstaunt sogar, aber ich blieb einfach sitzen, wo ich saß, und sagte nichts.

»Eh du geboren warst, hat er den gemacht«, fuhr Joe fort, als würde durch diese Information das Ganze noch erstaunlicher. Er klopfte auf den Stuhl. »Handwerksarbeit – auf Dauer gebaut!«

»Da scheißen sie dir heute drauf, Joe«, sagte ich. »Rasch gemacht und rasch kaputt, daß es wieder weitergeht, so heißt die Parole.«

Joe schaute den alten Stuhl liebevoll an. »Der ist auf Dauer gebaut. Dein Großpapa war so ein Mann. Geduld in den Händen.« Er nickte und ließ einen tiefen Seufzer hören. »Hast recht, das sieht man heut nicht mehr oft. Nimmt sich keiner mehr Zeit. Kein' interessiert's.«

Es wurde mir klar, daß der alte Mann mich damit indirekt kritisierte. Der Stuhl stand auf den Fliesenquadraten wie eine gewichtige Schachfigur. Hier – sagte Joe im Grunde – haben wir Geduld, die Haupteigenschaft von John Gibson, dem Schreiner, meinem Großvater. Dagegen konnte ich höchstens ein paar flüchtige Bauern ins Spiel bringen, eine Kombination kurzfristiger Pläne.

Ich rauchte meine Zigarette fertig, stand auf, ließ zwei Zweishillingmünzen in Joes Kitteltasche fallen. »Du wirst mir fehlen, wenn du weg bist, Joe.« War ernst gemeint.

16

Ich ging durch den knirschenden Schnee über die Straße, Richtung Shug Wylies Arschgalerie, und sah den Chef persönlich, wie er am Eingang seiner Toilette mit zwei irgendwie menschlichen Wesen rang. Diese Kreaturen bestanden vorwiegend aus Lumpen und brodelndem Grauhaar, und die eine, in der ich den männlichen Teil des Paars zu erkennen glaubte, ließ sich plötzlich eine humanoide Hand wachsen, die ihre gelben Finger um die schneebedeckten Gitterstäbe des Geländers wand und nicht loslassen wollte, während die andere mit ebensolcher Zähigkeit am Mantel ihres Gefährten hing. Sie wimmerten, nein, sie jaulten eher klagend, diese zerfetzten Dinger, während der Manneshaufen dagegen kämpfte, daß sie losgerissen wurden, weggezerrt von ihrem Zufluchtsort und hinausgeschleudert in den hellen Strom der Straße.

»Loslassen, du Arsch du!« schrie Shug immer wieder, während er mit dem Rücken der geballten Faust gegen die Krallen des Dings schlug. »Loslassen, sag ich!« Shug, der offiziell bestellte Wächter des Wasserklosetts, trug die konventionelle Uniform seines Standes: braunen Kittel, Mütze, schwarze Gummistiefel und eine Miene empörter Autorität, die zu einem Mann paßte, der seinen Beruf und sein Scheißhaus sehr ernst nahm.

Shug hämmerte weiter auf die Tatze des männlichen Wesens ein. »Loslassen!« Und weil es so ein Fetzchen von einem Ding war, mußte es sich schließlich dreinschicken, mußte seinen Griff lösen. Es schlich mit seinem zerfransten Anhängsel davon, sie zeterten wie zornige Möwen, bald aber wurden ihre Schreie leiser, bis das zerlumpte Paar um eine Ecke am anderen Ende der Scobie Street verschwand.

Später, als wir in seinem engen Refugium saßen, beide in der Hand einen Henkelbecher mit seinem einzigartigen Tee (so stark, daß er kaum über den Rand wollte und man ihn praktisch nicht verkleckern konnte), beschwor der Klowärter, von seinen Anstrengungen immer noch keuchend, die schlimmen Folgen, die ein Besuch der »alten Bazillensäcke« für sein bescheidenes Unternehmen haben könnte. »Ich sag's dir, Tam, wenn so ein Methylsäufer ans Pissen nur *denkt*, geht der ganze Lokus hoch. So nen Gestank gibt's auf der Welt nicht noch einmal. Hält sich ewig, geht nie weg. Verstehste«, fuhr er fort, »die Penner können nicht mehr in den Ziegelöfen pofen – seit sie einen da tot gefunden haben, hart wie ne Fußbodenkachel angeblich.« Er nickte. »Deshalb wuseln sie jetzt überall hier rum, wie Kakerlaken, die'n bißchen Wärme suchen.«

»Man weiß nie«, warnte ich ihn. »Du hast vielleicht den Lauf der Weltgeschichte verändert.«

»Was soll dassen heißen?«

»Na!« sagte ich, »wenn das nun Maria und Josef waren, auf der Suche nach ner Herberge? Vielleicht hast du die Wiederkunft Christi sabotiert!«

»Wiederkunft! Quatsch. Wiederversumpft.« Shug lachte und beugte sich vor, um eine von den Heizröhren des Elektroofens auszuknipsen.

»Gut gebraut, Löwe«, sagte ich. »Von dem Tee wachsen einem die Haare am Arsch.« Ich kaute einen Mundvoll. »Heute morgen war die Milch alle. Und das Brot war hart. Die Frau ist grade mal fünf Wochen im Dock, und schon fällt der ganze Laden auseinander.«

Shug bemerkte: »Wenn sie immer mehr von den Betrieben zumachen. Was willste erwarten. Suppenküchen und Choräle sind keine Antwort.«

»Der alte Kerl über uns, der Wattie, der macht mich fertig. Leiert mir ständig irgendwas raus: Hast nicht mal was von diesem, was von jenem.«

»Ist schon ein Elend.«

Tja, ein Elend ist es. Die Bäume wissen nicht, daß sie elend dran sind, das weiß nur der Mensch. Laut Monsieur Pascal, dem kleinen Franzmann, dem Froschschenkelchen, das so energisch im Brunnen des Zweifels quakt. Ich weiß noch, damals auf der Eisenbahn, mein Lokführer, der kleine Tully, wie er mir das Penguintaschenbuch aus dem Overall zieht und mit den Fettpfoten die Seiten durchfingert. »Was für'n Scheiß lieste denn jetzt wieder, Tam. ›Penn-sees?‹ Wozu sind denn Penn-sees gut, muß man die erst einweichen?« Ich korrigierte ihn. »Ach Pohseh, das ist natürlich ganz was andres. Pardoh.« Später, als wir freie Strecke hatten und das Gleis an der Chemiefabrik entlangratterten, winkte mich Tully auf seine Seite vom Führerhaus herüber. Er deutete auf einen Mann, der knochenweißes Pulver in eine Schubkarre schaufelte. »Da siehste, Tam«, schrie er durch den stählernen Wahnsinnslärm der Lok. »So wirste enden. Pohseh oder keine Scheißpohseh!«

Und vielleicht hat er recht gehabt – zu viele Bücher, zuwenig Antworten. Donald Strang, der fromme Pfandleiher, hatte genau hingelangt gestern: Vielleicht war seine Bemerkung, daß ich nicht bergsteigen gehen sollte, eine Anspielung, eine hübsche kleine Sottise: ich mit meinem riesenhohen Ego! Vielleicht eine Erinnerung daran, daß (in der Tat) Hochmut vor dem Fall kommt. Shug, der jetzt drauf aufmerksam wurde, was ich erzählte, sagte grinsend: »Jawoll, ist doch erstaunlich, wie das manchen Leuten guttut, wennse sich mal selbst die Hemden waschen müssen zur Abwechslung.«

Ich zuckte die Achseln. »Vielleicht hat's auch was für sich, wenn alles in Unordnung kommt.«

»Tatsache?«

»Denk mal nach.« Als Shug sich asthmatisch keuchend vorbeugte, um noch eine Heizröhre zu löschen, fragte ich: »Was ist das Geheimnis eines wohlorganisierten Haushalts?

Routine, richtig? Und Routine heißt feste Gewohnheiten. Ja? Und Gewohnheiten – was heißt das? Ich sag's dir: Einschlafen. Je mehr man macht, desto weniger tut man. Hört sich merkwürdig an, ist aber Tatsache.«

»In nem Stapel dreckigem Geschirr liegt also deine Rettung?«

»Da entsteht Reibung, und das ist wichtig – daß es nicht glatt läuft.«

»Okay, wenn du jetzt in deine Lieblingskabine gehst und über nen großen Scheißhaufen stolperst, kannst du mir die Hand schütteln.«

Ich lachte. »Der käm in deine Teekanne!« Ich steckte mir eine Zigarette an, sie knisterte, und blauer Rauch drehte sich durch die Luft. »Das ist so, Shug, je mehr Reibung, desto weniger bist du in Versuchung, die glatte steile Egorutschbahn runterzusausen wie ein Idiot. Du kommst nicht voran. Du sitzt fest. Und das ist der Punkt, wo du dir Fragen stellst.«

»Und du, sitzt du fest?«

»Wer, ich? Ich fahre gerade so rasch runter, als wär mein Arsch mit Magnesia eingerieben.«

Shug nahm langsam einen Schluck Tee. Er schüttelte den Kopf. »Du bist schon komisch, Tam. Du und deine blöden Ideen. Ich sitz hier und frag mich, wo ich den nächsten Atemzug hernehm, und du rackerst dich ab, dir das Leben schwerzumachen.«

Ich hielt die Zigarette hoch. »Stört dich das hier?«

»Nee, nee, *du* machst mich fertig, du und deine durchgedrehten Ideen. Gleich erzählst du mir noch, deiner Frau ging's besser, wenn sie ne schwere Geburt hat.«

»Daß Schmerz konstruktiv ist, hab ich nie gesagt, Shug, ich sag bloß, wir sollten dankbar sein, wenn uns das Leben gelegentlich eins auf die Nase gibt, das reißt uns wenigstens aus dem Koma.«

»Das kannste heute morgen Schwatzkopf Sloan erzählen.«

»Was hat der denn?«

Shug stellte überrascht seinen Becher weg. »Haste das nicht gehört?«

»Sag bloß, er hat die Stimme verloren.«

»Der hat mehr verloren, Tam. Den hat gestern nacht in der Crown Street voll der Autobus auf den Arsch gehauen.«

»Willst du mir sagen, daß er tot ist?«

Shug nickte. »Die puhlen wohl immer noch Teile von ihm aus dem Kühlergrill.«

Die Idiotenbemerkung, die einem so oft bei der Nachricht von einem plötzlichen Tod einfällt, trat mir über die Lippen.

»Ja«, sagte Shug, »ich hab ihn auch im Dog gesehen. War putzmunter.« Shug knipste die letzte Heizröhre aus, und wir sahen zu, wie sie langsam den roten Teil des Spektrums durchwanderte und erstarb. Ein Bild zog mir durchs Hirn, das von einem winzigen Skelett zwischen den Bierlachen auf der Theke, und meine Stimme: »Bringt Unglück sowas.« Die bizarre Idee kam mir: Wenn ich nicht das Dingelchen aus Eddies Wagen geklaut und es dann ins Bier geschmissen hätte, dann wäre Schwatzkopf jetzt immer noch am Leben. Nicht unmöglich. Vielleicht hatte der Zwischenfall ihm angst gemacht, und deshalb hatte er sich gründlich einen angesoffen. Infolgedessen war er möglicherweise später aus dem Dog gekommen als üblich. Wer weiß, vielleicht hatte er über den Dämon in seinem Bierglas nachgedacht, als er seinen letzten Gang über die Crown Street angetreten hatte.

»Wird schlimm sein für Salter, hm?«

Ich nickte. Armer alter Salter. Für den ging jetzt das Licht total aus. Wie oft hab ich Schwatzkopf gesehen, wie er auf der Hand von dem Blind-Taubstummen seine Buschsignale getrommelt hat – die Pferde diskutiert, die Favoriten durchgegeben. Und er konnte sich auch mit der Berührungsmethode verständlich machen – wenn Schwatzkopf Salters klammernder Hand seinen Kiefer überließ, während er sprach, konnte der andere seine Schwingungen lesen, sozusagen. Außer der Schwester des Alten war Schwatzkopf der einzige in der Gegend gewesen, der ihn aus der dunklen Zelle seiner defekten Sinne befreien konnte. Nicht, daß diese Fähigkeit Schwatzkopf im Pub irgendwelches Prestige eingebracht hätte: »Schau ihn dir an«, hatte Danny Dimes eines Morgens gesagt und rübergenickt in die Ecke, wo Schwatzkopf seine Fingerdiskussionen mit Salter führte. »Nicht mal taub ist man sicher vor dem Gesabber von dem kleinen Bastard!«

Eine gute Geschichte für einen ordentlichen Schriftsteller. Peinlich, daß die Blinden in der Literatur mit einer doppelten Behinderung antreten müssen: Die Leser nehmen automatisch an, sie seien symbolisch. »Dieser Blinde bei Ihnen repräsentiert wohl die spirituelle Kurzsichtigkeit unserer Zeit?« »Nee, eigentlich kann er bloß nix sehen!«

»Man muß aber schon sagen«, meinte Shug, »der Bursche konnte einem die Ohren abreden, das ging wie Muttis Nähmaschine. Weißt du noch, wie –« Shug fiel der Unterkiefer herunter. »Leck mich am Arsch!« rief er. Er sprang hastig auf und sackte wieder auf seinen Stuhl zurück. Durch die glitzernde Scheibe sah der Tod in die Toilette. Er trug einen langen braunen Duffelcoat, dessen Kapuze eng um das Skelettgesicht mit seinem Friedhofsgrinsen zusammengezogen war. Er öffnete die Tür und schrie: »Raus mit euch – eure Zeit iss gekommen!« Der Tod hatte geflickte Gummistiefel an und ein Paar Fabrikhandschuhe mit hellen Spritzern butterblumengelber Farbe. Er schüttelte sich die Kapuze vom Kopf, ließ sie auf die Schultern fallen und schob seine Halloweenmaske vom Gesicht hinauf auf den kahlen, räudigen Schädel. Das echte Gesicht war kein wirklicher Fortschritt. Tatsächlich sah es aus wie die Visage eines uralten Sparringspartners. Abgesehen von den ernsten strukturellen Beschädigungen war es übersät mit entzündeten Pickeln und grauen Haarbüschelchen.

Shug, der sich von seinem Schock erholt hatte, stand

wieder auf den Beinen. »Los, du!« herrschte er den Tod an und baute sich tapfer vor ihm auf, obwohl er dem Burschen kaum bis zur Schulter ging. »Verpiß dich! Hier kommst du nicht rein.«

Der Tod grinste mich an. Sein Gebiß erinnerte an einen geschändeten Friedhof, bemooste Mahlzähne, gerade noch halbwegs festgesteckt, lehnten in alle Richtungen. »Haste dich angeschissen, großer Meister, was?« Er tippte mit zwei aussätzigen Fingern an seine Lippen. »Was zu rauchen?« Ich holte mein Päckchen raus. Der Tod riß mir eine Zigarette weg, nein, zwei gleich. Als er sich vorbeugte, um sich von mir Feuer geben zu lassen, ging ein derart infernalischer Gestank von ihm aus, daß Maden gekotzt hätten – die Flamme von meinem Feuerzeug wurde grün. Shug, der immer aggressiver wurde, fing an, den großen mageren Eindringling zu schubsen und zu schieben. »Raus! Los, auf geht's, zieh Leine.« Ich hoffte, daß es nicht zu Tätlichkeiten kommen würde. Ich meine, wenn man gesehen wird, wie man den Tod aus einem öffentlichen Scheißhaus wirft! Damit ist schwer zu leben. Wenn die Witzbolde im Salty Dog das erfuhren! »Hör mal, Chef«, bat er, »ich will nich hinsitzen oder so. Nur kurz mal waschen, mehr will ich nicht. Das wirste einem doch nicht abschlagen, nur kurz mal waschen.«

»Der Flammenwerfer ist kaputt«, sagte Shug geistreich. »Raus mit dir!«

Und ob man's glaubt oder nicht, der Tod war gefügig. Er winkte fröhlich. »Danke fürs Nikotin, Bruder«, rief er. »Ich komm in neunzig Jahren dann bei dir vorbei, wenn ich nicht zu viel zu tun hab.«

Shug, immer kühner, gab dem Tod einen massiven Stoß durch die Tür. »Verpiß dich, hab ich gesagt.« Und ohne auch nur eine letzte Bemerkung, eine Beleidigung, mit der er sein Gesicht gewahrt hätte, schlich der Knochenmann im Dufflecoat davon. Shug, der Todesbezwinger, kehrte in seinen Abort zurück. »Ja, lach du nur, Tam«, sagte er und schaute mich vorwurfsvoll an, »aber ich hab die Schnauze voll. Gottverdammte Penner und Schwachsinnsfiguren, kommen hier ständig reingekrochen. Und der Gestank, dreht einem ja den Magen um.« Er setzte sich und sah immer gereizter drein wegen meines anhaltenden Gegackers. »Leg dein Ei und halt den Mund.« Aber ich konnte einfach das Gelächter nicht in den Griff kriegen, war schon halb hysterisch, als plötzlich aus nicht sehr großer Höhe der Tod auf uns herabpißte. Die Treppe hinunter prasselte ein ungesund gelblicher Bogen Urin auf den Steinfußboden vor dem Toilettenkabuff und schlierte dabei über die Fensterscheibe.

»Du alte Drecksau!«

Shug war aufgesprungen und losgerannt. Die Tür krachte gegen die Wand, als er sie aufriß, um die Treppe hochzuhechten und die Verfolgung aufzunehmen. Welch ein Bild – der Tod, verfolgt von einem Lokuswärter! Ein sehenswerter Anblick, dieses plötzlich daherrennende groteske Paar, das gewiß aussah wie soeben der Hölle entstiegen. Man konnte nur hoffen, daß keine Tatterrentner mit defekter Pumpe unterwegs waren. Das war schon echtes LSD-Material – ein Trip in den Gorbals.

Shug kehrte rotgesichtig und schweratmend ein paar Minuten später in sein Reich zurück. Der Tod war ihm entwischt. »Ist in eine von den Nebengassen reingerannt«, keuchte er. »Hab den Sack aus den Augen verloren . . .« Ich goß mir Tee ein und ließ ihn eine Weile wüten, obwohl es mir schwerfiel, ein ernstes Gesicht dazu zu machen, und ein Gelächter mir gefährlich im Hals hüpfte.

Während Shug, immer noch vor sich hinmurrend, vor der Tür aufwischte, schaute ich nach meiner Post. Um dem Briefträger die Strecke zu sparen, hatte ich mit ihm ausgemacht, daß er meine Post in Shugs Arschgalerie abgeben sollte. So hatte ich natürlich das erlesene Privileg einer singulären Adresse: Bezirk WC1! Es gab heute morgen nur zwei Sendungen: eine Weihnachtskarte und ein Geschäftsbrief mit einem LONDONer Stempel! Sirenengeheul in meiner Brust, die Nerven gellten von panischen Signalen. War das der große Moment, der Donnerschlag, ehe der Blitz der Fortuna mein altes Selbst von oben bis unten auseinanderriß, um dem Neuen Menschen Platz zu machen?

Nein, es bringt Unglück, wenn man sowas vorwegnehmen will. Ganz cool. Tu so, als wär nix. Leg den Brief erst mal auf die Seite, so ist's recht. Ja, mach die schöne große Weihnachtskarte auf, die deine aufmerksame und in jeder Hinsicht ganz entzückende Schwägerin dir angemessenerweise geschickt hat. Jawoll, die Karte war tatsächlich von den Shermans. Man spürte es am leisen Giftaroma, das ihr entstieg. Ja, die zarte Hand der Gnädigsten hatte das geschrieben. Schaut euch diese energischen Schleifen an, die leicht gequetschten Konsonanten, Zeichen, soweit ich weiß, unterdrückter Sexualität! MacDougall, der friedlich auf meinem linken Schenkel schlummerte, zuckte zusammen. Er schien zu denken, ich würde mich auf Phyllis Shermans reale Hand beziehen, denn schläfrig raunte er: »Die sollte behandschuht sein, mit schwarzer durchsichtiger Seide, und wenn sie sanft auf meinen Schenkel sinkt ...«

Herrgott ... was ist denn los? »Spiel du hier nicht den Unschuldigen«, warnt MacDougall. »Ich weiß genau Bescheid. Heute morgen hast du Becky McQuade auf dem Bett versorgt und dann, einfach so, gleich nochmal auf dem Tisch zwischen den Frühstücksresten, hast deine lüsterne Birne gegen die Ketchupflasche gerappelt und deinen Hintern zwischen ihren breiten Beinen geschwenkt – und immer als Mantra vor dich hingebetet: Sie ist gar nicht da! Und das war sie ja auch nicht. Wie konnte sie, du warst ja selbst nicht da! Jawohl, du warst weg, Mann, ein geiler Ausreißer, durchgegangen auf einen Phantomfick mit Mrs. Phyllis Sherman. Ja, du hast es ihr ordentlich in einer hinteren Bank in der Bleaker-Gedächtniskirche gegeben, und sie hat geschrien: ›Los jetzt, Patton, schieß mich ab –!‹«

Was für ein totaler Blödsinn! MacDougall muß sich wirklich mal untersuchen lassen. Die Weihnachtskarte selbst zeigte eine Kutsche voll korpulenter Pfeffersäcke, die mit festiver Jovialität einem Haufen schäbiger Bäuerchen zuwinkten, von denen die meisten bis zu ihren bukolischen Hinterbacken im Straßendreck steckten, wobei sie aber immer noch zurückwinken und entzückt zu dem göttlichen Krippenfestival lächeln konnten. Und jede Menge kleiner Rotkehlchen, und das Ganze geschmackvoll abgerundet durch die Namen der Familie Sherman in gestochener Kursivschrift, wesentlich nobler als der Kugelschreiberkrakel, den ich bei solchen Feiertagsmätzchen zu servieren pflegte.

Ist das jetzt alles? Aber nein, hier haben wir ja noch einen Brief, sehe ich gerade. Und sogar aus der Hauptstadt. Wollen wir den jetzt aufmachen? Na gut, von mir aus. Mit nonchalanter Beiläufigkeit riß ich den Umschlag auf und fetzte dann hektisch den Inhalt heraus. Ich glättete das eine Blatt des Briefes mit feuchten Fingern. Ah ja, wie ich's mir gedacht hatte: Es war eine in melancholischem Tonfall vorgetragene Mahnung eines Schallplattenklubs (verdammt sei euer Vinyl!), daß ich einige Dylan-Scheiben bestellt hatte (während ich gerade nicht im Vollbesitz meiner geistigen Kräfte war). Da ich die Platten nicht zurückgeschickt hatte, durften sie wohl schließen, daß ich mich dafür entschieden hatte, sie zu behalten. Würde ich deshalb die von mir eingegangene Verpflichtung erfüllen und jetzt endlich die schon längst fällige Summe bezahlen? Mit vielem Dank im voraus ergreifen wir die Gelegenheit, Ihnen ein frohes Fest und ein gutes Neues Jahr zu wünschen.

»It ain't me, babe, it ain't me you're lookin' for, babe.« Mich könnt ihr doch gar nicht meinen.

Wenn einer bei Shug jetzt reingekommen wäre, hätte er einen schwer angeschlagenen jungen Mann gesehen (die Lippen tapfer zusammengepreßt), der nebenbei auf einen Umschlag kritzelte: »Gebäude fort, Adressat abgerissen.

Zurück an Absender.« Er schiebt die erfolglose Korrespondenz in eine Innentasche: wird später eingeworfen; und er versetzt – immer noch tapfer seinen Ärger verbergend – Shugs Elektroofen einen massiven Tritt, um sich dann eine Zeitung zu greifen und schmerzlich in seine Lieblingskabine Nummer Vier zu hinken.

Auf einem von Shugs Logenplätzen thronend, blätterte ich rasch den *Daily Express* durch. Die druckerschwarze Kotze einer üblen Welt. Nichts drin vom Tod eines Penners in einer städtischen Schwangerschaftsklinik. Immer noch viel Lärm wegen der Raumfahrer. Viele Spekulationen über die EASM (die Erdabgewandte Seite des Mondes). Der Konsensus der wissenschaftlichen Meinung lautet: Dort ist es sehr dunkel, sehr still und sehr erdfern.

Mir sagt dieses ganze Raumfahrtgeschwätz nichts, diese ganze Kennedyrhetorik. New Frontier? Schade, daß wir keine Zeitmaschinentechnologie haben. Sogar ein primitives Modell würde langen, mit dem man nur ein paar Froschhüpfer in die Vergangenheit machen könnte, ein Jahrhundert oder so. Man könnte ein Interview mit einem alten Siouxhäuptling arrangieren. Den könnte man nach seiner Ansicht über die Neue Grenze fragen. War er nicht auch der Ansicht, daß der Planwagen ein würdiges Symbol des Zivilisationsprozesses war? Wie aufregend mußte das doch für ihn sein, diesen halbidiotischen Wilden, der nebenbei gesagt mit all diesen blöden Federn aussah wie ein Truthahn mit zu hohem Blutdruck. Ja, immer weiter! Immer weiter wälzte sich der Wagenzug, von Ozean zu Ozean kamen sie gerollt und ballerten die Büffel und Rothäute weg, nicht zu vergessen die Errichtung von Monumenten wie Little Big Horn und Wounded Knee. Aus den Planwagen verstreuten sich die Samenkörner zukünftiger Größe, Grenzstädte, Schulen, Kirchen, Gefängnisse, Forts, Schnaps, Bordelle, Syphilis, Ruhr...

Ich nehme fast an, der alte Siouxhäuptling, am Haken

einer teuflischen weißen Technologie aus der Vergangenheit gezerrt, würde kein einziges Wort sagen. Als Antwort würde er einfach auf die Hektar Staub und Grasbüschel deuten, die seinem Volk die Häuptlinge in Washington mit einem Wirbelsturm von großen Reden und Lügen überlassen hatten, niedergelegt mit einer goldgefaßten Bussardfeder. Der Rote Mann hatte sich schon lange daran gewöhnt, den weißen Geräuschen zu mißtrauen, die jene schlangenzüngigen Schwindler hervorbrachten, insbesondere den langen Wörtern wie Demokratie, Freiheit, Menschenwürde. Und was in diesem brodelnden Lügenkessel am meisten zu fürchten war, das war eine friedlich wirkende Schlange namens Zivilisation. Aus dem Garten Eden stamme die, hieß es, so wie aus dem leuchtenden Osten die unaufhaltsamen Planwagen anrollten.

(Hier bitte die *Stars and Stripes* anstimmen.) Ja, ihr Apollofahrer, ihr wißt wohl, was für ein heroisches Ringen euch bevorsteht, denn die Lagerfeuer eures ärgsten Feindes, der Unwissenheit, lodern überall auf den Sternenprärien dieses immer noch zu erobernden Grenzgebietes, das wir Weltraum nennen!

(Paß auf, Thomas, dir platzt noch das Gedärm, wenn du so infam drücken mußt.)

Ah, da haben wir's. Der arme kleine Schwatzkopf – das wichtigste Ereignis seines Lebens, sein Tod nämlich, ist durch die Machinationen der kapitalistischen Presse auf ein entlegenes Nachrichtennebengleis geschoben worden. Sein Hingang ist nur einen einzigen Satz wert, ein Zehenspürchen Druckerschwärze im Sand der Geschichte:

»Ein Mann, der letzte Nacht in der Crown Street in den Gorbals, Glasgow, angefahren und tödlich verletzt worden war, ist als Charles Sloan (62) identifiziert worden, Eglinton Street, Glasgow C5.«

17

Der Schankraum im Salty Dog wogte. Harry trottete hin und her und wich den brüllenden Rufen nach neuen Pints aus wie geworfenen Messern. Millie trug wie immer alles vor sich her. Stirrat baute die Stouts mit seinem üblichen rauhen Charme. Der alte Fergie, der Gälisch sprach und eine Wampe hatte, die riesig auf der Theke thronte, summte aus dem Mundwinkel eine Hochlandklage. Ein aufbrandendes Gelächter ließ auf Freddy Greens Anwesenheit im Nebenzimmer schließen. Der Dog umschloß uns alle sanft und genoß unser maskulines Geknurre; er umgab uns mit dunkellackierten Holztäfelungen und blinzelte uns gutmütig mit seinem Flaschenregal zu. An der Kasse schlich sich der alte Sauertopf Sam Murney innerlich näher und näher an den glorreichen Moment heran, da er sein erstes Lächeln riskieren würde. Aus der Toilettentür marschierte ein steter Strom entschlossener Säufer, und bei einem Dartsmatch ging es um die letzten Punkte: der Salty Dog Saloon samstags mittags, der jetzt, ach, bald seinen letzten bierduftenden Atemzug tun würde. Bald nur noch Staub und herabgebröckelter Deckengips, das Regal seiner Flaschen beraubt, ein Kranz Wurflöcher, wo das Dartboard gehangen hatte, und eine einzige magere Ratte singt »Oh, I'm just wild about Harry« – während Harry selbst sich auf dem Arbeitsamt einträgt: »Tut mir leid, wir ham im Augenblick nix für bucklige Barkeeper...«

»Hast du das mit Schwatzkopf gehört?« fragte ich Paddy Cullen.

Er nickte. »Ja, hat sich mit nem Siebenunddreißiger-Bus angelegt.«

»Wann war das denn?«

Paddy zuckte die Achseln und machte dann eine winkende, lockende Geste mit beiden Händen. »Will doch hoffen, daß du die verdammten Mäuse einstecken hast.«

Ich nickte, zog die Banknoten aus der Tasche, gab sie ihm: Das war eine Sache, über die wir nie Witze machten. Rasch schob er's ein. »Gott sei Dank«, murmelte er.

»Wie war das?« Paddy schob seinen Kopf dichter an meinen. »Am Imbiß? Wann?«

Ich versuchte, ihm ein paar Einzelheiten des letzten Abends zu skizzieren, aber das war wie üblich sinnlos – für Paddy war der gestrige Tag jetzt bloß noch ein Kasten Leergut von vielen. Ich nagelte ein paar Zaunlatten in das wacklige Geländer, das ihn davor bewahrte, vom Planeten zu stolpern, unterließ es aber, Becky McQuade zu erwähnen oder die Tatsache, daß ich aus Gründen meiner unsauberen Libido mit einem anderen Namen und verschiedenen Details einer fremden Biographie durchgegangen war.

Er schielte in sein leeres Glas. »Das verdammte Ding muß'n Loch haben.«

Ich begriff die Andeutung und besorgte eine Runde.

Als ich Paddy die Lachnummer erzählte, wie der Tod in Shug Wylies Aborthäuschen vorbeigeschaut hatte, schien er nur mit halbem Ohr zuzuhören. Sein Whisky war mit einem Zug weg, und wieder starrte er das Glas an, als sei er betrogen worden. Die alte Klage wegen seiner Schwester lief jetzt wieder. »Das ist, verstehst du, als wenn du an einen von diesen kleinen schrillen Terriers angebunden bist, kläff! kläff! kläff!, Tag und Nacht. Ganz im Ernst, mir ging's in irgendeiner miesen Absteige noch besser. Jeden Morgen Kriegsbericht – Schinken, Eier und eine Zangenbewegung über die Flanken.« Er machte seine Schwester drollig nach: »›Willst du noch eine Handgranate mit Butter, Patrick? Oder etwas Schrapnell auf Toast?‹« Ich lachte, mußte man einfach, aber er schloß sich nicht an. »Für die werd ich noch mal baumeln, das sag ich dir.«

Sicher war sie giftig, aber Nora Cullen war die Hauptstütze, die noch verhinderte, daß die Decke des Lebens auf ihren Alkoholikerbruder herunterkrachte: wenn man sie wegnahm, würden die dunklen Korridore, durch die er sich Tag um Tag tastete, auf der Suche nach weiß Gott was (weiß es irgendeiner von uns?), einstürzen.

»Wo ist dieser kleine Wichser Killoch?« wollte Paddy wissen und starrte düster die zusammengekeilten Säufer an, als wären sie Teil einer Verschwörung: den einzigen Mann zu verbergen, der ihn davor retten konnte, daß er die Matinee im Planet ableiern mußte. Er schaute mich nachdenklich an, aber ich erstickte rasch seine Hoffnung im Keim: »Sorry, Paddy, das läuft nicht. Muß heute nachmittag was erledigen.«

Nach etwa einer halben Stunde ohne ein Zeichen von Killoch mußte sich Paddy in sein Schicksal ergeben. Er schlurfte aus der fröhlichen Hitze des Dog mit dem ganzen Enthusiasmus eines Mannes hinaus, der seine Nüsse in einen sich rasch schließenden Schraubstock hängt.

Ich nahm mein Bierglas auf einen Spaziergang in die Rote Ecke mit. Und da standen sie, dieselben alten Mammuts mit den nutzlos gewordenen Stoßzähnen, die immer noch geduldig warteten, daß das politische Polareis schmelzen und Europa mit der Wärme sozialistischer Brüderlichkeit überfluten würde, daß die kapitalistischen Eisgebirge auseinandergeknackt und schließlich fortgespült würden, vor denen ihre titanischen Träume so oft untergegangen waren. Die ganzen alten Moskauer Dickhäuter waren da, außer natürlich Schwatzkopf Sloan, dessen Abwesenheit ihnen übrigens eine neue Frische zu schenken schien, mehr verbale Ellbogenfreiheit vielleicht.

Schütze Langford hatte das Wort. In seiner Lumpensammlung militärischer Ausrüstungsteile sah er aus wie ein Deserteur irgendeiner Landsknechtsarmee. Ein uralter wadenlanger Mantel barg seine magere Figur, und an seiner Glengarrymütze blinkte ein Metallabzeichen. Die Füße steckten in einem Paar ausgelatschter Armeestiefel. Langford zerlegte gerade einen Typ, einen Fremden, der wohl aus den kneipenlosen Einöden von Castlemilk herübergewandert war. Ein scharfer kleiner Bastard, dieser Langford. Einmal hatte er mich aus einer Diskussion ausgeschlossen, weil ich ihm nicht sagen konnte, wo die Siebte US-Flotte (oder war's die Sechste?) gerade stationiert war. »Die größte Ansammlung Seemacht auf dem ganzen Planeten, und du hast keine Ahnung, wo sie ist!« hatte er getobt. »Raus! Los – zieh Leine!«

Der Mann aus Castlemilk schmorte jetzt in der weißglühenden Flamme von Langfords dialektischem Schweißbrenner. »Nichts dergleichen!« fauchte der Pubexperte für militärische Fragen. »Wo hast du denn so nen Scheiß gelesen – in deinen Comics?« Er lehnte sich zu seinem Opfer hin, das mit rollenden Augen stark an einen unerfahrenen Boxer erinnerte, der sich gerade darüber klar wird: er hat sich in den falschen Ring verirrt. »Nur zu Ihrer Information, Mister, die Schlacht am Kasserine-Paß hat am Weihnachtstag zweiundvierzig begonnen. Und nicht Rommel hat angefangen. Wie konnte er, wenn er da gerade mit seinen Panzern durch Libyen gepflügt ist, um nach Tunesien zu kommen? Ich sag dir, wer das war – Arnim war das, Arnim von der Fünften Deutschen Panzerarmee.«

Stevie Urquhart schlich sich seitlich an. Ich ruckte mir seine schmierige Pfote von der Schulter. Urquharts Schädel hatte vor einiger Zeit den üppigen Kupferhaarpelz durchstoßen (wie eitel er wegen seiner Lockenpracht gewesen war!), und seitdem lief er bloß noch mit ein paar rostigen Seitenstreifen und einer Dauermiene von »Warum gerade ich?«-Empörung rum. Jetzt sagte er: »Dein Kumpel hat sich diesmal wirklich grandios danebenbenommen, was? Anscheinend tagt der Vorstand vom Klub Tag und Nacht. Kann sich glücklich schätzen, daß er nicht angezeigt worden ist.«

Wieder schüttelte ich seine klammernde Hand ab und wich einen Schritt zurück. »Was quatschst du denn da?«

Seine Lippen, denen durch die plötzliche Kündigung des Kopfhaars die Rolle seiner körperlichen Hauptattraktion zugefallen war (irgendeine blinde Zicke hatte ihm mal gesagt, er habe das Lächeln von Paul Newman), krümmten sich wie ein Pärchen leidenschaftlich kopulierender Würmer, als er das trockene Grinsen des Superstars suchte, aber er sah doch eher aus wie ein kackender Windhund: »Das hast du doch sicher gehört?«

»Gehört? Was?«

»Das mit Paddy? Du weißt schon – daß er über die Musikbox gebrunzt hat.«

Ich schüttelte den Kopf. »Drübergekotzt, meinst du wohl.«

Sein nacktes Haupt wackelte. »Nein, nein, Tam, er hat definitiv auf das Ding draufgepißt.« Er hakte einen vorbeigehenden Zeugen am Arm herbei – Sammy Wills mußte aussagen. »Sam, erzähl Tam mal, was sein Kollege im Klub angestellt hat.«

Sammy, ein witziger kleiner Bursche, trat ein wenig zurück, um in einer kleinen Pantomime einen unsichtbaren Lümmel zu schwenken. »Hat Frankieboy seine erste richtige Dusche verpaßt«, gluckste er. »Soll sehenswert gewesen sein, wie Paddy dagestanden ist, ein Ding wie ein französisches Weißbrot in der Hand, und Männer fallen ohnmächtig um, Frauen steigen auf die Tische, um besser zu sehen. Beste Kabarettnummer des Jahrhunderts. Wär ich nur dortgewesen.«

Sammy ging weiter, und Urquharts Lippen fabrizierten ein schmieriges Grienen. »Was hab ich dir gesagt?« Er nickte. »Tja, dein Kumpel ist ja vielleicht wie ein Hengst ausgerüstet« – seine Hand hob sich und patschte auf seinen fahlen Schädel – »aber da droben hat er nur Pferdeäppel.« Seine sinistere Pfote klebte sich ständig an mich, es war, als rede man mit einem lebenden Spinnennetz. »Sagt, er hätte gedacht, er ist auf dem Klo, und hat die Musikbox für die Personenwaage gehalten. Großartige Ausrede, hm? Der Vorstand wird ihn fertigmachen. Wird nicht wissen, wie ihm geschieht, der Pisser.«

Ich zuckte die Schultern. Tja, sah so aus, als würde der Klub ein führendes Mitglied verlieren. »Übrigens, Tam«, sagte Urquhart jetzt, »Flying Fox um drei Uhr dreißig heute. Klarer Fall.« Er ging wieder zu Lapsely und McPake, seinen Saufkumpanen, und bald bogen sich diese beiden Flachköpfe vor Lachen, was die durchtrainierten Lippen Urquharts alles von sich geben konnten. Ich hatte eigentlich kurz vor dem Start was auf das von ihm eben erwähnte Pferd setzen wollen, aber das war jetzt erledigt, jede Mähre, die der empfahl, war ohnehin gestorben. Na, jedenfalls hatte er das Feld der Möglichkeiten für mich verkleinert. Ich lieh mir die Rennseiten aus dem *Express* von Mooney, der, anscheinend durstig von seiner Haarbüscheljagd, auf eine kleine Anfeuchtung reingeschaut hatte. Ein Streitgebrülle war zwischen zwei Männern ausgebrochen, beides Abrißarbeiter, von Freddy Green »Hund und Katz« getauft. Immer gegenseitig am Sticheln, immer drauf und dran, sich eins auf den Kopf zu geben, und keiner hatte, soviel ich wußte, auch nur einmal im Ernst zugeschlagen. »Also gut«, sprach der sogenannte Hund, »komm vor die Tür, dann sollst du mal sehen!«

»Komm doch, hält dich irgendwas auf?« Katz hatte schon die Tür weit aufgerissen, so daß ein Windstoß voll Schnee hereinfuhr. Beide stürmten hinaus, und die Tür schwang hinter ihnen zu. Es war ein Beweis dafür, wie gut wir alle ihre Scheinturniere gewohnt waren, daß niemand auch nur einen Schritt in Richtung Türe tat, um mit ihnen rauszugehen und zuzuschauen. »Die schmeißen sich sicher mit Schneebällen«, schrie ein Witzbold, und alles lachte.

Ein rascher Streifblick über das Feld für das Rennen drei Uhr dreißig ließ mich beim Anblick eines Pferdes namens

»Caesar's Revenge« leise zusammenzucken. Ich merkte auch, weshalb: Caesar war der Hund des seligen Tammy Cook, eben jener, der bei Joe Fiducci reingeschaut und mich begrüßt hatte. Caesar's Revenge lief 8:1, während der Langweiler, der's wegen Urquhart bei mir verschissen hatte, mit 1:1 aufgeführt war. Aus meinem Krisentäschchen, einer winzigen Reißverschlußabteilung im Futter meiner Kampfjacke, für die ich mir eigentlich keinen sinnvollen Zweck vorstellen konnte – außer vielleicht zur Aufbewahrung einer Selbstmordkapsel oder der letzten Kugel –, zog ich das Kinderwagengeld heraus, sieben Pfund insgesamt. Ich wollte zwei Scheine abzweigen, überlegte es mir dann anders. Mooney nickte, als ich fragte, ob er nachher beim Buchmacher vorbeiging. Ich gab ihm die Kohle. »Caesar's Revenge um drei Uhr dreißig, Pat. Auf Sieg.« Er schaute den Fünfer an, schaute mich an, schüttelte den Kopf, stopfte sich dann das Geld in die Tasche. Dann schob er den Mund ganz nah an mein Ohr und brüllte gegen den Lärm der Kneipe mit der Frage an, ob das Pferd »ne sichere Sache« sei. »Nee!« schrie ich zurück, »mir ist es nur zuviel geworden, immer den schweren Fünfer mit rumzuschleppen!«

Plötzlich sank die sich bis jetzt spiralförmig in immer größeres Geschrei hochschraubende Lautstärke im Pub auf ein leises Stimmengesumme ab, in dem der Name »Salter« geschäftig hin und her flog. Und da war der Mann selbst, ein dünner Strich Elend in einer schneeflockigen Mütze, braunem Mantel und schwarzen Schuhen, den Griff des weißen Stocks um den Arm gehängt. Heute brachte ihn nicht wie gewöhnlich seine Schwester Bunty in den Dog, sondern Danny Dimes, sein Nachbar von nebenan. Wie Dimes, ein wenig verlegen, Salter in seine Lieblingsecke führte, wurde diese auch schon rasch für ihn frei gemacht. Jemand am Dominotisch, Billy Bannerman, glaub ich, rief: »He, Danny, hat's ihm Bunty gesagt?«

Dimes hielt an – zu rasch, wie sich zeigte, und Salter, der

seinem Griff entschwankte, stieß gegen einen Tisch, daß ein Bierglas klirrend zu Boden fiel. Salter, im Herzen seiner stummen Finsternis verloren, wußte nichts von diesem Mißgeschick, er spürte nur das pochende Sausen des Bluts, das in ihm seinen gefahrvollen Kreis durchlief, und die Berührung von Händen, die ihn an seinen Platz geleiteten.

Dimes hob eine langgezackte Glasscherbe auf. »Ihm was gesagt?«

»Wegen Schwatzkopf.«

»Was ist denn mit dem?«

Colin Cowie, der neben Dimes stand, mischte sich ein: »Schwatzkopf ist gestern von nem Bus in der Crown Street verhackstückt worden.«

»Jesus«, sagte Dimes, »ich hab noch nix gehört. Ist er denn tot?«

Cowie, der für seine bissigen Witze berüchtigt war, nickte. »Sie meinen, seine Zunge können sie vielleicht noch retten, wenn sie sich lang genug festhalten läßt, daß man sie annageln kann.« Dies führte zu allgemeinem Gelächter, wenn auch ein paar von den Kunden im Rentenalter die Köpfe über soviel Respektlosigkeit schüttelten.

»Und wo ist denn Bunty?« wurde Dimes von Jock Gebbie gefragt.

»Hat's Bein in Gips.«

»Weiß es der Alte?«

»Ja, der war dabei, als es passiert ist.«

»Als Schwatzkopf umgekommen ist?«

»Nee, als es Bunty auf den Arsch gehauen hat und ihr Knöchel zu Bruch ist.«

Salter hatte sich gesetzt und die Mütze abgenommen und legte jetzt die Hände mit den geöffneten Handflächen nach oben auf den Tisch, das gewohnte Zeichen, daß Schwatzkopf anfangen konnte, mit ihm zu sprechen.

»He, Danny«, rief Bert Shaw, »kannst du diese Taubstummensignale?«

Cowley schnaubte. »Spinnst du? Der Penner kann doch nicht mal Pipi buchstabieren.«

Danny wurde ungehalten. »Hör mal, mir hat man gesagt, ob ich ihn nicht herbringen kann. Ich hab ihn hergebracht, Schluß, aus.« Er ließ die Glasscherbe in die Kehrichtschaufel fallen, die Stirrat zum Tatort gebracht hatte, drehte sich dann weg und drängte zur Theke, wo er sich was bestellte. Salters gewohntes Getränk, eine Flasche starkes Ale, war schon unterwegs zu ihm. Die Gäste, die neben ihm saßen, schauten halb mürrisch drein, als schämten sie sich ihrer Unfähigkeit, auf diese dargereichte Handfläche irgendetwas Sinnvolles zu tippen. Wie ging das denn, diese Signalsprache? Vielleicht so wie das Kästchensystem, nach dem die Jungs im Knast sich durch die Mauer was morsen. Salter saß in unserer Mitte, ein Affront für alle. Da war er, zusammengekauert in der Grube seiner Lautlosigkeit, und wartete auf Schwatzkopf, die Lampe seines Lebens. Aus irgendeinem Grund fiel mir das Bild des Haifischs ein, den ich gestern im Fernsehen gesehen hatte: wie die Zähne der Bestie einen Happen aus dem Luftschlauch des Tauchers rissen und das Opfer in den erstickenden Schlamm der Tiefe trudelte, ohne Hoffnung auf Wiederkehr. Die Lage Salters war ähnlich – auch er ruderte verzweifelt in der lastenden Nacht seiner versiegelten Sinne. Obwohl er sehr still dasaß und ganz ruhig wirkte – wer wußte, was für innere Konvulsionen diesen Mann durchrüttelten.

»Jemand sollt's ihm sagen«, meinte Gebbie. »Können ihn nicht bloß so dasitzen lassen.«

»Soll ihn besser wieder jemand nach Haus bringen«, sagte ein anderer.

»He, McLaurin!« schrie Gebbie. »Dein Alter war doch auch taub, oder?«

McLaurin, am Dominotisch, runzelte die Stirn. »Ja, du Blödkopp, aber der war nicht dazu noch blind und stumm.«

»Moment!« sagte Schwipso Tomlinson, der immer behauptete, seit dem Sieg über Japan nie mehr nüchtern gewesen zu sein – und auch so aussah. »Ich setz mich mit ihm in Verbindung. Aufgepaßt.« Wir paßten auf, bis zum letzten Mann (die stramme Millie eingeschlossen), als nun in beinahe vollkommener Stille Schwipso in die Ecke von Salter stolperte. Da stand er eine Weile, mit einer Hand auf der Tischplatte abgestützt, während er sich selber mit der anderen absuchte – diese Hand wanderte von einer Tasche zur nächsten und fand: garnix. Wonach suchte er? Was zu schreiben? Geld? Die Brille? Niemand fragte. Diese Taschenpatrouille war einfach eine von Schwipsos Manien. Ein Psychologe hätte wahrscheinlich die Hypothese vorgebracht, daß Schwipso mit dieser öffentlichen Leibesvisitation seinen angstvollen Wunsch nach einem kohärenten Selbst zum Ausdruck brachte, daß seine Selbst-Durchsuchung einen verzweifelten Versuch symbolisierte, »zu sich zu kommen«. Na ja, was kann man schon von diesen Theorieärschen erwarten. Ich? Ich glaube, so spielte Schwipso auf Zeit, während er wie wir anderen auf die Überraschung wartete, was er wohl als nächstes machen würde. Und sie kam. Er gab nun die Suche auf und hob die Rechte in einer wackelnden Bewegung, wie ein Fakir, der das Astralfluidum anschaltet. Dann beugte er sich über den Tisch und machte in der Luft Striche über Salters Hand, dann hoben sich seine eigenen geöffneten Hände mit seinem Blick zu den Deckenbalken, sanken aber bald wieder herunter, während er mit leiser, versoffener Stimme hauchte: »Schwatzkopf, bist du da? Bist du da, Schwatzkopf?« Er klopfte mit den Knöcheln dreimal auf den Tisch, dann suchte er wieder spirituellen Beistand an der Decke und intonierte mit erhobenen Händen: »Schwatzkopf, wenn du da bist – gib uns ein Zeichen!«

Es kam fast unmittelbar darauf, und überraschenderweise über den alten Dan Murchie, der rechts von Salters Tisch saß und nun plötzlich sein gichtiges linkes Bein hob, um eine der längsten, lautesten und ehrgeizigsten Interpretationen von Darmmusik hören zu lassen, die je einem menschlichen Anus gelungen ist: Der Furz des Jahrhunderts, eine stentorschallende Stinkexplosion mit der Wucht eines ganzen Dutzends simultan ausbrechender Krakatauvulkane. Es war ein Furz, der sofort alle Hörer als zutiefst professionelle Leistung beeindruckte und der die rauhen Töne, die ansonsten der talentierte Paddy Cullen aus seinen Eingeweiden zu holen wußte, entlarvte als das, was sie in Wirklichkeit waren: die koketten Kinkerlitzchen eines begabten Amateurs. Einen Furz in Jazz verwandelt zu hören, rohe Darmgase in eine Kunstform, trieb einem Tränen in die Augen. Also, wenigstens ging das den Murchie Zunächstsitzenden so. Als die letzten triumphierenden Klänge dieses Impromptus verhallten, brach die Kneipe in wildes, unbezähmbares Gelächter aus, und eine lange Zeit herrschte begeistertes Chaos. Dan Murchie blieb auf seinem Instrument sitzen, während grinsende Gäste ihn umdrängten, ihm die Hand schüttelten und ihn zu einem Drink einluden. Inzwischen saß Salter, eine Million Lichtjahre von allem Gelächter entfernt, an seinem Tisch und wartete auf die Berührung einer Hand. Sein Anblick bewog mich aufzubrechen. Es war entsetzlich, zu denken, daß er diesen Witz niemals mitbekommen würde.

Die Tür klappte auf, und Archie Killoch kam rein. Er sah aus wie ein Schneemann, der seine ersten Gehversuche macht. Irgend etwas war jedenfalls mit seinem Gang – ein Fuß schien eifrig dem Lokus zustreben zu wollen, der andere wollte lieber zur Theke. »Archie«, sagte ich und zog an seinem schneeigen Ärmel, »Paddy sucht nach dir.« Er antwortete in fließendem Marsianisch und stolperte an die Bar, wo man Freddy Green rufen hörte: »Landedeck frei, Jungs – ich glaub, das ist einer von uns!«

Hinter mir sagte Schütze Langford: »Und noch was, Mister – setz dich, ich bin noch nicht fertig – noch was, das war alles, was von der Sechsundzwanzigsten Brigade übrig war. So isses. Rommel hat eine Panzerkolonne losgeschickt, an der Spitze ein erbeuteter Tank von uns – hat alle reingelegt ...«

Ich ging in den Schnee hinaus. Hund und Katz schüttelten sich die Hände. Der Schnee hatte sie so eingekleistert, daß sie aussahen wie freundliche Gespenster. Einer – Katz, glaube ich – zwinkerte mir töricht zu, als ich vorbeiknirschte. Ich versuchte, das Bild zu vergessen, wie Salter mit der ausgestreckten Hand dasaß und stumm um das Almosen einer sinnvollen Berührung bat. Und Schwatzkopf selber? Der würde jetzt in einem Container im Schauhaus liegen, die Zunge endlich ruhig und unbeweglich in seinem gefrorenen Mund. Solche Gedanken hatte ich, als ich mich durch den Schnee schlug, meiner Verabredung mit dem Schicksal entgegen – meinem verhängnisvollen Rendezvous mit dem Bananenbaron.

18

»Der Lohn ist nicht berühmt«, gab Onkel Billy zu, als wir an einem lodernden Feuer in seinem düsteren kleinen Iglu saßen, »aber auf jeden Fall besser als deine Arbeitslosenhilfe, und es gibt ihn regelmäßig.«

Dampf stieg aus meinen durchnäßten Jeans auf, und schon fing mein Haar an zu trocknen. In einer Ecke ließ ein flackerndes Fernsehgerät mit abgedrehtem Ton pikiert sein Programm unbeachteter Sportveranstaltungen ablaufen – zwei Schwergewichtler sah man pompöse Schläge tauschen, tief unter einem Meer sadistischer Gesichter; dann fingen zwei mit kleinen Schlägern ausgerüstete Asiaten an, einen Pingpongball hin- und herzuwischen, eine Aktivität, die um so sinnloser erschien, als man nichts davon hörte.

Das Wohnzimmer war einer von diesen schmalen Schränken, in die man seit Generationen die Arbeiterfamilien gestopft hat. Ein Geizkragenzimmer – abgewetzte Teppiche, vergilbte Tapeten. Neben dem Fernseher stand ein Bücherregal, dessen Inhalt chaotisch war wie das Gedächtnis eines Idioten. Am Fenster stand ein leerer Vogelkäfig, und an der Wand gegenüber trafen sich in einem Spiegel scharfe Möbelkanten, und man erhaschte im Glas einen Blick auf Wilhelm von Oranien, wie er auf weißem Roß triumphierend den Boyne überschritt, ein billiger Druck, ergänzt durch ein Gruppenphoto der Glasgow Rangers.

Es stellte sich heraus, daß der gute Billy tatsächlich sein ganzes Herz an die Bananen verloren hatte. Mit einem Enthusiasmus, der mir lächerlich vorkam, teilte er mir mit, daß es in der Bananenwelt endlose Aufstiegsmöglichkeiten gab. Wenn ich mich ranhielt und wirklich die Ärmel hochkrempelte, na, dann konnte ich es bis hinauf in die schwindelnden Höhen des Zerlegers schaffen – oder es sogar zum Mann an der Waage bringen! Von da war es nur noch ein kleiner Schritt zum Braunen Kittel. Der B.K. ist die höchste Trophäe, die man in der Wunderbaren Welt des Bananenpackens erringen kann – wer dieses Kleidungsstück anlegt, stellt unter Beweis, daß er *fest angestellt* ist! Eine Position, die einen *wöchentlich* berechtigt, *umsonst* eine ganze Hand Bananen mitzunehmen! UMSONST! Und dann kam eine Beförderung nach der anderen, falls man nicht unterwegs von einem Skorpion in den Hintern gestochen wurde oder von einer schlecht aufgelegten Schwarzen Witwe einen Biß in den Hals bekam. Die Unterhaltung konzentrierte sich jetzt auf das interessante Giftgeziefer, dem man in einem Bananenlagerhaus begegnen konnte, ein Thema, das uns naturgemäß auf Mama Carlyle brachte.

»Und wie sieht's mit Letties Rücken so aus?« erkundigte sich Billy.

Etwa so häßlich wie mit ihrer Vorderseite, wollte ich eigentlich sagen, aber statt dessen zuckte ich nur die Achseln.

»Jaja«, seufzte Billy, »sie hat's schon schwer mit ihrem Rücken – schon immer, seit sie ein junges Mädel war!«

Daß mein Schwiegertiger je ein »Junges Mädel« gewesen sein sollte, das war einfach nicht drin. Ich wußte genau, daß sie zwischen den Weltkriegen in voller Rüstung dem Loch Ness entstiegen war. Zu meinem Erschrecken murmelte der Bananenkönig jetzt etwas von »alten Photos«, stand auf und ging zum Bücherregal hinüber.

Das Album, das er mir quer über den Schoß legte, strömte einen Geruch aus wie eine Krypta: eine kalte Ruhestätte für die Menschen, die jetzt steif und starr dalagen. Billy stand über mich gebeugt und führte mich mit seinem von Myriaden Bananen abgestumpften Zeigefinger durch die Carlyle-Dalrymple-Menagerie, eine langweilige Prozession von Tanten, Onkeln, Neffen und Nichten. Ein blasser Falter von Mädchen in der Verpuppung eines Hochzeitskleides schlüpfte, wie ich ungläubig sah, als Letitia Dalrymple aus, und der zerknitterte Regenschirm, der ihr am Arm hing, war tatsächlich Archie Carlyle in Person, ihr nagelneuer Gatte und der ältere Bruder unseres Billy hier. Letitia Dalrymple-Carlyle hatte es immer verstanden, durchblicken zu lassen, daß sie unstandesgemäß geheiratet hatte. Schon wahr, wie der kleine Archie es fertiggebracht hatte, sie zu überreden, dieselbe Konfettiwolke zu teilen, war wirklich rätselhaft, die kurze Zeit, die ich ihn noch gekannt hatte, war er so dynamisch gewesen wie ein Fettfleck – aber vielleicht, wer weiß, hatte er als junger Hirsch noch ein gewisses Etwas. Schlosser war er gewesen von Beruf, aber den Käfig der Verachtung hatte er wohl nie mehr aufgekriegt, in den ihn seine Frau zur Strafe gesteckt hatte – zur Strafe dafür, daß er es geschäftlich trotz des großen Vorteils ihrer Eheschließung nie zu was Rechtem gebracht hatte.

Zufällig stieß ich bei diesem schlafwandlerischen Gang durch die Seiten des Albums auf einen Schnappschuß von Rhona. Sie muß etwa acht oder neun Jahre alt gewesen sein. Sie trug ein sich blähendes weißes Kleid und warf den herabstoßenden Möwen am Rothesay-Hafen Brotstückchen zu. Wie unschuldig sah sie aus, wie das saubere Sonnenlicht sie überglänzte, und der Schatten des Falken Clay war noch nicht auf ihre jungfräuliche Welt gefallen. »Laß dein Brot über das Wasser fahren . . . und du wirst es stark aufgeweicht zurückbekommen.«

»Der bin ich, da links von der Fahne.«

Billy deutete auf einen Mann, der mit anderen zusammen schmissig mit Schärpe im Festkostüm der Orangistenloge resolut dahinmarschierte, durch einen (katholisch inspirierten) Regen. »Das war ein großartiger Marsch«, sann Billy alten Tagen nach. »Fürchterliches Wetter, aber wir sind trotzdem alle Mann angetreten.« Sein Finger piekte gegen das Bild. »Siehste den Burschen da, der Junge war schon so gut wie bei den Rangers, da hat ihn ein Unfall im Hafen erwischt. Ja, John Purdie hat er geheißen.« Ich war in Versuchung zu fragen, ob ein schwerer Katholik auf den jungen Purdie gefallen war, hielt aber den Mund: Diese langweilige Reise von frühen Familienerinnerungen in den religiösen Wahnsinn hatte ihren Zweck erfüllt: Verstohlen öffnete ich den obersten Knopf meines sportlichen Hemds.

»Magst du nen kleinen Sherry?« fragte Billy, als er das Album ins Regal zurückstellte. »Ein Fläschchen, das jemand vor Urzeiten mal hier hat stehen lassen.« Der »Sherry« stellte sich als naher Verwandter des sogenannten Steinzeitsafts heraus, mit dem sich die Penner Glasgows traditionell den Wahnsinn antrinken; ich hatte so etwas erwartet, als ich sah, wie er ängstlich das Etikett versteckt hielt. »Ich trink ein Schlückchen mit, nur zur Gesellschaft«, sagte er, als er sich das Glas bis knapp an den Rand vollschwappte.

Wir saßen eine Weile in schlaffem Schweigen vor dem Feuer und erinnerten stark – dachte ich – an einen Fernsehwerbespot. »Gibt Billy mal nen Sherry aus, krepieren Hund und Herr im Haus.« Auf dem Sideboard erwachte eine Uhr und spie Glockenspielmelodien aus. Es war ein hübsches Objekt, das Billy wahrscheinlich überreicht worden war, als er die millionste Banane von der Staude gehackt hatte. »Ist es schon so spät?« rief Billy mit einer Dringlichkeit, die andeutete, daß er noch das Flugzeug nach Venezuela erreichen mußte oder einen Besuch des Oberbürgermeisters erwartete. Nachdem sie noch ein paar Klimpertöne ins Zimmer gestreut hatte, schlief die Uhr wieder ein. Onkel Billy beruhigte sich ebenfalls, ein Uhrwurm, der sich unter seinem Stein in Sicherheit gebracht hatte. Ein Bild blinkte in meinem Gedächtnis auf: Großvater Gibsons Hand schnippte den silbrigen Deckel seiner schädelförmigen Tabaksdose zurück, und seine Finger rissen an dem orangebraunen Shagtabak. Es sah aus wie eine schmerzhafte Operation, aber der Schädel – man hatte ihm den Spitznamen »Cripps« gegeben – hatte unablässig weitergegrinst bis zu dem Tag, da er abgestürzt war und sein bernsteinfarbenes Hirn auf den Fliesen vor dem Kamin verspritzt hatte. Warum dieses Bild? Wer weiß? Billy der Bananenkäfer stellte seine Fühler jetzt in Richtung des geisterhaften Fernsehschirms, sog einige Augenblicke lang das Flackern ein und konzentrierte sich dann mit leisen Stoßseufzern auf das Fernsehen der prähistorischen Menschheit – das Feuer mit den lässig tanzenden Klingen seiner Flammen.

»Und du bist immer noch am Kritzeln, Tommy?«

Er fragte, als erkundige er sich nach einer Krankheit, die vielleicht noch nicht ganz durchgestanden war. Mein Achselzucken schien ihm anzudeuten, daß die Heilung eingetreten war. »Ach ja, ja«, sagte er, »Bücher schreiben, das ist schön und gut für die, die sonst nix mit ihrer Zeit anfangen müssen.« Mit überraschender Geschicklichkeit für einen angeblichen Abstinenzler kippte er den Rest seines Drinks weg und stellte dann das leere Glas auf den Sims des gekachelten Kamins. »So oder so«, verkündete er und deutete auf die grotesken Nippes auf dem Kaminsims, »deine Bücher sind bald so altmodisch wie eins von den Dingern. Meinst du nicht auch? Um diese Zeit im nächsten Jahrhundert spielt man schon Bingo in deinen Bibliotheken, paß auf.«

Ja, atomares Bingo. Eins, zwei, drei. Alles vorbei.

Ich machte noch einen Hemdenknopf auf.

»Hast nicht viel Glück mit dem Buch gehabt, hör ich.«

Das war die Untertreibung des Jahres. Der Roman, den ich während meines selbstverordneten Sabbatjahres geschrieben hatte, war bis jetzt viermal abgelehnt worden. Ich bezweifle nicht, daß sich die Familie hinter meinem Rücken scheckig lacht. Rhona war natürlich die loyale Ausnahme gewesen, obwohl ich gestehen muß, daß ihre mitleidigen Ausrufe, wenn das arme Ding zerzaust und von blutigen Briefmarken übersät nach Hause gehinkt kam, noch schwerer zu ertragen waren als der Sarkasmus ihrer Schwester. »Ist dein Bumerang schon zurückgekommen, Patton?« erkundigte die sich, während Ehegatte Jack das Messer in meinem Rücken rasch noch herumdrehte mit der Frage, ob ich schon was von meinen Bildern verkauft hätte. Was bedeutete, daß er annahm, ich hätte meine Eisenbahnkarriere an den Nagel gehängt, um zu malen. Hätte ich vielleicht auch tun sollen. Das Manuskript zeigte die Narben und blauen Flecke der vielen Tage, Wochen und Monate, die es in den Seufzerstapeln verschiedener Verlage verbracht hatte. Als es das dritte Mal zurückgeschickt worden war, hatte es auf mehreren Seiten Brandspuren, als hätte jemand versucht, das Ding in den Ofen zu stecken. Und das letzte Mal war es mit Spuren von Ketchup und Rote-Bete-Saft zurückgekehrt, als hätte der Lektor sich entschieden, es aufzufressen, hätte dann aber die Nerven verloren. Bei seiner gegenwärtigen Reise nach Süden hatte es bis jetzt erst eine Eingangsbestätigung ausgelöst, und nun befanden wir uns wieder in der qualvollen Phase des Schweigens (in die anscheinend Unternehmen Apollo ebenfalls eintreten wird, wenn das Raumschiff hinter den Mond gerät und zeitweilig den Kontakt zur Bodenstation in Houston verliert).

Die tatsächlich ausformulierte Kritik an meinem Roman, die ich von den Ablehnern hörte, war äußerst spärlich, aber sie schienen sich alle einig zu sein darin, daß es ihm »an Handlung fehlt«. Da könnt ihr was davon halten! Handlung! Die Handlung ist der Friedhof des Romans. Lieber zieh ich mir Stacheldraht an den Augäpfeln entlang, als daß ich einen Handlungsroman lese. Man kann die Autoren von diesem zusammenkonstruierten Stumpfsinn ja förmlich ihr kindisches Prosaspielzeug aufziehen sehen, ehe es über die verschnarchten Seiten ihrer Bücher losschnurrt, auf der Suche nach »Abenteuern«. Seht nur, wie keß die Mechanofigürchen stolzieren und gestikulieren, schaut euch die kurios verknüpften Muster an, die unter ihren in Druckerschwärze getauchten Schühchen entstehen – und ihr werdet ihr tapferes kleines Herz in der Brust knirschen hören.

Was ich geschrieben hatte, war eine einfache Geschichte von einem Mann namens Webster, den ich ungefähr nach dem Muster von Pa Clay modelliert hatte, obwohl ich zugeben muß, daß dieser robuste Charakter irgendwo zwischen Federspitze und Papier teilweise verdampft war. Das Buch handelt von seinen letzten paar Jahren, als ihm eine Tragödie widerfuhr, die sein ganzes Leben veränderte – er zeugte ein Ungeheuer, ein wasserköpfiges Kind, das vor seinem zweiten Geburtstag sterben mußte. Seine Frau, die Schwarze Witwe aus dem wirklichen Leben, Mrs. Cavendish (im Roman Amy Struthers), ist gleich auf und davon, aber Webster, der genau weiß, daß das Leben seiner Tochter entsetzlich und kurz sein wird, entscheidet sich trotzdem dafür, sich ganz um das Kind zu kümmern. Er gibt das Trinken und das Spiel auf, er sucht sich Arbeit, um die Pflegerechnungen zahlen zu können. Brian, sein legitimer Sohn, der einen Teil des Romans erzählt, ist erstaunt und verletzt von dem Desinteresse, das sein Vater ihm anscheinend entgegenbringt. Wie ist es möglich, daß der oberflächliche Webster am Ende doch über seelische Tiefen verfügt – in die er aber nur für Brians elende Halbschwester hinabzutauchen bereit ist? Warum ist alles, was sein Vater für *ihn* übrig hat, »der öde Anblick seines sich entfernenden Rükkens«?

Billy hatte eine Frage gestellt.

»Entschuldige, was hast du gesagt?«

»Dein Buch – wovon hat das denn gehandelt?«

Ich registrierte die posthume Formulierung. »Von einem Klowärter«, sagte ich.

In seiner grauen runzligen Kehle rasselte es überrascht. »Einem Klowärter?«

»Gibt immer noch ein paar.«

»Ja, aber man liest nicht oft von denen, ich meine, in Büchern.«

»Ist ein Kriminalroman«, erzählte ich ungerührt. »Der

Klomann ist eine Art Sweeney Todd. Kunden, meistens reiche, setzen sich gemütlich in Kabine zwei hin, und schon verschwinden sie durch eine Falltür.«

Vielleicht war es der Wein, aber Billy hatte jetzt einen glasigen Blick. Er streute vorsichtig etwas Tabak in seine Pfeife. »Das ist schon recht ungewöhnlich. Und hast du einen Verleger dafür?«

Ich zuckte die Achseln. »Im Augenblick ist alles noch ziemlich unübersichtlich.«

Als die Pfeife zu seiner Zufriedenheit zog, Rauch aus seinem einen Mundwinkel qualmte und seine Lippen rasche kleine Schmatzlaute machten, war Billy wieder beruhigt. »Jaha, Tommy«, versicherte er mir, »das Leben ist gar nicht so einfach. Wer nix bietet, kriegt nix.« Sein Blick kehrte zu den Nippes zurück – nützliche Requisiten. »Was stillsteht, das verstaubt, ist einfach Tatsache. Wenn du nichts bist, reden dir alle rein. Mein alter Vater, Gott hab ihn selig, hat immer gesagt: ›Dem Tüchtigen wird nix erzählt.‹ Denk immer dran.«

Ich machte den dritten und letzten Knopf auf.

Im Vergleich mit diesem Quatsch erschien mir jetzt der draußen tobende Sturm höchst verführerisch. Onkel Billy taperte weiter durch den Text, den ihm offensichtlich Mama Carlyle für diesen Anlaß aufgesetzt hatte. »Ich weiß, du bist meiner Meinung, wenn ich sage, daß es die Kinder sind, an die wir denken müssen. Deine Rhona kriegt jetzt was Kleines, ich meine, reich oder arm, wir fangen alle in derselben Einzimmerwohnung an, wenn du verstehst, was ich meine, aber was nachher kommt, das zählt, was?« Ich fuhr mit der Hand an meinen Kragen ... seine Augen folgten der Bewegung und wurden deutlich größer, als sie das Unglaubliche sahen. Er sah wahrhaft überwältigt aus, am Rande der Apoplexie, wie man in viktorianischen Romanen sagt. Hastig verbarg der Fernseher seine Badenixen und ersetzte sie durch Werbung für ein Putzmittel, unter dessen dynamischer Kraft sich Granit verflüssigte. »Tommy«, sagte Billy halb erstickt, »was um alles in der Welt hast du denn da um den Hals?« Seine Stimme klang, als hätte er eben ein paar Gläser des Superputzmittels geleert.

Mit dick aufgetragener Verwunderung schnippte ich das Kruzifix heraus. »Das da meinst du?«

Er fuhr bei diesem Anblick mit dem komischen Entsetzen eines Horrorfilmsatanisten zurück. »Und ... und wieso hast du sowas an dir?«

»Das ist ein Kruzifix.«

»Ja, das, schon gut, das weiß ich.« Sein Ringen nach Worten hätte den schlampigsten Regisseur zum Stirnrunzeln gebracht. Hoffnung glühte in seinen ängstlichen Augen auf. »Das ist so ein Hippieschmuck, was?«

Ich schob mir das Kruzifix wieder ins Hemd. »Das ist schon echt.«

»Jetzt komm, Tommy, was sind das für Spielchen? Nimm diese Vatikanbrosche ab. So was, ein guter Protestant wie du – du machst dir einen Scherz mit mir. Das ist ein Witz, hm?«

Ernst schüttelte ich den Kopf.

Den sich verzweifelt krümmenden Wurzeln der bigotten Religiosität von Onkel Billy entsproß eine große orangene Lilienblüte der Weisheit. »Tommy, Papisterei kann man nicht mit Penicillin kurieren. Das breitet sich aus. Ja, da sorgen die Rosenkranzklapperer schon dafür.«

Ich unterdrückte ein Grinsen bei dem Gedanken, wie Onkel Billy mit einer Smogschutzmaske an katholischen Kirchen vorbeieilte. Ich stand auf. »Ich muß jetzt gehen.«

Der Bananenbaron, der aussah, als habe man ihm einen Freiflug zum Ostersegen auf dem Petersplatz geschenkt, musterte mich düster von seinem angesengten Kaminthron aus und tat einen warnenden Orakelspruch: »Wer sein Mäntelchen nach dem Wind hängt, dem sieht man unter die Jacke, Tommy.«

Richtig, und durch einen Blizzard kann man nicht gehen,

ohne daß einem die Jacke naß wird. Ich zog sie wieder an und hielt die arktische Umarmung des Dings aus, wie man die gespenstische Liebkosung einer teuren Dahingeschiedenen ertragen mag. Im Himmel droben steckte rasch Mama Clay den Kopf aus einem osterglockengelben Fensterchen und zirpte: »Erst geniest und dann gehustet, dann macht der Teufel, wozu er Lust hat!« Das Fenster fiel kichernd wieder zu. Inzwischen zog Mrs. Clays Vorkriegssprößling die Reißverschlüsse an seiner ausgedienten Kriegsjoppe zu, nachdem er sich wieder einmal an kurzfristige Effekte verkauft hatte – ein Söldner des flüchtigen Augenblicks.

»Ich muß mal mit Father Cullen drüber reden«, versprach ich.

Billy stand aus seinem Sessel auf. »Wer ist denn Father Cullen?«

»Ich geh in seine Schulungsklassen für Leute, die konvertieren wollen.«

Das Bild von Paddy Cullen mit umgekehrtem Kragen und Soubrette – nee, wie heißt es – Soutane, das meine ich, dieses Bild stieg vor mir auf. Ja, Cullen in der Soutane, sturzbetrunken im Beichtstuhl, nachdem er einen Doppelliter Meßwein versorgt hat, dieser Gedanke belastete meine Lachmuskeln schwer.

»Ich denk immer, du bist Atheist?« fragte Billy ärgerlich.

Ich zuckte die Schultern. »Du solltest nicht alles glauben, was die Carlylesche Buschtrommel spricht.«

Östliche Mystik war's gewesen, der hatte ich den Laufpaß gegeben, dieser ganzen Scharlatanfirma von heiligen Curryfressern und tibetanischen Mafiosi. Den ganzen Yogis und Gurus, der ganzen Mandalatruppe. Zirkustricks und leeres Geschwafel, darauf lief alles hinaus. Meditieren geht über Studieren? Schaut euch doch mal diese esoterischen Absahner an, die Armut lehren und denen der Reichtum zu den heiligen Ohren rauskommt. Faule Bande! Wenn alle beim Scheißeschippen ran müssen, sind sie da – um dir ne teure Schaufel anzudrehen. Geheimnisvolles Indien? Am Arsch. Ich sag's euch, in jedem Durchschnittsaschram laufen mehr krumme Touren, Betrug und Durchstecherei als auf dem Pferdemarkt.

Ich klappte den Jackenkragen hoch. »Bis dann also«, murmelte ich.

Er sah wirklich aufgewühlt drein. »Ich nehm nicht an, daß Rhona was weiß davon?«

Ich schüttelte den Kopf.

»Ja, gut, also, das läßt du besser auch mal so. Das wäre nicht gut für sie, nicht gut für das ... das ...«

»Baby?«

Er nickte. »Das versteht sich. Schlecht insgesamt. Ich hoffe bloß, du bist über diesen Blödsinn weg, bis sie rauskommt.«

Er führte mich hinaus und hatte es jetzt offenbar eilig, mich loszuwerden. Ich trat in das trübselige Treppenhaus. Schnee sickerte durch eine zerbrochene Fensterscheibe einen Treppenabsatz tiefer, und über uns warf eine Gaslampe ihr schauerndes Licht an die namenwimmelnden Wände. »Ich sprech Montag mit Mr. Mellish«, sagte Billy, und mir gefiel sein niedergeschlagener Tonfall. »Er wird dir dann vielleicht kurz schreiben wegen dem Vorstellungsgespräch. Und übrigens, Tommy«, fügte er mit der Subtilität eines Dampfhammers hinzu, »ich würde an deiner Stelle mein Hemd zulassen – Mr. Mellish ist ein hohes Tier bei den Freimaurern!«

Wie kann man nur so bigott sein. Mr. Mellish, das ist einfach höllisch.

Ich marschierte schräge, schneeräudige Straßen hinunter zu meiner Bushaltestelle. Ein Plakat an einer Kirche erinnerte mich daran: JESUS RETTET DICH! Das konnte ich mir gut vorstellen. Sicher war die Vermarktung von Bananen auch ein Punkt auf der langen Sorgenliste seines Papas.

Und wie es sich traf, bekam ich ein Telegramm von Donald Strang. Es wurde von einem spirituellen Obdachlosen abgeliefert, einem von diesen Broschürenautomaten, die, betrieben mit einer winzigen Batterie reinen Glaubens, jahrelang gute Dienste tun. Das Traktätchen war grün und feucht wie ein Salatblatt, und kleine Weisheitsräupchen krabbelten überall darüberhin. Strang verbreitete in seinem unnachahmlichen Stil das Gerücht, daß das Universum mehr oder weniger am Ende war. Sehr bald, vielleicht an einem ganz gewöhnlichen Samstag wie diesem, würde der kosmische Zirkusdirektor mit enttäuschtem Seufzen das Signal geben, die große Manege abzubauen; der Zentralmast der Schöpfung würde umgelegt werden und die glitzernde Leinwand des Himmelszeltes würde sich chaotisch verwerfen und herabsacken. Denn heißt es nicht im Buch Zephanja: »Des Herrn großer Tag ist nahe«? Und was für ein Tag sollte das werden, eine spektakuläre Armaggedon-Spezialvorstellung – ein »Tag der Finsternis und des Dunkels«, »Trübsal und Angst«, soviel ihr wollt, es wurde hier wirklich kein menschliches Elend geschont. Die Frösche, Heuschrecken und Pestilenzen (oder wie das war), die den Ägyptern aufgebrummt worden waren, weil sie die Ausreiseanträge ihrer Hebräer nur sehr schleppend bearbeitet hatten – das waren vergleichsweise harmlose kleine Probleme, wenn man an all die Verzweiflung dachte, die für uns schon in der Post lag. Unser Planet, man braucht es nicht zu erwähnen, ist sehr schlimm dran. Und das wahre Rätsel ist es, wie je im würgenden Lehm dieser Erdkugel die Hoffnung aufblühen konnte – wie Mythen von einem Leben nach dem Tode entstehen konnten in einer halbmeilendicken Borkenschicht aus Kadavern. Es gibt nichts, auf das man sich verlassen dürfte, gar nichts. Vom ersten Schrei an hat das Leben uns in den Seilen hängen, und es gibt keinen gemeinen Trick, keine faule Taktik, die dieser korrupte Meisterboxer nicht anwenden würde, vom Nierenhaken bis zum

Ohrabbeißen, bis du endlich der Länge nach vor ihm zu Boden gehst. Nur eines ist gewiß in diesem ungleichen Kampf: die Begegnung ist verkauft, der Schiedsrichter hat das Ergebnis schon eingetragen, ehe dir noch die Handschuhe zugeschnürt werden. Wenn es dich hinhaut – und so muß es kommen –, kannst du's nur noch überzeugend gestalten, indem du mit etwas Stil abgehst. Das ist alles.

Und dieser Langbart, Zephanja, der hätte ebensowenig wie Steve Urquhart auch nur einen Scheißausbruch in einer explodierenden Latrine vorhersagen können! Beweis: Über einen Fernsehschirm in einem Schaufenster leuchtete es: Caesar's Revenge, meine Wahl, war zu der hervorragenden Quote von 10:1 mal so nett gewesen.

Auf geht's, von mir aus, mit dem Weltende.

19

Es stellte sich heraus, daß Zephanja, dieser berufsmäßige Generaljammerer (individuelle Klagen nach Vereinbarung), vollkommen danebengelegen hatte – er war viel zu optimistisch gewesen!

Wie ich in den Scabby zurückkehrte – im Fleische mit dem Autobus, im Geiste auf dem Rücken eines geflügelten irischen Pferdchens –, malte ich mir genießerisch aus, was mir bevorstand: wie der alte Mooney mir meine Moneten rüberschob und meine Finger sich um fünfzignochwas Pfund schließen würden. Inzwischen ließ ich immer wieder den Film ablaufen, wo Dan McGarvie, der Buchmacher, die Lappen hinzählt, mit einem entsagenden Handhinklatschen auf jeden abziehenden Fünfer.

Aber Joe Fiducci holte mich rasch wieder auf die Erde zurück, ja, der stutzte meinem Pegasus gleich die Flügel.

»Weg?« wiederholte ich. »Was soll das heißen – weg?«

Joe, der einem Albinoknaben das Haar abschnippelte (seltsam, die weißen Locken von so einem jungen Kopf hinuntergleiten zu sehen), schüttelte den eigenen eisengrauen Schädel. »Er geht zum Buchmacher, er kommt wieder, er glaubt, er hat vielleicht die Grippe, er zieht den Mantel an – arrivederci!«

Die Mutter des Kindes saß dabei und polierte ihrem Sohn die Brille mit dem Taschentuch. Sie trug einen schäbigen Pelzmantel, Bisam vielleicht? Sie beugte sich vor, um Joe eine Anordnung zuzuflüstern. Er nickte. »Okay, das mach ich...« Der Junge, der auf der Holzklappe saß, die über die Lehnen von Großpapa Gibsons Stuhl gelegt worden war, schloß die rötlichen Augen, als falle es ihm schwer, zuzusehen, wie das Haar auf seine Schultern schneite und dann auf den karierten Boden fiel, wo die grauen Haarbüschel alter Männer lagen.

Büschel andrer Art fegte Broon das Faß zusammen, McGarvies fetter Markierer. Das Faß schob Wettscheine – Verliererpapier – mit dem Besen vor sich her wie einen Keil schmutzigen Schnee. Aus dem Lautsprecher in der Ecke drang eine rauhe Stimme mit Fußballnachrichten. Die Totokommission hatte heute getagt. Kahlgewordene Stürmerstars von früher hatten sich im Hotel Olympos getroffen, um aus den Eingeweiden eines frisch geschlachteten Zuschauers zu weissagen. Nette Nummer, wenn man da in einer behaglichen Suite hockt, einen Brandy in Reichweite, vielleicht eine Luxushavanna im gepflegten Gebiß. Sehr schmackhaft. Viel angenehmer, als es die Kunden hier in dieser kalten Bruchbude gehabt hatten. Die hatten bei ihrer Tätigkeit nicht nur so tun können, als ob: Die spielten das Wirklichkeitsspiel. Du mußt es beim ersten Mal richtig bringen, Sportsfreund, oder der große Besen kommt.

McGarvie, der selber aussah wie ein Albino mit dem blassen glatten Haar auf dem schmalen Schädel, starrte mich durch den Maschendraht vor seinem kleinen Auszahlungsfensterchen an. McGarvie konnte mich nicht ab, eine Aversion, die daher rührte, daß mein Alter (Spitzname: »Hochglanzschuh«) bei McGarvies Bruder Jake einmal fast die Bank gesprengt hatte, mit einer phantastischen Quote bei einer Yankeewette. Obwohl das offizielle Limit des Wettbüros das Schlimmste verhindert hatte, war es doch immer noch ein massives Stück Geld gewesen, mit dem Papa Clay da davonmarschiert war. Jake hatte kurz darauf per Herzanfall das Handtuch geworfen und sich dorthin begeben, wo Buchmacher eben hingehen, wenn die No-Limits-Wette, die die Zeit gegen den Menschen hält, schließlich fällig wird.

Ja, die Gewinne der Väter sollen an Kindern und Kindeskindern bestraft werden, so kam mir das auch vor.

Als ich McGarvie die Möglichkeit vorlegte, daß der alte Mooney vielleicht im irischen Rennen Glück gehabt hatte, wurde er vorsichtig. »Ja, könnte ein paar Scheine gewonnen haben. Na und?« Seine Schultern zuckten als Antwort auf meine nächste Frage. »Zehn zu eins? Ja, kann schon sein.« Da er an mir keine Profitmöglichkeit entdeckte, drehte er sich bereits weg. Ich versuchte es nochmal, aber diesmal war die Antwort saurer: »Hat nen Scheißdreck mit dir zu tun, wenn der gewonnen hat!« Er entledigte sich des Zigarettenstummels, der bis auf Millimeter an seinen Mund herangekrochen war, und zerquetschte ihn im Aschenbecher zu einem schwarzen Punkt. Punkt! Ende der Unterhaltung.

Ich hatte zwei Möglichkeiten, nein, drei: Ich konnte 1. auf die Mama des Albinoknäbchens warten und ihr den Pelzmantel klauen, 2. die Pubs in Oatlands abklappern, wo Mooney Samstag abends soff; 3. in mein trautes Heim zurückgehen, was essen, die Schuhe wechseln, dann vielleicht ein wenig ratzen, bis es Zeit war für meinen Besuch bei Rhona. Ich entschied mich für letzteres und ging unterwegs schnell bei meinem Milchladen vorbei, um was zum Frühstück zu holen. Es stand zu hoffen – verdammt, zu erwarten! –, daß Mooney diesen Abend mit meinem Gewinn im Dog aufkreuzen würde. Der Gedanke, daß er vielleicht die Wette gar nicht abgeschlossen hatte, nagte an mir – vielleicht hatte er den Fünfer einfach selbst eingeschoben. Vielleicht hatte er tatsächlich die Grippe. Vielleicht hatte er selbst was auf meinen Tip gesetzt. Ich trottete durch den Schnee nach Hause, und je mehr ich daran dachte, daß Mooney sich jetzt vielleicht durch die Gegend soff, meinen Gewinn in der Tasche, desto tiefer wurden meine Fußspuren.

Wie ein Gespenst aus der Vergangenheit (kommen eigentlich welche aus der Zukunft? Das ist doch mal ein Gedanke!) stand Omma Ferguson, als Haufen alter Wolljacken verkleidet, auf Wache am Eingang zu unserem Haus. Abgesehen davon, daß sie den bizarren Einfall gehabt hatte, Lippenstift zu verwenden – und die Lippenränder dabei um einen halben Zoll oder so zu verfehlen –, trug sie eine modische Novität in Form einer Pelzmütze aus Nerz. Diese Kopfbedeckung war mit einer massiven Haarnadel gesichert, deren Eingangswinkel zunächst vermuten ließ, sie stecke direkt in ihrem Schädel. Nicht, daß das Grund zur Beunruhigung gewesen wäre – war nicht viel drin, was Schaden nehmen könnte.

Als ich mich der Alten in ihrer Kriegsbemalung näherte, stieß sie ihren alten Schlachtruf aus: »Ich zeig euch an bei der Polizei, da sollt ihr mal sehen. Da könnt ihr drauf warten. Die kommen bald ... die kommen gleich. Ich weiß eure Namen.« Und das stimmte, jedenfalls die meisten wußte sie: Rudge, Lyons, Green, McMahon, Milligan und natürlich den meinen, den des speziell verhaßten Lieblingsbuhmanns – natürlich mußte ich ihre Prophezeiung erfüllen, wohin unser Straßenfußball noch führen würde: Ich zerbrach ihr die Fensterscheibe, haute einen ganzen Flügel raus.

Es fiel sicher kein Schnee, es fegten keine eisigen Winde durch die Landschaft, auf die sie hinausspähte; wahrscheinlich waren ihre alten Gedanken in einen Sommertag versponnen, in den vierziger Jahren vielleicht, als hier im Viertel das Leben noch roh und rabiat rumorte – Krankheiten auch und der Tod natürlich reichlich, aber immer mit einem überwältigenden Gefühl der Lebendigkeit, das man vor allem im Kindesalter hatte, als nie genug Zeit war, alles zu erledigen, was man tun wollte. Wahrscheinlich waren diese zerfransten kleinen Jungs, dieser Fluch ihres Lebens, die hier auf der kreideverschmierten Straße ihren Tennisball hatten hüpfen lassen, in diesem Augenblick wirklicher für sie als das Phantom, das jetzt aus dem Winter der Zukunft trat und seine eisige Hand auf ihren Arm legte.

»Ist irgendwas, Mrs. Ferguson?«

Der Sommer erlosch in ihrem Hirn. »Bist du das?« Sie schüttelte meine Hand ab. »Wieder alles dreckig machen mit deinen zerlumpten Stiefeln da. Ja, immer nur mir deinen Dreck reintragen, so ist's richtig.«

Tatsächlich hatte die Gasse am Hauseingang weder Scheuerlappen noch Mop gesehen, seit Rhona in die Klinik gekommen war. Sie war mit Abfall übersät, der aus dem Hinterhof hereingeweht worden war, und der Dreck und Staub von den Abrißhäusern hing dick an den Wänden. Ich versuchte, die alte Frau in ihre Wohnung zu locken, aber da spielte sich nichts ab. »Kommen Sie doch, Mrs. Ferguson, Sie holen sich hier draußen noch den Tod. Ich weiß was, jetzt gehen Sie schön rein und ich bring Ihnen dann eine Tasse heiße Suppe runter, wie wär das? In Ordnung?«

Überhaupt nicht. Was sie anging, würde nie etwas an mir »in Ordnung« sein. Ich gehörte selber in ein Abrißunternehmen, weil ich ein Experte darin war, Dinge zu zerbrechen: Blumentöpfe, Fensterscheiben, und vielleicht auch Herzen, nichts Fragiles war in meiner Nähe sicher. Etwas zu essen aus meinen Händen anzunehmen hieß den Vergiftungstod herausfordern. »Du wirst in der Hölle braten für das, was du getan hast!« kreischte sie plötzlich. »Jawohl, und zwar viel früher, als du denkst.«

Sie war mir leicht unheimlich, die Prophezeiung der alten Madame, die mir die von vielen Füßen ausgetretenen Treppenstufen hinauf folgte. Sie schrie immer noch, als ich meinen Treppenabsatz erreichte.

In meinem Wohnzimmer ging ich auf Zehenspitzen herum und versuchte, mich so leise wie möglich zu verhalten, damit nicht Wattie Mullens aus seinem Weinrausch aufwachte und heruntergerannt kam, um zu schauen, was sich abstauben ließ. Vorsichtig nahm ich einen Topf aus dem Schrank und leerte die Substanz hinein, die sich auf dem Dosenetikett *Rinderbrühe mit Hammelfleisch und Graupen* nannte. Während ich wartete, daß der solide Klumpen sich teilte, multiplizierte oder was immer stattfinden sollte, machte ich das Feuer mit ein, zwei Spritzern Paraffin auf die heiße Schlacke wieder an.

Mit dem dampfenden Schüsselchen Suppe in der Hand versuchte ich ein letztes Mal, durch donnerndes Pochen an Omma Fergusons Tür Einlaß zu erlangen, aber sie wollte nun einmal nicht öffnen. Die konfuse alte Hexe wollte anscheinend nichts zu tun haben mit meinem Spezialservice (Lucrezia Borgia: Essen auf Rädern). Statt dessen war sie es zufrieden, mit ihren Hausgespenstern zu schwatzen, ich konnte sie sogar über irgendeinen posthumen Witz lachen hören. Also, Operation einstellen. Ich wollte gerade wieder die Treppe hoch, als Polyphem ankam. Die einäugige Katze sah von ihrer Streife über die schneebedeckten Gehsteige ganz durchnäßt aus. »Okay, du hast dir's verdient«, sagte ich und stellte die Schüssel auf den knirschenden Boden des Hauseingangs. Das undankbare Pelztier beschnüffelte das Angebot und trollte sich mit einem hochmütigen Maunzen wieder. »Du wirst morgen bestimmt die Stelle ablecken, wo das gestanden hat«, schalt ich mit einer Formulierung, die Mama Clay zu Hause bei Tisch eingesetzt hatte, wenn ich es mir in den Kopf gesetzt hatte, ihre schlichte Kost zu verschmähen. Es war saukalt auf dieser Treppe. Auf dem Weg nach oben nahm ich Schluck für Schluck aus der Schüssel und hatte sie, in meinem eigenen Stockwerk angekommen, ganz geleert. Erinnerte mehr oder weniger an den von Papa Clay öfters zitierten alten Hund mit Linsen, und so mochte ich's.

Ich ließ mich in meinen Sessel sinken, mit ein paar frisch abgeschnittenen Scheiben Brot und noch einem Teller von dieser sogenannten Brühe. Als ich mit dem Essen fertig war, drehte ich die Socken um, die ich zum Trocknen an das Kamingitter gehängt hatte, und lehnte mich zurück, um ein wenig zu schlafen. Ich hatte einen bizarren Traum: ich sah mich selbst auf der Treppe, wie ich runterging in das Spukklo. Als ich die Tür aufstieß, saß vor mir eine komplette Ritterrüstung auf der Schüssel. Ich trat gegen den Helm, bis das Visier aufsprang. Die Rüstung schien leer zu sein, doch war das andererseits nicht möglich, weil drinnen etwas brannte. Rauch begann aus dem Helm zu strömen, und bald war die Rüstung so heiß, daß sie rot wie ein Kohlebecken zu glühen begann. Es wäre alles hochsymbolisch gewesen, ein fleischiger Knochen, den jeder alte Furz von Freudianer begeistert diagnostisch hätte benagen können (Herr Klay, ich mußß Ihnen mitteilen, daßß Ihre Pßßyche total im Eimer ißßt!), wenn ich nicht aufgewacht wäre, um zu entdecken, daß meine Socken drauf und dran waren, den Flammentod zu sterben. Ich zog sie rasch an und genoß die sengende Berührung.

Ich starrte auf den stummen Fernseher in der Ecke. Er hatte einen Alptraum namens Vietnam: Kinder wurden mit Napalm verbrannt, Bambusdörfer wurden von Mörsersalven braver junger GIs dem Erdboden gleichgemacht. Ehe die Gedanken des Zuschauers noch dahinterkommen konnten, was denn nun das Pentagon mit diesem unglückseligen Land vorhatte, wurden wir rasch zu irgendeinem schmalzigen Weihnachtsgedudel auf dem Trafalgar Square entführt. Und nur, um gewiß jede Spur einer Erinnerung an die Menschenschlächterei auszulöschen, folgte noch ein Besuch im Zoo. Ein Biber rannte einen verschneiten Baumstamm entlang; dann kam eine komische Sequenz, in der ein Pinguin wie betrunken auf irgendeiner Tundra herumschlitterte – sah ziemlich so aus wie Archie Killochs Bemühungen, heute nachmittag im Dog aufrecht zu bleiben.

Ich brachte mein Tagebuch auf den letzten Stand, ein grober Überblick über die Ereignisse des Tages bis dato, den ich morgen erweitern würde, wenn ich etwas mehr Zeit hatte. Als ich eins von meinen Notizheften, »Rote Nervtöter«, durchblätterte, stieß ich auf ein Zitat von Schwatzkopf Sloan persönlich:

»Freiheit bedeutet für die Arbeiterklasse, daß man zwar nix von Omas Klößen kriegt, aber vollkommen frei ist, auch ohne auszukommen ...«

Ins Schwarze, mein Alter.

20

Als ich in der Schwangerschaftsklinik in den Tagesraum kam, war gerade Val Doonican im Fernsehen. Ein reizender Ire, von Beruf eine Art singendes Sedativ, was zweifellos den Zustand kollektiver Narkose erklärte, der unter seinen Zuschauern herrschte. Er wedelte in einem Schaukelstuhl vor und zurück und griff einschläfernde Akkorde auf seiner Gitarre, und das öffentliche Gähnen, weitergereicht von einem Mund zum andren – sechs, seitdem ich da war –, wurde mir von einer wachsblassen Frau übergeben, die nahe bei Rhona saß. In ganz Schottland mußten sich jetzt die Zuschauer gegen diese Wellen von Müdigkeit zur Wehr setzen, während sie verbissen über ihre Wohnzimmerteppiche marschierten, um noch rechtzeitig den Programmwahlschalter zu erreichen, ehe es zu spät war, ehe sie in dieses psychische Schwarze Loch gesaugt wurden, diese Schnarchdimension, aus der sie dann erwachen würden, um vor dem schrecklichsten Phänomen auf diesem oder irgendeinem anderen Planeten zu stehen: dem schottischen Sonntag.

Rhona war leider nur allzu wach und war sich aller Mängel ihres Lebens klar bewußt. Wieder bekam ich eins ab wegen meines schäbigen Aussehens: »Man könnte meinen, sie hätten dich von einem Militärlaster runtergeworfen ...« Unvermeidlich, daß auch mit meinem langen Haar kurzer Prozeß gemacht wurde. Wann waren meine Schuhe das letzte Mal geputzt worden? Und warum hatte ich ihr denn Pralinen mitgebracht? Und ein ganzes Viertelpfund! Nächstens kam ich noch mit Minifläschchen Limonade an. Angewidert schob sie das Pralinenschächtelchen weg.

»Aber es sind Cognacbohnen – deine Lieblingssorte.«

»Kommt da der Schnapsgeruch her?«

»Hab nur einen einzigen getrunken, Rhona.«

»Ich dachte, ich hätte dich gebeten, mir eine andere Illustrierte mitzubringen.«

»Hast du das?«

»In diesem Schmachtfetzen steht nichts wie Liz Taylor und Krebsfrüherkennung.«

»Wichtig. Erkennen Sie dies Karzinom? In unserer Serie ›Was wuchert denn da‹ –«

»Halt den Mund!«

Dann kam der ewige Streit wegen des Ratenzahlungsbuchs vom Möbelhaus Mulmig. »Mullins!« fauchte sie. »Warum mußt du allem immer so kindische Spitznamen geben?«

»Beispielsweise?«

»Neureich zum Beispiel für –«

»Die Siedlung Dreieich. Das gefällt mir. Es ist angemessen, es ist –«

»Blöd. Wird Zeit, daß du erwachsen wirst.«

Ja, wieder hatte ich vergessen, das Dreimal-dürfen-Sie-Raten-Buch von Mulmigs mitzubringen. Ich verbarg etwas. Sie kannte mich nur zu gut. Sie erkannte die Lüge, ehe sie mir noch ganz über die Lippen gekommen war. Was hatte ich vor? Ich sagte es ihr besser gleich. Sie würde es schließlich doch herauskriegen. Ich log sie besser nicht an mit meinem Anruf beim Gaswerk, daß der Zähler abmontiert werden sollte. Oder wollte ich vielleicht jemand von dieser Bagage aus dem Salty Dog das für mich machen lassen? Ich protestierte, daß sie kein Recht hätte, meine Zechkumpane »Bagage« zu nennen. Sie nickte. »Vielleicht bin ich da zu hart. Die richtige Bagage fängt da an, wo einer zufrieden ist, in einer öffentlichen Toilette rumzuhocken und Tee zu schlürfen.« Ich hatte ihr die Anekdote vom Tod, der in der Arschgalerie vorbeischaute, erzählt, und die war gut angekommen – etwa so wie die Titanic an ihrem Eisberg.

Alles in allem wirkte dieser Besuch etwa so entspannend wie meine Fahrt in dem knarrenden Sarg, den sie hier Lift nennen. »Also, Herrschaften, dritter Stock: Stöhnen, Seufzen, Schluchzen. Vergessen Sie nicht den Besuch in unserer Heul- und Zähneklapperabteilung. Im nächsten Stockwerk: Sich-Beklagen, Sich-Beschweren, Bestürzt-Sein. Zurücktreten bitte! Mein Junge, bleib du schön vom Alarmknopf weg.«

Die Klingel ertönte, und ich stand rasch auf, als hätte ich plötzlich Angst, sie könnten die Regeln geändert und meine Besuchszeit verlängert haben. Rhona war mitten in sehr interessanten Ausführungen gewesen und bemerkte nun klug: »Ein Haus kommt nicht zu einem her – da muß man eben einmal...« Verdammt, die Klingel, gerade als es so schön gemütlich wurde. Um mich her standen die guten schottischen Ehegatten ebenfalls auf und schmatzten behäbige schottische (schaut jemand her?) Küßchen auf die jeweiligen Wangen ihrer Damen. Mein Versuch, mich einzureihen, war von Rhonas erhobener Hand abgewehrt worden. »Nicht!« zischte sie. »Dein Atem bringt ja Stahl zum Schmelzen!«

21

Auf Mooneys Spur, solange die Fährte noch frisch war, kontrollierte ich das Nebenzimmer im Salty Dog, wo er schon mal ein, zwei Gläser kippte, ehe er in Oatlands dann ans ernsthafte Saufen ging. Der Witz über dieses Nebenzimmer – man hatte es »Der Zwinger« genannt – ging so, daß es früher mal eine Diebeshöhle war, bis die Diebe sich beim Amt für öffentliche Ordnung beschwert hatten, daß man bei so unhygienischen Bedingungen nicht arbeiten konnte. Viele berühmte Persönlichkeiten waren im Zwinger schon bewußtlos geworden, eigenartigerweise war Benny Lynch nicht darunter, obwohl sonst jeder Lulatsch, der ein paar Flaschen auf ein Bord stellte und sich einen Gorbals-Wirt schimpfte, gewöhnlich behauptete, daß der witzige kleine Boxer zum Inventar gehört hatte – »Aber ja, oft und oft hat er seine Witze hier gerissen, genau da isser immer gestanden, wo Sie jetzt stehen, Sir ...« Ein Gast, der aus den vierziger Jahren reingeschneit käme, würde den Raum kaum wiedererkennen mit der noblen Beleuchtung – Glühbirnen mit Lampenschirmen! – und dem Wachstuch, in das die Füße einsanken; die Wände sahen zwar so ziemlich aus wie früher (als hätte man sie mit flüssiger Pferdescheiße eingesprüht), aber die »eichenen« Balken waren eine echte Novität, und die Durchreiche auch, die war früher nur ein schmaler Schlitz in der Wand gewesen, kaum breiter als Dan McGarvies Auszahlungsfenster. Das Kohlefeuer war durch zwei qualmende Paraffinöfen ersetzt worden, die so ein Gehuste unter den Kunden hervorriefen, daß sich der Raum anhörte wie ein Tuberkulosesaal im Krankenhaus. Das Kohlefeuer stand übrigens im Mittelpunkt einer berühmten Salty-Dog-Geschichte, denn in dieses Feuer hatte

Dykes Deacon, ein Schläger aus Townhead, das Holzbein von Hinkefuß Lawson geworfen. Wie das Bein brannte, sagte Deacon – angeblich – zu Lawson, der in panischer Angst zur Tür hüpfte: »Dassis bloß der Anfang, du Bastard – den Rest hol ich mir später!«

Ich hatte Pech im Zwinger – Mooney war nicht da und war auch früher dort nicht gesehen worden. Hatchet Hannah und Chibber Freeland waren allerdings anwesend und ließen das auch alle durch Absingen eines heiseren Liedchens wissen, das Freddy Green immer wieder abzubrechen versuchte, weil es von Harry Moffats mißgebildetem Rücken inspiriert war:

Woher hat der Harry seinen Buckel?
Woher hat der Harry seinen Buckel?
In der Hafenfährenbar
Gab's bei hoher See Geschuckel,
Harry rieb sich an nem Dromedar.
Daher hat der Harry seinen Buckel.

Aus einer trüben Ecke, höhlendunkel, wo Zigarettengluten aufleuchteten und verlöschten und verstohlene Augen blinzelten, schoß die ungeheuerlich häßliche Fresse von Jake Mannion heraus, um bei mir was abzustauben. Seine Taktik variierte selten, und man mußte angestrengt zuhören, sonst versäumte man die Ansprache. Zuerst kam der Handschlag, begleitet von allem möglichen freimaurerischen Quark, Knöchelkneifen und Handflächenmassage, gefolgt von einem offenen Versuch, die Hand des Angesprochenen zu Brei zu drücken, was die herzliche Aufrichtigkeit Mannions signalisieren sollte. Dann die Nummer: »Tammy Clay, Sohn vom Hochglanzschuh, dem Mann, der bei Jake McGarvie die Bank gesprengt hat – leih mir'n Pfund.«

Ich machte die »Bin pleite«-Gebärde, die im wesentlichen aus einem langsamen Hochziehen der Schultern bei traurigem Gesichtsausdruck besteht. Der Händedruck wurde fester, doch es gelang mir, meine Pfote freizuschütteln. Er machte seinem Ärger Luft, indem er die Mütze von Keith Kinsales kahler Birne riß und quer durchs Zimmer warf. Sie stieß das leere Whiskyglas des alten Ned Sheldrake vom Tisch, daß es klirrend auf dem Boden zersprang. Ned, der bis dahin friedlich in den qualmenden Traum seiner Pfeife versunken gewesen war, donnerte los wie ein kleiner Vulkan und sprühte Funken und Asche um sich, als er herüberbrüllte: »Du blödes Arschloch du!« Mannion zeigte ihm den Mittelfinger und fing dann an, auf Kinsales Kopf wie auf eine Bongotrommel einzuklatschen, und gar nicht sanft. Kinsale, der offensichtlich vollkommen hinüber war, grinste bloß bei dieser Mißhandlung und sagte zufrieden: »Was hab ich euch gesagt ... Wird noch regnen ...«

Ich ging rüber in die Bar. Der Schankraum rollte und wogte wie eine durchgegangene Achterbahn. Totalinferno von Wand zu Wand. Cullen war da, er saß am Dominotisch und sah elegant aus in seinem Taucheranzug; zu seinen Füßen kühlte eine Flasche Stout in dem schneegefüllten Helm. »He, Tam«, schrie er, »zieh dir ne Leiche her und setz dich hin.« Er winkte und schien überrascht, als wir drei zurückwinkten. Von Mooney nichts zu sehen. Auf dem Klo stand ein Gast mit dem Rücken an die Kachelwand gelehnt, während ihm das Wasser aus einem Spülkasten oben unter der Decke auf den Kopf tropfte. Er sah mich mit zusammengekniffenen Augen an. »Hallo, mein Junge. Was ne Nacht, hm? Immer noch nix von dem verdammten Bus zu sehn?«

Wieder in den Aufruhr der Bar zurückgekehrt, gab ich die Frage nach Mooneys Adresse aus. Auf die lokale Mafia kann man sich verlassen: ehe ich noch Zeit hatte, ein Pint zu versenken, kamen VIER Adressen zurück, wo er ganz bestimmt wohnte. Eine schwierigere Frage war die nach seiner bevorzugten Samstagabendtränke. Sofort hatte ich die Wahl zwischen einem halben Dutzend Kneipen. Na ja, Trinken und Denken, das ist noch nie gut zusammengegangen, oder?

Die Trinker in Oatlands stellten sich als mißtrauische Sippschaft heraus. Barkeeper, die zu oft *Die Unbestechlichen* gesehen hatten, witterten in mir den getarnten Bullen oder vielleicht irgendeine durchgedrehte Gestalt mit einem alten Groll und einem Messer. Die Gäste wandten sich meist einfach ab, oder sie sagten mir falsche Adressen. Schließlich glaubte ich, Glück zu haben. »Also, was darf's sein?« rief der Barmann. Ich trug geduldig wieder meine Frage vor. Seine Augen blitzten auf, dann stieß er einen von seinen Kumpeln mit dem Ellbogen an, einen massigen Burschen mit einer Mähne von weißem Haar, die so kompliziert auf seinem Kopf aufgetürmt war, daß man denken mußte, ein falscher Gedanke würde eine Lawine auslösen. »Sammy, kennst du nen kahlen Friseur namens Mooney?« Sammy stützte eine Hand in die Hüfte, tuntete entsetzlich rum und rief in zuckersüßen Tönen und mit flatternden Wimpern, mit einer Stimme, die Liberace wie Lee Marvin hätte klingen lassen: »Nee, aber ich kenn nen haarigen Monteur namens Willy!«

Die Trinker an der Bar spielten Ein-Grinsen-geht-an-der-Theke-lang. Ich bestellte ein Bier und zündete mir eine Zigarette an. Was für ein beschissener Samstagabend! Wo war Mooney? In der Kneipe irgendwo mit einem VAT 69 oder im Bett mit 39 Fieber? Und wenn der alte Sack jetzt egoistischerweise abnippelte? Von seinen trauernden Hinterbliebenen würde ich mein Geld niemals wiederkriegen. Nein, besser wär's, wenn er gesund und munter bliebe, selbst wenn er sich jetzt auf meine Kosten die Gurgel vergoldete. In einer von meinen Sorgenzentralen begann ein Teleprinter mit direkter Leitung zu Jeremia zu tickern. Ausgedruckt wurde eine düstere Prognose für meine Zukunft – die Experten waren sich einig, daß ich eigentlich kaum mehr eine hatte und sich meine Restbestände mit alarmierender Geschwindigkeit verflüchtigten.

Etwas stieß mich an. Ich schaute hinunter. Ein winziger Graubart stand vor mir. »He, großer Meister, suchst du Pat Mooney, der als Friseur im Scabby arbeitet?« Ich nickte. »Na, hier drin trinkt der nicht mehr, nicht hier drin.« Ich nickte wieder. Der Liliputaner zeigte mir sein leeres Whiskyglas; ich ließ einen neuen Drink für ihn kommen. Er nickte dankend und nannte mir dann die Kneipe, wo ich Mooney finden würde. »Ja, gleich über die Brücke rüber – kannst du nicht verfehlen. Hab ihn dort vor ner halben Stunde gesehen.«

Er seifte mich vielleicht bloß ein, aber ich entschied mich dazu, ihm zu glauben. Mit hochgestelltem Kragen, die Hände in den Jackentaschen, damit ich sie wenigstens noch dabeihatte, wenn sie mir an den Gelenken abbrachen vor Frost – so ging ich los, am Shawfield-Stadion vorbei. Keine Hunde heute, die Action lief in White City. Ich hoffte nur, daß Mooney nicht dorthin gegangen war. Ein Idiotenspiel, auf Hunde wetten. Daß sie die mageren Biester aus Käfigen starten lassen, sagt einem doch genug. Ich schlurfte über die Brücke nach Bridgeton. Feindesland. Das alte Territorum der Norman Conks, der Fleet und der San Toy – der Eastend-Gangs, die in den alten Tagen über den Clyde gekommen waren, um sich mit den Beehives und den anderen Stämmen des Südens anzulegen. Heute war das alles Tong-Terrain. Ein leichter Schauer rieselte mir durch die Knochen. Das Eastend am Samstagabend ist kein Ort für einen friedlichen Southsider wie mich.

Mooney war nicht in dem Pub – und es hatte auch niemand je was von ihm gehört. Es war die Normalnullkneipe, das Personal freundlich genug, aber die Stammgäste musterten mich mit dem kalten Blick, der für Fremde reserviert war. Während ich Lager schluckte, rechnete ich aus, daß es zu spät war, in den Scabby zurückzumarschieren auf ein letztes Bier mit Cullen. Die verhängnisvolle Stunde, »da die Fässer man verstöpselt und der Wirt, der Wirt knurrt bös«, nahte geschwind. Ich konnte mir natürlich noch ein illegales Tröpfchen in der Moderation Bar gestatten. Ich grinste, als ich daran dachte, warum Gus Hagen seine Kneipe so genannt hatte. »Damit du sagen kannst, wenn dein Arzt fragt, ob du ein starker Trinker bist – ›Ich doch nicht, Doc, ich halte Maß – *I drink in Moderation.*‹« Cullen dürfte jetzt wohl dort sein. Wenn ich mir's jetzt überlegte, was hatte der verrückte Sack eigentlich in seinem Taucherkostüm getrieben? Ich runzelte die Stirn. Und ich stand hier, solo am Tresen irgendeiner blöden Eastside-Kneipe. Ich hatte kaum den Arsch aufs große sausende Rad des Samstagabendvergnügens geschwungen, als man es auch schon wieder für die Nacht festnagelte. Licht aus! Samstag kaputt, eine Streichholzschachtel voll abgebrannter Hölzchen. Natürlich mein eigener Fehler – schließ immer selber deine Wetten ab. Die goldene Regel.

Ich war vielleicht vier Schluck vom Grunde meines Glases entfernt, als kein anderer denn Horace »Dicky« Harte in die Kneipe gehinkt kam. Der Kalauer *»dicky heart«* ist übrigens nicht unberechtigt, denn der Mann hat wahrhaftig ein kaputtes Herz, unberechenbar wie eine von den Uhren, die man in Paddys's Market für ne Halfcrown bekommt, und noch Wechselgeld zurück. Aber der Spitzname bezieht sich auf eine noch offensichtlichere Eigenheit des Mannes – Horace pfeift. *Like a dicky bird* ist Horace ständig am Zwitschern – ununterbrochen eigentlich, wenn er nicht gerade flucht. Ein richtiger kleiner Kanari ist Horace, obwohl er heute abend in dem langen schneegesprenkelten Mantel mit dem grauen Pelzkragen eher wie eine Krähe aussieht. Er trug außerdem ein sehr subtiles Toupet, eine erlesene Perücke – man hätte nie gedacht, daß er vor Verlassen des Hauses rasch den Kopf in einen Eimer Teer gesteckt hat.

Er kam zur Theke und streifte sich dabei die Schneeflokken von den Mantelärmeln. Genau so wie diesen Mantel hatte ich mir den von Gogols Kanzlisten vorgestellt, ehe er sich dann den neuen machen läßt. So entzückt war ich, Horace zu sehen, daß ich mich rasch hinter eine Säule zurückzog, in der Hoffnung, er werde mich mit seiner schneeschlierigen Omabrille nicht im Spiegel der Bar erblicken. Ich beobachtete ihn, als er begann, die Handschuhe auszuziehen – um es sich dann anders zu überlegen und sie rasch wieder bis zu den Gelenken hochzurollen, doch nicht rasch genug: etwas Purpurrotes, Ungesundes wucherte auf seinen Handrücken. Man muß allerdings zugeben, daß er sehr viel gesünder aussah als bei unserer letzten Begegnung. Jetzt sah er aus, als hätte er mindestens noch vierzehn Tage zu leben. Und er hatte zugenommen – er wog jetzt bestimmt über fünfundvierzig Kilo. Und die Hepatitis schien er auch gut hinter sich gebracht zu haben.

Horace Dicky Harte war ein Phänomen. Sein ausgezehrter Körper hatte schon unzähligen Krankheitserregern Gelegenheit geboten, ans Werk zu gehen, er war eine wandelnde medizinische Enzyklopädie. Als wir uns zuletzt trafen, behauptete er, an einer exotischen Erkrankung zu leiden, die – wie war das noch? – ja, Adiposis Dolorosa hieß, so ähnlich. Jedenfalls sollte das eine Krankheit sein, die dikke Leute melancholisch machte. Als ich Horace darauf hinwies, daß er nicht unbedingt viel Fett mit sich herumtrug, nickte er: »Genau das ist es – magere Menschen wie ich haben nichts, um dagegen anzukämpfen ...«

Kaum hatte Horace einen Barhocker erklettert, ging das obsessive Gezirpe los. »Whistle, and I'll come to you, my lad ...« Ein Barmann nahte. »Einen Wodka mit Orangensaft bitte, ein halbes Pint von Ihrem Starken, und ein Päckchen Kartoffelchips, einfach.« Es war, als erblühe aus dem Schrott eines schon auf einer Müllhalde modernden Radios auf unerklärliche Weise die wohlklingende Stimme von Richard Burton. Doch war der Sprecher, ob Sie es glauben oder nicht, tatsächlich Horace. Er brachte nicht nur einen eindrucksvollen Kanarienvogelton, er hatte auch eine goldene Stimme. Horace war das Kind einer anständigen Arbeiterfamilie. Beide aus Glasgow, klassenbewußt, Salz der Erde, schraken die Hartes gewiß nicht davor zurück, das bleierne Englisch der Hochsprache ihren lokalen Bedürfnissen anzupassen. Und jetzt sehe man sich an, was für einen Sohn sie zum Hohn und Spott bekommen haben, diese sozialistischen Idealgestalten – den Horace mit der Upperclass-Aussprache! Der machte das natürlich aus reiner Heimtücke, nur um die Eltern mit seinem BBC-Akzent in den Wahnsinn zu treiben. Es war aber schon herrlich komisch, ihm zuzuhören, wie er sein schmales Vokabular – ein kleines Tellerchen voller Wörter – vorsichtig jonglierte. Kein Wunder, daß sich der Barkeeper, kaum hatte er die Bestellung ausgeführt, wieder von diesem Männchen mit seinem wohlmodulierten Geschwatze zurückzog – das erzählte, wie es das Taxi nach Shawfield genommen hatte, nur um festzustellen, daß das Stadion »nicht in Betrieb befindlich war«.

»Ja seht mal, wen der Wind hierhergeweht hat!« rief Horace plötzlich, gar nicht so blind, als er mich im Barspiegel erblickt hatte, und mit einem mir vertrauten Rümpfen seiner furunkelnarbigen Schnauze deutete er an, daß ich ihm gründlich auf den Zeiger ging. Geschah dem kleinen Wichser recht – muß in seinem Alter immer noch in den Spiegel starren! Zunächst noch vor der dritten Dimension zögernd, sprachen wir jetzt à la Friseursalon miteinander, in jenem seltsam künstlichen Dialog, wo man selbst ebenso wie der Friseur die Lippen des Phantompaars im Spiegel beobachtet und sozusagen dessen Unterhaltung über Pferde, Boxen, Fußball heimlich belauscht. Wie entsetzlich war es – versicherte ich Horace –, ihm hier begegnen zu müssen, und sollte er den Plan haben, einem Schlaganfall oder einem Herzschlag erliegen zu wollen, dann möge er sich keinen Zwang antun – bitte gleich. Sein Bart war eine hervorragende Idee, er sollte ihn nur möglichst über das ganze

Gesicht ausdehnen und uns damit den Anblick seiner äffischen Physiognomie ersparen. Natürlich teilte sich dies alles nur durch meinen Ton mit, während mein zweidimensionaler Mund sich feige an die gesellschaftlichen Konventionen des Lebens hielt. Doch sollte darauf hingewiesen werden, daß meine Ausführungen gelassen, fast gelangweilt waren: »Hallo, Horace, ich hab dich mit dem Bart gar nicht erkannt. Wie läuft's so?« In dieser Art.

Seine behandschuhte Hand streichelte sein Kinn. »Und deiner, hat der sich zur Ruhe gesetzt?« fragte er mit schnippischem Bezug auf alte Zeiten, da ich mein Kinn auch mal wachsen ließ, wie es wollte – kein großer Erfolg, laut Rhona. Phyllis meinte, ich sähe aus wie ein Pferd mit dem Hafersack, ihrer Ansicht nach eine deutliche Verbesserung. Da Horace und ich einander gründlich verabscheuten, versiegte unsere Unterhaltung bald, und er fing wieder mit dem Pfeifen an.

Ich hatte Horace damals zuerst in der Chamäleonbar getroffen, einem Pub oben in der Stadtmitte, das als eines der ersten Country and Western spielte. Das war damals, als jede Menge singender Cowboys aus den elektronischen Prärien angeritten kamen, straßübersäte Gestalten, die alle aufs Trittbrett des Zugs aufsprangen, den die Carter Family in Gang gesetzt hatte. Ich war damals Stammgast im Chamäleon – um die Zeit, als der alte, melancholische Ton des amerikanischen Folk der Stimme des Protests weichen mußte (als wäre nicht das ganze Leben von Woody Guthrie ein einziges, qualvolles Klagegeheul gewesen!). Interpreten wie Dylan und Joan Baez hingen in dem Photographienpantheon an den Wänden des Pubs, aber ich stand immer noch auf die alten Veteranen wie Jimmie Rodgers, Woodie Guthrie, Leadbelly, Betty Lomax und natürlich Hank Williams und George Jones. In den Sachen von denen vibrierten vergangene harte Zeiten in Amerika, sie waren von einer musikalischen Schroffheit, die von nassen Güterbahnhöfen, Tramplagerfeuern und einlaufenden Nachtzügen erzählte. Wir hatten gute Abende im alten Chamäleon, ich und Ciggy McQueen, Benny Spencer, Frank Lipton und Caz Carruthers. Horace war immer um uns rumgehangen wie ein giftiges Maskottchen, ein Insekt, auf das man treten konnte, wenn das Leben zu langweilig wurde. Ich muß zugeben, daß ich öfter auf ihm herumgetrampelt bin als sonst irgendeiner.

Vielleicht um seine Fiepmusik abzustellen und meine Neugier zu befriedigen, fragte ich Horace, was aus der alten Clique denn geworden wäre. Nahmen sie immer noch im Chamäleon eins zur Brust? Er glitt von seinem Stuhl herunter, und zögernd tat ich dasselbe und kam um die Säule herum, ihm entgegen. Da Mundgeruch ein wichtiges Element seiner dreidimensionalen Erscheinung war, atmete ich flacher als ein Guppy und stürzte mein Lager so hastig hinunter, daß mein Adamsapfel in seiner rapiden Bewegung nur verschwommen sichtbar gewesen sein kann. Mit seiner unglaublichen Butlerstimme, den Wodka mit Orangensaft in einer jetzt unbehandschuhten Hand, der man die ersten Scharmützel einer dermatologischen Neuerwerbung ansah, erklärte er, daß die alte Folk-Lokomotive mit zuviel illegalem Dampf geheizt hatte und schließlich nach einer Serie von Drogenrazzien aus den Geleisen gesprungen war. Es war jedoch nicht alles verloren, da die alte Eisenbahnermannschaft sich immer noch in einer lauten Bar droben im Possil traf. Ja, die meisten von den alten Gesichtern sah man da noch, obwohl Mountain Maxwell, der Twelve-Stringer, »die Instrumente gewechselt« hatte, eine kokette Formulierung dafür, daß er tot war – tausche Gitarre gegen Harfe. Den großen Kerl hatte ein Schlaganfall umgehauen. Wer? Ciggy McQueen? Ja, den gab's immer noch. Benny Spencer und Lipton auch. Caz Carruthers war allerdings in die Staaten gegangen und machte jetzt den DJ bei einem Sender in Seattle oder so. Horace erläuterte nun, daß er selber nur gelegentlich reinschaute, seit seiner letzten Operation mußte er mit dem Alkohol vorsichtig sein. Hastig knallte ich mein leeres Glas auf die Theke. »Muß jetzt weiter, Mann, schade, daß wir uns nicht früher mal wieder über den Weg gelaufen sind, was?«

»Warum kommst du nicht heute abend zu der Party mit?«

»Party?«

Er nickte, und die tote Krähe auf seinem Schädel schüttelte sich beinahe frei. »Die Jungs machen immer noch einen drauf, wenn die Kneipen schließen. Ciggy ist da, Lipton wohl auch.«

»Wo denn?«

»Droben in Possilpark. Wird ne Wahnsinnsnacht.«

»Gehst du hin?«

Als er nickte, kam ich nicht auf den Gedanken, mich zu fragen, wer denn wohl den Roten Tod zu einer Party einladen würde. Horace war eine ständige Erinnerung daran, daß das Leben immer riskant ist – ihn in der Nähe zu haben war wie ein intimer Urlaub in einer Leprakolonie. Zum ersten Mal an diesem verfahrenen Samstag schienen mir jetzt die Dinge richtig zu laufen. Vielleicht konnte man aus der Asche noch ein paar Funken herauslocken. Der Gedanke, Ciggy McQueen, Lipton u. a. wiederzusehen, machte mich ganz freudig erregt. Man müßte dann allerdings wohl noch in einem Supermarkt für den Stoff sorgen. Ich erwähnte dies, und Horace nickte. »Wir zahlen die Getränke halbehalbe, ist dir das recht?«

»Gemacht«, sagte ich und schüttelte ihm impulsiv seine Marsianerflosse, auf der sich die purpurnen Knubbel eindeutig zu vermehren schienen.

22

Wie ich nun westwärts in Gesellschaft eines pfeifenden Zwerges losfuhr – mein Magen bebte vor seinem Gestank, meine Unruhe wegen des hyperaktiven Taxameters wuchs ständig –, stellte ich fest, daß der Arrangeur dieses monochromen Abends einen eleganten Zufall vorbereitet hatte, der sich am Glasgow Cross vollendete. Unser Taxi, das anscheinend weniger einen Tiger als eine Schildkröte im Tank hatte, war gerade vor einer Ampel eingenickt, als ein Krankenwagen in voller Kriegsbemalung – blinkende Lichter, heulende Sirenen – vom Saltmarket her angequietscht kam, über die Einfahrten zur London Road und zum Gallowgate wegschoß und jaulend die High Street hochraste. Sofort hinterher kam ein offener Leichenwagen an, komplett mit Sarg, und mit einer Geschwindigkeit, die für ein sonst so bedächtiges Vehikel ungewöhnlich war. Unser Fahrer grinste aus seinem rauchigen Abteil raus: »Die Geschäfte müssen mies gehen, was?« Ich griente, als ich hinter dem Leichenwagen her einen schwarzen VW-Käfer fahren sah. Obwohl auf dem Dach eine dicke Schneeschicht lag, waren die Nummernschilder gesäubert, und deshalb konnte ich feststellen, daß es sich tatsächlich um Eddie Carlyles Wagen handelte. Eddie und seine Mutter hatten die Jesusjamboree in der Tent Hall besucht. Jetzt fuhren sie gerade in die falsche Richtung, falls sie nach Hause wollten, aber als zuvorkommende Christen brachten sie sicher noch irgend jemanden irgendwohin. Ich bin nicht abergläubisch, aber auf diesen bizarren nächtlichen Konvoi hätte ich durchaus verzichten können. Diesem Gedanken hätte sich das Opfer in dem Rettungswagen oder die Leiche in der Kiste (falls eine drin war) gewiß angeschlossen. Das war wirklich irre. Warum sollte ein Leichenwagen um diese Nachtzeit wie angesengt durch Glasgow fegen? Eindeutig was für mein Notizbuch »Einfälle« – »Während sie ihn zu beruhigen versuchten und wiederholten, es sei alles in Ordnung, er würde es schon schaffen, sah Clay durch das hintere Fenster, daß ein Leichenwagen sich anschickte, sie zu überholen ...«

Na ja, in *der* Klemme stecken wir ja wohl alle vom ersten Tag an. Nix zu machen. Wenn man so brutal daran erinnert wird, ist das allerdings peinlich. Vom Anblick des Krankenwagens stimuliert, stoppte Horace sein Hitparadengezwitscher, um das bevorstehende große Ereignis seiner revolutionären Hüftgelenksoperation zu verkünden. Ich war mir nicht ganz sicher, ob er mit »revolutionär« sagen wollte, daß er eine frei rotierende Hüfte bekommen sollte, oder daß die Ärzte auf Rollschuhen skalpellschwingend um ihn kreisen würden – oder daß er Nutznießer irgendeiner medizinischen Neomagie werden sollte. Was sollte das? Hüftgelenke und Leichenwagen waren für eine Generation in lockerer Partystimmung kein Thema.

»Ich bin der erste in Schottland, der das bekommt«, prahlte Horace.

Hipp hipp hurra! Ich scheiß mich an.

Seien wir ehrlich – es war nicht so sehr der Gedanke an das Metzgerauto und die Leichenrutsche, die übers Glasgow Cross gefegt waren, der mich immer noch so irritierte, während jetzt die Argyle Street schwarz unter unseren Reifen knisterte. Nein, es war der verdammte Käfer, der mich fertigmachte, wie der so dunkel meinen Weg gekreuzt (insofern ein schneebedecktes Auto etwas »dunkel« anstellen kann? Ja, wenn ich auf das raus will, was es im Schilde führt) und mit dem von ihm aufgewirbelten moralischen Schneematsch fast mein kleines Optimismusfeuer wieder ausgelöscht hatte, das ich Flämmchen für Flämmchen angeblasen hatte.

»Was glaubst du eigentlich, wer du bist?« fragte eine Stimme plötzlich in meinem zugigen Schädel. Es war natürlich Jeremia, mit einer unbeholfenen Nachahmung meines alten Chemielehrers »Bunsen« Brenner, eines Mannes, der mit eisigen Kieferzangen verbal zugriff, wenn er wütend wurde – etwa alle drei Minuten. Genau dieser Mann hatte zu mir gesagt – nachdem ich ein Reagenzglasspielchen von kosmischer Bedeutung versaubeutelt hatte –, aus mir würde nie was, ich würde nie mehr wert sein als »ein Schweinefurz in einer angeschlagenen Flasche«, ein vulgäres Bild, das von meinen aufgeweckten Kollegen, die es irgendwie fertiggekriegt hatten, aus ihrer Kupfersulfatlösung Kristalle auszubrüten, mit genüßlichem Gegacker begrüßt worden war. Was hatte ich eigentlich vor? wollte Jeremia wissen. Ich zuckte im Geiste die Achseln. Bloß ein paar Freunde besuchen, nicht wahr, dem Gestern kurz die Hand schütteln. Daran konnte doch nichts Schlimmes sein. Ich wußte in meinem Innersten, daß es ein törichtes Projekt war, etwa so sinnvoll wie Mogeln beim Patiencelegen. Es ist seltsam, wie rasch die Begabung, sich genau zu erinnern, zu Nostalgie degeneriert. Die Neurologen wissen ja genau Bescheid, was alles in dieser Ameisenkolonie vor sich geht, die wir Gehirn nennen, es dauert nicht mehr lange, und die legen die Chemikalie auf den Tisch des Hauses, Sie wissen schon, die, mit der man sich dann erinnern kann, daß Mutti mal einen Hut getragen hat, und der hat derartig wie eine Schnecke ausgesehen, daß er ihre Gedanken verlangsamt hat. Das Gedächtnis ist nichts irgendwie Besonderes, kein Anlaß zu mystischem Geraune. Es geht schließlich nur um die Reaktivierung neurologischer Muster, die dem Kortex eingeprägt sind und –

»Schnauze!« schnappte die Stimme in meinem Kopf. »Versuch bloß nicht, uns mit diesem pseudomedizinischen Quatsch abzulenken. Befassen wir uns lieber mit ein paar Tatsachen. Clay, du bist ein moralisches Stinktier, ein dreistes Desaster von einem Mann. Dieser pestzerfressene

Zwerg neben dir, dieser Homunkulus, ist im Vergleich so rein wie –«

»Herrgottnochmal, Horace«, knurrte ich und starrte in den frischgefallenen Schnee draußen, »wo ist denn jetzt dieses verdammte Ding?«

Wir fuhren nun schon seit geraumer Zeit in den perlglänzenden Straßen von Possil hin und her, im Taxameter tobte ein Blizzard von Schulden, und der Fahrer hielt sich an eine Topographie, die sein eigener geldgieriger Kopf sich ausgedacht hatte und die kaum mit der Realität der Stadt in Berührung kam. (Ich war mir sicher, daß ich jetzt zum zweiten Mal die Blindenanstalt hatte vorbeiziehen sehen.) Wir folgten jetzt eindeutig unseren eigenen Reifenspuren, hatten das in der Tat seit dem Moment getan, als Horace' erster Versuch, den genauen Ort zu benennen, sich als Fehlschlag herausgestellt hatte.

»Wir müssen schon daran vorbei sein«, winselte er. »Ich weiß, die Straße kommt nach einem roten Möbelgeschäft und einer Arztpraxis.« Als ich fluchte, erläuterte er, im Schnee sähe eben alles gleich aus. Anders, meinte er wohl. Wie konnten die Dinge gleich aussehen? »Versuchen Sie es an der nächsten Ecke«, instruierte er den Fahrer mit seiner Sirupstimme. »Ich glaube, nun finde ich mich zurecht.« Solange sein Zähler einen Shilling die Minute absaugte, war es dem Fahrer egal, von einer Örtlichkeit zur anderen zu kurven, tatsächlich schien er gerne bereit, jede Nebenstraße, Seitenstraße, Querstraße und Sackgasse zu inspizieren, die Possilpark zu bieten hatte. Ich hätt's mir denken können, daß es das nicht bringt – mit Horace im Taxi zu einer so unklaren Adresse zu fahren! Denn als wir ins Auto geklettert waren, hatte er eine Straße genannt und dann hinzugefügt: »Ich glaube wenigstens, daß das so heißt, aber ich weiß es dann gleich, wenn wir dort sind.«

Diese Geschichte da von der Bestrafung der Hybris, mit der's die alten Griechen immer hatten: Ich bekam jetzt meine doppelte Dosis ab. Ich konnte sie fast hören, diese olympische Bande, wie sie in ihren Nachthemden herumsitzen und Trauben fressen: »Schaut euch diesen Clay an, der glaubt, er kann sich alles erlauben. Die Frau in der Klinik, und der vögelt durch die Gegend, als wär er ledig oder was. Dem ist das scheißegal. Wird Zeit, daß wir dem mal einen Knüppel zwischen die Beine ...«

Ja, das hatten sie dann auch erfolgreich durchgezogen – Samstag nachts in einer Geldvernichtungsmaschine gefangen mit einem Zwerg ohne Gedächtnis!

Je länger ich dasaß, desto stärker wurde das Gefühl, ich sei eine Figur aus einem von diesen hochkünstlerischen Streifen, die sie so gerne im Cosmo zeigen. *Le Taxi* könnte man das hier vielleicht nennen, mit Jean Gabin als Fahrer, ich selbst gespielt von Alain Delon (was denn, was denn, das ist mein Film!), und José Ferrer kann noch einmal seine Toulouse-Lautrec-Nummer abziehen und den Horace machen. Der Film wäre nach dem Muster dieses ganzen Avantgardekrams so etwa eine Meile gesprenkeltes Zelluloid mit nichts anderem drauf als der immer wiederkehrenden Einstellung, die ein Taxi zeigt, das mit leuchtenden Schneeflokken beworfen wird, während es in eine Seitenstraße fährt, umdreht und wieder herauskommt. Währenddessen grinst Gabin seine Fahrgäste im Rückspiegel diabolisch an; Horace Lautrec pfeift fanatisch und späht durch den klaren Fleck, den er an der Scheibe freigerieben hat; Delon verwandelt sich mittlerweile in einen Taxameter, ein unangenehm metallischer Prozeß, der damit beginnt, daß die Phantombilder sich rasch multiplizierender Zahlen über seine Augäpfel ziehen. Langsam, aber leider nicht besonders langsam, verwandelte sich der Zähler dieses Taxis in massives Gold – da steckte jetzt schon ein halber Wochenlohn drin. Und wir konnten jetzt auch nicht einfach aussteigen, Onassis auszahlen und zur Party latschen, wo immer das sein mochte. Um Saracen Cross herum mit einer Ladung Bierdosen zu Fuß unterwegs, das war etwa so sicher wie Haffeys Fußballtor, Wembley 1961. Hier gab es Gangs, die ließen die Hell's Angels wie motorisierte Mönche aussehen.

Die Supermarkttüte auf Horace' Schoß raschelte, als er sich vorbeugte. »Hier hinunter, glaube ich.« Wir schwankten eine Straße hinab, die aussah, als hätte eben erst die Luftwaffe ein höchst erfolgreiches Bombardement eingestellt. Auf einem leeren Grundstück zwischen zwei bröckelnden Mietshäusern brannte ein großes Feuer, um das lebensgefährlich aussehende Kinder herumrannten. Diese Minivandalen bepfefferten sich gegenseitig mit Schneebällen, aber andere, denen das zu harmlos war, schmissen Ziegelsteine und Eisenteile. Schon knallten Schneebälle gegen die Taxifenster, als der Wagen über den schneebedeckten Müll hoppelte, von dem die Straße ihre beunruhigend buckelige Oberfläche hatte. Neben dem Feuer lag auf dem Rücken die leere Hülse eines Hillman Minx; geschmolzener Schnee troff aus dem Unterteil, während eine kleine Göre, das perfekte soziologische Belegexemplar für das mehrfach benachteiligte Stadtkind, vom Hooliganismus ihres genetischen Erbes angetrieben, mit einem Stahlrohr auf den Auspuff des Minx eindrosch. Graffiti, die Schuppenflechte der Slums, bedeckten alle Mauern – Drohungen, noch mehr Drohungen, die Territorialmarken der Bandenkultur. Wir dümpelten langsam an ausgeraubten Geschäften vorüber, deren Fenster man mit Brettern zugenagelt hatte, obwohl manche von den Brettern bereits wieder geklaut waren, wahrscheinlich von den Feuergören. Da die einzigen Wohnungsfenster in den Mietshäusern, die man von hier aus sah, zu Schlafzimmern gehörten und dunkel waren, wirkten die Gebäude verlassen. Unten am Ende der Straße – he, das mußte die Angeberecke sein! – leuchteten hie und da ein paar tapfere Weihnachtsbäume. Gelegentlich wurde eine Gardine zur Seite gezerrt, und jemand besah sich das zweifellos seltene Schauspiel eines Taxis in dieser Gegend.

Der Fahrer brachte, Horace' Anweisungen folgend, das Taxi zum Stehen. Im Hauseingang gegenüber flatterte ein nervöses Gaslicht über die zerschundenen Wände. Immer noch pochten Schneebälle gegen das Auto. Ich schaute durch das hintere Fenster: die Kinderhorden wurden immer zahlreicher, was mich nervös machte. Wenn sie es jetzt langweilte, Holz zu verbrennen, und sie sich nach einem neuen Heizmaterial umsahen? Derselbe Gedanke mußte unseren Taxifahrer heimgesucht haben, denn er tastete nicht, wie ich gedacht hatte, nach einem Sack, der groß genug war, das ganze von uns zu erstattende Fahrgeld aufzunehmen, sondern holte einen Gummiknüppel hervor, einen gewichtig aussehenden polizeioffiziellen Kürbisknakker. Diesen legte er neben sich hin. Interessant.

»Ich sehe eben mal nach«, sagte Horace, als er die Tür öffnete und sich anschickte auszusteigen.

Ich packte ihn am Arm. »Siehst wonach?«

Er blinzelte mich empört an und deutete dann auf ein erleuchtetes Fenster, links im ersten Stock. »Das ist es. Am besten schauen wir erst einmal, ob sie nicht irgendwo anders hin sind. Würde endlos dauern, bis wir wieder ein Taxi haben.«

Ich nickte, es klang vernünftig. Horace verließ das Taxi und fing an, mit der Supermarkttüte herumzufummeln. Er zog eine in Papier eingewickelte Flasche heraus. »Dein Whisky«, sagte er, als er sie mir hineinreichte. Ich nahm sie und steckte sie weg. Der Fahrer beobachtete den ganzen Vorgang mit funkeläugigem Interesse. Ich rieb den Daumen hektisch am Zeigefinger: »Das Moos, Horace. Wir hatten ausgemacht, daß wir den Fahrpreis teilen, ja?«

In diesem Augenblick verfing sich der kleine Penner im Wirbel einiger wohlgezielter Schneebälle – eines der Geschosse streifte ihm fast die Brille vom Gesicht, ein anderes ging beinahe mit seinem Toupet durch. »Ich werde dir alles, was du jetzt vorstreckst, ersetzen, wenn du dann droben bist.« Weitere Volltreffer stäubten auf seinem Rücken auf, während er zum Hauseingang hetzte. Dort hielt er inne, um sich dann umzudrehen – und mit erhobenem Arm, der die Schneebälle abwehren sollte, rief er: »Ich gebe dir das Signal vom Fenster! Sieh nach oben!« Er klatschte sich Schnee vom Mantel und lief in den Eingang, wo er gleich im trüben Dämmerlicht verschwunden war.

Während ich das Fenster im Auge behielt und auf das Signal wartete, mich der Party anzuschließen, verlangte der Fahrer mit einem Mal seine Moneten. Ich hatte keine Wahl, als ihm den größten Teil meines Haushaltsgelds für die kommende Woche auszuhändigen. Ich glaube, der Hund erwartete sogar noch ein Trinkgeld – eins auf die Ohren wohl eher! Die Geldübergabe hatte meine Aufmerksamkeit kurz von dem Fenster abgelenkt, und als ich wieder hinaufschaute, sah ich eben noch, wie die Gardine an ihre alte Stelle zurückfiel. Horace mußte mir das Zeichen gegeben haben. Nicht, daß das eigentlich eine Rolle spielte, weil der Fahrer, ein sehr impulsiver Mensch, jetzt beschlossen hatte, mich rauszusetzen. Nachdem das Bombardement zugenommen hatte (einige der geworfenen Gegenstände waren definitiv keine Schneebälle), knurrte er: »Also gut, Meister, das isses – verpiß dich!« Dankbares Kerlchen – ich hatte ihm genügend Geld für eine Anzahlung auf *zwei* Bisamjacken gegeben, aber er? »Hast du mich verstanden, Sportsfreund?« Daß er den Polizeiknüppel ein wenig hob, erschien mir übertrieben dramatisch. Nicht daß ich das Gerät nicht hätte brauchen können, als ich Sekunden später mit Höchstgeschwindigkeit über das Pflaster rannte und trotzdem alles abkriegte, was diese mehrfach benachteiligten Kretins nur in die Finger bekamen, Schneebälle, Mülltonnendeckel, Steine, was man nur wollte. Ich verwünschte sie in vollem Lauf und floh in den Hauseingang.

Wie ich um die Ellbogenecke des Korridors hastete und mich bereitmachte, die erste Treppe hinaufzustürzen, dachte ich kaum noch an den Taxifahrer, obwohl es durchaus drin war, daß sein Auto bald nur noch eine Schrottspur auf der Fahrbahn war und man dem Chauffeur die Eier röstete – man konnte nur beten. Ich sah auf das Namensschild an der Tür zu meiner Linken: »J. Frost«. Sehr angemessen, denn ein Luftzug fuhr durchs Haus, der kalt genug war, um einem Pinguin den Arsch abzufrieren, er kam von dem zertrümmerten Fenster auf dem ersten Absatz die Treppe heruntergefahren.

Doch war nicht alles Düsternis und Kälte: ein jugendlicher Slumbewohner hatte in kreativer Stimmung ein Spinnennetz an die Wand gesprayt, dessen silberne Fäden klug so angeordnet waren, daß sie jedem Aufwärtsstapfenden auffallen mußten. Sauber ausgeführt, und in der Mitte saß auch die große Konstrukteurin und träumte von netten Fliegenbesuchen. Zweifellos von diesem gelungenen Ensemble ermuntert, hatte sich Possils kleiner Picasso als nächstes an eine leichtfaßliche Darstellung der weiblichen Genitalien in Interaktion mit dem männlichen Werkzeug gemacht – eine nicht vollendete Interaktion, was einen auf die läppische Idee bringen konnte, daß der scharfe Sprayer im entscheidenden Moment von einem elterlichen Hieb hinter die Löffel unterbrochen worden war, gerade als es kitzlig wurde: Coitus interruptus! Das Klo auf dem Treppenabsatz hatte einen Kunden, der, nach seinem schmerzlichen Gegrunze und Geseufze zu urteilen, gerade einen scharfkantigen Backstein schiß. Ich hoffte um seinetwillen, daß er da drin ne Gasmaske hatte. Mit angehaltenem Atem ging ich vorbei und die zweite Treppe hoch. Die Wandmalereien waren hier das Werk kleinerer Meister, banaler Hooligans, die nicht über ihre Bandenparolen hinauskamen.

Der nächste Treppenabsatz, erleuchtet von einer giftig glühenden Gaslampe, wäre gerade das richtige Bühnenbild für ein Stück von Beckett gewesen: Hauptrequisit in der

Mitte der Bühne: ein Eimer voller Asche, Teeblätter, Gemüseabfälle (gespielt vielleicht von Nigel Williamson) steht auf dem kratzigen Beton; drei Türen gehen von dem Absatz ab, von denen zwei – die linke und die mittlere – den Eindruck machen, als habe man sie gründlich vollgekotzt und dann mit farblosem Lack behandelt. Die verbleibende Tür rechts ist mit einem gewalttätigen Ochsenblutrot angestrichen und hat eine Terrazzostufe: Symbol des Wohlstands in der Mietskaserne der fünfziger Jahre. Diese Tür ist halb geöffnet, und von drinnen hört man Country and Western, in diesem speziellen Fall Johnny Cash mit »Orange Blossom Special«. Clay nähert sich der Tür und bleibt zögernd davor stehen. Er wirkt zerzaust; seine Jacke zeigt die feuchten Spuren gutgezielter Schneebälle. Er streift sich das recht lange Haar aus der Stirn, dann zieht er die in Papier eingeschlagene Flasche aus der Tasche. Er klopft an die Tür ...

Die Musik gefiel mir, die Stimmung nicht. Das Namensschild lautete auf »Pike«, kein sehr freundliches Etikett, aber vielleicht war dieser Hecht ja sanfter als sein Name – ich hatte zum Beispiel bei der Eisenbahn einen gewissen Broozer kennengelernt, der stellte sich dann als kreuzbrave Tunte heraus. Niemand schien mein Klopfen zu hören, also knöchelte ich etwas fester gegen die Tür. Johnny Cash hatte mit »The Long Black Veil« losgelegt, etwas morbid für meinen Geschmack, aber jedenfalls leiser. Kein Ciggy McQueen, kein Benny Spencer kommt herausgerannt, mich zu begrüßen, mir mit begeistertem Schulterklopfen zuzurufen: »Tam Clay – du alter Arsch! Wie geht's denn? Mensch, ist das lang her ...«

Ich hörte, wie drunten im Klo gespült wurde, dann, wie man den Riegel innen losrüttelte. Dem Gestöhne und Geseufze des Mannes entnahm ich, daß nicht unbedingt ein Mann in der Blüte seiner Jahre auftauchen würde, und ich hatte recht: die Ruine eines früher einmal beeindruckend gebauten Mannes wankte hervor. Seine Klamotten hingen konfus an ihm herum – der Gummizug seiner Unterhose kringelte sich über die Hose, deren Gürtel offen herunterhing, sein Reißverschluß stand offen, und seine fleckige graue Wolljacke war asymmetrisch zugeknöpft. Aus seiner Brust drangen – als wären dort uralte Maschinerien untergebracht – bedrohliche Ächzgeräusche, eine Art Generalprobe des Todesröchelns. Tot, aber nicht vernünftig genug, sich auch hinzulegen. Wie man sich täuschen kann! Der Graubart stellte sich als robuster alter Bursche heraus. Er kam näher, und ich hatte seinen Geruch in der Nase, eine scharfe Dosis Pisse, faulendes Zahnfleisch und ungewaschene Achselhöhlen. »Sind das schon die Neujahrsglokken?« keuchte er und streckte eine schmutzige Hand aus, um die Flasche zu berühren. »Kann mich nicht mal erinnern, daß Weihnachten war.« Ich entzog mit ausholender Bewegung die Flasche seinem begehrlichen Tasten. »Hast kein Herz«, bemerkte er. Eben noch rechtzeitig griff er sich seine stinkigen Hosen, die ihm auf die Knöchel fallen wollten. Er zerrte sie mit der rechten Hand hoch und winkte mich mit der anderen in die Wohnung. Der Flur war dunkel bis auf einen Lichtkeil, der aus einer halboffenen Tür fiel. Auf einem kümmerlichen Teppich strich wie ein Streifen Nebel eine graue Katze herum. »She walks the night in a long dark veil ...« sang Johnny Cash hinter einer geschlossenen Tür. Aus dem Zimmer drinnen konnte ich jetzt auch Stimmen und Gelächter hören.

Der Alte bedeutete mir, ihm zu der halb offenstehenden Tür eines Zimmers zu folgen, in dem sich entweder ein Fernsehgerät oder ein Radio befand, das volle Pulle lief. »Komm mal in mein Nest und schau zu, ob du mir 'n besseres Bild holen kannst.« Ich folgte ihm in eine Krypta, so kalt, daß die Leichen im Schauhaus gezittert hätten. Und es stank! Ein richtiges Skunkmausoleum. Die Tapete des Zimmers wurde von einem aggressiven Schimmelpilz aufgezehrt, und in der Nähe des Fensters mit seinen zugezogenen

Gardinen war ein Gipsbrocken von den Deckenlatten abgefallen. Es hätte mich gar nicht überrascht, wenn eine Ratte den Kopf durch dieses Loch gesteckt und eine weiße Fahne geschwenkt hätte. Auf einer massiven Frisierkommode, die sich trübe in einem gesprungenen und staubigen Spiegel verdoppelte, lagen Stapel von Westerntaschenbüchern und Boxmagazinen. Der Fernseher stand auf einem niedrigen Tisch neben dem Bett, umgeben von genügend Pillenschachteln und Medizinfläschchen, um die Kranken von Bombay zu kurieren. Das kahle Eisenbett, auf dem mehrere dicke Mäntel als zusätzliche Decken Dienst taten, sah aus, als habe es schon viele Sterbende gesehen. Der alte Mann kickte seine Hausschuhe von den Füßen und kroch mit vielen knarrenden und knackenden Geräuschen – entweder das Bett oder seine Knochen waren am Auseinanderfallen – unter die Mäntel und Bettdecken. Ich nickte zu dem Gasofen in der Ecke hinüber, einem zahnlos aussehenden Exemplar, weil einige Gitterstäbe fehlten. »Wär besser, wenn du den anhättest, Alter.«

Er schüttelte den Kopf. »Die lassen mich nicht, Sonny.« Seine mageren Schultern bebten. »Kalt genug, um nen Husky umzubringen – und die lassen mich nicht.« Er wedelte mit einer fast durchsichtigen Hand zu dem flackernden Fernseher rüber. »Auf geht's, mach mal.«

Ich fing an, mit der kleinen Drahtschleifenantenne zu wackeln, die auf dem Fernsehgerät stand. Der Fernseher war so uralt, daß es schon ein Wunder war, daß er überhaupt noch ein paar bibbernde Bilder erzeugte, Bilder von einer Art elektronischem Hades, in dem Gesichter, Wolken und Rauchfahnen in zuckenden Bewegungen über den dämmrigen Bildschirm zogen. Ein altes, abgerissenes Gestern aus fleckigen Himmeln und maseriger Bewegung stockerte herauf. Sich windende Schattenklumpen teilten sich, teilten sich wieder zu huschenden Kaulquappen, die zu Menschen wurden. Man sah einen König oder einen von diesen schwachköpfigen Gesandten, die auf dem Misthaufen des Vorkriegseuropa krähten und stolzierten, von Speichelleckern umgeben bei einem Pferderennen. Er schüttelte einem Jockey – so winzig, daß er aussah wie ein Püppchen in Seide – die Hand. Die Kamera log eine rasche Bewegung zusammen und verlieh allem eine derart hektische Geschwindigkeit, daß es kein Wunder war, wenn Europa noch im selben Jahr in Stücke fiel. Ich drehte an der Antenne. Ein Bart sprang aus dem Nichts ins Gesicht der wichtigen Persönlichkeit. Eine korpulente Puppe mit Orden, groß wie Dauerlutscher, schoß aus einer Spielzeugeisenbahn hervor. Verkehr fauchte und fegte um sie herum. Ein Teppich rollte seine Zunge aus. Der Botschafter schritt gravitätisch durch das Dämmergrau, um einen lächelnden Verräter mit einem Handschlag zu verzaubern, dann sprangen beide in ein tiefes dunkles Automobil. Schwarze Blüten von Menschen in den nassen Straßen …

»Das ist Scheiße«, sagte der Alte.

Ich drückte den Daumen auf einen Knopf. Eislauf; kein schlechtes Bild. »Das bringt's«, sagte der alte Ganove mit lustvollem Grinsen. »Ich schau mir gern die kleinen Schlüpfer an.«

Er hob zwei nikotinfleckige Finger an die Lippen und mimte einen Raucherzug. »Gib mal nen Stengel, Sohnemann.« Ich hielt ihm mein Päckchen hin, und schon hatte der agile alte Sack drei Zigaretten in der Hand. »Wo ich doch Weihnachten verpaßt hab, was?« Er zwinkerte mir zu und setzte dann ein Grinsen auf, das sein beiges Zahnfleisch kraß entblößte. »Und wo wir dabei sind«, fügte er hinzu, »noch'n paar Anreißer.« Er fingerte sechs oder sieben Streichhölzer aus der Schachtel und stopfte sie in seine Jakkentasche. Ich wollte dem Gestank des Zimmers endlich entrinnen und ging Richtung Tür. »Also«, sagte er und sah sehr zufrieden drein unter seinen ganzen Mänteln, der Mops im Paletot, »wenn du mir noch was Gutes tun willst, weißt ja, wo ich wohne.« Dann machte er etwas Merkwürdiges: er hob den Finger, tippte sich an die Schläfe und deutete dann auf die Wand, durch die schwach die Musik drang. Es war deutlich, was er meinte: Offenbar betrachtete er die Partygäste nebenan als Kandidaten für die Gummizelle. Ich ließ ihn liegen, wie er sich lüstern das Gekreisel einer dickschenkligen Eisprinzessin anschaute.

Im Flur stellte sich die graue Katze, die beschlossen hatte, auch auf die Party zu gehen, neben mir auf, während ich einen Moment innehielt, um mich präsentabel zu machen. Ich bürstete mit der Handkante einen Kalkfleck von meinem Jackenärmel, fuhr mir mit den Fingern durch die Haare, und dann öffnete ich, die Flasche in der halb ausgestreckten Hand (so daß es, wie ich hoffte, freundschaftlich und großzügig wirkte), die Tür und segelte mit einem leicht übertriebenen dionysischen Ausfallschritt in die Party.

23

Es wurde möglicherweise etwas in diesem Zimmer gefeiert, nur sah es, was es auch war, für mich hochgefährlich aus. Vier Männer in Hemdsärmeln saßen kartenspielend in einer so massiv aufsteigenden Qualmwolke da, daß man hätte denken können, ihr Tisch stünde in Flammen. Ein Hund war auch anwesend, der lebende Beweis, daß der Wolf in Schottland durchaus nicht ausgestorben ist. Beim ersten Blickaufprall wirkte das Zimmer wie eine permanente Kollision zwischen einem Brauereilastwagen und einem Transport alter Möbel. Bierdosen und Flaschen standen überall – auf dem Barschrank, um den Dansette-Plattenspieler herum, zwischen den Weihnachtskarten, die auf dem Kaminsims aufgereiht waren, auf dem Büffet, wo mir schon zum zweiten Mal heute König Billy begegnete, auf seinem Boyne-Roß, diesmal kein Bild, sondern eine Porzellanstatuette. Weitere Bierdosen besetzten den Tisch, standen zwischen den überfüllten Aschenbechern, Zigarettenpäckchen und den Alufolienbehältern, aus denen die Herren ihren Imbiß gegessen hatten. Dann standen da die Gläser, manche leer, manche halb voll – und das Geld lag da, das Geld nicht zu vergessen, mehr Moos, als ich je außerhalb einer Bank gesehen hatte.

Ich kenn mich mathematisch nicht aus, aber ihr könnt mir das aufs Wort glauben: Der lethale Trab der Zeit läßt sich verlangsamen, vielleicht sogar anhalten. Denn dies geschah, als ich das Zimmer betrat – alle Zeit fiel von der Szene ab, und die Bewegung auch. Wie ein Wachsfigurendiorama, das verschiedene Varietäten des Bösen darstellt, saß das Spielerquartett reglos um den Tisch. Einer, ein riesenhafter Mann, der ein dunkelblaues, mit Sternen übersätes Hemd trug, war mitten im Austeilen erstarrt, und in dieser eingefrorenen Bewegung erkannte ich, wie klein und zierlich das Päckchen Karten in seinen Schaufelhänden aussah. Neben ihm saß ein Mann mit einer Schuhlöffelnase regungslos im Akt des Geldzählens festgebannt; ein weiterer Kartenspieler war versteinert worden, als er gerade nach seinem Feuerzeug griff, und der letzte hatte den Zeigefinger herrisch erhoben, als habe er gerade im Augenblick meiner Unterbrechung mit großem Nachdruck etwas behauptet. Ich aber – obwohl das Adrenalin durch meinen Organismus spülte und LAUF ZU! schrie, ich stand da und brachte nicht mal einen leisen Furz zustande, wie die Pompejaner, als der Vesuv damals grüßend den Hut abnahm. Die graue Katz war natürlich wieder aus der Tür geprescht, und man hörte sie über den Flurteppich davon wetzen, in Sicherheit. Während aus der Köterkehle ein leises Grollen aufstieg, blieb es dem Riesen mit seinem Sternhimmelhemd überlassen, den Bann zu brechen, sich zu erheben (es schien, als würde er endlos, endlos aufstehen) und auf mich zuzustampfen. Dies war das Signal für alle, sich wieder aus der Erstarrung zu lösen, vor allem für mein Arschloch, als der Hund so nahe herangerannt kam, daß er mir bequem die Knie abnagen konnte. Aber diese Bewegung stockte noch, die Zeit lief mit halber Geschwindigkeit, das Gegenteil des alten Fernsehers drüben. Langsam, Einstellung nach Einstellung, nahmen die Ereignisse Tempo auf. »It ain't me, babe, it ain't me you're lookin' for, babe...« knurrte Cash mit einer tiefen Stimme wie eine fast abgelaufene Walze. Ein Befehl kroch langsam aus dem Mund des Sternenhemdkolosses, und die Absicht des Schäferhundes, meine Kniescheibe zu verspeisen, war vereitelt. Er hielt an, wich einen Schritt zurück und sträubte zwar immer noch gemein das Fell, steckte aber die frustrierten Reißzähne wieder weg. Ein weiterer Befehl ließ das Tier an mir vorbeitraben und an der Tür auf Posten gehen. Der Herr des Hundes, dessen wabbelnde Brust die Sterne durch den Himmel stieß, kam auf mich zu getrampelt. Er war gut über sechs Fuß groß; wenn er behaupten sollte, es wären sieben, würde ich auch nicht mit ihm streiten. So rabiat kurzgeschoren war sein Haar, daß es ihm wie Eisenfeilspäne um den Kopf klebte – eine Pflugschar hätte man an so einem Schädel schärfen können. Alles in allem sah er mit seinem Fischmund und mit dieser diffusen schwarzen Energie, die in seinem Blick flackerte, so aus, daß ein Brontosaurus daneben niedlich wirkte. Er blieb einen Fußbreit vor mir stehen, und dann kippte er langsam seinen enormen Oberkörper zu mir her, schob sein Gesicht nahe an meins und brachte mich mit seinem massiven Atem ins Schwanken. Er stellte zwei sehr grundsätzliche Fragen: »Wer zum Teufel bist du?« und »Wie kommst du hier rein?«

Es ist schwierig, einem Riesen zu erklären, daß man von einem Zwerg hereingelegt worden ist. Das beste ist, man hält sich an die Tatsachen, und die tatsächlichste von denen war es, daß ich blöd genug gewesen war, auf der Suche nach einer Party in die falsche Wohnung zu latschen. Eine Entschuldigung durfte man natürlich erwarten, und ich brachte eine Fülle von Entschuldigungen vor, mit, hoffte ich, genau der richtigen Mischung aus Humor, Selbstkritik und Zerknirschung. So ein dummes Mißverständnis. Also wirklich. Der alte Herr hat mich reingelassen. Der war grade drunten auf dem Klo, versteht ihr. Hat mich reingeholt, damit ich ihm seinen Fernseher repariere. Sonst wär ich ja nie –! Gotteswillen! Muß mich in der Hausnummer geirrt haben. Na ja, kommt leicht vor, wenn die Kinderchen draußen sich den unschuldigen Spaß machen, mich mit Schneebällen und Mülltonnendeckeln vollzuballern. Ja, tut mir leid, tut mir sehr leid. Tut mir wirklich leid, Meister. Ja, und dem Horace würde die Sache noch sehr viel mehr leid tun, wenn ich den kleinen Bastard zu fassen kriegte. Der hatte mich offensichtlich voll gegen den Schrank laufen lassen – war durch den Hintereingang gleich wieder raus, auf und davon. Diese Kreuzfahrt mit dem Taxi war seine Rache gewesen. Wenn ich mir's recht überlegte – wohnte der kleine Scheißkerl nicht sogar in der Gegend? Er hatte anscheinend beschlossen, mir die ganzen Beleidigungen der Vergangenheit heimzuzahlen, hatte lange daran gekaut. Und jetzt der Rache Meisterstück – er hatte mich bei diesem Quartett hier eingeschleust, das aussah wie die Auslese aus Possils Spitzenpsychopathen.

Ich konnte mich auch täuschen. Vielleicht war Horace von der Perücke bis zu den Stiefeln von Waldi Reißzahn hier aufgefressen worden, sobald er seine kleinen Füßchen auf den Flurteppich gesetzt hatte. Was wußte denn ich – vielleicht hing er wie ein enthäutetes Wiesel in der Küchenkammer an einem Fleischerhaken. Der alte Knallkopf im Fernsehzimmer drüben löffelte vielleicht in diesem Augenblick als besonderes Freßchen Le cerveau de Horace auf den Katzenteller. Ach nein, das Glück hatte ich sicher nicht, der Bursche rannte durch das Labyrinth der Hinterhöfe und Nebenstraßen, hatte den Löwenanteil von unserem Supermarkteinkauf in den Armen und zog jetzt fröhlich nach Hause, unter den flachen feuchten Stein, wo dieser verseuchte Unhold ruhig und sicher hauste.

Der Nachthimmelriese lachte. War das ein hoffnungsvolles Zeichen? Wohl nicht – Peter Manuel hatte bis zur Hinrichtung auch immer viel gelacht, oder? Er drehte sich halb zu dem Trio am Tisch und sagte: »He, Jungs, hört euch das an – der Vogel hier hat, was glaubt ihr wohl, ne Party verlegt! Wie heißt du denn, hm? Tommy, wie?« Er drehte sich wieder zu den Spielern. »Na, wo habt ihr denn eure Manieren! Habt ihr nicht gehört? Tommy sucht ne Party.« Das Trio machte unisono spöttisch: »Ooooh.« Der gestirnte Riese nickte. »Schon besser. Ist zwar nur ne klitzekleine Party, aber schau doch mal nach, Frankie, ob sie hinter den Tisch gefallen ist.« Frankie, ein unangenehm aussehender

Typ mit schuppiger Stirn und einem punktgroßen Schnurrbart machte sich tatsächlich die Mühe, nachzusehen, ehe er stur den Kopf schüttelte. »Nix da, Malky.« Der Große zuckte die Achseln. »Vielleicht hast du sie irgendwo in der Tasche, Bilko.«

Bilko, der ein weißes Hemd und eine schwarze Weste trug, fing an, seine verschiedenen Taschen abzutasten. Er war stämmig, überall wucherte ihm schwarzes Haar, nur nicht auf dem Kopf – es bedeckte seine Brust bis an den Hals, seine Arme und seine Handrücken, daß er aussah wie ein kahlköpfiger Panda. Die Augen hinter der massiven Brille aber waren so seelenlos wie die des Haifischs, den ich erst gestern – vor Jahrhunderten, schien es mir – im Fernsehen gesehen hatte, zu Hause. Bilko tappte mit der Hand gegen eine der oberen Westentaschen. »Keine Party«, sagte er, um dann plötzlich aus dem letzten verbliebenen Täschchen ein kleines quadratisches Päckchen rauszureißen und es in der Luft zu schwenken. »Na ja – ne ganz kleine Party.«

Sie heulten vor Lachen. Die Sterne auf Malkys Hemd wogten chaotisch, während die drei Männer am Tisch zusammenbrachen. Ich überlegte, daß es vielleicht für mich sprechen würde, wenn ich ein bißchen mitkicherte. Als das Gegacker ans Ende gekommen war, wandte sich Malky an den Mann mit der Schuhlöffelnase – dessen Finger wieder seinen Streifzug durch das flache linke Nasenloch aufgenommen hatte: »Hast du vielleicht was droben in deiner Trompete, Cadge? Nee? Hätte ja sein können, daß sie da abgeblieben ist.« Malky wandte sich zu mir. »Pech gehabt, mein Junge – keine Party hier.«

Ich war fast bescheuert genug, ihnen für ihre Mühe zu danken. »Dann geh ich wohl besser«, sagte ich. »Tut mir leid, das Mißverständnis.«

Er nickte, und die anderen tranken und rauchten und beobachteten mich. Ich machte ein paar Schritte rückwärts. Ein kehliges Knurren des Hundes ließ mich anhalten.

»Also, bis dann«, sagte Malky.

»Bis die Tage«, sagte Cadge grienend.

»Könn-könnten Sie vielleicht den Hund zurückrufen?« fragte ich.

»Ihn Zurück rufen?« Er schüttelte den Kopf. »Nee, nee, ich glaub, der ist jetzt Shane gewöhnt.«

Stichwort für erneutes Gelächter.

»Cadge«, sagte Malky, »schau mal nach, ob mit Vater alles stimmt.« Cadge stand auf und ging an uns beiden vorüber. Der Hund stieß ein kurzes Gebell aus, sein Herr brachte ihn zum Schweigen. Die Tür quietschte auf, Cadge ging in das Zimmer vom Alten rüber. Johnny Cash sang eintönig von einem Mann, der lebenslänglich hat und immer an die Zellenwände starrt und hofft, daß er eines Tages über die Mauer gehen kann. Ich war in einer ähnlichen Lage, aber mein Problem war nicht die Mauertour, sondern der Wolfssprung. Die Lösung lag buchstäblich nahe – die Whiskyflasche. Ich brauchte nur kurz aus der Hüfte herumzuschwenken, rasch hoch den Arm, noch rascher runter die Flasche, und – klatsch – überall Shanehirn. Aber meine Hüften blieben reglos. Und ebensowenig wie der Ringkampf mit dem Wolf schien ein Tänzchen mit Mr. Pike besonders aussichtsreich. Der deutete jetzt auf einen von den beiden abgewetzten Sesseln, die den Kamin einrahmten. »Hock dich hin.« Als ich zögerte, folgte der Aufforderung ein Befehl: »Setz dich auf deine bessere Hälfte – dahin!«

Ich setzte mich.

Cadge kam zurück, und nachdem Shane erneut seinen Zerberusposten bezogen hatte, brummte er, mit dem Alten sei alles klar, und setzte sich wieder an seinen Platz am Tisch. Pike ließ sich in den Sessel mir gegenüber fallen. Ich schaute absichtlich kaum zu dem Tisch hinüber, denn es lag ein unglaublicher Haufen Geld dort rum, vielleicht zu viel, um ganz legal zu sein. Man konnte nur hoffen, daß sie das nicht irgendwo geklemmt hatten und ich sie nicht dabei unterbrochen hatte, wie sie die Einnahmen aufteilten.In diesem Fall durfte ich erwarten, selber zerlegt zu werden. Nein, wahrscheinlich waren das die Federn, die andere Spieler gelassen hatten – Spieler, die schon längst pleite gegangen und abgezogen waren. Gewiß konnten diese ganzen Flaschen und Dosen nicht nur von den vieren hier stammen, die müßten sonst schon bewußtlos hier rumliegen. Pike zündete sich eine Cheroot an. Als sie richtig zog, fing er wieder an, mich anzustarren. Ich begriff langam, wie Fay Wray zumute gewesen sein mußte, als King Kong sie mit seinen glühenden Augen verfolgte. Er drehte sich zum Tisch. »Ich bin mal ne Weile draußen«, sagte er zu Bilko, der unruhig ein Päckchen Karten auf Kante stieß. »Geb euch mal ne Chance.« Sein Blick kam wieder zu mir zurück, und die Zigarre glühte auf, als er einen Zug nahm.

»Was machste denn so beruflich?«

Eine nette, freundliche Frage vom Brontosaurus. Gut. Wir werden uns gemütlich über dies und das unterhalten, während seine Kumpel, bis zu den Ellbogen im Geld, weitertrinken und Spielersprüche klopfen. Vielleicht könnte ich, ehe wir uns zu sehr vertieften, mit Shane mal Gassi gehen – da draußen brannte ein großes Feuer, in das ich den Bastard reinschmeißen konnte. Pike grinste, als ich ihm meine Tätigkeit nannte. Richtig, ein bescheidener Bananenpacker. (Je öfter ich dieses Büßergewand anprobierte, desto besser würde ich es aushalten können, wenn es ganz schlimm kam und ich den blöden Job wirklich nehmen mußte.) Von dem Kartentrio kamen tierische Laute. Cadge insbesondere lieferte eine subtile Imitation eines Orang-Utans, äußerst komisch. Wir amüsierten uns prächtig!

»Schon 'n komischer Drecksberuf«, sagte Pike.

Ganz genau. Jawohl, ein komischer Drecksberuf. Wer konnte Bananen schon ernst nehmen? Zum Beweis erzählte Bilko einen Witz von einer Nonne und einer grünen Banane. Hervorragend, ja, man mußte einfach lachen, sogar

Shane zeigte die Zähne. Wenn nur der große Malky mit seiner Ich-starr-dich-an-Nummer aufgehört hätte! Im Geiste schlug ich mir vor die Stirn. Wie blöd ich war! Anstatt meine Flasche als potentielle Waffe zu sehen, hätte ich in ihr ein Versöhnungsgeschenk erkennen sollen. Durch die Tükke des listigen Käpt'n Horace war ich auf einer feindlichen Insel mit vier Wilden zusammen allein – na ja, »Wilde« war vielleicht etwas zu hart, obwohl es für den Dingo an der Tür sicherlich die richtige Bezeichnung war. Was man von mir erwartete, worauf sie die ganze Zeit gewartet hatten, das war eine Freundschaftsbezeigung. In ihren primitiven Hirnen war Whisky das Äquivalent zu Glasperlengeschenken, flüssiges Wampum. Darauf warteten sie doch, und jetzt sollten sie in der Tat was bekommen – sollten alles haben, mir war es egal. Dann konnte ich gehen.

Vorsichtig hielt ich Häuptling Malky die Flasche hin. »Diese zauberkräftige Flasche, von vielen Sommern gewärmt – machen Herzen der Krieger gewaltig stark...« Nein, das sagte ich natürlich nicht, ich sagte etwas Vernünftigeres: »Was zu trinken?« Er nahm sie mir aus der Hand und wog sie in seiner fleischigen Pranke. »Hast du was Gutes hier, Tommy? Alten Usquebaugh?« Ich war mir nicht sicher, was für ein Whisky es war, weil der kleine Bastard von Horace die Getränke besorgen gegangen war, während ich ein Taxi gesucht hatte. Ich nickte trotzdem, obwohl ich erwartete, daß es billiger Fusel irgendeiner drittklassigen Destille sein würde, gewiß nicht der noble Single Malt, den Pikes Geschmacksknospen zu erwarten schienen. Mit freundlichem Wackeln seiner Bulldogenbacken stand er auf und begann die Papierhülle abzureißen. »Wodka, verstehste«, sagte er, »taugt überhaupt nix, elendes russisches Haarwasser, wird –« Er hielt mitten im Satz inne. Das Papier war von der Flasche abgefallen, die jetzt nackt in seiner Hand glitzerte. »Ach du Scheiße«, schnaubte Pike.

Das war's, da zwinkerte sie dunkel im Licht der Tischlampe, Horace lachte zuletzt: eine Flasche Pennerjauche, Rachenputzer, Desinfektionsmittel, Elektrobrühe, Urwaldkratzer, Berberbeaujolais – nennt es, wie ihr wollt, aber es war die nicht mehr zu unterbietende, die ungeheuerlichste, die grauenhafteste Beleidigung, die man je der Weintraube angetan hat. Pikes unmittelbare Reaktion war beunruhigend milde. Natürlich knallte er die Flasche fest genug auf den Tisch, daß die Gläser ebenso wie seine Kumpane zusammenfuhren, aber abgesehen von einem gemurmelten: »Was 'n Ei« unternahm er nichts, noch nicht, gegen meine (so mußte es ihm scheinen) bewußte Provokation. Zum allermindesten hätte ich erwartet, daß er jetzt Shane die Gelegenheit gegeben hätte, etwas an mir rumzuknabbern. Aber tatsächlich benahm er sich wie der Scharfrichter, der fürsorglich zu seinem Opfer am Fuße des Schafotts sagt: »Geben Sie auf die Stufen acht, Sir, das Blut macht sie gern schlüpfrig.« Er fegte Bierdosen vom Deckel der Dansette und drehte die Platte um. »Mamma, you've been on my mind«, fing Big John an zu knurren. Pike stand ein paar Augenblicke mit mürrischem Gesichtsausdruck rum und sah die kreisende Schallplatte an, um dann mit überraschend sanfter Sorgfalt den Deckel des Plattenspielers zu schließen. Er kam zum Tisch und schaute zu, wie eine Runde ausgespielt wurde.

Cadge hob die Flasche hoch und beäugte das Etikett. »Da furzt man violett von dem Zeug«, bemerkte er zu niemandem im besonderen.

»Bastard!« Frankie war an Bilkos Full House abgestürzt und fand das nicht so gut.

Pike fuhr sich mit der Hand über den geschorenen Schädel, was ein bedrohliches Kratzgeräusch erzeugte. Er nahm eine Dose Lager vom Tisch, stach sie auf und leerte sich den Inhalt in einem Zug rein. Er zerdrückte den leeren Behälter, ehe er ihn in Richtung der schon überquellenden Kohlenschütte schmiß. Er sah grimmig aus, mitleidlos, wie ein

Richter, der sich in sein Zimmer zurückgezogen hat, um sich das Urteil zu überlegen. Die Spieler machten eine Pause und legten die Karten hin. Sie gähnten, sie reckten sich, sie zündeten sich Zigaretten an und gossen sich die Gläser wieder voll. Ich hätte für ne Zigarette oder einen Schluck Lager einen Mord begehen können, aber da ich buchstäblich unter Hausarrest stand, würde mir dieser Luxus wohl versagt bleiben.

»Hör mal«, sagte Cadge, »wieviel meinste, dasser wert ist?«

»Wer?«

»Dein Hippie da.«

»Nen Scheiß. Gar nix.«

»Na komm«, grinste Cadge, »die Jacke muß ihn mindestens ein halbes Pfund gekostet haben. Frühkoreanisch, so wie's aussieht.« Er schwenkte eine Hand in meine Richtung. »Wetten wir doch drum.«

»Um das Ding? Da piß ich nicht mal drauf.«

»Nicht die Jacke – um den Bananenboy.«

»Was will er denn?«

Bilko zuckte die Achseln und fuhr mit dem Fingernagel die Karten entlang. Aber Pike hörte zu. Der Tisch knarrte, als er sich darauflehnte.

Cadge erklärte: »Wir wetten, wieviel wir glauben, daß er dabei hat. Wer recht hat oder am nächsten kommt, kriegt den Einsatz.«

»Wieviel?«

»Nen Fünfer?«

»Zehner«, sagte Bilko.

»Für dich kein Problem, du hast ja dauernd abkassiert.«

»Also was ist?«

»Also gut. Nen Zehner.«

»Wo ist was zum Schreiben?«

»In meinem Arsch.«

»Na prima, praktisch für deinen Verstand.«

Pike setzte sich. Die Wette schien ihn zu interessieren. Meine Meinung war nicht gefragt. »Jeder nen Zehner in den Pott«, sagte Pike, der jetzt die Regeln übernahm.»Falls es einer genau errät, kriegt er den doppelten Einsatz von allen, wer sonst am nächsten kommt, kriegt den Pott, wie er liegt, aber wenn es zwei Gewinner gibt ...«

»Wie kann sowas sein?« fragte Cadge.

»Was?«

»Zwei Gewinner?«

Pike schüttelte den Kopf. »Was haste denn zwischen deinen Ohren, Plumpudding? Schau mal her, wenn der Penner nen Fünfer dabeihat und du rätst viereinhalb Pfund und ich fünf zehn, dann –«

»Aha, ja, klar, ich versteh's jetzt.«

Es war höchste Zeit, daß ich nicht mehr da war. Taktik! Zur Tür laufen, im Laufen die Jacke ausziehen, sie dem Köter über den Kopf werfen, ihm mit den Schuhen ein paar in die Rippen geben, Tür auf, durch den Korridor wie die flotte Lotte.

Vorsichtig fing ich an, den Reißverschluß der Jacke aufzuziehen.

»Jeder darf zweimal raten«, erklärte Pike, der die Regeln jetzt weiter ausbaute.

»Zweimal?« fragte Cadge. »Wieso das?«

»Jetzt fangen wir schon an mit dem Scheiß.« Frankie wurde ungeduldig. Der Bursche war dünn wie ein Stilett, das Fleisch spannte sich über den Knochen. Von den vier Männern um den Tisch war er wohl der, der sich mit der größten Wahrscheinlichkeit irgendein sadistisches Spielchen ausdenken würde, um mich schwitzen zu lassen. Mein Reißverschluß war fast halb offen.

Pike tippte mit dem Kugelschreiber auf ein Stück Papier. »Wer fängt an?«

Ein Trost immerhin, sie losten nicht, wer mir zuerst in die Eier treten durfte – noch nicht jedenfalls.

»Zwei Pfund zehn sechs, und zwei Pfund fünf sechs«, sagte Bilko.

»Da muß man wirklich abgebrannt sein, um diesen Rotz hier zu trinken«, argumentierte Cadge. »Ich nehm ein Pfund zwei Pennies und ein Pfund drci Shilling.«

Pike schrieb es auf.

Frankie fingerte an seinem winzigen Schnurrbart. »Zwei Pfund zwölf und Sixpence – und zwei Pfund dreizehn.«

Pike wiederholte es und kritzelte es dann aufs Papier. »Also, ich noch.« Er dachte einen Augenblick lang nach und entschied sich dann: »Ich nehm sieben Shilling und Sixpence und acht Shilling gradeaus.« Nachdem er seine beiden Summen aufgeschrieben hatte, hob er das Papier. »Ich les alles noch mal vor, daß nachher niemand meckert.« Das tat er, dann leerte er den Inhalt eines Aschenbechers in einen leeren Alufolienbehälter und schob den Aschenbecher näher an den Rand der Tischplatte. Mit einem Kopfrucken bedeutete er mir, herzukommen. »Okay, Saufnase«, sagte er, »bring deinen Arsch mal hier rüber.« Dies war die Chance, loszurennen, aber der Gedanke, daß mir die Wolfszähne große Bissen Fleisch aus dem Leib reißen würden, raubte mir die Entschlußkraft. Brav stand ich auf und ging zum Tisch hinüber. Pike deutete auf den Aschenbecher. »Auf geht's, schmeiß deine Marie hier rein.« Da er mein Stirnrunzeln sah, grinste er und fügte ermunternd hinzu: »Keine Sorge, wir geben dir's vielleicht wieder zurück.«

Cadge kicherte. »Das wär das Schärfste, wenn der Bastard blank wär.«

Ich war versucht, ihnen allen zu sagen, sie könnten mich mal, unterließ es dann aber. »Die Würde ist ein teures Leichenhemd«, hatte Mama Clay immer gesagt, eine weise Bemerkung, die ich nie richtig begriffen hatte, aber ich glaube, jetzt konnte ich ihr langsam folgen. »When it's springtime in Alaska«, sang Big Johnny, »it's forty below ...« Ich langte in die Taschen meiner Jeans. Die Furchtbaren Vier beugten sich vor, als ich anfing, meine Ausbeute in den Aschenbecher zu sammeln: zuerst eine zerknüllte Pfundnote, dann einen runzligen Zehnshillingschein, und es folgten noch etwas Silber und ein paar Kupfermünzen – Gesamtbetrag £ 2. 7s. 7½d.

»Ich hab's schon verschissen«, stöhnte Cadge. »Du auch, Malky.«

Pike sagte nichts.

Ich suchte meine Jackentaschen ab, aber es kam kein Geld mehr zum Vorschein. »Da habt ihr mich«, sagte ich.

»Hippiebastard!« Frankie machte ein böses Gesicht, weil er so an Bilko verlor, der schon frohlockend mit den Fäusten in die Luft hieb. Pike zuckte die Achseln; dann knarrte sein Stuhl, als er sich zurücklehnte. Ich hätte es vorgezogen, wenn der Hüne gewonnen hätte, vielleicht hätte ihn das umgänglicher gemacht. Daß es nach der Verwandlung von Whisky in Wein keine Strafaktion gegeben hatte, ängstigte mich immer noch. Frankie hätte es natürlich vorgezogen, wenn Frankie gewonnen hätte. Ein schlechter Verlierer, denn als Bilko über den Tisch langte, um einzukassieren, hielt er ihn zurück. »Moment mal. Woher wissen wir denn, daß er alles ausgespuckt hat?«

Bilko lächelte halb. »Gib's doch dran, Frankie.«

Frankie wandte sich an Pike. »Der soll seine Taschen ganz ausräumen, sage ich, dann wissen wir, was los ist.«

»Mir kann's scheißegal sein«, sagte Cadge und schickte wieder seinen Finger auf Nasenpatrouille.

Pike nickte mit seinem massigen Kopf. »Ja, Frankie hat nicht unrecht.« Er schaute mich düster an. »Häng mal dein Taschenfutter raus, du Penner.«

Ich fing an, den gesamten Inhalt meiner Taschen auf den Tisch des Hauses zu legen, eins nach dem anderen: einen Kamm, einen Stift, ein Taschentuch, ein Feuerzeug, das einen Feuerstein bräuchte, Zigaretten, Streichhölzer, einen Schnupfeninhalator, ein ungeöffnetes Päckchen Pfefferminz, einen Hemdenknopf, Hausschlüssel, einen kleinen Schraubenzieher, ein Taschenmesser, und aus der Innentasche meiner Jacke ein Taschenbuch: eine Biographie von Pirandello. Ich gab zu verstehen, daß das alles war, aber Frankie war skeptisch. Er kam um den Tisch herum, packte meine Jacke mit beiden Händen unter dem Kragen und riß sie auf. Seine Hand stach in die Leere der Innentasche, dann entdeckte er mein Gifttablettentäschchen, die winzige Abteilung für die letzte Kugel. »Was ist da drin?« fragte er.

Ich schüttelte den Kopf. »Nichts.«

Er tastete es ab. »Du bist ein Lügner. Da ist was –« Er riß den schräg angesetzten Reißverschluß auf und ließ die Finger in die kleine Öffnung wandern. Sie kamen mit etwas wieder zum Vorschein, das den anderen ein ungläubiges Aufstöhnen entlockte und mein Arschloch SOS morsen ließ: an seinem Kettchen baumelte mit blinkenden Lichtreflexen auf den vergoldeten Oberflächen Paddy Cullens Kruzifix. Mit einem aufrichtig wirkenden Erschauern des Ekels warf Frankie das Ding, um es los zu werden, zwischen die Banknoten, Dosen, Flaschen und den Alufolienmüll. »Ganz was Neues«, sagte Frankie. »Wir haben hier nen Rosenkranzwichser.«

Wenn Blicke töten könnten. Es brauchte nicht den kleinen holländischen Reitersmann mit dem weißen Pferdchen auf dem Büffet, um mir klarzumachen, was ich schon von ihren brutalen Blicken und ihren Tätowierungen an den Armen wußte – diese Figuren waren militante Protestanten, fanatische Proddys, deren ganzes Geschichtsverständnis um die Jahreszahl 1690 kreiste. Keinen Fußbreit Boden dem Papst! Pike, der die Hände auf dem Tisch gefaltet hatte, begann bereits mit einer Ansprache an die Geschworenen: »Wenn ich dran denke, daß ich den Hund beinahe an seinen Eiern hätt knabbern lassen.« Er schüttelte den Kopf. »Hätt sich ja ne Vergiftung holen können.« Die andern lachten. Bilko sammelte seinen Gewinn ein und ordnete die

Scheine in verschiedenen Stapeln. Frankie wühlte unter den Bierdosen in der Ecke und schmiß leere zur Seite, bis er auf eine volle stieß. Er schlenderte zu seinem Platz am Tisch zurück. Cadge setzte die Razzia in seiner Nase fort.

Pike fuhr, kopfschüttelnd auf das Kruzifix hinuntersehend, fort: »Jetzt wird einem klar, warum er so ein Penner ist – Scheiße im Kopf.« Ich wollte ihn schon unterbrechen, überlegte es mir aber anders. Es hatte keinen Sinn, meine protestantische Herkunft zu beteuern – Proddys trugen nun mal keine »Vatikanbroschen«. Nützte nichts, zu versichern, daß ich eine Ausnahme war: ich hätte selbst kein Wort davon geglaubt.

»Ich sag dir mal was«, wandte Pike sich an mich. »Du bist erst der zweite Fenier, der in den letzten zwanzig Jahren hier ins Haus gekommen ist. War ein junger Papistenpaddy, hat denselben Fehler gemacht wie du.« Er nickte. »Ja, den haben wir nach Dublin zurückgeschickt, immer ein Stückchen nach dem anderen.« Obwohl die Proddykollegen grinsten, blieben ihre Augen feindselig. Pike hob die Flasche, die ich mitgebracht hatte. »Schade«, sagte er, »daß du das nicht mit in die Hölle nehmen kannst. Da wird's sicher heiß sein, wenn die ganzen Päpste, Bischöfe und Kardinäle sich die fetten Ärsche am Feuer wärmen.« Er blinzelte dem grinsenden Cadge zu. »Geh mal und hol Vaters Pißpott. Wenn er ihn benutzt hat, um so besser.«

Cadge ließ sich das nicht zweimal sagen. Sekunden später war er auf dem Weg zur Tür. Die Töle, die ruhelos gewinselt hatte, bellte laut, aber ein Befehl von Pike ließ sie zur Seite schleichen, daß Cadge vorbeikonnte. Ich hatte mich entschlossen: Sobald Cadge zurückkam, mußte ich alles auf eine Karte setzen. Der Hund würde kurz abgelenkt sein, wenn die Tür aufging, und ich – Der Fluchtplan brach, kaum zurechtgelegt, zusammen, weil plötzlich Cadge, dem eine erstickende Wolke beißenden Qualms voranwehte, wie eine gesengte Sau ins Zimmer brach und aus Leibeskräften brüllte: »Malky! Malky! Dein Vater – der hat sein gottverdammtes Zimmer angezündet!«

Viel Rauch und große Verwirrung. Stühle fielen um, der Hund drehte durch, als die Männer zur Türe stürmten. Geschrei, Gefluche, jetzt Gehuste aus dem Flur. Während der Qualm mir schon fast die Lunge aus dem Hals riß, griff ich mir hektisch meine Sachen vom Tisch, wobei ich, erstaunlich genug, Paddys Kruzifix nicht vergaß. Ich stopfte alles in meine Tasche und kauerte mich dann auf den Boden, um auf allen vieren zur Tür zu kriechen. Dort nahm ich einen tiefen Atemzug von der wenigen frischen Luft, die hier unten noch vorhanden war, rappelte mich auf und sprang in das Chaos von Leibern, dichtem Qualm und Hitze hinein, das im Flur herrschte. Ich erhaschte nur einen Blick von dem Inferno, das in dem Schlafzimmer wütete, und prallte dann gegen jemanden – Cadge, glaube ich, trat dann Shane in den Sack, daß er aufjaulte, und trat gleich noch einmal zu, obwohl es, wenn ich jetzt später drüber nachdenke, wohl die Katze war. Dann rannte ich zu der offenen Tür. Ich stieß Bilko zur Seite, der sich zusammengekrümmt die Eingeweide aus dem Leib hustete, und sprang hinaus auf den Treppenabsatz. Meine Lungen waren durch und durch geräuchert, die Tränen strömten mir übers Gesicht, und ich flog sofort der Länge nach über den Abfalleimer und brach fast einen zweiten Ellbogen in den rechten Arm. Ich war sofort wieder auf den Beinen und polterte die Treppe hinunter, drei Stufen auf einmal, fegte durch den Hauseingang und stob den Gehsteig entlang, wo mir der Schnee um die Füße wirbelte, fort in Richtung (hoffte ich) Saracen Cross, in Richtung eines Taxis.

Fast schon halb um die Ecke einer Mietskaserne prallte ich hastig zurück – ich tat mein Bestes, um meinen Husten zu unterdrücken und gleichzeitig noch ein paar Sauerstoffmoleküle in meine vulkanisierten Lungenflügel hinunterzusaugen, und lief hastig ein Stück zurück, in einen dunklen

Hauseingang hinein. Meine alte Pumpe pochte zum Zerspringen, als ich zum Hinterausgang lief, aber dieser Fluchtweg war mir durch eine tiefe Pfütze abgeschnitten. Ich versuchte immer noch, meine Lunge davon zu überzeugen, daß das Atmen möglich war, wenn sie sich nur entknotete, und hustete mich vorsichtig zum Eingang zurück.

Man konnte jetzt ihre Stimmen hören, und den leisen Aufschlag ihrer Füße. Falls irgendeiner der sich nähernden Gruppe mich entdeckt hatte, war der Ofen aus. Es war entweder eine Possil-Gang, die von einer Jagd zurückkehrte, oder ein Stamm von einem benachbarten Territorium, der sich hier Skalps holen wollte. Wenigstens einmal Glück! Sie kamen nicht in meine Richtung, sondern liefen geradeaus weiter. Ich starrte ihnen aus meinem dunklen Versteck nach. Etwa ein Dutzend Krieger rannte eng beieinander in leichtem, trottendem Schritt. Alle waren wahrscheinlich gut ausgerüstet. Erst als sie schon ein gutes Stück entfernt waren, erinnerte sich meine Lunge an die alte Gewohnheit, Luft aufzunehmen und zu verarbeiten. Ich gönnte ihr die Ermunterung einiger tiefer, reißender Hustenschübe, und von überallher begannen Hunde mitfühlend zu bellen. Ich machte mich rasch davon. Für diese Nacht hatte ich von vierbeinigen Feinden genug.

An einer Hauptstraße bei einem Fish-and-Chips-Imbiß sah ich, angelockt von weiblichen Schreien, wie sich eine Menschenmenge um etwas auf dem matschigen Pflaster sammelte. Ich ging hin, wobei ich mir meinen schmerzenden Arm hielt und immer noch hustete wie ein Bergwerkspferd, und spähte über die Schultern der Neugierigen. Ein blutfleckiger Jugendlicher lag gelassen auf dem Rücken, ganz unbekümmert vom schrillen Klagegeheul des Mädchens, das neben ihm kniete, und den Versuchen eines Eisenbahners, ihm Erste Hilfe zu geben. »Laßt ihm doch mal Platz, Menschenskind«, befahl ein Mann, und der Kreis der Gaffer lockerte sich einen Augenblick, um sich bald wieder zusammenzuziehen.

Von irgendwo in unserer Mitte erklang die Stimme einer schockierten Frau: »Ja, eine Bande Jungens waren das. Haben zugestochen und sind die Straße dort runtergerannt...« Dann eine andere Stimme: »Da kommt der Krankenwagen. Nee – das ist die Feuerwehr.« »Zurücktreten!« schrie ein Mann. »Laßt ihm doch Luft!«, und am Rand der Menge sagte ein kleiner alter Glasgower mit einer abgekniffenen Zigarette und dem Aussehen eines Mannes, der die Nacht im Asyl verbracht hat, kopfschüttelnd: »Der hat jedenfalls alle Luft schon gehabt, die er braucht, der Junge...«

24

Wie ist es möglich, daß ich hier mit einem geschwätzigen Taxifahrer über die geringen Chancen der Glasgow Rangers rede, in dieser Saison noch an die Spitze der Liga zu kommen, wenn ich erst vor kurzem am Brand einer Rentnerwohnung mitschuldig geworden bin? Gut, ich hatte ihm die Streichhölzer in aller Unschuld gegeben, aber damit war ich noch nicht entlastet. Warum hatte ich beispielsweise nicht auf meinem Galopp die Treppe runter in Pikes Haus an ein paar Türen gedonnert, um Alarm zu schlagen? Hatte ich nicht auch in einem späteren Stadium meiner Flucht eine Telephonzelle ignoriert, die vielleicht noch intakt gewesen wäre und von der aus ich die Feuerwehr hätte rufen können? Schlimmer noch, hatte ich nicht rumgetrödelt, um ein wenig zu gaffen – und vielleicht insgeheim den Anblick von jemandem genossen, der noch mehr Pech gehabt hatte als ich? Zweifellos war mir meine übertriebene Anhänglichkeit an dieses Knochenbündel, das ich im Augenblick allein bewohne, bei der Erfüllung meiner Bürgerpflichten im Weg gewesen. Darf ich übrigens Ihr Augenmerk auch auf eine kleine strafbare Handlung lenken, die sich in diesem Zusammenhang ereignet hat... Ich bedauere sehr (nein, ich bedauere das überhaupt nicht), daß ich in der Eile meines Aufbruchs von der Szene meiner persönlichen und ganz unverdienten Demütigung versehentlich (nee, ganz mit Absicht) einige Banknoten vom Tisch gerissen habe, die mir nicht gehörten – ein paar nur, gewiß nicht genug, um mich für die Ängstigungen zu entschädigen, die mir dieses üble Quartett angetan hatte. Ich erkenne erst jetzt, was für ein Idiot ich doch eigentlich war, daß ich diesen Tisch nicht mit den Taschen voll blauer Lappen verlassen habe! »Sei immer wachsam«, sagt M. Sartre, »denn die Entscheidung kann sich wie ein Abgrund zu deinen Füßen auftun, in einem Augenblick, den du nicht gewählt hast« – oder wie es ein weniger bekannter Philosoph, Vic Rudge, einmal ausgedrückt hat: »Scheiße, das letzte Hemd, nicht wahr, hat bekanntlich keine Taschen, Tam, also schnapp dir, was du kriegen kannst.«

»Ja, da hamse recht, Chef«, sagte der Taxifahrer, »so einen wie Jim Baxter sehen wir im Leben nicht mehr, das kommt nicht wieder.«

»Hoff! Hoff! Hoff!« sagte ich. »Hoff! Hoff! Hoff! Hoff!«

»Paß auf, Meister«, sagte der Fahrer, nachdem ich mich ächzend aus seinem Auto geschwungen hatte, »fang lieber nicht mit *Krieg und Frieden* an und kauf dir keine *Lang*spielplatte mehr, das hört sich an, als brauchst du bloß noch ne einzige frische Unterhose. Na dann.«

Er winkte fröhlich und fuhr weg.

Obwohl diese Mißgeburt von einem Samstag mir das Hirn zu Porridge gekocht hatte, brachten es doch noch ein paar Neuronen fertig, schwache Warnsignale zu piepsen, als ich bei mir in den Hauseingang trat. Fußspuren, frische, gingen die Treppe hoch. Von wem? Sie gehörten nicht dem alten Wattie Mullins, der hatte lange schmale Füße und wäre so oder so niemals zu dieser Nachtzeit (oder mußte es heißen: so früh am Morgen?) unterwegs gewesen. Vorsichtig stieg ich die Treppen hoch. Ich fröstelte, und mein Arm pochte schmerzhaft, vor allem, wenn mir ein Hustenanfall den Bronchialtrakt beutelte, dann stach die knochentiefe Pein qualvoll in meinen angeknacksten Flügel. Je höher ich stieg, desto schwächer wurden die Spuren. Sie waren fast verschwunden, als meine kratzende Lunge und meine durchweichten Füße mich auf meinem Treppenabsatz abgeliefert hatten – wie der Ozean seine Toten auf den Strand schmeißt. Ich stand da, und meine ganze unansehnliche Person war ein einziges lauschend verschnörkeltes Ohr. Ich horchte.

Aus dem Spukklo drang das Geräusch schweren Atmens – das Phantom war endlich in seiner Höhle. Obwohl unsere Begegnung nun schon längst überfällig war, entschied ich doch, daß der helle Morgen die angemessene Zeit war, sich einem Gespenst vorzustellen. Schließlich mußte ich meine gebrochene Lunge und meinen angesengten Arm bedenken – und die alte Pumpe nicht zu vergessen, man kriegt nur eine pro Modell, man muß gut darauf achtgeben. Ich wollte gerade an der geschlossenen Klotür vorbeischleichen, als das Atmen des Spuks rascher wurde, man hörte *crescendo* Stöhnlaute, die sich schließlich im banalsten menschlichen Geräusch vollendeten – dem Niesen. Mehreren Niesern. Irgendwie scheint ein Gespenst mit Grippe nicht so furchteinflößend; ich entspannte mich. Und ich hatte auch das Gefühl: ich wüßte, wer der Schöpfer dieser Nasalexplosionen war. Ich zog mein Feuerzeug heraus und schnippte mehrmals ergebnislos an seinem Rädchen. Kein Feuerstein! Hatte ich vergessen. Also war es ein angerissenes Streichholz, das ich in den Abort streckte, nachdem ich die Tür mit dem Knie aufgeknallt hatte. Eine Staffel frischer Nieser kam angedonnert und löschte fast die Streichholzflamme.

»Gesundheit, Paddy!«

Er saß auf der Schüssel, in seinem Taucheranzug, und der Helm stand auf dem Boden zwischen seinen Füßen, mit einer Dose Ale und einer Dose Stout drin. In einer Hand hielt er eine entkorkte Whiskyflasche, die andere führte er an die Augen, um sie vor dem Lichtschein zu schützen.

»Sdu das, Tam?«

»Wie seh ich denn sonst aus?«

»Wie Al Jolson.«

»Hä?«

Er berührte sein Gesicht. »Warst du innem Schornstein oder was?« Er kämpfte sich auf die Füße. »Jedenfalls Gott sei Dank, daß du da bist.« Er wackelte mit der Whiskyflasche.

»Wenn das nicht gewesen wär, hätt ich Eiswürfel furzen können.«

Der Grund, weshalb Paddy angefangen hatte, in dem Taucheranzug durch die Gorbals zu ziehen, war ganz einfach, eine vollkommen vernünftige Sache. Paddy war bloß an einem ruhigen Abend im Planet rasch auf ein paar heimliche Drinks in den Salty Dog losgezogen. Um sicherzustellen, daß er wiederkam, hatte Matt Lucas darauf bestanden, daß er den Mantel und die Hausschlüssel daließ, ein naiver Schachzug, denn Paddy würde nackt an den Nordpol marschieren, wenn man ihm glaubhaft versichert hätte, daß unter dem Pol ne Flasche Whisky vergraben ist. Jedenfalls sah er auf dem Weg nach unten, als er am Gleichrichterraum vorbeikam, den Taucheranzug auf der Werkbank von Matt liegen und zog ihn an, um die Mannschaft im Salty Dog zu amüsieren. Nach ein paar goldenen Gläschen und einer halben Gallone Stout hatte sich Paddy gedacht, daß jeder Versuch, allzu hastig wieder an die Oberfläche zu steigen, gefährlich sein könnte, also blieb er bis zur Sperrstunde und ließ sich dann in Mickey Daltons Taxi in die Moderation Bar mitnehmen. Erst als der Whisky ihn schon gründlich in den Klauen hatte, war ihm eingefallen, daß seine Schlüssel in der Manteltasche in dem mittlerweile verrammelten Planet-Kino waren. Da es recht riskant schien, seine Schwester besoffen und in einem Taucheranzug rauszuklingeln, hatte er beschlossen, sich beim guten alten Tam einzuquartieren. Und da war er.

»Tam?«

»Ja, Paddy?«

»Gute Würstchen waren das.«

»Das Bier auch. Genau was ich gebraucht hab.«

»Tam.«

»Was?«

»Geht doch nix über was Anständiges zu essen, wie?«

Ich lag im Bett auf dem Rücken und strich mir vorsichtig

über den schmerzenden Arm. Paddy hatte eine eigenartige Aversion gegen Betten und schlief meist auf einem Stuhl – im Augenblick war er zwischen zwei zusammengeschobenen Sesseln ausgestreckt, mit ein paar Decken drüber. In einem Augenblick alkoholischer Enthüllung hatte ich Paddy einmal Betten als »diese verdammten Sargübungen« bezeichnen hören. Seine Abneigung ist jedoch keine lebenslängliche – ich erinnere mich, wie sie zu Anfang der Sechziger begann, als eine ganze Phalanx Popstars abging, weil sie an ihrer eigenen Kotze erstickten, während sie total mit Drogen zugedröhnt waren. »Denk an Kopax Brazil«, warnte Paddy immer, und auf die unvermeidliche Antwort hin stöhnte er: »Natürlich hast du noch nie was von dem Kerl gehört – hat ja dieselbe Mahlzeit zweimal gefressen!« »Denk an Kopax Brazil« wurde zu einem unserer Codesätze und bedeutete, daß Mr. Sensenmann sich um Talent nicht weiter kümmerte, auch nicht im Bett.

Der Feuerschein hüpfte an den Wänden, genau wie letzte Nacht, als Becky McQuade mir erzählte, wie bei ihrer Hochzeit McQuade seinem Bruder Pat das Auge glatt aus der Augenhöhle rausgeschlagen hatte. Pat war – Aussage Becky – McQuades Lieblingsbruder. Was den Leuten passieren mochte, die ihm nicht sympathisch waren, daran wollte ich lieber gar nicht denken. Das Wohnzimmer roch nach unserem vorher rasch improvisierten Mahl: wir hatten Würstchen, warme Scones und Eier gehabt, etwas Blutwurst und dicke Scheiben dickgebuttertes Brot, das Ganze runtergespült mit Lager (in meinem Fall), während Paddy die Stoutdose und einen Teil von seinem Whisky versorgte. Frühstück im Dunkel der Nacht, das Leben wurde immer komplizierter.

»Weißte, was ich gedacht hab, Tam?«

»Nee.«

»Daß bald gar nix mehr da ist. Kein Arsch. In ein paar Monaten nur noch ein leerer Raum.«

»Schon komisch, ja, wenn man dran denkt.«

»Kein Salty Dog, kein Planet, die Läden auch alle weg. Ratzekahl abrasiert, Herrgott, das haben ja nicht mal die Jerries geschafft.«

Er redete eintönig weiter, während sein Schatten an der Wand von Zeit zu Zeit die Schattenflasche an die Schattenlippen führte. Sein Thema blieb die Unbeständigkeit des menschlichen Lebens, der ständige, schnelle Verlust vertrauter Anhaltspunkte. Ich brummte hie und da eine kurze Antwort, aber hauptsächlich dachte ich nicht daran, wie Mietskasernen, eiserne Brücken und marmorne Banken bald nur noch als Nebel in der Luft standen – nein, ich dachte an die Dinge in unserem Leben, die sich immer größer aufblähen und eine Last werden, zu schwer für unsere gläsernen Schultern: Krankheit, Enttäuschung, der Schmerz der Jahre, die das Leben uns auflädt. Was sollte das alles?

»Was haste heute nacht getrieben?« fragte Cullen.

»Nix besonderes. Mich hat ein arglistiger Zwerg entführt, ein böser Riese hat mich in seinem Schloß gefangengehalten, ein Wolf hat mich fast gefressen. Dann hab ich einem Rentner das Bett angezündet.«

Paddy lachte. »Dumme Frage, dumme Antwort.«

Mit meinem guten Arm boxte ich mein Kissen in eine gewisse Form. »Paddy.«

»Hmm?«

»Wieso gehst du in die Kirche?«

»Weil sie dasteht, nehm ich an.«

»Glaubst du denn an das Zeug, Himmel und Hölle und so?«

»Ja, auf jeden Fall. Wenn das nicht wahr wär, gäb's keine Würstchen.«

»Verdammt tief das, Paddy.«

»Ihr Proddys seid totale Ignoranten, so sieht's doch aus.«

»Gut Nacht, Paddy.«

»Nacht Tam.«

25

Wir saßen in einem kleinen Restaurant mit rotkarierten Tischdecken, und winzige impressionistische Bilder – Briefmarken aus den fernen Ländern des Geistes – schmückten jeden Zoll der Zimmerdecke. Der Name des Besitzers, ein in die große Fensterscheibe zur Straße gebannter Schriftzug, erschien als sich krümmende eitel-schmale Ranke unter der massiv erblühenden Wucht des Lokalnamens »La Veglia«, von dem solare Fälschungen in eifrigem Grün zwischen den animierten Gästen irrlichterten. Auf der blassen Stirn meiner Begleiterin Mrs. Rebecca McQuade zum Beispiel konnte man ein chlorophylleuchtendes »I« aufschimmern und wieder vergehen sehen wie ein ungelöstes Identitätsproblem. Ganz in Weiß, denn sie kam soeben vom Begräbnis ihres Gatten, zündete sie sich eine elegant geschwungene Tonpfeife an, auf deren Kopf kleine rosenfarbene Rosetten geprägt waren, und saugte anmutige Rauchschnörkelchen daraus. Fröhlich sprachen wir über das glückliche Hinscheiden ihres Mannes – bei einem Treck durch die Arktis, der den Eskimos den Haggis bringen sollte, war er von einem Schulbus überfahren worden, Stalin am Steuer, es war ein wunderschöner sonniger Tag. Auf dem Tisch zwischen Rebecca und mir stand eine hohe Flasche blonder Wein, die – ein alter Säufertraum – stets gefüllt blieb, wie oft wir sie auch leerten. Sehr angenehm, dieses herzliche Tête-à-tête; nicht einmal die Anwesenheit von Eddie Carlyle, der mit düsterer Servilität als Kellner aufzutreten versuchte (sein ständiges Hrrrrmf verriet ihn sofort, und seine grünen Gummistiefel fielen auch auf), konnte unser Vergnügen schmälern.

Nach einer gewissen Zeit erschien Schwatzkopf Sloan,

der etwas unter seinem Mantel trug. Der verborgene Gegenstand stellte sich als menschlicher Schädel heraus, den er neben mir auf den Tisch stellte. Danach begann er eine wortreiche Schilderung der vielen Umständlichkeiten, die er am Zoll gehabt hatte, weil ihm ein gewisses Dokument fehlte, das erst an diesem Morgen autorisiert worden war. Als Schwatzkopf vorgebracht hatte, daß das Dokument noch im Geburtskanal steckte, daß seine Existenz noch nicht real geworden war, hatte der Zollbeamte schlau gefragt: »Wenn es nicht existiert, wie kommt es dann, daß wir hier darüber reden?« Es war eine äußerst langweilige Saga, die Gott sei Dank von einem Schmied unterbrochen wurde, der mit Lederschürze und stachlig starrend von verschiedenen Werkzeugen hereingeschritten kam. Er schwang eine lange Schmiedezange, zwischen deren Backen ein glühendes Hufeisen steckte. Scharfriechender Qualm erfülllte das Restaurant, als Vulkan mit großer Vorsicht, als führe er eine bizarre Krönungszeremonie durch, das rotglühende Eisen dem Schädel auf die Stirn setzte. Sofort hustete das Telephon in der Ecke, und eine kratzende Stimme sagte: »Sie handeln auf Befehl!« Ich sprang auf, aber Strang, als Zahnarzt gekleidet und dazu noch einen blutbespritzten Pfarrerskragen um den Hals, schrie: »Ich kann es nicht aufhalten!«, als er wieder und wieder versuchte, den sich aus meinem Mund ergießenden, mein Leben verströmenden Schwall zu stillen. Er schüttelte den Kopf und trat einen Schritt zurück. »Es hat keinen Sinn – Sie prasseln wie ein Wasserhahn!« Er hielt einen Pelzmantel hoch, und das scharlachrote Futter rann zu Boden. Wimmernd versuchte ich es aufzuheben. Rhona erschien, ein Kind in den Armen. Sie war für eine Beerdigung gekleidet. »Schnell!« drängte sie mich. »Sie haben es herausgefunden!« Wir rannten zusammen einen segmentierten Knochengang hinunter, wo Arbeiter mit Schweißbrennern versuchten, beschädigte Teile der hie und da durchbrochenen Wand zu reparieren. Lichter wanden sich in Deckenfassungen, und große Skarabäen liefen uns flüsternd um die Füße. Obwohl sie alle Flügel hatten, flog nicht ein einziger auf. Rhona fiel: Immer noch das Baby umklammernd, glitt sie den Fußboden entlang, bis sie mit einem wollüstigen Lächeln in einer Wandnische verschwand. Ich rannte durch die Tür und sah Paddy Cullen, als Harlekin gekleidet, auf einer Kloschüssel sitzen. Er aß schleimige kleine Dinger – Maden vielleicht – aus einem Taucherhelm. Er lud mich ein, sein wimmelndes Mahl zu teilen. »Gut als Umschlag für den Arm«, schlug er vor.

Ich drängte mich mit den Schultern durch eine dünne Wand in den Gleichrichterraum des Planet. Pa Clay war da. Er nahm ein gläsernes Billardqueue und stieß es durch das Gitter des Gleichrichters. Dies ließ Freddy, den elektrischen Affen, der im Herzen der Maschine gefangensaß, elektrisch aufknurren. Aus einem Hahn unten an der heulenden Apparatur ließ Pa Clay jetzt einen Strom geschmolzenes Metall in einen Lehmbecher zischen, den er mir reichte. Ich trank davon, und sofort entstanden Geschwüre auf meiner Zunge und an meinem Gaumen, und die ganze weiche Maschinerie meiner Kehle schien zu verdorren. Nackt bis auf seine Hochglanzschuhe, tanzte Pa Clay einen roboterhaften Walzer mit Phyllis Sherman, die nur ein Paar blaue Seidenhöschen und Stöckelschuhe trug. Ich wollte meinem Vater eine Warnung zurufen, aber meine Stimme war ausgebrannt. Nunmehr allein, denn seine Partnerin war zu einer Wölfin geworden, die sich auf ihre grauen Hinterläufe hockte und ein langes klagendes Gejaul ausstieß, tanzte Pa Clay um den Gleichrichter und heulte wie ein Schamane. Der Kopf eines Kindes, ein monströser Kopf, begann sich in den kreischenden Dünsten der Maschine zu verdichten. »Sieh dort!« schrie mein Alter, »das Gorgonenhaupt!«

Panisch ergriff ich den Kopf und zog ihn aus dem Gleichrichter, dann schob ich ihn unter mein Jerseyhemd – wie ich als Kind meine Bibel vor Sabbatverächtern wie Hatchet Hannah oder Vic Rudge versteckt hatte – und rannte aus dem Raum. Ein Rudel Wölfe verfolgte mich. Ich lief durch eine graue Straße nach der anderen. Meine Stiefel schlugen Funken aus den Pflastersteinen, aber die Wölfe holten auf. Ich sprang eine zerbrechliche Treppe hoch, die aus Staub und Mondschein war, und sie brach mit einem silbernen Seufzen hinter mir zusammen. Mein Arm wurde plötzlich von den reißenden Zähnen irgendeiner Kreatur umklammert. Ich kämpfte mich durch ein Oberlicht auf das Dach eines unermeßlich hohen Gebäudes. Immer noch mit dem Ding ringend, das mit hartnäckigem Biß an mir hing, ließ ich den Kopf unter meinem Hemd herausfallen. Er hüpfte das moosbedeckte Ziegeldach hinunter und blieb in der Dachrinne hängen. Ich starrte zu ihm hinunter: verwundet von seinem Sturz, grau und böse im Mondlicht starrend, sah der Kopf Pikes zu mir empor. Ich spürte, wie die Kraft aus meiner Hand gesaugt wurde (meine andere war nur noch ein fingerloser Brei aus Knochen und Knorpeln), und mein Griff löste sich. Langsam, dann immer schneller, glitt ich die Schräge hinunter –

26

Wie Sokrates von den Füßen aufwärts starb, so erwachte Paddy Cullen in derselben Richtung. Ich hörte auf zu schreiben, um zuzusehen. Zuerst ein Zittern in den Zehen, die vorsichtig in den Strom des Tages getaucht wurden, um sich rasch wieder zurückzuziehen – aber bald erneute Bewegung, die Zehen fächern sich auf, spreizen sich aus den Sockenlöchern wie Seeanemonenfühler, um Licht einzusaugen; Energiewellen pulsieren die Beine hinauf, erreichen das Becken und den Leib; widerwillig folgen die Arme und Hände. Doch der Kopf hält lange dem Erweckungsprozeß stand. Endlich klappen die Augen wie Deckschotts auf, und der nackte Blick fixiert trübe die abgenutzte Seekarte der Zimmerdecke. Positionsberechnungen – die Cullen läuft aus.

»Guten Morgen, Paddy. (Hust! Hust!)«

»Ich will's dir glauben.«

Er setzte sich auf und fing an, sich zu kratzen. Herrgott, er sah aus, als wär er diese Nacht ein Jahrzehnt gealtert. Er begann, um sich herum alles abzusuchen, eine Art Klopfbewegung, die immer hektischer wurde. Seine Hände fuhren unter die Decken. »Hab ich dich!« Er fischte eine schmierig aussehende Zahnprothese hervor, klickte sie im Oberkiefer fest wie ein Maschinenteil und sah sofort zwei Tage jünger aus. »Hab schon gedacht, der alte Shanksy hat sie wieder«, knurrte er. Seine Füße schwangen auf den Boden. »Ist das Tee, was du da trinkst?«

Ich nickte zu der angerußten Teekanne rüber, die auf einem Gasring saß, eine Backe den Flammen zugekehrt. »Bißchen ausgekocht.«

»Ja, wie ich.«

Er griff sich die Teekanne, goß sich was in einen Becher und häufte etwa vier Stück Zucker rein. Dann kniete er sich hin und tastete stöhnend umher, bis er seine Whiskyflasche gefunden hatte. Er hob sie hoch und prüfte den Inhalt – etwa ein kräftiger Erwachsenenschluck war noch da. Den goß er sich in seinen Tee, um dann – sicher aus Achtung vor seinem Taucherkostüm – still mit dem Teelöffel in der trüben Brühe zu paddeln. Er schluckte mehrmals von der Flüssigkeit, die wohl so delikat schmeckte wie ein billiges Lösungsmittel.

»Spät isses?«

»Weiß nicht«, sagte ich. »Du mußt mit den Füßen die Uhr umgeschmissen haben. Mach das Radio an.«

»Versteht man ja doch nix, wenn du bellst wie ein Seelöwe.« Er stand auf, zerrte die Decken hinter sich her auf den Boden, ging zum Kaminsims rüber und knipste »Slipped Discs« an, ein Programm, bei dem der Moderator Wünsche seiner Zuhörer entgegennahm, welche Schallplatte sie gerne öffentlich zerstört hören wollten – dies geschah mit Geräuscheffekten, die glauben ließen, daß ein gigantischer Vorschlaghammer vor unseren Ohren eine Platte zu Vinylstaub drosch. Disneyland dehnte seine Grenzen eben ständig verstohlen aus. Fußballexperten diskutierten imaginäre Spielergebnisse, und schottische Discjockeys, die ihr Geschwalle mit transatlantischem Akzent dekorierten, taten, als ob sie mit der Zerstörung – ach, was soll's! Gräuslich, das war das richtige Wort – gräuslich. Cullen zog die Decken wieder zu Rhonas Sessel und pflanzte seinen dicken Hintern rein. Er streckte seine wackelnden Zehen in Richtung Feuer. »Was gibt das da?«

»Hmm?«

»Wem schreibst du da?«

»Mir selbst wohl.«

»Dir selber?«

»Ja, ist so ne Art Tagebuch.«

Er runzelte die Stirn. »Du schreibst dir Sachen auf, die dir passiert sind – so was?«

Ich nickte.

»So wie ›heute hab ich mich am Arsch gekratzt – gestern hab ich mich nicht bemüht‹?«

»Ganz genau.«

»Vollkommene Zeitverschwendung!« Er schaute zu mir rüber, als ich meinen pochenden Arm sanft streichelte. »Tut dir der Flügel noch weh?« Er schüttelte den Kopf. »Wie oft bin ich hingeschlagen, weil ich mir nen Eimer eingepfiffen hab – aber nicht *drüber*. Was soll's, wenn du so weiter bellst, gibst du den Löffel ab, eh dir der Arm abfällt.«

»Danke, Paddy.«

»Nichts zu danken.«

Paddy summte bei einer von den sogenannten Todesplatten mit, die gleich symbolisch pulverisiert werden sollten. Gut, das war »Stranger On The Shore«, was jetzt unter den Hammer kommen sollte. Brachte Unglück, der Song? Quatsch. Wie kann es das geben? Wenn das möglich wäre, müßte es auch Songs geben, die Glück bringen.

»Haste das mit Burnett gehört?« fragte Cullen.

»Was denn?«

»Ist überfallen worden.«

»Soll wohl ein Witz sein.«

»Nee, anscheinend kam dieser Penner her und hat ihn angesprungen, als er in das Auto von seiner Schwester steigen wollte. Ist mit seiner Mütze abgehauen. Weißt schon, dieses Pelzding, sieht aus wie ein durchgeprügeltes Eichhörnchen.«

Ich nickte. »Hat er sonst was verloren?«

»Heilige Mutter Gottes!« rief Cullen plötzlich. Man hätte denken können, in seinem Tee wäre eine Spinne aufgetaucht. Rasch bekreuzigte er sich.

»Was ist denn?«

»Das!«

Er hielt sein Kruzifix in die Höhe.

»Na und?«

»Ich hab's verloren, aber –«

»Jetzt hast du's wieder gefunden. Halleluja!«

Er schüttelte den Kopf. »Nee, nee, das war nicht mehr da, ich sag's dir doch. Ich hab's verloren gehabt. Gestern morgen bin ich aufgewacht, und weg war es.«

»Die mittleren Jahre nennt man das.«

»Definitiv weg war das.«

Mit so etwas wie religiöser Ehrfucht auf seinem schnapsbetäubten Gesicht betrachtete er das Kruzifix. Es war wie eine Szene aus einem dieser Filme mit Pat O'Brien als Priester: das Schwarze Schaf findet zu Gott zurück – kümmerliches Drehbuch, erbärmliche Kamera, lächerliche schauspielerische Leistungen. »Ich dachte, die Kette muß gerissen sein, und jetzt, Herrgott nochmal...« Er drehte das verehrungswürdige Objekt in den Fingern hin und her. »Es war definitiv nicht da. Ich hab's gemerkt, als ich mich rasieren gegangen bin.« Das war zu bezweifeln. Rasieren war für Paddy eine so gefährliche Aufgabe, daß er für nichts anderes Augen hatte, es ging nur um eins bei diesem Geschäft: aufpassen, daß sein zittriges Rasiermesser sicher über die Halsschlagader ging.

Ich klappte das Tagebuch zu, in dem ich geschrieben hatte, und ging rüber, um das Radio etwas lauter zu drehen. Paddy saß immer noch mit derselben behämmerten Frömmigkeitsmiene da; ein winziges, rasches Lichtnugget blitzte über sein heidnisches Gesicht. Ich nehme an, in diesem Augenblick kamen all die Katechismen und Seligpreisungen, die Novenen und das ganze Zeug, das katholische Kinder in die Gehirnwindungen tätowiert bekommen, wenn sie noch nicht viel dagegen unternehmen können, mit einem Mal wieder raus, und ein jesuitischer Jackpot klingelte und blinkte in Paddys Hirn. Daß er verklärt war, das zu sagen wäre etwas übertrieben gewesen, aber von religiöser Inbrunst zu reden – das war durchaus möglich. Von der naheliegenden Lösung des Rätsels, daß der Blödmann, der zuerst mit dem Kruzifix durchgegangen war, es nun wieder zurückgebracht hatte, schien er Lichtjahre entfernt.

Mit ein paar elektrischen Räusperern ließ das Radio ab von der Musik und brachte Nachrichten. Der übliche Sonntagmorgenstuß: Verschiedene Nationen hatten sich am Wickel, ein bescheuerter Amateur hatte sich am Ben Nevis verstiegen, ein junger Mann war in Possilpark erstochen worden (für mich kaum mehr eine Neuigkeit), zum Ausgleich: es wurden dieses Jahr jede Menge Weihnachtsbäume verkauft. Dann – ich machte wütend Psssst, wie Paddy was sagte, als würde das Geheimnis von Fatima jetzt durchgegeben – : Der alte Pike war tot. Er war im Feuer umgekommen. Pike selbst war im Krankenhaus, mit Verbrennungen und einer Rauchvergiftung. Drei weitere Männer, deren Namen noch nicht bekannt waren, wurden ebenfalls ärztlich versorgt; alle litten unter den Folgen des Rauches. Pike hatte anscheinend mutige Anstrengungen unternommen, um seinen Vater zu retten. Dann noch ein Anekdötchen, daß Shane, der Hund der Familie, das Haus gewarnt hätte. Obwohl die Wohnung der Pikes ausgebrannt war, war es der Feuerwehr gelungen, zu verhindern, daß die Flammen auf die benachbarten Wohnungen übergriffen.

»Kennst du die, oder was?« fragte Cullen.

Ich schüttelte den Kopf. »Ist noch was in der Kanne?« Cullen nickte, hob die Kanne vom Gasring und kam her.

»Eine Scheibe oder zwei?« fragte er.

27

Nachdem er sich einen Mantel geliehen hatte, in dem ich zuletzt in den fünfziger Jahren herumgezogen war (den Tagen von Wein, Weib und Gesang, die Flecken bewiesen es), war Cullen zur Messe aufgebrochen. Er hatte derartig verboten ausgesehen mit seinen gedünsteten Fischaugen, dem struppigen Kinn und dem Gabardinemäntelchen, das nur den halben Hintern abdeckte, daß die Passanten ihn gewiß für einen verzweifelten Alkoholiker auf dem Weg zum Frühtrunk hielten oder vielleicht sogar für einen Kriminellen, der bei irgendeinem Gangsterbasar eine Waffe kaufen ging. Ein aufmerksamerer Beobachter, eine Nachbarin etwa, hätte vielleicht die Veränderung wahrgenommen und sogleich zu einer Kollegin bemerkt: »Der Paddy Cullen hat sich jetzt aber schwer zusammengerissen, seit er vom Schweinehüten zurück ist!« Zweifellos hatte das Wunder des Kruzifixes seine Wirkung auf den Mann nicht verfehlt, und seitdem war er mit diesem albernen frommen Gesichtsausdruck herumgelaufen, der für einen Heiden wie mich rasch etwas anstrengend wurde. Ich hatte allerdings keine Zweifel, daß Paddy höchstens bis halb eins im Stand der Gnade verbleiben würde, wenn der Labour Club seine Pforten öffnete und der Teufel ihm aus dem Abgrund eines flammenfunkelnden Whiskyglases zublinzelte.

Nachdem ich mich um das wichtigste Klischee eines Strohwitwerhaushalts gekümmert hatte: die völlig geschirrverstopfte Spüle, sammelte ich die leeren Flaschen, um sie – ohne auch nur »Obacht« zu brüllen – aus dem Fenster in den Hinterhof zu werfen. Mein Komplize, der dichte Schnee, dämpfte den Fall und begann dann gleich, sie zu verbergen. Das war ganz gut so, denn ich wollte nicht, daß Wattie

Mullens meinen Akt des Vandalismus bemerkte. Im letzten Sommer, den die Scobie Street je sehen würde – trauriger Gedanke –, hatte ich Wattie anpfeifen müssen, weil er Pakkungen mit Kacke aus seinem Abortfenster geschmissen hatte, als sein Klo verstopft war und Rattray, der Hausverwalter, sich ewig geziert hatte, einen Installateur zu holen. Watties kleine Geschenke hatten eine Fliegenplage ausgelöst – der Hof war der Mittelpunkt des gesellschaftlichen Lebens aller Insekten, »Scobietour!« hieß die Parole in allen Schmeißfliegenreisebüros. Schwarm auf Schwarm kamen die Burschen angesummt, nicht nur die blauen, auch grüne und orangerote Varietäten, und schließlich eine exotische purpurrote Bande, die sehr unter sich blieb und auf dem Schuppendach in der Sonne saß. Wattie hatte mich gefragt, ob er meinen Lokus benutzen konnte, bis Rattray ein Einsehen hätte und einen Mann mit gelben Handschuhen vorbeischickte, um die notwendigen Reparaturen auszuführen – aber ich hatte ihn abgeschmettert; der konnte seinen Pestarsch zu Shug Wylie tragen. Soweit ich wußte, tat er das noch immer. Es war natürlich auch gut möglich, daß er angefangen hatte, wieder ins eigene Nest zu scheißen, aber es gibt Dinge im Leben, die will ich nicht wissen, an die will ich nicht denken.

Bei der Säuberungsaktion stieß ich auf eine volle Bierdose, eine kleine Belohnung für die Courage, mit der ich ganz alleine den Staubsauger angeworfen hatte. Ich widmete mich meinen Haushaltspflichten nicht allzu energisch, da ich ein radikaler Anhänger der Unterm-Sofa-Theorie bin, die besagt, daß alle Dinge auf jeden Fall schließlich von selbst ihren angemessenen Platz im Schwerefeld der Erde finden. Eine etwas nonchalante Auffassung von den Putzpflichten, hätte manch eine Hausfrau gedacht: Ein Mann steht da und teilt seine Aufmerksamkeit zwischen einer Maschine, die zu seinen Füßen japst wie ein asthmatischer Mops, und einem Taschenbuch mit den Aphorismen von

Zahnarzt Hustra – da runzelt jede entschlossene Staubumverteilerin die Stirn.

Ohne zu bemerken, daß der »Mops« an irgendeiner inneren Konvulsion litt, die seinen Organismus in den Rückwärtsgang geworfen hatte und ihn nun den Inhalt seiner schimmeligen Innereien ausspeien ließ – Bonbonpapierchen, Milchflaschendeckel, Fischgräten, Wolle, Papierfetzchen und so weiter –, las ich noch einmal einen besonders pointierten Kommentar von Mr. N.: »Um nach Ursprüngen zu suchen, muß man im Krebsgang gehen. Der Historiker schaut rückwärts; am Ende glaubt er auch rückwärts.« In diesem Augenblick schaute ich hinab und sah, wie das kranke Ding zu meinen Füßen die ganze Geschichte unseres Haushalts wieder erbrach, wobei der Würgreiz so tief in seine Eingeweide reichte, daß er nun ein Stückchen Osterglockenblüte kotzte. Der Beutel war doch gewiß seit dem Frühjahr schon einmal geleert worden? Mit einer Sicherheitsnadel, die der Staubsauger einst auch gefressen hatte, stocherte ich in den Spuren der Vergangenheit. Norman Mailer hatte jede Menge Tinte verbraucht, um nachzuweisen, daß man mit einer genauen Analyse das Schicksal jedes Menschen aus seinen Exkrementen herleiten kann. Wie das technisch zugehen soll, das bleibt äußerst unklar, aber er war bis ans Ende seines gewundenen Essays der Überzeugung, daß die ganzen modischen Mystiker leichthin von einem ES unserer Existenz redeten, doch ein ehrlicher Fortschritt eher möglich war, wenn wir uns einmal mit dem alle Zeiten durchdringenden Gestank befaßten, mit diesem unanständigen ES, der wesentlichen Beschissenheit der vom Geist so hektisch desinfizierten Welt. Die Nadel piekte etwas aus dem Müll. Es war eine zusammengefaltete Einpfundnote, dieselbe, da war ich mir sicher, die an einem regnerischen Freitag verlorengegangen war und fast meine Ehe ruiniert hätte. Rhona hatte allzu deutlich erkennen lassen, daß sie der Ansicht war, das fragliche Pfund sei mit größter Wahrscheinlichkeit in meiner Hosentasche verschwunden. Und hier war es – der Beweis, die Rechtfertigung, die Wiederherstellung meiner Ehre. Wahrscheinlich würde es mich den soeben gefundenen Schein und noch etwas mehr kosten, den Sauger wieder reparieren zu lassen. Einstweilen ging ich zum Besenschrank und holte mir Kehrichtschaufel und Kehrwisch. O heilige Zeiten vor Edison!

Nachdem ich einigen Staub aufgewirbelt und einigen Schweiß vergossen hatte, blies ich die Aktion ab und sank mit einer Zigarette und Nietzsches Nettigkeiten in meinen Sessel. Die Stimmung war jedoch weg, das Zeug sagte mir nichts mehr. Bald wünschte ich, ich hätte ein Zündholz an das Buch gehalten und die Zigarette gelesen. Ich ging zum Plattenspieler rüber und legte die *Dustbowl Ballads* auf. Zwischen den Bücherstapeln, Papieren, Karten und so weiter suchte ich mein Notizbuch heraus und kritzelte: »Ein Mann saugt seinen Teppich. Das Gerät fängt an, rückwärts zu laufen. Unter dem ausgespuckten Beutelinhalt findet er Fragmente des Abschiedsbriefes einer zum Selbstmord Entschlossenen in der Handschrift seiner Frau ...« Ich legte das Notizbuch weg und nahm mein laufendes Tagebuch vor. Als ich die Pike-Episode noch einmal durchlas, erkannte ich deutlich, daß ich trotz des mir selbst gegebenen Versprechens, alles so objektiv wie möglich aufzuzeichnen und meine Würde und meinen Stolz nicht zu schonen, von diesem erhabenen Ideal weit entfernt geblieben war. Es war so leicht, sich selbst etwas vorzumachen. Indem ich hier ein Verb strich, dort ein Adjektiv einsetzte, mit subtilen oder unsubtilen Andeutungen, von einer irritierend munteren Prosa (ihrem Wesen nach der ureigenste Rhythmus der Feigheit) ganz abgesehen – so war es mir gelungen, die große Angst zu tarnen, die ich während der ganzen Pike-Geschichte empfunden hatte.

Hätte Narziß sich die Anorexie geholt, wenn man ihm rechtzeitig nahegelegt hätte, Tagebuch zu führen? Wahrscheinlich nicht. Die richtigen Tagebuchschreiber gehören in dieselbe Klasse wie die Wurstbetrachter, diese Egomanen, die es nach Produktion eines Stücks Kot nicht übers Herz bringen, es einfach in die Demokratie der Kloake hinabzuschwemmen, ohne ihm vorher zärtlich und lange Lebewohl gesagt zu haben; ebenso die Rotzerotiker, diese sorgsamen Schleimtrompeter mit ihrer eigenartigen Angewohnheit, das Ergebnis ihres Nasenorgasmus genau zu untersuchen (was erwarten sie, dort zu finden? Eine Perle? Einen Rubin?). Andere der Tagebuchbruderschaft assoziierte Mitglieder sind die Sololiebhaber, diese perverse Korona monosexueller und selbstgefälliger Wichser, zu der unbedingt Horace Dicky Harte gehört. Ich? Ich bin ein Tagebuchjunkie, ein Geschichtsschnüffler, einer, der ewig einem Tintenschuß hinterher ist. Ich weiß schon, was mir fehlt – ich hab die Pepys'sche Krankheit.

Ich versuchte, noch eine Zigarette zu rauchen, aber meine rußstriemigen Lungenflügel waren derart irritiert, daß ich den Plan aufgeben mußte. Ich stach die Bierdose an und nahm einen Schluck. Ääh, den Rest würde ich in der Dose lassen – das schmeckte so, wie ich mir den Geschmack des Clyde in dieser toten Jahreszeit vorstellte: Brackwasser mit einer Unterströmung ersoffener Penner. Jetzt im Augenblick klang mir sogar Woodie Guthries unerschütterlich vorgetragener Sozialismus hohl und gefährlich. Es war schon klar, wie das kam – der Geist des alten Pike war gekommen, mich zu plagen. Also gut, schauen wir uns die Tatsachen an, soweit mir bekannt: Ich war in seinen Tod verwickelt, doch noch gab es keinen Beweis, daß ich die direkte Ursache gewesen war. Der Brand hätte auch dadurch entstehen können, daß der Fernseher plötzlich zu schmoren anfing, oder eine elektrische Leitung im Zimmer. Nun ist es eine unausweichliche Wahrheit: Ob wir wollen oder nicht, wir beeinflussen das Leben der Menschen um uns – wir verändern es sogar oder geben ihm eine andere

Form. Gespenster sind schließlich »Löcher im Geschehen« und bleiben insofern durch ihre Abwesenheit mächtig. Und wenn man als Einsiedler auf dem Grund eines fünfzig Fuß tiefen Betonkerkers leben würde, man verwickelte sich zwangsläufig in das Leben. Doch die Veränderungen, die man nur deshalb auslöst, weil man lebt, müssen nicht solche zum Schlimmeren sein. Sagen wir, man hält einen Mann auf der Straße an und fragt ihn nach dem Weg. Dieses beiläufige, ungeplante Eindringen in sein Leben könnte ausreichen, um ihn vor der Begegnung mit einem gewissen schicksalhaften Lastwagen zu bewahren, der seine ganze Existenz hindurch, vom Erz im Erdreich bis zum Endprodukt der Fabrik, unterwegs war, ihn zu zerquetschen. Ich hatte keine Gelegenheit, dies weiter zu durchdenken.

Das Klopfen an der Tür war mir unvertraut. Es deutete kaum auf Watties Bettelmannspfote hin, denn der klopft zart, wie um sich für seine Existenz zu entschuldigen. Noch war es das strenge Klopfen von Eddie Carlyle, das den Vergleich mit Nägeln nahelegt, die in einen Sargdeckel gehämmert werden. Ich schaltete den Plattenspieler aus und ging hin, um die Tür zu öffnen.

Becky McQuade stand da. »O Matt«, weinte sie schier, »was bin ich froh, daß du da bist!«

28

Ich, Thomas Patrick Cullen Matthew Lucas Clay, mußte jetzt gut achtgeben, daß ich von dem Drama, das auf meiner Türschwelle ausgebrochen war und sich rasch ins Wohnzimmer gewälzt hatte, nicht überrannt wurde. Ich hielt mich erst einmal – was blieb mir übrig – an die mir automatisch zufallende Rolle (ein komplizierter Part, der Clayculluca) und marschierte auf dem abgewetzten Teppich auf und ab, während Becky, die sich in Rhonas Sessel geworfen hatte, sofort mit einer tränenbeträuften Geschichte loslegte, deren dramatisches Hauptrequisit sinnigerweise ein geplatztes Wasserrohr war.

Gegen Mitternacht am letzten Freitag war ein Wasserrohr in der Wohnung der McQuades gebrochen, und das Wasser war rasch in die Wohnung des Nachbarn darunter eingedrungen ... Dieser war, nachdem er auf sein Klopfen keine Antwort erhalten hatte, zu Beckys Schwiegermutter geeilt, die ganz in der Nähe wohnte. Die »alte Beißzange« (Beckys Definition) hatte einen Schlüssel, damit sie Handwerker hereinlassen konnte und dergleichen, wenn die McQuades nicht da waren. Ein Installateur vom Notdienst wurde gerufen und reparierte den Defekt. Es ergab sich aber natürlich eine peinliche Frage: Wo war Becky? Ihre Schwiegermutter hatte angenommen, daß sie über Nacht bei ihrer Schwester Peggy in Oatlands war, doch am Morgen war diese Hypothese in sich zusammengebrochen, als wegen irgendeiner Erledigung Peggys Mann vorbeikam. So stand eine ahnungslose Becky, die am Samstag gegen Mittag nach Hause kam, vor der Großinquisitorin. Wo hatte sie die ganze Nacht gesteckt?

So feindselig und so voller Anspielungen waren die Fragen der Alten gewesen, daß sie sich langsam zu einem Kreuzverhör auswuchsen. Schließlich hatte Becky die Beherrschung verloren und die »alte Beißzange« aus der Wohnung gewiesen. Und so standen die Dinge jetzt – die Schwiegermutter brodelte vor tückischer Empörung und konnte es kaum erwarten, dem Sohn alles über Becky zu stecken, sobald McQuade zurückkam.

Ich blieb neben Becky stehen und sagte mit knurriger Stimme: »Das Geheule hilft uns auch nicht weiter. Versuch dich zu beherrschen.«

Ich nahm meine Patrouille auf dem Teppich wieder auf.

Jeremia hielt dies für den angemessenen Moment, um zu verkünden, das sei also nun die erste selbsteingebrockte Portion Suppe, die mir zum Auslöffeln serviert würde. Zweifellos würde noch ein umfangreiches Suppenmenü folgen. Ich brauchte die Schuld dafür bei niemandem sonst zu suchen als allein bei mir selber. Nun, ich beabsichtigte nicht, das zu bestreiten. Und doch war ich überrascht, schockiert sogar, Becky McQuade bei mir durch die Tür kommen zu sehen, gefolgt zweifellos von einer rasch nahenden unsichtbaren Horde von Problemen und Plagen.

In Schottland begegnet man häuslichen Krisen im allgemeinen mit dem sprichwörtlichen »schönen Täßchen Tee« oder einer Zigarette. Ich wählte die Nikotinroute, was ich rasch bereute. Der allererste Zug bereits löste einen Lungenaufstand aus, der mich in die Knie zwang und beinahe endgültig zu Boden streckte. Mit einer Stimme, die sich anhörte wie Donald Duck auf einem Heliumtrip, sich dann aber langsam wieder normalisierte, sagte ich zu Becky: »Weiß gar nicht, weshalb du dir so Sorgen machst. Sag doch einfach, du bist die Nacht bei irgendeiner Freundin gewesen. Menschenskind, du hast doch wohl Freundinnen?«

Sie zerrte an ihrem lächerlich winzigen Taschentuch und tupfte sich damit die mascaraverschmierten Augen. »Du kennst ihn nicht«, weinte sie melodisch. »Er bohrt und bohrt, bis er die Wahrheit raushat.« Wo wir gerade davon sprechen, meinte Jeremia, warum beichtest du ihr nicht, wer du wirklich bist?

Das konnte wohl nur ein Witz sein. Wie würde das aussehen, wenn ich nur zu hören brauchte, daß der Ehemann wahrscheinlich bald mit unheilvollen Absätzen nach mir suchen würde, um auch schon die Identität zu wechseln?

›Vorsätzen‹ meinst du wohl, bemerkte Jeremia.

Nein, Klugscheißer, ich rede von Absätzen, die auf mir rumtrampeln – von Stiefeln mit Stahlkappen, die mein armes Corpus delicti traktieren.

Es ist dir doch wohl klar, daß du mit dem Festhalten an dieser Täuschung einen vollkommen unschuldigen Mann in Gefahr bringst? Nein, ich hatte nicht die Absicht, den armen Lucas für meine Lust den Kopf hinhalten zu lassen. Schade, dachte ich, so kommen die Zeitungen um eine wunderbare Alliterationsschlagzeile:

TOBENDER TRUCKER ZERTRAMPELT
TIEFSEETAUCHER!

Becky tupfte zwar immer noch mit ihrem linnenen »Schneeflöckchen« an den tropfenden Augen herum, schien jedoch die Kontrolle über sich zurückzugewinnen. Was mir ein klein wenig merkwürdig erschien: Wie konnte eine Frau, geängstigt von der unmittelbar bevorstehenden Rückkehr eines Gatten, der, wie sie ihn darstellte, ohne Zögern mit massiver Körperverletzung loslegen würde, sich mit der entsprechenden Ruhe konzentrieren, um auf ihrem Kopf diese prächtige blonde Konstruktion zu errichten? Die sah aus wie das Werk eines geschickten Buchsbaumgärtners, obwohl es zweifellos das ihrer eigenen Hände war, eines Föns, einer Gallone Haarspray, einiger Hundert Haarnadeln und diverser Klemmen und Steckkämme. Mit ihren Strebebögen, Zinnen, komplex ineinander verschlungenen Vorwerken, Pfeilern und Lisenen war sie nicht lediglich eine

Frisur, sondern so etwas wie ein möglichst rasch unter Denkmalschutz zu stellendes Bauwerk.

»Willst du ne Tasse Kaffee?« fragte ich.

Sie schüttelte den Kopf. Obwohl sie immer noch einige kleinere Aufwischarbeiten an ihrem Gesicht erledigte, war das Weinen jetzt vorbei. »Wir müssen uns etwas überlegen«, sagte sie. Ich setzte mich in meinen Sessel und starrte ins Feuer, dessen sich verschlingende Flammen an Beckys Frisur erinnerten; ich hoffte, mir würde in dieser altehrwürdigen Pose etwas einfallen. Das Beste, oder Schlimmste, was dabei herauskam, war ein Selbstmordpakt zwischen Becky und mir, was doch wohl etwas übertrieben war, wenn man bedachte, daß McQuade noch irgendwo auf der A74 mit seinem Laster eingeschneit war. Langsam begann ich einen Plan zu basteln. Er ließ einiges zu wünschen übrig, aber die Welt tut das auch, und der Herrgott hat immerhin sieben Tage Zeit gehabt.

»Hör zu, Becky«, sagte ich, »hängen wir doch mal folgendes an den Fahnenmast und schauen, ob jemand salutiert.« Ich mußte selber das Gesicht verziehen; nur die Amis können mit diesen Kinosprüchen ankommen, ohne daß es sich absurd anhört. »Da lebt ne alte Frau ganz allein, erste Tür unten in unserem Haus hier. Jetzt laß mich mal ausreden. Omma Ferguson ist das. Bißchen durcheinander – stellt sich um drei Uhr nachts nach Rente an, spricht mit ihrem Schatten, du weißt schon, in der Art. Also, letzten Freitag, als du das Planet verlassen hast, bist du da nicht dieser guten Alten begegnet, wie sie im Schnee umhergeirrt ist? Wußte gar nicht mehr, wo sie hin sollte. Und weil du so ein netter Mensch bist, wolltest du eben nicht, daß sie sich eine Lungenentzündung holt. Ein kleiner Junge hat dir gesagt, wo die alte Frau wohnt, und du hast sie dann nach Hause gebracht. Du hast ihr ne Tasse Tee gemacht – nein, Ovomaltine, das trinkt sie immer, ehe sie ins Bett geht. Und während sie das getrunken hat, bist du auf die Suche nach irgendeinem Nachbarn gegangen, aber anscheinend gab's keine, also bist du zurück in Ommas Wohnung. Sie hat dich gebeten, sie bloß nicht allein zu lassen. Hat sich die Augen ausgeheult. Was konntest du denn tun, als die Nacht bei ihr zu verbringen? Am Morgen kam ne Verwandte vorbei und hat sich der Alten angenommen und dich erlöst. Na? Was meinst du?«

Sie nahm eine von den Filterzigaretten aus ihrem Schildpattetui und zündete sie mit nervösen, ruckenden Bewegungen an. Rauch quoll wie Ektoplasma von ihren blassen Lippen. Mein Plan hatte anscheinend keine Chance. Ich hatte recht. »Glaubst du denn wirklich, daß der so einen Quatsch frißt?« Ein ungeduldiges Kopfschütteln, wobei die Haarburg nicht einmal bebte, sondern ehern stehen blieb. »Wir reden hier von John McQuade, dem gemeinsten Sack der Nation. Und selbst wenn der das glauben würde – diese alte Scharteke würde doch alles bestreiten.«

Ich schüttelte den Kopf. »Die ist nicht ganz dicht, ich sag's dir doch.«

Sie schüttelte den Kopf. »Du kennst ihn nicht – diesen eifersüchtigen Rattenarsch.«

»Du meinst, der kommt zu Omma Ferguson und kontrolliert, ob die Geschichte stimmt?« Sie nickte, wenn auch zweifelnd. »Gut«, sagte ich, »ich erzähl dir genau, wie es in ihrem Wohnzimmer aussieht, wo die Möbel stehen, was für Bilder sie an der Wand hat, was an Nippes auf dem Kaminsims steht und sonstwo, die Tapeten, all so was. Ach, und wo wir dabei sind – als du Omma getroffen hast, da trug sie eine Russenmütze aus Nerz. Klar? Ja, das hört sich vielleicht blöd an –«

»Das hört sich *alles* blöd an, wenn du mich fragst.«

Ich stand auf und ging zum Tisch.

»Mußt du irgendwohin?«

»Wieso?«

»Du schaust immer rüber zur Uhr.«

Ich erzählte ihr von meinem Projekt, mit dem kleinen Jason ins Museum zu gehen. Hier hatte ich mich verplappert und war von der Genealogie der Lucas' in die der Clays gestolpert, aber sie sagte nichts dazu, sie reagierte gar nicht. »Ich muß jetzt so oder so nach Hause«, sagte sie. »Die alte Ratte hat sicher schon ihre Spione in Stellung gebracht.« Sie stieß Rauch aus, schien sich etwas entspannt zu haben. »Wie ging's beim Vorstellen?« fragte sie.

»Vorstellen?«

Sie nickte. »Ja, für den Job, den du haben wolltest.«

»Oh, das, ja«, nickte ich. »Danke, das lief gut. Die schreiben mir dann.«

»Dann gehst du nach London, wenn du den kriegst?«

»Richtig, richtig. Ab nach Süden.«

»Was suchst du?«

»In London?«

»Nein, hier.«

»Nen Füller, der war heute früh noch da. Hast du einen?«

Sie schüttelte den Kopf.

Ich suchte weiter auf dem Tisch herum, wühlte zwischen Büchern, Zeitschriften, Zeitungen, Schreibmaschinenseiten, Karten (eine Menge davon, ich liebe Karten), Plattenhüllen und so fort.

Das einzige, was ich fand, war ein Bleistiftstummel mit wackliger Mine, aber beim Griff nach dem Spitzer warf ich ein Taschenbuch von Bellow um, den Roman, in dem Charlie Citrine vorkommt, und aus ihm rollte ein Füller mit roter Tinte raus. Schönen Dank auch. Die Suche nach dem Schreibgerät hatte Spuren meiner Untreue zutage gefördert: eine Klammer mit einigen Haaren, die, zusammengeflochten, durchaus reichen würden, einen Mann zu hängen; ein Weinglas, aus dem die Verführerin genippt hatte; und Dutzende von Fingerabdrücken, darunter ein bedeutsamer Fund – ein fast vollständiger Handflächenabdruck, bei dem Lebens-, Schicksals- und Kopflinie deutlich zu unterscheiden waren und in dessen Zentrum als ironisches Stigma ein Ketchupfleck saß – die anklagende Hand Rhonas.

Ich begann, auf ein großes Blatt Papier den Plan von Omma Fergusons Wohnküche zu zeichnen. Wie die Einzelheiten Linie um Linie zusammenwuchsen, so wuchs Linie um Linie ein Stirnrunzeln auf Beckys Stirn. Es war offensichtlich, daß ihr dieser Versuch nicht gefiel, unser Problem zu lösen, uns aus dem Sexualsumpf zu ziehen, in den wir gestolpert waren. Sie hielt ihn wohl für banal, für läppisch vielleicht sogar. Ihr Gesichtsausdruck war mürrisch, ihre Lippen bewegten sich wie in einem rebellischen Flüstern.

»Lüstern?« MacDougall zuckte zusammen. »Hast du ›lüstern‹ gesagt?« Ahnungslos wie immer, was auf der pragmatischen Ebene vor sich ging, wo die realen Machtverhältnisse herrschen, begann er seinen amourösen Aufruf zur Erhebung, beschwor mit masturbatorischer Magie das *Wenn*, das den Lazarus auferstehen läßt. Wenn sie nun nackt ist unter diesen vielen Knöpfchen ihres Kostüms. Evaskostüm. Körbchenlose Brüste, wie sie Säuglinge und lallende Männer lieben. Wer das Rätsel dieser Knöpfe löst, enthüllt alles.

Unter meinem aktiven Füller formte sich ein genauer Plan: das Geheimnis des Roten Zimmers; für jedes Objekt, sei es Möbelstück oder Kaminsimsornament, steht am Rande eine Nummer in einem Tintenkringel, der mit einer Linie am Objekt verankert wird. Diese Ziffernblasen schweben ungetrübt von meinem Lebensatem leichthin daher – große Chancen werden sie nicht haben in dieser scharfkantigen Welt. Omma F. selbst hat die Ziffer (1) erhalten, was uns, wenn wir auf die beigefügte Beschreibungsliste sehen, belehrt, daß es sich hier um eine Witwe in ihrem fünfundachtzigsten Jahr handelt; knapp fünf Fuß groß; wiegt kaum mehr als ein Sack Tischtennisbälle; hat ein trübes Auge, das linke; sowie ein karbunkelartiges Gewächs auf der rechten Wange; den Leberflecken am Kinn entsprießen Silberhaare, kräftig wie Sicherungsdrähte; und so weiter.

Das hauptsächliche Problem an diesem Plan – abgesehen davon, daß er viele Eventualitäten einschloß und deshalb unberechenbar war wie der Kurs einer Fliege in einem Pissoir – lag darin, daß er den Ort der Handlung so gefährlich nah an meiner Wohnung beließ. Es hätte mich mehr beruhigt, wenn er Beckys mörderischen Mann ans andere Ende der Stadt oder besser noch der Welt geschickt hätte. Solche Eventualitätspläne erinnern stark an diese frühen Flugapparate, die wie krude Vogelparodien vom Reißbrett aufflatterten, um nach ein paar schüchternen Luftsprüngen von der strengen Hand der Schwerkraft eingefangen und zu Brennholz zerschmettert zu werden, zur Strafe für ihre luftige Dreistigkeit.

29

Der kleine Jason hatte jetzt schon über zehn Minuten in das Diorama im Kelvingrove-Museum gestarrt, eigentlich genug für die meisten modernen Kinder, die, TV-gewöhnt, von der Realität nur noch kurze Snacks nehmen. Doch diese altmodische Trickkiste, verwandt mit der Laterna Magica und dem Panoptikum, bannte den Jungen fest. Da stand ich also, ein Gefangener wiederkehrender Sonnenaufgänge, sah zu, wie die Jahreszeiten kamen und gingen, wie Wiesel, Berghase und Schneehuhn immer wieder ihr Sommerkleid gegen die Winterausrüstung tauschten und wieder zurück. Es machte mich unruhig, dieses Zuschauen, wie der Sturzbach der Tage ins Abflußloch der Zeit hinabströmte. Diese stumme Schicksalsbox, dieser Lichtkubus, herbeigeklappert aus einer Würfelpartie in der Hölle! Er erinnerte einen daran, daß die Zeit, Meister Urians Mafioso, täglich unterwegs war und eine Abschußliste dabei hatte.

»Nein, ich will's nochmal sehen!«

Ich zog das Kind zu einem anderen Guckfenster hin, das prompt sein Licht auslöschte.

»Was sind das, Onkel?«

»Schneewittchens Geschmeide.«

Die leuchtenden Steine durchglühten die Dunkelheit blau, grün, rot, rosenfarben, amethysten – mit den kalten Feuern der Mineralien. Mein Gedächtnis versammelte Disneys sieben Zwerge und bestreute, um ihnen auf dem Nachhauseweg aus der Juwelenmine heimzuleuchten, den Weg mit Rubinen, Diamanten, Opalen, Zirkonen, Smaragden und Topasen, doch so rasch, wie man erwachsen wird, verschwand die Zauberhöhle in einem Schwall vulgärer Beleuchtung. Da leblose Quarzklumpen den Jungen nicht mehr reizten, zerrte er sofort in Richtung Diorama. Ich führte ihn mit festem Griff davon.

»Warum hat sich das Kaninchen nicht bewegt?«

»Das war ein Hase.«

»War der tot?«

»Nein. Vor Langeweile eingeschlafen vielleicht.«

Wir kamen nun in die Abteilung Wilde Tiere, eine klassische Fehlbenennung. Ich hatte noch nie so eine zahme Versammlung gesehen. Der Tiger beispielsweise, was war das denn für ein alter Streifensack? Und das soll ein Löwe sein? Ich hab schon aggressivere Filzlatschen gesehen. Wenigstens der *homo sapiens* rettete die Ehre der Abteilung: die ganzen Räume wimmelten von kleinen Menschenjungen, ihr gellendes Gekreisch, ihr Gelächter und Geschnattere drangen aus allen Ecken des menschengeschaffenen Dschungels. Eines – ein Cromagnonexemplar aus Castlemilk vielleicht? – versuchte, an einem Bein der riesigen ausgestopften Giraffe hinaufzuklettern, die den Mittelpunkt der großen Halle bildete. Kein Wunder, daß das Gebet der Tiere mit »Der Himmel beschütz' uns vor *homo erectus*« beginnt. Aber da der Himmel genug zu tun hat, sich selbst zu beschützen, war hier die Aufsicht an eine Crew von Wärtern delegiert worden, die etwa soviel Urwaldruhe besaßen wie Barton MacLane nach einem harten Tag auf dem Elefantenfriedhof. Mein eigener Mogli, den ich so gut wie nie aus dem wachsamen Auge ließ, war ebenso unbezähmbar wie seine Mitbrüder. Er hatte darauf bestanden, sein Spitfire-Modell mitzunehmen, mit dem er schon in der Abteilung Schiffsmodelle auf die Flotten aller Vitrinen herabgestoßen war, und im Augenblick war er auf einer barbarischen Safari über Afrika, »rat-ta-ta-ta-ta-tat«, jede kriegerische Exkursion ließ kleine Speicheltröpfchen auf den Glasscheiben der Exponate zurück, konnte aber die staubigen Tiere nicht im geringsten stören, die in ihrem präparierten Paradies in Ewigkeit ungerührt vor sich hin starrten.

Während ich abwesend einen Seelöwen fixierte, wie er ewig auf seine imitierte Eisscholle genagelt war, taten meine Gedanken plötzlich einen schluckaufartigen Sprung zurück zu dem eingefrorenen Augenblick in Pikes Höhle: »Ein Wachsfigurendiorama, das verschiedene Varietäten des Bösen darstellt.« Was machte das Quartett wohl jetzt gerade? Schwarz husten wahrscheinlich. Ich konnte Pike vor mir sehen, wie er mumienartig bandagiert dalag und emporsah auf mein Bild, das wie ein GESUCHT-Plakat an die Mauer seines Bewußtseins geklebt war. Und in seinem geschmorten Schädel: die Rache, die in allen möglichen sadistischen Visionen aufglühte und wieder verging.

»Rat-ta-ta-ta-ta-tat«, da hatte der Koalabär eins verpaßt gekriegt. Und jetzt kommst du, Zwergkänguruh! Ein uniformierter Wärter fixierte mich mit strengem Sabbatblick, und ich schlug meinem Luftwaffennimrod vor, daß es Zeit für sein Jagdflugzeug wäre, zum Heimatflugplatz zurückzukehren und aufzutanken. Derselbe Wärter runzelte die Stirn, als ich einen Keiler vollhustete, der irgendwie seinem Glaskasten entronnen war. Dem Tier schien es nichts weiter auszumachen, aber der Wärter verfolgte mich noch eine Weile verstohlen, wohl nur für alle Fälle, damit ich nicht in bronchiale Reichweite eines Rodin vordrang oder mein Vandalengehuste nicht unter den kostbaren Keramiken der Sung- und Mingepochen erschallen ließ. Wir kamen wieder an der Giraffe vorüber (das Jungtier war mit einer Banane oder irgendwas von dem langen Bein heruntergelockt worden), und mir fiel eine Anekdote ein, die ich einmal über Captain Cooks Südseereise gelesen hatte. Es wurde behauptet, daß Cooks Segelschiff, das in einer bestimmten Bucht vor Anker gegangen war, trotz seiner Riesengröße im Vergleich zu den Booten der Eingeborenen von der lokalen Bevölkerung nicht bemerkt wurde, weil (eine dubiose Hypothese) es außerhalb ihrer Wahrnehmungsstrukturen gelegen habe. Als ich daran dachte, versuchte ich Jasons

Aufmerksamkeit auf den großen, langen Hals zu lenken.

»Schau mal da oben! Was siehst du?«

»Kann ich auch ein Eis, Onkel?«

Die ausbleibende Reaktion, die geläufige Leichtigkeit, mit der Jason seine Aufmerksamkeit auf ein Kind gerichtet hatte, das in unmittelbarer Nähe geräuschvoll an einem Eis am Stiel lutschte, schienen doch die Cook-Theorie zu bestätigen.

»Bitte, kann ich auch ein Eis?«

»Nachher. Jetzt sag mir erst mal, was du da oben siehst.«

»Ich will's jetzt!«

»Siehst du denn nichts?«

»Bitte, krieg ich eins?«

»Wenn du mir sagst, was du da oben siehst.«

»Das ist ne Giraffe, Mister«, informierte mich der kleine Eislutscher.

Jason, mit einigen Weingummis bestochen, bis wir zu einem Eisstand kommen würden, besah sich jetzt den Elefanten. Er schüttelte unzufrieden den Kopf. »Warum bewegt er sich nicht? Steckt er fest?«

Ich hockte mich auf eine Bank und wünschte, ich könnte mir eine Zigarette anzünden, aber es war einfach den Höllenhustenlärm nicht wert, den schon wenige Züge auslösen dürften. Daß ich ans Husten dachte, führte natürlich sofort einen Anfall herbei, und ich arbeitete mich durch mein ganzes Repertoire von schleimgurgelndem Moll zu rippenknackenden Durpassagen. Es tat meinem schmerzenden Arm auch nicht besonders gut, der jetzt um so gemeiner kniff, als ich ihn einige Zeit vergessen hatte. »Arm mit wehem Mann!« – ein abstraktes Bild des Elends. Jason ebenso, der mißmutig den erstarrten Urwald betrachtete und nach irgend etwas suchte, und wenn's nur ein lendenlahmer Laubfrosch wäre, was sich zu bewegen wußte. Es war doch gewiß nicht jenseits der technischen Möglichkeiten des

Museums, eine Apparatur in die größeren Tiere einzubauen, die eine Atmung simulierte? Na, vor langer Zeit schon, beim Jahrmarkt auf dem Glasgow Green, hatte ich doch, ich erinnerte mich, Dornröschen schlafen sehen, und wie energisch hatten ihre zarten Lungenflügelchen geatmet, während sie den Kuß (in hundert Jahren dann) ihres Langweilerprinzen erwartete! Daß sie an eine grobschlächtige Motorpumpe angeschlossen war, lag auf der Hand, und trotzdem war der Anblick, wie ihr kleiner Busen sich hob und dann wieder senkte, schon das doppelte Eintrittsgeld wert, jedenfalls nach Meinung von Thomas Clay, der zu diesem Zeitpunkt Leid und Lust der frühen Adoleszenz durchmachte – Akne und amouröse Phantasien.

Ich sah zu dem Jungen hinüber und hatte irgendwie – Blödsinn! – das Gefühl, ich hätte versagt, ihn im Stich gelassen. Die Kinder heute finden so gut wie nichts mehr spannend. Die Abteilung Waffen und Rüstungen war unerwarteterweise ein besonders enttäuschendes Erlebnis gewesen.

»Wo sind die Ritter?«

»Welche meinst du, Junge?«

»Du hast gesagt, da kommen Ritter. Aber die Rüstungen sind leer, oder?«

Ich hatte genickt. »Ja, stimmt – die sind leer. Aber sieh mal, das haben die Schlachtrösser getragen.«

»Sind keine richtigen Rösser.«

»Nein, aber –«

»Wie willst du dann wissen, daß das die richtige Rüstung ist?«

»Ach, da bin ich sicher, daß das echt ist.«

»Die fallen bald um.«

»Fallen? Warum denn das?«

»Weil ich's sage.«

»Rat-ta-ta-ta-ta-ta-tat«, seine Spitfire ließ in einer steilen Kurve Kugeln auf mich herabprasseln. Da hast du's, du

Lügner! Weißer Onkel redet mit gespaltener Zunge. Jason hatte die obsessive Vorstellung, daß alles bald zusammenfallen würde. Vielleicht, weil sein alter Herr täglich auf dem Hochfinanzseil der Schwerkraft spotten mußte. (Laß jetzt Daddy in Ruh – das Pfund ist wieder gefallen ...)

Für den Jungen schienen Gebäude besonders verletzlich zu sein. Könnten die nicht umfallen? Was hielt den Himmel droben? Waren es die Reißnägelsterne? Obwohl mir der poetische Schimmer dieser Frage gefiel, lobte ich ihn nicht deswegen. Hatte ja keinen Sinn, wenn er als Freak mit einer mythologischen Macke aufwuchs, was? Ein kleiner Lyriker? Gewiß nicht. Da hast du sicher recht, Phyllis, ein Monstrum pro Familie ist schon eines zuviel. Jason hatte wissen wollen, was der Donner ist, und die kleine Florrie Monks hatte beinahe den Marschbefehl gekriegt, weil sie ihm erklärt hatte, das sei bloß Gott, der seine Möbel umstellt. Ich erinnere mich noch an Pa Clays skatologischen Kommentar, als eines Abends der Donner über die Mietskasernendächer gerollt kam. »Na na«, hatte er gesagt, die Daumen in die Hosenträger gehakt, »hört sich an, als hätte Sankt Peter wieder mal Bohnen gegessen!« Das hatte eine gewisse Krise in der Familie ausgelöst, weil Ma Clay über ihren blasphemischen Gatten hergefallen war, der sich so eine Ehrfurchtslosigkeit erlaubte vor den Jungs.

Zu einem eingehend betrachteten Stück Porzellan hatte Jason nur den Kommentar: »Wer hat das fallen lassen?« Ein hockender Buddha, der breit grinste, gewiß darüber, wie leicht die Menschheit hinters Licht zu führen war, wurde mit einem knappen »Hat wohl Streichholzbeine« abgefertigt. Wir trotteten durch dieses Kulturmausoleum, wo man uns den Absturz der Dinge in die Banalität vorführte, den säuberlich beschrifteten Schutt abgebauter Jahrhunderte. Und die ganze Zeit war der Junge gleichgültig und desinteressiert. Warum bewegte sich nichts? Warum standen die Sachen einfach nur da? Und bald hatte meine Phantasie auch ihre Beweglichkeit verloren und nahm nur noch wie betäubt einen Gegenstand nach dem anderen wahr, verärgert von der Weigerung des Jungen, zu erstaunen.

Wenn ich so richtig depressiv bin, werde ich meistens philosophisch. Also gut, ich bin vielleicht nicht unbedingt dafür ausgerüstet, Hegels »unglückliches Bewußtsein« mit Kierkegaards »Suspension« zu vergleichen, aber soweit bin ich jedenfalls: Als Gott uns aus dem Garten Eden rausgeworfen hat, nachdem Adams alte Rippe auf die Schlange reingefallen war, da hat er auf jeden Fall nur eins gebrüllt – und bestimmt nicht diesen Unsinn, daß wir zwielichtigen Zweibeiner von nun an im Schweiße unseres Angesichts unser Brot essen müßten. Nein, Gott schrie bestimmt was in der Art von: »Hinaus, verdammte Heuchler! Hinaus!« Ja, Heuchelei ist die Nummer Eins in Satans Lasterparade. Nehmen Sie doch den Mann, der im Bus neben Ihnen sitzt, er sieht aus wie ein netter ruhiger Bürger ... Aber vielleicht hat er noch vor nicht einer Stunde seiner kleinen Tochter seine widerlichen Sexualphantasien aufgedrängt? Und wer will wissen, ob diese Frau mit dem Blumenstrauß, die so bescheiden aussieht, nicht auf dem Weg nach Hause ist, um ihrer gelähmten Mutter wieder irgendeine bestialische Grausamkeit anzutun? Das kommt ständig vor, in jeder Stadt und zweifellos auch in jedem Dorf, in jedem winzigen Nest. Schlagen Sie die Zeitung auf, schalten Sie den Fernseher ein, Sie werden sehen, daß die moralischen Grotesken zehn zu eins die komischen Nummern überwiegen.

Nehmen wir mich! (Man kann jeden nehmen, sind alle nicht echt.) Ich stecke bis zum Hals in Heuchelei. Ja, wenn es so etwas gäbe wie ein Museum der Moral, hätte ich einen wichtigen Platz dort – eine eigene Vitrine mit dem Schildchen »Großstadtheuchler«. »Hier ein hervorragendes Beispiel eines Großstadtheuchlers aus dem zwanzigsten Jahrhundert. Beachten Sie insbesondere die Dickhäutigkeit und die chamäleonartige Begabung, mit der er sich an seinen jeweiligen Hintergrund anpaßt. Bemerkenswert auch die leicht abnehmbaren Gesichtszüge, austauschbaren Zähne und umkehrbaren Augäpfel, sowie die ohne weiteres umstellbaren Gliedmaßen. Ferner von Interesse –«

Ich war von der Bank aufgehüpft und losgerannt; ich erreichte Jason wenige Sekunden, bevor seine Spitfire den prachtvollen, sonnenaufgangsfarbenen Hintern einer in herrliche Roben gewandeten Negerin streifen konnte, die sich an diesem Sabbatnachmittag mit dem Garten Eden auf ihrem pflaumenblauen Haar unter uns gemischt hatte. Und was für eine machtvolle Predigt hielt dieser exotische Hut mit seiner netten kleinen Schlange uns grau-in-grauen Düsterlingen:

Meine Freunde! Jesus war cool! Er hat psychedelische Sandalen getragen und wäre nie und nimmer in irgend so einem trübsinnigen Khakikaftan rumgezogen. Vergessen wir nie, was er über Salomon gesagt hat. Was hat er gesagt? Halleluja! Er hat gesagt, sogar wenn Salomo sich mit seiner ganzen Herrlichkeit in Schale geworfen hat, kam er nicht ran an die voll ausgeflippten Lilien auf dem Felde. Also schnappt euch einen Regenbogen als Kleiderbügel, liebe Gemeinde, und kleidet euch schön bunt! A-men! Im Himmel gibt's kein Grau, und wenn es sich rausstellt, daß doch – dann geh ich nicht hinein! Halleluja!

Und weiter segelte sie, das ebenholzschwarze Gesicht so gelassen wie der ruhigste Nachthimmel, den ihr je gesehen habt.

Jason und ich blieben stehen, um eine Provokation des japanischen Kaiserreiches zu betrachten. Vier Clowns, angeblich typische Mitglieder einer japanischen Familie, aber ganz offensichtlich ein Quartett Marsianer, die bei Ray Bradbury ausgerissen waren (seine poetischen Fingerabdrücke waren überall zu erkennen), standen zusammen in einer Art hohem Kleiderschrank. Der Vater in seiner Robe erinnerte ein wenig an Noel Coward mit Bindehautentzündung. Wenn diese Pappkameraden typische Japaner vorstellen sollten, was würde man dann in ein paar hundert Jahren der Öffentlichkeit als »typische Schotten« verkaufen? Kleine krummbeinige Kiltkobolde vielleicht, mißtrauisch nach vorn und hinten äugend, daß bloß keine neuen Dichter kommen, die ihre sentimentale Grabesruhe stören könnten.

Ja, Christopher, da kann man schon traurig werden, was? Was?

Ich wollte mit Jason in die Ägyptische Abteilung, fand aber am Eingang ein Schild: Kein Zutritt. Hinter einer den Raum verhüllenden Plane hervor drangen leise, klopfende Geräusche, als poche eine Mumie gegen den Innendeckel ihres Sarkophags. »Laßt mich raus! Laßt mich raus!« Doch sanft wurde der alte Herr wieder in die Falten des Vergessens zurückgedrückt. »Schon gut, schon gut, Ihr habt nur schlecht geträumt, vom Aufwachen ... Jetzt nur ganz ruhig, schlaft noch ein kleines Jahrzehntausend ...«

Drei Männer sitzen in verschiedenen Räumen und frühstücken. Es herrscht eine gewisse Ähnlichkeit zwischen ihnen, was die Geschicklichkeit angeht, mit der sie ihr Besteck handhaben, und vielleicht auch was den Ton der Unterhaltungen mit ihren Ehefrauen betrifft. Später wird einer dieser Männer Schwatzkopf Sloans ausgehülstes Hirn auf die Waage legen; ein anderer wird die Asche von Mr. Pike durchkämmen und seine halbverbrannten inneren Organe zur Prüfung und Analyse aufreihen; der letzte wird aus der klaffenden Wunde in der Brust des ermordeten jungen Mannes eine hypothetische Waffe herausziehen, und andere Männer werden sich auf die Suche nach ihrer tödlichen Realität begeben.

Hinter der Plane hatten Tempo und Lautstärke der Klopfgeräusche zugenommen. Vielleicht nagelten sie ja wirklich nur ein paar Dynastien zusammen oder dichteten eine Pyramide ab. Aber wir würden es nie herausfinden –

das Alte Ägypten war heute »zu Restaurationszwecken« geschlossen.

Da wir jetzt an der Galerie angelangt waren, beschloß ich, das Interesse Jasons an Männern in Rüstung wenigstens auf Umwegen zu befriedigen und ihn zu dem Rembrandt zu führen, der einen solchen Mann zeigte. Auf dem Weg dorthin würde ich ihm erklären, daß es unwahrscheinlich war, hier in der Galerie einem Eisverkäufer zu begegnen, nein, nicht einmal im italienischen Trakt.

Jason, den bloße Meisterwerke nicht beeindruckten, konzentrierte sich auf das lebende Bild des Stockwerks unter uns und genoß die Gelegenheit, zur Abwechslung einmal auf die Leute hinunterzuschauen, den Fesseln der Kleinwüchsigkeit entkommen. Mit den Ellbogen auf dem Geländer sah ich eine Weile zu und beobachtete zerstreut die Possen dieser Mäuse, die man hinter der grauen Fußleiste des Alltagspragmatismus hervorgelockt hatte, damit sie an den ausgestellten kulturellen Käsen knabberten. Hin und her liefen sie. Die Kinder waren besonders hektisch; tatsächlich sah es von hier oben aus, als finde eine Art Paarungsritual statt. Na! Was stellten sich die kleinen Ferkel wohl bei »Küchenstück« oder »Ecce homo« vor? Später, als ich einen Korridor hinunterging, sah ich ein junges Mädchen den Penis eines Mannes betasten. Der Mann war aus Bronze und, dem Glanz seines Schwengels nach zu urteilen, solche Übergriffe gewohnt. Die Tasterin und ihre kichernden Kolleginnen rannten unter Gelächter davon.

Wenn man dann durch die Abteilungen der Galerie geht, findet man viele Porträts von Gesellschaftsgangstern, welche die Bank des Ruhmes überfallen haben und mit der Beute eines stolzen Rufes abgehauen sind. Den meisten dieser Ganoven und Intrigendämchen würde man nicht mal einen harten Stuhl anbieten, geschweige denn einen permanenten Platz an der Wand, und doch, da hängen sie, bewacht von Alarmanlagen und Wärtern, sorgsam aufbewahrt in der samtgefütterten Grabkammer der Sozialpyramide, sicher für alle Ewigkeit oder jedenfalls, bis Tourist Khan mit seiner Blitzlichtkamera angeritten kommt. Ich ging durch diese glattgewienerten, hallenden Räume, und der kleine Jason eilte ein wenig voraus, als seien die Gemälde nur die wechselnden Farben eines Regenbogens, an dessen Ende er den legendären Topf voll Gold finden würde. Tut mir leid, Junge, da wird gar nix zu finden sein, höchstens spielen vielleicht Gott und der Teufel Fußball mit Leonardos Schädel.

Rembrandts »Mann in Rüstung« hing unter einer Art kulturellem Scheinwerfer und war mit einer Kordel vom Publikum abgeteilt, das etwa ein halbes Dutzend Personen umfaßte, als Jason und ich uns nährten, um uns der ehrfürchtigen Glotzäugigkeit anzuschließen. Heute merkte ich, daß Rembrandts Technik der Lichtführung jenen kleinen inneren Fleck der Angst und Dunkelheit nicht zu erhellen vermochte, den man gelegentlich »die Seele« nennt. Die Wahrnehmungen des Künstlers, diese Pfeile der Einsicht, klapperten schwach gegen die große Glasglocke der gelangweilten Verdrossenheit, die mich überwölbte. Früher hatte ich immer innegehalten und mir überlegt, wie der Mann tatsächlich aussehen mochte, wenn er aus der erhebenden Umarmung seines grandiosen Harnischs hervorgekrochen war – ein blasses, wurmdünnes Geschöpf vielleicht. Es hing wahrscheinlich mit einer Konstellation verschiedener Umstände zusammen – dem Tod des alten Pike, dem stechenden Schmerz in meinem Arm, sexuellem Selbstekel (dem Nachklang der Untreue), ich weiß es auch nicht, aber meine kulturelle Aufnahmefähigkeit war entschieden reduziert. Ein Mädel in einem burgunderroten Maximantel mit handgranatengroßen Knöpfen, auf dem Kopf eine Art Skimütze, die auf dem dunkelblauen Sturm ihres Haares wie eine Jacht ritt, rettete uns alle aus unserem hilflosen Schweigen, als sie nach einem raschen Kennerblick auf das Meisterwerk zu ihrem Freund bemerkte: »Genau wie Kirk Douglas, hm? Aber genau.« Ich blieb vor Dalís »Christus« stehen, fand ihn jedoch so nichtssagend wie immer. Gähnend hielt ich an, um eine Badende von Degas zu betrachten, die sich den Firnis des Klassizismus vom Körper wusch, dann ging ich weiter an den bunten Pusteln entlang, die im Gesicht des europäischen Puritanismus aufgebrochen waren. Ich verbrachte aber viel mehr Zeit damit, »Christus und die Ehebrecherin« anzustarren.

Ich führte Jason nach unten, und auf seinen Wunsch hin gingen wir in die Abteilung Naturgeschichte und Evolution. In einer Sandgrube lagen die verkohlten Überreste eines Kindes, wenn man der beigefügten Schrifttafel glaubte. Für mich sah's eher aus wie ein altes Lagerfeuer. Vielleicht hatte Pike Senior so ausgesehen, als die Feuerwehr endlich bei ihm ankam. Aha, das war auch noch da – das alte Clydesdale-Pferd. Das Tageslicht schwemmte sich durch seine Rippen und leuchtete Stellen aus, wo es gar nichts zu suchen hatte. Die »alte haarige Maschin'«, wie Wattie Mullens sagen würde, hatte etwas Besseres verdient – hier wurde sie schamlos bis ins Innerste ihrer einstigen Kräfte den prüfenden Blicken müßiger Besucher preisgegeben, dieser Aasfresser der Geschichte, die dann mit melodischem Rülpsen und dem Gestank des Todes auf den Lippen abzogen. Pa Clay, der mich mal zu einem seltenen Besuch hierher mitgenommen hatte, der hatte mir versichert, das sei einmal Benny Rooneys Kohlengaul gewesen. »Ja, Benny ist eines Tags zu lang in der Kneipe sitzengeblieben, und so hat er das Pferd dann wiedergefunden, als er rauskam«, grinste er. »Die Gören in der Florence Street haben schon zugelangt, wenn's ihnen danach war.«

Die Waffenabteilung als nächstes. Wie ich zwischen Karabinern, Flinten, eleganten Pistölchen und all den anderen Zerstörern des Fleisches dahinging, deren gräberfüllende

Potentialitäten jeweils liebevoll detailliert aufgeführt waren, stank mir plötzlich eine aufgescheuchte Erinnerung durchs Hirn. Simon Rattray (in der Tat ein Mann, der seinen Rattennamen verdient hatte) war im Scabby unser Mieteintreiber gewesen. Ein Wiesel von einem Mann mit einem Schädel, der aussah, als hätte ihn jemand mit einer Schaufel plattgehauen, und zwar so massiv, daß gleich der ganze Kopf zwischen die Schultern gefahren war, der Bursche war ebenso halslos wie gnadenlos. Dem sein übles Skelett hätte man aufbewahren und dort hinten im Schädelsaal hinhängen sollen, als heilsame Warnung vor den Degenerationsmöglichkeiten, die unsere Spezies verfolgen: Rattray, der menschliche Blutegel.

Rattray war der Agent für eine Miss Euphemia Pursemore in Cowes gewesen. Na, das ist doch ein scharfes Duo – Pursemore & Rattray! Es geht die Geschichte, daß ein gewisser John Divers, der Politschamane des Scabby – als klar wurde, daß Rattray zu faul wurde, das Elend auch nur wegzulügen, das durch die fehlenden Reparaturen und die allgemeine Vernachlässigung den Mietern dieser bequem weit vom Schuß lebenden Hauswirtin entstand –, sich durch seine üblichen dunklen Methoden ihre Adresse besorgte. Infolgedessen öffnete die gnädige Frau eines schönen Morgens in Cowes ein massives Paket, in dem sich eine tote Ratte befand, ein Prachtexemplar selbst nach Scobie-Street-Maßstäben, an deren verlausten Körper der folgende Limerick angeheftet war (angeblich von John Scobie persönlich verfaßt):

Liebe Miss P.!
Als Grüßchen aus Ihrem Slum
eine Ratte direkt aus dem Schlamm.
Wir setzen die Mäuschen
Ihnen demnächst ins Häuschen,
schön stinkig, verschissen und stramm.

Ich sah mich um. Eine Menge Waffen war auf mein Herz gerichtet. Ältere, langsamere Waffen, die zögernde Projektile verschossen, zu ihrer Zeit die schnellste Methode des Tötens. Was für Fortschritte seitdem. Ein winziger Daumendruck reichte heutzutage aus, eine ganze Stadt wegzublasen. Die ständige Drohung, in einem allgegenwärtigen Arsenal leben zu müssen; das Gefühl, daß man im Nacken einen Knopf implantiert hat, daß der juckende Finger von irgendeinem politischen Misanthropen Tag und Nacht darüberschwebt. *Oh Hiroshima, oh Nagasaki, now we know the world's gone whacky*... Von Jason nichts zu sehen. Ich arbeitete mich durch die Mordwaffensammlung, hinter jeder Ecke erwartete ich ihn zu erblicken. Diese Kinder heute, was sollte man mit denen anstellen? Wie sie im Zauberkreis ihrer nagelneuen Sinne herumfuhrwerkten, alle fünf Minuten durchdrehten, ihre wahnsinnig werdenden Beaufsichtiger zu Tode erschreckten. Fünf Minuten später – immer noch nichts von dem Jungen zu sehen. Ich schritt die kriegerischen Jahrhunderte hinab. Als ich schließlich in den Nahkampfzeiten von Streitaxt und Morgenstern angekommen war, blinkten meine Nervensignale alle bereits auf Gelb. Wo war das Kind abgeblieben? Ich rief ein paarmal seinen Namen und erwartete, seine heranrennenden Füße klappern zu hören. Nichts. Alarm Rot. Dies ist keine Übung. Sirenen begannen zu heulen. Alarmfall Rot... Alarmfall Rot... Dies ist keine Übung...

»Haben Sie einen blonden Jungen in einem roten Anorak mit einem Spielzeugflieger gesehen?« Immer wieder stellte ich diese Frage dem stupiden Gürteltier namens Öffentlichkeit mit seinen töricht starrenden Augen, mit der unweigerlichen stupiden Gegenfrage: »Ham Sie ihn verloren?« Ich hielt einen Wärter an. Er sah aus wie ein verwischtes Selbstporträt von Van Gogh und tastete sich tatsächlich auch an einem Ohr herum, als ich mit ihm sprach. Er versprach, ein Auge offen zu halten. »Beide, wenn ich bitten darf!« fauchte ich, wütend wegen seines lauen Interesses. Vielleicht hielt er den Verlust eines Kindes für ein angenehmes Ereignis. Ich irrte weiter durch die Gänge, brachte meine hektische Frage an. Eben als ich im Begriff war, mich der totalen Panik zu überlassen, fiel mir ein, wo der kleine Kerl sein dürfte. Ich eilte hin. Ein Rudel Kinder starrte in das Diorama. Jason war dabei. Die Erleichterung! Ich lehnte mich vor und tippte ihm auf die Schulter. Er drehte seinen blonden Kopf herum, als das Diorama seinen uralten Trick brachte – Sommer wurde zu Winter. Auch der Junge war verwandelt: die Augen hatten die falsche Farbe, Vorderzähne fehlten, das Gesicht war zu schmal. Meine Hand glitt von der Schulter des roten Anoraks: »Tschuldige, Junge, ich hab gedacht, du bist –«

Als ich mich erinnerte, daß Jason ein gewisses Interesse an den Lokomotivmodellen gezeigt hatte, eilte ich dorthin. Ein Mann, Typus pensionierter Oberst, nix wie Tweed und Old-boy-Aussprache, schaute von dem Dampfmaschinendiagramm auf, das er zusammen mit einem kleinen Jungen studiert hatte, seinem Enkel oder Neffen wahrscheinlich. »Roter Anorak, sagen Sie?« Der Oberst kontrollierte seinen Schnurrbart nach Brosamen oder was, dann schüttelte er den Kopf, auf dem eine Sherlock-Holmes-Mütze saß. »Tut mir leid, kann ich nicht sagen. Tut mir sehr leid. Verloren, sagen Sie?« In seiner Stimme lag etwa soviel Mitgefühl, wie der Klumpen Maschinerie, den sein Enkel/Neffe inspizierte, Humor hatte. »Mit einer Spitfire?« Wieder wiegte der Oberst verneinend den Kopf. »Hab ihn nicht zu Gesicht bekommen. Wie sieht's bei dir aus, Timmy?«

Der Junge, der beinahe in das Modell hineingestiegen war, sagte nun: »Das war keine Spitfire.«

Ich starrte auf ihn hinunter. »Wie war das, mein Junge?«

Timmy, der – wie wir in der Schule zu sagen pflegten – »Streberaugen« hatte, sah mich mit weit geringerem Interesse an, als er den Pleuelstangen gewidmet hatte. »Das war eine Hawker-Hurricane.«

Ich faßte ihn an der Schulter. »Du hast ihn gesehen?« Ein gleichgültiges Nicken. »Wo?«

»Mit einem Mann.«

Meine inneren Sirenen legten noch eine Frequenz zu. »Wie hat er ausgesehen?«

»Blonde Haare, roter Anorak...«

»Nicht der Junge – der Mann?«

»Fast wie Sie beinahe – alte US-Kampfjacke, Tartanschal, Jeans, ungeputzte Schuhe.«

Ich seufzte, aber nicht erleichtert. Offensichtlich gab der kleine Arsch logische Antworten auf meine Fragen. Hatte er Jason gesehen? Ja, aber als er mit mir zusammen war, nicht, wie es zuerst ausgesehen hatte, mit einem anderen Mann, einem Fremden – immerhin. Aber sie wichen nicht, diese Bilder, wie irgendein Perverser mit steinernem Gesicht den weinenden Jason in ein schneebedecktes Auto drängte und mit ihm davonfuhr.

»Wo war das denn, Timmy – in der Naturgeschichte, was?«

»Ornithologische Abteilung.«

Meine Kopfhaut prickelte. Dort waren wir nicht gewesen, Jason und ich. Er hatte gesagt, tote Vögel wolle er sich keine anschauen, und wir hatten den Saal ausgelassen. »Dieser Mann«, sagte ich, »das war ich, oder?«

»Oder was?«

Offenbar wurde ihm die Sache langweilig. Ich hätte den kleinen Sack erwürgen können. Er schüttelte den Kopf und warf immer längere Blicke auf seine Pleuelstangen.

»Warum bist du so sicher?«

»Seine Jacke war sauberer als Ihre. Der Schal hatte den Stewart-Tartan, nicht MacGregor, die Schuhe waren anders, und er hatte kein Antiatomabzeichen.«

»Danke, mein Junge«, sagte ich, obwohl ich nicht weiß, weshalb ich mich bei ihm dafür bedankte, daß er meine Angst verdoppelt hatte. Ich eilte davon. »Hoffe, Sie finden

den Kleinen«, rief mir der Oberst hinterher. Ich winkte dankend zurück, aber Timmy hatte sich mittlerweile schon wieder der sehr viel verführerischeren Lockung der Dampflokomotiventechnologie des neunzehnten Jahrhunderts überlassen.

Wer in den nächsten fünf Minuten mein Gebaren von einer der oberen Galerien aus verfolgt hätte, für den hätte der Vergleich mit einer durchgedrehten Maschine nahegelegen nicht einem Exemplar der viktorianischen Technik, sondern einer jüngeren Entwicklung: ein Dalek, ein SF-Roboter, der verschmort, dessen Schaltkreise ausbrennen, dessen Bewußtsein durch Metallnähte und Gitter verqualmt, dessen Kreiselbewegungen immer manischer werden. Ich stoppte jeden Wärter, den ich sah, und plapperte meine Geschichte herunter. Viel Unsinn floß aus mir heraus, ich wollte alle Türen abgeriegelt haben, Lautsprecherdurchsagen her, organisierte Suchtrupps! Der Junge war gekidnappt worden. Richtig, von einem Mann, der ziemlich so aussah wie ich ... Aber was nützte das! Diese Geschichtsmüllverwalter waren aufs Gestern fixiert: Wenn man ihnen eine Ritterunterhose hingehalten hätte, da hätten sie gleich Witterung aufgenommen. Ich verlangte, den Direktor zu sehen, den Kurator, wer auch immer die Verantwortung hatte. Das bedeutete, daß ich wirklich verzweifelte, denn wieso sollte ein Kunstexperte etwas über einen kleinen Jungen im roten Anorak und mit einem Modellflugzeug wissen? Der Wärter, den ich gerade anschrie, weil er von mir weggegangen war, um ein kleines Mädchen zu tadeln, das sein Bonbonpapier auf den Boden hatte fallen lassen, lächelte plötzlich. Ich drehte mich um und sah seinem deutenden Finger nach: auf uns zu kam, in Gesellschaft eines weiteren stark unterbezahlten Kunstwärters, Jason getapst.

»Onkel Tom«, rief er, »kann ich jetzt ein Eis am Stiel haben?«

»Einer hat ihn allein rumwandern sehen«, erklärte der

Wärter, nachdem ich mich bei ihm bedankt und den mir anvertrauten Jungen fest bei der Hand genommen hatte. »Aber eigenartig dabei war, dieser Mann, der ihn gefunden hat, der war...«

»... so ziemlich angezogen wie ich?«

Er nickte. »Alles genauso.«

Ich berührte meinen Schal. »Nur war das ein Stewart-Tartan. Und – korrigieren Sie mich, wenn ich was Falsches sage – ich glaube, er hat keinen von denen hier getragen. Richtig?« Ich deutete auf meinen Button.

Der Wärter, der nicht wissen konnte, daß ich mich vorher mit dem Urgroßneffen von Holmes persönlich unterhalten hatte, wirkte stark beeindruckt. »Ja, jetzt, wo Sie's sagen...«

Eine Minute oder so später, und Jason und ich standen wieder am Diorama.

Ich erfuhr so gut wie gar nichts über mein Double von dem Jungen. Offensichtlich – da der Wärter es nicht erwähnt hatte – besaßen wir keine ähnlichen Gesichtszüge, ich und der Kidnapper, was mir auch lieb war, denn diese Doppelgängergeschichten sind mir wirklich unheimlich. Es heißt, wenn man seinem Doppelgänger begegnet, gibt man bald den Löffel ab. Ich durfte meinen also noch behalten, aber wie lange noch? Jasons Bericht war von solcher Nüchternheit, daß ich unwillkürlich das Gefühl hatte, man habe ihm den Text nahegelegt, ihn mit ihm geübt; ich meine, in der Erklärung steckte ein Tonfall, der nicht seiner war. Er behauptete, er sei meinem Kleidungsdouble aus der Waffenabteilung hinausgefolgt, im Glauben, ich sei's. Als er entdeckte, daß er einem Fremden nachgegangen war, fing er an zu weinen. Der Mann hatte ihn zu einem Wärter gebracht, und das war auch schon alles. Nichts weiter Besonderes. Ein Standardlichtpünktchen, das quer über den Bildschirm der Normalität flackerte. Alarm beendet, Codebuch für den Einsatz Rot wegschließen. Kurze Notiz im Diarium, unter Besondere Vorfälle: »Kontakt 15.30 h verloren wegen Fehlidentifikation/Kleidung. Lokalisiert und korrigiert. Normalzustand ca. 15.50 h wiederhergestellt.«

So, wie gelegentlich erschreckende Schmerzen so unerwartet und überwältigend durch den Körper schießen, daß man instinktiv spürt: blieben sie auch nur wenige Sekunden länger, müßte man unweigerlich daran sterben – so können gewisse Ereignisse des Lebens, seltsame Episoden, die deine Existenz kreuzen, dieselbe tödliche Drohung enthalten. Der Junge wartete mit unkompliziertem Optimismus auf die Wiedergeburt einer neuen Jahreszeit, doch dieser winzige Zwischenfall bedeutete mir, daß nicht länger der Frühling automatisch mit der gewohnten alten Fügsamkeit des gehorsamen Sonnenlaufs auf den Winter folgen mußte.

Jason lachte, als wieder einmal das schäbige Trio in seinen Winterklamotten ans Licht kam. Ich dachte in düstererer Stimmung (mein Arm besorgte mir's jetzt wirklich) an Pike Senior, Schwatzkopf Sloan und den erstochenen jungen Mann, ein Trio, das nicht mehr aus dem Dunkel herausgefunden hatte. Meine Eltern fielen mir auch ein. Es war wirklich schwer, in dem Bewußtsein zu leben, daß für sie die Kontinuität einer weiteren Existenz – na ja, deren gelegentliches, momentanes Wiederaufflackern – hauptsächlich von mir abhing, von meiner Fähigkeit, sie in den Spiralen meiner Erinnerung noch einmal aufleuchten zu lassen. Soviel also zu jener großartigen Unsterblichkeit, von der Mama Clay so leidenschaftlich in der Bleaker-Gedächtniskirche gesungen hatte. Lief darauf der ewige Urlaub im Lande Gottes hinaus – ein Irrlichtlein im Hirn eines vergeßlichen Sohnes?

Eine lange Zeit (mindestens einen ganzen Monat lang) nach seiner Beerdigung hatte ich immer erwartet, die Spezialmelodie meines Bruders Martin – »Pedro the Fisherman« – von ihm gepfiffen zu hören, etwas wacklig, weil er dabei die Treppen in der Mietskaserne heraufgerannt kam, um in unseren überglücklichen Haushalt zurückzukehren und sich von Ma, Pa und mir drücken zu lassen. In dieser

Phantasie hatte Papa Clay immer seine Pantoffeln an, was bedeutete (ich verspreche nichts, klar?), daß er vielleicht ein klein wenig länger bleiben würde. Martin, der sich Grabesstaub aus den Kleidern klopfte, erzählte dann eine atemlose Geschichte von seiner Flucht, wie Opa Gibson ihm zu Hilfe gekommen war und ihm gezeigt hatte, wie er einen Tunnel ausheben mußte und die Decke mit den Schenkelknochen der Toten abstützen. Er wurde oft von Eastend-Gangs und Schwärmen rotäugiger Ratten angegriffen, aber endlich brach er durch die stinkende Erde hinduch und sog große Atemzüge frischer Luft ein. Ich legte den Arm um meinen Bruder und drückte ihn mit aller Liebe und Zuneigung, die ich in mir fand.

»Onkel Tom«, sagte er.

»Hmm?«

»Onkel Tom, du tust mir weh an der Schulter.«

»Entschuldige, Jason.« Ich lockerte meinen Griff.

»Ich hab, glaub ich, gesehen, wie der Hase sich bewegt hat.«

»Tja, machen wir jetzt am besten auch. Deine Ma und dein Pa drehen sonst komplett hohl.«

Ein Lächeln auf den Lippen des Jungen. Ich hatte vor ihm schamlos einen Antishermanismus gebraucht, eine Das-sollst-du-doch-nicht-Vokabel. Ich gab meinem Handrükken ein paar sanfte ironische Klapse und grinste zu dem Knaben hinunter, dessen sprachliche Reinheit ich geschändet hatte. »Verzeihung. Ich meine, deine Mutti und dein Vati könnten sich gewisse Gedanken wegen unserer einigermaßen ausgedehnten Abwesenheit machen.«

Der kleine Gauner zwinkerte mir zu, eine Bestechungsgeste, die ausdrückte: »Ich sag nichts von dem Mann, wenn –«

Ich wurde zu drei weiteren Schneehuhn-Has-und-Wiesel-Sommern sowie -Wintern verurteilt, ehe ich der Tyrannei der Schicksalsbox entrann.

Draußen war das Diorama der Natur in der Position »Winter« steckengeblieben – der Schnee strömte unstillbar aus dem schwarzen Loch, das der Himmel war. Wie mein Haar von dem Zeug weiß wurde, nahm ich den zittrigen Gang eines Greises an und wankte an einem unsichtbaren Stock voran. Jasons lautes Gelächter brach abrupt ab, als in dem Schneephantom eines am Gehsteigrand geparkten Wagens ein Fenster heruntergedreht wurde, um in all seiner eisigen Majestät das Gesicht der Hexe des Hohen Nordens zu enthüllen.

»Tut mir den Gefallen und beeilt euch ein bißchen«, kommandierte sie. »Wir haben nicht den ganzen Tag Zeit.«

30

»Ich hoffe, du magst gelbes Happa«, sagte Phyllis mit kokettem Slang. »Das hier ist Won-Ton-Suppe.«

Ich paddelte mit meinem Löffel in der Nebelbrühe und erwartete halb, Won Tons Sandale auftauchen zu sehen. Der kleine Jason, der noch nicht gebildet genug war, um zu begreifen, daß ein Essen raffinierteren Zwecken dienen kann als lediglich der Nahrungsaufnahme, murmelte einige Male: »Gelbes Happa« und begann dann eine verbale Experimentreihe:

»Gelbes Happa... Rotes Happa... Grünes Happa... Lila Happa... Klappa Happa... Schnappa Happa...« – ein bunter Sang, scharf unterbrochen vom Klang seines eigenen Namens, der voll stachligem Tadel von den Lippen seiner Mutter geflogen kam. Der Junge studierte nun sein Spiegelbild in der Höhlung des noch nicht eingetauchten Löffels. Er hauchte es an und erweckte dann seine Spiegelung mit einem schnellen Wischer seiner Serviette wieder zum Leben. Wieder kam sein Name mißbilligend über den Tisch gefegt, doch diesmal mit einem müden Postskriptum: »Jack, sprich du mit ihm. Wirklich, seine Manieren...« Sherman, dessen leere Miene anzudeuten schien, daß er weit weg auf einer seiner inneren Bilanzprüfungen war, vielleicht beim Addieren der Kosten, die irgendein Finanztornado verursacht hatte, gesellte sich hastig zu uns. Er stieß die obligate Portion Guano aus: daß sein sechs Jahre alter Sohn sich nicht immer wie ein sechsjähriges Kind benehmen solle und daran denken, daß der Weihnachtsmann Jungs mit schlechten Manieren nichts bringt.

Jason kaute darauf eine Weile herum, dann warf er rasch einen dreisten Blick in meine Richtung und fragte keß:

»Wenn das Weihnachtskind nicht richtig essen tut, dreht dann die Weihnachtsfrau hohl?«

Phyllis' Augenbrauen hoben beinahe von ihrer Stirn ab. »Was hast du gesagt?«

»Ich hab gesagt…«

»Wehe, wenn du das wiederholst. Ich hab dir schon einmal gesagt, du sollst keine Gossensprache hier ins Haus bringen.«

»Aber –«

»Kein Aber!«

Sherman nagelte den Jungen mit einem harten Blick fest. »Also Schluß. Ich sag's nicht noch einmal. Los, iß jetzt.«

Jason bekam Hausmannskost, sein Lieblingsessen – Tomatensuppe, Kartoffeln mit Haschee und Möhrchen, dann einen Becher Pudding. Beide Eltern begannen ihn nun zu verhören, was er im Museum alles gesehen hatte. »Nichts hat sich bewegt«, teilte er ihnen mit, »und die Ritterrüstung war leer.«

Der Junge aß, während er sprach, wobei er beides mit derartiger Geschwindigkeit vollführte, daß mir die Zügel einfielen, die meinem gastronomischen Galopp angelegt worden waren, als ich ein Kind war. »Jetzt aber, Sohnemann«, schalt Ma Clay immer, »laß deinen Magen mal Tageslicht sehen.« Der Junge hatte tatsächlich schon alle seine drei Gänge hinter sich (sehr kleine Portionen für ein Kind im Wachstumsalter, dachte ich), während wir immer noch mit Won Ton herumtaten. Jason erhielt die Erlaubnis, vom Tisch aufzustehen, was er erst machte, nachdem er das Versprechen erhalten hatte, er dürfe noch eine halbe Stunde mit seiner Eisenbahn spielen, dann hieß es ins Bett. Der Junge versuchte sein Glück noch einmal und stellte einen weiteren Antrag. »Ganz bestimmt nicht!« – schnaubte Phyllis. »Onkel Tom kommt nicht noch rüber und erzählt dir eine von seinen Geschichten. Du hast so schon genügend Unsinn im Kopf. Jetzt noch einen Kuß für jeden und Marsch.«

Zweiter Gang: Ente mit Bambussprossen. Die Shermans hantierten geschickt mit den Eßstäbchen und schoben sich saftige Stückchen meines Ego in die nimmersatten Mäuler. Es war nur ein kleiner Trick dabei, versicherten sie und erlaubten mir mit verstecktem Grinsen, mich mit Messer und Gabel durchzuschlagen. Der Wein war – den Superlativen nach zu urteilen, mit denen er überhäuft wurde – aus speziellen Prestigetrauben, von Engelsfüßen gekeltert. Die raffinierten Gaumen der beiden schmiegten sich diesem Mysterium von Wuchs und Reife an, während meine plumpe Zunge, stumpf wie ein Stein, den *bon vin* ungerühmt und ungewürdigt runterschlappte.

Wir dinierten in der – wie sie's nannten – »Dinette«, einem Alkoven neben der Küche, der geräumig genug war, sechs Stühle um einen Tisch aufzunehmen. Etwa ein Dutzend Sorten Topfpflanzen wimmelten die holzgetäfelten Wände des Alkovens empor, wo Simse und Nischen einen Schwarm von Porzellanvögeln beherbergten. Ein Notturno Eulen starrte finster herab von einem anscheinend echten droben an die Wand geschraubten Ast. Ich dachte an einen Kindheitshorror: die Glasvitrine voll ausgestopfter Vögel, die den Korridor in der Killynowe-Farm in Dumfriesshire beherrscht hatte. Dohlen, Raben, Schopfkrähen, Elstern und Bachstelzen schienen alle ihre grausamen Augen auf mich zu richten, wenn ich auf dem Weg ins Bett an ihnen vorbeirannte. Aber wie kühn war ich, wenn Mrs. Irwin, mit ihrem gemessenen Schritt, der nicht wegen irgendeines läppischen Gespenstes stocken würde, voranging, wenn ihre Paraffinlampe mit der spotzenden Flamme die Schatten verjagte, während ich in ihrem breiten, steten Schatten einherschlich, mutig genug, sogar der bösen Elster und ihrer Bande Friedhofsganoven fest ins Gesicht zu sehen. Morgens verließ Mr. Irwin sein Zimmer mit einer Girlande von Fürzen, sein schwerer Schritt ließ die Treppe knarren wie die Planken eines Clippers, der Kap Horn umsegelt. Ich stellte mir immer vor, wie die Vögel in der Glasvitrine in wütende Erregung verfielen, wenn er vorbeistampfte und seine Salven aus dem massiven Hintern abfeuerte.

Im Shermanschen Haushalt gab es einen sehr viel großartigeren Raum als dieses bescheidene Happaplätzchen, um die Bedürfnisse des Bauches zu zelebrieren, den mußte es natürlich geben. Diese Bankettalle, in die ich noch nicht einmal einen Fuß hatte setzen dürfen (geschweige dort einen Hühnerknochen abnagen), wurde immer von der ehrfürchtigen Florrie Monks als »das große Zimmer« bezeichnet; das große Zimmer war für große Anlässe und für die großen Leute, die ihnen beiwohnten – die Dinette andererseits diente den alltäglichen Mahlzeiten der Familie Sherman und galt auch als angemessen für bescheidenere Gäste wie mich. In der Dinette regierte, wie der Name sagte, der Diminutiv. Ernsthafte Unterhaltungen wurden hier nicht von einem erwartet. An diesem Tisch taten es Schwatzetten, und vielleicht eine kleine Witzette, während man noch eine Tassette Kaffee nahm. Heute abend stand als Thema anscheinend die soziale Bedeutung (soweit vorhanden) von Museen, Galerien und dergleichen Geschichtslagerhäusern auf der Tagesordnung. Hierzu trug Phyllis den sonderbaren Gedanken bei, daß es eine interessante Ergänzung jedes Haushalts wäre, wenn man eine kleine Abstellkammer in eine Art Familienmuseum verwandeln würde. Dort könnte man eine Lieblingspfeife des Großvaters, die kostbare Bibel der Tante, das Originaltelegramm mit den schlimmen Nachrichten von der Front und so weiter aufbewahren. Als ich daran erinnerte, daß in manchen Haushalten der Großvater, die Tante und die ganzen trauernden Hinterbliebenen des Gefallenen noch persönlich übereinandergestapelt diese Abstellkammer bewohnen könnten, sagte sie unwirsch, daß schon eine einzige Zimmerecke für diesen Zweck ausreichen würde. Um der Unterhaltung eine launige Wendung zu geben, schlug ich vor, daß mein eigener »Familienschrein« zum Beispiel meine Mickymausgasmaske zeigen könnte, mein Lebensmittelmarkenheft, Pa Clays letztes Paar Schuhe, Opa Gibsons vergilbte lange Ersatzunterhosen mit der Fluchtklappe, das kleine weiße Blechdöschen von meinen ersten Überziehern und die rührende Postkarte, auf der das Kriegsministerium mich mit knappen Worten informierte, daß ich wegen meiner vernarbten Lunge als nicht ausreichend robust galt, um die Hölle der Warteschlange in der Kasernenkantine durchzustehen. Mein Beitrag stellte sich als Blamette heraus, denn er führte zu einer Art Chinesischem Schweigen, einer hörbaren Stille, auf deren Oberfläche Wörter wie Müllreste trieben. Dies hielt noch an, nachdem der letzte Sojakeim, die letzte Mandel mit dem Abfall aus den Glückskuchen abgetragen worden waren.

»Noch einen?«

Ich nickte und gab Sherman mein Glas. Der erste Drink hatte noch wenig dazu getan, das Blei von meiner Stimmung abzuschmelzen. Wir waren von der Dinette in das große Wohnzimmer umgezogen; Phyllis war im Augenblick nicht bei uns, sie war telephonieren gegangen. Ihre augenblickliche Abwesenheit war einer der wenigen erfreulichen Aspekte dieses aufgedonnerten Raumes. Die Hausbar sagte alles – da war ein derart spießiger Gag eingebaut, daß man laut losprusten wollte: Wenn man die Servierfläche ausklappte, spielte die Bar eine wacklige Version der Schönen Blauen Donau.

Dieses peinliche Extra konnte gestoppt werden, wenn man auf den Kork einer Flasche drückte, die für LSD-Freaks ein alter Bekannter gewesen wäre – geformt wie eine rubinrote Schlange mit gelber Zeichnung und so bizarr verrenkt, daß sie aussah, als hätte sie sich in einer überzähligen Dimension gehäutet. Sherman versetzte dem Korken eins mit der Faust. Ich bin sicher, er hatte das Gefühl, diese banale Klimperei sei seiner nicht würdig, setze einen Mann seiner Statur herab. Na, an Statur hatte er wesentlich zugenommen – fünf Kilo mindestens, seit ich ihn zuletzt gesehen hatte, wann war das noch gewesen? Richtig, Vater Carlyles Beerdigung, der Tag, als sie den Schlosser weggesperrt hatten. Schon ein wenig grau, trotz seiner immer noch dicht wallenden Haarpracht, bemerkte ich. Managerlook wird das heute genannt – wieder ein Euphemismus, der die nackte Tatsache verschleiern soll, daß wir alle vergänglich sind. Sein Gesicht, das Zentrum des Zersetzungsprozesses bei ihm, schien an eine unruhige Unterströmung angeschlossen, er wirkte wie ein Mann, den die ersten Ausläufer eines Hurrikans umwehen, der ihm tobenden Ruin verheißt. Die Hieroglyphen der Angst ließen sich, wenn man Interesse hatte, auf Shermans Angesicht entziffern. Aber was immer es war, das ihm den Magen säuerte, zumindest für den Augenblick war es assimiliert, weggesteckt, so wie der Körper eine Kugel im Zentrum des Organismus einkapseln kann, und das Geschäft des Lebens geht drum herum weiter, auf Zehenspitzen, aber als ob nichts wäre.

Sherman trank in fast tollkühnem Tempo, rascher, als ich ihn je den Stoff hatte wegkippen sehen. Als ich mir den Grund dafür zurechtzulegen versuchte, tat sich in meinen Gedanken eine blendend grelle Eisspalte auf, und ich sah einen Eskimo auf einer splitternden Scholle seinem Tod entgegenstürzen. Intuition! Das Bewußtsein setzte sich die Rätselbrille auf, mit der man um die Ecken der Zeit sehen und mit geisterhafter Verachtung durch die Gefängnismauern der Newtonschen Physik schreiten kann. Diese paranormale Peilung war genug, um mir zu enthüllen, daß Sherman in irgendeiner Klemme steckte – drauf und dran war, in einem Bleikanu über die Stromschnellen zu gehen. Ein bis dato unerschütterlich verläßlicher Faktor in seiner Finanzwelt war unter ihm weggeschmolzen, eine Katastrophe, die auf unvorhergesehene Bewegungen im Aggregatzustand der Dollareiskappe zurückgehen dürfte; da würde er sich gewiß die Füße naß machen. Hatte er mich deshalb nach den verschiedenen Sozialleistungen gefragt, auf die ein Mann in meiner Lage Anspruch hatte? Es schien fast, als habe er beschlossen, einen Blitzkursus in Versagerkünsten zu absolvieren, sich zu informieren, was in der grauen Welt der Erfolg- und Arbeitslosigkeit lief.

Sherman entkorkte die Flasche und ließ sie Whisky in die beiden Gläser speien, ohne Vorsicht und mit größter Lässigkeit, drei Finger pro Mann, wie Lemmy Caution zu sagen pflegt, und am Schluß ging er immer flott mit dem Ellbogen nach oben, um ein letztes goldenes Spritzerchen hinterherzuschicken. Er nahm den Siphon und rammte einen kräftigen Schlag Sodawasser in die Drinks. Als er sich von der Bar entfernte, ließ das Musikkabinett einige gequetschte Klänge aus seinem abgewürgten Mechanismus klirren. Sherman hielt inne, um sich umzudrehen und es böse anzustarren, und mit einigen eingeschüchterten, verklingelnden Tönchen verstummte das Ding. Quel homme!

»Verdammte Kiste«, sagte er, als er mir meinen Drink gab. »Sobald das Ding anfängt, rennt meine Leber in Dekkung. Gut so mit dem Soda?«

Ich nahm einen kleinen Schluck und nickte. Sherman verschwand durch bloßes Hinsitzen fast im geräumigen Schlund seines geblümten Sessels. Der sah aus wie eine von diesen menschenfressenden Orchideen, mit denen Tarzan immer zu ringen hatte. Während er noch weiter in den bunten Rachen hinabrutschte, hob Sherman sein Glas wie zu einem Abschiedstoast. »Slainthe!« sagte er, und ich murmelte das übliche Echo.

Eine Zeitlang schwatzten wir von dem und jenem, der zunehmenden Beliebtheit von Spanienurlauben, dann irgendwas von der Produktion von Single-Malt-Whiskys. Dies brachte mich auf eine Anekdote über einen alten Kunden im Salty Dog, Magnus McPherson, der deshalb berühmt war, weil er auf eine Behauptung reiste, die alle Fremden ungläubig vernahmen: Sie hörten ihn sagen, er sei tot geboren worden – *I've been stillborn!* – und könne es auch beweisen. Wenn genügend Ungläubige höhnisch gegen ihn gewettet hatten, zog Magnus seine vielfach zusammengefaltete und zerknitterte Geburtsurkunde heraus, mit der Unterschrift des Standesbeamten und den amtlichen Stempelmarken, aus der einwandfrei hervorging, daß er im Maischraum einer Brennerei droben im Norden auf die Welt gekommen war – *in a still.* Sozusagen. Was seine Mutter damals an einem solchen Ort zu suchen hatte, damit rückte Magnus nicht heraus.

In dem großen Kamin taten Plastikimitationen so, als seien sie glosende Scheite, und drüben an der Tür lag Faraday im Schlaf ausgestreckt und sah aus, dachte ich, wie eine halbe Tonne schön modellierter Gips. In der Diele praktizierte Phyllis ihr wieherndes Lachen. Rechts hinter Sherman flackerte der Weihnachtsbaum erregt voller Fluchtpläne, konnte aber seine leuchtenden Fesseln nicht sprengen. Sogar die Aquarienfische schienen auf eine ermüdend ewiggleiche Schleife durch ihre grüne Welt programmiert, auf deren Grund sich der muschelüberkrustete Deckel einer Spielzeugschatztruhe minütlich öffnete, um eine träge Oxygenperle steigen zu lassen. Es überraschte mich nicht, zu hören, wie der Herr des Hauses gestand, daß er bei den seltenen Gelegenheiten, wenn er mal Zeit für die Glotze fand, am liebsten Tierfilme anschaute. Warum nicht? Es war ganz natürlich, daß ein Mann zwischen den Kiefern einer verschlingenden Orchidee, proper in Pullover, Schlips und Kragen, ruhig zusah, wie es zwei Zitteraale auf dem Meeresgrund trieben. Wenn's dir was bringt, Baby! Ich höre – bleibe da aber skeptisch –, daß es sogar Flachköpfe gibt, die lieber zusehen, wie Muscheln scheißen, als Jimmy Rodgers' »T for Texas« zuzuhören. Und warum sollte Sherman nicht (wie er es jetzt tat) seinen Gast mit aufregenden Informationen aus der Insektenwelt versorgen? Meine Fühler summten förmlich von seinen Geschichten über die geschäftigen Tierchen. Anscheinend – kaum zu glauben – gibt es Wespen, Käfer auch, die sich bei Ameisen Kost und Logis erschwindeln können, indem sie denen eine Art chemische Fälschung vorlegen. Ein Pheromon heißt das, laut Professor Sherman. »Die kleinen Luder kommen am Ameisenhaufen an, hauen ihr Pheromon raus, und zack! sind sie drin. Macht keinen Unterschied, ob der Bursche einen tartankarierten Kopf und einen gestreiften Arsch hat – solange er die richtigen chemischen Ausweispapiere hat, kriegt er den Schlüssel.«

Mißtrauen kitzelte meine Gehirnwindungen. Schmiß er mir das vor, nur um sich reden zu hören, oder deutete er vielleicht diskret an, daß ich eine Art Parasit im Ameisenstaat war? Daß ich mich damit durchschlug, mich in bequeme Situationen hineinzupheromonisieren, wo ich dann meine Drohneninstinkte ausleben konnte? Ich bezweifelte es. Sherman bewahrte sich seine Schärfen für die blutigen Haifischteiche auf, wo man sich an gescheiterten Firmen gütlich tut. Für ihn war ich kaum mehr als ein Graben voll toter Stichlinge, ein arbeitsloses Stück Dreck.

»Will dir was sagen, wo ich wirklich am Staunen bin«, sagte Sherman, obwohl er die versprochene Information in eine Frage umhakte, »die Tiere, die ihre Umgebung imitieren – wie zum Teufel stellen die das an?«

Ich machte einen Vorschlag, aber er schüttelte den Kopf. »Nein, das mit dem Überleben der Tüchtigsten zählt hier nicht. Es gibt da eine verborgene Dynamik, eine Kraft, die nicht bloß Moleküle auseinandernimmt, Atome herumschiebt, sondern die genetischen Grundpläne umschmeißt.«

Ich schüttelte den Kopf. »Reaktionen, keine Intentionen.«

»Augen«, sagte Sherman.

»Augen?«

»Höhlenfische haben keine.«

»Und?«

»Als nächstes erzählst du mir, daß alle diese blinden Kreaturen vor ewig langer Zeit die Schnauze voll davon hatten, immer gegeneinanderzustoßen, also haben sie sich entschlossen, sich Augen zuzulegen. Und wie machten sie das? Dann, wirst du sagen, wurden sicher gewisse Zellen zunehmend lichtempfindlich . . .«

Ich grinste über die Kasuistik dieses Mannes, diese Bauchrednernummer, bei der er mir Fragen in den Mund legte, um sie gleich selbst zu beantworten. »Aber sag mir eines«, fragte Sherman nun, während aus dem Orchester ein lauter Trommelwirbel aufstieg und er das Trapez verließ und nach einem dreifachen Salto zuversichtlich die Hand nach dem Querstab ausstreckte, der jetzt in seine Richtung schwang, »wenn diese Wesen ursprünglich blind waren, wie wußten sie dann, daß es so etwas wie Licht gibt, auf das man sich spezialisieren kann?« Begeistertes Aufstöhnen im Publikum – anhaltender Applaus... Ja, und der macht das alles ohne Netz, Leute!

Bergson hatte eine Menge metaphysisches Sägemehl produziert, indem er an demselben Klotz herumgesägt hatte. Man konnte mit dem Zeug nicht viel anfangen, außer vielleicht den Boden in der Kickstone Tavern damit bestreuen (ein Lokal, benannt nach Samuel Johnsons witziger Widerlegung von Bischof Berkeleys extrem idealistischer Position). Dort traf sich abends ein fröhlicher Haufen Materialisten, um große Krüge wirklich echtes wirkliches Bier zu leeren und Anekdoten auszutauschen über Beobachtungen an Dingen und Erfahrungen von Ereignissen in der großen Außenwelt, dem sinnlich wahrnehmbaren, strukturierten Universum. Und was für Lachsalven donnerten gegen die Balken, wenn Mr. Simon Squiggs, der Wirt, die Hilfe seines stämmigen Schankkellners verschmähend, eigenhändig Monsieur Henri Bergson mit Schwung zur Türe hinausbeförderte. Und wie der *pauvre* Franzmann mit einem bischofsleugnerischen Wehgeschrei auf den Pflastersteinen aufschlug, nahm Squiggs wieder auf seinem Stuhl hinter der Theke neben den Hähnen für das wirklich echte wirkliche Bier Platz und wandte sich an die burgunderroten Gesichter: »Will immerfort ›Elang Witahl‹, der Vogel, und wenn Bertie ihm sagt, daß es so was im ganzen Universum nun mal nicht gibt, da legt er los, der welsche Heini: ›Mä nong, mohsjöh, der Elang Witahl ist der Ahtem Gottes selber...‹« Schockierte und entsetzte Schreie von den Logischen Positivisten, während –

»Was meinst du dazu?« fragte Sherman.

Ich konnte mich nicht erinnern, was er gesagt hatte, und beschäftigte meinen Mund mit etwas Scotch.

»Jason hat's jedenfalls gefallen.« Shermans Zeigefinger machte am Rand seines leeren Glases ein leises »Ping!«, ein Notsignal. »Was hat er da erzählt – der Hase? Und die Lichter, die ausgehen?«

Hase/Licht. Die beiden verbalen Stimuli waren genug, mich von den Reizen der Kickstone Tavern zurückzuzerren in die banale Realität. Während ich Sherman von Jasons Faible für das Diorama erzählte, machte sich die Wohnzimmeruhr mit mehr metallischem Geklirre als ein Gefängnis, das für die Nacht zusperrt, daran, die Stunde zu schlagen. Es war Zeit, daß ich mich verabschiedete. So, wie Sherman den Chivas wegputzte, schien eine Heimfahrt in seinem Wagen – selbst eine Fahrt nur bis Bishopbriggs – keine gute Idee mehr. Vielleicht hatte er aus ebendiesem Grund den Alkohol in sich hineingeleert. Na, ich konnte mir ja immer ein Taxi bestellen, wenn die nicht alle durch die arktischen Klimabedingungen von der Straße vertrieben worden waren.

»Du scheinst selber nicht soviel dafür übrig zu haben.«

»Hmm?«

»Museen«, sagte Sherman, »historische Herrenhäuser, restaurierte Schlösser, sowas alles.« Ich zuckte die Achseln, und er fuhr fort: »Merkwürdig eigentlich. Ich hätte das Gegenteil erwartet. Ich meine, es ist ja offensichtlich, daß du zuviel in die Vergangenheit investierst.«

»Tatsächlich?«

Er nickte. »Mehr als offensichtlich.«

»Ach was.«

Wie ein Zauberkünstler, der sich anschickt, einen fingerfertigen Trick zu zeigen (würde jetzt das leere Glas in einer kleinen Explosion bernsteinfarbenen Rauchs verschwinden?), hielt er die Hände hoch. »Na, schau doch mal, wie lange du brauchst, um deinen Hintern raus aus – wie heißt das noch mal?«

»Der Scabby.«

»Die Scobie Street, richtig.« Er legte den Kopf schräg und horchte zur Diele hin, verfolgte abwägend die Geräusche von Phyllis' Telephongerede, versuchte festzustellen, ob das noch lang genug gehen würde, daß er noch einmal die Hausbar überfallen konnte. Anscheinend nicht, denn er stellte das Glas beiseite, auf das Tablett, das sein Sessel wie eine Spielzeugarmbanduhr an dem massiven Armlehnengelenk trug. »Was ich so höre«, sagte er, »wirst du dich vom letzten Schuttlaster, der da abfährt, mitnehmen lassen.«

»Was geht's dich an?«

Trotz einer makellosen Generalprobe war der Zauberkünstler gescheitert: Spielkarten, Tauben, Seidenbänder, Papierblumen und Kaninchen brachen überall aus seinen Kleidern hervor, die Mäuler verborgener Taschen klafften auf, endlose weiße Fähnchen flatterten aus seinen Manschetten. »Ja... Ich meine, es ist... Nicht, daß ich... Familie und so.«

»Familie!«

»Ja, Familie. Gut, wir sollten uns vielleicht öfter sehen, aber... Also, es ist ja nur natürlich, daß Phyllis...«

»Was?«

»Du weißt schon, sich Gedanken macht, wie es ihrer Schwester geht. Das siehst du doch sicher auch so.«

Ich sagte nichts, weil es nichts gab, was sich ohne Risiko sagen ließ, keinen Satz, der nicht gefährlich gewesen wäre. Ganz tief im Innersten seiner Knochen, in seinem Mark hatte Sherman eine Scheißangst vor mir. Ich war für ihn die Erinnerung, daß die Armut vielleicht nur einen Würfelwurf weit weg war. In der Monopolywelt, um die er so flink herumhüpfte, kam vielleicht doch noch ein Tag, da es hieß: Gehen Sie ins Gefängnis! und keine praktische Ereigniskarte ihn rettete, auf der es hieß: Sie kommen aus dem Gefängnis frei.

»Ich muß jetzt gehen«, sagte ich. »Holst du mir meine Jacke?«

Er erhob sich. »Ich fahr dich noch nach Bishopbriggs, wenn das was bringt.«

»Wie fahren die Busse da?«

»Die stehen wahrscheinlich noch in der Garage.«

»Könntest du mir dann ein Taxi rufen?«

Phyllis kam ins Zimmer gefegt und verbreitete ihre überdrehte Atmosphäre, diese Hektik, die (ich lege das nur als Theorie vor) eine typische Eigenschaft der zu früh Geborenen ist, ein Tempo, das diese vorwitzigen Existenzen anscheinend ihr ganzes Leben beibehalten; sie brausen höhnisch hupend auf der Straße des Lebens an uns Mutterleibschildkröten vorüber, die Nadel immer am Rand des Tachometers, mit einem »Also dann« für jede Stadt, durch die sie flitzen. Hier hätte ich noch ein kleines Denkmodell: könnte es nicht sein, daß dieses frenetische, Bluthochdruck erzeugende Herumgewetze in der modernen Welt zurückzuführen ist auf die Technik der vorzeitig eingeleiteten Geburt, eine Form der Mutterschoßberaubung, die in unseren Fließbandkliniken immer mehr in Mode kommt? Man sollte meinen, daß sie einen bei all den schlaflosen und traumgejagten Nächten, die vor dem Menschen liegen, wenigstens die ersten neun Monate ungestört in der mütterlichen Hängematte dämmern lassen. Aber nein, wenn es nicht eine unheimliche behandschuhte Hand ist, die durch den Schlitz hereinkommt und dich betastet, wenn keine Röhren mit Augen an den Enden durch die Wand wachsen, um dich anzustarren, dann erfolgt die schlimmstmögliche Störung: gerade legst du dich auf die andere Seite, um ein pränatales Nickerchen zu machen, aber ZACK! wird der Ausgang des Mutterleibes aufgekickt, und herein stampft Schwester Zidran mit ihren behandschuhten und maskierten Komplizen, die Vaseline und Brechstangen bereithalten.

Beim Umgehen des Berges, den der schlafende Faraday abgab, sagte Phyllis zu ihrem Gatten: »Jason ist mit seinen Schienen wieder durcheinander. Schau doch mal, was du tun kannst, ja?« Sobald er weg war, konfiszierte Phyllis sofort das Glas vom Tablett an Shermans Sessel, um dann mit dem sardonischen Grinsen, das man auf dem Gesicht des unbestechlichen Prohibitionspolizisten sieht, wenn seine Jungs mit ihren ernüchternden Axthieben die Schnapsfässer zerlegen, herübermarschiert zu kommen und meines auch an sich zu nehmen: Heute abend ist nichts mehr mit Schöner Blauer Donau! Sie stellte beide Gläser auf den Servierwagen und rückte dann noch ein Kissen auf der Couch gerade.

Ich fragte mich, ob Phyllis wohl ebenso wie ich die Gefahrensignale aufgefangen hatte, die ihr Ehemann aussandte? Ich erinnere mich, wie eine Witwe mal von ihrem Gatten gesagt hatte, der an einem Herzschlag gestorben war: »Ich hab das kommen sehen, als es noch meilenweit weg war.« Mir kam das Bild von einem dicken grauwangigen Mann, der tapfer in seinem Blumenkasten am Fenster herumgräbt und von Kapuzinerkresse träumt, während seine Lebenspartnerin über seine Schulter auf eine sich am Horizont zusammenziehende blaue herzförmige Wolke starrt.

Phyllis drehte sich jetzt um und baute sich vor mir auf.

Ein Buch, das ich kürzlich über die menschliche Körpersprache gelesen hatte, behauptete, daß die Position mit verschränkten Armen (PVA), die Phyllis jetzt eingenommen hatte, NB war (nicht bedrohlich). Ich bezweifle, daß der Autor irgendwelche Forschungen in Glasgow durchgeführt hat, denn hier droben kann diese Haltung mit den spitzen Ellbogen, begleitet von zusammengekniffenen Lippen und einem gemeinen Hin- und Herwackeln des Kopfes unbedingt gefährlich aussehen. Seltsamerweise schleuderte sie mir jetzt eine Frage entgegen, die mit Ellbogen zu tun hatte. »Was ist los mit deinem Arm?«

Mein stoisches Schulterzucken schien sie nur noch ärgerlicher zu machen. »Warum reibst du dann die ganze Zeit daran herum?«

»Ich hab mir den Ellbogen angeschlagen, das ist alles.«

»Vom Bus gefallen?«

»Was?«

»Oder war's ein Barhocker?«

Was hatte die X-armige Schnepfe denn?

». . . so wie dein Armeelumpen da aussieht . . .«

Was hatte sie gesagt? Ich hatte nicht alles mitbekommen. Penner, ich verstehe. Ich sehe aus wie ein Penner. Ich roch auch wie einer. Unablässig stank mein Atem nach Alkohol. Eine wandelnde Brauerei. Der Sohn von Hochglanzschuh, mit demselben Schlag Unverantwortlichkeit! Der Groschen fiel endlich bei mir. Jetzt sah ich, was für eine Kacke hier am Dampfen war – ich bekam eine systematische Abreibung. Es war mir nun klar, daß Sherman von der Familie delegiert worden war, mich mal gründlich zurechtzustauchen, mir zu verkünden, daß meine infantile Verantwortungslosigkeit nicht länger toleriert werden würde. Aber er hatte das nicht gepackt – Metaphernjonglieren war einfach nicht sein Fach. Phyllis übernahm jetzt die Sache, sie würde sich nicht damit aufhalten, mit dem Skalpell ein wenig an meinem Ego herumzuoperieren; ihrem Gesichtsausdruck nach stand mir eine Machetebehandlung bevor.

»Wie hast du es geschafft, Jason zu verlieren?« fragte sie in einem Ton, der bei den Nürnberger Prozessen eher angebracht gewesen wäre als in dieser Spießergrotte. Herrgott, der Kleine hatte mich verpfiffen. Und hatte doch versprochen, er tät's nicht.

»Verloren? Na hör mal, das ist stark übertrieben, oder? Wir reden hier von einer Minute oder höchstens anderthalb.«

»Du gibst es also zu? Daß du ihn verloren hast?«

»Also, wenn du es so nennen willst, daß man ihn eine Minute aus den –«

»Was ist passiert?«

Ich unterrichtete sie, ließ aber den Doppelgängeraspekt aus – ein Fehler, wie sich herausstellte.

»Was war mit dem Mann?«

Ich hielt ihrem wetterleuchtenden Blick stand. »Welchem Mann?«

»Dem, der dir vor der Nase Jason weggeholt hat – diesem Mann!«

Tja, William Congreve, wir schreiben besser deine berühmte Zeile um: »Mehr denn die Hölle rast die Frau, die man –«, nein, nicht »verschmäht« – »die man behumst.«

»Weiß gar nicht, was du meinst.«

Sie löste die Arme voneinander, doch ihre Pose wurde nun, körpersprachlich gesehen, recht besorgniserregend: in halb zusammengekauerter Angriffsstellung stand sie da, Wut blinkte wie mit Neonsignalen die schmalen Wangenknochen entlang, während der Zeigefinger ihrer Rechten auf mich ebenso einfeuerte wie ihre Zunge. »Hör auf, mich anzulügen! Ein Mann hat Jason mitgenommen – das Kind hat es mir erzählt, der Mann hat gesagt, es sei ein Versteckspiel. Sie haben beide zugesehen, wie du herumgerannt bist – wie ein Huhn ohne Kopf! Das ist übrigens die Formulierung von dem Mann. Jason hat sich das nicht ausgedacht, das könnte er gar nicht. Nach einer recht langen Zeit – zehn

Minuten, sagte Jason, hat ihn der Kidnapper zu einem Wärter gebracht. Das ist passiert, und ich möchte verdammt nochmal wissen, weshalb!«

Ich auch, Gnädigste, das können Sie mir glauben! Ich habe es mit einem wachsenden Stapel von Rätseln zu tun, von Spuktoiletten bis zu Schnüfflern in Lederjacken, und jetzt noch das neueste Mysterium: Das Kelvingrove-Kidnapping. »Hör doch«, sagte ich, »ein Mann hat ihn gefunden, das ist ganz richtig, aber das andere, also –«

»Verdammt, wie lange war er weg?«

»Ich hab's dir gesagt – zwei Min-«

»Du bist ein Lügner! Zehn Minuten, sagt Jason.«

»Was weiß so ein kleines Kind von der Zeit!«

»Du verdammter Bastard – dieser Mann hätte so ein Perverser sein können! An solchen Orten wimmelt's doch von denen! Jetzt spuck's aus – wie lange hat er ihn gehabt?«

»Zwei Minuten allerhöchstens. Jetzt sei doch vernünftig. Wenn dieser Bursche so einer gewesen wäre, meinst du, er hätte den Jungen zu einem Wärter gebracht? Denk doch mal nach. Und überhaupt, der Mann hat ihn gar nicht weggelockt – Jason ist ihm nur gefolgt, weil er dieselben Klamotten anhatte wie ich. Versteckspiel, Quatsch! Dafür war überhaupt keine Zeit!«

Obwohl ich mir ziemlich sicher war, daß dem Jungen physisch nichts zugestoßen war – ich meine, er war nicht auf die Toilette mitgenommen und befummelt worden –, gefiel mir der Gedanke gar nicht, daß man ihn in diese lügnerische Komplizität mit meinem Double gezwungen hatte. Jason war es wie die meisten phantasiebegabten Kinder nicht zufrieden gewesen, den Vorfall einfach so zu berichten, wie er gewesen war – er hatte ihn etwas aufgeputzt, noch ein paar Knallfrösche ins Feuer geworfen. Trotzdem, alle Merkwürdigkeiten waren nicht mit diesem kindlichen Sinn für Dramatik zu erklären – der Vorfall im Museum blieb von beunruhigenden Schatten durchzogen. Phyllis bewegte sich von mir weg. Sie fing an, durchs Wohnzimmer zu streifen, rückte hier ein Dekorationsstück, dort ein Deckchen zurecht. »Du bist einfach unüberbietbar unvorsichtig«, schalt sie. »Wir vertrauen dir Jason an, und du, große Überraschung, baust natürlich Mist. Wir müßten ja unter Kuratel gestellt werden! Dir für *irgend etwas* die Verantwortung zu überlassen – und gar noch für ein Kind! Dir was anzuvertrauen, das ist etwa so intelligent wie in einem Minenfeld steppen gehen. Ich wußte es einfach, daß etwas passieren würde. Ich wußte es genau, und du hast mich wie üblich nicht enttäuscht.«

Mein Stuhl knackte, als ich aufstand. »Was soll das heißen, ›wie üblich‹?« fragte ich scharf, ich wurde langsam wütend. »Wann hab ich denn das letzte Mal –«

»Dir ist alles egal. Du kümmerst dich um nichts außer dir selber. Wenn dem Kind irgend etwas passiert wäre –«

»Es ist ihm nichts passiert. Wie oft willst du das denn noch hören?«

»Da kannst du nichts dafür.«

»Gilt das auch für deine Mutter, ja?« Mein Gott, ein hervorragender Zeitpunkt, um mit dem Jonglieren von Nitroglyzerinstäben anzufangen.

»Was ist mit Mutter? Was hat sie mit deiner Unzuverlässigkeit zu tun?«

»Wie ich höre, hat sie vor ein paar Wochen Jason auch verloren, bei Woolworth.«

»Das ist etwas ganz anderes, und das weißt du auch genau. Er ist einfach davonspaziert. Sie ist nicht dagestanden und hat vor sich hin geträumt, während er gekidnappt wurde.«

»Es hat ihn niemand gekidnappt! Wie oft muß ich das noch sagen!«

Sie näherte sich. Alle körpersprachlichen Indizien deuteten auf eine Gefährdung meiner Gesundheit hin. Eins auf die Nase, das schien sich abzuzeichnen. »Geh mal vor einen

Spiegel«, knurrte sie, »und schau dich mal selber gründlich an. Mit etwas Glück kriegst du dann auch mal zu Gesicht, was wir anderen überdeutlich vor uns sehen: einen Stadtstreicher, einen Vagabunden! Einen Vagabunden, der sich von einem Tag zum nächsten durchbettelt, der keinen Stolz hat, dem egal ist, wie er aussieht, keinen Funken Ehrgeiz im Kopf. Eine Zigarette in der einen Hand, ein Glas Bier in der anderen, und du bist glücklich und hoch zufrieden.« Sie seufzte und schüttelte langsam den Kopf. »Warum unsere Rhona so blöd war und –«

»Weiter«, sagte ich, nun wirklich gereizt, »so blöd war und – was?«

Sie kam einen Schritt näher, und ihre Worte drangen in einer Art halbem Kreischen aus ihrem Mund. »Herrgott nochmal, Mann, weißt du denn nicht, wie gefährlich hoher Blutdruck während der Schwangerschaft sein kann?« In tieferer Tonlage und mit aller Verachtung, die sie für mich empfand, murmelte sie: »Warum gehst du mir nicht aus den Augen?«

Ein erstaunt dreinschauender Sherman kam rein, mit meiner Jacke über dem Arm. Er sah von Phyllis zu mir und dann wieder zu seiner Frau. »Was um Himmelswillen ist denn los?«

Ich nahm ihm meinen »Armeelumpen« ab. »Ist schon gut, Jack. Phyllis hat mir nur meine Anweisungen für den Abmarsch gegeben.«

31

Zunächst einmal hatte Jack Sherman gar nichts am Steuer seines Autos zu suchen. Er hätte zu Hause in seiner gepolsterten Orchidee sitzen sollen, die Pantoffelfüße behaglich auf den Flanken seines schnarchenden Bernhardiners; er hätte seine musikalische Hausbar dirigieren und teuflisch originelle Trompetenstöße aus ihren Mixturen herausholen sollen; er hätte sich ins Schlafzimmer verziehen, sich hocherotischen Vergnügungen hingeben und von seiner Frau mit kochendheißen Teebeuteln abreiben lassen sollen. Alles, in der Tat, hätte er eher tun sollen, als hier einfach dazusitzen wie ein Gringo, der auf die Garrotte wartet, während ein hochaufgerichteter Bulle durch den tiefen, knirschenden, gleichmäßig die Straße bedeckenden Schnee auf ihn zugeschritten kam. Von der Brust dieses Gesetzeshüters hörte man knisternde kriminalistische Mitteilungen ausgehen, ein beeindruckender Beweis, daß er in direktem Kontakt zum Mutterschiff stand. Vom zweiten Mann war nichts zu sehen. Vielleicht hockte der Kollege in ebendiesem Augenblick auf dem Vordersitz des Panda und soff Brandy ohne Soda, als Vorspiel, ehe man die weißen Kristalle kochte – nur ein kleiner Schlag, um für die Nachtschicht aufzuwachen.

Grün bedeutet: BEGEBE DICH INS GEFÄNGNIS. Gehe direkt dorthin. Ziehe nicht zweihundert Pfund ein.

Sherman schnaufte wie ein angestochener Dudelsack. Er rollte das Fenster herunter. Er sagte dreimal: »O Gott!« Er furzte außerdem, was interessanterweise ein Beleg dafür war, daß selbst die abgehärtetsten Kriminellen häufig während einer Straftat partiell die Kontrolle über ihre Eingeweide verlieren. Jesses, der unsichtbare Abgang chinesischer Küche ist unverzeihlich – so zerstört man alte Freundschaften. Der Beamte blieb neben Shermans Tür stehen, dann erschien ein Gesicht am Fenster, bei dessen Anblick man zusammenfuhr. Es hatte einen steinernen Glanz, die implantierten Augen gingen fast über vor Feindseligkeit, und die blauschwarzen Kiefer tanzten um einen Kaugummi. Die Augen fixierten den Fahrer, und Sherman um Sherman rollte sich klickend auf der Filmspule in Pandamanns von vielen Verbrechen gut geöltem Hirn auf. Die dunkelgewandete Statue sprach nun: »Verzeihung, Sir, sind Sie der Besitzer dieses Fahrzeugs?«

Ach, schneiden wir lieber zurück zu einem schöneren Augenblick, zum Beginn unserer Fahrt vielleicht, da ich mit Phyllis einer Meinung war, daß ihr Mann nach dem ganzen Chivas, den Wein bei Tisch nicht zu vergessen, am besten nicht fahren sollte. Nein, lassen wir das auch weg – ich halt's nicht aus, bei irgend etwas mit dieser Zicke einer Meinung zu sein. Wie wär's mit Shermans Vortrag über seinen Wagen? Ja, das haut hin. Ein unvergleichliches Gefährt, gerade richtig für einen Mann, der zwar nicht mehr ganz jung war, aber immer noch einige Energie in sich hatte – denke ich mir jedenfalls gerne! Eine MG 1300-Limousine, eintausend Pfund, um die Karre auf die Straße zu stellen, ein paar Whiskys holen sie wieder runter. Also los, bitte die Automobilserenade. »Er hat ein neues Übersetzungssystem, Synchrongetriebe in allen Gängen.« Unbedingt eine wesentliche Information. Sowas kommt im Dog immer gut an. »Er hat einen Vierzylindermotor, 1275 ccm, mit anderen Worten, einen vibrationsfreien Mini-Cooper-S-Motor.« Habt ihr das gehört? Stellt euch nur vor, hier sitze ich im Herzen von tausend Pfund frisch vom Band gelaufener Höchstleistungstechnologie – ich, der ich erst neulich in einem Trödelladen gesehen worden bin, wie ich meine Schreibmaschine für zwei magere Blaue verscherbelt habe. Was für eine Klassekarre. Da kann man es einem Mann doch verzeihen, wenn er vor Besitzerstolz anfängt zu singen. Sherman war tatsächlich fast am Jodeln, als er mir noch einmal die Nußbaumleisten ans Herz legte, die, wie ich voll Spannung hörte, mit einer gemütvollen Anspielung an das Armaturenbrett des alten Reilly erinnerten. Tatsache.

Als wir mit glänzender Bodenhaftung die weiße Schräge der Avenue hinunterrollten und er mir irgendeinen technischen Quark erklärte, die Fähigkeit des MG, in soundsoviel Sekunden von Null auf Bankraub zu beschleunigen (ich habe ja nie ganz begriffen, was diese wundervolle Fähigkeit für eine Familienlimousine so erstrebenswert machte, das geht doch sicherlich nur die Brands-Hatch-Jungs und die Bankspezialisten etwas an?), entflohen meinen Lippen ein paar vokalsummende Gähner. Sherman fuhr den Wagen sofort an den Straßenrand, bremste, stellte den Motor aus, nagelte die Scheibenwischer fest und stach auf den Radioknopf. Wie Donovans gefällige Stimme erstarb – er hatte seine Bauchwehnummer gesungen, »Catch the Wind« –, holte Sherman eine Zigarre aus ihrem Zellophan, die aussah wie ein kleiner Knüttel. Aber nicht einmal, nachdem er etwas Feuer in die Zigarrenschnauze gesogen hatte, ließ er erkennen, weshalb wir angehalten hatten. Ich zündete eines von meinen mageren plebejischen Stäbchen an und nahm einen vorsichtigen Zug, doch trotzdem folgte der Hustenanfall, und ich mußte die Zigarette dem Aschenbecher opfern. Ich hatte das Gefühl, daß mir eine Predigt bevorstand, und ich hatte recht: Aus einer Havannawolke erschallte seine Stimme in dem grandiosen Tonfall, den Hollywood Gott in Bibelfilmen gibt, wenn er hinter einer Kumuluswand hervor loslegt. Es war eine gute Orson-Welles-Performance, bei der man ein wenig egoistisches Vergnügen am tiefen, grollenden Klang der eigenen Stimme entdecken konnte, an einem zeitweiligen Timbre, das, vermutete ich, einer aufziehenden Erkältung geschuldet war.

Er fing mit einigen routinemäßigen Beschimpfungen meines Lebensstils im allgemeinen an, wobei der Anlaß und Ansporn der ganzen Tirade, die jetzt beginnen sollte, darin zu suchen war, daß in seiner illustren Gegenwart gegähnt worden war – mehr noch, während er die Vorzüge seines Autos dargelegt hatte, eine Beleidigung, die für Jack etwa dasselbe war, wie wenn sich einer beim Händeschütteln mit einem Monarchen am Hintern gekratzt hätte. »Ich meine«, sagte er, »was bildest du dir eigentlich ein, auf andere Leute runtersehen zu wollen? Was hast du denn schon Besonderes im Leben fertiggebracht, außer so einmalig abgerissen rumzulaufen, daß dir der Arsch aus der Hose hängt?« Meine ganze Einstellung war falsch! Sogar jetzt eben bei ihm zu Hause hatte ich mit diesem billigen spöttischen Grinsen rumgehockt, als hätte ich den Schlüssel zu Fort Knox im Hintern. Wem wollte ich denn da eigentlich was weismachen? Gewiß nicht Jack Sherman. Niemals. Er wußte Bescheid mit mir. Es gab Goldhamster, die sich besser durchs Leben brachten als ich. Ich war eine wandelnde Null, ein Totalpenner, mir stand »Versager« an der Stirn geschrieben. (Muß ne winzigkleine Schrift sein, Jackyboy!) Das war ja kriminell, welche Energien ich investierte, nur um nicht für meinen Lebensunterhalt arbeiten zu müssen. Dieser religiöse Kokolores, den ich gestern bei Onkel Billy abzuziehen versucht hatte, das war wieder einmal typisch. Hatte ich wirklich gedacht, der würde so einen Schwachsinn schlukken? Ich solle doch so gut sein. Es war jetzt wirklich an der Zeit, daß ich erwachsen wurde. Die Kindheit war vorbei, von jetzt ab wurde erwartet, daß ich mir selber den Hintern abputzte. »Von nix kommt nix auf dieser Welt.« Und zunächst mal – die Wohnung. Es war höchste Zeit, daß ich mir diese Idee abschminkte, ich sei zu gut für Castlemilk. Tatsächlich war Castlemilk zu gut für einen wie mich! War ich eigentlich blind oder nur schlicht und einfach blöd, daß ich nicht sah, wie mein ewiges Rein und Raus, von jeder Arbeitsstelle gleich wieder auf die Stütze, zum Verlust entscheidender Punkte bei der Wohnungszuteilung führen mußte? Ich würde wieder in so einem Pestloch wie der Scobie Street enden. War das fair Rhona gegenüber? War es fair meinem ungeborenen Kind gegenüber? Vielleicht glaubte ich, weil Ma Carlyle meine Sachen untergestellt hatte, ich könnte schlimmstenfalls mietfrei in ihr Gästezimmer einmarschieren. Ich sag dir ein für allemal: Das kannst du vergessen.

Er verstummte einige Augenblicke, vielleicht war er außer Atem, nachdem er so viele Bälle übers Netz gedonnert hatte, von denen keiner zurückgekommen war. Ich nehme an, er glaubte, ich hielte den Mund, weil seine unangenehmen Wahrheiten mich beschämt hatten. Wie war er denn auf die Idee gekommen, ich wollte mich billig bei meiner mörderischen Schwiegermutter einquartieren? Lieber ziehe ich mit einem tollwütigen Dobermann in eine Hütte. Daß Onkel Billy schließlich doch nicht meine möglicherweise bevorstehende Konversion zum Katholizismus gefressen hatte, war irritierend. Ich hätte mir denken können, daß er das merkte. War ohnehin eine groteske Idee gewesen. Ein Kreuz und jede Menge Schwierigkeiten. Wegen dem Ding könnte ich jetzt in diesem Augenblick auf einem Schragen im Schauhaus liegen, neben Schwatzkopf Sloan, dem alten Pike und dem erstochenen jungen Mann. So knapp war's noch nie gewesen. Zweifellos überzeugt, daß sein männliches Geknurre mich niedergemacht hatte, ging Sherman jetzt vom Pedal und sagte mit einem wahrscheinlich »väterlich« gemeinten Lächeln quer über der Schnauze: »Ich sag dir das nur zu deinem eigenen Besten, Tommy.«

Zu meinem Besten! Wenn ich an all die Schwindler denke, die mir diese Formulierung schon übergebraten haben! Jedesmal, wenn ich das höre, schau ich nach, ob meine Schuhe noch da sind. Mit Ma Clay fing's an. »Das muß sein, Sohnemann, was nicht schmerzt, das heilt auch nicht«, sagte sie, wenn sie mit ungewohnter Energie den Dreck aus den offenen Wunden rieb, die ich nur allzu häufig mit lautem Geheule aus dem Hinterhof mitbrachte. Und Tage später, wenn das Heftpflaster schmutzig war und sich an den Rändern aufrollte, dann kam die peinsame Freilegung der verheilten Wunde, und eine weitere fromme Phrase von Ma: »Das tut mir mehr weh als dir, Tommy . . .« – doch wenn das Pflaster abgerissen wurde, war immer ich es, der schrie, während sie lächelte und mich ein großes Baby nannte. Medizin bekam man ebenfalls überzuckert mit der Lüge: »Komm her, Junge, je bitterer es schmeckt, desto mehr es hilft.« Ich meine, wenn einen die eigenen Verwandten ständig mit solchen Sprüchen linken, was konnte man sich schon erhoffen, als man dann zu diesen kreidestaubigen Kindertriezern in der Scobie-Grundschule trotten mußte? Die wußten, was gut für uns war, da waren sie Experten. Als ich kaum mehr war als weichknochige Verwunderung in kurzen Hosen, zeigten sie mir, wo's langging, und gaben mir prompt eins hinter die Ohren, wenn ich loslief. Nach zwei Wochen Schule fraß ich Plastilin und machte in die Hose. Zu meinem eigenen Besten mußte ich auf zugigen Korridoren stehen, und mein Niesen ertönte in manch einer staubigen Klassenzimmerecke. Mit Kniffen und Rippenstößen hatten sie mich bald in die mir zugewiesene Nische dieser brüllenden Anstalt für ungeweckte Intelligenzen gebracht. Und als ob diese erzwungene Bravheit nicht schon schlimm genug gewesen wäre, wartete gleich noch die nächste Klasse in der Strafkolonie auf mich. Junge, da wußten die Aufsichtführenden, was das »Beste« für mich war!

Zigarrenrauch, blaues Geschlinge an der Windschutzscheibe. Sherman seufzte. Unter seinen Fingern ein Auto der Spitzenklasse, eine Schaffelljacke um den Bauch, handgearbeitete Schuhe an den Füßen, im Mund eine handgerollte Zigarre, und trotzdem seufzte der Mann. Rücksichtsvoll von ihm, mich mit dem aromatischen Qualm dieses Prügels einzuräuchern – so erhielt ich Einblick, nein, Einschnuff in das, was mir im Leben alles fehlte, bekam die Accessoires vorgeführt, die ich mir immer noch erobern konnte, wenn ich mich hinsetzte und ein fleißiger Uhrwurm wurde. Tut mir leid, ich seh's nicht ein, daß es der Mühe wert sein sollte. Für Sherman die Havannas, für mich – *las bananas*. Ist eben Glückssache.

»Na?« Er schaute zu mir herüber. »Hat's dir die Sprache verschlagen oder was?«

Ein grauer Aschenkegel löste sich von der Zigarre und fiel mit winzigen roten Sternen in seinem zerfallenden Herzen sanft in den Aschenbecher. Er gestattete sich einen weiteren Seufzer, einen tieferen, melancholischer klingenden. Aber es war alles Theater, die Roboter des Mammon haben keine Schaltkreise fürs Mitgefühl, es ist nicht möglich, daß solche giergesteuerten Androiden auch nur eine primitive Vorstellung davon ausbilden könnten, wie sich das Elend eines armen Mannes anfühlt. Shermans Seufzer waren verlogen wie der Orgasmus einer Nutte.

»Was sollen wir denn mit dir machen?« fragte er.

Vielleicht glaubte Sherman, weil ja bekanntlich aus seinem Arsch für die ganze Familie die Sonne scheint (sein Furz bereits kann ein ganzes Zimmer erhellen), habe er das Recht, den Leuten so impertinente Fragen zu stellen. Er verfügte natürlich auch über das Transportmittel, über die Möglichkeit, mich zu irgendeiner gottverlassenen Bushaltestelle in Bishopbriggs zu bringen, einem Bezirk, wo auch – in gewisser Weise – Menschen leben, obwohl ich auf den eindeutigen Beweis immer noch warte. Mit anderen Worten, wenn nur ein Fallschirm im Flugzeug ist, hat es keinen Sinn, dem Piloten blöd zu kommen.

Sherman der Robot tat nun etwas Erstaunliches – er griff sich ins Gesicht und montierte es auseinander, er entnahm ihm den entscheidenden Bestandteil, der eigentlich alles zusammenhielt, nämlich seine randlose Brille. Eilig, als wisse er, wie verletzlich er nun war, rieb er mit einem weißen Taschentuch über die Gläser. Was für ein Anblick, dieses nackte Gesicht – es war, als sehe man einen tyrannischen Schulleiter in der Unterhose: Wer konnte je von ihm noch einen Befehl entgegennehmen oder Ehrfurcht vor ihm empfinden, vor diesem blinden Auswuchs Fleisch? Sherman ließ das Taschentuch in seinen Schoß fallen, ergriff hastig die Brille bei den Beinen und wackelte sie sich auf die Nase. Er stupste gegen den goldenen Mittelbügel, bis die Gläser bequem vor seinen Augen ritten. Erstaunlich, wie zwei ultraschmale Glasscheibchen seine Autorität wiederherstellten, ihm die kämpferische Schärfe zurückgaben. Sein Gesicht war wieder völlig funktionstüchtig. So, wie Adolf H. aus seinem Schnurrbart bestanden hatte, war Jack Sherman seine Brille. Würde diese verlorengehen oder zerbrechen, würde das seine Person entsprechend mindern. Ich glaube schon, daß Phyllis, wenn sie erwacht und das entkleidete Gesicht neben sich auf dem Kissen erblickt, eine dunkle Vorahnung spürt. Es muß für eine Futuristin wie sie enervierend sein, daß ihre ganzen großen Hoffnungen und Pläne von einem so trivialen und zerbrechlichen Requisit wie einer randlosen Brille abhingen.

Er sammelte das Taschentuch wieder ein, faltete es sorgsam zusammen und steckte es in irgendein Ablagefach seiner Kleidung. »Weißt du, was ich glaube? Weißt du, was dich fertiggemacht hat, Tommy? Dieses Yogazeug, das du da getrieben hast. Weißt du noch? Auf dem Boden gehockt und deinen Nabel angesungen.« Sein Grinsen wurde breiter, weil er zweifellos an bestimmten körperlichen Reaktionen bei mir ablesen konnte, daß er hier ein sensibles Thema angeschnitten hatte – wahrscheinlich biß ich die Zähne fester zusammen, meine Hände ballten sich zu Fäusten, meine Atmung änderte sich, vielleicht errötetete ich sogar. »Warst ein richtiger kleiner Buddha, wie? Der Guru der

Gorbals. Ich kann dich noch dasitzen sehen, in deiner Unterhose zwischen den Kerzen und den Räucherstäbchen, wie du deine Vokalübungen gemacht hast. Banalübungen. Fäkalübungen.« Er lachte. Nach mehreren Versuchen, mir Zigarrenrauch ins Gesicht zu blasen, gelang es ihm, aus einem vielversprechenden Huster von mir eine Kettenreaktion bronchialen Gebells herauszukitzeln, die mich japsend, tränenüberströmt und äußerst irritiert zurückließ. Seine Spötteleien gingen weiter. »Hast du es je gesehen, Tom – das mystische Dritte Auge?« Er streckte die Hand nach dem Zündschlüssel aus, drehte ihn aber noch nicht um. »Vielleicht hast du ja entdeckt, daß du die ganze Zeit draufgesessen hast.« Er warf den Motor an; dann, als er die Handbremse löste, teilte er mir unaufgefordert noch mit: »Ja, in der Unterhose rumzuhocken und nach Samadhi zu suchen ist wirklich die totale Zeitverschwendung, man läuft vom Leben weg, indem man auf seinem Hintern sitzenbleibt. Es kommt darauf –«

Ich weiß nicht, wie sich der Vortrag fortgesetzt hätte, und ich werde es nie wissen, denn in diesem Augenblick winkte der Regisseur des großen Weihnachtszauberstücks – was für ein ungeduldiger Bursche! – die Schurken auf die Bühne.

»Gleich dürft ihr zischen, Kinder.«

Und sie kamen in ihrem blinkenden Schlitten angerollt, den ein Panda zog – die bösen Riesen, Grünmütz und Grünlatsch. Ihre viereckigen Schädel steckten in karierten Kappen, und die fröhlichen Gummiknüppel baumelten frei. Der kleine Clay kicherte begeistert, als er sah, wie unangenehm überrascht da der schändliche Geldschaufler war. »Hihi«, sagte er, »jetzt ist es aber passiert! Jetzt kriegt er einen Mistelzweig in den Hintern gerammt...«

Eine hochinteressante Unterhaltung zwischen Bulle und Brille begann. Nachdem geklärt war, daß der Fahrer tatsächlich der Besitzer des Fahrzeugs war, wollte der Herr Stier als nächstes wissen, warum Sherman an so einem

Abend am Fuße eines Hügels geparkt hatte. War das Auto kaputt? Wartete er auf jemanden? Oder hatte er nur angehalten, um die Landschaft zu bewundern? Ohne daß man ihn danach gefragt hätte, zog Sherman seinen Führerschein heraus und reichte ihn dem Beamten durchs Fenster – das war doch sicherlich der tödliche Fehler, der entlarvende Ausrutscher! Das Dokument verschwand aus unserem Gesichtskreis, wurde (vermutlich) untersucht, dann seinem bebenden Besitzer zurückgegeben. Ich werde nie genau wissen, ob der Bulle an diesem Abend ein vorzeitiges Weihnachtsgeschenk bekam, eine kleine Summe als Anerkennung seines schweren Dienstes, die für einen solchen Zweck stets in dem Dokument bereitlag, das As im Ärmel des Autofahrers. Ich weiß nur, daß die höchst sensitiven Nüstern des Bullen, die eigentlich in diesem Augenblick dem Hirn hätten melden müssen, daß es sich in unmittelbarer Nachbarschaft einer Whiskydestille und einer chinesischen Latrine befand, lediglich in die Nachtluft zurückwichen. »Ich würde Ihnen raten, Ihre Fahrt möglichst abzukürzen, Sir – die Straßen werden langsam schwierig.«

Und mit diesem prosaischen Rat ging Grünmütz, fünf, vielleicht zehn Pfund schwerer als bei seiner Ankunft, knirschend durch den Schnee zu seinem Zauberschlitten zurück, der klingelte, blinkte und vom Geräusch einer festiven Welle von Kriminalität fröhlich erschallte.

32

Etwa eine Minute oder so nach dieser Begegnung mit Recht und Ordnung faßte Sherman den Plan, mich in Anchorage, Alaska, oder jedenfalls an einem arktischen Ort auszusetzen. Es war ein struppiges Stück Tundra am Südrand vom Neureich, eine zerklüftete Einöde, gestaltet nach dem Muster von Passchendaele oder Ypres 1918. Grabgerätschaften – Schaufeln, Hacken und so weiter – lagen verlassen am eisigen Straßenrand; zwei Zementmischmaschinen präsentierten wie dicke Kanonen ihre schneeverstopften Mündungsrohre vor einem Trio vettelhafter Vogelbeerbäume, die an einer Kreuzung konspirierten. An genau diesem Punkt brachte Sherman den Wagen zum Stehen.

»Raus«, befahl er.

Raus? Dort hinaus? Das mußte ein Witz sein. Wie ein unerfahrener Fallschirmspringer, der in der Maschine Panik kriegt, klammerte ich mich an meinen Sitz fest. Da draußen, das war nur was für Schlittenhunde. Ein Wind, bis zu den Zähnen mit Schnee und Unterkühlung bewaffnet, pflichtete mir bei, wie er eine schwach erleuchtete Straße entlanggejagt kam, die vielleicht der lange Weg nach Tibet sein mochte. Sherman wiederholte seinen verrückten Befehl. Er begann sogar, mich zu stoßen. Äußerst uncool. »Hast ihn gehört«, knurrte er undeutlich. »Runter von der Straße, hat er gesagt.« Er versuchte, an mir vorbei die Türklinke zu erreichen, doch mir gelang es, verletzter Arm oder nicht, ihn abzuschmettern. Ich begriff, worüber er sich Sorgen machte. Wieviel Fluchtzeit hatte seine kleine Bestechung erkauft? Wie lange noch, bis die Bullen die Jagdsaison wieder eröffneten? Ein echtes Problem. Aber was hieß schon der Führerscheinentzug gegen die Aussicht, daß ich nächsten April wie ein glasierter Gartenzwerg aus einer schmelzenden Schneewehe rutschen würde? Kein Vergleich! Der herzlose Bastard versuchte immer noch, mich vom Sitz zu schieben, jeder Stoß von ihm zwang mir ein Schmerzesstöhnen ab. Ich hielt das nicht mehr lange aus. Von Shermans Lippen flossen Phantastereien über eine Fülle von Hotels, Wirtschaften und gastfreundlichen Bauern, die alle gleich hinter der Kurve auf mich warteten. Konnte ich es sehen? Ja, mit einem Marinefernglas hätte ich mich direkt in eine hübsche kleine Kneipe projiziert, wo ein Feuer, groß genug, einen ganzen Jack Sherman daran zu rösten, im Kamin prasselte und ein dreifacher Goldener auf meine Ankunft wartete. Aber ich hatte nur die mir vom Herrgott auf die Reise mitgegebenen Augen, und die meldeten als Anzeichen menschlicher Zivilisation nur ein paar Baubaracken und ein paar unklare Schattenformen auf den schneebedeckten Feldern – wahrscheinlich eine Karibuherde auf dem Weg zu ihren Winterweiden.

Sherman knallte wieder gegen mich, und der Schmerz fuhr mir durch die Knochen und schwoll dabei an wie die höher und höher klackernde Gewinnzahl einer sagenhaften Flipperpartie, bei der schließlich die Pein eine Ziffer erreichte, die weit über das für den Menschen Erträgliche hinausging. Wütend fuhr ich herum. »Jetzt hör verdammt nochmal auf, Jack! Menschenskind, was ist denn mit dir? Ich weiß nicht mal, wo ich hier bin!«

Er sagte es mir, mir sagte es nichts. Ihm zufolge brauchte ich nur zehn Minuten diese Straße langzugehen, dann wäre ich – steifer als Casanovas Gerät wäre ich dann! Sherman fing wieder mit seinen Märchen an, wie nahe ich hier an der Zivilisation war, und als er dann sah, daß das keine Wirkung bei mir erzielte, ging er zu einem noch wilderen körperlichen Angriff über. Ein Mafiakiller wäre bei solcher Rücksichtslosigkeit zusammengezuckt. Wie die Rammstöße seiner Schulter härter wurden, zeigte er die Zähne, stieß wilde knurrende Geräusche aus und schlug mit der Faust auf meine Finger, die sich jetzt an die Türklinke klammerten und verhinderten, daß er sie öffnete und meinen Zwangsrausschmiß vollendete. Sein Gesicht, sah ich, begann von schmelzender Lackierung zu glänzen.

Ich ruckte mit dem Kopf rückwärts. »Da hinten ... vielleicht ne Meile ... ein Hotel ... Au, du Sack, da tut mir doch alles weh! Fahr mich dahin ... und ich ruf mir von dort ein Taxi ... Ja?«

Nichts da. »Da hinten«, da lauerten Grünmütz und Grünlatsch. Sherman zog eine andere Route für die Heimfahrt vor. Und das hieß, daß er hier und jetzt rechts abbog! Der obszöne kleine Kampf nahm eine noch gemeinere Wendung, als er meinen verletzten Arm zangenartig umklammerte und mit aller Kraft zu drücken begann. Ich stieß ein Gebrüll aus, das dem Marquis de Sade persönlich klargemacht hätte, daß er hier die elementaren Regeln menschlichen Anstands verletzte. Das machte man einfach nicht mit den Leuten, das gab's einfach nicht! Meine klammen Finger fielen von der Klinke, die Zange ließ nach, wurde wieder zur Hand, deren Finger leicht gegen meinen pochenden Arm tätschelten, ehe sie zurücksanken, eine Art taktiler Entschuldigung.

Als er die Tür aufstieß, stachen scharfe Schneeklingen auf meine linke Gesichtshälfte ein und stäubten mir Schulter und Arm auf dieser Seite weiß. Die Scheinwerfer des Autos beschienen eine Straße, von der schon lange alle Reifenspuren gelöscht waren. Ich rieb meinen schmerzenden Arm. »Bist du sicher, daß da ein Hotel ist?« Sein Kopf nickte sich eifrig fast vom Hals. Wenn man ihn hörte, könnte man glauben, daß nur wenige Minuten von hier, eine Viertelmeile oder so die Zuckerwattestraße entlang – man wußte, man war in der Nähe, wenn man Bambi mit seinen Waldfreunden über eine butterblumenübersäte Wiese tollen sah –, ein Ruheort mit allen möglichen Hotels und Motels auf den Reisenden wartete und natürlich mit Dutzenden von Bed & Breakfasts mit schönen Namen wie »Shangrila«, »Monrepos« und »Wandersruh«, auf deren sauber gefegten Stufen weißhaarige Großmütter mit geblümten Schürzen »Zimmer frei«-Schilder schwenkten, um die Aufmerksamkeit des Touristen in seiner Qual der Wahl zu erregen. Falls es noch eines weiteren Arguments bedurft hätte, legte sich die Zange wieder um meinen kaputten Arm. Kein Druck, ihr versteht, nur eine leise Erinnerung, wie sogar die schönsten Beziehungen schnell zu tierischer Gewalt verkommen können.

Ich hatte kapiert und stieg aus dem Auto in eine Schneewehe. Der Wind konnte sein Glück kaum fassen: er kam angerannt, um mich zu stoßen und zu ohrfeigen und zu prüfen, ob ich auch wirklich da stand; dann, als er feststellte, daß ich durchaus echt war (wenn auch offensichtlich ein Blödmann ersten Ranges), hüpfte er entzückt um mich herum und rieb sich die funkelnden Hände. Shermans Körper lehnte sich schräg in meine Richtung, als er die Klinke zu fassen versuchte, um die Tür zuzuschlagen.

»Du bist wirklich Spitze, Jack!« schrie ich ins Autoinnere, »beschissene Spitze bist –« Vielleicht in der Befürchtung, daß ein Reueschub des Fahrers ihn seines großen doofen Spielkameraden berauben könnte, half der Wind Sherman, und die Tür fiel zu. Du Pfeife! rief eine Stimme (sie klang wie die von Vic Rudge) in meinem Kopf. Du hättest sie ihm wegreißen sollen! Wen wegreißen? Die Scheißbrille, Mann. Ach Gott, ein genialer Plan. Meinst du wirklich, der sieht deinen Stinkefinger noch? Spar dir die Worte, er hört dich nicht. Weg ist er. Und so war's: der MG drehte eine gewagte Kurve, der Schnee sprühte, bald waren nur noch die entschwindenden Rücklichter zu sehen. Die Beschleunigung entsprach den Zusagen der Hersteller, der Tachometer stand bei sechzig Meilen, ehe meine Rufe noch in einen Hustenanfall übergegangen waren, ehe ich noch beim Versuch einer beidhändigen obszönen Fuchtelgeste meinen angeschlagenen Ellbogen so beansprucht hatte, daß der Schmerz mich denken ließ, er sei aus dem Gelenk geschnappt.

Ja, toll, wenn ich nur daran gedacht hätte, ihm die Brille wegzunehmen. Was für ein Meisterstreich! Das hätt's ihm besorgt, ja, da wäre er aus seinem behaglichen Autonest herausgesprungen und mir hinterhergetapert, gebettelt hätte er, stell dir das vor, gebettelt, daß ich – Hör schon auf, dir im Reich der Möglichkeiten einen runterzuholen, sagte meine innere Stimme, es ist verdammt zu spät. Vielleicht doch nicht. Ich könnte ihn verwünschen. Bei meinen einstigen Studien in Schamanismus und Paradingsbums hatte ich verschiedene kleine Tricks gelernt: Die Kunst, seine Feinde aus der Ferne zu treffen ... Ich stellte meine bösen Schwingungen auf Maximum und schlug vor, daß bei dem MG eine Achse knacken könnte, irgendwas, damit er in spektakulärer Weise von der Straße geschleudert würde, Hauptsache, daß als Endergebnis Sherman mit mindestens fünffach gebrochenem Rückgrat dalag, aber die ganze Zeit bei Bewußtsein blieb, mit höchster Empfindlichkeit jeden Schmerz erlebte, der seinen Körper besuchte – und so sei es, bis der letzte Atemzug von seinen rissigen, schwarzblauen Lippen gewichen wäre.

Hör mal, sagte Jeremia, das ist ziemlich riskant – deinen Nächsten verfluchen, dazu noch an einer Kreuzung. Weißt du denn nicht, daß dieser Ort dem Teufel gehört? Warum hat man sonst die Selbstmörder an den Kreuzwegen begraben? Du bist gewarnt, Flüche an solchen unheiligen Orten gereichen gern dem Urheber zum Übel.

Gereichen tun die, so so. Na, da hatte er sich aber angestrengt und tief ins Vokabular gelangt. Ich hatte gegen den Wind gepißt, das meinte er. War es nicht ein Jammer, das ganze Glück aufs Spiel zu setzen, das ich in letzter Zeit gehabt hatte? Das ganze Vergnügen beim Tauchen im Scheißmeer. Also gut, ich ziehe die Verwünschung zurück.

Bastelt ihm die Wirbelsäule wieder zusammen und ersetzt die Verletzungen durch einen blauen Fleck am Daumen und schlichte Enthauptung.

Spirituell abgesichert, konnte ich mich jetzt den Bedürfnissen meines Körpers zuwenden. Wärme vor allem anderen natürlich. »Mit einem kalten Kessel kommste nicht weit«, wie man bei der Eisenbahn zu sagen pflegte – was für ein Perlchen der Weisheit. Shermans Schaffelljacke (welches Kleidungsstück hätte besser zu einem so werwölfischen Besitzer gepaßt!) und ein Flachmann mit Whisky hätten mich zuversichtlicher dem Hotel entgegenziehen lassen, das laut Shermans Versicherungen hinter der nächsten Kurve der nach Süden führenden Straße wartete. Können Sie mich hören, Herr Wirt? Ich will meine Bestellung ändern – keinen Scotch, dafür einen dreifachen dunklen Rum, einen mit Bananenaroma, und ein paar grüne Ingwertränen dazu. Danke. Wie? Genaue Ankunftszeit? Ich würde sagen, in etwa zehn Minuten, wenn kein Grizzly, kein ausgehungertes Wolfsrudel dazwischenkommt. Wenn ich dann nicht da bin, ziehen Sie bitte mit ein paar Huskies los. Woran Sie mich erkennen? Ich bitte Sie, trotz diesem Zufall mit dem Double im Museum dürfte es jetzt keine zwei von uns geben, die durch diesen weißen Dreck marschieren, einen Tartanschal ums Gesicht gewickelt, daß man aussieht wie ein heimwärtsziehendes Gespenst nach einem Fußballdebakel in Wembley.

Es würde mich nicht überraschen, wenn John Mills, der Schauspieler, bei den Dreharbeiten zu *Scott in der Antarktis* den Unterkiefer melancholischer als jeder traurige Pelikan hätte hängen lassen. Die langen Stunden schon morgens im Make-up-Trailer, wenn man ihm die Erfrierungen und den Skorbut aufs Fleisch stichelt; der lange Tageskampf mit dem simulierten Blizzard, den fluchenden Technikern und den noch übler aufgelegten Hunden – in solchen grimmigen Lebensabschnitten, wenn das Studio Züge eines gleißend hell ausgeleuchteten Schafotts annimmt, da ahnt der Schauspieler, was ihn am Ende des Weges wirklich erwartet – nicht der begehrte Oscar, dieser geschmacklose Metallklumpen, sondern eine Gummizelle mit ihren schlicht harmonischen Notwendigkeiten: einer Liege, einem Stuhl und einem Bündel Weidenruten zum Korbflechten.

John Mills konnte sich wenigstens am Ende eines ermüdenden Tages in der Antarktis auf eine Dusche und ein anständiges Abendessen freuen, im Gegensatz zu dem armen Scott, der draußen in der realen drehbuchlosen Welt nicht nur kein Kantinenessen abbekommen hatte – er hatte die Kantine im Schneesturm gar nicht finden können! Und was war mit mir – sollte mein Leben jetzt auch als Farce verwehen? Sollte ich auf dem Greifer eines Schneepflugs zurückkehren, meine steifen Beine in die Luft gestreckt als tragikomisches Victory-Zeichen? (Bei diesem Szenario, das wir rausschmeißen, sobald das verheißene Hotel hinter der Kurve in Sicht kommt, besteht das Drehbuchkomitee auf dem meiner Ansicht nach wirklich abgedroschen wirkenden Detail, daß der Schneepflugfahrer ein paar Takte »Stranger on the Shore« pfeift.) Im Augenblick muß ich aber noch geduldig zwischen den Polen Ausdauer und Hoffnung hin und her stapfen. Das hab ich mein ganzes Leben getan, gewöhnlich allerdings ohne Schnee, was soll also die Aufregung?

Ich dachte an Scotts Eintragungen in seinen letzten tragischen Tagebüchern und fing an, um die rauhreifstarrende Kälte in Schach zu halten, im Geiste ein paar Notizen für mein eigenes Journal vorzubereiten, falls ich je wieder auf Füllerreichweite in seine Nähe kommen sollte.

Sonntag, den 22. Dezember 196–

(Ich habe schon immer die diskrete Angewohnheit gewisser russischer Autoren bewundert, die mit einem Hammer auf die Sichel der Zeit losgehen und das weiche Blei des Jahrhunderts und Jahrzehnts am Jahres-Ende zur Unkenntlichkeit flachklopfen und der Spekulation Raum lassen.)

»Lange Zeit bin ich nun schon dahingestolpert. Meine Füße sinken tief in den grellweißen, saugenden Schnee. Jeder Augenblick kann der letzte sein – eine aufblitzende Weiße, ein Eingeschlucktwerden, etwa wie die letzten Sekunden des Haifischopfers. Allzulange habe ich in dem Wahn gelebt, ich sei ein Mann, und mehr noch, einer ohne ernstzunehmende Rivalen in der Kunst des Überlebens. Zu spät habe ich herausgefunden, daß ich nur ein Insekt bin, das durch die endlose Einöde eines Tellers krabbelt. Ich drehe mich und drehe mich ewig, ohne vorwärtszukommen, vom klobigen Finger des Schicksals (übrigens nikotinfleckig) belästigt, das mich boshaft zurückstößt. Manchmal wirft es mich sogar auf den Rücken, um sich an meinen ohnmächtig zuckenden Gliedmaßen zu weiden. Wie frustrierend, wenn eben in dem Augenblick, da ich mir einbilde, Fortschritte zu machen, sein dreckiger Fingernagel mich wieder an den Anfangsrand meiner Wanderung zurückschnippt!«

Kurz bevor ich den Ort des Himmlischen Ausruhens erreichte, den mir der gehörnte und geschwänzte Sherman zugesagt hatte, durchsuchte mich ein Trupp eisiger Windsbräute, die hier Wache hielten, bis auf die Haut, zerrten mir die verbliebenen höheren Temperaturen aus den Taschen, raubten mir die letzte Wärmeeinheit, ehe sie mich weiterziehen ließen, doch erst, nachdem ich das Paßwort gerufen hatte.

»Bastard!« heulte ich. Denn als ich die Kurve umrundet hatte, fand ich nichts als eine Hütte ohne Dach, das einstige Heim eines Rübenbauern, von einem schneegefüllten Graben umgeben. Nichts sonst an menschlicher Behausung war zu sehen, nicht Hotel, Motel noch Pub – nicht einmal die kleinste Imbißbude. Die schneeschimmernde Straße erstreckte sich weiter ins Dunkle – gelegentliche schwache Lichtpünktchen beleuchteten, glanzlos wie ein Weihnachtsbaum im März, mit der von einem widerwilligen Gemeinderat zögernd bewilligten unzureichenden Wattzahl den Weg in Richtung jenes gefürchteten kleinen Dorfes, dessen Namen nie auf Wegweisern erscheint, das aber alle Bergsteiger, Winterwanderer, Polarforscher am meisten fürchten: Lethalunterkühlung.

Wie ich da stand, erschauerte und hustete, kam Jeremia wieder mit einem Löffel Suppe zum Auslöffeln an. Diese Eskimomethode, auf die hatte sich zweifellos die ganze Familie geeinigt. Diese drastische Lösung des Clayproblems war wohl bei einem Familienrat ausgetüftelt worden. Denjenigen Anwesenden, die Bedenken gezeigt hätten, mich einfach umzubringen, wäre rasch die Patin Letitia Carlyle über den Mund gefahren. Ich konnte das Todesurteil fast hören, als sie mich zum Abschuß freigab. »Ist das beste, wenn er beseitigt wird. Das beste für uns alle – vor allem für unsere Rhona. Gibt Promenadenmischungen, die man einfach nicht stubenrein kriegt. Ihr ganzes Leben lang lassen sie ihren Dreck überall liegen, und andere Leute haben ständig zu tun, alles wieder wegzuputzen. Ich will nichts weiter hören – er muß weg!« Und nachdem sie so gesprochen hatte, sprang sie gewiß auf und eilte davon zu ihrem mit Samt ausgeschlagenen Sarg, denn die Sonne stand schon hoch am Himmel und ihre Strahlen machten sie vollkommen verrückt.

Die Aufgabe, mich aus dem Verkehr zu ziehen, war zweifellos dem bürgerlichen Schwergewicht der Familie zugefallen, Jack Sherman. Das würde erklären, weshalb er sich mit dem Whisky so zugedröhnt hatte, um mich dann trotzdem – gegen Phyllis' und meine Proteste – unbedingt bis Bishopbriggs fahren zu wollen. Nach seiner Begegnung mit den Bullen war er nicht in Panik verfallen, sondern ganz ruhig geblieben. Man muß es diesen Finanzartisten lassen, sie denken immer einen Schritt weiter, sie haben eine geniale Art, ein potentielles Desaster in einen erstaunlichen Vorteil zu verwandeln.

Ein Mord, bei dem das Wetter selbst die Waffe war – es nahm mir buchstäblich den Atem. Und übrigens fand der Mord ja immer noch statt, meine schrittweise Eliminierung war in Arbeit. Im Augenblick war ich etwa zwei Teile Mensch zu einem Teil Kadaver – meine Füße und Hände waren bereits Schauhausmaterial, und die Thanatisierung meiner Arme und Beine stand unmittelbar bevor.

»Die Leiche eines Mannes, später als Thomas Clay (28), Scobie Street 37, Glasgow C5 identifiziert, wurde auf freiem Feld mehrere Meilen südlich von Dreieich gefunden. Der Verstorbene scheint von einem Schneepflug überfahren worden zu sein, doch lehnte die Polizei es ab, mitzuteilen, welcher Teil der Anatomie des Opfers betroffen wurde, als die grausame Maschine des Weges zog.«

Zur Feier meiner eigenen Doofheit, meines bescheuerten Heroismus in widrigen Umständen (ein ausgeprägter Zug bei uns Flachköpfen), lieferten meine erstarrenden Heiterkeitsmuskeln ein schwaches Abbild von John Mills' zähem britischen Grinsen ab, dessen Original jetzt im Imperial War Museum aufbewahrt wird. Von diesem Beispiel ermutigt, versuchten sich meine vereiste Zunge und die steife Muskulatur der Kehle an einem Lachen, brachten aber nur einen leisen Zirplaut zustande, wie man ihn von einem frisch verwitweten Grashüpfer erwarten würde. Immerhin schien ich mit meinem trotzig zur Schau gestellten Optimismus (verbunden mit einem Umschwenken des Windes, der mir nun zwar die Nieren vereiste, mich aber mit mächtigen Schüben in die richtige Richtung stieß) zum ersten Mal wirklich vorwärtszukommen und nicht nur in ewig derselben Schneewehe herumzutaumeln wie ein hilfloser Cartoonschneemann, der in einem ewig wiederkehrenden Wirbel von Bäumen, Felsbrocken und Bergesgipfeln festgebannt ist.

He, das ist doch ein Licht da drüben?

Ssschhht!

Kannst du das denn nicht sehen, oder was?

Halt doch mal den Mund. Natürlich kann ich das sehen.

Also?

Ich will's nicht verscheuchen, verstehst du. Ich will mich eher so irgendwie anschleichen. Wenn du die Fata Morgana zu direkt überfällst, wenn sie deine Witterung erwischt, wenn du ihr auch nur auf den kleinen eisigen Zeh trittst – weg.

Ich fing an, mich wirklich gut zu fühlen, und das war schlecht. Polaronauten widmen weite Strecken ihrer verschneiten Autobiographien der Warnung vor den Gefahren der Euphorie. Bergsteiger ebenso. Wenn man den Überhang nicht schafft und festsitzt und nicht mehr zurückkann, fängt man zu pfeifen an, reißt Witze und schwenkt sein Messer, die anderen am selben Seil haben allen Grund für ein Stoßgebet. Tiefseetaucher bezeichnen solche unzeitigen Hochstimmungsschübe paradoxerweise als »Taumel der Tiefe«, aber augenblicklich galt meine hauptsächliche Besorgnis der Frage, wie ich es vermeiden konnte, hier auf meinem Gang über den zugefrorenen Styx durch die Eiskruste zu brechen und in die kalte Tiefe zu taumeln. Ich konnte unter der Eisschicht immer wieder einen phantasierten großen Fisch sehen, der mir bei Fuß folgte, ein Hecht vielleicht, der es kaum erwarten konnte, seine vielzähnigen Kiefer um mich zu schließen. Aber machte mir das was aus? Gewiß nicht! Mir doch nicht! Wenn ich die Lippen dazu hätte, würde ich lustig pfeifen. Was tat's, wenn mein Ellbogen kreischte und wenn mir ein geschäftiger Grobian Ballen heißer Stahlwolle in die Lungenflügel rammte – ich fühlte mich trotzdem obenauf, fühlte mich verdammt gut, es war alles in Ordnung, picobello, vollkommen paletti. Schüttelt nur eure Köpfe und murmelt düstere Prognosen in eure gefrorenen Bärte, ihr Tundrasanitäter – ich bin schon weg, außer Reichweite, ich hab es gut. Ja, so weit war ich.

Ich weiß noch, ich habe einmal einen Bericht eines Tauchers über seine Erfahrungen mit dem Taumel der Tiefe gelesen, oder wie er es nannte: dem Kichern mit den Karpfen. Wegen eines Knotens in seinem Luftschlauch oder eines Aals im Arschloch, irgend so einer technischen Krise, sah er durch die Taucherbrille plötzlich seine vollzählige Familie, viele frühere Generationen eingeschlossen, um einen Tisch auf dem Meeresgrund sitzen »wie die Teegesellschaft in *Alice im Wunderland*«. Es sah nach einem üppigen Mahl aus, und die Verwandtschaft winkte ihm immerzu, er solle herkommen und sich dazugesellen. Er war auch in großer Versuchung, das zu tun, als ihm plötzlich im vielfarbigen, lichtgescheckten Schwärmen numinoser Fische der Sinn des Lebens offenbart wurde. So überwältigend einfach war dieser Sinn, daß er das lockende Winken seiner auf dem Meeresgrund feiernden Familie ignorierte und sich an die Oberfläche kämpfte. Als er wieder in sein eigenes Element zurückgekehrt war und man ihn in die Dekompressionskammer gezogen hatte, waren fast seine ersten Worte eben jene, die sich seinem Hirn leuchtend eingeprägt hatten, als er mit den Karpfen gekichert hatte.

Meine Herren, hatte er feierlich gesagt, mir ist das Privileg zuteil geworden, den Sinn des Lebens hüten zu dürfen. Bitte zeichnen Sie folgendes für die Nachwelt auf:

EIN FISCH KANN FAHRRADFAHREN, ABER NICHT MIT HOSEN!

Ich danke Ihnen.

He, Mann, die Lichter da werden heller.

Schnauze jetzt, ich seh sie ja. Ganz ruhig – tu, als ob nix wär.

Aber ich schaute trotzdem hinüber. Aus dem bloßen Lichtstrohhalm, nach dem ich gegriffen hatte, dem winzigen Band Helligkeit am Horizont, war ein breiterer Schein geworden, eine Mahagoniplanke, an die sich die Hoffnung klammern konnte, daß dort eine Vorstadt oder wenigstens ein Dörfchen lag. Der Wind hatte jetzt nachgelassen, und der dichte Schneefall war auf seltsam isolierte Flockenkaskaden geschrumpft, als würden die fast leeren Schneereservoire noch mit letzten Schwüngen ausgekehrt. Noch ein verstohlener Blick. Ja, die Lichter blieben, funkelten heller mit jedem meiner sich nähernden Schritte. Ein Hundegebell wurde hörbar, ein Rabe mit einem von Noahs Westenknöpfen im Schnabel flatterte vorbei... Also gut, du brauchst nicht so zu übertreiben, wir begreifen's schon. Aber um die Tatsache, daß die Zivilisation wieder ganz nahe war, zu bekräftigen, formte sich nun vor mir eine erstaunliche Erscheinung.

Sonntag, 22. Dezember 196– (Ein unerwartetes P.S.)

»Ein Wunder! Hier draußen, in dieser menschenleeren Ödnis, eine Telephonzelle! Und mehr noch – nicht eine einzige Glasscheibe fehlte, war zerbrochen oder auch nur angeknackst. Sie war in ein weiches Tuch aus feinem Schnee gehüllt, aus dem hier und dort festliche Flecken rubinroter Farbe hervorleuchteten. Sie sah unbedingt so aus wie ein riesiges, aufrecht hingestelltes Weihnachtspäckchen. Doch wie es so oft mit glamourös verpackten Geschenken geht: wenn man sie schließlich öffnet – erlebt man eine Enttäuschung. Die Zelle war völlig ausgeräumt, leer, ohne Apparat, ein stummes Phantom im Telekommunikationsnetz. Trotzdem war sie ein Beweis, daß hier einmal Menschen gewesen waren, ein Eindruck, der sich noch verstärkte, denn in der Zelle lagen eine rosa Sportzeitung und (auf dem feuchten schmutzigen Boden, wie eine plattgedrückte Schnecke) ein gebrauchter Pariser.«

Ich stand keuchend und hustend in der schneeverhüllten Zelle und fütterte ihre Dunkelheit mit aufflammenden, kurzlebigen Streichhölzern. Die Sportzeitung war zu durchweicht, um Feuer zu fangen, meine Lungen zu nervös, um Rauch zu ertragen. Das Leben ist eine komische Angelegenheit – ein winziges Lichtaufflackern, mehr ist nicht drin. Man lernt zu essen; lernt, wo man hinscheißt; lernt, wie man heißt. Man muß einen Beruf ergreifen und nach den Zwängen seiner Arbeitsbedingungen leben. Eines Tages dann, normalerweise, wenn man nicht damit rechnet, fällt einem ein Bergwerk auf den Kopf. Finito.

Vielleicht hatten diese gefrorenen Kaulquäppchen da drunten auf dem schmierigen Fußboden Glück gehabt, wenn sie's nur wüßten. Mir kam eine Idee für eine Kurzgeschichte, also sekretierte wenigstens meine Literaturdrüse noch: Ein Mann geht durch die Sahara, als er plötzlich ein Telephon klingeln hört. Da er Schotte ist und eine solche Zeit- und Energieverschwendung nicht erträgt, weicht er von seiner Marschroute ab, um nachzusehen, und entdeckt schließlich, daß das Klingeln aus einer britischen Telephonzelle dringt, die einsam in einem Wadi steht. Er tritt in die brodelnde Hitze des Zelleninneren und hebt den Hörer ab. Eine Stimme mit Brooklyn-Akzent knirscht ihm ins Ohr: »Für Kaminsky zwanzig auf Saloosi im dritten, wenn's hinhaut, dann alles auf Mighty Fine im vierten ...«

Meine telephonlose Zelle bot mir zwar ein Minimum an Schutz, war aber doch kein Ort zum Verweilen. Etwa so gemütlich wie eine Eiserne Jungfrau, nur würde dieses Modell statt mit Nägeln mit Eiszapfen zustechen. Ich wickelte mir meinen durchnäßten Schal wieder um den Kopf, zerrte den Kragen hoch, ließ jemandes Steinhände in meine Taschen fallen. Es sah am Ende doch so aus, als sei die Zelle eine Finte in einem betrügerischen Abzockdeal gewesen, eine falsche Karte, die mich in falsche Hoffnungen locken sollte. Aber ich wurde widerlegt: der Mann mit den Karten teilte mir jetzt einige gute Sachen zu. Ich nahm ein Paar Laternen auf, eine Straße, einen Vierer kleine Häuser. Bald hatte ich vielleicht noch nicht genügend für eine Stadt, aber zumindest für eine Art Dorf zusammen. Das konnte nur die Minipolis Crabton sein. Die Straßen dort wirken immer eigenartig leer. Wie jetzt zum Beispiel, als der einzige Fußgänger in Sicht ein schneedurchweichter eiliger Fremder war.

Ein Zufluchtsort bot sich! Auf einer ansonsten schneeverwehten Tafel schauten mich die Wörter *Barmherzige Schwestern* bedeutungsvoll an. Hatte sie Sankt Christophorus persönlich für mich freigelegt? Eine freundlich aussehende Nonne öffnete meinem dringlichen Klopfen. In ehrwürdigen Gemeinplätzen trägt der verirrte Wanderer sein Problem vor, natürlich mit einigen notwendigen Aktualisierungen: ein Taxi wäre einem Esel vorzuziehen, ein Telephon, um ein solches zu holen, ist besser als laute Rufe durch die Nacht. Die gute Schwester folgte einer völlig unorthodoxen Tradition, sagte mir, ich solle verschwinden und knallte mir die Tür auf die Nase. Und euch heiligen Kakerlaken auch ein fröhliches Weihnachten! Ich beneide euch bei eurem Leben kein bißchen! Ich glaube, Gott hat euch schwer gelinkt, als er euch in diese fromme Strafanstalt eingesperrt hat, dieses (mit Schnee) »übertünchte Grab, welches auswendig hübsch erscheint, aber inwendig ist es voller Altweibergebeine und allen Unflats«: fast wörtlich kann ich das! Der Reverend Weaver wird mir ein paar Knoten von der Sündenschnur dröseln, und Mama Clay wird auch hoch zufrieden sein.

Mich lockte ein helles Licht eine breite Straße hinunter, die aussah wie der Ort, an den Birken und Pappeln zum Sterben kommen. Die Menschen – einmal vorausgesetzt, daß es hier welche gab – blieben heute abend am Feuer ihrer Wigwams. Ich erwartete jeden Augenblick, daß Ray Bradburys unheilvoller Robocar auf weißstäubenden Reifen um irgendeine Ecke rollte, um mich mit seinem Scheinwerfer zu fixieren, während eine Stimme aus dem Innern begänne, mir sehr indiskrete Fragen zu stellen. Und dann? Man würde mir zur Last legen, ein Fremder zu sein – ein sehr gravierendes Delikt in dieser Gegend.

Profan genug beschien das verführerische Licht ein niedriges, gedrungenes Gebäude, das sich nicht recht hatte entscheiden können, ob es ein Bunker oder ein Fort werden wollte, und sich dann für etwas Drittes entschieden hatte. Der Tafel zufolge, die es durch einen leichten Schräghang in einer Schulter vermocht hatte, einen Teil ihrer Identität zu bewahren, handelte es sich um ein »Heim für die chronisch –« – und noch etwas. Die Tauben und chronisch Ignoranten, schätze ich mal, so, wie die drin sich am Kaminfeuer Räkelnden mein Fäustegetrommel an der schneebekränzten Tür unbeachtet ließen.

Hurra! Ein Bäcker nahm mich mit, auf dem Weg zu seiner Nachtschicht in einer Industriewäscherei. (Ich weiß, ich weiß – nichts weiter davon! Mir ging's nicht sehr gut.) Der Mann redete den ganzen Weg nach Bishopsbriggs über Wellensittiche. Er züchtete die kleinen Viecher. Er hatte zehn an das schlechte Wetter verloren. Als wir ankamen, gab er mir ein paar Kringel, die ältlich aussahen. Die winzigen blauen Federchen unter der Glasur waren eine Novität. Ich schlang sie jedenfalls runter und wünschte meinem Retter noch viele glückliche Sittiche und alles Gute für seinen preisgekrönten Piephahn Stretchy.

Ich winkte einem Taxi, aber der Fahrer floh. Der nächste, dem ich rief, zeigte mir den Finger. Den dritten mußte ich beinahe überfallen, und selbst nachdem ich ihn gestellt hatte, weigerte er sich, auch nur einen Meter zu fahren, ehe ich ihm nicht mein Geld gezeigt hatte. Schließlich kam der Rest meiner selbst in den Gorbals an. Da war es schon zu spät, mir noch einen zu genehmigen, da Glasgow, diese heiligste Stadt, trotz einer gewissen Liberalisierung ihrer Sabbatsaufperioden immer noch um zehn Uhr abends die Gehsteige hochzuklappen pflegte. Selbst wenn noch Zeit gewesen wäre, ein paar Schluck zu versorgen, ich hätt's nicht gepackt. Ich war kaum in der Lage, mit entsprechendem Schmackes »die Biere zu stemmen, die Schnäpse zu schlemmen«, wie John Scobie es in »Der ernsthafte Trinker« formuliert.

Ich kehrte nach Hause zurück, hustete mich die Treppen hoch, wankte erschöpft in meine Höhle. Ich machte Feuer und goß mir einen Becher brühheiße Bouillon in den Hals, während ich so dicht an dem fauchenden Feuer saß, daß es für den zufälligen Beobachter wie eine versuchte Selbstverbrennung ausgesehen haben würde. Schließlich taute ich auf, aber nur die reine Disziplin überredete mich noch, mein Tagebuch nachzutragen.

Und dann das Unvorhergesehene – plötzlich und unerwartet schrieb ich auf das weiße Papier:

Brief an ein unveröffentlichtes Kind.

Liebes Nochnicht,

Heute, glaub mir, bist Du schon schwerer als eine Luxusausgabe von *Krieg und Frieden* und zeigst eine so geschmeidige und zielgerichtete Komplexität, daß Du diesem Opus Konkurrenz machen könntest. Na, ich wußte doch, daß Dir das gefällt. Noch besser: die Tests zeigen eine bemerkenswerte Kraft und Lebhaftigkeit. So viele verschiedene Veränderungen! (Dein Daddy hat diese Vs wie Seevögel über seine etwas zerklüftete Prosa hinfliegen lassen.) Anscheinend ist Dein *homo-sapiens*-Examen jetzt nur noch eine Formsache. Mammy und ich sind sehr stolz auf Deine Fortschritte. Wie schön und geheimnisvoll das neulich war, als Mammy mich eine bestimmte Stelle berühren ließ und ich die Vibrationen Deiner kleinen genetischen Schreibmaschine spüren konnte, wie sie Tag und Nacht am Tackern ist! Ein Experte für euch kleine heldenhafte Terranauten konnte mit einem trompetenförmigen Instrument sehr vielversprechende Echos Deines »kleinen Blutquirls« abhören, wie er es drollig nannte.

Hier auf der Außenseite des Mutterleibs gehen die Dinge mehr oder weniger ihren Gang. Ja, ich will Dir nichts vormachen, es könnte wesentlich besser gehen. Aber zerbrich Dir nicht Dein kleines kahles Köpfchen. Daddy wird bei

Deiner Ankunft ein hübsches kleines Nest organisiert haben. Februar ist natürlich ein doofer Monat: »Der Passant sieht jetzt aus wie ein Schneematschschwein / Es gießt und weht, der Abort friert ein«, wie Mr. Scobie es formuliert, also wird Deine Ankunft besonders willkommen sein.

Da Du ja Deine internen Informationen hast, weißt Du, daß es Mammy gutgeht, obwohl sie sich gelegentlich etwas neben der Mütze fühlt. Keine Sorge, es wird alles hinhauen. Du wirst sehen. Also, nun geh und paddle ein bißchen in Deinem dämmrigen Bach und überlaß mir alle Sorgen.

Weiter so!

Liebe Grüße – Dein Daddy.

XXXXXX

33

Vorahnungen eines Aufbruchs, Andeutungen eines Abschlusses.

Ich hocke in Kabine Vier von Shug Wylies skrupulös geschrubbtem Scheißhaus, der *Scottish Daily Distress*, Verzeihung, *Express* ist auf meinen fröstelnden Schenkeln ausgebreitet. Den größten Teil der Nachrichten beansprucht der Apollo-8-Flug, auf dem man den Mond mit dem Lasso einfangen will. Ein begeisterter NASA-Schlauberger sagt voraus, daß die USA nächstes Jahr um diese Zeit Männer auf den Mond schießen werden, eine Leistung, die John Michael Hallison (19), vormals Burmola Street, Possilpark, nicht mehr interessieren wird, den ich zuletzt Samstagnacht auf einem matschigen Gehsteig hatte kleben sehen. Durchs Herz gestochen – »ein einziger tödlicher Stich«, dem Bericht zufolge. Nun auf einer Reise durch die Zeit, hatte der junge Mann bereits den Planeten verlassen, war in den abnehmenden Tempi des Todes zusammengeschrumpft auf dem Weg zum alles auflösenden Verglühen. Wenn man sein Bild ansah – ein verwischter Teenager auf einem unscharfen Fahrrad –, hatte er schon zwölf Jahre oder so abgestreift; morgen würde man ihn runzlig und zahnlos in seinem Kinderwagen liegen sehen.

Der Feuerwehreinsatz bei Pikes wurde auch erwähnt. Nicht viel, nur ein kleines brandschwarzes Fleckchen am Fuß einer Kolumne, um der Leserschaft mitzuteilen, daß Papa Pike nicht mehr unter uns war und daß der Zustand seines Sohnes Malcolm Puke (den Druckfehler bitte nicht korrigieren, *stet!*) wegen schwerer Verbrennungen und den Folgen einer Rauchvergiftung Anlaß zur Besorgnis gab. Drei andere Männer, die zum Zeitpunkt des Brandausbruches in der Wohnung zu Besuch gewesen waren, hatte man nach kurzer Behandlung entlassen.

Und was war mit Horace dem Hinterhältigen? Las er gerade eben diesen Bericht und betete dabei mit jeder Faser seines häßlichen kleinen Pestbeulenorganismus, daß der Brand durch die plötzliche Selbstentzündung eines zu Besuch weilenden Hippies ausgelöst worden war, den die Spurensicherung noch zu identifizieren hoffte, wenn seine Asche ganz zur Ruhe gekommen war? Der Bericht schloß mit der Versicherung, daß die ganze Wohnung vollständig ausgebrannt sei. Meine Hauptsorge bestand in der Frage: wie vollständig? Eine Befürchtung hatte mittlerweile in meinen Gedanken kräftige Wurzeln geschlagen und giftige Blüten getrieben, eine Angst, die alle anderen Besorgnisse – es schienen Dutzende – in ihrem sinisteren Schatten erst einmal absterben ließ: Pike und sein Trio Proddygorillas hatten möglicherweise meine Adresse. Wenn ja, dann dank diesem pessimistischen Paar Pirandello und Dylan. Wie das? Ganz einfach. Anstatt der Plattenfirma ihre Mahnung über die Dylan-Platten zurückzuschicken, hatte ich sie als Lesezeichen in dem Pirandello-Taschenbuch benutzt. Dieses Buch hatte ich auf den Tisch des Hauses gelegt, als ich meine Taschen für ihre Wette ausleeren mußte. Bei der hastigen Repatriierung meines Eigentums – plus ein paar Banknoten verschiedener Kaliber – mußte ich das Buch vergessen haben. Natürlich, wenn »vollständig ausgebrannt« buchstäblich zu nehmen war, gab es keinen Grund zur Aufregung. Wenn die Pirandellobiographie aber gerettet worden sein sollte, zusammen mit dem verräterischen Brief, dann könnte es für mich ebenfalls bald sehr heiß werden.

Es würde nicht mehr lange dauern, und ich wachte auf, in einen riesigen Uhrwurm verwandelt. An diesem Morgen fühlte ich mich gewiß schon so, wie ich auf dem Rücken lag und die widerlichen Klümpchen Schleim schluckte, die sich immer wieder in meinem Mund bildeten. Und diese Bitterkeit. War ich wirklich das Opfer eines Familienmordplans gewesen? Es schien unwahrscheinlich. Sherman hatte vor der Wahl zwischen einem makellosen Führerschein und meinem möglichen Unterkühlungstod gestanden. Natürlich hatte er sich – da er schon längst überzeugt war, daß sein Ruf wichtiger war als die Fortdauer meiner irritierenden Existenz – für seinen Stolz entschieden. Es war kein versuchter Mord, eher menschliche Achtlosigkeit. In ähnlicher Weise hatte ich mich selber achtlos gezeigt, als ich dem alten Pike erlaubt hatte, in meine Streichholzschachtel zu greifen – nachdem ich aus seinem eigenen Mund gehört hatte, daß man ihm kein Feuer in seinem Zimmer erlaubte. Hätte ich mir die Mühe gemacht und über den Grund nachgedacht, wäre ich vielleicht auch draufgekommen.

Obwohl die Redaktion emsig weiteren Klatsch und Tratsch zusammengetragen hatte, interessierte mich das alles herzlich wenig. Mir war äußerst mies zumute. Zunächst einmal hatte sich die Wetterlage im Süden verbessert. Infolgedessen fing der Stau auf der A74 an, sich langsam aufzulösen, und in zahllosen Bed & Breakfasts, Imbißschuppen und so weiter wurden Trucker aus ihrem erzwungenen Winterschlaf gerüttelt. John McQuade würde darunter sein. Es ist erstaunlich, wie ich es geschafft habe – ohne das kleinste Fetzchen konkreter Beweise –, John McQuade zum Riesen zu befördern, sechs Fuß sechs bei seinem letzten Auftauchen vor dem inneren Auge. Interessant ist auch der Barbarenbart, den er von mir ins Gesicht geklebt bekommen hat, und eine Holzfällerjacke, nicht zu vergessen, habe ich ihm in meinen Gedanken auch umgehängt, geräumig genug für die Muskeln von Paul Bunyan. Dazu hat er von mir noch ein tödliches Paar Stiefel angemessen gekriegt, mit genügend Stahl dran, um einen Shermanpanzer zu stoppen. Goliath McQuade – meine eigene Schöpfung! Vielleicht hab ich übertrieben, hab mir selber zuviel Angst gemacht. Vielleicht ist er ja nur ein kleiner lispelnder Wicht mit Omabrille und verkackten Gummistiefelchen, jawohl, mit dem Herzen einer Kakerlake. Nein, irgendwie war ich doch anderer Ansicht. Hatte Becky mich nicht gewarnt, er sei ein »rabiates großes Schwein«, das einem auf den ersten Blick eine reinwürgte, wenn ihm was nicht paßte? Und wir wollen auch nicht vergessen, wie sie mich mit der faszinierenden Saga in den Schlaf gesungen hatte, daß er während einer der vielen Standardprügeleien auf ihrer Hochzeit seinem Lieblingsbruder sauber das Auge rausgehauen hatte. Das hieß natürlich nicht, daß ich den kleinen Matt über die Klinge springen ließ. Das würde ich nie tun, nicht absichtlich, nein, nicht einmal, wenn McQuade morgen schon sieben Fuß groß war und weiterwuchs. Aber seien wir ehrlich, wenn's wirklich zum Schlimmsten kam, was konnte ich schon machen? Ich meine, ich bin jetzt irgendwie an meine zwei Augen gewöhnt, und – nein, so nicht. Wenn die Fäuste fliegen, dann werde ich meinen Mann stehen und genausoviel austeilen, wie ich einstecken muß. Aber sehen wir den Tatsachen ins Gesicht, ja? Ich kann ihn einfach nicht rund um die Uhr bewachen. Ich hatte jede Menge eigene Probleme, um die ich mich kümmern mußte. »Ach, zum Teufel damit«, wie Tiger Wilmott immer sagte, »geboren werden, das ist die Schwierigkeit, Tam – von da an geht's bequem abwärts...« Tiger, ein alter Kumpel von mir, starb im Victory-Hospital an, wie er sagte, »einer im Suff abgestürzten Wanderniere«... Ein großartiger Kerl, mein Tiger, und ein Wahnsinnstorwart.

Bis jetzt war der Montag seinem Ruf als Arsch der Woche gerecht geworden. Er hatte mit einer deprimierenden Nachricht begonnen: Joe Fiducci warf schon diese Woche das Handtuch. Er hatte noch ein paar Wochen bleiben wollen, aber sein Sohn Luigi hatte ihm zugeredet, Nostalgie sei ein Luxus, den er sich nicht leisten könne. »Er hat recht«, nickte der alte Mann, als er mich zum vielleicht vorletzten

Mal rasierte, »vom Gestern ist noch kein Schwein fett geworden ...« Das hatte ich noch nicht gehört; wohl eines dieser Sprichwörter, die in der Übersetzung abschmieren. Ich nehme auch nicht an, daß unser profundes schottisches »Viel Wenig macht'n Viel« in der toskanischen Umgangssprache besonders sinnvoll rüberkommt.

Der alte Mooney war nicht weiter bestürzt, zu hören, daß er bald auf der Straße stehen würde. Dafür gab es einen sehr guten Grund: der alte Sack war nicht da, um die Neuigkeit zu hören. Daß er mit meinem Renngewinn durchgegangen war, schien seine Abwesenheit jetzt mehr oder weniger zu bestätigen. Meine Chancen, was von diesem Geld zu bekommen, schmolzen schneller dahin als der Matsch auf der A74. Joe gab mir Mooneys Adresse in Oatlands. Konnte nichts schaden, mal vorbeizustechen, falls der Alte sich tatsächlich eine Grippe oder was eingefangen hatte.

Weitere düstere Nachrichten erwarteten mich in der Arschgalerie: Shug war abgehalftert worden. Kurz vorher war ein höherrangiger Scheißhausmanager vorbeigekommen und hatte ihm mitgeteilt, seine Toilette sei nunmehr überflüssig und würde zum Jahresende stillgelegt. Doch war Shugs Hingabe an Hygiene und Desinfektion nicht unbemerkt geblieben: Man hatte ihm eine neue Tätigkeit zugewiesen, in einem Abort droben in der Stadt, eine Aussicht, die ihn nicht aufheitern konnte.

»Lauter Schickis und Schwulis da droben«, brummte er. »Kein einziger anständiger Scheißer dabei.«

Bei Shug wartete ein amtlich brauner Umschlag auf mich. Ich öffnete ihn, und schon hatte sich das Wohnungsamt Glasgow mit mir in Verbindung gesetzt. Knapp und abrupt, denn die sind mit Worten ebenso sparsam wie mit einem Lächeln, wurde ich angewiesen, nächsten Freitag in ihrem Büro in Castlemilk zu erscheinen, betreffs Zuteilung einer Wohnung in besagtem Bezirk. Vor einigen Jahren wäre dies vielleicht eine gute Nachricht gewesen, aber heute hatte es den ganzen Reiz eines Telegramms mit den Worten:

»SOFORT PACKEN STOP TREFFEN UNS HAFEN STOP IST MIR GELUNGEN KABINE AUF TITANIC ZU RESERVIEREN . . .«

»Schlechte Nachrichten?« fragte Shug.

Ich nickte. »Mein Gestellungsbefehl für Legoland.«

»Ach, ich weiß nicht«, sagte Shug. »Da könnt's doch schlimmer kommen als Castlemilk für dich. Früher haben sie sich doch gegenseitig plattgetreten, um da ein Haus zu erwischen.«

Ich biß mir was von Shugs Tee ab. »Nee, wenn ich irgendwohin gehe, dann nach Myrtle Park. Das mögen auch Hochhäuser sein, aber da ist Hampden Park gleich um die Ecke.«

»Hast du genug Punkte für sowas?«

»Glaub schon. Baby unterwegs, demnächst ohne Wohnung – sollte doch für den Anfang reichen.«

»Aber du hast keine Arbeit.«

»Werd ich aber bald kriegen.«

»Was wirste denn machen?«

»Bananen gradebiegen.«

Shug grinste und gab einen seiner eleganten kleinen naserümpfenden Schniefer von sich. »Mach dir nichts draus«, sagte er. »Eins ist jedenfalls schon mal gut.«

»Was denn?«

Er nickte zu dem Taucheranzug rüber, den ich für Cullen ins Planet zurückbringen wollte. »Wenn du hoch droben in Castlemilk sitzt, und dir ist's danach, runterzukommen auf ein Glas Bier – wenigstens die Ausrüstung haste schon.«

34

Und so begab es sich, daß ich mit stark ausgefranster Psyche durch den Matsch patschte, hinüber zu dem untergangsgeweihten Planet, einen Pseudotaucheranzug über die Schulter gehängt und den Helm unter den Arm geklemmt, wie diese Yankeeraumfahrer mit ihren Sternenhüten. Ich schleppte auch eine unheilige Allianz von Viren mit, die an allen Fronten dem Sieg entgegengingen. Mein armer Ellbogen strebte rasch der Marke auf dem Schmerzometer entgegen, wo Heulen und Zähneklappern sich nicht länger unterdrücken lassen. Ein Schwarm schwarzer Raben an meinem Himmel, ich geb's zu, aber macht nichts, ich kenn das alles, wenn ich nur an die Zeit damals denke, als ich mir eine Dosis spanischer Tristesse geholt hatte. Tief beeindruckt war ich da von einem Buch – einem Werk des Doyens der Melancholie, Miguel de Unamuno. Die ersten Schlucke dieses kosmischen Cocktails, dessen Grundsubstanz ein schwerer Pessimismus war, führten zu einem Gefühl existentieller Schwindligkeit – wie wenn man rückwärts auf einer elastischen Pogostelze hüpft, mit einer Kohlenschütte über dem Kopf. Doch alles geht vorüber, wie die Kinoputzfrau Emily Dodds hätte sagen können, als meine Füße etwas Gehsteigwirklichkeit durch die Schmutzschlieren kratzten, die ihr symbolistischer Mop auf dem Terrazzoboden des Vestibüls hinterließ. »Und du mich auch, du Aufnehmerin«, sagte ich als Antwort auf ihren bösen, kopfschüttelnden Blick und hätte vielleicht noch Eindeutigeres hinzugefügt, wenn sie nicht stocktaub gewesen wäre.

Ein Tip, den mir ein erfahrener Manisch-Depressiver einmal zum alltäglichen Katzenjammer gegeben hat: »Versuch nie, ihn dazu zu bringen, daß er seinen Namen sagt.« Mit anderen Worten, analysiere nicht am Warum und Weshalb deiner miesen Stimmung herum. Du kannst doch nichts tun dagegen. Es ist nur ein inneres Schlechtwettergebiet, das durchzieht, das regnet auf mehr Köpfe als bloß auf deinen. Nehmen wir die Melancholie des Blues. Das Herz des klassischen Blues, wie ihn, sagen wir, ein alter Neger spielt, der sich auf der Schwelle seiner Bruchbude über seine Harmonika kauert, ist die Resignation. Yeah, my baby's gone an' left me – und er kann davon ausgehen, daß sie auch nicht wiederkommt. Nein, Mister, wohl kaum. Also los –:

Now I've promised my lovely lady
I'd dress her in pearls and silk,
But now she's wearing charity
And we're trapped in Castlemilk.
We got the blues,
Yeah, we got those damned and deserted
Damp Walls blues...

So sieht's doch aus. Aber trotz seines müden Charmes ist der Normalblues Verlierermusik, Musik des Scheiterns, die aus einer gesprungenen Gitarre tönt. Er ist der extreme Ausdruck einer Art Provinzpessimismus, ein stark verdünnter Extrakt aus jenem Trunk tiefer Angst, wie ihn Unamuno, Sartre, Camus u. a. ausschenken. Diese Beobachter des Abgrunds befaßten sich mit demselben Entsetzen, das Pascals Herz ergriff, als er hinaufsah in die sternenübersäte Tiefe und die volle Last seiner Auslöschbarkeit spürte. Ich nehme an, worauf der düstere Miguel mich damals aufmerksam machte, das war die Tatsache, daß das Universum allgemein und insgesamt für uns Erdlinge nur völlige Gleichgültigkeit hat – schlimmer: es weiß nicht einmal, daß es gleichgültig ist!

Bald aber, viel schneller, als ich es erwartet hätte, hob sich meine Stimmung ein wenig, als ich die Treppe zum Foyer hochging, entlang an den Prachtbildern von Maureen

O'Hara, Barbara Stanwyck, Doris Day und Esther Williams, die alle noch in ihren vergoldeten Rahmen dahingen und wie immer mit dem Elfenbeinglanz ihres Lächelns das mürrische Dunkel verscheuchten, wie sie so von den Flitterzinnen des großen Hollywoodtraumes auf mich herabstrahlten. Ich grüßte jede von ihnen mit einem bewundernden Blick und versäumte es nicht, für Clark Gable einmal mit den Ohren zu wackeln – dessen Starschönheit leider von einem grünen Ausschlag befallen war, was ihn wie einen irritierten Marsianer aussehen ließ. Alan Ladd andererseits ist immer noch in exzellentem Zustand – scharf wie ein Bowiemesser. Ich hielt einen Augenblick lang höflich unter seinem Bild an. Ladd ist der Schutzheilige aller Männer an der Theke, der kleine Mann mit dem großen Herzen, der Junge, der sich stoisch immer wieder eins aufs Kinn geben läßt, bis es nicht mehr auszuhalten ist, und dann ruhig nach seiner Pistole langt. Ladd gehört zur Verwandtschaft, er war verschwägert übers Zelluloid, seit meinem zarten Alter damals, als ich die Dinge besonders intensiv erlebte und als der Vater wie ein versoffener Komiker aus meinem Leben raus- und wieder reinhüpfte, immer mal wieder kurz auftauchte, um einen Witz zu machen, ein Versprechen zu brechen, ehe er steppend in der Kulisse verschwand. In seiner Abwesenheit war ich mit meinen Problemen zu Mr. Ladd gegangen. Selbst wenn er beschäftigt war, gerade »Zwei Jahre vor dem Mast« abzuwickeln hatte oder mit seinem Fallschirm über einem deutschen Brückenkopf absprang, nahm er sich doch in meinen Träumen immer Zeit, mir zu erklären, was Sache war. Ich verließ mich auf ihn. Das machte nun sein Bild zu einer Art Ikone für mich, deshalb hatte ich den alten Burnett gebeten, es mir zu geben, wenn das Planet die letzte Filmspule abgekurbelt hatte.

Etwas Interessantes schien in Burnetts Büro vor sich zu gehen. Vom vorübergehenden wurde ich zum lauschenden

Statisten. Zuerst die Klagegeräusche von Burnetts Sekretärin Madge Dawkins, die schluchzte. Ungewöhnlich ist das nicht. Madge weint so oft und so reichlich, daß ein an ihr langes, bebendes Kinn montiertes Abflußröhrensystem ihr ein Vermögen an Papiertaschentüchern eingespart hätte. Wie König Canute das Meer, versuchte Burnett nun Madges salzige Flut mit Worten zurückzudämmen, mit einer Reihe lau-hilfloser »Na, na, na«-Bemerkungen und Halbsätzen wie »Nicht so schlimm« und »Kein Grund zu so einer Aufregung ...« Während er anscheinend nach und nach Erfolg hatte beim Versuch, ihren Wasserhahn abzudrehen, wurde Burnetts mitfühlender Kommentar immer wieder von unerklärlichen Geräuschen unterbrochen, als ob man Stoff zerriß. War ich hier per Zufall auf das Unausdenkliche gestoßen – die Defloration der professionellen Jungfrau Madge Dawkins? Diese Reißgeräusche stimulierten MacDougall zu einem unglaublichen Exzeß geiler Spekulation. Wenn ich nun durch die Türe stürzte – würde ich dann Zeuge werden, wie die Luft voll fragmentierter Damenwäsche hing und wie Burnett und Dawkins in – nein, es war doch eine unvorstellbar bizarre Kombination. Schauen wir trotzdem mal nach, meinte MacDougall, der vor Lüsternheit fast platzte. Der Dialog dort drin hatte gewiß etwas sexuell Suggestives:

Burnett: Nein, bitte so, meine Liebe. Fester. Ja, so ist es gut. (Ratsch!)

Madge: Ich k-kann einfach nicht – (Rest des Satzes unverständlich wegen neu einsetzenden Schniefens).

Burnett: Nun, das ist ja auch verständlich, nach dem Tod Ihrer armen Mutter, das war ja alles nicht leicht für Sie. Das ist aber viel fester, als ich gedacht hätte ... (Ritsch-Ratsch!) So, jetzt geht's besser. Einfach auf den Boden, meine Gute ...

Madge (immer noch wimmernd): Aber ein Mumienfilm an Weihnachten – das ist doch furchtbar!

Burnett: Es ist ja nur für ein, zwei Abende. (Ritsch!) Am Heiligabend haben wir geschlossen, vergessen Sie das nicht. Und sehen Sie's mal so, wir haben dann die Beetles drei Abende. Das kommt bald alles in Ordnung, Sie werden sehen. (Ratsch! Ritsch!)

Ich nahm meine Passantenrolle wieder auf und ging zur Tür in der Ecke. Auf dem Weg die Treppe hoch lenkte mich mein eigenes kindisches Gekicher und Gegacker von meinen Schmerzen ab: Anscheinend hatte Madge die Filmbestellungen verpatzt und dem Planet statt dem Gelben Unterseeboot einen Mumienfilm beschert. Sehr komisch! »Und als Weihnachtssondervorstellung präsentieren wir – Knecht Ruprecht und der Fluch der Pyramide!« Arme alte Madge, das hatte sie doch aber gewiß nicht verdient, daß man ihr wegen einer Fehlbestellung den Unterrock zerriß. Auf dem zweiten Treppenabsatz hielt ich inne, um Atem zu schöpfen.

GLEICHRICHTERKAMMER – KEIN ZUTRITT

Jedesmal, wenn ich diese auf die Werkstattür schablonierten Wörter lese (sie werden theatralisch durch einen Zickzackblitz betont!), muß ich an Orwells Zimmer 101 denken, wo Winston Smith und andere Gedankenverbrecher mit ihrer tiefsten Angst konfrontiert wurden, Zimmer 101, wo der lauteste Schrei nur ein leises Präludium war, eine Schonfrist fast, ehe man begann, das menschliche Ich mit Stumpf und Stiel auszujäten.

Ich stieß die Tür auf. Keine Gedankenpolizei erwartete mich. Doch es gab da ein Monstrum, gewissermaßen – eine schlummernde Frankensteinmaschine namens Freddy. Ich stelle mir Freddy (frage keiner, warum) als eine Art leuchtenden Affen in statu nascendi vor. Um ihn zu aktivieren, brauchte man nicht auf ein entsprechendes Gewitter zu warten, das man anzapfen konnte. Nein, Freddy fängt an zu toben, sobald ein metallener Schalter an der Wand umgelegt wird. Er wohnt in einem stahldrahtumhüllten Käfig, an dem GEFAHR-Schildchen hängen (noch mehr Blitze, beim Zeus!), und wenn Freddy genügend unter Strom steht, schüttelt er seine pulsierenden Ketten, und »Gedanken« (denke ich mir gerne) – wenn auch primitive Gedanken natürlich – bilden knisternde Bögen über seinem Glaskammerkopf, eine wirklich hochspannende Ladung für Frankensteinfreaks wie mich, aufregend amethystfarbene und blau sprühende Ströme, die Geräuscheffekte nicht zu vergessen, das elektrische Geheul des Tiers, wenn es den Lebensbaum emporstürmt.

»Was ist das?« fragte ich Paddy Cullen eines Tages.

»Das ist ein Gleichrichter namens Freddy«, antwortete er.

»Ja, aber wozu ist der gut?«

»Na«, sagte Paddy, »nicht zum Sülzekochen jedenfalls. Freddy mag keine Sülze.«

Vielleicht nicht – aber Cullen redete gern welche. Er war in seiner Lehrlingszeit aufs Stowe College gegangen, um sich dort, wie er sagte, »klein wenig elektrischen Durchblick« zu holen. Das einzige aber, was er behalten hatte, war das Ohmsche Gesetz gewesen, das Paddy zufolge lautet: »Geh nie an fremde Elektrizität – das Aas kann beißen!«

Ich schmiß den Taucheranzug und den Helm auf die Werkbank, die voll Werkzeug lag und mit Sägemehl und Spänen übersät war. In den kalten Backen des Schraubstocks steckte der Rumpf eines Modellschiffs, an dem Lucas gearbeitet hatte. Der kleine Mann hatte höchst geschickte Hände und verdiente sich im Augenblick ganz nett was nebenher, indem er Nachttischlampenschiffe machte und verkaufte. Lucas hatte mir erzählt, daß er eisern sparte, um seiner Frau was wirklich ganz Besonderes zur Silberhochzeit zu kaufen. Ich strich über die glatte Maserung und dachte wieder an McQuade, wie er die A74 heraufgedröhnt kam, mit jedem Herzschlag eine Radumdrehung näher. Jeremia hatte letzten Samstag recht gehabt. Ich hätte Becky reinen Wein einschenken sollen, anstatt zuzulassen, daß Lucas zu meinem Sexualpseudonym wurde. Dieser Krampf mit Omma Ferguson, den ich mit ihr geübt hatte – irgendwie konnte ich mir nicht vorstellen, daß sie dem Plan folgte. Es war mehr als klar gewesen, daß sie nichts davon hielt.

»Wie ich höre«, sagte ich zu Lucas, als ich ihn in der Umspulkammer gefunden hatte, »hat Madge mal wieder ne Bestellung falschrum eingelegt.«

Lucas nickte. »Ja, seit ihre Mutter gestorben ist, läuft sie immer im Tran rum. Die Handtasche von der sieht aus wie der Abfalleimer beim Apotheker.«

Lucas meinte, der Fluch der Mumie müßte sich auch auf die Kopie übertragen haben – jede Rolle war mit bröckligen Flickstellen und Ausfransungen übersät. »Solltest den Vorlauf sehen«, brummte er, während er an der Spulbank mit Klebstoff und Schere zu Gange war. »Fliegt einem alles um die Ohren!« Er nickte zu dem dampfumdunsteten Kessel in der Ecke hinüber. »Der hat grad gekocht.«

Ich schüttelte den Kopf. »Nee, danke, hab bei Shug nen Tee getrunken.« Ich setzte mich ächzend oben auf den Filmsafe und zog die Beine nach. »Hat Paddy noch nicht eingelegt?«

Lucas ruckte den Daumen Richtung Zimmerdecke.

»Was macht er da droben?«

»Pennt wahrscheinlich.« Er klappte die Presse auf und besah sich die Reparatur.

»Ist er okay?«

»Hmmm?«

»Paddy – er ist doch nicht breit? Ich meine ... droben auf den Stegen.«

Lucas fing an, den Film aufzukurbeln, aber als etwa ein Yard zwischen seinem Daumen und Zeigefinger durchgeglitten war, kam schon die nächste wacklige Stelle. Er seufzte und griff wieder nach der Schere. »Samstag abend ist er mir abgehauen.«

»Paddy?«

»Ich hab ohne Unterbrechung durchmachen müssen.«

»Mach dir nix draus«, grinste ich, »so wie dieser Mumienquark hier aussieht, gibt's heute abend jede Menge Unterbrechungen.«

Lucas nörgelte weiter. »Und noch was, heut morgen hab ich selber die Filmkisten hier raufschleppen müssen. Man sollte doch meinen, daß er wenigstens da ist, wenn das Programm fertiggemacht werden muß. Wär nur fair. Hab so schon zuviel zu tun.«

»Wie kommt's?«

»Ach, Mr. Burnett hat gesagt, ich soll nochmal Handzettel verteilen gehen. Verstehste, daß das nicht so schlimm wird mit Magdes Ausrutscher.«

»Du meinst – nochmal mit diesem Taucheranzug loseiern?«

Offensichtlich verlegen schüttelte er den Kopf. »Nicht genau – diesmal ist's ne Mumie.«

»Eine Mumie!«

»Jawohl. Er hat da so eine alte Bahn Dekorationsstoff gefunden, für die Verbände sozusagen.«

Das waren also die Geräusche in Burnetts Büro gewesen – er und Madge hatten Mumienbandagen gerissen. Na, da hätte doch jeder Idiot draufkommen können!

»Jetzt drehst du durch, Matt. Endgültig. Ich meine, für Burnett gibt's noch ne Entschuldigung, der ist schon seit Jahren nicht mehr ganz dicht, aber ...«

»Ach, mein Gesicht ist doch bedeckt, wer merkt das schon. Sonst würd ich's nicht machen.« Die Presse schnappte wieder zu. »Bringt jedenfalls wieder was für das Geschenk von meiner Frau.«

»Was kaufst du ihr denn – ne Pyramide?«

Drüben in der Vorführkabine klingelte das Telephon.

»Das ist sicher Burnett, der dir sagen will, dein Leichentuch hängt bereit.«

Mit besorgtem Murmeln hastete Lucas aus der Umspulkammer in die Vorführkabine, oder, wie Becky McQuade das genannt hatte, den Vorführraum, eine sehr erlesene Bezeichnung für einen Schrank, in dem man Nebel mit Tonspur erzeugte. Ich kam vom Safe runter und ging auf den kleinen Balkon hinaus. Man nannte diesen Ort lächerlicherweise die »Sonnenterrasse«, obwohl meine bleibende Erinnerung an ihn immer aus Regentropfen und Möwenscheiße bestehen wird. Heute aber war er mit einem flauschigen weißen Teppich ausgelegt, den Maria für den bevorstehenden Geburtstag ihres Sohnes gestrickt hatte, die ganze Nacht lang war sie aufgeblieben. Ich zog meinen Schal fester und zerrte den Kragen hoch. Kalt war's hier droben. Ich hätte ne Zigarette brauchen können, blieb aber standhaft. Zur Belohnung für dieses Opfer versuchte meine Brust sofort, beide Lungenflügel gleichzeitig auszuwerfen. Ob es mein Gehuste war oder ein langsam einsetzendes Tauwetter – ein Eiszapfen, der größte aus einem Bündel Dolche, das an der Dachrinne hing, brach mitten entzwei und fiel mit einem hellen raschen Aufblinken. Der Balkon war an einem solchen Tag kein guter Ort für einen längeren Aufenthalt, er schien ohne weitere Befestigung auf der dünnen Feuerleiter zu balancieren, die im Zickzack an der sturmnarbigen Südmauer des Planet hinabstürzte.

So kalt es war, ich wurde für meine Gänsehaut durch einen Panoramablick auf das untergegangene Herzogtum der Gorbals entschädigt. Was meine Nerven rot und wütend summen ließ, war die vollständige Verachtung für die Arbeiterklasse, die überall sichtbar wurde, wohin man sah. Nachdem sie mit solch achtloser Beiläufigkeit das Herz des Viertels demontiert hatten, diese rußige Maschine, die auf Gegenseitigkeit lief, zugegebenermaßen ein uraltes, ausgeleiertes Ding, das aber trotz allem ein erstaunliches Volumen an menschlicher Wärme produzieren konnte, hatten sie es mit der verstohlenen Scham einer Familie von Heuchlern, die die Großmama ins Irrenhaus abschiebt, in die Geschichtsanstalt verfrachtet.

Stark angeregt vom Funktionalismus mit seinen besonderen sogenannten Qualitäten, hatten die Planer und Architekten Kleiderschränke und Grabsteine als Grundmodelle ihrer Entwürfe herangezogen und waren mit jener gesellschaftlichen Schlampigkeit ans Werk gegangen, die sich beim Wohnungsbau für Arbeiterfamilien gerne einstellt. Gewiß war es mit einem solchen Gefühl des ohnehin Provisorischen gewesen, daß Basil Spence sich hingesetzt hatte, um den Betonpflock zu entwerfen, den er den Gorbals in die Eingeweide getrieben hatte. Paddy Cullen hatte einmal seine Tante Terry besucht, die in Spences Ödenei mit ihren vielen Korridoren, engen Wohnungen, einsamen Frauen und in der Falle sitzenden Kindern leben mußte, und er hatte erzählt, wie er beim Öffnen der Aufzugstür vor einer Trauergesellschaft stand. »Ja«, sagt Paddy, »da war er mit seinem Tannenholzanzug und stand unter den Trauergästen, aber ob auf dem Kopf oder auf den Füßen, wer weiß das schon?« Der Lift, nicht wahr, war nicht groß genug für eine Leiche, die sechs Fuß und mehr maß; es gab keine Möglichkeit, den Sarg horizontal zu transportieren, wie es richtig und anständig gewesen wäre.

Ich stand da und baute im Geist die alten Gorbals wieder auf, ich fuhr sozusagen mit den Händen durch den Haufen grauer Puzzlestücke, die Fragmente verschollener Straßen, Läden und Gebäude zeigten, schob eine vertraute Ecke an die Seite eines bekannten Laternenpfahls und ließ ein einstiges Kino (das Paragon aus der Cumberland Street) an die falsche Stelle fallen – Commercial Road 11a-11b, wo das Wellington Palace gestanden hatte. Der kleine Tam Briggs, der Gedächtnischampion des Salty Dog, kann die Namen aller Läden in der Rutherglen Road von Queensferry Street bis Crown Street herunterrasseln, wie sie in den fünfziger Jahren dastanden. Sein Erinnerungsvermögen ist unglaublich. Eines Abends im Dog, als ein paar Gäste sprachlos zuhörten, wie er die gesamte Blantyre-Vics-Mannschaft in allen Aufstellungen seit Adam hersagte, fliegt plötzlich die Tür auf, und Sadie Briggs, seine Angetraute, stürmt mit einem dampfenden Teller Kartoffeln und Haschee in der Hand herein. Den knallt sie vor Briggs auf den Tisch, um dann, Hände in die Hüften gestemmt, zu brüllen: »Scheiß drauf, du Gedächtniskünstler, du kannst hier essen – wo du ja den Weg nach Hause vergessen hast!« Ganz ungerührt gabelt sich Briggs was von dem Haschee und nickt beifällig und sagt: »Ich weiß jetzt grade nicht, wer Sie sind, Madam, aber ich sag's Ihnen – Ihr Haschee ist einsame Spitze.«

In der Tradition des alten Westens, wo immer wieder einer feststellen will, wer wirklich am schnellsten zieht, wurde Briggs regelmäßig von Gästen, die von seinen erstaunlichen Gedächtnisleistungen gehört hatten, herausgefordert. Er war in allen Sportfragen wahnsinnig gut, und bis heute hab ich's noch nicht erlebt, daß er versagt hätte. Eines Abends tauchte ein Fremder im Dog auf – ein gut gekleideter, glattrasierter Typ, muß von Rutherglen gewesen sein. Geduldig hat er gewartet, bis er Briggs auch mal was fragen durfte, und bald war's soweit. »Also«, sagt der Fremde, »woraus ist das: ›Quinquiremis aus Ninive, vom fernen Land Ophir / rudert aus dem sonnigen Palästina heim / hat geladen –‹«

»Was denn«, sagte ein perplex dreinschauender Briggs, »ist das in Code oder was soll der Scheiß?«

Der Fremde griente.

»Wer zum Teufel ist dieser Quinki-Dingsda?« murmelte ein Mann an der Theke.

»Muß eine von den arabischen Mannschaften sein«, schlug ein anderer vor. »Weißt schon, so ein Wüstenturnschuh.«

Als sich herausstellte, daß der Fremde die wertvollen

Neuronen des Gedächtniskünstlers auf ein Gedicht – ausgerechnet – verschwenden wollte, segelte er bald selbst durch den Isthmus der Saloontür und ruderte dann zweifellos durch die Kanäle der märzwinddurchwehten Straßen nach Haus, vergrätzt, verstimmt und fest entschlossen, sich nie wieder in einer von diesen kulturlosen Gorbalskneipen blicken zu lassen.

Ich hatte gehofft, Paddy Cullen würde mittlerweile vom Dachboden heruntergekommen sein. Ich machte mir ein wenig Sorgen seinetwegen. Es war nicht ganz ungefährlich da droben, vor allem mit einem Kater, und ich hatte nie einen Montag erlebt, da Paddy nicht noch halb zu war vom Abend vorher. Nicht, daß ich selbst, nüchtern wie ein presbyterianischer Goldfisch und behende wie eine Spinne ohne Beine, mich auf diesen Stegen gerne bewegt hätte. Zuerst einmal mußte man dazu etwas hochklettern, was eher wie eine Metapher für Rost als wie eine Leiter aussah. Trotz meinem protestierenden lahmen Flügel gelang es mir, mich irgendwie an dem Ding hochzuhangeln – die Gedankenpolizei durfte nicht dahinterkommen, daß ich eine Wahnsinnsangst vor Höhen hatte, solche Phobien sind genau das Material, mit dem sie dich in Zimmer 101 drannehmen.

Die Leiter stieg zu einem weiteren Balkon empor, der das Arschloch des Planet verbarg, mit anderen Worten: die Ventilatorenkammer. Hier zogen aus der Floharena drunten beißende Fürze aus Zigarettenrauch, Orangenschalenaroma, billigem Wein und dem Gestank der Fleischmassen ab. Hinter der Kammer befand sich eine klapprige Tür, auf der in ungelenken roten Buchstaben eine Warnung zu lesen war: GEFAHR – STEGE NICHT VERLASSEN! Dies war die Himmelstür, natürlich wegen O'Tooles Deckengemälde mit Engeln, Sternen und Planeten so genannt.

Der Dachboden war mir wirklich unheimlich, er war ein Ort, den man besser mied. Ich spürte hier dieselbe Aversion wie – nehme ich an – der nicht gefaßte Mörder vor einer Falltür.

Die Lichter – dämmerschwache Glühbirnen, hier und dort zwischen den Balken und Streben verteilt – zeigten das staubige System der mit Holzbrettern belegten Stege, die regelmäßig waagerecht von dem zentralen Laufsteg abgingen. Auf dem entlangzugehen, traute ich mich noch, weil man mir versichert hatte, er ruhe auf einem Stahlträger, der über den ganzen Kinosaal hinweglief. Was die Abzweigungen betraf, so schienen sie mir aus Staub und Spucke zu bestehen, gestützt nur von alter Gewohnheit und den geräucherten Engeln. Wenn es schon riskant war, diese Stege zu betreten, so war ein falscher Tritt, der von ihnen abführte, selbstmörderisch: der führte geradewegs durch die dünne Deckenmembran in den langgezogenen Schrei eines Sturzes, an dessen Ende man wie eine Tüte reifer Tomaten auf dem harten Riff der Parkettsitze aufklatschen würde.

Der kleine Lucas weiß eine gute Anekdote von seiner ersten Inspektionstour des Dachbodens, zu der ihn der damalige Vorführer Billy Bain mitgenommen hatte, damit er wußte, wo die Notbeleuchtung war. Jede Minute oder so hielt Bain inne, um seine düstere Warnung zu wiederholen: »Und nie, niemals darfst du vom Steg runter, keinen Schritt, aus gar keinem Grund. Hier oben mußt du ständig gut aufpassen.« Mit diesen Worten stellte er seine Quadratlatschen auf ein Stück Asbest und brach sauber bis zu den Hüften durchs Dach, ehe er sich in Panik an einen Steg klammern konnte. »D-du siehst, was ich meine«, hatte er kreidebleich gekeucht, »so einfach geht das!«

Als sich meine Augen an das Dämmerlicht des Dachbodens gewöhnten, sah ich, daß hier etwas nicht stimmte, daß etwas gewaltig verkehrt war. »Paddy!« schrie ich. »Was hast du denn?« Ehe meine Phobie mich stoppen konnte, war ich auf dem Hauptsteg und rannte dahin. Abgesehen davon, daß ich eine Taube fast zu Tode erschreckte (ein staubiges

Flügeldonnern), blieben meine Schreie ohne Wirkung auf Cullen in seinem Overall, der hingestreckt auf einem mageren Steg weit draußen über dem Parkett lag, Gesicht nach unten, Kopf auf den Armen, regungslos. Die starke Lampe an seiner Seite warf einen grellen Lichtkegel zwischen die Streben, und einige Werkzeuge lagen um ihn her verstreut. Normalerweise hätte der bloße Gedanke, ich sollte mein Gewicht einem dieser abzweigenden Stege anvertrauen, mir die Eingeweide zu Wasser werden lassen, aber hier kam ich auf allen vieren angekrochen (mein Anus, ich geb's zu, signalisierte Mayday), den knarrenden Balken entlang, bis ich in Reichweite von Cullen war.

Nicht anfassen! Mein Hirn, voll Panik wegen der Freiheiten, die man sich schon mit ihm erlaubt hatte, stieß gerade noch rechtzeitig seine Warnung aus. Elektrischer Schlag! Paddy hatte vielleicht ein stromführendes Kabel berührt und war selbst Teil des Stromkreises geworden. Was sollte ich tun? Das fleckige Erinnerungsbild eines alten Plakats setzte sich langsam zusammen: Unfallopfer nicht berühren... Strom abschalten... Opfer von stromführenden Teilen mit einem Besenstiel durch Hebelwirkung entfernen... Künstliche Beatmung... Krankenwagen... Hergottsscheiße, hoffentlich bringt der Krankenwagen dann den Besenstiel mit! Stromquelle? Nicht die leiseste Ahnung... Wie ich dort kauerte und nicht wußte, was zum Teufel ich tun oder lassen sollte, hob Cullen den Kopf und grinste mich mit gutgelauntem Gesichtsausdruck breit an. Es war ein Gesicht, in das ich gerne ununterbrochen mit der Faust gedroschen hätte, etwa vierzehn Tage lang.

»Du Bastard, Paddy!«

Er grinste immer noch, als er sah, wie ich und meine Wut zusammenschnurrten zu etwas Erbärmlichem, Beschämendem: einem Mann im Würgegriff seiner Phobie, dieses Augenblicks, wenn seine Urangst ihre Krallen in das Nervensystem schlägt – daß sofort die blanke Infantilität aus ihm hervorbricht. An diesen Steg angenagelt, mir meiner entsetzlichen Lage klar bewußt (wie ein Schlafwandler, der durch den Dunst seines Alptraums erkennt, daß er auf dem eigenen hochgelegenen Fensterbrett steht), konnte ich all den Raum unter mir spüren, den Gravitationssog der Leere. Ich konnte mich nicht bewegen, doch in mir regte sich die große Flutwelle der Furcht, raste durch meine Arterien, überspülte Dämme, zertrümmerte Brücken und spie Ankertaue aus, während sie dahinzog, ein unaufhaltsamer Sturzbach der Feigheit. All die Jahre der Erziehung, die man an mich verschwendet hatte, waren in einem Augenblick dahin; Ehre, Männlichkeit, Mut, Selbstachtung wurden mitgerissen wie abgebrochene Zweige und ich mit ihnen, dem Katarakt entgegen, und hinter dem lag das Kinderbettchen – in wenigen Sekunden würde ich krähen und sabbern.

Der Steg schien unter unserem gemeinsamen Gewicht zu schwanken und zu bocken, er verengte sich zu einem schmalen Seil, das sich Faser um Faser auflöste ... Cullen rettete mich. Er tat dies, indem er meine Anwesenheit einfach ignorierte. Er griff in die Tasche und zog einige Münzen hervor; dann drückte er das Auge gegen eines der Löcher in der Decke, die für die Notbeleuchtungslampen da waren. Vor sich hin lachend, fing er dann an, Münzen in die Öffnung zu stecken – nach jedem Reinwurf schielte er durch das Loch, um den Fall der Münze in den Kinosaal zu beobachten. Ziel seines bizarren kleinen Streichs dürfte die taube Emily Dodds sein. Ich konnte sie vor mir sehen – wurmgroß von hier oben –, wie sie mit unbeachtet summendem Staubsauger und offenem Mund dastand, während um sie her stumm die Sterntaler fielen.

»Du bist ein verdammter Bastard, Paddy«, sagte ich nochmals. Ungerührt tastete er in seiner Tasche nach weiteren Münzen. Er schenkte meinem demütigenden Abgang wenig oder gar keine Aufmerksamkeit, als ich – wie ein halbzerquetschtes Insekt, das sich über Teile seiner selbst hinweg zurückzieht: einen Fühler, ein geborstenes Thoraxschild, die ausgerissene Klebrigkeit eines Auges, einen zersprungenen Flügel, das dünne mitleiderregende Bein, das unter dem Trauma der Trennung zuckt – zum Hauptsteg kroch, meinem zitternden Arschloch hinterher.

35

Der Name Brannigan war in ein Stück Spanplatte eingebrannt worden – den konfusen Lettern nach zu schließen von einem Analphabeten mit einem stumpfen Schürhaken. Dieses Namensschild wiederum war an einer Tür gekreuzigt, die im Augenblick offen war und in deren Rahmen eine Meduse mit wasserstoffsuperoxidversengtem Haar und einem Gesicht voll (eigentlich eher dem vierzehnten Jahrhundert zugehörigen) Pockennarben stand. Sie schaute voll tiefen Mißtrauens den hustenden Fremden an, der auf ihrer dreckigen Schwelle erschienen war; es brauchte einige Zeit, bis sie zugab, daß es sich, jawohl, um die Wohnung von Pat Mooney, ihrem Vater, handelte.

»Ist er denn drinnen?«

»Jaha, im Gefängnis, hoff ich – oder noch besser im Clyde! Was? Nee, ich weiß nich, wo er ist. Versuchen Sie's im Friseurladen in der Scobie – ach das hamse schon? Na, Scheiße, ich hab keine Ahnung, wo er steckt.«

Ihre Stimme dröhnte auf dem schmalen Treppenabsatz mit den namenwimmelnden Wänden und dem schrundigen Gips. Hinter mir knarrte eine Tür. Ich schaute über die Schulter und sah, wie eine Greisin uns anstarrte. Mooneys Tochter – was für einen versteinernden Blick sie hatte! – röhrte: »Was ist denn los, du neugierige alte Pute? Ist dein Hörgerät wieder im Eimer? Ich will's versuchen und für dich noch lauter schreien –«

Der Kopf der Frau, wie der einer erschreckten Schildkröte, zog sich rasch in die angeknackste Schale ihrer Küche zurück.

»Er ist seit Samstag nicht dagewesen, sagen Sie?«

»Nee, isser nicht. Und wenn er kommt, hängen wir auch

keine Fahne raus für den.« Sie schüttelte das wilde Haupt. »Was geht Sie das überhaupt an?«

Ich erklärte ihr, daß ihr Vater meinen Gewinn abgeholt hatte.

»Tatsache? Ist er mit Ihrem Geld durch?« Sie nickte. »Kein Wunder, daß ihn sein Bauch nicht wieder hergetrieben hat.« Nach dem Gestank zu urteilen, der aus den fettigen Eingeweiden der Küche drang, stand heute Skunk Maryland auf der Karte. Eine Stimme, möglicherweise die von Brannigan persönlich, grollte etwas Tiefes und Unübersetzbares aus der inneren Dunkelheit. Sie schien es jedoch dechiffrieren zu können. »Am Arsch und ne Halbe!« schrie sie über die Schulter, um sich dann kräftig den Kopf mit dem Kartoffelschäler zu kratzen, den sie in der Hand hatte (Hunderte von Toten – zahlreiche Verletzte!): »Wieviel war's denn?«

»Bitte?«

»Wieviel schuldet der Ihnen?«

Als ich ihr's sagte, deutete sie mit dem Schälmesser wie mit einem Dolch auf mich. »Und was wollense jetzt deswegen machen? Zur Polizei vielleicht. Na, ich halt Sie nicht auf. Immer los. Die wissen die Adresse gut genug. Ich schäm mich nicht länger für den alten Sack. Der setzt keinen Fuß mehr hier rein. Sagen Sie ihm das, wenn Sie ihn sehen.«

Als ich sagte, ich hätte nicht die Absicht, zu den Bullen zu gehen, ging sie fast an die Decke. »Na, glauben Sie bloß nicht, Sie können hier was abstauben! Mir langen schon genug Finger in den Geldbeutel! Und mir ist es scheißegal, wenn Sie's der ganzen Welt auf die Nase binden! Verstehn Sie mich?«

»Hat er sonst noch Verwandte?« fragte ich.

Sie nickte. »Ja, den Sammy, seinen Bruder. Das Gehirn der Familie.«

»Wo find ich den?«

»Wo? Ich sag's Ihnen – inner Gummizelle im Carstairs!«

Das muß man Mooneys Tochter lassen – wenn sie eine Tür zumacht, dann, mein Junge, macht sie sie auch gründlich zu! Während ich durch den Oatlands-Matsch davonstiefelte, kontrollierte ich immer mal wieder, ob mir nicht die Ohren bluteten.

36

Dieser Platon – das ist schon ein richtiger Schwafelsack, was?

Der sagt: Was man sieht, ist nicht wirklich da. Nein, es ist nur eine armselige Imitation von etwas, das immer da ist und immer da sein wird, obwohl du es nie zu Gesicht bekommst, weil es nur in der idealen Welt sichtbar ist (vgl. Disneyworld?), deren genaue Position strenger philosophischer Geheimhaltung unterliegt. Er behauptet, dieser Herr mit der hohen Stirn, daß sein Lehrer, ein athenischer Windbeutel namens Sokrates, diesen Schwachsinn einem Haufen Müßiggänger mit Namen wie Schafskrankheiten gepredigt hat. Diese Jungs waren angeblich Freunde des Sokrates, obwohl eine ganze Menge von ihnen vorsichtigerweise ein ideales Vakuum hinterlassen hatte, ehe das Schierlingsurteil erging.

Es hat wenig Zweck, zu argumentieren, daß Sokrates' Theorie von den idealen Wesenheiten sich vor allem auf geometrische Figuren bezieht – Kreise, Quadrate, Dreiecke und so weiter; wenn man das einmal auch nur für den kleinsten Kreis zugegeben hat, gibt es keine Möglichkeit, die Idealität für irgendwelches andere Zeug noch logisch zu widerlegen – Zeug, sagen wir einmal, wie dieser Tropfen da, der sich an der Nase des alten Penners bildet, der draußen im Eisregen steht und mir zuschaut, wie ich Kaffee und Eibrötchen einwerfe. Wie ich das sehe, muß dieser vergängliche Rotztropfen – glaubt man dem Mann der schwergeprüften Xanthippe – seine ideale Entsprechung haben, und dasselbe gilt auch für den Furz, den jetzt ein Arbeiter an einem Tisch in der Nähe mit solchem Gusto streichen läßt und dessen Wirkkraft seine Kumpel so irritiert, daß sie sich mit Zeitungen unter der Nase rumwedeln. »Wenigstens«, sagt der Windmacher, »schleichen die meinigen nicht in Pantoffeln davon ...« Jetzt stellen wir uns die Kardinalfrage: War diese deutliche Emission bis zum Augenblick ihrer externen Realisierung in einer Art idealem Furztempel aufbewahrt? Und dann, das Spannendste: Haben die idealen Fürze, die wirklichen, authentischen, von denen unsere schwächlichen Zephyre bloße Abbilder sind, einen genuineren Geruch?

Eine Snackbar wie The Maggot (richtig heißt sie The Magnet, obwohl ihre Anziehungskraft schon lange erloschen ist) treibt die Kunden unwiderstehlich in philosophische Reflexionen. Sie sitzen an einem der abgelaugten Tische im behaglich strengen Küchengeruch und stellen sich unwillkürlich die großen Fragen: Wo komme ich her? Wozu bin ich hier? Und wenn ich das da auf meinem Teller esse, werde ich dann immer noch da sein? Das Maggot wird oft von gastrophobisch Veranlagten und auch von Vielfraßen aufgesucht, Leuten, die ihren Bäuchen übel wollen und sie deshalb mit schärfsten Kalibern bombardieren, zum Beispiel mit einem »Suicide Sam«, einer Maggot-Spezialität, die sich als Zeitbombe in den Magen einnistet und erst etwa eine Stunde nach Verlassen des Lokals detoniert, sonst könnte man wegen der Leichenberge hier keinen Tisch mehr erreichen.

Ich? Weshalb ich im Maggot war? Nun, eigentlich um nachzudenken, zu brüten. Meine Zeitungsastrologin hatte mir geraten, mich irgendwo hinzusetzen und gründlich zu brüten. Astrologisch gesehen ist bei mir gerade der Teufel los – Saturn ist anscheinend in mein Haus eingedrungen und hat in den Brotkasten gekackt. Insofern lautete der Rat meiner Horoskopliese, ich solle den Kopf unten behalten und erst mal in Deckung bleiben. Dieser Rat erschien mir blödsinnig. Als Fatalist gehe ich davon aus, daß du vor einer heranpfeifenden Granate, die deinen Namen trägt, ausweichen und kobolzen und täuschen und Haken schlagen kannst wie Bugs Bunny, aber wenn die Detonation kommt, liegst du trotzdem fünfzig Yards von deinen wegbombardierten Gedärmen entfernt auf der Schnauze.

Jedenfalls gaben mir das Frühstück und das Brüten Gelegenheit, meine Perspektiven zurechtzurücken. Mein verlorener Gewinn zum Beispiel war ein Widerspruch in sich – wenn er verloren war, gab's keinen Gewinn mehr. Bloß ein Dunst von Wörtern. Die sogenannte Substanz davon war nirgendwo im bekannten Universum zu finden. Vielleicht gab es sie in Platons idealer Welt, aber die hat, wie wir wissen, schlechte Busverbindungen. Man könnte auch überlegen, ob Mooney selber überhaupt noch existiert – vielleicht hat ihn wie Schwatzkopf Sloan ein Bus erwischt, während er mit einer lodernden Leber irgendeine tödliche Kreuzung überquert hat. Weitere Möglichkeiten? Er könnte in irgendeinem der zahlreichen eisernen Hotels der Stadt logieren, wo alle Räume über gemütliche Fliesen und Gitterstäbe verfügen. Und könnte es nicht auch eine Verschwörung geben, mir den Aufenthalt Mooneys zu verbergen? Vielleicht war diese Walküre auf der Wohnungsschwelle gleich nach meinem hustenden Abgang in Papas Zimmer gehüpft und hatte ihm einen kühlenden Zehnpfundschein auf die heiße Stirn gelegt.

Und dann natürlich die drei alten Schlaumeier.

Die hatten mich definitiv zum Narren gehalten. Da standen sie, am Tor zum Richmond Park, der Dalmeny Street gegenüber, und sahen aus wie eine uralte Streikpostenkette, die jemand abzuberufen vergessen hat. Ich hatte mir gedacht: ein Schrotschuß ins Dickicht des Schicksals! und war zu ihnen hingegangen. Es hat wenig Sinn, sie zu beschreiben, denn ich müßte nur alle möglichen Adjektive aus dem Wortfeld »Überreife« zusammenkratzen, ganz zu schweigen von den Synonymen für Senilität. Am besten kommen wir auf Walt Whitmans eindringliche Formulierung zurück und sagen: Dieses Trio narrte das Grab. Wegwerfende Bemerkungen über ihre Haut schenken wir uns. Schließlich wäre meine Haut, hätte sie zwei Weltkriege ausgestanden, auch nicht in bester Verfassung. Einer von den Alten hatte einen Orden am Revers seines Kammgarnmantels und – nein, das ist Quatsch. Da war kein Orden, den habe ich ihm nur verliehen, damit ich ein Requisit gehabt hätte, um später den Dialog dranzuhängen. Aber der Alte griff sich tatsächlich immer mit seinen Fingern, die einem toten Pianisten alle Ehre gemacht hätten, an genau die Stelle, wo ein solcher Orden gehangen *hätte*. Mit Wörtern kann man sich schwer vertun. »Thomas Clay, sag der Klasse, was ›syntaktisch‹ ist.« »Sir, das ist ein Möbelstück, auf dem eine nackte Person in unmoralischer Weise sitzt.« Hahaa!

Ich fing auf dem falschen Fuß an mit diesem archaischen Trio – ich hielt ihr Nicht-Reden für ein Schweigen (tatsächlich dachten sie über eine vor meiner Ankunft gefallene Bemerkung nach) und fiel mit einer ungehobelten Frage ins Haus, den möglichen Aufenthalt eines Mr. Francis Mooney betreffend, einstmals Angestellter von Signor Giuseppe Fiducci, Barbier des Gesindels der Gorbals und umliegender Ortschaften.

»Zeit, die Regeln zu ändern«, sagte einer von ihnen.

»Stimmt wohl«, sagte der Mann ohne Orden.

»Du meinst aufschreiben?« fragte der dritte.

»Das hab ich nicht gesagt.«

»Ändern«, betonte der Ordenslose.

»Die britische Verfassung«, murmelte jetzt der dritte.

»Was iss mit der?«

»Auch nicht aufgeschrieben.«

»Was redste da? Wenn sie nicht aufgeschrieben ist, existiertse nicht.«

»Dem kann man nicht trauen, was in die Luft geschrieben ist.«

»Was *nicht* geschrieben ist, meinst du.«

»Quark!« sagte der eine, der wirkte wie die führende Persönlichkeit. »Die Russkis haben eine. Aber die hätt genausogut auf Josef Stalins Arsch tätowiert sein können, gebracht hat sie ihnen nix.«

Ein allgemeines Kopfnicken billigte diese Auffassung.

Ich sprang jetzt nicht gleich mit einer Wiederholung meiner Mooney-Frage los. War auch gut, denn der Chef hatte noch einen Pfeil im Köcher.

»Nicht eine Scheibe mehr ganz«, sagte er. »Keine einzige gottverdammte Scheibe.«

Diese kryptische Aussage schien mich immerhin wieder zu Fleisch und Blut zu machen und verhinderte eben noch rechtzeitig, daß ich wie der silberne Atem aus ihren Mündern und Nasen verwehte und verdampfte. Der Blick ihrer wässernden Augen tastete mich ab, als würden sich die Flecken Fleisch und Textilien zu etwas vage Menschlichem zusammenfügen. Ich wurde in ihren Köpfen analysiert und gewogen, und durch den geheimnisvollen kollektiven Zusammenhang des Greisendenkens kamen sie simultan – ihr Grinsen sagte alles – zu dem Ergebnis, daß ich von noch geringerer Bedeutung war als der Fetzen gelbes Papier, der in diesem Augenblick vorbeiraschelte und ankündigte, daß die Beetles, die Super Vier, im Planet-Kino in der Scobie Street zu sehen sein würden, heute und morgen auch... noch eine krasse Lüge, die durch die Welt flatterte.

Der eine, der sich als hauptsächlicher Sprecher profiliert hatte, dachte eine Weile nach, ehe er sich dazu entschied, meine Frage zu beantworten. Er nickte und sagte dann mit einem unpräzisen Schwenk seines Spazierstocks: »Inner Stätte.«

»Äh?«

»Die Altentagesstätte am Ententeich«, sagte der im Kammgarnmantel.

»Reden wir hier von demselben Mooney?« fragte ich. »Der ist Friseur und –«

»Ja, seine Tochter hat Brendan Brannigan geheiratet. Wohnt bei denen.«

Ich nickte. »Stimmt.«

»Hab ihn vor etwa ner Stunde in der Stätte gesehen.«

Ich glaubte keine Silbe. Mooney ging vielleicht auf die Sechzig, aber es war mir unvorstellbar, daß er an einem verschneiten Montagmorgen zu so einer Rentnerparty loszog.

Warum aber sollte dieses geriatrische Trio versuchen, mich reinzulegen? Was hatten sie davon? Wahrscheinlich nichts Bestimmtes – sie holten einfach einen Punkt für die Rentnermannschaft und rammten mir den Ellbogen ins Auge, solange der himmlische Schiedsrichter gerade nicht hersah. Es war abgesehen davon ja nicht ganz unmöglich, daß Mooney den Gedanken, nach Hause zu gehen, nicht aushielt (und wer könnte ihm das verdenken), und sich deshalb in die Tagesstätte geschlichen hatte, um dort den kalten fleischlosen Hintern gegen den gußeisernen Ofen zu drücken und bis elf Uhr zu warten, dieser frohen Stunde, da man sich wieder etwas Glück und Energie in Form des herrlichen Alkoholgifts kaufen durfte, »bei goldenen Whiskytränen träumen, bei des eiskalten Bieres Schäumen«. Wahrscheinlich war es nicht, daß ich ihn in der Tagesstätte finden würde, aber ich mußte mal einen Kontrollgang machen. Ich murmelte ein Dankeschön und ging mit knirschenden Schritten in den verschneiten Park und über die kleine Brücke, unter der sich Jenny's Burn, heute etwa ockerbronzefarben (der Bach hatte seine Färbung jeweils von dem zuletzt von der giftigen Niere der nächstgelegenen Chemiefabrik ausgeschiedenen Abwasser), unter phosphoreszierend glitzernden Bäumen seinem rauschenden Rendezvous mit dem Clyde entgegenschlang, das unter der Holzbrücke am Fuß von Cuddy's Brae stattfinden würde.

Etwas Eigenartiges geschah, als ich unter der hellen Beschirmung schneebeladener Bäume dahinstapfte – ich kam an einer Horde zorniger Alter vorbei, die alle aussahen, als hätte man ihnen soeben die Brieftasche mit der letzten Rente entrissen. Während sie sich in wütenden Tönen unterhielten, schwang plötzlich einer, der mich schon eine Weile böse fixiert hatte, seinen Stock und schrie: »Man hätt sie alle gleich bei der Geburt ersäufen sollen, die ganze Bande allesamt!« Seine bärtige Korona knurrte ihre Zustimmung, und weiter stolperten die unzulänglich beschuhten Füße über das blaue Glitzern des Trampelpfades. Die ganze Strecke zur Tagesstätte war ich Ziel ähnlicher finsterer Greisenblicke. Tatsächlich erzürnte mein Anblick einen Alten so, daß er einen tabakfleckigen Klumpen Speichel in meine Richtung abschoß, der aber so schlecht gezielt war, daß er auf dem Mützenzipfel eines anderen alten Tatterers landete. Ihr gegenseitiges Gefauche verhallte hinter mir, während meine schneeverklebten Schritte mich endlich an die dem Teich zugewandte Seite des niedrigen Gebäudes führten, wo die Altentagesstätte sowie ein Modellbootklub untergebracht waren. Weitere Rentner in Zweier- und Dreiergruppen sprenkelten die Schneelandschaft. Bei einer solchen Szene hätte Lowry erregt zum Zeichenblock gegriffen – das war was für ihn, diese kleinen, trostlosen Figürchen, die aus ihrer Zuflucht von einer Gang von Vandalen vertrieben worden waren, die in der Nacht zugeschlagen, jedes einzelne Fenster zertrümmert sowie alle Wände innen und außen mit Bandengraffiti besprüht hatte, den viehischen, bunten Signaturen der Hirntoten.

Parallel zu diesem Desaster hatte ein anderes die Schwäne und Enten überrascht. Bis jetzt hatten die verwöhnten Vögel den Teich als ihr vom Menschen eingeräumtes Schutzgebiet bewohnt, aber in der Nacht war er zugefroren, und so waren sie aus ihrer vertrauten Umgebung verdrängt. Die schimmerndbunten Quaker zeigten ein komisches Erstaunen über diese Veränderung ihres bis jetzt so zuverlässigen Elements, das ihnen nun den schwimmenden Zugang verweigerte. Trotzdem schienen sie die Novität auch zu genießen, sie hüpften und kapriolten herum. Die Schwäne aber konnten sich gar nicht mit dem Zwangsumzug aufs Land abfinden. Zusammengekauert saßen sie da und wirkten ihrer Würde beraubt, wie sie die langen Hälse schlangengleich bewegten und mit den orangeroten Schnäbeln gegen die harte Eisfläche klapperten.

Ich fragte ein paar Graubärte, ob sie Mooney auf ihren erzwungenen Schneespaziergängen gesehen hatten, aber alle antworteten nur mit einem Knurren oder einem bösen Blick (manche mit beidem) und ließen mich indigniert abblitzen. Offensichtlich sahen sie in mir einen Angehörigen des Stammes, der in der Nacht Fort Senility überfallen hatte, um durch die zerschlagenen Fenster ins Haus zu stürmen und sein Unbehagen an der Gesellschaft an dem hilflosen mageren Mobiliar auszulassen.

Ehe sie wieder abzogen, hatte einer – der Anführer wohl – noch einen Hinweis auf seine Persönlichkeit hinterlassen: mitten auf einem zerschlagenen Damebrett lag ein massiver Kringel Barbarenscheiße.

Ein plötzliches knackendes Geräusch ließ meinen Blick zu dem vereisten Teich hinüberfahren. Nein, es war nicht mein klopfender Ellbogen, der jetzt ganz abbrach – es war das knirschende Echo, als das schwer armierte Wasser mit einem Vorschlaghammer attackiert wurde. Es schwang ihn ein Parkwärter mit zitronengelben Hüftstiefeln. In wenigen Minuten hatte er ein breites Loch in das ächzende Eis gehauen. Das befreite Wasser gurgelte und wogte, Splitter und Eisstücke tauchten auf und versanken. Die Vorstellung, daß die strudelnden Wasser kochten, hielt sich bei mir gegen jede Logik. Ich genoß das Schauspiel auf fast kindliche Weise und war vor allem entzückt von den zischenden weißen Rissen, die tief in die noch intakte Eisschicht hineinzuckten, Boten der bevorstehenden Zerstörung.

Eine Entenstampede rannte holterdischnatter in das

schwarze wirbelnde Wasser, doch die Schwäne, diese arroganten, ständig pikiert dreinschauenden Kreaturen, bestanden auf separaten Stapelläufen und glitten langsam einer nach dem anderen in den Teich. In diesem Augenblick erschien ein Zwerg mit einer eifrig klickenden Kamera auf der Bildfläche und fing an, mit erstaunlicher Geschwindigkeit offenbar einen ganzen Film zu verknipsen, während die Wasservögel, immer noch aufgeregt über die neue Lage, mit der Brust gegen den gezackten Rand des Eisloches stießen und drängten, aber schließlich nach und nach lernten, sich mit ihren begrenzten Möglichkeiten abzufinden. Der Miniklicker hatte sein zwergenähnliches Aussehen noch durch einen erbsengrünen Anorak mit spitzer Kapuze, schwarze Kordhosen und klobig wirkende Stiefel betont sowie durch einen leuchtendweißen Bart, der in einem kleinen Schneekatarakt auf seine gut zugeknöpfte Brust fiel.

Der Arbeiter, dessen Eiszertrümmerungsauftrag zu seiner Zufriedenheit – wenn auch nicht zur Zufriedenheit der unlustigen Schwäne – erfüllt war, watete nun an Land. Seine zitronenfarbenen hüfthohen Stiefel warfen chaotische Spiegelreflexe aufs Wasser, so daß es aussah, als verfolge ihn ein flackernder Scheinwerfer ans Ufer. Den Vorschlaghammer über der Schulter, bewegte er sich direkt auf mich zu, und als er den Rand des Teiches erreichte, an den das ölige Wasser mit mürrischem Schlappen schlug, streckte er die Hand aus. Mit meinem guten Arm zog ich ihn zu mir herauf, und mit einem Dankesbrummen stand er da und ließ das Wasser an seinen Stiefeln hinabströmen, während er aus der Brusttasche seines Overalls ein zerdrücktes Päckchen Zigaretten fischte; unbeholfen, da er nur mit einer Hand zugange war und die andere genug damit zu tun hatte, den Hammer zu halten, steckte er sich die Zigarette zwischen die Lippen. Ich grub meine Streichhölzer aus der Tasche und riß eins für ihn an. Jetzt fiel mir auf, daß diese kleine Alltagsszene von dem Photoapparat des Zwergs für die

Nachwelt festgehalten wurde – die Kamera reckte sich neugierig in unsere Richtung. Klick-klick-klick-klick – wieviel Film konnte denn in dieser Schnappschußkiste drin sein? Roy Rogers mit seinem Sixty-Shooter kann einpacken! Plötzlich war die Kamerasession vorbei. Der Arbeiter drehte sich weg, ein silbern-blauer Rauchschal flatterte ihm nach, und der Zwerg lief in der entgegengesetzten Richtung ohne auch nur ein mit schrillem Stimmchen gerufenes Dankeschön davon.

»He, warten Sie doch mal!«

Er hörte mich durchaus, aber er lief einfach weiter; Schneeklumpen flogen unter seinen Stiefeln auf. Ich beschloß, ihm nicht hinterherzurennen. Was zum Teufel auch! Der Zwerg in seinem erbsengrünen Anorak verschwand hinter einer Gruppe Birken, die, schneebestäubt, wie frisch gestrichen aussahen. Ich stellte mir vor, wie dieser David Bailey *en miniature* zu einem großen aufklappbaren Fliegenpilz hintrabte, den Hut hochstemmte und drinnen verschwand. Ein sehr merkwürdiger Vorfall. Paranormaler Porträtraub. Was irritierte mich so? Ein wenig atavistische Angst, wie? Die Angst, die Seele zu verlieren, wie sie die unschuldigen Dschungelbewohner an den Tag gelegt hatten, als sie zuerst dem weißen Mann mit seinem Schattenfänger begegneten. Im unheimlichen roten Schein seiner Höhle würde der Kobold mein Ebenbild beschwören, es in einer weißen Emailleschale hin und her bewegen, bis mein Gesicht erschien, dann würde er's für immer fixieren. Dann wurde ich aufgehängt.

Inzwischen trollten sich die enterbten Greise auf verschiedenen Wegen zu den Ausgängen des Parks. Der Wärter, dessen Bild wie meines in der Seelenbox des Zwerges gefangen war, fegte klingelnde Eisscherben vom Teichrand in das sich regende Wasser, während hinter ihm ein Kollege zerbrochenes Glas aus dem geschändeten Inneren der Altentagesstätte herauskehrte.

Sam Breene, der Besitzer des Maggot, winkte dem Penner mit einer befehlenden, ihn fortweisenden Geste zu, der immer noch am Fenster stand und uns anstarrte, wie wir unsere Magengeschwüre verwöhnten und Fettklumpen mit grauen Brotstücken aufstippten. Der Mann, die verdorrte Hülse, ignorierte Breenes scheuchende Bewegungen und sah weiter jedem Bissen zu, der meinen Hals hinunterglitt. Sollte ich ihm einen Schokokeks aufheben? »Hier, guter Mann, ein Plätzchen für Sie...« Der Mann sah aus, als wolle er bald umfallen. Ja, nicht wahr, wenn man's recht bedenkt, es gibt immer einen, dem's noch schlechter geht als einem selber. Vielleicht saß in der schwarzen Mietskaserne gegenüber ein Krebspatient, der den Penner neidisch musterte und zu sich sagte: »Schau dir dieses Wrack an, so einer stolpert den ganzen Tag durch die Gegend, aufgeplatzte Schuhe und Fetzen aus dritter Hand, für Wind und Regen weit geöffnet. Wahrscheinlich ißt er Ratten und trinkt aus Pfützen, aber da ist er, da steht er, er kann kommen und gehen, noch jahrelang. Und ich, ich, der ich auf mich achtgegeben habe, mich richtig gekleidet, Reformkost gegessen, das Rauchen aufgegeben und den Alkohol gelassen – ich pack's nicht mehr...« Wie ironisch. Rhona hat immer gerne den Satz zitiert: »Ich weinte, weil ich keine Schuhe hatte, bis ich einem Mann ohne Füße begegnete.« Mir hatte das gut gefallen, als ich es zuerst hörte, aber jetzt weiß ich, daß es nur ein Stückchen Kitsch in Weihnachtspapier ist. Weil ich keine Füße habe, lache ich, denn ich krieg niemals Hühneraugen und Hammerzehen! Ein anderer Gesichtspunkt eben.

Es würde mich übrigens gar nicht überraschen, wenn Breene trotz seinem Weg-da-Gefuchtel diese Vogelscheuche tatsächlich unter Vertrag hatte. Möglicherweise hatte er den Mann angestellt, daß er sich da aufpflanzte, damit Breenes Kunden, eine sehr gemischte Gesellschaft, beim Verzehr ihres Hundefutters das reizvolle Gefühl der Überlegenheit genießen konnten – etwas, was uns im Leben sonst nicht sehr oft begegnete. Aber wie weit waren wir alle tatsächlich von der Erniedrigung dieses Versagers entfernt, der uns da durch die beschlagene Scheibe anstierte? Vielleicht nur tausend Herzschläge oder so – nur den Tod eines Lebenspartners, den Verlust einer Arbeitsstelle, den endgültigen Absturz eines ehrgeizigen Traumes – nur das Erwachen an einem bestimmten Morgen, da eine gewisse Stimmung einen besetzt hält, die sich immer mehr verdichtet, wie sich das Auge bei einem Star trübt... Irgendeine dieser Kalamitäten reichte schon aus, und man suchte brüderliche Liebe auf einem Ruinengrundstück, brüllte nach einem Mundvoll Haarwasser, ja, mordete um dieses Schlucks willen, legte sich zwischen Rattenscheiße und Asche schlafen. Breene ging endlich nach draußen und jagte den Penner fort. Er kam mit einem selbstgerechten Glanz auf seinen Wangen wieder und fing an, klapperndes Geschirr auf einem rostigen Tablett zu versammeln.

Ich war mit meinem Brüten mehr oder weniger fertig, als eine Idee in meinem Hirn Wurzel schlug, die – wie in den botanischen Lehrfilmen, mit denen sie uns in der Schule gelangweilt hatten – mit unglaublicher Geschwindigkeit ihre verschiedenen Wachstumsphasen durchlief. Und schon hatte sie verbotene Früchte getragen, und aus dem tiefsten Inneren meines Kortex sprach eine sonore Stimme: »Hau einfach ab, Tom!« Ein guter Plan – verschwinden, gehen, nicht mehr gesehen werden. Fort. Jack Sherman wird von den Bullen verhört. »Sie behaupten, daß Mr. Clay gegen 21.00 h aus Ihrem Wagen ausgestiegen ist. Er bestand darauf, zu Fuß weiterzugehen, und sagte, er brauche etwas frische Luft...« Würde Sherman Reue empfinden? Niemals. Phyllis würde wahrscheinlich vor Freude Luftsprünge machen, wenn sie die gute Nachricht hörte, ebenso Mama Carlyle und Eddie. Und Rhona? Arme Rhona, sie würde mich eine Zeitlang vermissen. Witwenkleider und ein Kind im Arm. Sie würde wahrscheinlich bei den Carlyles einziehen. Ja, es war entschieden an der Zeit, aufzubrechen.

Raus auf die Phantomstraße mit ihrem Watteschnee. Der Penner lauerte in dem hastig zusammengehauenen Sperrholzgang vor einem Haus (Achtung, frisch gestrichen!). Er dankte wahrscheinlich seinen Sternen, daß dies alles sich nicht in der wirklichen Welt ereignete, der idealen, meine ich. Und doch, man muß eben dem Drehbuch folgen, das das verschwitzte alte Schicksal einem zuwirft. Wie ein unerfahrener Schauspieler murmelte der Penner seinen Text probeweise vor sich hin, kaute die Sätze durch, um ihnen ein Maximum an dramatischer Würze zu entlocken.

»He, Meister, haste mir nicht mal das Busfahrgeld zum Western-Krankenhaus. Mein Bruder isses – der macht's jetzt nicht mehr lang.« Kein einfacher Text eigentlich, aber er bringt ihn präzis und getreu, begleitet von einer leicht untertänigen Miene und mit einem Spürchen Arroganz dabei, genug, um überzeugend zu wirken. Unglücklicherweise wird der Klumpen Bakterien, den er nonchalant in den Wind spuckt, um die Authentizität seines Auftritts zu unterstreichen, prompt zurückgeweht und schmiert sich über meine Schuhspitze. Dies rechtfertigt eine kleine Strafgebühr, und meine Finger, die in den Jackentaschen wühlen, lassen Halfcrowns und Florins weitergleiten, bis ich ihm schließlich einen warmherzigen Shilling anbieten kann.

»Ich hoff, dein Bruder schafft's«, sage ich zu ihm.

Er grüßte meine Großzügigkeit mit zwei an seine speckige Mütze gelegten Fingern. »Danke, Chef, du hast eben, Scheiße noch mal, ein großes Herz...«

37

Im Salty Dog mit Paddy Cullen.

Unser Tisch stand nahe – zu nahe – an dem der Dominospieler. Diese lärmenden Partienpunktierer bekleckssten die erste und heiligste Pubstunde mit ihren Flüchen und Ausrufen. Domino sollte erst ab Mittag erlaubt sein, oder zumindest sollte man ruhig spielen, aus Respekt vor denen, die in die Kneipe kommen, um ihren privaten inneren Lärm abklingen zu lassen. Trauerkloß Sam Murney, der das offensichtlich begriff, warnte die Gepünktelten, sie sollten sich in ihren Ausdrücken mäßigen. Alles umgrinste den affektierten Gehorsam der Spieler. »Darf ich mir erlauben, noch eine Partie vorzuschlagen?« fragte Billy Bannerman, als er die klackenden Steine mischte, und Buff Thomas ermahnte seinen Partner in Falsettönen: »Gib acht auf den Spielverlauf, alter Junge, oder die Fäkalie ist am Dampfen.« Cullen sah mich einen Augenblick lang an, den Mund schon zum Sprechen geöffnet, nahm dann aber erst einen langen Schluck Stout, um sich die Zunge anzufeuchten – wobei er übertrieb, wie gewöhnlich. Er knallte das schaumspitzenumhäkelte Glas auf das alte Eichenholz.

»Hast du immer noch die Wut, oder wie?«

Ich schüttelte den Kopf. Nein, ich war nicht wütend. Sauer vielleicht, ja, etwas vergrätzt, wer wäre das nicht, wenn plötzlich in der Öffentlichkeit klar wird, daß weite Teile des eigenen Bewußtseins von der Angst kontrolliert werden, von phobischen Invasoren. Ach was, die meisten Leute hatten irgendeine Phobie. Opa Gibson zum Beispiel hatte große Angst vor Kanarienvögeln – auch nur ein einziger, der frei herumflog, brachte ihn ans Flattern. Seine Vorstellung von der Hölle – sein Zimmer 101 – war es, ewig in einem Bergwerk eingeschlossen zu sein, das vom Flügelschlag und den Schreien frei herumfliegender Kanarienvögel erfüllt war. Und Mama Clay, die hat immer – ach, was soll's! Cullen selber konnte ja wohl kaum behaupten, daß er alle Tassen im Schrank hatte, oder? Ich meine, liegt da auf dem Bauch und stopft Geldmünzen durch ein Loch in der Decke, um eine taube Putzfrau zu ärgern. Cullen erklärte, er habe seine Pennys schon auf Emily Dodds fallen lassen, ehe ich den Dachboden betrat, und als er mich kommen hörte, ließ er einfach den Kopf unten, um zu sehen, wie ich reagieren würde. Klar, er wußte von meiner Höhenangst, aber er hatte kaum angenommen, daß das so traumatische Folgen haben und mich fast wieder in den Kinderwagen zurückschleudern würde.

Hier ist übrigens noch ein kleines Rätsel, das mir gerade einfällt. Kann man einen Hermes in Schottland adäquat behandeln?

»Was?«

»Der schaut hoffentlich mal richtig nach meinem Hermes«, wiederholte die Frau.

Wir saßen in Dr. Munns Wartezimmer. Wenn man hier wartete, hatte man immer das Gefühl, daß man soeben die Flut verpaßt hatte. Der Raum war feuchter als Noahs Unterhose. In der Ecke loderte ein Feuer, eine Symphonie aus hohen hüpfenden Flammen, die man sehr zu schätzen gewußt hätte, wenn es ein reales Feuer und nicht ein Plakat gewesen wäre. (VORSICHT KAMINBRÄNDE – ein Kaminschirm lohnt sich immer.) Ein riskanter Ort, wenn man sich länger dort aufhalten mußte – Jenny Armstrong, Doc Munns Sprechstundenhilfe, war angeblich an dreifacher Lungenentzündung, durch Seetang kompliziert, eingegangen. Munn hatte sich nicht die Mühe gemacht, sie zu ersetzen, so daß seine zusammenschrumpfende Patientenschar sich bei Praxisbesuchen selbst auf eine Reihenfolge einigen mußte.

Ich sah die Frau an. »Wer schaut hoffentlich wonach?«

»Dr. Munn hat doch einen Stellvertreter, er selber ist krank. Der soll sich mal meinen Hermes ansehen. Und auch wegen meiner Hypochondrie.«

Ich überlegte und grinste. »Sie meinen ›Herpes‹ und ›Hypertonie‹, was?«

Sie rümpfte die Nase. »Ja, genau das hab ich gesagt.«

Archie Flood schlenderte am Dominotisch vorbei, stand da und schaute mich und Cullen an.

»Schwatzkopfs Bestattung«, sagte er.

»Ja, was ist damit?«

»Linn-Krematorium, Viertel zwölf morgen früh. Peacock organisiert nen Minibus. Geht ihr hin?«

Wir nickten, und er schrieb unsere Namen in ein Notizbuch. »Übrigens, Archie«, sagte Cullen, »hat Schwatzkopf morgen seinen neuen Blazer an?«

Tim Peacock, der Besitzer des Dog, kam energisch hereingeeilt, mit einer Aktentasche und einer allgemeinen Aura von Wohlergehen. Sein Dobermann, auf dessen Rükken ein paar Salzkörner Schnee glitzerten, trottete ihm hinterher. Peacock hatte ein prächtig wohlhabendes Auftreten, die elastische Haltung eines Mannes, der täglich in der großen Sportschule des Kapitalismus trainiert und keine Angst hat, sich dabei auch mal voll zu verausgaben. Er schaute sich in seiner Goldgrube um und schien sehr zufrieden, wie voll er selbst an so einem Scheißmontagmorgen die Bude hatte. Murney nahm ihm die Aktentasche ab und öffnete die Klappe in der Theke, aber im Augenblick wollte Peacock gerne noch vorne stehen bleiben, mit der Kundschaft schwatzen, zeigen, daß er zwar nicht zu uns gehörte (und darauf auch Wert legte), trotzdem aber gerne mal in engeren Kontakt mit dem Gesindel trat und ihm einen Witz erzählte. Die Gäste in seiner unmittelbaren Nähe (von denen viele zweifellos für Peacock aufopferungsvoll am Ruin ihrer Leber arbeiteten) traten von einem Fuß auf den anderen, lachten verlegen und fingerten verstohlen an ihren Gläsern. Sie schauten erleichtert drein, als er sie schließlich verließ und mit Murney nach hinten ging in das enge Kabuff, das er als Büro benutzte und wo er sich jetzt die Bücher vorlegen ließ.

Doc Munns Stellvertreter zog meine Akte aus einer Kartei und legte sie auf den Schreibtisch. Ein peinlicher Querschnitt meines Lebens bis jetzt, zwischen vulgäre Pappendeckel gelegt und mit einem wurmfarbenen Gummiband gesichert. Was wurde aus diesen Aufzeichnungen, wenn man den Arsch zukniff? Wurden sie verbrannt? Oder verrotteten sie in Papierfriedhöfen, eine Quelle des Lebensunterhalts für neugierige Archiv-Artisten, deren Spezialität es ist, die Menschen in Kolonnen antreten und dann durch dicke statistische Bücher marschieren zu lassen? Solche intimen Informationen sollten mit dem Verstorbenen in die Tannenkiste gelegt oder an die Familie des Verstorbenen ausgehändigt werden. Kann man viele spannende Abende damit verbringen, bei ausgeschaltetem Fernseher, alle sitzen um das elektrische Kaminscheit und studieren, an was die Verwandtschaft draufgegangen ist.

»Hier steht, Onkel Bertie hat ganz viele Infursionen gebraucht. Ich hab's euch immer gesagt, nie die Blähungen unterdrücken.«

»Mammy, ich hab immer gedacht, Opa ist an ner Gräte erstickt. Und hier steht jetzt, er ist wegen G-o-n-o-r-r-«

»Willst du mir das wohl hergeben! Marsch ins Bett!«

Der Stellvertreter war wohl noch Anfang Dreißig, doch schon zeigte sich ein sogenannter Mondaufgang oben in seinem weichen blonden Haar. Kühl und distanziert sah er aus. Seine Antwort auf mein solidarisches: Guten Morgen! bestand in einer knappen Geste, die mich auf den harten Stuhl vor seinem Schreibtisch wies. Man brauchte ihn nur anzusehen, um zu wissen, daß er der pragmatischen Schule angehörte, die meint, daß zur guten medizinischen Praxis ein streng objektives Verhältnis zu den Patienten gehört. Nicht so der alte Doc Munn, eine dicke freundliche Seele, die sich immer prinzipiell als erstes die jüngsten Träume erzählen ließ. Ich bezweifelte, daß der Organomechaniker, der mich über den Schreibtisch weg stirnrunzelnd ansah, an solchen Trivialitäten interessiert war. Während er sich mit kaltem Fingerschnippen durch meine Akte arbeitete, dachte ich ernsthaft daran, aufzugeben – hier umgehend rauszumarschieren und mich der Schar der Uhrwürmer anzuschließen. Jawohl, trotz meinem tatsächlich stark schmerzenden Arm, meinen kitzligen Lungen hätte ich das vielleicht wirklich getan, wenn der Stellvertreter jetzt nicht seinen Füller auf den Boden hätte fallen lassen, wobei der Zweck der Übung natürlich war, daß ich mich automatisch bückte und damit bewies, daß meine Rückenschmerzen ein Mythos waren. Nix da, Herr Stellvertreter! Er sagte mir, ich solle den Oberkörper freimachen, und als ich das getan hatte, wollte er wissen, wie ich zu den Prellungen gekommen war. Er hörte sich meine Erklärung, ich sei hingefallen, stirnrunzelnd an und konzentrierte sich dann mit solcher fingerpiekenden Energie auf meinen Rücken, daß man hätte meinen können, dort sei mir mit großen Buchstaben SIMULANT eingebrannt. »Tut das weh? Was für ein Schmerz? Scharf oder dumpf? Hier insbesondere... Hm...« Er sagte mir, ich solle mich wieder anziehen. Mein pochender Ellbogen wurde kursorisch untersucht und *ad acta* gelegt. »Starke Prellungen, das ist alles. Nichts gebrochen.« Er griff nach seinem Formular. Während er kritzelte, erkundigte ich mich nach dem Befinden von Dr. Munn, was ihm, seinem Stirnrunzeln nach zu urteilen, als Fauxpas erschien, als Impertinenz. Man stelle sich vor! Ein Kassenpatient, ein elender Uhrwurm, erkundigt sich nach der Gesundheit eines Mediziners! Nächstens werden die Ärzte noch auf der Straße von diesen vulgären Nervtötern angehalten, in Unterhaltungen ohne Terminabsprache verwikkelt, sollen ohne Honorar spontane Diagnosen abgeben, wie wohl das Wetter wird, wie lange wohl polnische Arbeitsstiefel halten und was den flegelhaften Schwätzern sonst noch durch den Flachkopf geht. Das hatte man davon, wenn man es zuließ, daß stupide Filme über die lustigen Streiche von Medizinstudenten gedreht wurden und daß gefährliche Bücher wie *Blacks Medizinisches Lexikon* in die ungewaschenen Pfoten der Uhrwürmer gerieten. Und dabei sind und bleiben es alles Schwachköpfe, die beispielsweise bei der Frage nach dem Aortenbogen versichern würden, der stünde bei Athen – und Vena Saphena sei eine ungarische Schlagersängerin.

Mit einer Art »Das-wird-dich-beleben«-Grinsen im Gesicht riß der Doktor meine Bescheinigung von seinem Formularblock und schob sie mit den Fingerrücken über den Schreibtisch in meine Richtung. Ich studierte sie. Ja, jetzt war's passiert – er hatte mich auf Ultimo gesetzt, nun war ich dran, in sieben Tagen – lautete sein Urteil – würde ich schon wieder putzmunter durch die Fabrik turnen können, allen Belastungen bestens gewachsen, man konnte mich täglich von Pontius zu Pilatus schicken. Tauglich.

Dem Mann würde kein Hermes was vormachen.

»Red ich hier eigentlich mit mir selber, oder was?« fragte Paddy Cullen.

»Nee, ich hör schon zu. Weiter.«

»Was hab ich grade gesagt?«

»Äh, wegen Peacocks neuem Pub . . .«

»Scheiße, Tam! Das ist schon Geschichte!«

»Nein – Lucas, von dem hast du's gehabt, richtig?«

Cullen nickte. »Ne Mumie mit Brille – ist das nicht das Letzte?«

»Na ja, es hat ja diesen römischen Zenturio mit der Armbanduhr gegeben, weißt du noch? Welcher Film war's? *Quo vadis*, glaub ich ..«

»Und Blut auch noch, meine Fresse«, fuhr Cullen fort und

ignorierte meine Anekdote von dem Römer mit der Rolex. »Jeder Arsch weiß doch, daß sie bei den Mumien erst alles abgesaugt haben, bevor sie eingewickelt wurden. Und Burnett sagt: ›Ja, mag sein, Patrick – aber es beweist eines: Sie verstehen einen Dreck vom Showbusiness.‹«

»Hat er vielleicht recht.«

»Häh?«

»Noch ein Pint?«

»Ja, auf geht's.« Er legte einen Zehnshillingschein auf den Tisch. »Bring auch Zigaretten mit, Tam.«

Während ich wartete, bis Sanny Stirrat die Biere eingeschenkt hatte, ging die Tür auf und ein schwarzgekleideter Typ kam hereingeschlendert, wie ein kleingeratener Johnny Cash sah er aus in seinem knielangen schwarzen Ledermantel mit den sechs Knöpfen und den schwarzen Kordsamthosen, die in einem Paar eleganter Stiefel steckten, das auf den knarrenden Brettern unter den Arkaden von Tombstone groß rausgekommen wäre. Und dieser Deckel dazu! Wieder schwarzes Leder. Ein lederner Homburg, nützt nix, wenn einer sagt, so was gäb's nicht.

Hat Papa nicht immer beim Erbsensuppenlöffeln gesagt, man soll nie einem schwarzgekleideten Fremden trauen, der nach einem Schneefall auftaucht? Aber all ihr biersüffelnden Arbeitslosengeldabzocker könnt aufatmen und die verstohlenen Seitenblicke und die zum Wegrennen angespannte Muskulatur wieder wegstecken, denn dieser düstergewandete, Schneeflocken von seinem Hut schüttelnde Cowboy ist bestimmt kein Arbeitsamtsschnüffler, der versuchen will, sich klapperschlangenartig euer Vertrauen zu erschleichen, wie das diese Viehdiebe zu tun pflegen. Vergeßt ruhig die Krokolederaktentasche, die er dabeihat – da sind nicht die großen Zähne des idealen Gesamtsteuerzahlers drin, die euch beißen wollen, ein richtiger Sozialkontrolletti würde nicht im Traum so etwas Überdeutliches wie eine Mappe aus Krokoimitat mit sich rumschleppen, da wäre man ja mit einer doppelläufigen Schrotflinte in der Hose noch unauffälliger. Sagen wir's am besten so – was ihr auch glaubt, wer dieser kleine schwarze Kojote sein könnte: Er ist's nicht. Na, Partner, das heißt doch offen gesprochen.

Obwohl der Dog keineswegs voll war, funktionierte sein Fremdenwarnsystem einwandfrei, wie das kurze Abschwellen des Geräuschpegels beim Eintreten des Mannes in Schwarz bewies: ein kurzes Warnsignal des Schweigens ( ) ging durch den Raum, ein kleines Stocken des Geschwatzes, genug, um anzuzeigen, daß das neue Gesicht bemerkt worden war und beobachtet wurde. Tatsächlich war ich an genau diesem Typ heute morgen schon vorbeigekommen, auf dem Weg nach Oatlands, wo mir die überwältigende Mrs. Brannigan dann die Ohren durchpusten sollte. »Nichts Mysteriöses dort drinnen«, wie der Whiskypriester zu dem Gespensterjäger sagte, »bloß ein normaler Totenschädel – aber manchmal leuchtet er.« An diesem Morgen war ich Lucas zweimal begegnet, zuerst in der Werkstatt im Kino, wo er mit Klebstoff und Schere eine gewisse Kontinuität in eine struppige Horrorfilmkopie zu bringen versuchte – und das zweite Mal hatte ich ihn durchs Fenster des Maggot gesehen, als er seine ägyptischen Klamotten anhatte und einmalig bescheuert aussah mit der Brille, die an seiner eingewickelten Birne klebte. Er hatte einen alten Penner zur Seite geschoben und zu uns hereingespäht, während wir unsere »Suicide Sam«-Portionen aßen. Offenbar waren wir keine Handzettel wert gewesen, er hatte sich sicher gedacht, zum Zeitpunkt der Kinovorstellung müßten wir uns ohnehin den Magen auspumpen lassen.

Der Fremde bestellte sich eins von diesen tückischen kleinen schottischen Ales, die in der Regel die unteren Regalfächer hinter der Theke bevölkern und von wegen Biß und Kraft von uns trägen Trinkern theoretisch sehr bewundert werden, die wir uns um die Tränke versammeln und brav das furzaufgeschäumte Spezialangebot der Brauerei schlürfen. Mit dem über den Flaschenhals gestülpten und leise klirrenden Glas kam der Herr mit dem schwarzen Mantel durch den Raum und stellte sich an den Tisch neben dem unseren, wo Paddy mit enormem Optimismus und zitternder Unbeholfenheit versuchte, einen neuen Feuerstein in sein Feuerzeug zu praktizieren.

Stirrat, der einen legendären Ruf wegen seiner Geschicklichkeit hatte, ein Pint Guinness in einem Zustand fast platonischer Perfektion abzuliefern, hegte und pflegte Paddys Glas Stout derartig, daß man hätte meinen sollen, sein Job in Peacocks neuer Lebermühle würde davon abhängen. So liebevolle Technik ist eigentlich lobenswert, wenn sich der Sack andererseits nur abgewöhnen würde, mein Lager mit der ganzen Anmut einer im Stall brunzenden Kuh einzugießen.

Alte Filme werden von den Radzähnen abgenagt, die sie ans Licht bringen, und ihre ununterbrochene Bilderfolge stockt durch die Flickarbeit an der ehrwürdigen Kopie, was sich in einer Reihe visueller Schluckauf-Sprünge zeigt – und deren akustisches Äquivalent (   ), ein weiteres Pulsieren des Schweigens, ging jetzt durch den Raum, als die Tür sich öffnete und es wieder einen Unbekannten hereinwehte. (Schneite es Fremdlinge da draußen?) Wo wir von Filmen reden, dieser Hombre sah aus wie ein klassischer Bösewicht, ein Reiter mit (schon wieder) schwarzem Hut, mit seinen breit-viereckigen Schultern und einem Gesicht wie ein Marines-Sergeant, der, in Vietnam schwer verwundet, das Purple Heart verliehen bekommen hat. Seitdem immer etwas kurz angebunden. Er hatte einen außergewöhnlich gebauten Unterkiefer, einen, an dem sich Muhammad Ali vielleicht die Knöchel zerschlagen hätte. Und war da nicht auch dieses tief eingekerbte Grübchen im Kinn, das gar nicht niedlich aussah, sondern echt gemein, wie die Spur einer abgeheilten Schußwunde? Er hatte eine karierte Windjacke über einem blauen Overall an, sein schwarzes

Haar bedeckte zum größten Teil eine schwarzgestrickte kaffeewärmerartige Mütze, wie sie die zähen Schauerleute in Hollywood-Filmen tragen, wenn sie zur Begleitung melancholischen Nebelhorngetutes und langsamen Wellenklatschens gegen die Wände rostiger Frachter ihre Arbeit tun. Der Kostümbildner hatte allerdings mit seinem Zapata-Schnurrbart übertrieben, der sah schon sehr theatralisch aus. Und gewiß tat es dem Regisseur jetzt leid, daß er auf dieser George-Raft-Nummer mit der hochgeworfenen und wieder aufgefangenen Münze bestanden hatte – daß das Geldstück durch die Autoschlüssel ersetzt worden war, machte die Sache kaum besser.

Zapata (der Schnurrbart kann uns ebensogut als Bezeichnung dienen; bis wir Genaueres über diesen Schlagetot erfahren, taugt er wenigstens zu etwas) schaute uns alle genau an, musterte jeden eingehend, dann kehrte sein Blick zu der unruhigen Reihe von Sozialhilfeabstaubern an der Theke zurück, und er wurde ein Teil der Phalanx, indem er seine großen glänzenden Stiefel in eine Lücke schob und mit gekrümmtem Zeigefinger Harry Moffat ein Zeichen gab. Der Bucklige und der Unbekannte redeten eine Weile miteinander, aber erneuter Aufruhr am Dominotisch plus ein lautes Gestreite in unserer Nähe, welche Strecke denn die alte rote Tram gefahren war, brüllten alle Chancen weg, daß ich hätte hören können, wonach der Breitschultrige Harry fragte. Harry, dessen alte Augen über die Gesichter wanderten, hielt seinen Blick bei Cullen an. Sein Finger hob sich jetzt und deutete: Da sitzt Ihr Mann. Der Fremde nickte und ging dann – ohne Drink, wie ich bemerkte – in Paddys Richtung.

Als ich mit den Bieren und Paddys Glimmstengeln am Tisch ankam, sagte Zapata, der auf meinem Stuhl Platz genommen hatte, in amüsiertem, aber ungläubigem Tonfall zu Cullen: »Sie ziehn mich auf – das gibt's doch nicht.«

Aus einem kleinen weißen Umschlag schüttelte Cullen

jetzt noch einen Feuerstein auf seine zitternde Handfläche, kniff das sich immer wieder entziehende winzige Ding zwischen Daumen und Zeigefinger und versuchte, es in die Öffnung des Feuerzeugs zu drücken. »Ist wohl schwer zu glauben, aber – Scheiße!« Der Feuerstein sprang weg, war fort. Er nickte zu mir rüber. »Tam kann's dir auch sagen.«

»Hab ich Ihnen den Platz weggenommen?« fragte Zapata, aber ohne die entschuldigende, halb aufstehende Bewegung, welche diese Frage eigentlich hätte begleiten müssen.

»Geht schon in Ordnung, ich nehm den Schemel da«, sagte ich im Hinblick auf die Muskeln des Mannes und natürlich auf seine großen glänzenden Stiefel.

Es war irgend etwas an diesen Stiefeln ...?

Der kleine schwarze Fremde, bemerkte ich, machte das Kreuzworträtsel im *Express* (das große). Er haute die Lösungen mit phänomenaler Geschwindigkeit in die Kästchen. Muß unter seinem Lederhomburg ein paar ausgeschlafene Neuronen schwirren haben.

Noch ein Feuerstein kullerte aus dem Umschlag in Paddys Hand. Mit einem Nicken in Zapatas Richtung sagte er: »Tam, das ist der Neffe von Matt – Bill Lucas. Ahh ...?«

Ich nahm Cullen Feuerstein und Feuerzeug aus der Hand. Er nickte zustimmend. »Ja, das Pub hier ist verdammt wacklig, seit sie mit dem Abreißen angefangen haben.«

Lucas grinste und schaute sich um. »Sagenhaft hier. Ich kenn sonst gar keine Kneipe, wo immer noch das Sägemehl auf dem Fußboden liegt.«

Paddy folgte seiner Theorie, daß die tattrigsten Witze die besten sind, und schüttelte den Kopf: »Nee, nee, das ist kein Sägemehl, das sind die Möbel von gestern.« Der große Bursche wieherte trotzdem. Paddy nahm seine Zigaretten, schüttelte mir eine raus, bekam aber von Lucas einen Korb. Ein abstinenter Nichtraucher – was hatte er an diesem Tisch zu suchen? Und auf meinem Stuhl vor allem!

»Wie gesagt, Tam – dassis der Neffe von Matt. Ich hab

versucht, es ihm schonend beizubringen, daß sein Onkel Matt jetzt durchgeknallt ist.« Er nahm sich noch eins von meinen Streichhölzern, zündete sich eine an und fuhr fort: »Also kannst du ihm vielleicht erzählen, was der kleine Matt so treibt.«

Glänzende Stiefel?

Und so ward sie erzählt, die bizarre Geschichte der großstädtischen Mumie mit Brille und Gummistiefeln, die in eben diesem Augenblick ihren Fluch in den Gorbals verbreitete, einer Nekropole, die einst eine glorreiche Slum-Vergangenheit gehabt hatte.

Nachdem der Feuerstein am rechten Ort eingebaut worden war, nahm ich ein Sixpencestück und schraubte den Nachfüllverschluß des Feuerzeugs fest. Ich schlug mit dem Rädchen Funken – und sofort ging mir ein innerliches Licht auf! Der Zufall, dieser Erzplagiator, merkte, daß ich allzusehr in die Geburtswehen meiner Erleuchtung verstrickt war und holte sich den notwendigen Text von den Lippen Frank Wypers, der an einem ganz anderen Tisch saß und seine Gewohnheit, süffisante Bemerkungen zu machen, auf Kosten seines Saufkumpans Ned Dorman betätigte: »Schaut euch das an, Leute – ich glaube, langsam bricht die Sonne durch. Jawohl, der Nebel hebt sich ... jeden Augenblick fängt jetzt dieser Baumstumpf zu sprechen an!«

Vielleicht hatte *ich* all diesen Hohn verdient. Wie kann man nur so blöd sein! Verglichen mit mir war Dorman hochgebildet! Wer sonst konnte dieser Bursche mit der karierten Holzfällerjacke und den großen Füßen denn sein als McQuade? Hatte ich nicht sogar seine Garderobe ausgewählt? Das Phantom des von mir empfohlenen Bartes stand ihm noch als blauschwarzer Schimmer ums Kinn. Billy Lucas am gottverdammten Arsch! Das war auf jeden Fall Beckys angetrauter Werwolf. Er muß Matt Lucas' Namen mit Fußtritten aus ihr rausgeholt haben; jetzt war er hier, um mit seinen Tretern eine Lobotomie bei dem kleinen

Mann vorzunehmen. Ein Blick zeigte einem doch, was das war: eine Killermaschine! Wenn diese wandelnde Abrißbirne, dieser Vorschlaghammer je Matt zu fassen kriegte, konnte man den Kleinen auf drei verschiedenen Schragen ins Schauhaus rollen.

John McQuade alias Lucas alias Zapata schüttelte während der Saga von der wandelnden Mumie ungläubig den Kopf. Eine gute schauspielerische Leistung für einen Mann, der sicherlich dachte, man würde ihn hier verarschen. Es hörte sich gewiß nach einem klassischen Aufsitzer an. Entweder das – oder jemand hatte die falsche Rolle eingelegt: Sollte Lucas nicht erst *nach* der Begegnung mit McQuade in Bandagen gewickelt werden? Muß sehr eigenartig sein, wenn man ankommt, um einen Ehebrecher auseinanderzunehmen, und feststellt, daß der Bursche schon zu den lebenden Toten abkommandiert ist! Warum dieser scherzhafte Tonfall? fragte ein schockierter Jeremia. Ich würde doch gewiß nicht den unglücklichen Mr. Lucas den Aufmerksamkeiten dieses Totschlägers überantworten? Ich hab doch schon gesagt, das mach ich nicht. Wie oft muß ich es noch wiederholen – niemals laß ich es zu, daß Lucas für mich den Kopf hinhalten muß! Gut so?

»Ist es irgendwie was Dringendes?« fragte Cullen den angeblichen Lucas, während er sein Feuerzeug mit einem dankenden Nicken zu mir hin verstaute.

McQuade schüttelte den Kopf. Mörderischer Blick. Geläufige Zunge. Nein, keine schlechten Nachrichten oder so. Sein Onkel, mußten wir wissen, hatte schwer gespart, um sich einen Gebrauchtwagen zu kaufen – nix Besonderes, aber auch keine Rostlaube. Ein kleiner Singer Chamois war in der Werkstatt aufgetaucht, wo er arbeitete. Sehr guter Zustand. Er dachte, es würde sich lohnen, daß der Onkel sich den mal anschaute. Das war alles.

»Er kommt vielleicht auf ein Pint hier rein«, sagte Cullen. »Mumien sind verdammt durstige Wesen.«

Harry Harrison, der an unserem Tisch vorbeistakte, Richtung Toilette, hielt an und starrte Cullen an. »Hör mal«, sagte er, »hab ich dich nicht Samstag nacht in nem Taucheranzug gesehen?«

»Was für ne Farbe?« fragte Cullen ungerührt.

»Ähh – so kackfarben war der.«

Cullen schüttelte den Kopf. »Nee, das war ich dann nicht – meiner ist lachsrosa mit Punkten.«

»Paßt dann ja gut zu deinem Arsch«, sagte Harrison und stampfte mit seinem Krückstock weiter.

McQuade spielte immer noch mit seinen Schlüsseln – werfen, fangen – und sagte: »Kann jetzt nicht allzulange hier rumhängen. Ich glaub, ich schau mich einfach noch mal in der Gegend um.« Er fingerte an seinem Schnurrbart herum. »Wahrscheinlich verlauf ich mich. Auf dem Weg hierher hab ich einen Alten nach der Scobie Street gefragt. Hat mir gesagt, die gäb's nicht mehr. Mit Lastwagen abgeholt, hat er gesagt.«

Cullen seufzte. »Ach, ein paar Fuhren sind noch da, ein paar.«

»Man möchte grade meinen, hier wär ein Bombenangriff gewesen.«

Cullen schüttelte den Kopf. »Nee, nee, das sind nur die Aushilfsgorbals, die man da draußen stehen sieht. Die richtigen sind in der Reparatur. Jeden Tag jetzt kommen die zurück, paßt nur auf.«

Der Mann in Schwarz wußte alles: Er war mit dem Kreuzworträtsel fertig. Nun legte er die Zeitung beiseite, und dann tat er etwas Überraschendes: aus der Aktenmappe zog er ein zerlesen aussehendes Taschenbuch, J. W. Dunnes *An Experiment With Time*. Er schlug das Buch an der Stelle auf, wo die Purpurzunge eines Bustickets hervorbleckte, er glättete die Seiten, er begann begierig in dem Werk zu lesen, das mich einmal bis ins Innerste meiner Existenz erregt hatte. Ein Zeitgefangener damals wie heute, hatte ich die gewohnte Runde in meiner Zelle ausgeschritten, als Mr. Dunne mir diesen Schlüssel zugesteckt hatte. Unglücklicherweise hatte der nie in irgendein interessantes Schlüsselloch gepaßt, aber vielleicht hätte etwas mehr geduldiges Philosophieren zum Erfolg geführt... Seltsam aber, sie jetzt wiederzusehen, diese bizarre kleine Wortmaschine, deren Pilot, ein nüchterner Luftfahrtingenieur, zunächst zu einem Nachtflug startete, dessen Kurs an den strengen Sternkarten der Wissenschaft ausgerichtet war. Aber es war ein Flug, der in einer Katastrophe enden sollte – am Ende drehte der höchst eigenwillige Flieger wilde Loopings und stürzte in einem verrückten Flattern von Engelsschwingen ab, um in der vollmundigen Manier eines uralten Patriarchen, während er der skeptischen Erde entgegenfiel, zu verkünden: »Nichts stirbt! Nichts stirbt!« Ja, er mag ja recht gehabt haben, was die Welt der Objekte angeht, aber nicht für die Menschen – die gaben gewiß den Löffel ab: Mama Clay – Krebs, Papa Clay – Krebs, Schwatzkopf Sloan – Ausweidung durch ein Kraftfahrzeug, John Hallison – erstochen, der alte Herr Pike – erstickt.

McQuade erhob sich. »Dann fahr ich mal kurz um den Block. Aber wenn ich ihn nicht erwische, dann sagen Sie ihm, er soll mich in der Werkstatt anrufen. Ja?«

»Ich komm mit, wenn Sie möchten«, schlug ich vor. »Vier Augen sehen mehr als zwei.«

McQuade nickte. Es war schwierig, festzustellen, ob ihm das paßte oder nicht. »Klar, wenn Sie wollen. Trinken Sie erst mal aus.«

Cullen grinste. »Damit hat Tam noch nie Probleme gehabt.«

Während ich mein Lager wegsoff, schaute ich den Fremden am Nebentisch an. Er sah aus, als sei er in Dunnes Zeiträtsel versunken, und doch hatte ich den Eindruck, als sei dies eine Pose, und er würde mich (mit einer glücklichen Formulierung, die von den Lippen des kleinen Jason purzelte, als er einen neugierigen Lauscher beschrieb) »mit seinen Ohren beobachten«. Ich war mit Dunnes Buch so vertraut, daß ich am Umfang der noch zu lesenden Seitenmenge ziemlich genau ablesen konnte, wo er jetzt war – etwa in der Gegend, wo es um den Trugschluß mit dem unbegreiflichen Bleistift ging. Dachte ich mir.

Um seine Theorie mit einem sympathisch schlichten Beispiel zu erläutern, ließ der Autor einen bescheidenen Bleistift unser dynamisches dreidimensionales Universum darstellen, während die Welt der zwei Dimensionen, der die Höhe fehlte, als hauchdünnes Blatt Papier zu denken war, ein Papier von solcher Zartheit, daß man bequemerweise sagen könnte, es besitze gar keine Dicke. Doch zu eben dieser Nicht-Dicke komprimiert soll sich der Leser nun sich selber vorstellen.

Ein unter die Dampfwalze geratener Schatten seiner selbst, soll der Leser nun visualisieren, wie der Bleistift die Oberfläche dieses gespenstischen Blatts Papier durchdringt, wie, mit anderen Worten, das zweidimensionale vom dreidimensionalen Universum durchdrungen wird. Was sich nun ergibt, ist eine Analogie zu dem Wachstum, wie wir es hier in unserem eigenen kosmischen Vorgärtchen kennen. Da der zweidimensionale Beobachter den Bleistift nie in seiner Gesamtheit sehen kann und seine Kenntnis von ihm sich auf den jeweils in der Papierfläche erscheinenden Querschnitt beschränkt (hier sollte man die Nebelmaschine kräftig ankurbeln!), wird er als erstes ein Partikelchen Graphit sehen, und je weiter der Bleistift in das Papier eindringt, desto breiter bildet sich eine kleine Graphitscheibe aus, um die sich schließlich ein größerer hölzerner Ring bildet.

An diesem Punkt zieht Mr. Dunne seine Siebenmeilenstiefel an und schreitet über die zu Pfützen geschrumpften Ozeane hinweg, um nach der transzendenten Disneyworld zu suchen. »Und wenn nun«, fragt Mr. D., »in ebenderselben Weise, wie der Bleistift das Papier durchdringt, unser dreidimensionales Universum von einem vierdimensionalen der Zeit durchdrungen ist?« Eine faszinierende Frage, wenn die ganze Theorie nicht von Anfang an durch und durch trügerisch gewesen wäre, wenn nicht eine ganze Dimension an der Zollstation der Logik vorbeigeschmuggelt worden wäre. »Ist jedermann der Depp der Zeit? / Der Schirm der Frau schwimmt schon im Clyde.«

Ich hatte mein Pint ausgetrunken und stand auf. Der Mann in Schwarz schickte sich, wie's schien, auch zum Aufbruch an. Die Zeitung ließ er liegen, aber ins Buch legte er sorgsam das Purpurticket. Man weiß ja nie, vielleicht kommen in der Zeitmaschine die Kontrolleure mit derselben verdächtigen Regelmäßigkeit durch wie in der bekannten Verspätungsmaschine, dem Siebenunddreißiger nach Castlemilk.

38

Letzte Meldungen
Matthew Lucas
(Caledonia Road,
Hutchestown,
Glasgow) von
Kabinenroller
angefahren und
verletzt in der
Rutherglen Road,
Oatlands, Glasgow.
Zustand »befriedigend«.

Die fast biblische Schlichtheit dieser Redaktionsschlußprosa! Nur die entscheidenden Tatsachen, das Skelett der Sache – Knochenbrüche jede Menge, darunter ein Haarriß in der Hinterhauptregion des Schädels. »Dem Patienten hat zweifellos sein nahtloses Kostüm das Leben gerettet«, sagte ein freundlicher Chirurg. Morgen würden die Medien die Story ausbauen, das menschlich Anrührende an ihr, und sie würden das Schräge an der Meldung hochspielen, da es bei dem Unfall um einen Kabinenroller und einen wandelnden Kadaver ging. Weihnachtshumor. Geben wir's zu, die meisten von uns würden sich gern in die nächste Ecke zurückziehen, um ungehindert loszuprusten, wenn wir hören, daß irgend jemand – und sei's unser bester Freund – ausgerechnet von einem Kabinenroller auf die Schnauze gehauen worden ist...

»Eine furchtbare Sache«, seufzte Burnett, nicht zum ersten Mal an diesem Nachmittag, »furchtbar...«

Wie unser Taxi am Bell o' the Brae runterkam und an der

Kreuzung Duke Street / George Street in die High Street einbog, fragte ich mich, ob Burnett bei »furchtbar« in erster Linie an Matts angeknackste Anatomie dachte oder an die Möglichkeit, daß man ihn auf Schadenersatz verklagte, eine Drohung, die Mildred Lucas, Matts Frau, im Warteraum des Krankenhauses hinausgeschrien hatte, obwohl sie zu diesem Zeitpunkt zugegebenermaßen stark gestreßt war. Dann hatte natürlich dieser breite Polizeisergeant Burnetts Nerven auch nicht gerade beruhigt, als er irgend etwas von einer Ordnungswidrigkeit murmelte. Es wäre ja typisch für Glasgow, wenn die Stadt irgendein verrottetes Dokument hervorziehen könnte, eine mittelalterliche Verordnung, die perverserweise noch in Kraft war. Ein Verbot, das die Bürger von dem blasphemischen Gebrauch von Leinenlaken zu irgendeinem anderen Behufe »als dem rechten und richtigen Bekleiden von denen Leychnamen« abhielt...

Halbwegs die High Street runter hielt uns eine rote Ampel auf, so daß wir vom Taxi aus einen guten Blick auf einen Gehsteigstreit hatten, der eine beachtliche Menschenmenge anzog. Ein kleiner Mann und eine noch kleinere Frau rangen um die Inbesitznahme eines fast schon kahlen Weihnachtsbaumes. Vielleicht ein Sorgerechtsstreit: »Ich gebe zu, Euer Ehren, daß ich einmal mit einer Eberesche eine unzüchtige Handlung begangen habe und bei einer anderen Gelegenheit den Verkehr mit einer jungen Douglastanne ausübte, aber das war in meiner grünen Jugend, seitdem habe ich solide Wurzeln geschlagen und geheiratet, ich bin zuversichtlich, daß ich dem fraglichen Fichtenbäumchen ein gutes Heim bieten kann...«

Was für eine Stadt war Glasgow doch! Im Grunde stand sie eher auf groteske Komik als auf nüchterne Kriminalität, das wird zu selten gewürdigt. Als wir zum Beispiel auf den Krankenwagen warteten und Matt stöhnend auf dem matschigen Gehsteig lag, während authentische Blutflekken langsam zwischen den mit roter Tinte inszenierten hervorsickerten, war ein Paar dicker Witzblatthausfrauen hälsereckend stehengeblieben.

»Jetzt kuck dir das an, Senga!« sagt eine zur anderen. »Die ham ihn schon im Verband drin. Das ging aber schnell, wie?«

»Das ist ne Mumie, Missis«, sagt ein kleiner Junge zu ihr.

»Hast du das gehört, Lizzie?« sagt die andere. »Das ist die Muhme von diesem armen kleinen Kerlchen. Gibt schon ein Elend auf der Welt.«

Wie unser Taxi Grün bekam, war die Weihnachtsbaumschlacht noch unentschieden. Ich hätte auf die Frau gesetzt, aber das Ende erfuhr ich nie. Macht nichts, um die nächste Ecke oder die übernächste kommt bestimmt wieder ein kleines Gehsteigdrama. Und ich hatte recht, denn als das Taxi durch die Matschpfützen am Glasgow Cross spritzte, kam aus dem Saltmarket in die Argyle Street ein massiv gebauter Mann gerannt, der nichts als eine Unterhose trug. Gleich hinter ihm kam ein Trupp Bullen mit langen, gemessenen Schritten, als wollten sie sagen: »Keine Angst, Herrschaften, den schnappen wir dann schon, wenn's soweit ist...«

»Furchtbar«, sagte Burnett noch einmal. Wahrscheinlich dachte er an die Aussicht, daß Paddy Cullen und Archie Killoch zusammen in der Vorführkabine des Planet tätig wurden, ein Arrangement, das etwa so sinnvoll war, wie Burke und Hare zusammen im Leichenschauhaus arbeiten zu lassen. Nicht, daß Burnett groß die Wahl hatte – als fanatischer Vertreter der Parole »The show must go on« hatte er telephonisch sofort ein Telegramm an Killoch aufgegeben und ihn noch diesen Abend ins Planet bestellt. Cullen selbst – Verzeihung, *Ober*vorführer Cullen, der noch nichts von dem zusätzlichen Streifen wußte, den ihm das Schicksal an den Ärmel genäht hatte – würde an diesem buchmacherlosen Nachmittag zu Hause kerzengerade auf dem Sofa sitzen und nach einem flüssigen Mittagessen (ein doppelter doppelter Whisky und zwei Schraubverschlußflaschen Stout, sein üblicher Runterspüler nach der Sitzung im Dog) schnarchen, daß die Wände wackelten.

Mit Schneeperücken sauste ein Strom Autos mit spähenden schlitzäugigen Scheinwerfern am Gerichtsgebäude vorbei und spülte unser Taxi mit auf die Albert Bridge, wo man einen Regenschirm in die Dunkelheit entschweben sah – ein festlicher Falke, der die Wärme einer Frauenhand und vielleicht eine winzige Spur ihres Parfüms mit sich hinauftrug. Sie stand an der beschneiten Brüstung der Brücke, die Hand immer noch in die Luft gereckt, als hoffe sie, der Verkehrsstrom würde sich erbarmen und zehn Sekunden oder so zurückweichen. Warum nicht? Was sind lächerliche zehn Sekunden? Machen wir sie ihr zum Weihnachtsgeschenk. Wie schön, diesen aufgeflogenen Falken zurückkehren zu sehen, dessen schwarzglänzende Griffklaue sich wieder in die vertraute Handschuhhand schmiegt. In der fluktuierenden Welt von Mr. Dunne sind solche Anachronismen billig zu haben.

»Kommen Sie doch kurz mit rauf in mein Büro, Thomas«, sagte Burnett zu mir, nachdem er das Taxi bezahlt hatte und wir unter der eiszapfenbewehrten Markise des Planet stehengeblieben waren, wo wir zusehen konnten, wie der Wind den Schnee zu hellen Kegeln emporblies, die er dann auf der holprigen Straße wieder zerschmetterte. Als wir die kalte Treppe ins Foyer hinaufstiegen, fiel irgendwo im Dunkel des Kinosaals ein Gegenstand um.

»Da wird wieder ein Stern vom Himmel gefallen sein«, sagte Burnett, als ob ihn die Möglichkeit weiterer Sternenstürze, vielleicht auf den Kopf eines Kinobesuchers, recht gleichgültig ließ. »Und ich hab Patrick heute morgen noch gebeten, sie nachzusehen.« Er suchte in seiner Tasche nach den Büroschlüsseln. Eine faszinierende Enthüllung, ganz beiläufig mitgeteilt, veränderte mein Bild vom Künstler O'Toole drastisch. Verschwunden die romantische Auffassung von seiner heroischen Arbeit auf dem gefährlichen Gerüst, auf dem Rücken liegend, schweißüberströmt, mit schmerzenden Muskeln, während sein Pinsel nimmermüd eintauchte und geschäftig war, um Engel und Planeten an der öden Innenhaut der Kinodecke zum Leben zu erwekken. Nein, nichts dergleichen – die gesamte Malerei hatte zu ebener Erde auf zwei Yard großen Abschnitten Audiotex stattgefunden, einem porösen, leichten Material, das wärmedämmend wirkt und die Akustik verbessert. O'Toole bemalte einen Abschnitt und zog ihn einfach am Seil zur Decke hoch, um ihn dann dort an seinem Ort festzuschrauben. Man mußte nur die Abschnitte in der richtigen Reihenfolge montieren. Praktisch.

Als wir über den Foyerteppich tapsten, stieg mir wieder das deprimierende Aroma des Endes in die Nase. Finito. Überall knarrte es arthritisch, als die alte *Planet* die letzten Seemeilen durch die Wogen schnaufte, dem letzten Hafen entgegen, wo sie endgültig abgetakelt werden würde. Der Wind schien dem Abrißhammer zuvorkommen zu wollen, er dröhnte mit mächtigen, hallenden Hieben an die Nordwand des Gebäudes. Burnetts Versuche, dieses alte Wrack über Wasser zu halten, waren bloß noch bizarr. Wer würde es vermissen? Die Angestellten vielleicht, obwohl die Summen, die sie aus den fast leeren Kassen des Planet erhielten, äußerst mager waren. Vielleicht hatte Emily Dodds, die Putzfrau, sich inzwischen eingeredet, daß der mysteriöse Münzenregen heute morgen von den Engeln herrührte, die ihr einen Teil ihres ausstehenden Lohns auszahlten. Es war ihr sicher unvorstellbar, daß er von einem Teufel stammte, der durch ein Loch im Himmel auf sie herabgegrinst hatte.

Burnetts Büro war ein feuchtes kleines Loch. Der Schreibtisch war übersät mit Papieren, Quittungen, Rechnungen, Teetassen und Mumienbandagen. Ein großer Teil des Platzes wurde vom Werbematerial der Filmverleihe beansprucht – schmissige Kurzzusammenfassungen der angebotenen Attraktionen: *Terror From the Tomb* – eine Mumie durchstreift die Straßen einer Großstadt, ein Phantom aus einer uralten Nekropole hat denen Rache geschworen, die sein Reich einfach abgerissen haben ... Und demnächst: *Sei Personaggi in Cerca d'Autore* - eine italienische Tragikomödie (O. m. U.). Auf durchhängenden Regalbrettern verstaubten Stapel von Fachzeitschriften. Dort fand man Photos von schnittigen grauen Projektoren, die das hohe Alter der beiden schäbigen Blendlaternen oben in der Vorführkabine noch schärfer hervortreten ließen, die alle Filme nur »durch einen Spiegel in einem dunklen Wort« zeigten.

Auf Burnetts Anweisung schaltete ich seinen Elektroofen an. Dabei fielen mir drei Blatt Papier auf, die, mit Kohlepapier abwechselnd, schräg aus Madge Dawkins' Schreibmaschine hingen. Sie trugen eine dramatische, wenn auch unvollendete Botschaft: »ICH KANN NICHT MEHR. DIE EINSAMKEIT IST ZUVIEL FÜR MICH. ICH ...« Der Satz schien durch einen Fausthieb auf die Tastatur unterbrochen worden zu sein, der einen manischen Schwarm von Buchstaben, Zahlen und Satzzeichen produziert hatte – etwa so, wie Flüche in den Comicsprechblasen manchmal wiedergegeben werden. Die kleine schwarze Explosion schien eine Warnung, das Zeichen einer angestauten Verzweiflung. Der verborgene Text lautete: »Eines Tages reiße ich ein Loch in diese Papierkugel und springe hinaus!« Vielleicht. Immerhin fällt es schwer, einer Selbstmordkandidatin, die ihre Abschiedsbriefe in dreifacher Ausfertigung schreibt, die ernste Absicht zu glauben.

Schwer atmend kämpfte sich Burnett in seinen Stuhl. Immer noch in Hut und Mantel, saß er mit düsterem Stirnrunzeln da. Er nahm ein Stück Mumientuch von der Tischplatte. »Armer Matt«, murmelte er. »So eine gemeine Sache.«

Ihm gegenüber auf Mauds Stuhl sitzend, nickte ich. Als ich an Matt in seiner erstarrenden Bandagenschale dachte, fing Klaustro, ein anderes meiner phobischen Monster, mit den Fühlern zu zucken an, und ich schlug hastig meinem Mitgefühl die Türe zu. Klar, Lucas tat mir leid, aber – ich mußte es gestehen – ein Schuljungenbedürfnis, laut loszukichern, kitzelte mich im Hals. Schuldbewußtsein? Ja, der widerliche Geschmack, den das Lachen über schwarze Witze im Mund hinterläßt.

»Was hab ich da gehört, Sie sind überfallen worden?« fragte ich ihn.

Er schwenkte wegwerfend die Hand. Offensichtlich wollte er nicht darüber sprechen.

»Ihre Pelzmütze hat man geklaut, stimmt das?«

Er nickte gereizt.

»Ham Sie ihn gut sehen können?«

»Wenn Sie damit fragen wollen, ob ich meinen Angreifer erkennen konnte, lautet die Antwort: Nein.«

»Wieso nicht?«

»Weil er eine Maske trug.«

»Damenstrumpf, was?«

»Nein, eine Todesmaske. So ein billiges Halloween-Ding.«

»Sind Sie zu den Bullen? Ich meine, haben Sie die Polizei benachrichtigt?«

Er schüttelte den Kopf. »Kaum der Mühe wert.«

»Aber Sie sollten schon –«

»Ich nehme das als Zeichen«, begann er, dann rollte ihm ein schwaches Husten ein Klümpchen Schleim in den Rachen und verklebte seinen Satz. Er räusperte sich. »Ich nehme das als Zeichen dafür, daß meine Zeit zu Ende geht. Deutlicher geht's kaum, oder? Der Tod stiehlt einem am hellen Tag die Krone.« Der Stoffetzen in seinen Händen riß leise ein, als er abrupt daran zog, dann ließ er ihn schlaff auf den Tisch fallen. Er wurde etwas geschäftsmäßiger, hatte seine Niedergeschlagenheit aber noch nicht überwunden. »Mrs. Lucas hat sich etwas aufgeregt, nicht wahr?«

Aufgeregt? Das war wohl die dämlichste Frage, seit der Jungreporter von der eben verwitweten Mrs. Lincoln wissen wollte, wie ihr abgesehen davon das Stück gefallen habe. Natürlich hatte sich Mrs. Lucas aufgeregt. Wer wollte es ihr verdenken? Gerade hatte sie noch in dem kleinen Textilgeschäft Nylons und Höschen verkauft, im nächsten Moment sagte man ihr, daß ihr Gatte, als blutiger toter Pharao gekleidet, von einem rasenden Kabinenroller umgefahren und mehr oder weniger zerlegt worden war.

»Nun ja«, seufzte Burnett, »wir können wenigstens eins daraus lernen.«

Natürlich. Ich würde mir in Zukunft immer der Gefahren bewußt sein, die auf einen lauerten, wenn man in Pyramidenklamotten auf Straßen einherging, wo die Kabinenroller ihr Unwesen trieben. Dieses Rollerpack war einfach verrückt. Wenn die Tachonadel zu zittern begann, verlor es jegliche soziale Kontrolle und wollte bloß noch alles auf Rädern überholen.

»Zum Lernen ist es nie zu spät«, informierte mich Burnett. Was denn? Kabinenrollerfahren? Häkeln? Mit dem Fallschirm aus dem U-Boot abspringen? Wovon redete der alte Fasler? Burnett zog die Schreibtischschublade zu seiner Linken auf und holte eine dreiviertelvolle Whiskyflasche und zwei Gläser heraus. Er entkorkte die Flasche und ließ eine massive Dosis in die Gläser glucken. Er schob mir meins über den Schreibtisch zu. Nachdem ich seinen gemurmelten Trinkspruch erwidert hatte, trank ich einen Schluck von dem unverdünnten Alkohol und setzte mein Glas ab. Die erwartete Hustensalve setzte nicht ein; es kam nur zu wenigen einzelnen bronchialen Bellern. Meine Lunge hatte sich entweder beruhigt, oder sie war tot. Hervorragende Sache, dieser Whisky. Vielleicht sollte ich mir damit den Ellbogen einreiben.

»Ich nehme an, Sie sind ebenso beschämt wie ich.«

Ich starrte Burnett an. »Beschämt?«

»Also dann: schuldbewußt?«

»Weswegen denn?«

»Medizinische Inkompetenz, Thomas, deswegen – Erste-Hilfe-Analphabetismus. Ich werde rot, wenn ich nur daran denke. Wir stehen beide einfach da. Etwa so sinnvoll, wie einem Ertrinkenden eine Ansprache zu halten.« Er schüttelte den Kopf. »Ich kann den armen Matthew immer noch daliegen sehen wie eine zerquetschte Tüte Rote Bete.« Er trank von seinem Whisky. »Das sollte man an jeder Schule im Lande unterrichten.« Er meinte Erste Hilfe, nicht das Whiskytrinken (Dürste! Hilfe!). Ich nickte. Er hatte natürlich recht. Heute morgen droben auf dem Dachboden mit Cullen – wenn's wirklich ein Unfall gewesen wäre, dann läge der Gute jetzt als verschmorter Klotz auf Eis im Schauhaus.

Burnett, der meine Zustimmung spürte, fing an, seine Idee ausführlich darzulegen – daß jedes Mitglied unserer Gesellschaft vom Flachkopf bis zum Genie zumindest mit den Grundprinzipien der Ersten Hilfe vertraut gemacht werden mußte. Der Normalbürger hatte gewöhnlich nicht die leiseste Ahnung von der Funktion, ganz abgesehen von der Lokalität, seiner wichtigsten Organe. Der stupide Sack Toland zum Beispiel, wie er damals nach irgendeinem Unfall rumgeschrien hatte: »Der Arm von dem Kerl war vom Handgelenk bis zum Ellbogen aufgerissen, ich sag's euch – da konntste die Leber raushängen sehen . . .« Was für eine Pfeife! Der hatte jetzt wohl seine Prüfung bestanden, war ausgebildeter Heizer, fuhr gelegentlich ne Lok. Wenn die Öffentlichkeit nur mehr über ein paar von den Figuren wüßte, denen sie ihr Leben anvertraut, Führerhausgorillas, Geschwindigkeitsfreaks ohne Nerven und mit wenig mehr Gehirnzellen, dann würden die Leute nicht so profitlich mit der Morgenzeitung im Abteil hocken. Nicht einmal mit nem Freifahrschein und wenn Kim Novak mich bis London mit ihrem Höschen fächeln würde, bestiege ich einen Zug, wenn ich wüßte, daß der Wichser oder Suicide Slattery in der Lokomotive saßen. Da würde man sehr viel mehr als Erste Hilfe beherrschen müssen, um eine Fahrt mit diesen Mondkälbern zu überleben.

Während Burnett an seinem Thema »universelle Erste Hilfe« weiterleierte, dachte ich an einige der Nachteile seiner Idee. Man stelle sich einen Autobus vor, der von vorn bis hinten gerammelt voll Erster Helfer ist, und die streiten sich jetzt alle, wer an den armen Kerl randarf, der soeben mit einer kaputten Pumpe umgefallen ist. Die würden sich doch sofort gegenseitig an die Gurgel gehen, ihre Erste-Hilfe-Diplome schwenken und ihre Urkunden, Erster Preis in Erster Hilfe, und der ganze Bus würde sich prügeln und streiten und sich die übelsten Sachen nachsagen.

Nachdem seine »Ansprache« beendet war, langte Burnett noch einmal in seine linke Schublade und fischte einen Schraubenzieher heraus. Er wand sich aus der Umarmung seines Stuhles und zog aus der Zimmerecke eine kleine Trittleiter hervor. Mit diesen beiden prosaischen Gegenständen ausgestattet, watschelte er zur Tür. »Bin sofort wieder da«, sagte er und ging hinaus. Ich glaube, wenn bei dieser Ausrüstung auch ein Stück Seil gewesen wäre, dann wäre ich wohl aufgestanden und ihm hinterhergegangen, um seine Absichten zu kontrollieren, sowohl aus Besorgnis um sein Wohlergehen wie aus prinzipieller Neugier.

Ich goß mir noch etwas Scotch ein und musterte, während ich trank, das Büro. Drucke mit historischen Rennwagen fegten um die holzgetäfelten Wände. Es gab auch signierte Photographien, darunter eine mit einem sehr viel jüngeren Burnett, der einem melancholischen Charles Laughton die Hand schüttelte; auf einem anderen Bild sah man Cary Grant, der den Arm um Burnetts Schulter gelegt hatte, wobei dieser über irgendeinen Witz grinste, den der urbane Star soeben gerissen hatte, wahrscheinlich auf Kosten des Photographen – wie dicke Freunde sahen sie aus. Den Ehrenplatz hatte ein gerahmtes Bild von Bette Davis, die für die Kamera einen erotischen Schmollmund gezogen hatte, doch am Ende nur aussah, als habe sie gerade einen Stichling verschluckt.

Das Photo, das mir am besten gefiel, zeigte Burnett im Cowboykostüm, das oben mit einem ungeheuerlichen Stetson abschloß, groß genug, die gesamte Nevadawüste zu beschatten. Die guten alten doofen Zeiten, sie sind dahin. Das war immerhin eine Kopfbedeckung, die zu klauen sich gelohnt hätte! Paddy Cullen hatte mir versichert, die meisten dieser Bilder seien zusammenkopiert. Er behauptete, Burnetts engster Kontakt mit einem Hollywoodstar habe während des Besuchs von Roy Rodgers in Glasgow stattgefunden, als ihm das Double von Trigger auf die Schuhe schiß.

Ich inhalierte noch etwas Whisky. Nicht schlecht – zehn Jahre alt, hergestellt, ehe mir klargeworden war, was für ein tückisches altes Aas der gemütliche John Barleycorn sein kann – damals hatte ich mir angewöhnt, in seiner Gesellschaft rumzuhocken, und hatte mir eingeredet, daß ein Whiskyfleck auf dem Hemd ein Abzeichen meiner Männlichkeit war. Aber im Augenblick tat er das, was er am besten konnte, er wärmte mich sanft wie die Arme einer Frau, er munterte mich ein wenig auf – bis auf die Füße natürlich; warum war denn nie genügend Wärme da, daß auch noch was für meine Zehen übrigblieb? Mach weiter mit den Armen einer Frau und so, sagte MacDougall verträumt. Das war hübsch...

Ich stieß die Schuhe von den Füßen und streckte diese zum Elektroofen hin. Ich fühlte mich nun recht behaglich – bis auf meinen klopfenden, schimpfenden Ellbogen. Da saß ich, auf den geblümten Kissen im Stuhl einer Selbstmordkandidatin. Dies war ihre Perspektive auf die Welt, ihr Gesichtspunkt. Nicht viel, um eine optimistische Weltsicht zu untermauern, das mußte man zugeben, aber auch nicht so fürchterlich, um gleich zum Notausgang zu marschieren. Die hatten ganz recht, den Selbstmord als Verbrechen einzustufen. Die betäubende Schwärze selbst herbeizuführen, die noch früh genug kommen wird (das gehört zu den verläßlichen Momenten der menschlichen Existenz), mit dem Beginn dieses endlosen Schwebens in der Dunkelheit zu kokettieren – das muß einfach kriminell sein, jawohl, selbst wenn es dein Schicksal ist, ein weinendes Wesen namens Maud zu sein, das fünf Tage in der Woche im Büro eines halbverrückten Kinobesitzers hockt und Rechnungen in zweifacher Ausfertigung tippt, Selbstmordbriefe in dreifacher.

In diesem Moment stieß mich ein starkes Déjà-vu-Gefühl an: »He«, sagte eine vertraute Stimme in meinem Kopf, »da war der Film gerade, als wir reingekommen sind.«

39

Bei der Verteidigung von Okinawa hatten die japanischen Piloten kaum mehr als eine Woche Zeit, die beste schlimmstmögliche Landung zu lernen. Und dann hoben sie ab zum letzten Flug, das untergangsgeweihte Haupt mit einer Sonnenbinde umhüllt, stolz bis zum letzten Mann auf die Ehre, die ihnen zuteil wurde, und ihres Gedenkens im Yasakunitempel gewiß.

Ich bin nicht aus dem Holz der Kamikaze-Helden geschnitzt – mir fehlt die philosophische Hingabe, wenn der große Mafioso des Lebens auftaucht. Kein Märtyrerchoral kam mir über die Lippen, als ich neben McQuade durch den verwüsteten Schnee zu seinem Auto stapfte, einem Rover 2000. Der war vor der Bleaker-Gedächtniskirche geparkt, die nun ihres Turms beraubt war. Das Kirchengebäude war von Gottes Lohnliste gestrichen, es besaß nicht mehr die Macht, Asyl zu gewähren – ein Privileg, das ihm für meine Begriffe allerdings schon immer gefehlt hatte. Ja, auch damals, als es noch ans theologische Kraftfeld angeschlossen war.

Olivgrüner Lack und festgeklebte Schneeflecken gaben McQuades Rover das Aussehen eines Camouflageautos, was mich daran erinnerte, daß es möglicherweise dieselbe Funktion hatte wie die Nakajimaki 115, das spezielle japanische Einwegflugzeug. Ein vielleicht ganz glücklicher Vergleich, aber doch mit einem wesentlichen Unterschied – diese Kamikaze-Gestalten konnten es kaum erwarten abzutreten, während ich allergrößte Bedenken bei meinem Selbstopfer hatte. Ich brauchte einfach noch etwas Zeit, um mich an die Idee zu gewöhnen, sagen wir etwa vierzig Jahre.

Wenn die Ereignisse in meinem Leben weiterhin immer

schlimmer wurden (auf dem Jeremiakanal sah ich einen gehörnten und geschwänzten Meteorologen Sturmwarnungsnadeln in mein Abbild stechen), dann könnte dies – also bitte, auf dieses sarkastische Violinsolo kann ich wirklich verzichten –, dann könnte dies meine letzte Autofahrt sein.

WEAVER: Nicht für Gott, nicht einmal um meinetwillen, Tommy, aber für die Jungens aus dem Scabby möchte ich, daß du bei dieser Fahrt ein gebrochener Mann bist – daß als letztes Bild von dir das eines Feiglings zurückbleibt! Laß diese Straßenjungen sich an Tommy Clay erinnern – den Mann, der heulend zusammenbrach!

Seit längerer Zeit hatte mir das holprige Glücksrad übel mitgespielt, ich bekam nur Nieten, jede Umdrehung machte mich ärmer, ärgerlicher und, okay, ich gebe es zu, ängstlicher. Wißt ihr, womit ich mittlerweile zufrieden wäre? Ich sag's euch – mit einer ruhigen Patience. Genau, mit einem kühlen Lager neben mir, gelassen die freundlichen kleinen Papptäfelchen auf einem besonnten Tisch auslegen, an einem Fenster, das auf eine ruhige kleine Stadt hinausschaut, wo alle Uhren stehengeblieben sind.

McQuade fing an, mit der Hand eine Schneeschicht von der Windschutzscheibe zu fegen; ich tat dasselbe am hinteren Fenster. Es ist noch nicht so lange her, da haben die Arbeiterfamilien ihre Fenster verhängt, wenn es einen Todesfall bei ihnen gab (die McKinnons oben in Nummer 69 hängten ne Fahne raus, aber das ist eine andere Geschichte). Wenn wir dann an den schmierigen Ufern ungesunder Regenpfützen im Hinterhof spielten, schauten wir mit großen Augen immer wieder zu den zugehängten Fenstern hinauf und flüsterten Neuankömmlingen zu: »In dem Haus da ist jemand gestorben, da droben.« Heute war das anders – aus widerwilligem Respekt vor dem Toten drehte man vielleicht den Fernseher etwas leiser, aber das war das einzige, was er davon hatte, außer natürlich endlich einmal einen vollkommen ungestörten langen Schlaf. Ich glaube, es war La Rochefoucauld – entweder der oder Shug Wylie –, der gesagt hat, daß eine würdelose Haltung dem Tode gegenüber unweigerlich aus einer Verarmung der Lebensmöglichkeiten folgt. Ja, das Fernsehen, mit oder ohne Werbung, muß einfach weitergehen.

Wir stiegen beide ins Auto; die Türen knallten zu.

Sayonara!

McQuade schaltete den Motor an, dann die Heizung. »Irgendne Idee?« fragte er.

»Oatlands«, erwiderte ich mit verdächtiger Eilfertigkeit. »Da nehmen Sie die erste rechts, dann –«

»Ist gut, ich kenne Oatlands.« Er löste die Handbremse. »Da steht die große Metzgerei, was?«

»Metzgerei?«

»Ja, die Hunderennbahn – wo die ganzen Kunden ausgenommen werden.«

Das Lachen eines Mörders neben dem Schafsgrinsen eines Opfers. Wie bei einer sozusagen russischen Pause, wie bei einem feierlichen kurzen Sitzenbleiben vor einer großen Reise, warteten wir, bis die Heizung sich bemerkbar gemacht hatte. Ich schaute auf die schlierige Windschutzscheibe, auf das abschmelzende Eis, die gnadenlose Auslöschung der Schneeflocken, die immer noch eingeflogen wurden, um den Brückenkopf zu halten. Äußerlich wirkte ich wahrscheinlich ruhig genug, aber tatsächlich befanden sich meine Innereien in einem Aufruhr, den man sich am besten mit der Vorstellung vergegenwärtigt, ein lebender Mungo würde in einen Eimer voll Kobras geworfen. Die Scheibenwischer wischten die Scheibe, und aus den Lautsprechern dröhnte Musik auf uns ein: »... drink... drink... drink to Lily the Pink, the pink, the pink – saviour of the human raaaaaace...« McQuade streckte die Hand aus und drehte leiser. Was war das noch für eine Gruppe? The Scaffold? Wohl. Ja, baut mir mein Schafott nur hoch – ein langer Fall für so ein kleines Tröpfchen Blut.

Die Reifen des Rover glitten aus ihren Schneelöchern und rollten vom verschneiten Randstein weg. Bald kamen wir durch jungfräuliches Terrain, die weiß sich dehnenden leeren Seiten, auf denen Stadtplaner und Designer – diese offiziell bestellten Vandalen – von naiven Stadtvätern aufgefordert worden waren, die architektonischen Krakel einmal zusammenhängend auszuführen, die sie am Rand des Wohnungsbauprojekts schon angedeutet hatten. Die Betonverwirklichungen, die bis jetzt errichtet worden waren, erinnerten an Gefängnisarchitektur, an soziale Kontrolle. Was waren diese hohen Häuserblocks anders als vertikale Gefängnistrakte? Gut, die Bequemlichkeiten, die den neuen Gorbalsoniern zur Verfügung standen, waren weitaus befriedigender als der widerliche Mangel jeglichen Grundkomforts in den demolierten Slums, aber waren eine eigene Toilette und ein Bad nicht ein zu hoher Preis für das Privileg, in einem Friedhof mit Straßenlaternen zu wohnen?

Ich hatte Oatlands ins Spiel gebracht, weil ich damit rechnete, daß Burnett und sein wandelnder Wunder Finger wegen des Wetters ihre Werbephantasie möglichst in der Nähe des Kinos ausagieren würden. Ich weiß ja, daß die Leute in Oatlands harte Burschen sind, aber ich seh's trotzdem nicht, daß irgendeiner von denen bereit wäre, einen warmen Fernseher zu verlassen, etwa einen Doppelzentner arktische Kleidung anzulegen und dann durch den Matsch in dieses Pestloch zu stiefeln, das sich Planet-Kino nennt, wo man Schwierigkeiten haben würde, einen Sitz zu finden, der noch seine Füße hatte, dessen Armlehnen und Sitzfläche noch nicht aufgeschnitten waren und der in einer gewissen Entfernung von der Bande lüsterner Penner lag, die alles und jeden befummelte, was sich bewegte, Geschlecht spielte keine Rolle – vor allem aber in der Nähe eines Ausgangs, eine wichtige Vorsichtsmaßnahme während der Saison, da die Decke des Kinos zum Einsturz neigte. Wer würde das auf sich nehmen, nur um die lächerlichen Streifzüge irgendeines unbeholfenen alten Wüstenkadavers anzusehen – einen Film, der wahrscheinlich gar nicht in seiner richtigen Reihenfolge gezeigt würde, weil die beiden Vorführer ein Paar Saufköpfe waren, die Glück hatten, wenn sie die Leinwand erkannten, von den sich darauf windenden Schatten zu schweigen? Wer? Es fällt mir nur einer ein, ein garantierter Mumienfreak namens Joe Shovel. Joe hat jedoch im Planet Hausverbot, weil er während der Vorführung von *Das Lied von Bernadette* Möbelpolitur zu sich genommen hatte. Joe behauptet, eine Reinkarnation von Tut-anch-Amun persönlich zu sein. Ich will ihm eines lassen – die Haut dazu hat er. Ein weiterer Grund für meinen Hinweis auf Oatlands war der alte Mooney: vielleicht hatte ich Glück und ertappte die lokale Widerstandsbewegung dabei, wie sie ihn in ein neues Versteck schmuggelte.

»Sonst geht's dir gut?« knurrt mein ganz persönlicher Kommentator.

Wir fuhren langsam in die Caledonia Road, rollten an der Raeburn Street vorbei, kamen an der Südnekropole vorüber. Zu unserer Rechten wehten Fähnchen Pulverschnee von den Obelisken und ragenden Grabsteinen, die man über den vereisten Mauerrand des Friedhofs sehen konnte. Links lag ein weiterer Friedhof, doch der war für die Lebenden bestimmt: düstere Ansammlungen von Betonteilen, tiefliegende Fenster ...

In meinem Kopf sprach es weiter: »Hör doch mal, Tommy – sei jetzt vernünftig. Das ist kein Auto – das ist der Scharfrichterskarren, Herrgott nochmal! Laß also gefälligst die George-Washington-Nummer. Du kannst doch niemals Godzilla hier sagen, du hättest seine Frau gestöpselt. Hör mal, mein Junge, wir reden hier nicht von eingeschlagenen Zähnen oder ein paar gebrochenen Rippen! Wir reden vom Exitus. Schau dir den Burschen genau an. Wenn das kein Todesengel ist, hat Attila einen Petticoat getragen. Der macht dich alle, ohne eine Miene zu verziehen. Abgestochen, mit einem Zettel am großen Zeh in der Kühltruhe – ist es das, was du willst? Reiß dich jetzt mal zusammen, Tommy. Das Planet ist auf dem Aussterbeetat, Lucas lebt bald von der Stütze, der ist dann nur noch einer von den vielen, vielen müden Ärschen, die lustlos rumhängen, ein schaler Furz in einer Schublade im Sozialamt. Aber für dich, Tommy, ist alles noch offen! Herrliche Tage stehen dir noch bevor! Du hast doch noch eine große Zukunft! Versau dir jetzt nicht alles mit der Moral. Wer erfährt es denn? Niemand. Sag nix, Tommy. Laß es seinen Gang gehen ...«

Wir näherten uns der Einmündung der Rutherglen Road. Als wir hineinfuhren, fing ich an, mich zu fragen, wie ich mich wohl in der delikaten Situation verhielte, falls ich dabeisein sollte, wenn McQuade endlich Lucas fand. Ihre Begegnung war unvermeidlich, denn offensichtlich würden nicht immer Ablenkungsmanöver wie dieses hier zur Verfügung stehen. Was würde ich wirklich tun? Was würde ich sagen? Das Drehbuch, das ich mir zusammenstoppelte, war lächerlich. Ich zitiere nur ein kurzes Beispiel für den beschissenen Text: »Hör zu, Meister – der, hinter dem du her bist, das bin ich. Er *(deutet auf Lucas)* hat nichts damit zu tun ...« Verzweifelter Quatsch. Es brauchte etwas Härteres, Überzeugenderes: »Meister, hör mal her – deine Frau ... hat keine Haare, du weißt schon, wo. Rasiert, glatt wie ein Kinderpopo. Und einen Leberfleck hat sie, am linken Schenkel ...« Blödsinn.

Als wir an den verschneiten Bahnen des Bowlingplatzes vorbeikamen, stellte sich mir ein visuelles Rätsel vor: im Mittelpunkt einer Rasenfläche waren verstreute Fußspuren zu sehen. Toll, was? Ich konnte es kaum erwarten, nach Hause zu kommen und alles im Tagebuch zu notieren. »Fußspuren auf Spielfeld 1 am Bowlingplatz. Kinder, die im Kreis gelaufen sind. Aber merkwürdig: keine Spuren, die zeigten, wie diese fröhlichen Jungs u. Mädels auf den Platz gekommen sind, und auch nichts von den Spuren zu sehen, die sie eigentlich hinterlassen mußten, um den Platz zu verlassen. Wie ging das zu? Sind die von einem Hubschrauber abgeseilt worden? Oder haben sie sich einen Tunnel –«

Ein Schrei brach plötzlich aus McQuades Kehle. Gleichzeitig brachte er den schlitternden Wagen am Randstein zum Stehen. Mein Blick folgte seinem deutenden Finger. Auf der anderen Straßenseite, auf einem leeren Grundstück, wo McNabs Pub gestanden hatte, wurde eine Mumie von einer Bande von kleinen Schwachköpfen gequält und gejagt. Wir sahen, wie sie zwischen den Haufen zugeschneiter Ziegelsteine und anderem Abrißschutt hin und her irrte, und jetzt stolperte sie über einen der halb abgewickelten Bandagenstreifen und fiel beinahe. Sie gewann das Gleichgewicht wieder und wandte sich dem zusammenströmenden Mob zu, die umwickelten Arme in einer bittenden Geste ausgebreitet, aber es schienen unter den boshaften kleinen Säcken keine Mumiophilen zu sein. Schneebälle prasselten aus allen Richtungen auf sie ein. Schließlich traf ein Einpfünder sie voll in das bandagierte Gesicht und wischte mit einer kleinen weißen Explosion die Brille weg, welche die Mumie zu einer so lächerlichen Figur gemacht hatte. Am Rande des Tumults sah man Burnett hilflos gestikulieren, aber seine Appelle an die Rüpel schienen etwa so effektiv wie der Versuch eines Optimisten, einen Waldbrand auszupinkeln. Selbst die sogenannten Erwachsenen, die stehenblieben, grinsten, als ob dieses Stückchen Straßentheater zu ihrer persönlichen Unterhaltung inszeniert worden wäre.

Armer kleiner Lucas – seine Schwierigkeiten hatten erst begonnen, denn während er immer noch dakniete und im Schnee nach seiner Brille tastete, trat von links mit hoher Geschwindigkeit ein hysterischer Hund auf, in dessen rotem Maul so viele Zähne glitzerten, daß man hätte meinen können, seine Mutter hätte einen Alligator drübergelassen. Während der Köter mit tückischen Sprüngen versuchte, diese Zähne in Matts bereits etwas ausgefranstes Hinterteil zu schlagen, näherten sich zwei weitere Figuren, die als zusätzliche Farce-Elemente in diesem Drama benötigt wurden, stetig der Szene: Zuerst kam der magerste Bursche, den ich je gesehen habe (und das schließt Frank Sinatra in *Anchors Aweigh!* ein). In gelbes Ölzeug gekleidet und mit einem knolligen schwarzen Helm auf seinem grapefruitgroßen Kopf, sah er aus wie ein Bleistift, den ich einmal gehabt hatte. Dieser Magermann fuhr ein ebenso ausgemergelt wirkendes Motorrad – so dünn war diese Maschine, so eindimensional, daß sie während einer industriellen Hungerperiode hergestellt worden sein mußte. Hinter diesem Motorradskelett kam ein orangener Kabinenroller, ein heißes kleines Gerät (Jaffa? Navel?), möglicherweise mit einem Haarfönmotor angetrieben und mit einem Tempo von weit über dreißig Meilen daherfegend.

Als ich klein war, hab ich Streichholzetiketten gesammelt. Ich erinnere mich an ein nicht zum Tausch freigegebenes Lieblingsbild, das einen Elefanten und ein Krokodil bei einem Kampf im Dschungel darstellte. Der Dickhäuter bekam es gründlich besorgt, denn das listige Kroko hatte es fertiggebracht, den Rüssel zwischen die Kiefer zu bekommen, und zerrte jetzt den Elefanten in den Sumpf. Wie nun der apokalyptische Reiter und der Kabinenroller sich näherten und langsam am Rand der Szene erschienen, steckte der kleine Matt – wie der Elefant – tief in der Scheiße. Der Hund hatte ihn an den Bauchbandagen oder zumindest an einer davon erwischt und zerrte gemein daran. Möglicherweise, um festeren Grund unter die rutschenden Sohlen seiner Gummistiefel zu kriegen, zog Lucas seinen Angreifer in Richtung Gehsteig. In diesem Moment kam ein Stock, vielleicht sogar ein Brecheisen, durch die Luft gewirbelt. Sicherlich für Matt bestimmt, flog das Geschoß zu kurz und knackte dem Köter gegen die Rippen. Der Aufprall muß furchtbar weh getan haben, denn der Flohsack sprang mit einem lauten Aufjaulen etwa einen Yard in die Höhe, landete auf dem Boden, begann fortzulaufen, kippte aber nach einigen stolpernden Schritten um und lag zitternd auf dem schneematschigen Gehsteig. Die Kinder, deren verschmierte Gesichter sich voll Sympathie schmerzlich verzogen hatten (sentimentales Pack!), umdrängten ihn.

Lucas hatte mittlerweile eigene spektakuläre Probleme. Als die straffgespannte Bandage plötzlich hundelos geworden war, war er rückwärts auf den Gehsteig getaumelt und hatte es erst an dessen Rand geschafft, stehenzubleiben, mit rudernden Armen, den Rücken zum Straßenverkehr. Wie er so schwankend dastand, sah es aus, als würde er gleich vom Luftstrom eines mit überhöhter Geschwindigkeit nahenden Autobusses erfaßt werden, mit üblen Folgen. Ob es ihm gelungen wäre, das zu vermeiden und sich wieder zu fangen, wird man nie erfahren, denn in diesem Moment lockte der Wind, der den am Boden schleifenden Stoffstreifen aufgehoben hatte, die Binde auf die Straße hinaus und ließ sie als improvisiertes Zielband vor das sich rasch nähernde Motorrad flattern. Verschiedenes ereignete sich nun fast gleichzeitig, ein Akkord der Katastrophen: das Band verfing sich im Vorderrad des Motorrads, der Stoffstreifen straffte sich, der kleine Matt, wie ein von der Peitsche losgelassener Kreisel, wirbelte an der Gehsteigkante entlang, um sich endlich direkt vor den nahenden Kabinenroller zu drehen.

»Ach du Scheiße!« schrie ich, als Lucas, den das Fahrzeug mit voller Wucht traf, mit einem Salto über das Dach flog, einen großzügig bemessenen Augenblick lang in der Luft zu schweben schien – mit munter flatternden Fetzen – und dann abrupt mit dem Gesicht nach unten auf den nassen Asphalt schlug, mit dem feuchten, klatschenden Geräusch einer berstenden Melone.

Was dann geschah, fragmentiert sich, Reales und Verschwimmendes, die Feder gibt mitten im Satz auf – wir brauchen ein anderes Medium.

He, wie wär's damit? Die Kamera in Schulterhöhe schwenkt von links nach rechts, wie wenn der Kopf sich dreht.

Du meinst, wie aus dem Bandagentyp raus gesehen?

Du hast's erfaßt.

Und weiter?

Das Geräusch des Herzschlags.

Hast du sie vielleicht nicht alle? Vielleicht auch noch schweres Atmen?

Na klar, warum nicht?

Ich sag dir, warum nicht – weil das Scheißding ein Kadaver ist, tot und begraben, abgestorben wie deine Gehirnzellen! Wie soll denn da ein Herz badumm badumm machen und der Atem keuchen und hecheln, wenn der Bursche nur ein Klumpen altes Fleisch ist! Sonst noch was?

Wie wär's mit Skarabäen?

Skarabäen? So Käfer meinst du? Okay, ja, das haut vielleicht hin, Totenkäfer krabbeln über seine nichtexistenten Augen. Also gut, sag Connie, sie soll ne Tüte Skarabäen besorgen und, wo sie schon dabei ist, ein halbes Dutzend Doughnuts. Also, jetzt machen wir mal Strecke auf dem Zelluloid, okay? Action ... Kamera ...

Die Mumie liegt auf dem Rücken, am Grunde eines trockenen Brunnens. In die wachsweißen Falten ihres Totenkleides gehüllt, trägt sie um Stirn und Gesicht die Bänder von Nekhem und Hathor. Sie sieht Gesichter vom Brunnenrand herunterstarren, sieht auch die blutroten Lotusblüten, die auf ihrer ausgehöhlten Brust und dem geplünderten Bauch blühen. Sie kann nicht länger warten. Ihr Ka fliegt die trockene Kehle des Brunnens empor, vorbei an den Gesichtern mit ihrem erheuchelten Mitgefühl, und geht hinaus in das Licht. Zwei Männer sieht man von einem seltsamen Streitwagen zu dem Brunnen rennen, in den die Schauenden immer noch mit häßlicher Neugier hinabspähen. Eine Tür öffnet sich in einer seltsamen gerundeten Maschine.

Mag dies die Fähre in die Unterwelt sein? Aus der metallenen Hülse beginnt eine weißliche Lebensform hervorzuquellen, die aussieht wie eine riesige Larve...

Aus! Verdammt – AUS!

Burnett kam ohne die Leiter ins Büro zurück, trug jedoch statt dessen ein großes gerahmtes Bild. Das legte er vor mich hin und begann dann seinen üblichen Ringkampf mit dem Stuhl, den er nach einem Schulterwurf und der bedingungslosen Kapitulation des Gegners gewann. Als er einmal saß und sich zu seiner Zufriedenheit eingenistet hatte, schnupperte er ein-, zweimal kritisch. »Was stinkt hier so? Ist hier irgendwas reingekrochen und verreckt?«

Meine Füße stahlen sich in die schneegebleichten Schuhe zurück.

Burnett knallte den Schraubenzieher wieder in die Schublade. Er nickte zu dem Bild hinüber. »Versprochen ist versprochen, wie?« Er warf einen Fetzen Mumienverband über den Schreibtisch. »Da, es is'n bißchen angeschmutzt. Wischen Sie's besser mal ab.« Ich fuhr mit dem Lappen über das fettige Glas: Clark Gables schimmelndes Lächeln trat nur noch krasser hervor. »Ist irgendwas reingekommen«, gab Burnett zu, »aber man kann noch sehen, wer es ist.«

Ich murmelte meinen Dank. Es hatte keinen Sinn, daran zu erinnern, daß er mir Alan Ladd versprochen hatte. Ein Playboy statt eines Cowboys! Ach, was machte es im Grunde, ein nekrotisch angefressener Held paßte gut zu diesem Scheißtag. Burnett hatte sich entschlossen, das Teufelsticket zur inneren Ruhe zu kaufen, die trügerisch kurze Reise zu machen, die ein Glas Scotch von der Hand in den Mund zurücklegt. Da ihm der Alkohol wegen seines hohen Blutdrucks untersagt war, hatte das den zusätzlichen Reiz des Riskanten. Alter Dummkopf, das Gesicht glühte ihm schon wie ein Halloweenkürbis.

Er schielte mit wissendem Blick auf die Whiskyflasche

und bot mir keinen weiteren Drink an. »Verdunstung, wie?« sagte er. »Der Fluch des Schnapshandels. John Barleycorn in die Tasche gegriffen.« Mit dem erneut gefüllten Glas in der fleischigen Pfote rutschte er sich bequemer im Stuhl zurecht. »Sagen Sie mal«, meinte er einige Whiskyschlückchen später, »der Bursche mit dieser Wollmütze und der karierten Jacke – der uns eingeschärft hat, wir sollten Matthew nicht bewegen, ehe der Krankenwagen kommt. Wer war das – ein Verwandter?«

Ich nickte. »Matts Neffe.«

»Wie kam denn der dahin?«

Ich zuckte die Achseln. »Einfach Zufall, nehm ich an.«

Synchronizität hatte der alte C. G. Jung das genannt, was er als bedeutsame Koinzidenz bezeichnete – wenn die Lokomotive der Kausalität und ihr langer Zug von Güterwagen voll lauter gesundem Menschenverstand aus den Geleisen springen und die sorgfältigen Pläne all derer durcheinanderschmeißen, die auf ihre pünktliche Ankunft gezählt haben.

Wie sich herausstellte, war der Fremde keineswegs McQuade gewesen. Tatsächlich war er genau das, was er gesagt hatte: Billy Lucas, Matts Neffe. Er war mit seinem Wagen zu Matts Frau gefahren, um ihr Bescheid zu sagen, und hatte sie dann ins Krankenhaus gebracht. Burnett und ich waren im Krankenwagen mitgefahren. Eine surrealistische Szene: die stöhnende Mumie, der Sanitäter, der sein Grinsen nicht unterdrücken konnte und die Situation auskostete – eine herrliche Anekdote fürs Weihnachtsessen.

Nach einem weiteren Schluck Scotch richtete Burnett einen so durchdringenden Blick auf mich, daß ich zugeben muß, ich hielt's kaum aus. Schließlich sah ich am Ende des Tunnels seiner Augen die hüpfenden Scheinwerfer eines verrückten Zuges auftauchen: ein durchgegangener Schwachsinnsexpreß raste in meine Richtung, die Abteile vollgepfropft mit wahnwitzigen Ideen.

»Ich überlege mir, einen Brief an den Bürgermeister zu schreiben«, verkündete er.

»Tatsache?«

»Können Sie sich denken, weswegen?«

Ich schüttelte den Kopf.

»Ich will eine letzte Anstrengung unternehmen, ihn davon zu überzeugen, daß eines der berühmtesten Denkmäler der Gorbals unter Schutz gestellt werden sollte, damit es als eine Art historischer Fixpunkt erhalten bleibt, als ein Ort, wo Eltern mit ihren Kindern und Lehrer mit ihren Schülern hingehen können, ein Mittelpunkt für Kultur und Erholung.«

Er nickte und nahm den Hut ab. Bald stieg ein feiner Dampfdunst von seiner kahlen Stelle auf. Er legte den Hut auf den Schreibtisch. »Sie wissen natürlich, von welchem Denkmal ich rede?«

»Shug Wylies Scheißhaus?«

Seine Augenlider zuckten. »Dieser kokette Humor gehört zweifellos zu Ihren irritierendsten Zügen, Thomas. Also?«

Ich konnte mir's schon denken, aber ich blieb verstockt.

Er hob eine Hand und schwenkte sie in einer Art grüßendem Halbkreis. »Dies hier natürlich.«

»Sie wollen, daß der Bürgermeister Ihre Hand unter Denkmalschutz stellt?«

»Ich meine, wie Sie genau wissen, dieses Kino.«

»Ich verstehe. Eine ›Save the Planet‹-Kampagne, wie?«

Er nickte. Ich tat, als dächte ich über diese Schnapsidee nach. Ich weiß nicht warum – ich tat's einfach. Der alte Traumtänzer. Letztes Jahr waren's Legebatterien gewesen: Er wollte ein Dutzend oder so von den gackernden Installationen im Heizungskeller verteilen. Und jetzt diese neueste ebenso beknackte Idee. »Kommen Sie, Oswald«, sagte ich. »Sie wissen doch, wie's ist. Die Leute haben das Kino schon vergessen. Heute gibt's nur noch Fernsehen und Bingo.«

»Ich nehme an«, räumte Burnett ein, »daß das Planet als Kino ausgedient haben mag, aber wiederum vielleicht auch nicht. Es könnte ein spezialisiertes Zentrum werden, ein Filmklub! Oder sogar ein Theater? Ja, ich gebe zu, das Gebäude ist in schlechtem Zustand, aber strukturell noch völlig in Ordnung.«

Ich schüttelte den Kopf. »Die Sache ist gelaufen, Oswald. Warum wollen wir uns das nicht eingestehen?«

Doch wenn er erst einmal im Sattel einer optimistischen Idee saß, war Burnett nur schwer vom Pferd zu holen. Tatsächlich kannte Burnetts Optimismus wie Sophie Tuckers Korsett keine Grenzen.

»Nehmen wir doch das Stadthaus«, sagte er, »wenn man da hineingeht, steckt man sofort bis zum Hals in Geschichte.« Er stützte beide Arme auf den Tisch. »Warum also nicht etwas Ähnliches, nur noch stärker lokal betont, für die Gorbals? Schließlich reden wir von einem Stadtviertel, dessen Ursprünge ins dreizehnte Jahrhundert zurückgehen. Meiner Meinung nach würde dieses ›Haus der Geschichte in den Gorbals‹ ein machtvoller Kulturmagnet sein. Alle möglichen Gegenstände könnten ausgestellt werden – nicht nur Bierkrüge und Nippes, funktionierende Modelle, lebende Bilder, Menschen in der Tracht vergangener Zeiten, vielleicht die Rekonstruktion eines Raums im Aussätzigenhospital ...«

Na klar, und hastige Vögeleien im Treppenhaus und Fummeleien im Hauseingang, nachgestellt von arbeitslosen Schauspielern, während Tabakmagnaten und Schnupftabakbarone, nicht zu vergessen Aussätzige, Tiefseetaucher und ein, zwei Mumien durch die Ausstellung schlendern. Verschiedene Gegenstände von sentimentaler Bedeutung könnten ausliegen: ein Kanaldeckel aus der Adelphi Street, ein Fedora, den einst der liebenswürdige Taschendieb Babs the Flyman getragen hatte, das letzte Paar Slipper, das die High Walk Shoe Company in der Cumberland Street verkauft hatte, die Mundharmonika und die Knochenkastagnetten des beliebten Unterhaltungskünstlers Darkie Marshall, Albert Wheelers erstes Rennrad, ein Fußballtrikot, das einst Tommy Ring vom Clyde FC trug (der Kleine Bolzen), ein Friseurstuhl, gefertigt von einem Handwerker aus dem Viertel, John Gibson, ein Thekenspiegel aus dem Salty Dog Saloon, die Reste einer Fischmahlzeit, die Charlie Coutts nach dem Mord an seiner Frau während des kurzen Aufenthalts in der Lawmoor-Street-Polizeistation verzehrt hatte, noch ein paar Schuhe, Hochglanzexemplare, einst getragen von John Clay vom Scabby, einem notorischen Illusionisten, der aus jeder Lage verschwinden konnte, ein Paar von Benny Lynchs Boxhandschuhen...

Am Verkaufsstand konnten die Besucher dann kleine Slummodelle kaufen, die beim Abheben der Dächer »I Belong To Glasgow« klimperten. Aber warum sich damit zufriedengeben? Man könnte »Gestank des Vergangenen« vorführen, auf Flaschen gezogene Nostalgie in nebelgrauen Gläsern, die schon vor Generationen nach Amerika ausgewanderte Besucher dann entkorken konnten, um nach einem tiefen Atemzug zu sagen: »Gee, Honey, was einen das in die Vergangenheit entführt: ein verstopftes Gorbalsklo!« Und die Gattin würde entzückt rufen: »Und hier, Elmer, Gossenaroma – ist das nicht hinreißend?«

»Was meinen Sie?« fragte Burnett.

Ich nickte. »Ich glaube schon, daß Leute das interessant finden würden.«

Welche, sagte ich nicht; ich dachte in erster Linie an Psychologen. Mein scheinbares Eingehen auf seinen optimistischen Plan entfachte seinen Enthusiasmus nur noch mehr. In frühen Tagen hatte ich mal zu Hause Zucker verschüttet, hatte ihn auf die Schaufel gekehrt und ihn ins Kaminfeuer geworfen. Sofort waren Flammen in den Schornstein geschossen, sie leckten in den toten Winkel, wo das Rußmonster wohnte – und in dessen schwarzer Kehle war ein ominöses knurrendes Grollen entstanden, das wiederum kreischende Vorwürfe bei Ma Clay auslöste: »Du großer Lulatsch, hast den ganzen Kamin angezündet!«

Es bestand kein Zweifel, daß Burnetts Kamin voll in Flammen stand, denn der Schornstein spie Funken, Rauch, Flammen, glühende Kohlen, ja sogar »Feuerbrocken«, wie man bei der Eisenbahn sagt, wenn die Lok auf ner rutschigen Steigung überheizt ist. In kürzester Zeit – so ausgeprägt war seine Begabung, Optimismus zu erzeugen – sah das Wrack der alten *Planet*, durch deren Bullaugen jede vorstellbare menschliche Katastrophe eingedrungen war, vom Erdbeben zum Herzzerbrechen, wieder so aus, als sei es durchaus zu bergen – nicht als intaktes Schiff natürlich, da bestand keine Hoffnung, aber noch so gut erhalten, daß es in irgendeiner veränderten, aber gesellschaftlich sinnvollen Form fortexistieren konnte.

Was er auch immer fand dort drunten zwischen den Korallenriffen des Ruins, er segnete alles und entriß es dem prosaischen Griff der Schwerkraft. Mit anderen Worten: ich hatte mich von dem alten Scharlatan beschwatzen lassen, er hatte mich auf sein Gelbes Unterseeboot shanghait, dem die Nieten leichter von den Schweißnähten sprangen als die Knöpfe von der Weste eines Freßsacks.

Obwohl er bis jetzt bei seiner Exkursion in die kärglichen Provisorien einer sogenannten Zukunft recht gut vorangekommen war, blühte Burnett eigentlich vor allem in der Vergangenheit auf. Dort konnte er kühn seine mumifizierten Erinnerungen auspacken, sicher in dem Gefühl, daß die jedenfalls nicht bei der geringsten Berührung zu Staub zerfallen würden. Die Vergangenheit war sein Lust- und Jagdrevier, er fand immer neue Schleichwege in das große Es-War-Einmal. Plattgewalzt von seinen phänomenalen Gedächtnisleistungen, hatte ich ihn mehr als einmal flacher als eine jener bizarren Figuren verlassen, mit denen Dunne seine duodimensionale Welt bevölkert. Aber heute bitte nicht. Ich war für einen zeitigen Aufbruch.

Es gibt wenig Peinlicheres, als wenn man zur menschlichen Bettpfanne für ein langweiliges altes Arschloch wird, denn das ist man doch als Opfer solcher Nostalgieschübe – ein bescheidenes Gefäß, in das nach einem ermüdenden Ringen um die Öffnung des historischen Schließmuskels nicht – wie man nach all dem Grunzen und Drücken hätte annehmen dürfen – ein enormer und erstaunlicher Stuhlgangklumpen fällt, sondern statt dessen eine enervierende Folge von kleinen Erinnerungshäufchen – platsch... platsch... platsch... »Ich weiß noch«, sagte Burnett, »es muß in den dreißiger Jahren gewesen sein (da waren Sie nur ein Glitzern im Auge Ihres Vaters, Thomas), damals habe ich... platsch... platsch... platsch...«

Ich verließ das Planet etwa zwanzig Minuten später. Nicht lange danach wirbelte ein altes Kinoidol durch die schneeflockenwimmelnde Luft, um in einem bereits mit verschiedenem häuslichen Schrott gefüllten Müllcontainer zu landen... ein trauriges Ende für Gable! Die Schneemaschine lief weiter auf Maximum, eine Verausgabungsfrequenz, die rasch die Vorräte erschöpfen und das übliche graue Weihnachten sicherstellen würde. Nach wenigen Minuten war ich zugekleistert, unsichtbar bis auf zwei rollende Augen, eine Schneemumie, die nach dem strengen Komfort ihres Sarges Ausschau hielt.

Ich hole einen Zustandsbericht ein: Ich bin hungrig, mein Arm schmerzt, meine Lungen brennen. Ergo muß ich mehr sein als ein rollendes Augenpaar. Aus welcher Quelle stammen diese Informationen über die Wehwehchen meines Organismus? In eines seiner faszinierenden, doch leider irgendwie dämlichen Bücher hatte Dunne eine drollige Zeichnung von einem Künstler an der Staffelei aufgenommen, der sich selbst malte, wie er sich selbst als sich selbst Malenden malte, und so fort, bis die sich vervielfältigenden Abbilder zu einem Punkt in der Unendlichkeit geschrumpft sind. Serialismus! Geben sie acht auf diesen gerissenen Burschen mit seinem schlüpfrigen Solipsismus!

Wenn ich erst in meinem kleinen angeschlagenen Iglu bin, dann zünde ich die Walfischtranlampen an und hau meine durchfrorenen Füße auf eine Blase heißes Seehundsblut. Auch der härteste Eskimo muß gelegentlich mal abschalten. Ermüdet vom Anblick des sich vervielfachenden Künstlers, sucht er sich ein kleines Fleckchen Stille, wie eine Ameise, die in den Schatten eines Blattes krabbelt, um dort einzunicken und zu träumen... einzunicken und zu träumen... in seliger Entfernung von den Räubern der Erde, die nach ihr suchen, aber schnüffelnd vorbeiziehen.

Gelassenheit.

Ein Juwel von einem Wort. Man könnte sich wochenlang an seinem Glanz warm halten. Gelassenheit – ein Mantra für den abschließenden Augenblick. Ge-las-sen-heit. Das ist genug. Ich überlasse das Nirwana den Erstligisten. Der innere Friede, den ich suche, ist wie alle kosmischen Schätze unter den einfachen Leuten zu finden, er liegt ganz nahe – in Marcos Fisch-und-Pommes-Imbiß, um genau zu sein. Alles klar? Jawohl, ein großer Fisch in zischender Panade von leuchtendem Gold. Schellfisch. *Some Haddy! (Samadhi!)* Und jede Menge Salz und Essig bitte und zwei eingelegte Zwiebeln dabei.

Doch ist Gelassenheit ein Zustand, der mir stets verweigert bleibt.

Marcos Imbiß ist geschlossen.

Be-schis-se-ner Montag!

40

Jetzt waren sie am Rückgabeschalter der Bibliothek angekommen – Rhona Carlyle und ihre Freundin »Sneery« Clearie, dieser kleine Horror mit den wachsweißen Augenlidern und dem Hundepopoatem.

Clay ließ sein Fliegergeschichtenbuch *(Commander Biggles)* fallen und schlenderte mit der ganzen Nonchalance eines einbeinigen Emus hinüber zur Sachbuchabteilung. Sein Herz, dieses entsetzlich blöde Ding, hatte beschlossen, daß er nun für Schottland spielte und gerade dabei war, mit einem Zwanzig-Yard-Schuß das Netz zu sprengen, und drehte deshalb alle Ventile voll auf.

Die Mädchen sahen ihn – es wäre auch schwierig gewesen, diese überreife Tomate zu übersehen, die dort in der Ecke so hell erglühte. Als sie sich näherten, griff Clay rasch nach einem dicken Buch, das wegen seines unerwarteten Gewichts sofort durch seine schweißfeuchten Finger glitt. Es fiel mit einem lauten Krachen zu Boden, das man wohl noch in Tradeston hören konnte und das gewiß »Foxy« aus seiner Höhle aufscheuchen würde. Der rothaarige Satan schien zu glauben, Jungenohren seien weniger Hörwerkzeuge als Henkel, an denen er die Träger durch die Gegend ziehen konnte: Clays rechtes Ohr begann schon, den Zangengriff des Hausmeisters vorwegnehmend, zu pochen. Clay sah sich, demütig zusammengekauert, immer schneller dahingezerrt – bis hin zu der drohenden DRÜCKEN-Tür, durch die man (nachdem man die Leihkarte hatte abgeben müssen, das Henkersscherflein) in eine bücherlose Welt verstoßen wurde.

Als er sich hinabbeugte, um das Buch aufzuheben, begann seine Nase – die ihn einmal im Traum gewarnt hatte, sie würde eines Tages Selbstmord begehen, ohne auf den feigen Rest der anderen Körperteile zu warten – zu tropfen. Aus seiner Hosentasche – wie eng sie geworden war! – zerrte er ein Stück geblümten Vorhangstoff, ein Unterfangen, das eine Kaskade Murmeln mit sich riß; sie jagten in alle Richtungen davon, verschwanden unter Tischen, hinter Stühlen, in dunklen Ecken, sogar sein »Magisches Auge«, dieser unverletzbare grüne Dämon, war geflohen, aber er widerstand der Versuchung, es zu verfolgen.

Jetzt konnte doch gewiß Foxy auftauchen. Clay stellte sich vor, wie die bedrohliche Hausmeistertür plötzlich aufsprang und der entsetzliche Mann dastand, offensichlich bei seinem Abendessen unterbrochen, denn er hatte eine blutbespritzte Serviette locker um den Hals gebunden und umklammerte mit einer Hand den Rest eines Kinderbeins ... Doch Foxy erschien nicht; es mußte sein freier Tag sein.

Die Mädchen kamen noch näher.

In Panik durchsuchte Clay sein Repertoire an Konversation und fahndete nach einer halbwegs passablen Bemerkung. Das Wetter! Gut! Wie war es jetzt draußen? Regnete es noch? Und er stotterte, als der Moment da war, töricht: »Immer noch naß?«

»Wer?« fragte Sneery Clearie.

Rhona Carlyles blasse Hand hob sich, um durch die glatte Blauschwärze ihres Haars zu gleiten, dann drehte sie den Kopf zur Seite, wahrscheinlich um ein Grinsen zu verbergen.

»Was ist das für ein Buch?« fragte Sneery jetzt.

»Einfach ein Buch.«

»Furchtbar großes Buch!«

»Ja.«

»Was steht da drin?«

»So Sachen«, sagte Clay verzweifelt.

»Laß mal sehen.« Sneery rang ihm das Buch aus den Händen und fing an, drin herumzublättern. »Jawohl«, nickte sie und zeigte Rhona Carlyle eine von den Illustrationen, »so Sachen sind das.«

Das Buch war *Eine Geschichte der Damenmode im Lauf der Jahrtausende* - Unterwäsche eingeschlossen!

»Willst du Damenschneider werden, Tommy?« fragte Sneery.

So rot, wie Clay nun wurde, war es ein Wunder, daß ihm die suizidale Nase nicht auf der Stelle vom Gesicht schmolz und hinunterfiel.

»Tommy«, sagte Sneery.

»Wah?«

»Du machst jetzt besser den Mund zu – die Leute werfen sonst Briefe bei dir ein.«

Mit flaumigem Gekicher gingen die beiden Mädel weiter.

»Daran erinnere ich mich überhaupt nicht«, sagte Rhona. »Das erfindest du bloß.«

»Nein, das ist koscher. In einem von meinen Tagebüchern. Neulich bin ich drauf gestoßen.«

»Das ist der Beweis.«

»Beweis wofür?«

»Daß es bloß Quatsch ist.«

»Wenn es erfunden wäre, würd ich mich dann selber lächerlich machen?«

»Einer von deinen Tricks, um Sympathie zu schinden. Du und rot werden? Eher niesen die Steine.«

»Das ist gut. Anstatt ›Die Steine schreien‹ hast du gesagt –«

»Zunächst mal ist sie nie ›Sneery‹ genannt worden.«

»Aber ja. Bestimmt.«

»Mary oder Merry, das ist alles.«

»Nein, nein. Du weißt doch noch, wie die Mädels immer Ball gespielt haben. Und da gab es einen Vers dazu: ›Einse, zweie, drei und vieri / Da sitzt Wallace Beery / Auf seinem Tiriliri / Und ...‹ Erinnerst du dich?«

»So von weitem. Aber was hat das ...«
»Und da gab es dann eine Variante, die ging –«
»Laß jetzt. Die denken noch alle, du bist betrunken. Bist du's?«
»Hör zu, die ging ›Da sah ich Sneery Clearie / Auf ihrem ...‹«
»Nichts dergleichen.«
»Doch.«
»Nein.«
»Doch.«

Es war eine von unseren besseren Besuchsbegegnungen. Sie hatte zwar im vertrauten Stil mit einigen Verbalaggressionen begonnen, doch kam nichts allzu Massives – Sparringspartner. Selbst als sie die üblichen Hiebe gegen meine finanziellen Schwächen führte, meine schlampige Kleidung, meine allzu langen Haare, war doch keine Wut dabei, keine richtige Wucht im Handschuh. Es schien, als seien wir uns ein wenig näher, durch einen sonnigen Faden ausgelassener Stimmung verknüpft. Ein dünnes Fädchen, wie in der alten Geschichte, wo die Frau mit ihrer Garnhaspel den Mann aus dem Gefängnis befreit, ein heißes Histörchen.

Vielleicht war die Atmosphäre deshalb entspannter, weil Rhona beschlossen hatte, mich diesmal im Liegen zu empfangen und sich nicht zu uns Flachbäuchen ins Zimmer mit dem Elektroaquarium zu setzen, wo alles am Programmtropf hing, wie ich neulich einen witzigen Arzt hatte sagen hören. Wenn man an diesen Apparat angekoppelt ist, liegt man reglos da, und ein betäubendes Bild nach dem anderen infiltriert das Bewußtsein, bis man nach einiger Zeit optisch derart korrumpiert ist, daß man nicht mehr zwischen dem richtigen Leben und den Werbespots differenzieren kann und zwischen Ho Tschi Minh und Horace the Horse kein Unterschied mehr besteht.

Rhona reckte sich zu mir hin und pochte mir leicht gegen die Stirn.

»Hallo, ist jemand zu Haus?«

Ich grinste und nahm – auf die natürlichste Weise, als liebten wir uns – ihre Hand in meine ... und hielt sie fest, in der Öffentlichkeit! Gotteswillen!

»Entschuldige. Mir ging da ein Gedanke durch den Kopf –«

»Und da bist du dem armen Ding gleich hinterhergelaufen, weil es sich so einsam gefühlt hat.«

Bettkantenschwatz. Das war gut, das tat gut.

»Hmm?«

»Was für ein Gedanke?«

»Ich weiß es jetzt nicht mehr.«

»Natürlich weißt du.«

»Keine Angst, ich krieg bald wieder einen.«

»Einen Doppelten, hm?«

»Einen Gedanken.«

»Du alter Blödmann.«

Und die Hände hielten sich noch fest, die verflochtenen Finger bewahrten den Augenblick über alle Verlegenheit hinaus mit der Intimität jüngerer, spontanerer Zeiten. Was zweifelsfrei beweist, wie eng der Tastsinn der Nostalgie verschwistert ist. Diese wilde Traurigkeit um das Lächeln, die Stimme, den Duft, die nicht mehr da sind – ja, das gehört alles dazu, aber das ärgste ist es, wenn man jemanden nicht mehr spürt. Die Depression, wenn man nicht mehr die Hand ausstrecken und einen geliebten Menschen berühren kann. Und was den Kummer um so schwerer lasten läßt, ist der elende Gedanke, wie geizig man mit den Umarmungen gewesen ist, als noch Gelegenheit dazu war.

Der Gedanke, der mich Rhonas Hand hatte ergreifen lassen, war jetzt weg. Fort. Vielleicht auch gut so, denn wahrscheinlich war er aus Bosheit und Selbstmitleid geboren – kümmerliche Erde für eine Rosenzucht. »Jau, aber wie die Disteln da gedeihn!« hätte vielleicht Hugh MacDiarmid gesagt.

Als die Besuchszeit-vorüber-Klingel läutete, gab ich kaum darauf acht. So wenig in der Tat, daß ich zum ersten Mal bei meinen Besuchen hier der letzte Flachbauch war, der die Abteilung verließ. Ich drehte mich sogar an der Tür noch einmal um und winkte. Tatsache.

41

Wir sprachen von unserer Schulzeit, Vic Rudge und ich, da hatte er eine gute Entschuldigung, mir die teuren neuen Zähne zu zeigen (teuer für den Dentalklempner, denn Rudge hatte bei ihm doch wahrscheinlich mit sanfter Gewalt ein Sonderangebot rausgeholt: Reparieren Sie mir den Mund schön billig oder die Reparatur von Ihrem wird schön teuer). Jedenfalls blitzte und blinkte sein Gebiß vor lauter Gold. Aber auch wenn er sich Karies und Verfall aus den Fängen hatte bohren lassen, trug Vic the Viper immer noch die Spuren seiner Herkunft. Die nicht abzustreifende Haut einer Slumkindheit bezeugte diese ebenso wie sein böse glitzernder Slang. Und er würde natürlich auch nie auf den Gedanken kommen, sich seine kalte Stimme, seinen scheppernden Tonfall ändern zu lassen, denn in den dunkleren Labyrinthen der Stadt, wo das hilflose Beutezeug wimmelte, das er aussaugte, war seine Stimme eine entscheidende Waffe. »Wie hieß der Biolehrer noch, Tam? Der die Turnlehrerin von den Büchsen gebürstet hat? Was? Chambers. Richtig, hast recht, ›Torture‹ Chambers. Wasn Masochist, hm? Zog immer mit diesem dicken Knochen durchs Klassenzimmer – wie hieß das Ding, ein Humorus? War aber gar nicht komisch, wenn man das Teil auf die Omme bekam. ›Zusammenprall von zwei massiven Knochen‹ hat er immer gesagt, was? Und wenn man dann Pech hatte und vor der Essenspause in seinem Horrorkabinett Unterricht gehabt hat – all diese weißen Klumpen, die in den Gläsern dümpeln, Scheiben von Raucherlungen, schnapsbombardierte Lebern. Seh noch dieses Schafsherz vor mir, das er immer – was? – hat rumgehen lassen, wie's in der Kruke auf und ab schwappt. Ich hab den Formalingestank noch in dieser Nase. Ja, ein schön gemeiner Brocken Fleisch war das, das haarige Zeug, was da drauf wuchs, das hat mich immer fast ans Kotzen gebracht. Wabbel-wabbel in dem Glaspott, und der alte Knochenschläger hat einen gezwungen, diese Sülze ganz dicht aus der Nähe anzusehen. Wabbel-wabbel. Guten Appetit. Haste das mitgekriegt, wie ich das Ding dann dem Dings hinten in den Hals gesteckt hab, wie hieß er, Cohen? Jawoll, Ice-Cream Cohen. Dem sein Alter wollt mich auf dem Schulhof kreuzigen lassen.« Er stieß seufzend Zigarrenrauch von sich. »Waren schon tolle Zeiten, was?«

O ja, das waren in der Tat tolle Zeiten, Vic. Du bist wie Mussolini über den Schulhof stolziert, du und die beiden anderen, Warty Watson und Knuckles Macleod. »Alle hier drauf!« war dein Hauptvergnügen, vor allem, als du herausgefunden hattest, daß Tommy Clay kreischt wie ne Jule, bloß weil seine Rippen unter dem Gewicht von zwanzig Leibern oder so zu knacken drohen. Da hast du ihn in der Pause immer gejagt, du mit deinen Neandertalern, ihn aus seinem Versteck auf der Toilette herausgezogen und auf den Hof gezerrt und die halbe Schule eingeladen, sich auf sein Geschrei draufzulegen. »Alle hier drauf! Wir ham nen Klumpen Lehm!« Wenn man schon Clay heißt. Ja, das waren tolle Zeiten.

An der Theke plapperte ein Mann Unsinn. Sein Kopf war blank wie ein Waisenteller, der Schädel trug die blaue Markierung einer alten Narbe, wie von einem Hammerschlag. »Nazischweine!« röhrte er zu den Barkeepern hinüber. »Und Söhne von Nazischweinen!« Mit dem Hitlergruß ging er im Stechschritt zur Tür, die ihn hinausklappte.

»Der alte Sack hat noch den Bombenkoller«, sagte Rudge. »Nicht alle beisammen.«

Er schaute nachdenklich in sein leeres Glas. Ich hatte das Gefühl, er hielte sich zurück, in der Hoffnung, ich würde auch noch die nächste Runde übernehmen. Sein Blick hob sich, und er fixierte mich. Er schüttelte den Kopf. »Komm ich gar nicht drüber weg, Tam – du klebst immer noch im Scabby fest. Wie wenn man der eigenen Omma auf der Argyle Street begegnet, zwanzig Jahre nach dem Begräbnis. Ich meine, Herrgott, selbst die alten Tauben fliegen nicht mehr in die Scobie Street. Gleich erzählst du mir noch, du spielst immer noch Billard im Brandon.«

Auf einem Bord hoch oben unter der Decke schlummerte ein Fernsehapparat in einem Traum von Cowboys und Coloradofelsen. Rudge ließ mich auf seine Gegenrunde warten. »Ich meine«, fuhr er fort, »von uns war ja keiner besonders schlau in der Schule. Wurde auch nicht erwartet – Fabrikfutter, was? Aber du, Tam, wenn ich das noch richtig weiß, du warst ja ein kluges kleines Kerlchen, da sollte man meinen, du blickst soweit durch, daß du den Arsch von der Brille kriegst, wenn der Lokus brennt. Warst wohl doch nicht so ausgeschlafen, wie ich gedacht hab – hinter den ganzen Büchern versteckt.«

»Haltet den Mann auf – der hat'n Baby unterm Hemd!«

Als Rudges unverkennbare Stimme durch den Korridor der Schwangerschaftsklinik dröhnte, fiel es mir schwer, zu begreifen, daß er es wirklich war. Aber da stand ich, mit heuchlerischem Händeschütteln, faselte, wie schön es war, ihn wieder zu sehn, und schon brachten wir unsere Lebensläufe auf den jüngsten Stand, während wir durch die schneegedämpften Straßen zu der Kneipe staksten. Rudges Frau, erzählte er, hatte »wieder eins geworfen«. Der Wohnungsmarkt war dieser Tage seine Domäne. Er vermietete Rattenlöcher an arme Neuvermählte. Sah wohlhabend aus, war aber – da würde ich wetten – immer noch bereit, einem blinden Penner den letzten Sixpence wegzunehmen.

Im Hinterhofreich des Scabby zwischen den rostigen Geländern und Abfallschuppen war Vic der unangefochtene Monarch gewesen. Die Natur hatte ihm diese Führerrolle zugespielt und ihn mit einem massiven Knochenbau und gewaltigen Muskeln ausgestattet, nicht zu reden von einer instinktiven Überlebensfähigkeit, bei der wohl Methusalem einpacken konnte. Vics Lebensphilosophie hatte zum Mittelpunkt die Notwendigkeit, daß man sich den Leuten einprägen muß. Und die Leute, meinte er, erinnerten sich länger an eine Wunde, eine Prellung oder eine Narbe als einen Handschlag. Und darauf kam es für ihn hauptsächlich an – daß man sich an ihn erinnerte. Sein ganzer Lebenszweck war es, sich ins Gedächtnis anderer Leute einzutätowieren, aber dazu mußte man ihnen unter die Haut. Und sie hatten einer nach dem anderen die Ärmel aufgekrempelt, um ihm standzuhalten: Die Bandenkämpfer, die Lehrer, Polizisten, Gefängniswärter und Sozialarbeiter, alle begierig, ihm die eigene Autorität aufzuzwingen.

Rudge lehnte sich über den Tisch, um mein Gesicht zu mustern.

»Heute schon verstärkt Alk eingeworfen?« fragte er.

»Nicht viel. Wieso?«

Er stand auf und ging zur Theke. Fast sofort hängte sich einer von der Kindbettclique an ihn, ein Berufsgratulant, und versuchte mit unrasiertem Lächeln und zitterndem Händeschütteln was bei Rudge abzustauben. Er wurde für seine Bemühungen mit einem Schlag auf die Schulter und etwas Zigarrenrauch ins Ohr belohnt. Vic kam schließlich mit den Drinks zurück. »Diese Rentner«, sagte er, »großartige Nummern ham die immer drauf. Toll.« Er stellte die Gläser auf den Tisch, einen doppelten Whisky für sich und für mich –

»Was zum Teufel ist das?« wollte ich wissen.

Er wedelte mit dem Taschentuch etwas Zigarrenasche von seinem Stuhl und setzte sich dann hin. Jener sinistere Vorgang, der ein Lächeln darstellen sollte, ereignete sich auf seinem Gesicht. »Das ist ein Tomatensaft, Tam«, sagte er. »Mußt du doch schon mal gesehen haben – sogar im Salty Dog. Steht der eigentlich noch?«

Ehe ich anfangen konnte rumzutoben, sagte Rudge: »Ich nehme an, Tam, weil ich dich ja mal nen Wäschereiwagen oder so was hab fahren sehn – du hast so ein Papierchen, das dir erlaubt, alte Rentner an den Kreuzungen umzunieten?«

Ich nickte.

»Für was Moderneres als nen Ochsenkarren, hoffe ich.« Er grinste entschuldigend. »Quatsch, vergiß das ...« Paffpaff ging die Zigarre, schmatz-schlürf machten die gierigen Lippen. »Du könntest mir nen Gefallen tun, Tam ...«

Der Gefallen war folgender: Für zwei Blaue sollte ich Vic zu einem Kasino fahren – er hatte so das Gefühl, daß er heute Glück haben würde – und dann sein Auto nach Hause nach Dumbreck bringen und in der Auffahrt stehen lassen: Schlüssel in den Briefkasten. Abgesehen von seinen Glückserwartungen hatte Vic auch die Absicht, sich zuzusaufen, wollte aber auf keinen Fall ins Röhrchen tuten. Da dies sein letzter ungezügelter Abend war – seine Frau kam mit dem Kind morgen nach Hause –, sollte es was Besonderes werden.

Ich fühlte mich wie an die nationale Stromversorgung angeschlossen – so machtvoll donnerten die Blitze des Rachegefühls durch mich hindurch, es strahlte sogar ein wenig auf Rudge ab, da bin ich sicher, weil er die Augen vor dem grellen Licht zusammenkniff, dem brutalen Glanz langersehnter Revanche.

»Scheiße, du machst wohl nen scheißblöden Witz!«

Wie ich jede Silbe dieser Ablehnung genoß! Der vehemente Tonfall war für all die kleinen Clays, für die grünen, blassen, winzigen Vergangenheitsbildchen dessen, was schließlich aus mir geworden war, diese rotznäsigen Thomasse, die sich immer noch die blauen Flecke rieben, die sie Victor dem Vandalen verdankten. Das Schicksal, oder wie immer man den Croupier nennen will, der die Karten der Zeit mit so dubioser Fingerfertigkeit mischt, hatte mir endlich über den bankrottgefährlichen Spieltisch hinweg einen erstaunlichen Trumpf zugeteilt. Eine sehr starke Karte! Aber Rudge schien das nicht so zu sehen; er erhöhte den Einsatz.

»Also dann drei Pfund«, sagte er.

Achselzucken. Die Schultern der Arbeiterklasse sind in dieser kleinen Geste der Resignation geschult. Seit der industriellen Revolution sind wir da immer besser geworden. »Du arbeitest achtzehn Stunden am Tag, sechs Tage die Woche, und wehe, du machst blau. Entweder – oder.« (Achselzucken.) »Also, Leute, auf meinen Pfiff alles raus aus dem Graben und los auf die Hunnenschweine! Und denkt dran, wenn's euch trifft, laßt euch auf den Stacheldraht fallen, daß der nächste dahinter sicherer auftreten kann!« (Achselzucken. Achselzucken.) Und eines Tages, Thomas, darfst du den Chauffeur für den gemeinen Arsch machen, der dich als Kind Tag für Tag auf dem Schulhof zusammengetrampelt hat (Achselzucken) ...

Rudge fiel drauf rein. »Du machst es?«

Ein Fullhouse Haß, als ich meine Karten auf den Tisch knallte. »Lieber hab ich den Tripper und fünf Schwiegermütter.«

Darüber lachte er – das berühmte Rudge-Lachen, das an dem unheimlichen Psychopathenkichern von Richard Widmark als Gangster in *Kiss of Death* geschult war, wo Widmark neben dem legendär faulsten Schauspieler Hollywoods gespielt hatte, Victor Mature, der sein Double für sich Kaugummi kauen ließ. Nachdem der Film im Planet gelaufen war, konnte man Vic das Lachen üben hören – er erschreckte damit Kinder und Ommas in den stinkigen Hinterhöfen, wo er beiläufig einen Jungen verprügelte oder mit Steinen nach Hunden warf, wenn's regnete.

Als das manische Gekicher abflaute, hob Vic sein Whiskyglas und spülte sich die Mandeln; das Gelache ging wie frisch aufgetankt wieder los, nur mit mehr Schärfe, bedrohlicher. Ein Gast, der bis jetzt raffinierte Würfe plaziert hatte, haute den nächsten etwa einen Fuß neben das Dartboard.

Selbst in der Kindbettclique von Abstaubern an der Theke hörten die Schmeicheleien für anwesende werdende Väter auf, und manche drehten sich beunruhigt in unsere Richtung. So ein Lachen war das nun einmal, und Vic hatte, müssen Sie bedenken, lange geübt. Um seinen aufgedunsenen Mund arbeiteten ein paar Muskeln ohne großen Erfolg an der Simulation eines Lächelns, aber diese erbarmungslosen slumgrauen Augen sagten: »Was glaubst du, wer du bist, mir was abzuschlagen? Ich bin Vic Rudge, klar? Weißt du nicht mehr? Ich hab mir die Schuhe an deinem Arsch ruiniert, hab dich mit Tritten die Scobie Street rauf und runter gejagt.« Sein Gelächter brach abrupt ab. Er stieß hervor: »Dreieinhalb. Na? Was sagst du?«

Ich sagte nichts.

Was in schmeichelndem, werbendem Tonfall begann, klang rasch beleidigend: »Komm schon, Tam. Tu mir den Gefallen, wegen der alten Zeiten. Weißt du noch die Parole von der Gang? Wir sind das Scobie-Street-Rattenpack, wir sind die Größten, zack, zack, zack? Ich meine, siebzig Shilling, Herrgottsscheiße, das macht man nicht einfach mit der Mundharmonika am Glasgow Cross.« Das war eine offensichtliche Anspielung darauf, wie ich aussah. Mit anderen Worten: »Du siehst mit deinen Klamotten aus wie ein bettelnder Straßenmusikant, also komm mir bloß nicht auf diese Bin-was-Besseres-Tour!«

Sein Mund zuckte, als müßte er seine Wut hinunterschlucken. Noch ein Versuch, mir um den Bart zu gehen: »Du würdest mir echt nen Gefallen tun, Tam.« Er hob sein Glas und führte es pantomimisch mehrfach zum Mund. »Hab bereits zuviel weggeschluckt. Weißt schon, den Neuankömmling gefeiert.« Er schüttelte den Kopf. »Kann's mir nicht leisten, daß der Lappen weg ist, Tam – nicht in meiner Branche.«

»Tut mir leid, Vic«, sagte ich voll boshafter Genugtuung. »Hab was anderes vor.«

Sein Gesicht schien die wenigen halbwegs höflichen Züge und Muskeln stillzulegen, alles einzufahren, wie ein Kriegsschiff Aufbauten unter die stählernen Schotten zieht, um sich zur Attacke bereitzumachen. »Vier Pfund!«

»Kein Interesse.«

»Scheiße nochmal, Tam! Dafür kann ich mich im Wagen vom Bürgermeister rumkutschieren lassen!«

»Ich muß dann jetzt mal weiter«, sagte ich und schob den nicht angerührten Tomatensaft weg.

Als ich aufstand, griff er mich am Ärmel und zog mich auf meinen Sitz zurück. »Also gut, vergiß das mit dem Kasino. Hör zu, fahr mich einfach zur Wohnung von meiner Schwägerin – an der Byres Road. Ich zahl dir das Taxi. Was meinste?«

Ich zögerte lange genug, daß seine Finger ärgerlich auf die Tischkante zu trommeln anfingen. Es war vielleicht keine ganz blöde Idee – mal wieder einen Abend lang im Westend eins draufmachen. War ewig her, seit ich dort gewesen war. Ich könnte ins Rubaiyat reinschauen, damals eine Lieblingskneipe von mir. Ich schaute zu Rudge rüber und nickte.

Sofort kippte er seinen Drink weg und klackte das leere Glas auf den Tisch. »Also, auf geht's.« Vic war wieder obenauf, die Machthierarchie wiederhergestellt. Er stand auf und zog ein paar Scheine aus der Brieftasche: »Hol mal noch ne Flasche Kobolzwasser, Tam, ich muß telephonieren.«

Ehe ich noch Gelegenheit hatte, mir devot an die Mütze zu tippen, war er durch den Raum zum Telephon hinübergegangen, wo gerade ein Gast im Overall am Apparat hing. Ein scharfer Blick von Rudge, und er gab demütig den Hörer ab.

Inzwischen schlug ich zurück, so gut ich konnte. »Eine Flasche von Ihrem miesesten Whisky«, sagte ich. »Richtiges Lösungsmittel.«

Der Barkeeper kam lächelnd mit einem wunderbaren

Maltwhisky zurück. »Da bitte«, sagte er fröhlich, spielte bei dem Scherzchen mit, »was Schlimmeres gibt's nirgendwo – das frißt Ihrem Magen den Arsch ab.«

Mein Fahrstil gefiel Vic nicht sonderlich.

»Menschenskind«, murrte er, »du sitzst jetzt in keinem Wäschereilieferwagen. Laß dir Zeit. Paß auf den Bastard da drüben auf.«

Ich haute auf die Hupe, als vor uns ein Mann vom Gehsteig auf die Straße schwankte. Der Besoffene wurde, fluchend und brüllend, zum rasch schrumpfenden Schrat in meinem Rückspiegel. Das fast neue Auto machte mich ein wenig nervös, denn Rudge hatte mir in seiner direkten Art erklärt, daß er mir einen Knick in die Luftröhre treten würde, wenn bei der Fahrt auch nur der Aschenbecher eine Schramme abbekam. Es war ein weißer Hillman Minx (von diesem Jahr), mit schwarzen Zierleisten und einer schmalen Ziffer auf dem Meilenzähler, ein offensichtlich geschätztes und umsorgtes Vehikel. Das war's schon – keine Führung quer übers Armaturenbrett à la Sherman, kein flottes Technogequassel über die magischen Tempi unter der Kühlerhaube, nicht einmal ein kurzer Hinweis, wieviel Sekunden das Ding vom Start zum Abheben brauchte. Rudge war zu beschäftigt für diesen Quatsch, zu beschäftigt, meine ich, mit dem Versuch, seinen ganzen Stolz vor dem Schrottplatz zu bewahren.

Der Selbstfahrer als Beifahrer ist das Schlimmste, was einem bei so einem Trip passieren kann, dem Mann am Steuer etwa so willkommen wie eine Regenwolke dem alten Noah. Der S. a. B. ist der nörglerischste Kritiker, das inkarnierte schlechte Gewissen der Autowelt, ein permanentes Mißtrauensvotum auf dem Beifahrersitz. Und sarkastisch. Sehr.

»Ich glaube, diese Brücke hat wohl Vorfahrt!«

Schlimmer noch als der sarkastische Schlaumeier ist der chronisch Seufzende. Dieser düster dreinschauende Passagier stellt von der ersten Umdrehung der Räder an klar, wie sehr er es bereut, in deiner mobilen Krypta Platz genommen zu haben. Wie ich zu Rudge hätte bemerken können (der Geknurre, Sarkasmus und Seufzer alternativ zum Einsatz brachte, blinde Panik gar nicht zu erwähnen): »Hat keinen Sinn, sich über den Service zu beschweren, wenn die Pyramide mal zugemacht hat!« Ja, jetzt saß er auf Gedeih und Verderb neben mir in der Grabkammer, und alles Geseufze der Welt konnte ihm nicht helfen. Ich glaube, bereits auf dem George Square mit seiner Weihnachtsbeleuchtung, wo Johnny Mathis sein Winterwaldgesülze durch den Lautsprecher schmalzte und wir unter Neonlaubwerk dahinglitten – seien wir ehrlich: dahinstotterten, während ich mit einem gelegentlichen peinlichen Knirscher mich mit der Gangschaltung vertraut zu machen suchte –, spielte er mit der Idee, mich rauszuschmeißen und eine Anzeige wegen Trunkenheit am Steuer zu riskieren: entweder das oder mit dem Taxi nach Haus und den Minx als Weihnachtsgeschenk für die Autogeier stehen lassen, von denen es in dieser Stadt keine geringe Anzahl gibt. Aber der Rauswurf einer sich lauthals sträubenden Person aus dem Auto – das könnte genau der kleine Zwischenfall sein, dem ein festlich gestimmter Bulle etwas Raum in seinem Notizbuch widmen wollte, um gefahrlos ein wenig Aktivität beim Streifendienst zu markieren.

»Herrgottnochmal – konzentrier dich auf die Straße!« brüllte Rudge.

Er schaut beklommen aus. Es ist ihm unbehaglich. Noch nie hab ich einen beklommenen Rudge gesehen. Sieht bizarr aus, wie Jack Sherman ohne die Brille. Nackt und bloß. Der Macht beraubt. Ich fragte mich, ob meine Kreuzwegverwünschung erfolgreich gewesen sein mochte. Schüttel nicht den Kopf darüber, Jack – vielleicht fällt er dir runter! Hoppla! Ich drehte mich empört zu Rudge: »Hast du den Penner gesehen – haut im letzten Augenblick noch die

Bremse rein...« Rudge war konfus! Er sah aus, als hätte jemand die Tür aufgerissen und ihm einen zischenden Molotowcocktail in den Schoß geworfen. Ich starrte böse in Richtung des unsichtbaren Fahrers vor uns. Du kriegst das nächste Mal den Blecharsch eingedellt, wenn du mir mit so einer Bremsaktion kommst, Meister. Moment mal, sollte ich nicht auf der Innenbahn sein, wenn ich durch den Tunnel will? Ganz recht. Also denn. Na, das heißt doch sauber eingefädelt, wenn auch Rudge anderer Ansicht scheint, er und diese hupenden Langweiler, so wie sich's anhört.

Rudge ließ mich halten, sagte mir, ich solle warten, stieg aus, hastete um eine Ecke. Vielleicht eilte er zu einer Toilette, um seine ruinierte Unterhose abzulegen, oder wollte sich Mut machen und bestellte irgendwo ein Glas Novocain. Als er zurückkam, hatte er ein diskretes kleines Konfektpäckchen in Geschenkpapier mit rotem Band in der Hand. Seine Schwägerin war ihm offensichtlich nicht unsympathisch: Whisky und Pralinen...

»Eleanor Rigby, she leaves her face in the glass by the door...« sangen die liebenswerten Liverpooljungs aus Rudges kürzlich erworbener Stereoanlage – das letzte Wort in Auto-Entertainment. Ich summte düster mit den Super Vier mit, diesen armen Kerlchen, die eines Tags in einer Höhle erwachten und zu Beatles verwandelt worden waren, gewiß eine furchtbare Sache für alle Beteiligten. Wie der Maharishi Yogi zu ihnen gesagt hatte (oder wahrscheinlich nicht, er war zu beschäftigt, sich ins Geldsäckchen zu lachen): »Der Ruhm ist eine zweiköpfige Schlange – sie beißt an beiden Enden.« Darüber können sie nachsinnen, während sie zusehen, wie sich ihre Melodien wurmgleich aus den apfelgrünen Köpfen schlängeln – Mac ist zu süß, Lennon zu sauer. Aber nett zum Mitsummen, und genau das tat ich, während Rudge wie eine alte Jungfer flatterte und mich wegen meiner Schalterei tadelte, meiner Beschleunigung, meines Bremsens, wegen aller meiner automobilistischen

Maßnahmen. Wäschereilieferwagen können einem vermutlich den Sinn für die feineren Nuancen des Straßenverkehrs in einer autoüberfüllten Stadt nehmen. Aber wie sollte ich das wissen?

Ach, es war einfach fabelhaft, ein Liedchen über die arme Eleanor und all die *lonely people* zu summen und dabei großkotzig auf diesen sportlichen Rädern durch den schäbigen Restverkehr zu brausen wie die verkörperte schicke Freiheit – was meine zerzauste Erscheinung, meine Hippielumpen, Kampfjacke, Jeans und so weiter, nur noch unterstrichen: eine Ausstattung, die von den neidischen anderen Fahrern zweifellos als modisch-exzentrische Laune eines reichen Müßiggängers gesehen wurde. Aber wer mochte diese in sich zusammengekauerte Gestalt neben ihm in ihrem erlesenen Tweedmantel sein? Das Kinn eines brutalen Ganoven, und doch schien alle Bedrohlichkeit von dem Mann gewichen, so wie er verzweifelt an seiner Unterlippe nagte, wie er von Zeit zu Zeit die Arme hochwarf, wie seine Augen hervortraten. Wahrscheinlich der große Bruder des Mannes am Steuer, ein Maniak, der in eine teure Privatklinik gefahren wurde, wo die Therapie für seine Klassenillusionen auch nix nützen würde.

Als wir an unserem Ziel ankamen und ich den Wagen unter einer Herde ähnlicher Kreaturen geparkt hatte, die sich wie wärmesuchend neben einem Wohnblock zusammendrängten (und an unserem Auto nicht eine Schramme an der Stoßstange, kein verbeulter Kotflügel, schade), sagte ich zu ihm: »Das hat wirklich Spaß gemacht, Vic. Ehrlich. Jetzt würd ich dich am liebsten doch noch heimfahren. Der Job ist Zucker.«

Doch anscheinend hatte ich den Test nicht bestanden. Ohne ein weiteres Wort reichte er mir ein kleines Stück Papier mit dem Bild der Königin und der gekritzelten Zahlungszusicherung irgendeines Analphabeten, um dann mit einem Ruck seines Daumens anzudeuten, ich solle verschwinden. Ich stand auf und stand im Schneematsch. »Bis bald dann mal, Vic.«

Es mußte sich angehört haben wie eine Drohung. Er nickte. »Ja, ja, bis dann, Tam.« Wie er da im Auto saß, trug er den verwirrten Gesichtsausdruck eines Kamikaze-Piloten, der nicht recht begreift, wie er es fertiggebracht hat, die Kiste intakt zu landen.

Ich knallte die Autotür zu, dann schlapfte ich durch den tauenden Schnee des Gehsteigs weiter.

42

Effie, meine persönliche Harpyie – genau, sieht aus wie Nobby Styles mit allen Vorderzähnen – ist verschwunden. Kein Witz, sie ist auf und davon, weg, dahin, ausgeflogen, hat nicht einmal einen Abschiedsbrief in ihrem grünen Blut hinterlassen, keinen vergifteten Becher, keinen durch mein Porträt gestoßenen Dolch.

Ja, da haben Sie recht – ich habe Effie noch gar nie erwähnt. Und aus gutem Grund: Sie warnte mich (mm, diese Vergangenheitsform wärmt den Gaumen), daß jeglicher ausdrückliche oder indirekte Hinweis auf sie ein dreifaches Unglück auf meinen Schädel herabbeschwören würde. Dasselbe galt für ihre Kumpanei: Jonas, Circe, Medusa und Fred Doakes aus Boston. Doch stellte sie mir frei, von Fortuna zu reden, wie ich wollte, über die konnte ich lästern nach Strich und Faden, und das galt auch für Meister Kismet, über den ich gerne unflätig herziehen durfte. Bitte? Ja woher soll ich denn wissen, wer Fred Doakes aus Boston ist? Glauben Sie denn, ich geb mich mit dieser schlangenhaarigen, langzähnigen, vielköpfigen Bande von Schicksalsverwirrern ab? Bestimmt nicht! Jedenfalls war ich noch nie in Boston, nicht mal in dem in Lincolnshire.

Woher weiß ich, daß Effie wirklich weg ist? Na, woher weiß man, ob man den Kopf im Arsch des Kamels hat oder nicht? Man weiß es eben. Und welch ein Unterschied seit ihrem Fortgang! Einstmals zugeriegelte und zugezogene Fenster werden aufgerissen, Licht strömt in meine Existenz, aus dem Keller dringen Schrubb-, Saug- und Scheuergeräusche, oben auf den Balken rumoren die Dachdekker, pochpochpoch, und im Mezzanin klatscht lustig der Malerpinsel an die Wand. (Ich weiß eigentlich nicht genau, wo man sich dieses Mezzadingens genau vorzustellen hat, aber es hört sich nach was an, was sich in einem Hause ganz gut macht.)

Aber vielleicht sollte ich diesen Überschwang etwas zügeln, nur für den Fall, daß eine andere Harpyie in der Nähe ist, die nach einer freien Schulter sucht. Wie war das? Was der wahre Grund für diesen plötzlichen Schub Optimismus ist? Tut mir leid, das soll als erste Rhona erfahren. Ja, richtig, nur für ihre Ohren. Ich muß jetzt erst einmal ein Opfer bringen, das ist die übliche Geste, mit der man seinen Dank für eine harpyienlose Zukunft abstattet. Nichts gefällt diesen Hausgöttern besser als ein wenig hofiert zu werden – Opferrauch, Salbspende, Illumination. Ich war übrigens letzte Nacht selbst gründlich illuminiert. Eine Sauftour durchs Westend, knülle im Schnee.

Ich habe mich entschieden, worin mein Opfer bestehen soll: das Rauchen abstellen. Ich werde jetzt sofort damit aufhören, noch in dieser Minute, wenn meine Füße gleich den Teppich berühren, werden sie bereits einem Nichtraucher gehören. Zur Feier dieses Anlasses bietet sich eine kleine Zeremonie an: Der Zapfenstreich des Glimmstengels. Nach meinem letzten Zug an der endgültigen Zigarette brach ich dem Vieh im Aschenbecher mit dem Daumen das Kreuz. Aus den Rissen im Weiß quollen die bernsteinfarbenen Eingeweide, und um den sich windenden, doch rasch verendenden Kopf zischten Funken wie ein Panikschwarm roter Ameisen, um sogleich zu vergehen. Ich warf den karzinogenen Schrott auf den Nachttisch: Ich war jetzt Nichtraucher.

Meine Lungenflügel, dieses zynische Pärchen, begrüßten die Neuigkeit mit einem Hustenanfall, als wollten sie meinem Schwur auf eine Frischluftzukunft erwidern: »Das glauben wir, wenn's hier drinnen aufklart.« Vorsichtig bettete ich meinen pochenden Schädel auf das Kissen. Ein riesiger Specht in meinem Kopf versuchte, sich den Weg in die Freiheit zu meißeln – jeden Augenblick mußte mir sein

Schnabel durch die Stirn dringen. Ich schloß die Augen. Eine Weile sah ich zu, wie in dieser intimsten Dunkelheit kleine Lichtinsekten hin und her schwärmten. War es nicht das, was die Physiker sahen, wenn sie in die dunklen Ameisenhügel zerfallender Atome spähten – die unstrukturierte Entsetzlichkeit an der Wurzel der Dinge? Stabilität ist eine Illusion – die Welt ist ein Bienenstock, in dem Gott mit einem Stecken herumstochert, um dabei zu knurren: »Macht Honig, verdammt!«

Schluß jetzt, Schluß jetzt. Nichts Düsteres heute. Ich erkläre den Tag hiermit zum Feiertag. Clay Day. Ich werde karnevalesk gestimmt unter die Leute treten. Ich werde mir lachende Gesichter suchen und selbst die anderen Gäste des Lebens mit meinen Scherzen unterhalten. Witze erzählen – eine gesellschaftlich höchst segensreiche Tätigkeit. Aber eine Wolke steht am Horizont. Beachte sie nicht, vielleicht zieht sie vorüber. Schwatzkopf Sloans Begräbnis ist heute. Verdammt. Vielleicht schwänz ich. Laßt die Toten ihre Toten begraben. Vielleicht kommt er gar nicht. Redet sich raus.

Ich stand auf und streifte mir schnell ein paar Kleidungsstücke über den zitternden Körper. Ich ging zur Spüle, beugte mich vor zum Fenster und rieb einen Fleck in die beschlagene Scheibe. Ich blinzelte hinaus: Es taute, wenn auch langsam – Eiszapfen am Abfallschuppen warfen zögernd ihre Perlen zu Boden; hier und dort waren Löcher in die Slumschneelandschaft geschmolzen, so daß heute morgen alles wärmer, gescheckter aussah.

Bald hatte ich ein schönes Feuer im Kamin schnurren. Ich setzte mich dicht an den grellen Schein und versuchte meine Totenmannsknochen davon zu überzeugen, daß ein allgemeines Auftauen ausgerufen worden war, zu dem sie ebenfalls eingeladen waren.

Draußen im Treppenhaus ließ jemand eine Großvaterstanduhr fallen.

Also, so hörte es sich jedenfalls an – ein Pandämonium von schlagenden Glöckchen, Gongdröhnen, splitterndem Glas und berstendem Uhrwerk, und auf dem Rücken dieser Hauptkrawalle ritten Myriaden kleinerer Geräusche, das Ganze eine zahnradsprengende Explosion, die nicht verhallte, sondern im Gegenteil immer lauter wurde, als sie sich treppabwärts mit einem Gebrülle verstimmter Glokkenschläge näherte, schneller wurde und schließlich beim Aufschlag an der Wand vor meiner Tür zu Zeitmüll zerschmetterte.

Ich warf die Tür auf. Ich rechnete damit, eine demolierte Großvateruhr auf meinem Treppenabsatz hingestreckt zu sehen, das Gehäuse aufgeplatzt und die Messingeingeweide, all die komplizierten Innereien aus der Firma Tick & Tack, obszön hervorgequollen – und das war auch mehr oder weniger, was ich sah, doch mit einem entscheidenden Unterschied: Es war die Großvateruhr *meines* Großvaters!

Blaß, sehr blaß, *a whiter shade of pale,* stand der alte Wattie Mullens auf seinem Treppenabsatz droben, zusammengekrümmt, als wolle er sich hypnotisch zu einem Sprung die Treppe hinunter überreden. Etwas wie das Kreischen eines Vogels brach aus seinem Mund, dann kam er in einer leicht unheimlichen, verlangsamten Parodie des breitbeinigen Ganges seiner alten Kohlenschleppertage herunter, als er noch muskulös und massiv durchs Treppenhaus gestampft war, eine orangistische Schalmeienmelodie pfeifend.

Wie ein Sanitäter, der das Opfer eines Verkehrsunfalls untersucht, ob noch Leben in ihm ist, obwohl man deutlich sieht, daß der Kopf fehlt, kniete ich mich neben die verstümmelte Uhr und fuhr mit den Händen über die Reste dessen, was zweifellos einmal Opa Gibsons schönste Schreinerarbeit gewesen war. Als der erregte und bebende Graukopf neben mich trat, pflückte ich gerade von der Spitze des großen Zeigers einen Zettel. Ich glättete ihn und überflog die enge, kritzlige Handschrift von Eddie Carlyle.

Das Schriftstück barg keine Überraschungen, so wenig wie der Geizkragen selber. Ma Carlyle (hatte er mich nicht gewarnt?) wollte die infizierte Uhr nicht im Hause haben. Ich sollte nicht vergessen, daß ich dieses Jahr bei den Carlyles zum Weihnachtsessen erwartet wurde. Ich sollte daran denken, pünktlich zu sein, und seine Mutter ließ sagen, ich solle mir vielleicht vorher die Haare schneiden lassen und etwas anderes anziehen als die von mir anscheinend bevorzugte alte »Obdachlosenjacke«. Ich sollte auch daran denken, nüchtern zu erscheinen... Gezeichnet: Edward Carlyle (eine Unterschrift, so kärglich und schmucklos wie der Mann selber, wie man sie unter Hinrichtungslisten und abgelehnten Gnadengesuchen sieht). Weihnachtsessen bei den Carlyles, was? Irgendwie schien es mir, daß eine Einladung von Eva und Adolf in den Bunker, um mit Zyankali das Kriegsende zu feiern, mehr Gastfreundlichkeit versprochen hätte.

Wattie schwankte ein wenig. Ich schaute zu ihm auf. Er sah aus, als wolle ihm gleich eine Schlagader reißen. Rasch erhob ich mich und legte ihm den Arm, meinen guten, um die zitternden Schultern. »Komm, Mensch, wir trinken jetzt erst mal Tee. Was meinst du? Ein Täßchen Tee in guter Hut tut niemand weh, tut immer gut.« Ich grinste ihn an. »Das hat mein Alter immer gesagt. Der hatte jede Menge Sprüche drauf.«

»Dein Alter war ein wunderbarer Mann, Tommy, das Salz der Erde, das war er«, sagte Wattie mit inbrünstigem Ton. »Und deine Mutter auch ... großartiges Weib. Und hör mal, deine Frau ...«

»Wattie, komm, ich werd noch rot.«

Ich bin immer noch etwas illuminiert. Zu intensiv gefeiert. Na ja, es hatte ja auch was zu feiern gegeben, wie? Wenigstens einen Schuß hatte ich Vic Rudge ins Tor gehängt. Das hieß dann insgesamt etwa 150:1, auf einen Ausgleich war nicht zu hoffen, aber immerhin sah es nicht mehr so blöd aus, ich konnte mich wieder auf den Platz wagen. Ich genoß ein inneres Replay der Höhepunkte, als Vic die für Panik zuständigen Gesichtsmuskeln einsetzte, vielleicht zum ersten Mal in seinem Leben – ganze Synapsenketten, die immer faul geschlafen hatten. Er hatte schon recht, der Lieferwagen damals hatte meinen Fahrstil versaut.

Ein kleines Rätsel fand seine Auflösung beim Teetrinken: die Identität des Abortgespensts stellte sich heraus. Es war natürlich Wattie gewesen. Wer sonst, wenn man's richtig bedachte? Mit gesenktem Kopf, so daß schwer zu verstehen war, was er sagte, gestand er, daß er von Zeit zu Zeit meine Toilette benutzte, wenn er entweder »keine Zeit mehr« hatte oder das Wetter einen Besuch bei Shug Wylie schwierig, wenn nicht gefährlich machte. Außerdem war die Arschgalerie abends zu, und wie ich ja selbst gut wußte, Diarrhöe scherte sich nicht um die Uhrzeit. Er nickte, als ich ihm auf den Kopf zu sagte, er habe die Londoner *Times* letzten Freitag mit aufs Klo genommen. Ja, stimmte er zu, das war mehr als wahrscheinlich, er brachte ja immer Zeitungen und Zeitschriften von seinen Streifzügen mit. Sein Gedächtnis, meinte er, sei »höllisch schwach«, schlimmer als das der Alten drunten im Erdgeschoß. Manchmal würde er an die Haustür gehen und auf seinem Namensschild nachlesen, wie er heißt – und in seiner Küche hätte er's dann schon wieder vergessen. Die leere Schachtel Passing Clouds? Er hatte als Junge Zigarettenschachteln gesammelt, diese Sammlung war jetzt zwar in alle Winde zerstreut, aber alte Angewohnheiten sind schwer abzuschütteln. Ich dachte über die anderen kleinen Geheimnisse nach – wer der Schnüffler mit der Lederjacke gewesen war, was das Museums-Kidnapping zu bedeuten hatte ... Ich fand für beide Rätsel prosaische Lösungen. Es war überaus wahrscheinlich, daß mir das Möbelhaus Mulmig ein Inkassobüro auf den Hals gehetzt hatte – und daß die Doppelgängergeschichte zu drei Vierteln auf das Konto von Jasons Phantasie, zu einem auf das meiner Panik ging. Hatte der Mann ihn nicht praktisch sofort zu einem Wärter gebracht? Und vorher hatten sie noch ein kleines Spielchen zusammen gespielt: mir von ferne zuzusehen, als ich wie ein durchgeknallter Dalek herumraste.

Der Alte behauptete, er habe die Uhr in seine eigene Wohnung schaffen wollen, damit ihr nichts passierte, er hätte sie dann zurückgebracht, sobald er mich herumgehen hörte. Nochmals versicherte ich ihm, daß die Uhr so oder so rausflog und daß er sich weiter keine Sorgen machen sollte. Ich gab ihm Zigaretten, etwa eine halbe Stange, und während er seine Schnarchnummer »Gute Nachbarn sind der größte Schatz, den's auf Erden gibt« abspulte, scheuchte ich ihn sozusagen hinaus und murmelte barsch vor mich hin: »Ja, und für deine Felder auch gutes Wetter, Wattie.«

43

Ich verpaßte meine letzte Rasur bei Joe Fiducci.

Er entschuldigte sich, er war untröstlich, aber so war es. Sein ganzes Handwerkszeug war bereits eingepackt. Er würde selber bald aufbrechen. Er wartete darauf, daß sein Sohn Luigi – der noch fort war, um was Geschäftliches zu erledigen – zurückkäme, dann ging's los. Joes Frau fühlte sich heute morgen nicht recht wohl, er machte sich Sorgen um sie. Es tat ihm sehr leid, daß er mir nicht einmal eine letzte Tasse Tee anbieten konnte, aber das Wasser –

Ich winkte ab, als er sich entschuldigte. Wenn das in Ordnung ginge, würde ich einfach zum Abschied noch eine rauchen und dann verschwinden. »Natürlich! Natürlich!« Er verdoppelte heute morgen seine Entschuldigungen und Danksagungen, eine Marotte, die er hatte, wenn ihn etwas beunruhigte. Es gab verschiedene Variationen, aber die wichtigsten waren: »Danke, vielen Dank«, »Gewiß, selbstverständlich« und »Tut mir leid, tut mir sehr leid ...«

Jetzt war ich an der Reihe, blöd dazustehen oder vielleicht auch heroisch, denn nachdem ich angekündigt hatte, eine rauchen zu wollen, und deshalb nun eigentlich das alte Ritual anfangen müßte, Zigaretten rausziehen, Feuerzeug hervorsuchen und so weiter, sagte ich statt dessen bloß: »Ach, ich laß es mal – ich rauch in letzter Zeit ohnehin zuviel.« Und zum Beweis bekam ich einen Hustenanfall, der sich ganz ungekünstelt anhörte.

Joe nickte beifällig. Ob ich in Eile sei, fragte er.

»Bin ich das jemals gewesen?« fragte ich zurück. Wir lächelten beide über eine gemeinsame Erinnerung.

»Du mußt etwas Eile in dein Leben kriegen, Tommy«, hatte er eines Tages zu mir gesagt, »Sorgen machen kommt später, aber Beeilung, das muß jetzt sein, wenn du jung bist, wenn es überall was zu gewinnen gibt. Das schwarze Auto kommt noch früh genug angeschlichen. Niemand will ein schwarzes Autorennen gewinnen, Tommy, aber einer muß vorangehen bei der Prozession, einer muß der ...« Er hatte gezögert.

»Trauerzeuge sein?« hatte ich vorgeschlagen, und wir hatten beide laut gelacht.

Na, Joe, mein Guter, heute ist wieder ein Tag fürs schwarze Auto. Aber vielleicht geb ich die Begräbnisse genauso auf wie die Zigaretten. Ich hatte Schwatzkopf nicht besonders respektiert, als er am Leben war, warum sollte ich ihm jetzt meine Achtung erweisen? Jedenfalls hab ich's gründlich satt, in die Drecklöcher von Gräbern zu schauen und die Familie und die Kneipenverwandtschaft in die grimmigen Öfen einfahren zu sehen. Mein Gott, jetzt wird's makaber, und die Pubs haben noch nicht mal geöffnet. »Tschuldige, Joe – wie war das?«

Er stellte mir eine sehr drollige Frage: Würde ich vielleicht kurz mal nach dem Laden sehen? Ich lächelte, überzeugt, er mache einen Scherz, denn zwei Arbeiter waren bereits am Werk und bauten alles ab – sie waren einander sehr ähnlich mit ihren Schottenmützen und blauen Overalls und in der langsamen, gleichgültigen Art, etwas anzupakken. Augenblicklich schienen sie sich auf das Problem zu konzentrieren, mit welcher Methode man am besten einen Wandspiegel abmontiert. Ich hätte gedacht, daß man da einfach die Schrauben löste, aber ich bin ja nur ein Amateur – diese Jungs waren echte Profis. Offensichtlich hatte Luigi sie angestellt; man konnte es daran erkennen, wie sie unauffällig, aber fortwährend Ausschau hielten, ob er zurückkam. Den alten Herrn konnten sie ignorieren, dem war es, wie man deutlich sehen konnte, ohnehin arg, daß sein Wandspiegel nun runterkam, daß er zusehen mußte, wie der alte vertraute Raum in Zeitlupe verwüstet wurde. Joe meinte es ernst – er bat mich, nach seinem Laden zu sehen! Er mußte mit einem Rezept für seine Frau weg und noch da und dort zum Abschied ein paar Hände schütteln.

Ich nickte. »So viele du willst, Chef« – ein Titel, den ich ihm nur bei besonderen Angelegenheiten als Zeichen meines Respekts verlieh. »Ich paß auf, daß dein Laden auch ausgeräumt wird, solang du weg bist.« Er lachte, und die Arbeiter – es brauchte ja nur wenige Gesichtsmuskeln, und die Hände konnten in den Taschen bleiben – wieherten auch diskret vor sich hin.

»Es dauert nicht lange«, sagte Joe, und das pflichtbewußte Echo folgte, »bestimmt nicht lange ...«

Ich nickte und versuchte, leutselig dreinzuschaun, aber unter dem synthetischen Grinsen, das ich mir zurechtzog, sagte ich zu mir: »Ja, Joe, so wie du aussiehst, gar nicht lange. Bald kommen wieder die schwarzen Autos, und du darfst in dem mit all den Blumen mitfahren.«

Ob Joe nun zur Drogerie ging oder sich irgendwo verabschiedete, spielte eigentlich keine Rolle, ich glaube, er wollte nur fort sein, wenn die Spiegel abgenommen wurden. Mit einem Friseursalon ist's endgültig vorbei, wenn die Spiegel runterkommen. Der plötzliche Fortfall des sich wiederholenden Bildes war wahrscheinlich ein schwer zu ertragender Perspektivenverlust. Wie konnte man als Friseur weitermachen ohne die im Spiegelglas verdoppelte Gewißheit einer Bank voller wartender Kunden, einer hübschen, kräftig gewachsenen Haarernte, die es einzubringen galt?

Als der alte Mann weg war, konzentrierten sich die beiden Arbeiter auf intensives Nichtstun. Der eine machte sich noch die Mühe, seinen Hintern auf die Bank zu pflanzen. Der andere nahm mit verschränkten Armen Aufstellung neben der Tür, als gehöre es zu seinen Pflichten, das Tauwetter genau im Auge zu behalten. Ich hatte mich zum letzten Mal in den Stuhl am Fenster gesetzt.

Der Bursche auf der Bank, dem der *Daily Record* zwischen den Fingern raschelte, sagte (der Satz war porös von seinen Gähnern): »Das ist ja was wie aus dem Witzblatt, das da.« Der Spiegel vor mir zeigte seinen Aufblick und sonst nichts. »Schon gesehen?« Er riß sich tatsächlich von der Bank los und kam mit seinem langsam trottenden Gang zu mir herüber. Ich hätte ihm sagen können, daß ich bei dem Mumien-Kabinenroller-Drama einen Logenplatz gehabt hatte, aber ich schaute trotzdem hin. Ach Gott, was hatten sie dem kleinen Lucas angetan – er war zum Weihnachtsbaum geworden.

MATT DIE MUMIE VOLL ÜBERROLLT! lautete die Schlagzeile über einem Klacks Journalistenquark – einem munter kichernden Text, der gut zu dem Photo paßte: dort war ein leuchtendweißer Baum zu sehen, dessen Äste an Flaschenzügen in Richtung Decke gezurrt waren; der kleine Matt versuchte, tapfer aus einem Loch im Stamm hervorzugrinsen. Eine massive Schwester hielt strahlend einen Mistelzweig über seinen bandagierten Kopf.

»Was manche Leute anstellen, um in die Zeitung zu kommen, was?« sagte Arbeiter Nr. 2, der immer noch unerbittlich das Tauen beaufsichtigte. Sein Partner, der schon über zwei Minuten lang ohne fremde Hilfe aufrecht dastand, setzte mich in noch größeres Erstaunen, als er nun einen Schraubenzieher hervorzog. »Komm«, sagte er, »wir holen jetzt den Burschen hier am besten mal runter.«

Als sie einmal angefangen hatten, kamen die Demonteure rasch genug voran. Bald war der Spiegel am hinteren Ende des Ladens abgeschraubt. Er glitzerte und blinkte mit einem Rest seines alten blanken Eifers, als sie ihn auf den Fußboden stellten. Ich konnte mir die Lawine reflektierter Gegenstände vorstellen, ich spürte ihre Verblüffung, so spät in ihrer Existenz noch so drastisch aufgestört zu werden. Unter diesen nun von ihrem optischen Zwilling abgelösten Objekten war ein staubiger Kleiderbügel, der, so lange ich denken konnte, an einem Wandhaken gehangen hatte. Einst war er Eigentum eines gewissen Robbie gewesen, und der hatte seinen Namen liebevoll in das Holz eingebrannt. Zweifellos waren der eitle Robbie und die Kleider, die dieses schlichte Objekt für ihn geschultert hatte, schon lange den Weg alles Zeitlichen gegangen, wie viele der Gesichter, die so kurz in dieser allergrausamsten Erfindung gehaust hatten – dieser Bildfläche, die es uns nicht erläßt, die Verheerungen zu erkennen, die der stete Tropfen der Säure Zeit an unserem Fleisch anrichtet.

Wo der Spiegel gehangen hatte, war schon ein Schatten eingezogen. Mit angestrengter Vorsicht trugen die Arbeiter das große Glas – es floß über von neuen Reflexionen – zur Türe. Im Vorbeiziehen nahm der Spiegel meinen Kopf mit (die Rückseite) und den Stuhl, in dem ich hockte. Sich gegenseitig daran erinnernd, daß man aufpassen mußte, daß es rutschig war auf dem Gehsteig, marschierten die Arbeiter mit langsamen knirschenden Schritten zu ihrem Lieferwagen.

Etwa zehn Minuten später kehrte Luigi mit Joe zurück, den er unterwegs aufgelesen hatte. Offensichtlich war es bei dem »Geschäftlichen«, was Luigi zu erledigen hatte, um das Rasiermesser und die ausstehenden Bezüge des alten Mooney gegangen. Aber der war immer noch nicht bei den Brannigans aufgetaucht. Mir sank das Herz, als ich das hörte, weil ich gehofft hatte, von meinem Gewinn wäre mindestens noch ein Zehner übrig. »Wir schicken's ihm per Einschreiben«, sagte Luigi. Er legte vorsichtig beide Hände über die Ohren. »Eine sehr laute Frau, seine Tochter.«

Der letzte Spiegel wurde von der Wand genommen, und der Friseursalon lag nun in einem mürrischen Dämmerlicht, das die Deckenbeleuchtung kaum mildern konnte; er sah aus, als hätte man ihm eine Dimension genommen, und das war in gewisser Weise ja auch so. Ich verabschiedete mich von Luigi und Joe, schüttelte ihnen die Hand, das war's. Joe bekam ein wenig feuchte Augen, aber Luigi, sehr energisch aussehend mit Kosakenmütze und Schaffelljacke, distanzierte sich abrupt von ewas so Unprofitablem wie diesen Gefühlen und fing an, die Arbeiter anzutreiben. »Nein, das Ding nicht – das bleibt da!« sagte er, als sie den Kinderstuhl hochhieven wollten. Alles in allem kein guter Tag für Opa Gibson, dessen Uhr nach ihrem Treppensturz völlig demoliert war – und der jetzt noch diese brüske Zurückweisung einstecken mußte. Joe seufzte und begleitete mich mit hängenden Schultern aus dem Laden. Draußen im Matsch schüttelten wir uns noch einmal die Hand.

»Alles Gute, Tommy. Daß dein Bambino wird wie du – nur schneller, was?«

»Klar, Joe«, lachte ich. »Ich schick dir ne Postkarte aus Australien.«

Sein Winken stockte, und er drehte sich mit verwunderter Miene weg.

Hoppla! Ach, Rhona, und ich hab versprochen, du sollst die erste sein, die es erfährt. Ach was, mit seinem Friseur kann ein Mann auch mal ein Geheimnis teilen, natürlich nur an dem Tag, da der Friseur sich vom Geschäft zurückzieht.

Lächelnd schritt ich durch den glasigen Schneeschrott aus, Richtung Planet. Ich war neugierig, wie es der armen Mumie in Cullens und Killochs ungeschickten Händen ergangen war. Da gab's bestimmt noch was zu lachen.

War es erst letzten Freitag gewesen, daß man einen Tiefseetaucher zögernd aus der alten Flohfalle hatte treten sehen? Es scheint irgendwie schon Jahre her. Vielleicht *war* es Jahre her. Vielleicht ist es noch gar nicht geschehen. Unterhalten Sie sich mal mit Mr. Dunne darüber, wenn Sie ihn das nächste Mal wie einen charmanten alten Maulwurf in einer seiner improvisierten Zeitverschiebungen vorbeitapern sehen. Sie werden ihn gleich erkennen, denn er trägt immer Schwarz von Kopf bis Fuß, wie in Trauer für alle Uhrwürmer dieser Welt. Weitere Hinweise? Nun, er hat vielleicht einen Bleistift hinter dem Ohr, und möglicherweise liest er laut aus seinem Lieblingsbuch: *Nichts stirbt!*

Ich hab's ja selbst noch nicht gelesen, aber eins ist sicher – das ist eine großartige Entschuldigung, nicht zum Begräbnis von Schwatzkopf Sloan zu gehen!